O cavaleiro de bronze

Paullina Simons

O cavaleiro de bronze

Livro II: O portão dourado

novo século®

São Paulo 2014

The Bronze Horseman: book 2
Copyright © 2001 by Paullina Simons
Copyright © 2014 by Novo Século
Published by arrangement with Haper Collins Publishers.
All rights reserved.

COORDENAÇÃO EDITORIAL	Mateus Duque Erthal
TRADUÇÃO	Valter Lellis Siqueira
PREPARAÇÃO	Luciana Bastos Figueiredo – Florista Editorial
PROJETO GRÁFICO E DIAGRAMAÇÃO	Project Nine
REVISÃO	Rhennan Santos
CAPA	Thiago Lacaz

TEXTO DE ACORDO COM AS NORMAS DO NOVO ACORDO ORTOGRÁFICO DA LÍNGUA PORTUGUESA (DECRETO LEGISLATIVO Nº 54, DE 1995)

DADOS INTERNACIONAIS DE CATALOGAÇÃO NA PUBLICAÇÃO (CIP)
(Câmara Brasileira do Livro, SP, Brasil)

Simons, Paullina
O cavaleiro de bronze : livro II: O portão dourado / Paullina Simons ; [tradução Valter Lellis Siqueira]. -- Barueri, SP : Novo Século Editora, 2014.

Título original: The bronze horseman : book 2.
1. Ficção histórica 2. Guerra Mundial,

1939-1945 - Rússia (Federação) - São Petersburgo - Ficção 3. Irmãs - Ficção 4. São Petersburgo (Rússia) - História - 1941-1944 (Cerco) - Ficção 5. Triângulos (Relações interpessoais) - Ficção I. Título.

14-01621 CDD-813

Índices para catálogo sistemático:
1. Romances : Literatura norte-americana 813

2014
IMPRESSO NO BRASIL
PRINTED IN BRAZIL
DIREITOS CEDIDOS PARA ESTA EDIÇÃO À
NOVO SÉCULO EDITORA LTDA.
CEA – Centro Empresarial Araguaia II
Alameda Araguaia 2190 – 11º Andar
Bloco A – Conjunto 1111
CEP 06455-000 – Alphaville Industrial, Barueri – SP
Tel. (11) 3699-7107
www.novoseculo.com.br
atendimento@novoseculo.com.br

Parte 3

Lazarevo

Perfume da primavera

1

Alexander tinha esperanças quando voltou a Lazarevo.

Ele não tinha nada além disso. Literalmente: nem uma carta, nem uma única correspondência sequer, nem de Dasha, nem de Tatiana, que indicasse que ambas haviam chegado em segurança a Molotov. Ele tinha sérias dúvidas a respeito de Dasha, mas se até mesmo Slavin sobrevivera ao inverno, tudo era possível. Era a total *ausência* de cartas de Dasha que mais preocupava Alexander. Durante o tempo em que ela esteve em Leningrado, ela lhe escrevia constantemente. Agora, já haviam se passado janeiro e fevereiro sem que ele tivesse notícias.

Uma semana depois que as garotas se foram, Alexander dirigira um caminhão até Kobona, através do gelo, procurando por elas nas praias da cidade, entre os doentes e os refugiados. Não encontrou nada.

Em março, inquieto e abatido, Alexander escreveu uma carta a Dasha, em Molotov. Também enviou um telegrama ao Soviete local, perguntando se havia informações a respeito de alguma Daria ou Tatiana Metanova, só recebendo sua resposta em maio, e pelo correio comum. A carta recebida do Soviete de Molotov, de apenas uma linha, dizia não haver notícias nem de uma Daria, nem de uma Tatiana Metanova. Ele enviou uma nova mensagem, perguntando se o Soviete da vila de Lazarevo podia receber telegramas. O telegrama que recebeu no dia seguinte tinha apenas duas palavras: NÃO. PONTO.

Sempre que era dispensado, Alexander aproveitava para voltar à Quinta Soviet, entrando no prédio com a chave que Dasha havia lhe deixado. Ele limpava os quartos, varria o chão e passou a lavar as roupas de cama, assim que o conselho da cidade consertou o encanamento, em março. Instalou também novos vidros em um dos quartos. Encontrou um velho álbum de fotografias da família Metanova e começou a olhar para ele, até fechá-lo de repente, deixando-o de lado. Em que ele estava pensando? Era como olhar para uma família de fantasmas.

E era assim que Alexander se sentia. Ele via fantasmas por toda a parte.

Todas as vezes em que Alexander voltava a Leningrado, ia ao posto dos correios na avenida Nevsky para checar se havia alguma correspondência *para* os Metanovs. O velho funcionário já estava cansado de vê-lo por ali.

Na guarnição, Alexander sempre perguntava ao sargento responsável pelos correios do exército se havia algo *dos* Metanovs. O sargento responsável pelos correios do exército já estava cansado de vê-lo por ali.

Mas não havia nada para Alexander: sem cartas, sem telegramas e sem notícias. Em abril, o velho funcionário da avenida Nevsky morreu. Ninguém ficou sabendo da morte dele que, aliás, ficou ali, sentado em sua cadeira atrás do balcão, enquanto a correspondência permanecia espalhada pelo chão, pelo balcão, pelas caixas e pelos sacos ainda fechados.

Alexander fumou trinta cigarros enquanto revirava as cartas, à procura de alguma coisa. Nada.

Ele voltou ao lago Ladoga, continuou a proteger a Estrada da Vida, agora um rio, e esperou por sua dispensa, enxergando o fantasma de Tatiana em todo lugar.

Leningrado aos poucos escapava das garras da morte, e o conselho da cidade temia, com razão, que a proliferação de cadáveres pela cidade, os canos entupidos e o esgoto a céu aberto pudessem desencadear uma gigantesca epidemia quando o clima começasse a esquentar. O conselho resolveu dar início a uma investida agressiva na cidade. Todos aqueles que ainda estavam vivos e aptos ao trabalho foram convocados para limpar as ruas dos destroços, resultantes do bombardeio, e dos corpos. As tubulações danificadas foram consertadas, a eletricidade, restaurada. Os bondes e os trólebus voltaram a funcionar. Com as novas mudas de tulipas e repolhos germinando em frente à Catedral de Santo Isaac, Leningrado parecia renascida, temporariamente. *Tania gostaria de ver as tulipas na frente da catedral*, pensou Alexander. A ração diária destinada à população civil foi elevada para trezentos gramas de pão. Não porque houvesse mais farinha. Mas porque havia menos gente.

No início da guerra, em 22 de junho de 1941, o dia em que Alexander e Tatiana se conheceram, havia três milhões de civis em Leningrado. Quando os alemães deram início ao cerco à cidade, em 8 de setembro de 1941, havia 2,5 milhões.

Na primavera de 1942, apenas um milhão de pessoas permaneciam ali.

Outras quinhentas mil haviam sido evacuadas, até o momento, pela via congelada sobre o lago Ladoga. Essas pessoas eram deixadas em Kobona, e seu destino era incerto.

E o cerco não havia terminado.

Depois que a neve derreteu, Alexander foi responsável por explodir uma série de covas gigantescas no cemitério de Piskarev, onde foram eventualmente sepultados quase meio milhão de corpos, levados para lá em caminhões funerários. Piskarev era apenas um dos sete cemitérios de Leningrado, para os quais os corpos eram transportados como se fossem feixes de lenha.

E o cerco não havia terminado.

Cargas de alimentos, cortesia do programa norte-americano de *lend-lease*, aos poucos galgavam seus caminhos tortuosos até a cidade de Leningrado. Em alguns momentos durante a primavera, os habitantes de Leningrado receberam leite desidratado, sopa desidratada, ovos desidratados. Alexander mesmo pegou alguns destes itens, incluindo um livro de expressões em russo e inglês, comprado de um motorista de um dos caminhões das entregas, em Kobona. *Tania iria gostar de um livro de expressões*, ele pensou. *Ela estava indo tão bem com seu inglês.*

A avenida Nevsky foi reconstruída com fachadas falsas, cobrindo os buracos deixados pelas bombas alemãs, e Leningrado entrou devagar, suavemente e em silêncio no verão de 1942.

As bombas e os torpedos alemães continuavam a cair diariamente, sem sinal de trégua.

Janeiro, fevereiro, março, abril, maio.

Quantos meses mais Alexander aguentaria sem saber? Quantos meses mais sem notícias, sem uma palavra sequer, sem um suspiro? Quantos meses mais carregando a esperança em seu coração, mas admitindo para si mesmo que o inevitável e o inimaginável poderiam, sim, ter acontecido, provavelmente teriam acontecido e, finalmente, certamente teriam acontecido? Ele via a face da morte por toda a parte. No *front*, acima de tudo, mas via a morte sem esperanças nas ruas de Leningrado, também. Ele via corpos mutilados e outros, dilacerados. Via cadáveres congelados e famintos. Ele viu isso tudo. Mas, mesmo assim e apesar de tudo isso, Alexander ainda tinha esperanças.

2

Em junho, Dimitri foi visitá-lo na guarnição. Alexander ficou chocado, mas na esperança de que seu rosto não demonstrasse o choque. Dimitri parecia anos mais velho que ele, e não apenas meses. Ele coxeava de maneira notória, um pouco inclinado sobre o lado direito. Seu corpo parecia fatigado e magro, e seus dedos exibiam um tremor que Alexander nunca vira.

E, ao olhar para Dimitri, Alexander pensou: *Se Dimitri sobreviveu, por que Dasha e Tania também não sobreviveram? Se ele conseguiu, por que não elas? Se eu consegui, por que elas não conseguiram?*

– Meu único pé bom agora é o esquerdo – disse-lhe Dimitri. – Que imbecil da minha parte, você não acha? – acrescentou ele, sorrindo calorosamente para Alexander, que o convidou, de maneira relutante, a se sentar em um dos beliches. Ele tinha a esperança de que sua relação com Dimitri houvesse terminado. Mas pôde perceber que não tivera essa sorte.

Estavam sozinhos, e Dimitri tinha um brilho solícito no olhar que não chamou a atenção de Alexander.

– Finalmente – disse Dimitri com alegria –, não vou ter que encarar um combate de verdade outra vez. E prefiro que seja assim.

– Muito bom – comentou Alexander. – É o que você queria. Trabalhar na retaguarda.

– E que retaguarda – grunhiu Dimitri. – Você sabia que, em primeiro lugar, eles me puseram na evacuação de Kobona?...

– Kobona!

– Sim – disse Dimitri, afastando-se lentamente. – Por quê? Kobona tem algum significado especial além dos caminhões do *lend-lease*[1] que passam por lá?

– Eu não sabia que você tinha trabalhado em Kobona – respondeu Alexander, observando Dimitri.

– Nós ficamos um pouco sem contato.

– Você voltou em janeiro?

– Nem me lembro mais – disse Dimitri. – Isso foi há muito tempo.

– Dima! Eu ajudei Dasha e Tatiana e saírem do gelo... – disse Alexander, levantando-se e indo em direção ao amigo.

– Elas devem ter ficado muito agradecidas.

– Não sei se ficaram agradecidas. Por acaso você as viu?

– Você está me perguntando se vi *duas* moças entre milhares de pessoas evacuadas? – perguntou Dimitri, dando risadas.

– Não *duas* moças – retrucou Alexander com frieza. – *Tania* e Dasha. Você *as* teria reconhecido, não é mesmo?

– Alexander, eu teria...

– Você as viu? – tornou a perguntar Alexander erguendo a voz.

– Não, não as vi – respondeu Dimitri. – E pare de gritar. Mas devo dizer que... – acrescentou ele balançando a cabeça – ... colocar duas moças indefesas num caminhão para que fossem para... Para onde é que elas foram mesmo?

– Para algum lugar a leste – respondeu Alexander. Ele não estava disposto a contar a Dimitri para onde elas tinham sido levadas.

---

1   Programa pelo qual os Estados Unidos forneceram, por empréstimo, armas e outros suprimentos ao Reino Unido, à União Soviética, à China, à França Livre e a outras nações aliadas, entre 1941 e 1945 (N.T.).

– Bem no interior do país? Eu não sei, Alexander, mas *em que* você estava pensando? – perguntou Dimitri, rindo. – Não consigo imaginar que você desejasse que elas morressem.

– Dimitri, do que você está falando? – irrompeu Alexander. – Que escolha eu tinha? Você não ouviu falar do que aconteceu em Leningrado no inverno passado? Do que ainda está acontecendo?

– Ouvi, sim. – Dimitri sorriu. – O coronel Stepanov não podia ter feito alguma coisa para ajudá-lo?

– Não, não podia – respondeu Alexander, que estava ficando aborrecido. – Ouça, eu preciso...

– Só estou dizendo, Alexander, que os evacuados que passaram por nós estavam todos à beira da morte. Eu sei que Dasha é de constituição forte, mas e Tania? Estou surpreso de que ela tenha conseguido sobreviver até você ajudá-la no gelo – acrescentou ele, dando de ombros. – Achei que ela fosse a primeira a... quero dizer, até *eu* tive distrofia. E a maioria das pessoas que passaram por Kobona estava doente e faminta. Então, foram forçadas a subir em outros caminhões para serem transportadas por sessenta quilômetros até os trens mais próximos, que não passavam de trens de gado. Não sei se é verdade – prosseguiu Dimitri, baixando a voz –, mas ouvi nos vinhedos que setenta por cento de todas as pessoas colocadas nos trens morreram de frio ou de doença. – Ele balançou a cabeça. – E você queria que Dasha e Tania passassem por isso? Que belo futuro marido é você! – finalizou ele, gargalhando.

Alexander cerrou os dentes.

– Ouça, estou feliz por ter saído de lá – disse Dimitri. – Eu não gostava muito de Kobona.

– Por quê? – perguntou Alexander. – Kobona era perigosa demais?

– Não, não é isso. Os caminhões ficavam detidos no gelo de Ladoga, pois os evacuados moviam-se devagar demais. Nós devíamos ajudá-los a subir nos caminhões. Mas eles não conseguiam andar. Estavam quase todos morrendo – respondeu Dimitri, encarando Alexander. – Só no mês passado, os alemães explodiram três dos caminhões parados no gelo – acrescentou ele com um suspiro. – Bela retaguarda. Por fim, pedi para ser transferido para os suprimentos.

Dando as costas para Dimitri, Alexander começou a dobrar suas roupas.

– Os suprimentos tampouco são o lugar mais seguro. – *O que estou dizendo? Que ele vá para os malditos suprimentos*, pensou ele. – Por outro lado – acrescentou –, os suprimentos devem ser um bom lugar para você. Você vai ser o cara que vende cigarros. Todo mundo vai amá-lo.

A distância entre o que havia entre eles antes e o que havia agora era grande demais. Nenhum barco, nenhuma ponte poderia cobri-la. Alexander ficou esperando que Dimitri saísse ou perguntasse sobre a família de Tatiana. Ele não fez nenhuma das duas coisas.

Por fim, Alexander não conseguiu mais aguentar a situação.

– Dima, você está interessado, ainda que de maneira muito remota, no que aconteceu com os Metanov? – perguntou ele.

– Acho que a mesma coisa que aconteceu na maior parte de Leningrado. Todo mundo morto, não é mesmo? – respondeu Dimitri, dando de ombros.

Ele poderia ter dito: *Todo mundo foi fazer compras, não é mesmo?*
Alexander baixou a cabeça.

– Isto é uma guerra, Alexander – disse Dimitri. – Só os mais fortes sobrevivem. Foi por isso que eu, por fim, tive que desistir de Tania. Eu não queria fazer isso, eu gostava dela e ainda gosto. Tenho boas lembranças dela, mas eu mal tinha forças para prosseguir. Eu não podia me preocupar com ela também, sem comida ou roupas quentes.

Como Tatiana sabia quem era Dimitri. Ele nunca se preocupou com ela, pensou Alexander, colocando as roupas no armário e evitando o olhar de Dimitri.

– Por falar em sobrevivência, Alexander, há algo que eu quero conversar com você – começou Dimitri a dizer.

Lá vinha coisa. Alexander sequer ergueu o olhar enquanto aguardava.

– Os americanos entraram na guerra... e isso é melhor para nós, não é mesmo?

– Claro. O *lend-lease* é uma grande ajuda – respondeu Alexander com um gesto de concordância.

– Não, não – disse Dimitri saltando da cama e numa voz excitada e ansiosa. – Não quero dizer para *nós*, quero dizer para você e eu. Para os nossos planos.

Levantando-se, Alexander encarou Dimitri.

– Não tenho visto muitos americanos por aqui – respondeu ele lentamente, fingindo não compreender.

– Sim – exclamou Dimitri –, mas eles estão por toda parte em Kobona! Estão transportando suprimentos, tanques e jipes por toda Murmansk e por toda a costa leste do lago Ladoga, até Petrozavodsk, até o polo de Lodeinoye. Há dezenas deles em Kobona.

– É mesmo? Dezenas?

– Talvez não. Mas são americanos! – disse Dimitri fazendo uma pausa. – Talvez eles possam nos ajudar.

– De que maneira? – perguntou Alexander com rispidez e aproximando-se de Dimitri.

Sorrindo e continuando a falar em voz baixa, Dimitri respondeu:

– De que maneira? Daquela maneira *americana*. Talvez você possa ir até Kobona...

– Ir até Kobona, Dima? Para quê? Com quem vou falar? Com os motoristas dos caminhões? Você acha que se um soldado soviético começar a falar com eles em inglês, eles só vão dizer "Oh, claro, venha conosco em nosso navio. Vamos levá-lo para a sua casa!"? – respondeu Alexander, fazendo uma pausa e dando uma tragada no cigarro. – E mesmo que, de alguma forma, isso fosse possível, como você sugere que tiremos *você* de lá? Mesmo se um estranho se *dispusesse* a arriscar o pescoço por mim devido ao que você entende como ajuda americana, como é que isso ajudaria *você*?

Surpreso, Dimitri respondeu com rapidez:

– Não estou dizendo que seja um bom plano. Mas é um começo.

– Dima, você está ferido. Olhe para você. – Alexander olhou-o de alto a baixo. – Você não está em condições de lutar, não está nem em condições de... correr. Temos que esquecer nossos planos.

– Do que você está falando? – disse Dimitri com voz exaltada. – Eu sei que você ainda quer...

– Dimitri! – exclamou Alexander. – Nossos planos envolviam combate contra as tropas da fronteira da NKVD[2] e nos escondermos nos pântanos minados na Finlândia! Agora que você atirou no seu pé, como acha que *isso* vai ser possível?

Alexander ficou agradecido por Dimitri não ter dado uma resposta imediata. E se afastou.

– Concordo que a rota de Lisiy Nos é mais difícil, mas acho que temos uma boa chance de subornar os entregadores do *lend-lease*.

– Eles não são entregadores! – disse Alexander com raiva e fazendo uma pausa. – Esses homens são combatentes treinados e estiveram sujeitos a torpedos de submarinos todos os dias enquanto viajavam por dois mil quilômetros pelo Ártico e o norte da Rússia para trazer *tushonka* a *você*.

– Sim, e são esses mesmos homens que podem nos ajudar. E, Alexander... – disse ele se aproximando –, eu preciso de alguém que me ajude – acrescentou se aproximando ainda mais. – E logo. Não tenho a mínima intenção de morrer nesta maldita guerra. E *você*? – Ele fez uma pausa e voltou os olhos semicerrados para Alexander.

– Eu vou morrer se isso tiver que acontecer – respondeu Alexander sem se deixar pressionar.

Dimitri ficou observando-o. Alexander odiava ser observado. Ele acendeu um cigarro e olhou com frieza para Dimitri, que retrocedeu.

– Você ainda está com seu *dinheiro*? – perguntou Dimitri.

– Não.

– Você pode consegui-lo?

– Não sei – respondeu Alexander, pegando outro cigarro. A conversa estava terminada.

– Você ainda está com um cigarro apagado na boca – observou Dimitri secamente.

---

2 NKVD (russo: НКВД) = sigla de Comissariado do povo para assuntos internos, o Ministério do Interior da antiga URSS. Entre outras funções, patrulhava as fronteiras (N.T.).

Alexander recebeu uma generosa licença de trinta dias. E pediu mais tempo a Stepanov. Conseguiu um pouco mais, de 15 de junho até 25 de julho.

– É tempo suficiente? – perguntou Stepanov sorrindo ligeiramente.

– Ou é tempo demais, senhor – respondeu Alexander –, ou não é suficiente.

– Capitão – disse Stepanov, acendendo um cigarro e oferecendo um a Alexander –, quando você voltar... – acrescentou suspirando – não poderemos mais ficar na guarnição. Você sabe o que aconteceu à nossa cidade. Não podemos passar mais um inverno como esse último. Isso simplesmente *não pode acontecer* – disse ele fazendo uma pausa. – Vamos ter que furar o cerco. Todos nós. Neste outono.

– Eu concordo, senhor.

– É mesmo, Alexander? Você viu o que aconteceu com nossos homens em Tikhvin e Mga no último inverno e nesta primavera?

– Sim, senhor.

– Você ouviu o que tem acontecido com nossos homens em Nevsky, do outro lado do rio, em Dubrovka?

– Sim, senhor – respondeu Alexander. Nevsky era um enclave do Exército Vermelho dentro das linhas inimigas, um lugar que os alemães usavam diariamente como treinamento de pontaria. Os soldados russos morriam ali numa média de 200 por dia.

Balançando a cabeça, Stepanov disse:

– Vamos cruzar o Neva em pontões. Temos uma artilharia limitada, da qual você faz parte. Temos rifles de um só disparo.

– Eu não, senhor. Eu tenho uma metralhadora Shpagin. E meu rifle é automático – disse Alexander sorrindo.

– Estou fazendo a coisa parecer séria – disse Stepanov também sorrindo e balançando a cabeça.

– É verdade, senhor.

– Capitão, não se assuste com a luta encarniçada, por mais desigual que ela possa parecer.

Erguendo os olhos para Stepanov e perfilando-se, Alexander disse:

– Senhor, quando foi que já demonstrei medo?

— Se tivéssemos mais homens como você, já teríamos ganhado esta guerra há muito tempo — respondeu Stepanov aproximando-se de Alexander e apertando-lhe a mão. — Pode ir. Faça uma boa viagem. Nada estará igual quando você voltar.

3

Enquanto cruzava a União Soviética, Alexander pensou: Se Dasha e Tânia estivessem vivas, elas não lhe teriam escrito?

A dúvida o atingiu como um disparo de artilharia.

Viajar mais de 2500 quilômetros rumo leste, cruzando o lago Ladoga, o rio Onega, o Sukhona e o Unzha em direção ao rio Kama e os Montes Urais, sem ter notícia nenhuma durante seis meses, durante meio ano, durante todos aqueles minutos escoados, sem ouvir um único som de sua boca, ou uma única palavra escrita por sua pena — tudo isso não havia sido uma loucura?

Sim, fora uma loucura.

Durante os quatro dias de sua viagem a Molotov, Alexander relembrou cada suspiro que dera ao lado dela. As lembranças ficavam a seiscentos quilômetros do Canal de Obvodnoy: vê-la em Kirov, sua barraca em Luga, tê-la carregado nas costas, o quarto do hospital, Santo Isaac, ela tomando sorvete ou, já quase sem vida, deitada no trenó que ele puxava. Seiscentos quilômetros o separavam da comida que ela distribuía para todos, de seus saltos no telhado debaixo dos aviões alemães. Havia algumas lembranças do inverno passado que Alexander queria esquecer, mas continuava a rememorar. Ela caminhando ao lado dele depois de enterrar a mãe. Ela imóvel diante de três rapazes com facas.

Duas imagens vinham-lhe sempre à mente, como um refrão incansável e frenético:

Tatiana usando um elmo e roupas estranhas, coberta de sangue, coberta de pedras, vigas, vidro e cadáveres, embora ela ainda estivesse quente e respirando.

E:

Tatiana na cama do hospital, nua sob suas mãos, gemendo sob sua boca.

Se alguém conseguisse sobreviver, não seria a moça que, toda manhã e durante quatro meses, levantava-se às seis e meia e marchava através da Leningrado moribunda para conseguir pão para sua família?

Mas, se ela sobreviveu, por que não lhe escrevera?

A moça que lhe beijou as mãos, que lhe serviu chá e que olhou para ele, sem respirar enquanto ele falava, com olhos que ele nunca tinha visto... Teria ela partido para sempre?

Seu coração também teria partido?

Por favor, Deus, Alexander orava, *não permitas que ela continue a me amar, mas permite que ela viva.*

Era-lhe difícil fazer essa oração, mas Alexander não conseguia se imaginar vivendo num mundo sem Tatiana.

Sem se lavar e mal alimentado, tendo passado quatro dias em cinco trens diferentes e quatro jipes militares, Alexander desceu em Molotov numa sexta-feira, dia 19 de junho de 1942. Ele chegou ao meio-dia e se sentou num banco de madeira perto da estação.

Alexander não conseguiu andar até Lazarevo.

Ele não suportava pensar que ela morrera em Kobona, saindo da cidade em colapso para morrer tão perto da salvação. Não lhe era possível aceitar isso.

E, pior, ele sabia que não conseguiria se encarar se descobrisse que ela não pudera se salvar. Não conseguia pensar em voltar... Voltar para o quê?

Alexander chegou a pensar em tomar o trem seguinte e voltar imediatamente. A coragem para prosseguir era muito maior que a coragem de que ele precisava para se pôr junto a um lançador de mísseis Kayush ou de uma metralhadora antiaérea Zenith no lago Ladoga, sabendo que qualquer um dos aviões da Luftwalle que voavam acima de sua cabeça poderia provocar sua morte instantânea.

Ele não tinha medo de morrer.

Tinha medo de que ela morresse. O espectro da morte dela tirou-lhe a coragem.

Se Tatiana estivesse morta, isso significava que Deus estava morto, e Alexander sabia que ele não sobreviveria nem mais um instante a uma guerra num universo governado pelo caos, e não pela intenção. Ele não viveria mais que o pobre e indefeso Grinkov, que havia sido fulminado por uma bala perdida quando batia em retirada para a retaguarda.

A guerra era o máximo do caos, um emaranhado triturador, destruidor de almas, que acabava por dilacerar os homens, deixando-os insepultos no chão frio. Não havia nada mais cosmicamente caótico que a guerra.

Mas Tatiana era a ordem. Ela era a matéria finita num espaço infinito. Tatiana era a porta-estandarte de uma bandeira de graça e valor que ela carregava com generosidade e perfeição em si mesma, a bandeira que Alexander havia seguido, em direção leste, durante 1600 quilômetros até o rio Kama, até os Urais, até Lazarevo.

Durante duas horas, Alexander ficou sentado no banco, numa Molotov sem calçamento, provinciana e arborizada com carvalhos.

Voltar era impossível.

Prosseguir era impensável.

Contudo, não havia outro lugar para ir.

Ele se persignou e se levantou, juntando seus pertences.

Quando Alexander finalmente caminhou em direção a Lazarevo, sem saber se Tatiana estava viva ou morta, sentiu-se um homem caminhando para sua própria execução.

4

Lazarevo ficava a dez quilômetros, depois de um espesso bosque de pinheiros.

No local não havia só pinheiros; era uma mistura de olmos, carvalhos, bétulas e pés de mirtilo, todos oferecendo suas agradáveis fragrâncias aos sentidos. Alexander avançava carregando a mochila, o rifle, a pistola e a munição, sua grande tenda e o cobertor, o capacete e um saco cheio de comida de Kobona. Ele conseguia ouvir o deslizar próximo do rio Kama através das árvores. Pensou em ir se lavar, mas àquela altura, precisava continuar avançando.

Apanhou alguns mirtilos dos arbustos mais baixos enquanto caminhava. Estava com fome. Estava um dia muito quente, muito ensolarado, e

Alexander sentiu, repentinamente, uma esperança latejante. E caminhou mais depressa.

O bosque terminou, e, diante dele, estava uma estradinha de terra flanqueada, dos dois lados, por pequenas cabanas de madeira, gramados enfezados e velhas cercas caindo aos pedaços.

À esquerda, depois dos pinheiros e dos olmos, pôde vislumbrar o brilho do rio e, para além dele, depois de outro bosque volumoso e voluptuoso, os cumes arredondados e sempre cobertos de verde dos Montes Urais.

Inalou o ar profundamente. Será que Lazarevo cheirava a Tatiana? Sentiu cheiro de madeira queimada, de água fresca e de agulhas dos pinheiros. E de peixe. Alexander viu a chaminé de uma indústria de peixe nos limites da vila.

Avançou pela estrada, passando por uma mulher sentada num banco diante de sua casa. Ela olhou para ele; ele entendeu. Quantas vezes essas pessoas teriam visto um oficial do Exército Vemelho? A mulher se levantou e disse:

– Oh, não! Não é o *Alexander*, é?

Alexander não sabia o que responder.

– Ah, sim – disse ele por fim. – Eu *sou* Alexander. Estou procurando Tatiana e Dasha Metanova. A senhora sabe onde elas moram?

A mulher começou a chorar.

– Vou perguntar para outra pessoa – disse Alexander, olhando para ela.

A mulher correu atrás dele com passos miúdos.

– Espere, espere! – disse ela apontando para a estrada. – Às sextas-feiras, elas têm um círculo de costura na praça da vila. É só seguir em frente – acrescentou ela, balançando a cabeça e retrocedendo.

– Então, elas estão vivas? – perguntou Alexander com voz fraca, cheia de alívio.

A mulher não conseguiu responder. Cobrindo o rosto, ela correu para sua casa.

Ela disse *elas*? *Elas* significando... ele havia perguntado sobre duas irmãs; ela respondeu *elas*. Alexander diminuiu o passo, acendeu um cigarro e tomou um gole do cantil. Continuou a caminhar, mas parou antes de chegar à praça da vila, trinta metros à frente.

Ele não conseguia avançar. Ainda não.

Se elas *estivessem* vivas, então num instante ele teria problemas diferentes dos que imaginara, e achou que tivesse imaginado todos eles. Ele trataria desse como tratava de tudo, mas antes Alexander atravessou o jardim de alguém, desculpou-se rapidamente, abriu o portão de trás e saiu no caminho que passava por trás da praça. Ele quis contorná-la. Queria ver Tatiana por um instante, antes que ela o visse. Antes que Dasha aparecesse, ele queria, por um momento, ser capaz de olhar para Tatiana como desejava, sem se esconder.

Ele quis uma prova de Deus antes que Deus olhasse para o homem com Seus próprios olhos.

Os elmos se erguiam num dossel verde em torno da pequena praça. Um grupo de pessoas estava sentado embaixo das árvores junto a uma longa mesa de madeira. A maioria eram mulheres; na verdade, só havia um rapaz. Era um círculo de *costura*, pensou Alexander, aproximando-se da mesa para olhar melhor.

Uma cerca e um pé-de-lilás desajeitado impediram-lhe a visão. As flores tocaram-lhe o rosto e o nariz. Aspirando sua intensa fragrância, ele espreitou rapidamente. Não conseguiu ver Dasha em nenhum lugar. Viu quatro velhas sentadas ao redor da mesa, um rapaz, uma moça mais velha e Tatiana em pé.

A princípio, Alexander não conseguiu acreditar que fosse sua Tania. Piscou os olhos e tentou focar o olhar. Ela caminhava ao redor da mesa, gesticulando, apontando detalhes e inclinando-se sobre as costuras. A certa altura, ela se endireitou e enxugou a fronte. Estava usando um vestido de camponesa amarelo, de mangas curtas. Estava descalça, e suas pernas esguias estavam expostas até acima do joelho. Os braços nus estavam ligeiramente bronzeados. O cabelo loiro parecia queimado do sol e estava dividido em duas tranças aninhadas atrás das orelhas. Mesmo a distância, ele pôde ver as sardas de verão em seu nariz. Ela estava dolorosamente bela.

E *viva*.

Alexander fechou os olhos. Então, tornou a abri-los. Ela ainda estava lá, inclinada sobre o trabalho do rapaz. Ela disse alguma coisa, todos riram alto e Alexander observou o braço do rapaz tocar as costas de Tatiana. Ela sorriu. Seus dentes brancos brilharam como o resto de seu ser. Alexander não sabia o que fazer.

Que ela estava viva era uma coisa óbvia.

Então, por que não lhe escrevera?

E onde estava Dasha?

Alexander não conseguiu ficar mais tempo sob o pé-de-lilás.

Ele voltou para a rua principal, respirou profundamente, jogou fora o cigarro e caminhou em direção à praça, sem tirar os olhos das tranças dela. Seu coração pulsava acelerado contra o peito, como se ele estivesse indo para a batalha.

Tatiana ergueu os olhos, viu-o e cobriu o rosto com as mãos. Alexander viu que todos se levantaram e correram para ela, com as velhas exibindo uma inesperada agilidade e presteza. Ela as afastou, empurrou a mesa, empurrou o banco e correu para ele. Alexander ficou paralisado pela emoção. Ele queria sorrir, mas achou que, a qualquer momento, ia cair de joelhos e começar a chorar. Deixou cair tudo o que levava, inclusive o rifle. Meu Deus, pensou ele, num segundo eu vou *senti*-la. E foi então que sorriu.

Tatiana saltou em seus braços abertos, e Alexander, erguendo-a do chão com a força de seu abraço, não conseguia abraçá-la suficientemente forte, não conseguia absorver o suficiente dela. Ela colocou-lhe os braços em torno do pescoço, enterrando o rosto em seu queixo barbudo. Soluços secos agitaram todo seu corpo. Ela estava mais pesada que da última vez que ele a sentira ao erguê-la para colocá-la no caminhão do lago Ladoga. Ela, com suas botas, roupas, casacos e cobertas, não pesara tanto quanto agora.

Seu cheiro era incrível. Ela cheirava a sabonete, luz do sol e açúcar caramelizado.

Ela parecia incrível. Apertando-a contra ele, Alexander esfregou o rosto contra suas tranças, murmurando palavras sem sentido.

– Ora, vamos, Tatia. Por favor... – murmurou ele com voz quebrada.

– Oh, Alexander – disse Tatiana suavemente junto ao pescoço dele, enquanto lhe acariciava a parte posterior da cabeça. – Você está vivo. Graças a Deus.

– Oh, Tatiana – disse Alexander, apertando-a com mais força, como se isso fosse possível, com os braços envolvendo o corpo de verão da moça. – *Você está* viva. Graças a Deus – acrescentou ele, correndo as mãos do pescoço até as costas dela. Seu vestido era feito de um algodão muito fino. Quase dava para lhe sentir a pele através dele. Ela parecia muito macia.

Por fim, ele permitiu que os pés dela voltassem a tocar o chão. Tatiana ergueu os olhos para ele. Suas mãos permaneciam em torno da cintura fina da moça. Ele não conseguia largá-la. Ela sempre fora assim pequena, com os pés descalços diante dele?

– Eu gosto de sua barba – disse Tatiana, sorrindo timidamente e tocando-lhe o rosto.

– E eu adoro o seu cabelo – disse Alexander, puxando-lhe uma trança e sorrindo.

– Você é desajeitado...

Ele a examinou toda.

– E você é *incrível* – disse ele, sem conseguir tirar os olhos de seus lábios gloriosos, vívidos e ávidos. Eles tinham a cor dos tomates de julho.

Ele se inclinou para ela.

Com um suspiro profundo, Alexander se lembrou de Dasha. Ele parou de sorrir, soltou Tatiana e se afastou um pouco.

Ela franziu um pouco o cenho e olhou para ele.

– Onde está Dasha, Tania? – perguntou ele.

Ah, o que Alexander viu então passar pelos olhos dela... dor, tristeza, angústia e raiva – contra ele talvez –, tudo isso desaparecendo num piscar de olhos e, então, um véu gélido cobriu-lhe os olhos.

Alexander observou que algo em Tatiana se fechava para ele. Ela o olhou com frieza e, embora suas mãos ainda tremessem, sua voz soou baixa, porém firme:

– Dasha morreu, Alexander. Sinto muito.

– Oh, Tania. *Eu* sinto muito – disse ele, estendendo as mãos para tocá-la, mas ela se afastou dele. Ela não se afastou dele apenas. Ela *cambaleou* para longe dele.

– O que foi? – perguntou ele perplexo. – O que foi?

– Alexander, eu realmente sinto muito quanto a Dasha – disse Tatiana incapaz de sustentar o olhar dele. – Você veio de tão longe...

– Do que você está...

Mas antes que tivesse a chance de prosseguir ou Tatiana a de responder, os outros membros do círculo de costura os cercaram.

– Tanechka? – disse uma mulher pequena e gorducha, com olhos redondos. – Quem é este? É o Alexander da Dasha?

– Sim, este é o Alexander da Dasha – respondeu Tatiana. E, olhando para ele, acrescentou: – Alexander, esta é Naira Mikhailovna.

Naira começou a chorar.

– Oh, pobre de você – disse ela, sem se limitar a apertar a mão de Alexander, mas também o abraçando.

– Pobre de mim? – disse Alexander, olhando para Tatiana.

– Naira, por favor – disse Tatiana, afastando-se mais dela.

– Ele *sabia*? – sussurrou Naira a Tatiana enquanto fungava.

– Ele não sabia. Mas agora sabe – replicou Tatiana, provocando um gemido contido em Naira.

Tatiana fez outras apresentações.

– Alexander, este é Vova, o neto de Naira, e esta é Zoe, a irmã de Vova.

Vova era exatamente o tipo de garoto robusto em que Alexander odiava pensar. Rosto redondo, olhos redondos, boca redonda: uma versão de cabelos escuros de sua avó pequena e compacta. Vova apertou a mão de Alexander.

Zoe, uma aldeã corpulenta e de cabelos negros, abraçou-o roçando seus grandes seios contra a túnica do uniforme dele. Ela segurou a mão de Alexander entre as dela.

– Temos muito prazer em conhecê-lo, Alexander. Ouvimos falar muitas coisas a seu respeito.

– Tudo – acrescentou uma mulher radiosa, de cabelo encaracolado, que Tatiana apresentou como Axinya, a irmã mais velha de Naira. – Ouvimos tudo a seu respeito – disse Axinya com voz forte e enérgica, também abraçando Alexander.

Então, mais duas mulheres avançaram. Ambas eram grisalhas e frágeis. Uma delas tinha uma doença que a fazia tremer. Suas mãos tremiam, sua cabeça tremia, sua boca tremia quando ela falava. Seu nome era Raisa. O nome de sua mãe era Dusia, que era mais alta e mais encorpada que a filha e usava uma grande cruz de prata sobre o vestido escuro. Dusia fez o sinal da cruz sobre Alexander e disse:

– Deus vai tomar conta de você. Não se preocupe.

Alexander quis dizer a Dusia que ter encontrado Tatiana viva fazia com que ele não se preocupasse com mais nada, mas antes que ele pudesse dizer uma só uma palavra, Axinya perguntou a Alexander como ele estava se sentindo, ao que se seguiu uma segunda rodada de abraços e de lágrimas.

– Estou me sentindo bem – disse Alexander. – Na verdade, não há motivo para choro.

Ele poderia ter dito isso em inglês, pois os aldeões continuaram a chorar.

Alexander olhou para Tatiana com perplexidade. Além de se conservar a distância, Vova estava ao lado dela.

– Você está... oh, não consigo, não consigo, simplesmente não consigo – chorou Naira.

– Então, não diga nada, Naira Mikhailovna – disse Tatiana com suavidade. – Ele está bem. Olhe. Ele vai ficar bem.

– Tania tem razão – disse Alexander. – Mesmo.

– Oh, meu caro rapaz – disse Naira, agarrando-lhe a manga. – Você veio de tão longe. Deve estar exausto.

Até cinco minutos antes, ele não estava. Alexander olhou para Tatiana e disse: – Estou com um pouco de fome – e sorriu.

Ela não lhe devolveu o sorriso ao dizer: – Claro. Vamos comer.

Nada estava fazendo sentido para um Alexander cansado e faminto, que, de repente, descobriu-se perdendo a paciência.

– Com licença – disse ele –, soltando-se de Axinya, que estava em pé diante dele, e abrindo caminho entre o mar de pessoas para se aproximar de Tatiana. – Podemos conversar um instante?

Tatiana afastou-se dele, virando o rosto.

– Venha, vou lhe preparar o jantar – disse ela.

– Será que podemos... disse Alexander, descobrindo que estava com dificuldade para pronunciar as palavras – ... conversar só um instante, Tania?

– É claro, Alexander – disse Naira. – Vamos conversar. Venha, querido, venha até nossa casa – acrescentou ela. – Este deve ser o pior dia de sua vida.

Alexander não sabia o que pensar desse dia.

– Vamos tomar conta de você – prosseguiu Naira. – Nossa Tania é uma excelente cozinheira.

A Tania *deles*?

– Eu sei – disse Alexander.

– Você vai comer e beber. Nós vamos conversar. Conversar bastante. Vamos lhe contar tudo. Quanto tempo você vai ficar aqui?

– Não sei – respondeu Alexander, não mais tentando buscar o olhar de Tatiana.

Começaram a andar, e, em meio a toda aquela comoção, esqueceram a costura.

– Ah, sim – disse Tatiana inexpressivamente, e voltou até a mesa.

Alexander a seguiu. Zoe o acompanhou, mas ele disse: – Zoe, preciso de um instante a sós com Tania. – E, sem esperar pela resposta, apressou-se para alcançar Tatiana.

– O que está havendo com você? – perguntou ele.

– Nada.

– Tania!

– O quê?

– Fale comigo.

– Como foi sua viagem até aqui?

– Não é isso o que quero dizer. Foi boa. Por que você não me escreveu?

– Alexander – respondeu ela –, por que você não *me* escreveu?

Tomado de surpresa, ele respondeu:

– Eu não sabia que você estava viva.

– Eu também não sabia que você estava vivo – replicou ela, *quase* com calma, como se só ele não conseguisse enxergar através do véu.

Debaixo dele havia uma tempestade da qual ela não o estava deixando se aproximar.

– Você devia ter me escrito contando que havia conseguido chegar aqui com segurança – disse Alexander. – Lembra?

– Não – respondeu Tatiana enfaticamente. – *Dasha* devia ter escrito a você para lhe contar. Lembra? Mas ela morreu. Portanto, não pôde fazê-lo.

Enquanto falava, ela foi recolhendo o material de costura: as agulhas, o fio, as contas, os botões e os moldes de papel, colocando tudo numa cesta.

– Sinto muito pela Dasha. Muito mesmo. Por favor – disse Alexander, tocando-lhe as costas.

Tatiana afastou-se dele e deixou as lágrimas caírem.

– Eu também.

– O que aconteceu com ela? Ela conseguiu sair de Kobona?

– Eu consegui – disse Tatiana com calma. – Ela não. Ela morreu na manhã em que chegamos lá.

– Oh, meu Deus.

Eles não se olharam e se mantiveram em silêncio.

Arrastar Dasha pela encosta até Ladoga, implorando-lhe que continuasse a caminhar, enquanto a própria Tania mal conseguia ficar em pé, mas empurrando a irmã para frente, querendo que ela vivesse.

– Sinto muito, Tatia – sussurrou Alexander.

– Ver você – disse Tatiana – traz tudo de volta, não é mesmo? As feridas ainda estão abertas.

Então, ergueu os olhos e olhou para ele. E Alexander viu as feridas.

Lentamente, caminharam de volta até os outros.

Vova deu um tapa no ombro de Alexander e perguntou:

– Como está indo a guerra?

– Vai bem, obrigado.

– Ouvimos dizer que os nossos rapazes não estão se saindo tão bem. Os alemães estão perto de Stalingrado.

– Sim – disse Alexander –, os alemães são muito fortes.

Vova tornou a dar um tapa no ombro de Alexander.

– Estou vendo que eles mantêm vocês em forma para a guerra. Eu vou me alistar. Faço dezessete no mês que vem.

– Tenho certeza de que o Exército Vermelho vai fazer de você um homem – disse Alexander, tentando parecer mais animado.

Ele ficou observando Tatiana carregar a cesta de costura.

– Quer que eu a carregue? – perguntou-lhe Alexander.

– Não, tudo bem. Você já está carregando suas coisas.

– Eu lhe trouxe uma coisa.

– Para *mim*? – disse Tatiana, sem olhar para ele.

O que estava acontecendo?

– Tania?... – disse ele de forma interrogativa.

– Alexander – disse Naira –, amanhã é nosso dia de ir aos *banya*. Dá para esperar até lá?

– Não. Hoje à noite vou me lavar no rio.

– Tem certeza de que não dá para esperar mais um dia? – perguntou Naira.

Ele confirmou com um aceno de cabeça.

– Viajei de trem durante quatro dias. Não vejo água há muito tempo.

– Quatro dias! – exclamou Raisa, balançando a cabeça. – O homem viajou quatro dias de trem!

– Sim – disse Naira, enxugando o rosto –, e para quê? Para quê? Oh, que desgraça é essa guerra, que destruição, que tragédia.

As outras mulheres fungaram em concordância.

Alexander ouviu um pequeno gemido escapar de Tania. Ele queria que ela olhasse para ele. Queria olhá-la no rosto. Queria que ela lhe contasse o que havia de errado. Queria tocar seus braços nus. Queria tanto tocá-la que... mas suas mãos estavam ocupadas com suas coisas.

– Tania... – sussurrou ele, inclinando-se bastante sobre ela, quase lhe tocando o cabelo com a boca.

Ele ouviu a moça interromper a respiração antes de se afastar dele.

Um pouco frustrado, ele se recompôs, observando que Vova não saía do lado de Tatiana, e que ela tampouco parecia se afastar dele.

Desceram a rua. Das pequenas casas da vila, os vizinhos acorriam em filas desordenadas, alguns balançando a cabeça, outros apontando, outros com os olhos umedecidos. Muitos o saudavam. Uma mulher de meia--idade se aproximou e deu um abraço caloroso em Alexander.

– Você nos deixa orgulhosos – disse um velho.

Por que Alexander achou que ele não se referia a seus esforços de guerra?

– A maneira pela qual você veio procurar sua Dasha – acrescentou o homem, apertando-lhe a mão. – Se precisar de alguma coisa, qualquer coisa, pode me procurar. Eu sou o Igor.

– Tania, por que parece que todo mundo me conhece aqui? – perguntou ele em voz baixa.

– Porque todos o conhecem – disse Tatiana com indiferença e o olhar distante. – Você é o capitão do Exército Vermelho que veio se casar com minha irmã. Todos sabem disso. Infelizmente, ela morreu. E eles também sabem disso. E todo mundo lamenta muito – acrescentou ela, com voz quase firme.

Soluços foram ouvidos, vindos de Dusia, à frente, e de Naira, que vinha atrás.

– Alexander – disse Naira –, lá em casa nós vamos lhe dar uma porção de vodca e vamos lhe contar tudo.

Nós? Ele olhou para Tatiana, na esperança de que *nós* não fosse mais que dois. Por que suspeitava de que seria?

– Tania, como você tem passado? – perguntou Alexander. – Como foi que...

– Ah, ela tem sido corajosa – interrompeu Vova, colocando o braço em torno de Tatiana. – Agora ela está melhor.

Alexander olhou para frente, com os olhos enuviados. O mal-estar dentro dele estava se multiplicando.

Foi nesse instante – quando ele cerrou os dentes e virou o rosto – que Tatiana se afastou de Vova e veio até Alexander, tocando-lhe o braço.

– Você deve estar exausto, não? – disse ela com suavidade, olhando-o no rosto. – Quatro dias viajando de trem. Você comeu hoje?

– De manhã – respondeu ele, sem olhar para ela.

Tatiana fez um movimento de cabeça.

– Você vai se sentir melhor depois de se lavar e de se alimentar – disse ela sorrindo. – E se barbear – acrescentou apertando-lhe o braço.

Ele se sentiu melhor e lhe devolveu o sorriso. Ia ter de falar com ela sobre Vova. Alexander via coisas não resolvidas nos olhos de Tatiana. A última vez que ele teve tempo ou energia para resolver *alguma* coisa foi na catedral de Santo Isaac. Um momento sozinho com ela e as coisas melhorariam, mas primeiro ele tinha de falar com ela sobre Vova.

– Alexander – disse Axinya –, nós arrancamos a nossa Tanechka das garras da morte.

Ouviu-se um alarido geral. Alexander olhou para Tatiana caminhando ao lado dele e sentiu um calor líquido percorrê-lo.

– Por favor, deixe-me carregar isso – disse ele.

Ela estava para lhe entregar a cesta de costura, quando Vova a interceptou e disse:

– Eu a levo.

– Tania – perguntou Alexander –, será que você, por acaso, encontrou Dimitri em Kobona?

Naira virou-se rapidamente para Alexander e sibilou, com os olhos suplicantes:

– Psiu! Nós nunca conversamos sobre Dimitri.

– Aquele *safado*! – exclamou Axinya.

– Axinya, por favor! – disse Naira, voltando-se para Alexander e balançando a cabeça. – Mas ela tem razão, ele *é* um safado.

Alexander virou-se para todos com os olhos escancarados.

– Tania – disse ele –, devo entender que você realmente encontrou Dimitri em Kobona?

– Mmm – respondeu ela, sem dizer mais nada.

Alexander balançou a cabeça. Ele *era* um safado.

À sua esquerda, Zoe se inclinou e disse num sussurro conspiratório:

– Outro motivo para não falarmos sobre Dimitri é porque nosso Vovka arrumou uma *grande* coisa para Tania.

Afastando-se de Zoe e se aproximando de Tatiana, Alexander murmurou:

– É verdade?

A casa de Naira, no final da vila, na direção do rio, era branca, de madeira e quadrada. E pequena.

– Vocês todos moram aqui? – perguntou Alexander, olhando para Tatiana, que caminhava na frente.

– Não, não – disse Naira –, só nós e a nossa Tania. Vova e Zoe moram com a mãe no outro lado de Lazarevo. O pai deles foi morto na Ucrânia no verão passado.

– Babushka – disse Zoe –, acho que não vai haver lugar em sua casa para o Alexander.

Alexander olhou para a casa. Parecia que Zoe estava certa. No jardim da frente, havia duas cabras e três galinhas num cercado de arame. Parecia que havia bastante espaço para *eles*.

Seguindo Tatiana até o interior da casa, Alexander subiu dois degraus de madeira e entrou numa varanda espaçosa e fechada por vidro, com duas pequenas camas num dos lados e uma longa mesa de madeira retangular do outro. Atravessando a varanda, deteve-se na entrada de uma sala escura, no meio da qual havia um fogão a lenha acesso.

Ocupando quase toda a parte traseira da sala, o fogão tinha longa fornalha de ferro e três compartimentos, dos quais o do centro era para a queima de madeira, e os outros dois funcionavam como fornos. A chaminé erguia-se à esquerda. Acima do fogão havia uma superfície plana coberta por colchas e travesseiros. Em muitas casas de vilarejos da União Soviética, o topo do fogão era frequentemente usado como cama. Depois que o fogo se apagava lá embaixo, a parte de cima ficava bem aquecida.

Diante do fogão, havia uma mesa alta para a preparação dos alimentos, e, nos fundos, havia uma máquina de costura numa bancada e um baú negro. À direita havia duas portas, que Alexander imaginou serem as dos quartos. Tatiana estava a seu lado.

– Deixe-me adivinhar – ele lhe disse. – Você dorme ali?

– Sim – respondeu ela, sem erguer os olhos. – É confortável. Entre um instante – acrescentou ela, passando pela bancada ao lado do fogão.

– Espere, espere – disse Naira atrás deles. – Zoechka tem razão. Nós não temos mesmo muito espaço.

– Tudo bem, eu tenho minha barraca – disse Alexander, seguindo Tatiana.

– Não, nada de barraca – disse Naira. – Por que você não fica com Vova e Zoe? Eles têm lugar para você; têm um belo quarto em que você pode ficar. Com uma cama de verdade e tudo o mais.

– Não – disse Alexander, virando-se para Naira. – Mas muito obrigado.

– Tanechka, você não acha que seria mais confortável para ele? Ele podia...

– Naira Mikhailovna – disse Tatiana –, ele já disse que não.

– Nós sabemos – disse Axinya, atravessando a varanda. – Mas não seria mais...

– Não – repetiu Alexander. – Vou dormir na minha barraca bem aí fora. Vou ficar bem.

Tatiana fez-lhe um aceno para que se aproximasse. Ele não conseguiu chegar perto dela com rapidez.

Os dois ficaram sozinhos o tempo suficiente para ela dizer:

– Durma aqui, acima do fogão. É bem quente.

Ele conseguiu controlar a voz quando perguntou:

– E *você*, onde vai dormir?

O rosto dela ficou vermelho, e ele não conseguiu evitar: explodiu numa gargalhada e beijou-lhe o rosto. O que a deixou ainda mais vermelha.

– Tania – disse ele –, você é uma moça muito engraçada.

Ela se afastou até quase chegar à varanda.

Sorrindo para ela, ele disse:

– Ouça, eu vou...

– Vai ficar com Zoe e Vova? – perguntou Naira, entrando na sala. – É uma boa ideia. Eu sabia que a nossa Tanechka ia convencê-lo. Ela consegue fazer até o demônio mudar de ideia. Zoe!

– Não! – exclamou Tatiana.

Alexander teve vontade de beijá-la.

– Naira Mikhailovna, ele não vai – disse Tatiana. – Ele não veio de tão longe para ficar com Vova e Zoe. Ele vai ficar aqui. E vai dormir lá em cima.

– Oh, disse Naira, com a respiração curta.

– E você?

Será que ela conseguiria não corar? Não, não conseguiria.

– Eu vou dormir na varanda.

– Tania, se ele está faminto, por que você não muda a roupa de sua cama para que ele durma em lençóis limpos?

– Vou fazer isso, respondeu Tatiana.

– Não *ouse* tocar neles – sussurrou Alexander.

Dizendo que ia buscar toalhas limpas para Alexander, Naira desapareceu em seu quarto.

Um se virou para o outro instantaneamente. Ela não conseguia encará-lo, mas estava virada para ele e perto dele, e... será que ela o estava cheirando?

– Eu vou me lavar e já volto – disse Alexander sorrindo. Ele não sabia o que fazer com as mãos. Queria segurar as dela. – Não saia daqui.

– Vou ficar bem aqui. Você precisa de sabonete?

– Eu tenho o suficiente – respondeu ele balançando a cabeça.

– Estou certa de que tem. Mas olhe o que mais eu tenho – disse ela, tirando um pequeno frasco de xampu de sua gaveta. – Achei isto em Molotov. Custou-me vinte rublos – acrescentou, entregando-lhe o frasco. – Xampu de verdade para o seu cabelo.

– Você gastou *vinte* rublos num vidro de xampu? – perguntou ele, fingindo indignação, tirando-lhe o frasco das mãos e apertando-lhe os dedos.

– Melhor que duzentos e cinquenta rublos por uma xícara de farinha – replicou ela, retirando os dedos rapidamente e tentando mudar de assunto.

– Esses vinte eram parte dos *meus* rublos?

– Sim – respondeu ela calmamente. – Os rublos que estavam dentro de seu livro vieram a calhar. Obrigada – acrescentou ela, sem olhar para ele. – Obrigada por tudo.

– Estou contente por eles terem sido úteis, e não precisa agradecer. Não precisa agradecer nada – disse ele, sem conseguir tirar os olhos dela. – Tatiasha, você está tão loira.

– É o sol – respondeu ela dando de ombros casualmente.

– E tão sardenta...

– O sol.

– E tão...

– Deixe-me lhe mostrar o rio.

– Espere. Veja o que eu trouxe para você – disse ele, abaixando-se junto de sua mala e mostrando-lhe muitas latas de *tushonka*, um pouco de café, um grande saco de cubos de açúcar, sal, cigarros e garrafas de vodca. – E eu lhe trouxe mais um livro inglês-russo. Você tem praticado seu inglês?

– Não, não tenho – respondeu Tatiana. – Não tenho tempo. Não acredito que você tenha carregado tudo isso. Deve ter sido um grande peso. Mas obrigada. Vamos lá para fora – acrescentou ela, depois de uma pausa.

Pegando uma toalha de Naira, eles atravessaram a varanda e desceram os degraus de volta ao jardim. Alexander procurou ficar o mais perto possível de Tatiana, sem que seu corpo chegasse a tocá-la. Ele sabia que seis pares de olhos estavam fixos neles lá da varanda. Tatiana apontou para alguma coisa, mas ele nem olhou para onde ela estava apontando. Ele estava olhando para suas sobrancelhas loiras. E desejou tocá-las com os dedos.

Desejou tocar a moça com os dedos.

Segurando a respiração, ele tocou uma pequena cicatriz abaixo da sobrancelha onde ela tinha sido ferida durante a briga com o pai.

– Quase desapareceu – disse ele em voz baixa. – Quase nem dá para ver.

– Se você não consegue vê-la – disse Tatiana com suavidade –, por que a está tocando? – acrescentou sem olhar para ele. – Alexander – prosseguiu ela –, dá para você olhar para onde estou apontando? É bem em meio aos pinheiros. Quer olhar, por favor? Do outro lado da estrada, há um caminho entre as árvores. Desça uns cem metros até a clareira. Eu lavo roupa lá. Você não vai deixar de achar. O Kama é um rio grande.

– Eu vou me perder, com certeza – disse Alexander, inclinando-se sobre o ouvido dela e baixando a voz. – Venha me mostrar.

– A Tania tem que fazer o jantar – disse Zoe, aproximando-se deles. – Por que *eu* não lhe mostro o caminho?

– Sim – disse Tatiana recuando. – Por que Zoe não lhe mostra o caminho? Eu tenho que começar a cozinhar se quisermos comer mais tarde.

– Não, Zoe – disse Alexander. – Com licença – acrescentou, puxando Tatiana. – Venha comigo até o rio – repetiu ele. – Você vai poder me dizer o que a está aborrecendo, e eu vou...

– Agora não, Alexander – sussurrou Tatiana. – *Agora* não.

Suspirando, ele soltou-lhe a mão e se afastou sozinho. Quando voltou, limpo e barbeado, vestindo seu uniforme classe B, percebeu que Zoe estava descaradamente interessada nele. Alexander não ficou surpreso. Numa vila sem rapazes, ele podia ser zarolho e sem nenhum dente que Zoe se mostraria interessada. Tatiana era outra história. Ela evitava obstinadamente olhá-lo nos olhos. Inclinada sobre o fogão e as frigideiras, ela disse:

– Você se barbeou.

– Como é que *você* sabe? – perguntou ele, olhando-lhe as costas e os quadris, enquanto ela se inclinava em seu vestido amarelo. Sua cintura se afinava acima dos quadris redondos como a lua, e a parte de trás das coxas nuas podia ser vista abaixo da barra curta. Ele pulsava internamente.

– Tania, esta vida de aldeia combina com você – disse Alexander depois de alguns minutos.

Erguendo-se, ela estava prestes a caminhar até a varanda quando ele agarrou-lhe a mão e levou-a a seu rosto.

– Você gosta mais dele liso? – perguntou ele, passando as costas da mão dela contra o rosto e, então, beijou-lhe os dedos.

Ela puxou a mão com suavidade.

– Não vi muitos de vocês limpos e barbeados – murmurou ela. – De qualquer jeito está bom. Eu estou cheirando a cebola, Alexander. Não quero estragar sua limpeza. Você está tão bonito e... limpo – acrescentou ela, limpando a garganta e afastando o olhar.

– Tatia – disse ele, sem soltar-lhe a mão enfarinhada –, sou *eu*. Qual é o problema?

Ela ergueu o olhar para ele e piscou; ele viu mágoa em seus olhos, mágoa, calor e tristeza, mas, acima de tudo, mágoa, e começou a dizer: – O que...

– Alexander, querido, venha ficar aqui conosco. Deixe a Tania terminar o jantar. Venha tomar uma bebida.

Ela foi para a varanda. Naira deu-lhe uma dose de vodca. Balançando a cabeça, Alexander disse:

– Não vou beber sem Tatiana. Tania! Venha aqui.

– Ela vai beber a próxima conosco.

– Não – disse ele. – Ela vai beber a primeira conosco. Tania, venha aqui.

Ela se aproximou, cheirando levemente a batatas e cebolas, colocando-se ao lado dele.

– A nossa Tanechka nunca bebe – disse Naira.

– Vou beber à saúde de Alexander – retrucou Tatiana.

Alexander entregou-lhe seu copo de vodca, tocando-lhe os dedos. Naira serviu-lhe outro copo. Os dois ergueram os copos.

– Ao Alexander – disse Tatiana, com a voz embargada. Seus olhos estavam cheios de lágrimas.

– Ao Alexander – responderam os outros. – E a Dasha.

– E a Dasha – disse Alexander calmamente.

Todos beberam, e Tatiana voltou para o fogão.

Uma dezena de aldeões apareceu antes do jantar, todos desejosos de conhecer Alexander, todos trazendo pequenos presentes. Uma mulher trouxe um ovo. Um velho trouxe um anzol de pesca. Outro homem, uma linha de pescar. Uma garota trouxe algumas balas duras. Todos lhe apertaram a mão, alguns se inclinavam e uma mulher chegou a ficar de joelhos, persignando-se e beijando o copo que ele segurava. Alexander ficou emocionado e exausto. E pegou um cigarro.

– Por que não vamos lá para fora? A nossa Tania não gosta que se fume dentro de casa.

Alexander praguejou em voz baixa, guardando o cigarro. Aguentar Vova se ocupando do bem-estar de Tania era demais. Mas antes que ele pudesse dizer outra palavra, sentiu a mão de Tatiana em seu ombro e viu seu rosto bem diante dele, enquanto ela colocava um cinzeiro em cima da mesa.

– Fume, Alexander, fume – disse ela.

– Mas, Tania, a fumaça a incomoda. É por isso que nós saímos.

– Eu sei disso, Vova – respondeu Tatiana. – Mas Alexander não veio de tão longe para fumar fora de casa. Ele vai fumar onde quiser.

– Eu não preciso fumar – disse Alexander balançando a cabeça. Ele queria a mão dela em seu ombro, e o rosto dela novamente diante dele. – Tania, você precisa de ajuda? – acrescentou ele.

– Sim, você pode se levantar e comer minha comida. É hora do jantar.

As quatro damas sentaram-se a um lado da longa mesa, que era flanqueada por dois bancos.

– Normalmente, Tatiana senta-se à cabeceira. Para que possa se levantar e buscar a comida, sabe? – disse Zoe sorrindo.

– Ah, eu sei – disse Alexander. – Vou me sentar ao lado dela.

– Normalmente, *eu* me sento ao lado dela – disse Vova.

Dando de ombros e sem interesse em competir com Vova, Alexander olhou para Tatiana e ergueu as sobrancelhas.

Ela enxugou as mãos numa toalha e disse:

– E se eu me sentar entre Alexander e Vova?

– Ótimo – disse Zoe. – E eu vou me sentar do outro lado de Alexander.

– Ótimo – disse Alexander.

Tatiana havia feito uma salada de pepinos e tomates, e cozinhado algumas batatas com cebolas e *tushonka*. Ela abriu um pote de cogumelos marinados. Havia pão branco, um pouco de manteiga, leite, queijo e alguns ovos cozidos.

– O que posso lhe servir, Shu?... – perguntou Tatiana, deslizando para o lado dele. – Você quer salada?

– Quero, por favor.

– E um pouco de cogumelo? – perguntou ela se levantando.

– Sim, por favor.

Tatiana colocou comida no prato dele, permanecendo a seu lado. A única razão para Alexander deixar que ela prosseguisse sem se servir ele mesmo era porque a perna desnuda da moça roçava-lhe as calças, e seus quadris se pressionavam contra seu cotovelo. Ele faria com que ela o servisse uma segunda e uma terceira vez para mantê-la junto dele. Sua vontade era de enlaçar a cintura dela. Em vez disso, pegou o garfo.

– Sim, por favor, um pouco de batata também. É o suficiente. Um pouco de pão. Está ótimo. Sim, manteiga também.

Alexander achou que ela se sentaria, mas isso não aconteceu: ela andava em volta da mesa e servia a comida para as senhoras mais velhas.

E, então, ela serviu Vova. O coração de Alexander deu um aperto quando viu que ela servia Vova com uma familiaridade informal. Vova agradeceu a ela, que sorriu levemente, olhando-o diretamente no rosto.

Para o Vova ela olhava. Para o Vova ela sorria. *Pelo amor de Deus*, pensou Alexander. A única coisa que o impediu de se sentir pior com a situação foi que nos olhos de Tania ele nada viu de especial com relação a Vova.

Por fim, ela se sentou.

– Tania – disse ele –, fico feliz por ver comida diante de você novamente.

– Eu também – respondeu ela.

Os cômodos eram tão escuros que ele não conseguia vê-la muito bem, mas pôde ver o sangue pingando de sua boca quando ela cortou pão preto para ele, para Dasha e, por fim, para ela mesma. Agora ela estava comendo pão branco com manteiga e ovos.

– Muito melhor, Tatia – sussurrou ele. – Graças a Deus.

– Sim – disse ela, numa voz quase inaudível. – Graças a *você*.

O cotovelo impertinente de Zoe tocava, de maneira intermitente e proposital, o de Alexander. Zoe jogava muito bem o jogo. Alexander ficou imaginando se Tatiana o havia notado.

Afastando-se de Zoe, Alexander se aproximou mais de Tatiana.

– Só para lhe dar um pouco mais de espaço, Zoe – disse ele com um sorriso indiferente.

– Sim, mas veja só – disse Naira, que estava sentada diante deles –, agora a pobre Tanechka ficou espremida.

– Eu estou bem – disse Tatiana. Sob a mesa, a perna dela roçava a dele. Ele colocou sua perna contra a dela imediatamente.

– Então – disse Alexander, comendo com apetite –, será que eu já bebi o suficiente para você me contar o que lhe aconteceu?

Lágrimas. Não de Tatiana, mas das quatro mulheres.

– Oh, Alexander! Achamos que você ainda não bebeu o suficiente para ouvir tudo.

– Posso ouvir um pouco.

– Tania não gosta que a gente fale nisso – disse Naira –, mas, Tanechka, pelo Alexander, podemos contar a ele o que aconteceu?

– Sim, para o Alexander podem, contem-lhe o que aconteceu – respondeu Tatiana com um suspiro.

– Eu quero que Tania me conte o que aconteceu – disse Alexander. – Você quer mais vodca?

– Não – respondeu ela, servindo mais um pouco a ele. – Na verdade, Alexander, não há muito para contar. Como eu lhe disse, nós chegamos a Kobona. Dasha morreu. Eu vim para cá e fiquei doente por uns tempos...

– Ela quase morreu, isso sim! – exclamou Naira.

– Naira Mikhailovna, por favor – disse Tatiana. – E fiquei um pouco doente.

– Doente? – berrou Axinya. – Alexander, essa menina chegou aqui em janeiro e ficou à beira da morte até março. O que ela não tinha? Ela tinha escorbuto...

– Ela estava pondo sangue! – disse Dusia. – Como o nosso antigo Tsarevitch Alexos. Exatamente como ele. Sangrando sem parar.

– Isso é escorbuto – disse Alexander com delicadeza.

– O Tsarevich não tinha escorbuto – disse Tatiana. – Ele tinha hemofilia.

– Você esqueceu que ela teve pneumonia dupla? – disse Axinya. – Os dois pulmões dela ficaram tomados!

– Axinya, por favor – disse Tatiana. – Foi só um pulmão.

– Foi a pneumonia que quase a matou. Ela não conseguia respirar – disse Naira, estendendo a mão por sobre a mesa para que Tatiana a tocasse.

– Não foi a pneumonia que quase a matou! – exclamou Axinya. – Foi a tuberculose. Naira, você é tão esquecida. Não lembra que ela cuspiu sangue durante semanas?

– Oh, meu Deus, Tania – sussurrou Alexander.

– Alexander, eu estou bem. De verdade – disse Tatiana. – Eu tive uma tuberculose branda. Elas a curaram antes que eu fosse para o hospital. O médico disse que logo eu estaria tão bem quanto antes. O médico disse que no ano seguinte a tuberculose teria ido embora.

– E você ia me deixar fumar aqui dentro.

– E daí? – disse ela. – Você sempre fuma dentro de casa. Estou acostumada com isso.

– E daí? – berrou Axinya. – Tania, você ficou no isolamento por um mês. Nós ficávamos com ela, Alexander, enquanto ela ficava deitada, tossindo, cuspindo sangue...

– Por que você não conta a ele como contraiu tuberculose? – disse Naira em voz alta.

Alexander sentiu que Tatiana estremeceu a seu lado.

– Mais tarde eu conto isso a ele.

– Quando é mais tarde? – sussurrou Alexander com o canto da boca. Ela não lhe deu resposta.

– Tania! – exclamou Axinya. – Conte a Alexander o que você teve que passar para chegar aqui. Conte a ele.

– Conte-me, Tania – disse ele, olhando para ela com compaixão. A comida que ela fizera estava tão boa; caso contrário, ele teria perdido o apetite.

Como se custasse um grande esforço, Tatiana disse:

– Olhe, eu e centenas de outras pessoas fomos empilhados em caminhões e levado até o trem, perto de Volkhov...

– Conte-lhe sobre o trem!

– Não era o melhor dos trens. Havia gente demais...

– Conte-lhe quantas pessoas!

– Eu não sei quantas – disse Tatiana. – Nós éramos...

– O que acontecia com as pessoas que morriam nos trens? – disse Dusia, persignando-se.

– Oh, eram simplesmente jogadas fora. Para abrir espaço.

– Havia mais espaço quando eles chegaram ao rio Volga – disse Naira, fungando.

– Alexander – exclamou Axinya –, a ponte ferroviária que cruzava o Volga tinha sido explodida, e o trem não podia passar. Todos os evacuados, inclusive a nossa Tanechka, foram informados de que teriam que atravessar o gelo a pé, mesmo na lamentável condição em que estavam. O que você acha disso?

Alexander piscou várias vezes. Ele não tirava os olhos do rosto divertido e, ao mesmo tempo, ligeiramente devastado, de Tatiana.

– Quantas pessoas conseguiram fazer a travessia, Tania? Quantas pessoas morreram no gelo? Conte a ele.

– Eu não sei, Axinya. Eu não fiquei contando...

– Ninguém – disse Dusia. – Tenho certeza de que ninguém sobreviveu.

— Bem, Tania sobreviveu — disse Alexander, com o cotovelo pressionando o braço de Tatiana, a perna pressionando a dela.

— E outras pessoas sobreviveram — disse Tatiana. — Não muitas — acrescentou ela, baixando a voz.

— Tania, conte a ele — exclamou Axinya — quantos quilômetros você teve que andar, tuberculosa, no meio da neve, do frio extremo, até chegar à próxima estação, pois não havia caminhões suficientes para carregar todos os doentes e os esfaimados até o trem. Conte-lhe quantos — acrescentou ela, arregalando os olhos. — Acho que foram uns quinze!

— Não, querida — corrigiu Tatiana. — Talvez uns três. E o frio não era extremo. Só estava frio.

— Eles lhe deram alguma coisa para comer? — Perguntou Axinya. — Não!

— Sim — disse Tatiana. — Eu recebi um pouco de comida.

— Tania! — exclamou Axinya. — Conte-lhe sobre o trem, conte-lhe como não havia lugar para você deitar, como você ficou três dias em pé, de Volkhov até o Volga!

— Eu viajei em pé por três dias — disse Tatiana, espetando a comida com o garfo. — De Volkhov até o Volga.

Enxugando os olhos, Dusia disse:

— Depois de cruzar o Volga, morreram tantas pessoas que Tatiana conseguiu um lugar no trem para se deitar, não é mesmo, Tania? Ela se deitou...

— E nunca mais se levantou! — completou Axinya.

— Meu bem — disse Tatiana —, eu acabei me levantando — completou ela, balançando a cabeça.

— Não — disse Axinya. — Eu não estou exagerando. Você não se levantou. O maquinista perguntou para onde você estava indo, e ele não conseguia acordá-la para lhe perguntar...

— Mas ele acabou me acordando.

— Acabou mesmo! — exclamou Axinya. — Mas ele pensou que você estava morta.

— Ela desceu do trem em Molotov — acrescentou Raisa — e perguntou qual era a distância até Lazarevo, e quando ouviu dizer que eram dez quilômetros, ela...

As quatro mulheres puseram-se a chorar.

– Lamento que você tenha que ouvir tudo isso – disse Tatiana a Alexander.

O rapaz parou de comer. Colocando-lhe a mão nas costas, ele começou a afagá-la com carinho. Quando viu que ela não se afastava, não se esquivava e não corava, deixou a mão pousada nela por um longo tempo. Então, tornou a pegar o garfo.

– Alexander, você sabe o que ela fez quando ouviu que Lazarevo ficava a dez quilômetros de Molotov?

– Deixe-me adivinhar – disse Alexander sorrindo. – Ela desmaiou.

– Isso mesmo! Como *você* soube? – perguntou Axinya, estudando-o.

– Eu desmaio o tempo todo – disse Tatiana. – Sou uma fracote.

– Depois que ela saiu do isolamento, ficávamos sentadas ao lado da cama dela no hospital, segurando a máscara de oxigênio no rosto dela para ajudá-la a respirar. Quando a avó dela morreu... – prosseguiu ela enxugando o rosto.

O garfo caiu da mão de Alexander. Involuntariamente. Em silêncio, ele ficou sentando olhando para o prato, incapaz de virar a cabeça até para Tatiana. Foi ela que se virou para ele, olhando-o com ternura e tristeza.

– Onde está aquela vodca, Tania? – perguntou Alexander. – Está na cara que eu não tomei o suficiente.

Ela o serviu e encheu um copinho para ela; então, eles ergueram os copos, batendo-os ligeiramente, e ficaram um olhando para o outro, os rostos cheios de Leningrado, da Quinta Soviet, da família dela e da família dele, do lago Ladoga e da noite.

– Coragem, Shura – sussurrou Tatiana.

Ele não conseguiu responder. Em vez disso, engoliu a vodca.

As outras pessoas à mesa ficaram quietas até Alexander perguntar:

– Como foi que ela morreu?

– De disenteria – respondeu Naira, limpando o nariz. – Em dezembro do ano passado – acrescentou ela, inclinando-se para frente. – Pessoalmente, acho que depois que ela perdeu o avô de Tania, ela não quis continuar vivendo. Sei que Tania concorda comigo – completou ela, olhando para Tatiana.

Tania concordou com um movimento de cabeça.

– Ela quis morrer. Ela não podia viver sem ele.

Naira tornou a pôr vodca no copo de Alexander.

– Quando Anna estava para morrer, ela me disse: "Naira, eu gostaria que você pudesse conhecer todas as minhas netas, mas você, provavelmente, nunca vai ver nossa pequena Tania. Ela nunca vai conseguir chegar aqui. Ela é tão fraquinha".

– Anna – comentou Alexander, tragando a vodca – nunca soube avaliar bem suas netas.

– Ela nos disse – prosseguiu Naira –: "Se minhas netas vierem, assegure-se de que elas fiquem bem. Conserve a minha casa para elas...".

– Casa? – perguntou Alexander, animando-se instantaneamente. – Que casa?

– Oh, eles tinham uma *izba*...

– Onde fica essa *izba*?

– Bem no início do bosque. Junto ao rio. Tania pode mostrá-la a você. Quando Tania melhorou e veio aqui para Lazarevo, ela quis morar nessa casa. *E sozinha* – completou Naira, escancarando os olhos de maneira significativa.

– O que ela *estava* pensando? – questionou Alexander.

Com o olhar radiante, todas as mulheres concordaram em voz alta, rindo e bufando em uníssono.

Naira disse:

– Nenhuma neta de nossa Anna ia morar sozinha. Que loucura era essa? Quem é que mora sozinho? Nós dissemos que ela era parte de nossa família. Seu amado Deda era primo por afinidade de meu primeiro marido. Você vai morar conosco. Aqui é muito melhor para você. E é, não é mesmo, Tanechka?

– É, Naira Mikhailovna – disse Tatiana, servindo mais batatas a Alexander. – Você ainda está com fome?

– Para dizer a verdade, nem sei mais como estou – disse Alexander –, mas, com certeza, vou continuar comendo.

– Nossa Tania agora está melhor, mas ela precisa se cuidar – disse Naira. – Ela ainda vai a Molotov todo mês fazer exames. A tuberculose pode voltar a qualquer momento. É por isso que todos nós fumamos lá fora...

– Sem nenhum problema – disse Vova, colocando o braço sobre os ombros de Tatiana. Alexander tinha que conversar com Tatiana a respeito de Vova, *e logo.*

– Alexander – disse Axinya –, você não faz ideia de como ela estava magra quando chegou aqui...

– Eu faço uma *certa* ideia – disse Alexander. – Não é mesmo, Tania?

– Faz mesmo, Shura – sussurrou ela.

– Ela estava pele e osso – disse Dusia. – O próprio Cristo quase não conseguiu salvá-la.

– Ainda bem que não vivemos numa fazenda coletiva como nossa prima Yulia, não é mesmo, Naira? – disse Axinya. – Yulia mora em Kulay, perto de Archangelsk e, apesar de ter setenta e cinco anos, trabalha no campo o dia inteiro, mas o *kolkhoz* leva a comida dela embora. Aqui eles só levam o nosso peixe, mas nós podemos trocar nossos ovos e o leite de cabra por manteiga, queijo ou até farinha branca.

– Pobre Yulia – disse Naira fungando. – Mas olhe só para a nossa Tanechka.

Axinya sorriu, olhou afetuosamente para Tatiana e disse:

– Nós engordamos você, não é mesmo, meu bem? Ovo todos os dias. Leite. Manteiga. Nós a engordamos bem, você não acha, Alexander?

– Hmm – disse Alexander escorregando a mão sob a mesa e apertando ligeiramente a coxa de Tatiana.

– Ela parece um *pãozinho quente* – acrescentou Axinya.

– Um pãozinho quente? – repetiu Alexander, sorrindo de modo malicioso e se voltando para Tatiana, que estava completamente vermelha. Seu vestido curto não conseguia cobrir-lhe as coxas. A mão dele acariciou a coxa dela sob a mesa durante o jantar, na frente de seis estranhos. Alexander teve de retirar a mão. *Teve* de retirá-la. Ele ficou sem respiração, bem como sem sua discrição e autocontrole.

– Alexander, quer mais um pouco? – perguntou Tatiana, levantando-se e pegando a frigideira. Suas mãos estavam trêmulas. – Ainda sobrou muito – acrescentou ela, sorrindo para ele e respirando pela boca entreaberta. – Muito – disse ela, com o rosto vermelho.

– Acho que prefiro uma bebida – disse Alexander, incapaz de olhar para *ela*.

– Alexander – disse Axinya –, queremos que você saiba que não estávamos contentes com Tanechka. Queremos que você saiba que estávamos do seu lado.

– Tania, o que você fez para aborrecer estas mulheres tão simpáticas? – disse Alexander.

Por que Tania parou de sorrir e olhou para Axinya?

Naira, a boca cheia de batata frita, disse:

– Nós dissemos a ela para escrever a você e lhe contar o que aconteceu com Dasha, para que você não tivesse que viajar tanto na esperança de se casar com seu antigo amor e ficar decepcionado. Nós lhe dissemos. Evite-lhe essa viagem até o meio do país. Escreva para ele e lhe conte a verdade.

– E ela se recusou! – exclamou Axinya.

Alexander, com o fogo no coração continuando a arder, mas com a ânsia também ardendo nele, encarou Tatiana.

– Por que ela se recusou, Axinya? – perguntou ele.

– Ela não quis dizer. Mas deixe-me dizer que a ideia de que você viesse aqui à procura de Dasha estava nos matando. Não conseguíamos falar de nenhuma outra coisa.

– De *nenhuma* outra coisa, Alexander – disse Tatiana. – Mais bebida?

– Se você tivesse me escrito, talvez elas parassem de falar – disse ele, de maneira menos amigável. – E, sim, mais bebida.

Ela lhe serviu a bebida tão depressa que quase entornou o copo.

A cabeça de Alexander estava enuviada.

– Nós lemos todas as cartas de Dasha para Anna – disse Naira. – A maneira pela qual ela sonhava com você – acrescentou ela balançando a cabeça. – Para ela, você era um cavaleiro armado.

Ele engoliu a vodca do copo em dois goles.

– Tania, nós lhe dissemos para escrever para ele! – exclamou Dusia. – Mas a nossa Tania, às vezes, pode ser muito teimosa.

– Às vezes? – disse Alexander, tirando o copo da mão de Tatiana e dando conta também da vodca que ela tomava.

– Eu disse que ela podia fazer isso, que ela podia escrever aquela carta – disse Dusia se persignando. – Mas ela disse que não. Que nem com a ajuda de Deus conseguiria fazer isso. Alexander – acrescentou ela, olhando para Tatiana com desaprovação –, nós tínhamos esperanças de que Deus poupasse você do sofrimento e o deixasse morrer no *front*.

Alexander ergueu as sobrancelhas.

– Vocês tinham *esperança* de que eu morresse no *front*?

– Tania e eu rezávamos pela sua alma todos os dias – disse Dusia. – Nós não queríamos que você sofresse.

– Muito obrigado, acho – disse Alexander. – Tania, *você* rezava pela minha morte todos os dias?

– Claro que não, Alexander – respondeu ela com tranquilidade, incapaz de soar fria, incapaz de soar insincera, incapaz de mentir, de olhar para ele, de tocá-lo. Incapaz. O que se instalara dentro dela tornava-a incapaz de lidar com ele. Alexander olhou em torno da mesa lotada.

– Oh, Alexander! – exclamou Axinya – Que carta você escreveu para Dasha! Você é um poeta. Era tão cheia de amor! Quando lemos que nada iria impedi-lo de vir para se casar com ela neste verão, você nos encheu de emoção.

– Sim, Alexander – disse Tatiana. – Você se lembra dessa carta poética?

De repente, quando ele a olhou diretamente no rosto...

Ele a examinou. Estava começando a sentir seus pensamentos desfocados.

– Sim – disse ele. Ele havia escrito essa carta para deixar Dasha tranquila. Ele não queria que Tatiana encarasse a irmã sozinha. – Você devia ter me escrito, Tania – acrescentou ele com reprovação. – E me contado sobre Dasha.

Erguendo-se, Tatiana começou a tirar a mesa.

– Não tem importância – disse Alexander, dando de ombros. – Talvez Tania estivesse ocupada demais. Quem tem tempo para escrever hoje em dia? Especialmente morando numa vila. Existem os círculos de costura, a comida para fazer...

– Que tal o jantar, Alexander? – perguntou ela, pegando-lhe o prato. – Você gostou?

Coisas demais para dizer.

Lugar nenhum para dizê-las.

Exatamente como antes.

– Gostei, obrigado. Mais bebida?

– Não – disse ela secamente. – Não, obrigada.

– Alexander, o que você vai fazer agora? Vai voltar? – perguntou Vova.

Tatiana tornou a respirar fundo. Alexander suspendeu sua respiração por um instante.

– Eu não sei – respondeu ele.

– Você pode ficar o tempo que quiser – afirmou Naira. – Adoramos saber que você gosta de estar em família. Você podia ser o marido de Dasha; é assim que nós o vemos.

– Mas ele não é – disse Zoe com determinação e insinuação, colocando a mão no braço de Alexander e sorrindo. – Não se preocupe, Alexander. Nós vamos distraí-lo por aqui. De quanto tempo é a sua licença?

– Um mês.

– Zoe – disse Tatiana –, como vai seu bom amigo Stepan? Você vai encontrá-lo mais tarde?

Zoe tirou o braço de Alexander, que, sorrindo divertido, olhou para Tatiana. Então, ela não ignorou *totalmente* a atitude de Zoe, pensou ele.

Ela estava tirando a mesa. Alexander olhou ao redor. Ninguém mais se mexeu. Nem Zoe ou Vova. Quando ele começou a se levantar, Tatiana perguntou-lhe:

– Aonde você vai? Pode fumar à mesa.

– Vou ajudar você com a louça.

– Não, não, não! – berrou um coro de vozes. – O que você está pensando? Não, Tatiana faz isso.

– Eu sei que faz – disse Alexander. – Mas eu não quero que ela faça isso sozinha.

– Por quê? – perguntou Naira com genuína surpresa.

– Honestamente, Alexander – disse Tatiana –, você não veio de tão longe para lavar a louça.

Alexander tornou a se sentar, virou-se para Zoe e disse:

– Admito que estou um pouco cansado. Será que *você* não poderia ajudá-la? – perguntou ele, sem sorrir para ela. Zoe pareceu gostar disso, dando-lhe um sorriso largo, tão grande quanto seus seios, e levantou-se relutante para ajudar.

Tatiana fez chá e serviu uma xícara primeiro para Alexander e, em seguida, para as quatro mulheres; por último, serviu Vova, Zoe e a ela mesma. Trouxe um pote de geleia de mirtilo e já estava se preparando para se sentar junto a Alexander quando Vova disse:

– Tanechka, antes de se sentar, você poderia me servir outra xícara de chá?

Com as pernas ainda acomodadas no banco, Tatiana estava pegando a xícara de Vova quando Alexander agarrou-lhe o pulso. A xícara tremeu sobre o pires.

– Sabe de uma coisa, Vova? – disse Alexander, baixando a mão de Tatiana sobre a mesa. – A chaleira de água está no fogão, o bule de chá está à direita, bem à sua frente. Sente-se, Tania. Você já fez demais. Vova pode se servir sozinho.

Tatiana se sentou.

Todos os que estavam à mesa olharam para Alexander.

Vova se levantou e foi se servir de chá.

Finalmente, chegou a hora de Zoe e Vova irem para casa. Para Alexander, o tempo não passava com rapidez suficiente, até Vova dizer:

– Tania? Você pode ir até lá fora comigo?

Sem tomar conhecimento de Alexander, Tatiana saiu com Vova. Alexander fingiu estar ouvindo Zoe e Naira, mas ficou observando Tatiana lá fora.

Ele gostaria de ter tomado menos vodca. Ele precisava mesmo conversar com Tania. Quando ela voltou, Alexander quis que ela olhasse para ele.

Ela não olhou.

– Alexander – disse Zoe –, você quer sair para fumar e dar uma volta?

– Não.

– Amanhã alguns de nós vamos nadar lá no olho-d'água. Você quer vir?

– Vamos ver – disse ele sem prometer nada e sem erguer os olhos. Logo ela saiu.

– Tania – venha se sentar – disse Alexander. – Sente-se ao meu lado.
– Vou sentar. Você quer mais alguma coisa?
– Quero. Que você se sente.
– Que tal outra bebida? Temos um pouco de conhaque.
– Não, obrigado.
– Que tal...
– Tania. Sente-se.

Ela se sentou cuidadosamente no banco ao lado dele. Ele se aproximou mais dela.

– Você deve estar muito cansada – disse ele com gentileza. – Quer ir lá fora comigo? Eu preciso fumar.

Antes que Tatiana pudesse responder, Naira disse:

– Vou lhe dizer uma coisa, Alexander, foi muito difícil para a nossa Tania no começo.

Tatiana se levantou com um suspiro e desapareceu num dos quartos.

– Ela não quer que a gente fale nisso – disse Axinya em voz baixa.

– Claro que não – concordou Alexander. Ele também não queria.

– Ela estava em péssimas condições. Parecia um fantasma – prosseguiram as mulheres veladamente, todas voltando a cabeça para ele, os olhos cheios de lágrimas. Ele até poderia se deixar entreter por elas se não o estivessem impedindo de trocar duas palavras a sós com quem queria.

– Não – disse Naira –, mas você consegue imaginar alguém que perde toda sua...

– Consigo, sim – interrompeu Alexander. Ele não queria falar desse assunto com aquelas mulheres. Ele se levantou, pronto a pedir licença e ir atrás de Tatiana.

– Alexander, isso não é nem metade da história – sussurrou Naira. – Tania não quer que a gente fale sobre o que aconteceu em Kobona. Nós não queríamos falar na sua frente, mas...

– Ah, mas aquele Dimitri é um grande safado! – tornou a exclamar Axinya.

Alexander tornou a se sentar, dizendo:

– Me contem tudo rapidamente.

Tatiana voltou, batendo a porta.

– Sinto muito, Tanechka – disse Axinya –, mas eu gostaria de dar umas cacetadas naquele homem.

– Por favor, pare de falar de Kobona – disse Tatiana.

– Que Dimitri se dane – disse Dusia. – Algum dia ele vai tomar um tombo, e ninguém vai estar lá para ajudá-lo.

Revirando os olhos, Tatiana tornou a sair, batendo outra vez a porta.

– Acho que aquele safado partiu o coração dela – disse Axinya. – Acho que ela o amava.

Alexander estava achando difícil parecer controlado.

– De jeito nenhum – disse Dusia balançando a cabeça com veemência. – Ele nunca a enganaria, nem por um segundo. Nossa Tania enxerga através das pessoas desde o princípio.

– Isso é uma verdade, não é mesmo, Dusia? – disse Alexander.

– Ainda achamos – disse Axinya baixando a voz – que a história é outra, talvez alguma coisa envolvendo *amor*.

– Não uma coisa envolvendo *amor* – disse Alexander, escancarando os olhos.

– *Você* acha isso, Axinya – disse Naira balançando a cabeça. – Mas *eu* digo que não. Eu discordo. A garota tinha perdido todos. Ela estava arrasada. Não havia nenhum amor envolvido.

– Acho que havia – disse Axinya com firmeza.

– Você está enganada – disse Naira.

– Ah, é? Então por que ela vai sempre ao correio para ver se há carta para ela? – perguntou Axinya em triunfo. Não sobrou ninguém da família dela. De quem ela está esperando carta?

– Boa pergunta – disse Alexander. Ele estava para fazer alguma coisa? Não conseguia lembrar. O dia tinha sido muito longo. Nesse exato momento, ele não conseguia se lembrar da última coisa que havia dito.

– E você notou – disse Axinya – que, durante o círculo de costura na praça, ela sempre escolhe um lugar para sentar de onde possa ver a estrada.

– Sim, sim! – concordaram as três outras mulheres. – Sim, ela faz mesmo isso. Ela observa a estrada obsessivamente, como se estivesse esperando alguém.

Alexander ergueu o olhar. Tatiana estava atrás das mulheres mais velhas, fitando-o com seus olhos expressivos e eternos.

– Você está bem, Tatiasha? – perguntou ele com a voz cheia de emoção. – Você *está* esperando alguém.

– Não estou mais – respondeu ela com emoção, a voz tão embargada quanto a dele.

– Está vendo? – disse Naira com satisfação. – Eu disse que não havia amor nessa história!

Tatiana sentou-se ao lado de Alexander.

– Tanechka – disse Naira –, você não se importa que tenhamos falado de você, não é mesmo? Você sabe que você é a coisa mais interessante que aconteceu em Lazarevo nos últimos anos. Vova, com certeza, pensa assim – acrescentou ela rindo. E, virando-se para Alexander, disse: – Sabia que meu neto tem uma grande queda pela irmãzinha de Dasha?

Sem dizer uma palavra, Alexander piscou para Tatiana. Ele teria dito alguma coisa se tivesse encontrado o que dizer.

Tudo o que Alexander queria eram dois segundos, talvez *um* segundo consciente com Tatiana – será que isso era pedir muito? Talvez consciente estivesse fora de questão, mas por que estaria fora de questão colocar as mãos em algum lugar de seu corpo restaurado, alimentado e quente?

Ele saiu para fumar e se lavar. Quando voltou, quis tirar as roupas e as botas. Em vez disso, ouviu uma constante torrente de "Tanechka, querida, você me traz meu remédio?", "Tanechka, meu amor, você pode vir arrumar minhas cobertas?", "Tanechka, queridinha, você me traz um copo de água?".

– Tania, querida – disse ele tirando as botas. Em seguida, pousou a cabeça na mesa e adormeceu instantaneamente. Acordou ao ser levemente sacudido por um toque suave. Estava escuro.

– Vamos, Shura – sussurrava a voz dela. Tatiana estava tentando fazê-lo se levantar. – Vamos, você consegue se levantar? Por favor, acorde e vá se deitar, por favor.

Ele se apoiou no fogão, subiu para o leito quente lá em cima e adormeceu de uniforme. Em meio à sua semiconsciência, sentiu que ela tirava suas botas, desabotoava a única, desafivelava o cinto, retirando-o dos passadores. Ele sentiu seus lábios suaves tocarem-lhe os olhos, o rosto e a testa. Sentiu como finas plumas sobre o rosto. Devia ser o cabelo dela. Quis acordar, mas era impossível.

5

Na manhã seguinte, Alexander abriu os olhos e olhou para o relógio. Era tarde: oito horas da manhã. Olhou ao redor em busca de Tatiana. Ela não estava em nenhum lugar, mas ele estava coberto com a colcha dela, com a cabeça no travesseiro dela. Sorrindo, deitou-se de barriga e pressionou o rosto contra o travesseiro. Tinha cheiro de sabonete, de ar puro e dela.

Ele saiu. Era uma ensolarada manhã rural, cheia do chilrear de pássaros; o ar estava tão tranquilo quanto um tempo de paz; as flores das cerejeiras e os lilases enchiam o pátio com seu perfume doce. Os lilases deixaram Alexander particularmente feliz – o Campo de Marte ficava cheio de lilases no final da primavera. Ele conseguia sentir o perfume das flores lá nas barracas. Era um de seus perfumes favoritos, os lilases do Campo de Marte. Não o seu perfume favorito; esse era o do hálito vivo de Tatiana quando ela beijou-lhe o rosto inconsciente na noite passada. Os lilases não podiam competir com aquele perfume.

A casa estava quieta. Depois de se lavar rapidamente, Alexander saiu à procura dela, encontrando-a na estrada, voltando para casa carregando dois baldes cheios de leite quente de vaca. Alexander soube que estava quente, pois colocou os dedos no balde. O brilhante cabelo loiro-branco de Tatiana estava solto, e ela usava uma saia azul e uma justa blusa branca que lhe descia acima do umbigo, expondo-lhe o ventre. Os contornos arredondados de seus seios eram claramente visíveis. Seu rosto exibia um adorável tom róseo. O coração de Alexander parou de bater no peito quando a viu. Ele pegou os baldes de leite das mãos dela. Caminharam por um minuto em silêncio. Ele se sentiu perdendo o fôlego.

– Suponho que, depois disto, você vá buscar água no poço – disse ele.

– *Vou* buscar? – disse Tatiana – E com que você se barbeou esta manhã?

– Quem se barbeou?

– Você escovou os dentes? – perguntou ela, sorrindo ligeiramente.

– Escovei – disse ele, rindo. – Sim, com a água que você tirou do poço. Tania, depois do café da manhã – disse ele baixando a voz rouca – , eu queria que você me mostrasse a casa de seus avós. Fica longe?

– Não fica muito longe – disse ela, com um olhar inescrutável.

Alexander não estava acostumado com Tatiana se mostrando inescrutável. Sua tarefa era torná-la *escrutável*. Ele sorriu.

– Por que você quer vê-la? Está toda fechada a cadeado.

– Traga a chave. Onde você dormiu?

– No sofá da varanda – respondeu ela. – Você ficou confortável? Achei que não fosse ficar. Mas eu não podia acordá-lo sem um motivo...

– Você *tentou*? – perguntou Alexander num tom proposital.

– Quase precisei atirar para cima com seu revólver para fazê-lo subir acima do fogão.

– Tania, não atire pra cima – disse Alexander. – A bala vai descer. – Lembrando-se dos lábios dela em seu rosto, ele acrescentou: – Você tirou minhas meias e o cinto. Você devia ter dado o passo seguinte – acrescentou rindo.

– Não consegui erguer você – disse Tatiana, corando. – Como você se sente esta manhã? Depois de toda aquela vodca?

– Eu me sinto ótimo. E você?

– Hmm – Foi o que ela respondeu, examinando-o de modo sub-reptício. – Você tem outras roupas para usar além dos seus uniformes?

– Não.

– Eu vou lavar a sua túnica hoje – disse ela. – Mas se você está planejando ficar mais um pouco, tenho umas roupas civis para você.

– Você *quer* que eu fique um pouco mais?

– Claro – disse Tatiana com voz controlada. – Você veio de tão longe. Não faz sentido voltar logo.

– Tania – disse Alexander, aproximando-se dela e tocando-a com delicadeza –, agora que estou outra vez lúcido, me fale de Dimitri.

– Não – disse ela. – Não posso. Eu quero, mas...

– Tania... Você sabia que eu o vi duas semanas atrás, e ele não me disse que viu você em Kobona.

– O que ele disse?

– Nada. Eu perguntei se ele tinha visto você ou Dasha, e ele disse que não, que não viu vocês.

– Mas é claro que ele nos viu, a mim e à Dasha – disse Tatiana, olhando para frente e com voz fraca.

Um pouco do leite caiu no chão.

Enquanto caminhavam, Alexander contou-lhe sobre Leningrado, sobre Hitler e suas baixas. Contou-lhe sobre os vegetais sendo cultivados por toda a cidade.

– Tania – disse ele –, eles plantaram repolho e batatas até diante da Santo Isaac. E tulipas amarelas – acrescentou ele sorrindo. – O que você acha disso?

– Acho ótimo – disse ela num tom que não expressava nenhuma ligação anterior com Santo Isaac. Inescrutável.

Alexander não queria que ela se sentisse triste naquela manhã. Haveria coisas demais a serem ultrapassadas por eles para que ele conseguisse que ela desse outro sorriso matinal?

– De quanto é o racionamento agora? – perguntou Tatiana com o olhar no chão.

– Trezentos gramas para os dependentes. Seiscentos para os trabalhadores. Mas logo vai haver pão branco. O conselho prometeu pão branco para este verão.

– Bem, com certeza, é mais fácil alimentar um milhão de pessoas do que três milhões.

– Agora menos de um milhão. As pessoas estão sendo evacuadas em barcaças pelo lago – informou ele, e mudou de assunto. – Aqui em Lazarevo estou vendo bastante pão – acrescentou ele, olhando para ela. – Bastante de tudo aqui em...

– Todo mundo foi enterrado?

– Eu mesmo supervisionei a escavação de covas no cemitério Piskarev – disse ele com um suspiro imperceptível.

– Escavação?

Ela não perdia nenhum detalhe.

– Nós usamos minas militares para abrir...

– Valas comuns? – completou ela.

– Tania... por favor.

– Você tem razão, não vamos falar disso. Oh, olhe, chegamos em casa – disse ela correndo na frente.

Desapontado por terem chegado, Alexander correu para alcançá-la.

– Você pode me mostrar aquelas roupas? Eu gostaria de usar alguma outra coisa.

Já no interior da casa, ela puxou seu baú de perto do fogão e estava prestes a abri-lo quando a voz de Dusia soou de um dos quartos.

– Tanechka? É você?

– Boa dia, querida – disse Naira, saindo do quarto. – Não senti cheiro de café esta manhã. Eu acordei, querida, porque *não* senti cheiro do café.

– Eu vou fazê-lo agora, Naira Mikhailovna.

– Quando você tiver um minuto, querida – disse Raisa, também saindo de seu quarto –, será que você pode me ajudar a ir lá fora?

– É claro – disse Tatiana, começando a fechar o baú. – Eu lhe mostro mais tarde – sussurrou ela a Alexander.

– Não, Tatiana – disse Alexander com impaciência –, você vai me mostrar *agora*.

– Alexander, eu não posso *agora* – disse ela, empurrando o baú contra a parede. – Raisa não consegue ir ao banheiro sozinha. Você viu como ela treme? Mas você pode ficar por cinco minutos, não é mesmo?

Será que ele não tinha sido suficientemente paciente?

– Posso ficar sentado por mais tempo que isso – disse ele. – A noite passada fiquei sentado o tempo todo com você e os seus novos amigos.

Ela mordeu o lábio.

– Tudo bem, tudo bem – disse ele com um suspiro. – Você tem um pilão?

Alexander não conseguiu evitar; ele estava por demais animado e atraído por ela para ficar aborrecido por muito tempo. Tentando soar ainda um pouco sério, ele perguntou:

– Você gostaria que eu moesse o café para você?

– Sim, obrigada – respondeu Tatiana. Ela não estava brincando. – Isso vai ser de grande ajuda. Vou buscar o coador também – acrescentou, fazendo uma pausa. – Você poderia acender o fogo, por favor? Para que eu possa preparar o café da manhã?

– Claro, Tania.

Tatiana levou Raisa até o banheiro e, então, deu-lhe o seu remédio. Depois vestiu Dusia.

Arrumou todas as camas e, então, fritou alguns ovos com batata.

Alexander ficou observando tudo. Enquanto ele estava sentado no banco fora da casa e fumando, Tatiana veio até ele com uma xícara de café na mão e perguntou:

– Como você gosta?

Alexander piscou os olhos, olhou para ela em pé diante dele, de um frescor de lavanda, jovem e viva.

– Gosto do quê?

– Do café.

– Gosto do café – disse Alexander – com creme espesso e quente, além de bastante açúcar. Pegue o creme diretamente do balde, Tatiana, bem do topo. Mas quente. E bastante – acrescentou ele depois de uma pausa.

A xícara tremeu nas mãos dela.

Escrutável.

Foi tudo o que Alexander pôde fazer para não rir alto, para não agarrá-la, para não puxá-la para ele.

Depois do café da manhã, ele a ajudou a tirar a mesa e lavar a louça.

As mãos dela estavam imersas numa panela cheia de água com sabão quando Alexander, tendo-a observado um instante, colocou as mãos na água e procurou a dela.

– O que você está fazendo? – perguntou ela com voz rouca.

– O quê? – disse ele inocentemente. – Estou ajudando você a lavar a louça.

– Acho que você não é um bom ajudante – disse Tatiana, mas não tirou as mãos da panela. E, enquanto Alexander observava-lhe o rosto, ele finalmente viu alguma se dissolver em sua parede de dor. Ele lhe acariciou os dedos, encantado bela penugem loira de seus braços e nas sobrancelhas.

– Acho que a louça vai ficar bem limpa – disse ele –, olhando para as quatro mulheres sentadas ao sol da manhã e conversando a alguns metros deles. Na água quente e ensaboada, Alexander acariciou os dedos de Tatiana um a um, da base até a ponta, e com os polegares circundou as palmas das mãos escorregadias da moça, enquanto Tatiana se erguia, mal conseguindo respirar com os lábios entreabertos, os olhos brilhando.

– Tatia – disse ele baixinho –, suas sardas são tão pronunciadas. E – acrescentou ele – muito...

Axinya veio até Tania, beliscando-lhe o traseiro.

– Nossa Tanechka é sardenta como se tivesse sido beijada pelo sol.

Diabos. Alexander não podia nem *sussurrar* para ela sem que elas ouvissem. Mas quando Axinya se voltou, Alexander inclinou-se e, com suavidade, beijou as sardas de Tatiana. Ele deixou que ela desvencilhasse os dedos dele e se afastasse, com as mãos molhadas. Sem secar as próprias mãos, ele a seguiu.

– *Agora* é uma boa hora para você me mostrar aquelas roupas?

Entrando na casa e abrindo o baú, Tatiana tirou uma grande camisa de algodão branco de mangas curtas, uma camisa tricotada, uma camisa de linho creme e três pares de calças de elástico feitas de linho descorado. Também tirou dois coletes e calções de elástico.

– Para ir nadar – disse ela. – O que você acha?

– Acho ótimo – disse ele, sorrindo. – Onde você os conseguiu?

– Eu os fiz.

– Você os fez?

– Mamãe me ensinou a costurar. Não foi difícil. Difícil foi lembrar o seu tamanho – disse ela dando de ombros.

– Acho que você lembrava muito bem – disse Alexander lentamente. – Tania, você... *fez* roupas para mim.

– Eu não tinha certeza se você vinha, mas se viesse, queria que tivesse alguma coisa confortável para usar.

– O linho é caro – disse ele, muito satisfeito.

– Havia bastante dinheiro no seu livro de Pushkin – disse ela. – Eu comprei algumas coisas para todos.

Ah, estava *menos* satisfeito. – Inclusive para Vova?

Tatiana, sentindo-se culpada, desviou o olhar.

– Entendo – disse Alexander, jogando as roupas no baú. – Você comprou coisas para Vova com o meu dinheiro?

– Só um pouco de vodca e cigar...

– Tatiana! – disse Alexander, respirando fundo. – Aqui não. Deixe eu me trocar – disse ele, afastando-se dela. – Eu já vou.

Ela saiu enquanto ele colocava as calças e a camisa de algodão branco, que ficou ligeiramente apertada no peito, mas que, fora isso, serviu-lhe bem.

Quando Alexander saiu da casa, as velhas comentaram como ele estava bonito. Tatiana estava colocando roupas num cesto.

– Eu devia tê-la feito um pouquinho maior. Você está bonito – disse ela, abaixando os olhos. – Nunca vi você muitas vezes com roupas de civil.

Alexander olhou ao redor. Aquele era seu segundo dia com ela, e eles ainda continuavam cercados por quatro velhas cacarejantes, com ele ainda sem entender o que a incomodava, todas as coisas que o incomodavam e, ainda menos, a ampla aura loira da moça.

– Você me viu em trajes civis uma vez – disse ele. – Em Peterhof. Acho que você esqueceu Peterhof. Venha – acrescentou ele estendendo-lhe a mão –, vamos dar uma volta.

Tatiana virou-se para ele, mas não lhe pegou a mão. Ele teve que se abaixar e tomar-lhe a mão. Ficar tão próximo dela deixou-o um pouco inconsequente.

– Quero que você me mostre onde fica o rio – disse ele.

– Você sabe onde fica o rio – replicou ela. – Você esteve lá ontem – acrescentou desvencilhando-se da mão dele. – Shura, eu não posso ir mesmo. Tenho que pendurar a roupa que lavei ontem e lavar a de hoje.

– Não. Vamos – disse ele, puxando-a para junto dele.

– Não.

– Sim.

– Shura, não, por favor!

Alexander deteve-se. Que diabos era *aquilo* na voz dela? Que som era aquele? Não era de raiva. Era de... *medo*? Ele olhou-a no rosto.

– O que há de errado com você? – perguntou ele.

Ela estava perturbada, com as mãos trêmulas. Não conseguia olhar para ele. Soltando-lhe a mão, ele olhou-a no rosto, erguendo-o para ele.

– O que...

– Shura, por favor – sussurrou Tatiana, tentando desviar os olhos dele e, então, Alexander viu e soube.

Soltando-a, ele se afastou e sorriu.

– Tania – disse ele, com voz suave –, quero que você me mostre a casa de seus avós. Quero que você me mostre o rio. Um campo, uma droga de pedra, pouco me importa. Quero que você me leve para dois metros quadrados de espaço onde não haja ninguém ao nosso redor, para podermos conversar. Está entendendo? É só isso. Nós precisamos conversar, e eu não estou conversando, não estou fazendo nada, diante de seus novos amigos – acrescentou ele, fazendo uma pausa e desfazendo o sorriso. – Certo?

Corando profundamente, ela não ergueu os olhos.

– Tudo bem – disse ela, e ele a puxou pela mão.

– Tanechka – disse Naira –, aonde você vai?

– Vamos apanhar mirtilos para a torta de hoje à noite – gritou Tatiana.

– Mas, Tanechka, e as roupas? – berrou Raisa. – Você vai voltar ao meio-dia para me dar o remédio?

– Quando estaremos de volta, Alexander?

– Quando você estiver bem, Tatiana – disse ele. – Diga isso a ela. "Quando Alexander me deixar bem, nós voltaremos."

– Não acho que você vai conseguir me deixar bem, Alexander – disse Tatiana, com frieza na voz.

Ele se afastava da casa com velocidade deliberada.

– Espere, tenho que...

– Não.

– Só mais um... – disse ela, tentando se desvencilhar. Mas ele não permitia. Ela tornou a tentar.

Alexander não a soltou.

– Tania, você não vai conseguir – disse ele, olhando para ela e apertando-lhe a mão com mais força. – Você pode me vencer em muitas coisas, mas não num confronto físico. Graças a Deus. Pois, então, eu estaria *realmente* com problemas.

– Mas, Tania – berrou Naira atrás deles –, Vova logo virá procurá-la! A que horas digo a ele que você vai voltar?

Tania olhou para Alexander, que lhe devolveu o olhar com frieza, dando de ombros com indiferença e dizendo:

– Sou eu ou a roupa. Você vai ter que decidir. Sei que a escolha é difícil. Sou eu ou Vova – acrescentou ele, soltando-lhe a mão. – Essa escolha também é difícil? – perguntou, achando que já aturara o suficiente.

Os dois haviam parado de caminhar e estavam se encarando, com a distância de um metro entre eles. Alexander cruzou os braços sobre o peito.

– O que vai ser, Tania? A escolha é sua.

– Vou voltar logo – gritou Tatiana para Naira. – Diga-lhe que eu o vejo mais tarde.

Com um suspiro, ela fez sinal para que Alexander se aproximasse. Ele estava andando rápido demais, e ela não conseguia acompanhá-lo.

– Por que tão rápido?

O destempero estava começando a arder em Alexander, como o chiado de uma granada antipessoal antes de explodir. Ele respirou profundamente para se acalmar, para fazer com que o pino voltasse a seu orifício.

– Vou lhe dizer uma coisa agora mesmo – disse ele. – Se você não quer confusão, vai dizer para o Vova que a deixe em paz.

Como ela não respondesse, Alexander parou de andar e puxou-a para ele.

– Você me ouviu? – disse ele erguendo a voz. – Ou talvez você prefira me dizer que *eu* a deixe em paz? Porque você pode fazer isso agora mesmo, Tatiana.

Sem erguer os olhos e sem tentar se afastar dele, Tatiana disse com tranquilidade:

– Lamento quanto ao Vova. Não se aborreça. Você sabe perfeitamente que eu só não quero ferir os sentimentos dele.

– Sim – disse Alexander intencionalmente –, os sentimentos de qualquer um, menos os meus.

– Não, Alexander – disse Tatiana, desta vez olhando para ele com um olhar severo de reprovação. – Acima de tudo, não quero ferir os seus sentimentos.

– Que diabos *isso* quer dizer? – disse ele, sem soltá-la e apertando-lhe o braço. – De uma forma ou de outra, ele vai ter que deixar você em paz... e para sempre se quisermos acertar as coisas entre nós.

Depois que ele soltou lentamente o braço dela, Tatiana disse:

– Não sei por que você se preocupa com ele...

– Tania, se não tenho nada com que me preocupar, me prove isso. Mas eu não jogo mais esse jogo. Não aqui. Não em Lazarevo. Não vou fazer isso aqui, na frente de estranhos, entende? Não vou me precaver contra os sentimentos de Vova como fiz com os de Dasha. Ou você diz a ele, o que seria o melhor, ou eu digo, o que seria o pior.

Como Tatiana, mordendo o lábio fechado, nada dissesse, Alexander prosseguiu:

– Eu não quero brigar com ele. E não quero fingir para a Zoe, quando ela fica esfregando os peitos em mim. Não vou fazer isso só para garantir a paz *nesta* casa.

Isso fez com que Tatiana erguesse o olhar.

– Zoe fica fazendo *o quê*? – perguntou ela. – Vova não fica esfregando nada em *mim* – acrescentou ela num murmúrio e balançando a cabeça.

– Não mesmo? – perguntou Alexander se aproximando bastante dela e fazendo uma pausa. Sua respiração se acelerou. A de Tatiana se acelerou. E, muito de leve, Alexander se encostou em Tatiana. – Você vai dizer a ele que a deixe em paz, está me ouvindo?

– Estou – disse ela timidamente. Ele a soltou e eles continuaram a caminhar. – Mas, francamente, acho que Vova é o menor de nossos problemas.

– Para onde estamos indo? – perguntou Alexander, caminhando mais rápido pela estrada da vila.

– Pensei que você quisesse conhecer a casa de meus avós.

Alexander respirou normalmente e riu sem muita vontade.

– O que é engraçado? – perguntou Tatiana, que não parecia estar com vontade de rir. Alexander tampouco estava.

– Não achei que fosse possível – disse ele, sacudindo a cabeça. – Não achei, depois do que vi na Quinta Soviet, mas, de alguma forma você conseguiu.

– Consegui fazer *o quê*? – perguntou Tatiana, agora com voz firme.

– Explique-me como... – disse ele com rispidez – como você conseguiu localizar e se cercar de pessoas ainda mais necessitadas que sua família?

– Não fale da minha família assim, certo?

– Por que todo mundo fica se juntando à sua volta, por quê? Você pode me explicar isso?

– Não para você.

– Por que você submerge assim na vida dessas pessoas?

– Não vou discutir isso com você. Você está sendo injusto.

– Você tem um único instante para você nessa maldita casa? – exclamou Alexander. – Um instante?

– Nem um instante! – retorquiu Tatiana. – Graças a Deus.

Eles caminharam num silêncio ressentido pelo resto do trajeto, através da vila, passando pela *banya* e pelo Soviete da vila, pela minúscula cabana que dizia "Biblioteca" e um pequeno edifício com uma cruz dourada no topo de uma cúpula branca.

Entraram no bosque e desceram o caminho que levava ao Kama. Por fim, chegaram a uma ampla clareira ligeiramente inclina e cercada por altos pinheiros e grupos de brancas bétulas reclinadas. Chorões e álamos emolduravam a corrente brilhante do rio.

Do lado esquerdo da clareira, sob os pinheiros, erguia-se uma *izba* fechada por tábuas, uma cabana de madeira. Havia uma pequena cobertura na lateral que servia como depósito de madeira, mas não havia ali uma única tora.

– É este o lugar? – perguntou Alexander, dando a volta ao redor da cabana com trinta passos longos. – Não é muito grande.

– Eles eram só dois – disse Tatiana, caminhando com ele ao redor da cabana com cinquenta pequenos passos.

– Mas eles estavam esperando três netos. Onde eles se acomodariam?

– Nós teríamos dado um jeito – disse Tatiana. – Como é que nos acomodamos na casa de Naira?

– *Extremamente* apertados – afirmou Alexander, pegando sua mochila. Tirou dela a pá de abrir trincheira e começou a quebrar as tábuas pregadas às janelas.

– O que você está fazendo?

– Quero olhar lá dentro.

Alexander ficou olhando-a caminhar até a margem arenosa do rio, sentar-se e tirar as sandálias. Ele acendeu um cigarro e continuou a quebrar as tábuas.

– Você trouxe a chave do cadeado? – perguntou a ela. Mas não ouviu nenhuma resposta. Aborrecido, ele se aproximou e disse em voz alta: – Tatiana, estou falando com você. Eu perguntei se você trouxe a chave do cadeado.

– E eu lhe respondi – retrucou ela, sem olhá-lo. – Eu disse que não.

– Ótimo – disse ele, tirando a pistola semiautomática da cintura e puxando a culatra. – Se você não trouxe a chave, vou abrir o maldito cadeado com um tiro.

– Espere, espere – disse ela, com impaciência e tirando um cordão do pescoço em que a chave estava pendurada. – Aqui está! Não atire! – acrescentou ela se virando. – Você não está na guerra, sabia? Não precisa carregar essa arma para todos os lugares.

– Ah, preciso, sim – disse ele, começando a se afastar e olhando para trás, para o seu cabelo loiro, para suas costas expostas à altura da cintura, para seus ombros. Alexander colocou a chave do cadeado no bolso da calça e, segurando a arma numa das mãos e o pé de cabra na outra, entrou na água de botas, ficou diante dela com os pés separados e disse com voz determinada:

– Muito bem, vamos ter essa conversa.

– Ter que conversa? – perguntou ela, ainda sentada, mas se afastando ligeiramente com um movimento dos quadris.

– Ter *que conversa*? – exclamou ele. – Por que você está aborrecida? O que foi que eu fiz ou não fiz? O que fiz de mais ou de menos? Diga-me. Diga-me agora.

– Por que você está falando comigo desse jeito? – perguntou Tatiana, pondo-se em pé. – Você não tem nenhum direito de ficar zangado comigo.

– Você não tem nenhum direito de ficar zangado *comigo*! – repetiu ele em voz alta. – Tania, nós estamos perdendo o nosso precioso tempo. E você está errada; *eu* tenho todo o direito de estar zangado com você. Mas ao contrário de você, eu sou grato por estar vivo e feliz demais por vê-la para estar zangado com você.

– Eu tenho mais motivos para estar chateada com você – disse Tatiana. – E *estou* grata por você estar vivo – prosseguiu ela, sem conseguir olhá-lo enquanto falava. – *Estou* feliz por ver você.

– Para mim, é difícil constatar isso, devido à espessura da parede que você ergueu entre nós – disse ele. Sem resposta dela, ele prosseguiu: – Você entende que eu vim até Lazarevo sem ter notícias suas durante seis meses? – Ele ergueu a voz. – Nem uma vez em seis meses! Eu deveria achar que vocês duas estavam mortas, não é mesmo?

– Não sei o que você achou, Alexander – disse Tatiana, olhando para além dele, em direção ao rio.

– Vou lhe dizer o que eu achei, Tatiana. Caso não tenha ficado claro. Durante seis meses, eu não soube se você estava viva ou morta, porque você não se preocupava em pegar uma maldita caneta!

– Eu não sabia que você queria que eu lhe escrevesse – disse Tatiana, pegando dois seixos e atirando-os na água.

– Você não sabia? – repetiu ele. Será que ela estava fazendo pouco dele? – Do que você está falando? Alô, Tatiana. Eu sou Alexander. Nós não nos conhecemos antes? Você não sabia que eu queria saber se você estava bem, ou, talvez, que Dasha havia morrido?

Ele a viu recuando de suas palavras e dele.

– Não vou falar da Dasha com você! – disse ela se afastando.

Ele a seguiu e disse:

– Se não vai falar comigo, vai falar com quem? Com Vova, talvez?

– Melhor com ele que com você.

– Oh, isso é encantador – retrucou Alexander, que ainda estava tentando ser racional. Mas se ela continuasse a dizer coisas como aquela, a razão o abandonaria por completo.

– Olhe, eu não lhe escrevi – disse Tatiana – porque achei que Dimitri lhe contaria. Ele prometeu que faria isso. Então, tive a certeza de que você sabia.

Alguma coisa não dita continuou nela, mas o nervosismo de Alexander não permitiu que ele chegasse até ela.

– Você achou que *Dimitri* me contaria? – repetiu Alexander com descrença.

– Achei – respondeu ela, desafiante.

– Por que você mesma não me escreveu? – gritou ele, aproximando-se e inclinando-se sobre ela. – Quatro mil rublos, Tatiana, você não achou que eu merecesse a droga de uma carta sua? Você achou que meus quatro mil rublos não lhe comprariam uma caneta para *me* escrever e não apenas a vodca e os cigarros para o seu amante da vila!

– Baixe suas armas! – retrucou ela. – Não ouse se aproximar de mim com essas coisas nas mãos!

Jogando a arma e a pá de abrir trincheiras para longe, ele se achegou a ela, o que a fez se afastar, e ele tornar a se aproximar, sem tocá-la, embora ela tornasse a se afastar.

– O que está acontecendo, Tania? – perguntou ele. – Eu a estou incomodando? Chegando perto demais? – acrescentou, fazendo uma pausa e se inclinando para perto do rosto dela. – Estou *assustando* você? – disse ainda, de maneira sarcástica.

– Está, está – disse ela. – E *está.*

Alexander pegou um punhado de seixos e atirou-os com força na água. Durante um minuto, talvez dois, talvez três, nenhum dos dois falou, segurando a respiração. Ele esperou que ela dissesse alguma coisa e, como ela não dissesse nada, Alexander tentou novamente atraí-la para aquilo que eles sentiam quando eram só eles dois em Kirov, em Luga e Santo Isaac.

– Tania, quando você me viu chegar aqui... – disse ele, com a voz perdendo intensidade. – Você ficou tão contente.

– O que traiu a minha alegria? – perguntou ela. – Foi o meu choro?

– Foi – disse ele. – Eu achei que você estivesse chorando de felicidade.

– Você já viu isso *muitas vezes*, Alexander – retrucou Tatiana, e por um instante, apenas por um instante, ele ficou imaginando se havia um duplo sentido por trás das palavras dela, mas ele estava confuso demais para pensar com clareza.

– O que foi que eu disse? – perguntou ele.

– Não sei. O que foi que você disse?

– Nós *temos* mesmo que ficar neste jogo de adivinhação? – disse ele exasperado. – Será que você não pode apenas me contar?

Sem resposta, Alexander disse num suspiro:

– Tudo o que eu perguntei foi onde estava Dasha.

Tatiana quase se dobrou sobre si mesma.

– Tania, se você fica triste só porque estou fazendo você se lembrar de coisas que queria esquecer, então vamos combinar de...

– Se fosse só isso...

– Espere! – disse ele em voz alta e erguendo as mãos. – E *se* for isso. Mas se há alguma outra coisa... – e se deteve. O rosto dela parecia tão transtornado. Abaixando a voz e tornando a se acalmar, ele abriu as mãos em direção a ela, olhando-a com a intensidade de tudo que sentia por ela.

– Ouça – disse ele. – Que tal isto? Eu a perdoo por não ter me escrito, se você me perdoar pelo que a está incomodando. É só uma coisa que a está incomodando – acrescentou ele sorrindo.

– Alexander, tantas coisas me incomodam que eu nem sei por onde começar.

Ele percebeu que ela realmente não sabia. E, o tempo todo, a mágoa estava expressa nos olhos dela.

Foram os olhos de Tatiana que fizeram Alexander reagir com relação àquele momento: eram os mesmos olhos que tinha visto na calçada da Quinta Soviet quando ela gritou-lhe que podia perdoá-lo por seu rosto indiferente, mas não por seu coração indiferente. Eles não haviam superado aquilo? Para ela, ele usava o coração como uma medalha no peito; todas essas mentiras não haviam ficado para trás?

Quanto haveria para além daquela calçada da Quinta Soviet?

Alexander percebeu que só a morte estava para além dela. Eles nunca tinham acertado aquela diferença. E todas as coisas que a precederam. E todas as coisas que se seguiram a ela. E em meio a essas coisas havia Dasha, que Tatiana tinha tentado salvar e não conseguira. Que Alexander tinha tentado salvar e não conseguira.

– Tania, tudo isso é porque Dasha e eu estávamos planejando nos casar?

Ela não respondeu.

Sim.

– É tudo por causa da carta que eu escrevi a Dasha?

Ela não respondeu.

Sim.

– Foi alguma outra coisa?

– Alexander – disse Tatiana balançando a cabeça –, como você faz tudo parecer simples. Tudo tão trivial. Todos os meus sentimentos foram reduzidos ao seu desdenhoso "tudo isso".

– Não estou sendo desdenhoso – disse ele, com surpresa. – Não é nada trivial. Nada simples, mas ficou tudo no passado...

– Não! – exclamou ela. – Está tudo aqui, agora mesmo, em torno de mim e também dentro de mim! Agora eu vivo aqui. E aqui – prosseguiu ela erguendo a voz ainda mais – eles estavam esperando que você viesse se casar com minha irmã! E não estou me referindo apenas às velhas, mas a todas as pessoas da vila. Desde que eu vim morar aqui, é tudo o que tenho ouvido, e não apenas todos os dias, mas em todos os jantares, todos os almoços, todos os círculos de costura. Dasha e Alexander. Dasha e Alexander. Pobre Dasha, pobre Alexander – acrescentou ela estremecendo. – Isso lhe parece o passado?

Alexander tentou raciocinar com ela.

– E isso é culpa minha?

– Ah, talvez tenham sido *eles* que pediram a Dasha que se casasse com você?

– Eu já lhe disse que eu não pedi que ela se casasse comigo...

– Não faça esse joguinho comigo, Alexander, não brinque comigo! Você disse a ela que se casariam neste verão.

– E por que eu fiz isso? – inquiriu ele, contundente.

– Ah, pare com isso! Em Santo Isaac nós concordamos em nos manter afastados um do outro. Só que você não conseguiu ficar longe de mim e, então, planejou se casar com minha irmã.

– Ele deixou você sozinha depois disso, não foi? – disse Alexander com seriedade.

– Ele teria me deixado sozinha se você também nunca tivesse voltado para o apartamento! – gritou ela.

– Qual dos dois você teria preferido?

Ela parou de se mexer por um instante.

– Você está realmente me perguntando – disse ela, arquejante e com os olhos escancarados – o que eu teria preferido? Você está, com toda a honestidade, me perguntando se eu teria preferido que você se casasse com minha irmã a não tornar mais a vê-lo?

– Sim, em Santo Isaac você estava pronta a me *implorar* que eu não me afastasse de você. Então, não me venha com histórias. Agora é fácil dizer, depois que as coisas passaram.

– Ah, então é isso... fácil? – disse Tatiana, andando pela clareira em círculos furiosos que quase se transformaram em giros. Com seus passos largos, Alexander andava ao lado dela, mas ela o estava deixando tonto.

– Pare de andar! – gritou ele. Ela parou. – Estou entendendo: você define as regras e depois não gosta que eu jogue segundo elas. Bem, viva assim.

– Eu *estou* vivendo assim – retorquiu Tatiana. – Cada maldito dia desde quando eu conheci você.

– Ah, é *este* o confronto que você quer? – gritou Alexander. – Este confronto? Este você não vai vencer, pois desta vez a culpa...

– Não quero ouvir mais nada!

– É claro que não quer!

Com a respiração pesada, Tatiana disse:

– Você disse a Dasha que se casaria com ela; ela contou à minha avó, minha avó contou à vila. Você escreveu uma carta a ela dizendo que viria se casar com ela. As palavras têm significado, sabia? – inqueriu ela e ficou quieta por um instante. – Até as palavras que você não quer que tenham significado.

Por que ele achou que agora ela não estava se referindo a Dasha?

– Se isso a incomodou tanto – disse ele –, por que você não me escreveu uma carta dizendo "Sabe de uma coisa, Alexander, Dasha não conseguiu sobreviver, mas eu estou aqui". Eu teria vindo antes. E não teria vivido os seis meses que vivi sem saber se você tinha sobrevivido!

– Depois da carta que você escreveu a ela – disse Tatiana incrédula –, você acha que eu lhe escreveria pedindo que viesse para cá? Acha que depois daquela carta eu lhe pediria alguma coisa. Eu seria uma idiota se fizesse isso, não é mesmo? Uma idiota ou... – e não completou a frase.

– Ou o quê? – perguntou ele.

– Ou uma criança – respondeu ela, sem olhar para ele.

– Oh, Tania... – Alexander respirou fundo.

– Esses jogos que vocês adultos jogam – disse ela, afastando-se dele. Essas mentiras... e você é bom nelas – prosseguiu, abaixando a cabeça. – Tudo isso é demais para mim.

Nesse instante, tudo o que Alexander desejava era tocá-la. Seus lábios, sua raiva, seu rosto... ele queria tocá-la por inteiro.

– Tania... – sussurrou ele, segurando-lhe as mãos. – Do que você está falando? Que jogos, que mentiras?

– Por que você veio aqui, por quê? – perguntou ela com frieza.

Ele se sentiu quase se afogando com suas palavras. E perguntou-lhe:

– Como é que você consegue me perguntar isso?

– Como? Porque a última coisa que você escreveu foi que estava vindo se casar com Dasha. O quanto você a amava. Como ela era a mulher perfeita para você. A *única* mulher para você. Eu li essa carta. Foi o que você escreveu. Porque uma das últimas coisas que ouvi você dizer no lago Ladoga foi que você nunca...

– Tatiana! – gritou Alexander. – De que diabos você está falando? Você esqueceu que me fez prometer mentir até o fim? *Você* me fez prometer. Até novembro eu ainda estava dizendo para contarmos a verdade. Mas você? Só mentiras, mentiras, mentiras. Shura, case-se com ela, mas me prometa que não vai magoá-la. Você se lembra?

– Lembro, e você fez isso admiravelmente bem – disse Tatiana acidamente. – Mas você tinha que ser *tão* convincente?

– Você sabe que eu não tive a intenção – disse Alexander, correndo a mão pelo cabelo.

– A que parte você se refere? – perguntou ela em voz alta, aproximando-se e o encarando com raiva e sem medo. – À parte sobre se casar com Dasha? À parte da promessa de amá-la? A qual parte de todas essas mentiras você se refere quando diz que não teve a intenção?

– Ah, pelo amor de Deus – exclamou ele. – Que resposta você queria que eu desse a ela enquanto ela morria nos seus braços?

– A única resposta que você podia dar – replicou ela. – A única resposta que você tinha a intenção de dar, vivendo uma vida de mentiras.

– Nós dois vivíamos essa vida de mentiras, Tatiana... por sua causa! – gritou ele, com desejos de arrancar os cabelos dela. – Mas você sabe que eu não queria dizer o que disse.

– Eu pensei que não quisesse – disse Tatiana. – Eu tinha esperança de que você não quisesse. Mas dá para você entender que foi a única coisa que eu ouvi o tempo inteiro que passei no trem para Molotov, durante toda a travessia do Volga congelado e durante os dois meses que passei no hospital, lutando para conseguir respirar? Dá para entender isso?

Ela estava lutando para poder respirar naquele momento, enquanto Alexander permanecia em pé, observando-a e sentindo um remorso insuportável.

– Eu não teria me importado – prosseguiu Tatiana. – Eu lhe disse que eu não precisava de muito, eu não precisava de muito conforto – disse ela, tornando a cerrar os punhos. E havia mágoa em seus olhos. – Mas eu preciso de um pouquinho – prosseguiu ela, com a voz insegura. – Preciso de um pouquinho para mim; depois disso, você poderia ter dito o que precisava dizer para Dasha, o que você necessariamente tinha que dizer! Eu queria seus olhos sobre mim durante um segundo para que eu soubesse que eu era alguma coisa, para que eu pudesse ter um pouco de esperança. Mas não... – continuou ela. – Você me tratou como sempre tratava... como se eu não estivesse lá.

– Eu não a trato como se você não estivesse lá – disse Alexander, ficando pálido devido à sua confusão. – Do que você está falando? Eu escondia você de todo mundo. Não é a mesma coisa.

– Ah, fazia muita diferença para uma moça como eu – disse Tatiana. – Mas se você consegue esconder seu coração tão bem, até dos meus olhos, talvez você possa escondê-lo também para Dasha... do mesmo jeito. E talvez para Marina e para Zoe, para toda garota com que você já esteve. Talvez seja isso que vocês, homens feitos, fazem... quando estão sozinhos conosco, olham-nos de um modo e, então, nos ignoram abertamente em público, como se nós não significássemos absolutamente nada – disse ela, olhando para o chão.

– Você está louca? – perguntou Alexander. – Está esquecendo que a única que não via a verdade era sua irmã, que estava cega. Marina viu tudo em cinco minutos – disse ele, fazendo uma pausa. – Pensando melhor, as duas únicas pessoas que parecem não ter visto a verdade são sua irmã e você, Tatiana.

– Que verdade? – perguntou ela se afastando dele, com os punhos ainda tremendo. – *Eu* não teria conseguido mentir tão bem. Mas você é homem. Você conseguiu. Você me negou com suas últimas palavras, e me negou também em seu derradeiro olhar. E, por um instante, isso quase pareceu certo. Como você poderia ter se preocupado comigo? Eu pensei. Quem poderia se preocupar com alguma coisa depois que Leningrado... – Tatiana fez uma pausa, ofegando. – Mas eu ainda queria tanto acreditar em você! Então, quando recebemos sua carta para Dasha, eu a abri na esperança de estar errada, rezando para que pudesse haver uma palavra para mim – acrescentou ela erguendo a voz. – Uma única palavra, uma única sílaba que eu pudesse considerar minha, uma coisa de que precisava desesperadamente para me mostrar que toda minha vida não tinha sido uma completa mentira! – e se interrompeu. – Uma única palavra! – gritou ela, batendo no peito de Alexander com os dois punhos. – Só *uma* palavra, Alexander.

Ele tentou lembrar o que havia escrito. Não conseguiu. Mas foram os olhos condoídos de Tatiana que ele desejou ardentemente acalmar. Tomou-a nos braços, lutando com ele, agarrando-se a ele e, então, chorando.

– Tania, por favor, você sabia que eu estava agoniado...

Mas ela estava tão nervosa e volátil que se desvencilhou dos braços deles e gritou:

– Eu sabia? Como é que eu poderia saber?

– Agora você deve saber – disse Alexander, aproximando-se dela. – É aí que está o seu problema.

– Bem, e qual é o *seu* problema? – gritou ela, se afastando.

– Meu problema – disse ele, também gritando – é que eu fiquei com os meus braços ao redor de você, com todo meu coração e meus olhos, na carroceria daquele caminhão de Ladoga, implorando a você que se salvasse para mim!

— Como é que eu vou saber que você não pediu a toda moça que atravessou sua Estrada da Vida, olhando-a nos olhos, para que se salvasse para você?

— Ah, meu Deus, Tatiana.

— Eu não sei — disse ela com voz entrecortada — nada do que você sabe. Não sei como representar, como jogar jogos, como mentir, ou *qualquer outra coisa* — acrescentou ela, baixando a cabeça. — Em particular, você me mostrou uma coisa e, de repente, planejou casar-se com minha irmã. Em Ladoga você disse a ela que nunca sentiu nada por mim, disse a ela que amava somente a ela. Você nem olhou para mim quando me deixou encarar a morte e nem me mandou uma única linha. Como é que você espera que alguém como *eu* saiba qual é a verdade sem a sua ajuda? Tudo o que eu soube em minha vida foram as suas malditas mentiras!

— Tatiana! — exclamou ele. — Você se esqueceu de Santo Isaac?

— Quantas outras garotas foram lá para vê-lo, Alexander?

— Você se esqueceu de Luga?

— Eu era só uma moça angustiada — disse ela com amargura. — O próprio Dimitri me contou como você gostava de ajudar as moças.

Alexander estava a ponto de perder completamente o controle.

— O que você acha que eu estava fazendo quando ia à Quinta Soviet sempre que podia, levando comida para todos vocês? — exclamou ele. — Para quem você acha que eu estava fazendo isso?

— Eu nunca disse que você não sentia pena de mim, Alexander!

— *Pena*? — exclamou ele. — Por favor... *pena*?

— Isso mesmo — disse Tatiana, colocando os braços sobre o peito.

— Sabe de uma coisa? — disse ele, quase na frente dela. — Pena é bom demais para você. Esse é o preço que você paga por viver sua vida como uma mentira. Você não gosta muito da sua vida, gosta?

— Não, eu a detesto — disse Tatiana, altiva e sem se afastar um único centímetro. — E sabendo que eu a detesto, por que diabos você veio até aqui? Só para me torturar mais um pouco?

— Eu vim porque não sabia que Dasha havia morrido! – gritou ele. – *Você* não se deu o trabalho de me escrever!

— Então você *veio* se casar com Dasha – disse Tatiana com voz calma. – Por que não disse isso logo?

Rosnando desalentado, Alexander cerrou os punhos e se afastou rapidamente dela.

— Você não consegue controlar todas as suas mentiras, não é mesmo?

— Tatiana, você está completamente enganada – retrucou ele. – Eu lhe disse, desde o dia em que nos conhecemos, que devíamos levar uma vida às claras, e não aquele tipo de vida. Eu disse para escolhermos uma vida diferente. Eu lhe disse isso desde o começo. Vamos lhes contar a verdade e viver com as consequências. Foi você que disse não. Eu não gostei. Mas eu disse que estava tudo bem.

— Não! Você não disse que estava tudo bem, Alexander. Se tivesse tido, não teria começado a ir a Kirov todos os dias contra a minha vontade.

— *Contra* a sua vontade? – disse ele, confuso.

Tatiana balançou a cabeça, olhando para ele.

— Você é incrível. Você, Alexander Barrington, acha que é capaz de virar qualquer cabeça, com seu rifle, sua altura e seu tipo de vida? Você acha que só porque eu, uma menina de dezessete anos, abri os olhos e a boca em admiração por você, como se eu não tivesse visto nada igual antes, você tinha o direito de pedir que minha irmã se casasse com você? Você achou que, por eu ser tão jovem, isso não iria me magoar? Você achou que eu não precisava de *nada* de você, enquanto você só ficava tirando coisas de mim...

— Eu não acho que você não precise de nada de mim, e eu não fiquei só tirando coisas de você – disse Alexander entre os dentes cerrados.

— Você tirou tudo, *menos* isso! – gritou ela. – E você não merece isso!

— Eu podia ter tirado isso também – silvou ele, aproximando-se dela.

— Isso mesmo – disse ela furiosamente e o empurrando. – Pois você não me feriu o suficiente.

— Pare de me empurrar!

— Pare de me ameaçar! Fique longe de mim.

— Nada disto estaria acontecendo – disse ele, enquanto se afastava – se você tivesse me ouvido no começo. Mas não! Vamos contar a eles, eu lhe dizia.

— E eu contei a *você* – disse Tatiana com veemência – que minha irmã era mais importante para mim que uma necessidade sua que eu não conseguia entender. Ela era mais importante para mim que uma necessidade minha que eu tampouco conseguia entender. Tudo que eu queria era que você respeitasse os meus desejos. Mas você... Você continuou a me procurar e, pouco a pouco, você me magoou. Como se não bastasse, você me procurou no hospital e me magoou mais um pouco. Não satisfeito, você me levou até o telhado de Santo Isaac e acabou comigo...

— Eu não acabei com você – disse ele.

— Acabou com o meu coração para sempre – prosseguiu Tatiana, com *todo* o corpo tenso. – E você sabia disso. E quando conseguiu e me teve, foi quando você me mostrou o quanto eu realmente representava para você, planejando se casar com minha irmã!

— Bem, o que você acha? – gritou Alexander. – O que você acha que acontece quando você não consegue lutar desde o início por alguma coisa que deseja. O que você acha que acontece quando você abre mão das pessoas que deseja? Eis o que acontece! Elas dão continuidade a suas vidas, casam-se, têm filhos. Você quis viver aquela mentira!

— Não me diga que eu quis viver aquela mentira! Eu estava vivendo a única verdade que conhecia. Eu tinha uma família que eu não queria sacrificar por você! Foi por isso que eu lutei.

Sentindo seus pés fraquejarem, Alexander não conseguia acreditar nas palavras que vinham dela.

— Essa era a sua única verdade, Tatiana?

Ela piscou e abaixou os olhos.

— Não – disse ela. – Você me procurou e eu não o mandei embora para suficientemente longe. Como eu pude? Eu estava... – interrompeu-se exausta. – Eu estava naquela situação com os olhos abertos, e meus olhos eram só para você. Eu achava que você fosse mais sensível, mas vi que não era nada mais sensível e, mesmo assim, continuei com você, sabendo que eu ficaria ao seu lado e acreditaria em você. Eu lhe daria tudo o que você precisasse, desejando só um mínimo de volta para mim – acrescentou ela, sem conseguir mais encará-lo com firmeza. – Que você me dirigisse um olhar no final de sua declaração de amor a outra pessoa – disse Tatiana – teria sido suficiente para mim. Uma palavra dirigida a mim em sua carta de amor para outra pessoa, e isso teria sido suficiente para mim. Mas você não sentia nada por mim para saber que eu precisava de tão pouco...

– Tatiana! – gritou-lhe ele no rosto. – Você pode me acusar de qualquer coisa, mas não ouse me dizer que eu não sentia nada por você! Nem mesmo finja para si mesma que pode dizer uma mentira e proferi-la como verdade. Tudo que eu já fiz com a droga da minha vida desde o dia em que a conheci foi pelo que eu sentia por você; então, se continuar a me dizer essas bobagens, juro por Deus...

– Eu não vou fazer isso – disse ela com voz fraca, mas já era tarde demais.

Alexander agarrou-a e a sacudiu. Tatiana sentiu-se tão vulnerável, tão suave nos braços dele. Totalmente derrotado por sua raiva, seu remorso e seu desejo, ele a empurrou para longe, praguejou, apanhou suas coisas do chão e subiu a colina, correndo.

6

Tatiana correu atrás dele, gritando:
– Shura, por favor, pare! Por favor!

Mas ela não conseguiu alcançá-lo. Alexander sumiu no meio do bosque. Ela correu para casa. As coisas dele ainda estavam lá, mas ele não estava.

– O que aconteceu, Tanechka? – perguntou Naira, carregando uma cesta de tomates.

– Nada – respondeu Tatiana, ofegante. E pegou a cesta de Naira.

– Onde está Alexander?

– Ainda está na casa velha – disse ela. – Tirando as tábuas das janelas.

– Espero que ele as pregue de volta – disse Dusia, erguendo os olhos da Bíblia – depois que terminar. Mas por que ele está fazendo isso?

– Não sei – disse Tatiana, afastando-se para que elas não lhe vissem o rosto.

– Você precisa do seu remédio, Raisa?

– Sim, por favor.

Tatiana deu o remédio para o tremor de Raisa, um remédio que não adiantava nada, e então dobrou os lençóis que havia lavado no dia anterior; então... com medo que ele viesse pegar suas coisas e partir –, ela escondeu sua tenda e seu rifle no barracão atrás da casa. Depois desceu até o rio e lavou todos os seus uniformes na tábua de lavar.

Alexander ainda não voltara.

Tatiana foi com o capacete dele até o bosque e o encheu de mirtilos. Voltando para casa, fez uma torta e uma *compôte* de mirtilos, que era uma bebida espessa feita com a fruta.

Alexander ainda não voltara.

Tatiana foi apanhar alguns peixes e fez *ukha*, uma sopa de peixe, para o jantar. Certa vez ele dissera que gostava muito de *ukha*.

Alexander ainda não voltara.

Tatiana descascou algumas batatas, ralou-as e fez panquecas de batata.

Vova veio lhe perguntar se ela não queria ir nadar. Ela disse que não e pegou algodão para fazer uma camiseta maior para Alexander.

Ele ainda não voltara.

Por que ele simplesmente não ficara para acabar a discussão entre eles? Ela não ia a lugar nenhum; ia ficar até o fim. Por que ele não pôde fazer a mesma coisa? Ela sentiu um vazio e um medo na boca do estômago. Bem, ela não ia deixar que ele fosse embora até eles terem terminado o que começaram. Não lhe importava se ele perdesse a calma.

Agora eram seis horas e estava na hora de ir à *banya*. Ela lhe deixou um bilhete. *Querido Shura, se você estiver com fome, por favor, coma a sopa e as panquecas. Estamos na casa de banho. Se preferir, espere por nós e comeremos juntos. Deixei uma camisa nova em sua cama. Espero que ela fique melhor em você. Tania.*

Na casa de banho, pensando nele, ela se esfregou até adquirir um tom rosado, brilhando.

Zoe perguntou-lhe se Alexander ia se sentar com eles junto ao fogo naquela noite.

– Eu não sei – disse Tatiana. – Você devia perguntar a *ele*.

– Ele é uma delícia – comentou Zoe, balançando seus enormes seios. – Você acha que ele está muito triste por causa da Dasha?

– Acho.

– Talvez ele precise de um pouco de consolo – completou Zoe, sorrindo.

Tatiana olhou Zoe diretamente no rosto. Como se Zoe tivesse ideia do consolo de que Alexander necessitava.

– Não entendo o que você quer dizer – disse ela friamente.

– Não, eu sei que não. Mas não faz mal – disse Zoe, rindo e indo se trocar.

Tatiana se secou e se vestiu, escovando o cabelo úmido e deixando-o tombar sobre os ombros. Colocou um vestido de algodão de motivos azuis que havia feito; era fino e sem mangas, com as costas semiabertas e uma barra curta. Quando saíram da casa de banho, Alexander estava esperando por elas lá fora. Tatiana deteve seu olhar aliviado sobre ele por um instante e, então, incapaz de desvendar a expressão dele, olhou para longe.

– Aí esta ele! – disse Naira.

– Onde você esteve o dia inteiro? – perguntou Dusia. – Como estão as janelas da casa?

– Janelas? De que casa? – perguntou ele asperamente.

– A casa de Vasili Metanov. Tania disse que você estava removendo as tábuas das janelas.

– Oh – disse ele, sem tirar os olhos escuros de Tatiana. Ela estava ao lado de Raisa, na esperança de se esconder atrás da agitação da amiga.

– Você está com fome? Já comeu? – perguntou-lhe Tatiana com voz fraca. Ela não conseguia falar mais alto.

Ele balançou a cabeça em silêncio.

Todos começaram a voltar para casa. Axinya pegou o braço de Alexander. Zoe colou-se do outro lado dele, tomou-lhe o outro braço e perguntou se Alexander gostaria de se sentar junto ao fogo.

– Não – respondeu ele, desvencilhando-se de Zoe e se aproximando de Tatiana. Inclinou-se para ela, perguntou: – O que você fez com as minhas coisas?

– Eu as escondi – sussurrou ela, com o coração palpitando. Ela queria colocar a mão nele, mas ficou com medo de que ele ficasse nervoso, e eles começassem a brigar na frente de todo mundo.

– Tania faz uma excelente sopa de peixe, Alexander – disse Naira. – Você gosta de sopa de peixe?

– E a torta de mirtilo dela é do outro mundo. Estou com tanta fome – tagarelou Dusia.

– Por quê? – sussurrou Alexander.

– Por que o quê? – perguntou Dusia.

– Não tem importância – disse Alexander, afastando-se delas todas.

Quando chegaram a casa, Tatiana começou a arrumar a mesa. Ela olhou para a cama para ver se ele tinha lido o bilhete e pegado a camisa. O bilhete não estava lá. A camisa estava onde ela a havia deixado.

Alexander entrou. As quatro mulheres ficaram na varanda.

– Onde estão as minhas coisas? – perguntou ele.

– Shura...

– Pare com isso – retorquiu ele asperamente. – Dê-me as minhas coisas para eu ir embora.

– Alexander, dá para você vir aqui? – perguntou Naira enfiando a cabeça na sala. – Nós precisamos de sua ajuda para abrir esta garrafa de vodca. A tampa parece estar presa.

Ele foi para a varanda. As mãos de Tatiana tremiam tanto quanto as de Raisa. Ela deixou cair um dos pratos. O prato de metal tiniu quando atingiu o chão de madeira.

Vova chegou. A varanda se encheu de risadas.

Alexander entrou e abriu a boca para falar. Tatiana se colocou atrás dele. Vova ficou à porta.

– Tanyusha, você precisa de ajuda? Posso levar alguma coisa para a mesa para você?

– Isso mesmo, Tanyusha – disse Alexander com ironia –, Vova pode levar alguma coisa para você.

– Não, obrigada. Você pode nos dar um minuto, por favor?

– Vamos lá – disse Vova para Alexander, que não se movera. – Você a ouviu. Ela quer um minuto.

– Sim – disse Alexander, sem se virar. – Um minuto comigo.
Relutantemente, Vova saiu da sala.
– Onde estão as minhas coisas?
– Shura, por que você vai embora?
– Por quê? Não há lugar para mim aqui. Você deixou isso bastante claro. Nem iria estranhar se você já até tivesse feito minhas malas, do jeito que você está se sentindo. Não precisam me dizer as coisas duas vezes, Tania.
Os lábios delas tremiam.
– Fique e jante conosco.
– Não.
– Por favor, Shura – disse ela com voz entrecortada. – Eu lhe fiz panquecas de batata – acrescentou, avançando para ele.
– Não – disse ele, piscando os olhos.
– Você não pode ir embora. Nós não terminamos nossa conversa.
– Ah, terminamos sim.
– O que eu posso dizer para melhorar as coisas?
– Você já disse tudo com bastante clareza. Agora seria bom dizer adeus.
A mesa posta os separava. Tatiana deu a volta para ficar ao lado dele.
– Shura – disse ela tranquilamente –, por favor, deixe-me tocar em você.
– Não – disse ele, se afastando.
Naira colocou a cabeça pela porta aberta.
– O jantar está pronto?
– Quase, Naira Mikhailovna – disse Tatiana.
– Achei que você não fosse partir antes de dar um jeito em mim – disse ela com a voz fraca. – Dê um jeito em mim, Shura.
– Você mesma disse que eu não tenho capacidade suficiente para consertar o que está errado dentro de você. Bem, você acabou me convencendo. Agora, onde estão as minhas coisas?
– Shura...
Aproximando-se dela, Alexander disse entre os dentes:
– O que você quer, Tania? Quer fazer uma cena?
– Não – disse ela, fazendo um esforço enorme para não chorar.
O rosto dele ficou perto do dela.

– Uma cena em voz alta e feia, como aquelas a que você está acostumada.

– Não – sussurrou ela, sem olhar para ele.

– Só me dê as minhas coisas, e eu vou sair quietinho. Você não vai ter que dar nenhuma explicação às suas amigas e ao seu apaixonado.

Como ela não se movesse, Alexander elevou a voz:

– Agora!

Embaraçada e nervosa, Tatiana levou-o até o barracão atrás da casa, sem que os outros os vissem.

– Aonde você vai, Tanechka? Logo nós vamos comer...

– Eu já volto! – gritou Tatiana, com os ombros trêmulos. Quando chegaram atrás da casa, ela tentou pegar a mão de Alexander, mas ele afastou brutalmente o braço dela. Ela cambaleou, mas não se afastou. Colocando-se na frente dele rapidamente, envolveu-lhe a cintura com os braços. Ele tentou se desvencilhar.

– Por favor, não vá embora – disse ela, olhando para ele com olhos suplicantes. – Por favor. Eu lhe imploro. Não quero que você vá embora. Esperei por você cada minuto de cada dia desde que saí do hospital. Por favor – acrescentou, pousando a testa no peito dele.

Alexander não dizia nada. Tatiana não erguia os olhos. As mãos dele continuaram pousadas nos braços nus da moça.

Abraçando-o com firmeza, Tatiana disse:

– Meu Deus, Alexander! Como você pode ser tão insensível? Você não percebe por que eu não lhe escrevi?

– De jeito nenhum. Por quê?

Ela inalou o cheiro dele, com o rosto ainda pousado em seu peito.

– Eu tinha medo de que, se eu lhe contasse sobre a Dasha, você nunca viesse a Lazarevo.

Ela gostaria de ser mais forte e olhar para ele, mas não queria mais vê-lo zangado. Tomando-lhe a mão, ela a colocou em seu rosto e, quando o calor dele lhe deu coragem, ela o olhou.

– Leningrado quase acabou com nós todos. Eu achei que se você não soubesse o que acontecera a ela e eu viesse para cá, eu recuperaria a saúde, como no verão passado, talvez o seu sentimento por mim voltasse...

– *Voltasse?* – repetiu Alexander com voz rouca. – O que você está pensando? – acrescentou, com a mão no rosto dela. A outra mão, contudo, se aninhava nas costas dela, os dedos abertos, apertando-a, movendo-se sobre sua carne, pressionando-a contra ele. –Você não percebe... – começou ele a dizer, mas se interrompeu. Ele não conseguiu dizer mais nada. Ela sentiu isso. E ele não precisava dizer mais nada. Ela também sentiu isso.

– Tatia – disse, por fim, Alexander –, eu vou conseguir o seu perdão. Eu vou pôr tudo em ordem. Vou agir direito com você, mas você tem que permitir que eu faça isso. Você não pode se fechar para mim assim... não pode.

– Sinto muito – disse Tatiana. – Por favor, entenda – acrescentou ela abraçando-o com mais força. – Foram mentiras demais para mim, dúvidas demais.

– Olhe para mim.

Ela ergueu os olhos para ele.

– Tania – disse Alexander com os braços em torno dela –, que dúvidas? Eu estou aqui apenas por você.

– Então, por favor, fique – disse ela. – Fique por mim.

Respirando com dificuldade, Alexander inclinou a cabeça para ela, e ela lhe deu o cabelo molhado para beijar. Os lábios dele ali permaneceram por alguns minutos, e então ele disse:

– O que é isso sobre o lago Ladoga?

– Shura – disse Tatiana –, a casa está cheia de gente.

As pontas dos dedos dele continuavam a pressionar as omoplatas nuas da moça de maneira tão enfática que a estavam deixando lânguida.

– Erga o rosto para mim agora.

Ela ergueu o rosto imediatamente.

– Tania, dá para a gente jantar, por favor? – a voz de Naira, vinda da varanda, soou faminta e irritada. – Está tudo queimando!

Alexander beijou-a com tanta fúria que, por um instante, Tatiana se manteve em pé somente porque os braços dele a sustentaram.

– O que ela está fazendo lá? Estamos todos morrendo de fome. Tatiana!

Eles se separaram e, sem saber como o fez, ela tirou as coisas dele do barracão e entrou na casa.

Tatiana serviu a sopa primeiro para Alexander, colocando o prato bem diante dele e passando-lhe uma colher. Em seguida, serviu os outros, enquanto Alexander aguardava que ela se sentasse antes de tomar a primeira colherada.

– Então, Alexander – disse Vova –, o que faz um capitão no Exército Vermelho?

– Bem, não sei o que faz um capitão no Exército Vermelho. Sei o que *eu* faço.

– Alexander, você quer mais peixe? – perguntou Tatiana.

– Quero sim, por favor.

– O que *você* faz? – perguntou Vova.

– Sim, conte-nos, Alexander – disse Axinya. – A vila está ardendo de curiosidade.

– Eu lido com armamento pesado, numa brigada de ataque. Sabem o que é isso?

Todos balançaram a cabeça em negativa, menos Tatiana.

– Eu comando uma companhia de homens armados. Nós damos suporte extra para os que portam rifles – disse Alexander enquanto tomava a sopa. – Pelo menos, é o que esperam que façamos.

– O que é suporte extra? – perguntou Vova. – Tanques?

– Isso mesmo, tanques. Veículos blindados. Tania, ainda temos panquecas? Também operamos metralhadoras antiaéreas chamadas Zenith, bem como morteiros e outras artilharias de campo. Canhões, morteiros, metralhadoras pesadas. Eu opero um Kayusha, um lançador de mísseis.

– Impressionante – disse Vova. – Então, é a melhor tarefa. Menos perigosa que o rifle *frontovik*?

– Mais perigosa que qualquer outra coisa. Quem você acha que os alemães tentam desmantelar em primeiro lugar: um cara com uma Nagant manual ou eu, com um morteiro que os fustiga com quinze bombas por minuto?

– Você quer mais um pouco, Alexander? – perguntou Tatiana.

– Não, Tatiasha... – respondeu ele. – Estou satisfeito, Tania, obrigado.

– Alexander – disse Zoe –, ouvimos dizer que Stalingrado está para cair.

– Se Stalingrado cair, nós perdemos a guerra – disse Alexander. – Um pouco mais de vodca?

Tatiana serviu-lhe uma dose.

– Alexander – disse Dusia –, quantos homens estamos preparados para perder em Stalingrado a fim de deter Hitler?

– Quantos forem necessários.

Ela se persignou.

– Moscou – disse Vova, vermelho e excitado – foi um verdadeiro banho de sangue.

Tatiana ouviu Alexander suspender a respiração. *Oh, não,* pensou ela. *Nada de cenas, por favor.*

– Vova – disse Alexander, inclinando-se diante de Tatiana, que se encostou mais nele, a fim de olhar Vova de frente –, você sabe o que é um banho de sangue? Moscou tinha oitocentos mil homens antes do começo da batalha pela capital em outubro. Você sabe quantos sobraram depois de terem conseguido deter Hitler? Noventa mil. Você sabe quantos homens foram mortos nos primeiros seis meses de guerra? Quantos rapazes foram mortos antes de Tania deixar Leningrado? Quatro milhões – disse ele em voz alta. – Um desses rapazes podia ter sido você, Vova. Então, não chame a coisa de banho de sangue, como se fosse um jogo.

Todos ficaram em silêncio ao redor da mesa. Tatiana, aninhada em Alexander, perguntou:

– Você quer mais uma bebida?

– Não – disse ele. – Eu já parei.

– Bem, então eu vou tirar...

Alexander colocou o braço embaixo da mesa e pôs a mão na perna de Tatiana, balançando a cabeça de leve e fazendo com que ela não saísse do lugar.

Tatiana permaneceu em seu lugar. Alexander não tirou a mão de sua perna. A princípio, o vestido de algodão se interpôs entre a mão dele e a coxa da moça, mas Alexander obviamente não estava satisfeito com isso, pois subiu o vestido, o suficiente para tocar-lhe diretamente a coxa. A pontada no estômago de Tatiana se intensificou.

– Tanechka – disse Naira –, você não vai tirar a mesa, querida? Estamos loucos para comer sua torta. E tomar chá.

A mão de Alexander apertou-a com mais força e se moveu para mais perto do seu quadril. Em exatamente mais um segundo Tatiana estaria gemendo bem na mesa do jantar, diante de quatro mulheres de idade.

– Tatiana fez uma comida maravilhosa para nós – disse Alexander. – Ela se suplantou. E está cansada. Por que não lhe damos um descanso? Zoe, Vova... talvez vocês pudessem tirar a mesa.

– Mas, Alexander – disse Naira –, você não entende...

– Entendo *perfeitamente* bem – disse Alexander, sem tirar a mão da perna de Tatiana.

– Shura – disse Tatiana com voz rouca e segurando a ponta da mesa com os dedos –, Shura, por favor.

A mão de Alexander apertou a coxa dela com mais força. As mãos dela seguraram a mesa com mais força.

– Não, Tania – disse ele. – Não. É o mínimo que eles podem fazer. Você não acha, Naira Mikhailovna? – acrescentou ele, olhando para Naira.

– Eu achava – disse Naira – que Tanechka gostasse de executar as pequenas tarefas que lhe cabem.

– Sim – concordou Dusia. – Achamos que isso lhe traz prazer.

– Dusia – disse Alexander com um aceno de cabeça –, isso lhe traz prazer. A próxima coisa que ela vai fazer é se abaixar e lavar-lhes os pés. Mas você não acha que os discípulos, de vez em quando, precisam servir o vinho a Jesus?

– O que Jesus tem a ver com isso? – disse Dusia, gaguejando.

Alexander apertou ainda mais a coxa de Tatiana, que abriu a boca e...

– Tudo bem – disse Dusia com rispidez –, nós vamos tirar a mesa.

Dando-lhe um leve tapinha, a mão de Alexander se afastou de Tatiana.

Tatiana respirou fundo. Depois de alguns momentos, seus dedos conseguiram soltar-se da mesa. Ela não conseguiu olhar para Alexander nem para nenhuma das outras pessoas.

– Zoe, Vova, obrigado – disse Alexander, rindo para Tatiana, que permanecia imóvel. – Eu vou fumar – disse ele. Tatiana nem conseguiu notá-lo.

Depois que ele saiu, as velhas inclinaram-se para Tatiana e começaram a falar em voz baixa.

— Tania, ele é muito agressivo — disse Naira.

— O problema é que Deus está ausente do Exército Vermelho — disse Dusia. — A guerra o endureceu, eu lhes digo. Endureceu.

— Sim, mas vejam — disse Axinya — como ele protege a nossa Tanechka. É adorável.

Tatiana olhava para elas sem compreender. O que é que elas estavam dizendo? Do que estavam falando? O que tinha acabado de acontecer?

— Tania, você ouviu o que dissemos?

Ela se levantou. Seu único defensor no mundo, seu rifle de guarda, seu brigadeiro teria seu apoio incondicional.

— Alexander não ficou endurecido, Dusia. Ele está completamente certo. Eu não devia estar fazendo tudo nesta casa.

Todos tomaram chá com torta de mirtilo, que estava tão boa que logo não sobrou nenhum pedaço. Depois que as velhas saíram para fumar, Zoe, apertando o braço de Alexander e, sorrindo timidamente, perguntou mais uma vez se ele queria se sentar junto ao fogo. Alexander afastou o braço e disse não mais uma vez.

Tatiana queria que Zoe fosse embora.

— Ora, vamos — disse Zoe. — Até a Tania vai. Com Vova — acrescentou ela enfaticamente.

— Ela não vai mais — sussurrou Alexander, olhando para Tatiana, que estava adoçando seu chá.

— Tania, conte a Alexander aquela piada ótima que você contou na semana passada. Não, era tão horrível que nós quase morremos de rir — disse Vova.

— Acho que já ouvi todas as piadas ótimas de Tania — disse Alexander. Havia alguma coisa de dolorosamente familiar e reconfortante no toque de seu braço forte enquanto estavam sentados um ao lado do outro que Tatiana sentiu necessidade de encostar a cabeça nele. Mas não fez isso.

— Conte-lhe a piada, Tania.

— Acho que não devo.

– Vamos lá! Ele vai morrer de rir – disse Vova, fazendo cócegas em Tatiana.

– Vova, pare – disse Tatiana, olhando para Alexander, que bebia seu chá atentamente, nem nada dizer.

– Não vou contar nada – disse Tatiana, repentinamente desconcertada. Ela sabia que Alexander não ficaria contente com a piada. Ela não queria desagradá-lo, nem por um único e estúpido momento.

– Não, não – disse Alexander voltando-se para ela e pousando a xícara de chá. – Eu adoro as suas piadas – acrescentou ele sorrindo. – Eu quero ouvir.

Suspirando e olhando para a mesa, Tatiana começou:

– Chapayev e Petka estão lutando na Espanha. Chapayev diz para Petka: "Por que as pessoas estão gritando? A quem eles estão saudando?" "Ah, a uma tal de Dolores Ebanulli", responde Petka. "Bem, e o que ela está berrando?", pergunta Chapayev. Petka responde: "Ela está gritando 'é melhor fazer em pé que de joelhos'".

Vova e Zoe riram estrepitosamente.

Alexander permaneceu imóvel em seu lugar, tambolirando em sua xícara de chá.

– É esse o tipo de piada que vocês contam quando estão sentados junto ao fogo no sábado à noite?

Tatiana não respondeu e nem olhou para ele. Ela sabia que ele não ia gostar da piada.

– Tania, nós vamos lá hoje, não vamos? – perguntou Vova, tocando-a de leve.

– Não, Vova, hoje não.

– O que você está dizendo? Nós sempre vamos.

Antes que Tatiana tivesse a chance de dizer alguma coisa, Alexander, com as mãos ainda ao redor da xícara, olhou para Vova e disse:

– Ela disse que hoje não. Quantas vezes mais ela vai ter que dizer até você ouvir? Zoe, quantas vezes mais *eu* vou ter que dizer até você ouvir?

Vova e Zoe olharam para Alexander e para Tatiana.

– O que está acontecendo? – perguntou Vova com voz confusa.

– Vão vocês – disse Alexander. – Vocês dois. Vão para a fogueira. E rápido.

Vova abriu a boca para falar, mas Alexander levantou-se da mesa, olhou para Vova e disse calma e lentamente:

– Eu disse vão. – Numa voz que não deixava lugar réplica. Ele não ouviu nenhuma. Vova e Zoe saíram.

Tatiana, surpresa, balançou a cabeça, olhando para a mesa.

Alexander inclinou-se para ela e disse com voz rouca:

– Gostou? – E beijou-a na testa, saindo para fumar.

Depois de arrumar sua cama na varanda, Tatiana ajudou as velhas a se deitarem. Quando terminou, Alexander ainda estava sentado no banco do exterior da casa. Os grilos estavam barulhentos naquela noite. Tatiana ouviu, a distância, o uivo de um coiote e o piar murmurado de uma coruja. E foi lavar os pratos da sobremesa.

– Tania, pare de trabalhar e venha aqui.

Com as mãos ainda molhadas, ela caminhou nervosamente até ele. O aperto inquieto na boca do estômago não parava de se manifestar, apesar do jantar, dos pratos, das velhas, da louça ou de *qualquer outra coisa*.

– Chegue mais perto – disse Alexander, observando-a durante alguns segundos. Ele jogou o cigarro no chão e lhe pôs as mãos nas cadeiras, trazendo-a para o meio de suas pernas aberta.

Tatiana mal conseguia ficar em pé.

Abraçando-a, Alexander ergueu o olhar por um momento e, então, pressionou a cabeça contra suas costelas, abaixo dos seios.

Tatiana, sem saber o que fazer com as mãos, colocou-as cuidadosamente na cabeça de Alexander. O cabelo dele era curto e espesso, liso e seco. Tatiana gostou de tocá-lo. Ela fechou os olhos, tentando respirar normalmente.

– Você está bem? – perguntou ela num sussurro.

– Estou sim – respondeu Alexander. – Tatia, em vez de pensar só em você, será que você não pensou nem uma vez em mim? Você não podia ter pensado em mim por cinco segundos e no que eu passei durante seis meses?

– Eu podia sim. Sinto muito – disse ela.

– Se você tivesse feito isso, pensar em mim durante cinco segundos, e me escrito, você receberia de volta cartas que aplacariam cada um de seus temores. E você teria tranquilizado os meus.

– Eu sei. Sinto muito.

– Eu achei, sinceramente, que só poderia haver duas explicações para o seu silêncio. Uma é que você podia estar morta. A outra – e ele fez uma pausa –, que você tivesse encontrado outra pessoa. Eu nunca achei que nenhuma das mentiras que contei pudesse tê-la impressionado tanto. Eu achei que você tivesse a capacidade de ver a verdade de maneira clara.

– Que *eu* tinha essa capacidade? – disse Tatiana suavemente, acariciando sua cabeça. – E a sua capacidade? – acrescentou ela, pensando em como poderia ter encontrado outra pessoa. – Honestamente.

– Do que Axinya chamou você? De pãozinho quente? – perguntou ele, acariciando sua testa de um lado para outro.

Tatiana mal conseguia respirar.

– Isso mesmo – murmurou ela. – Um pãozinho quente.

As mãos de Alexander apertaram-lhe as cadeiras ainda mais.

– Um pãozinho quente – murmurou ele.

Muito, muito de leve, Tatiana tocou-lhe os cabelos com os dedos trêmulos. Sua respiração era tão curta que não estava levando ar para os pulmões.

– Isto é apertado demais, até para os padrões da Quinta Soviet – disse Alexander por fim.

– O quê? – sussurrou ela, tentando não perturbar a noite. – Nós? Ou esta casa?

– Nós? – disse ele com surpresa e olhando para ela. – Não. Esta casa.

Tatiana tremeu.

– Com frio?

Ela confirmou com um aceno de cabeça, na esperança de que ele não lhe tocasse a pele *ardente*.

– Quer entrar?

Com relutância, Tatiana tornou a confirmar com um aceno de cabeça. Tudo o que ela queria era que as mãos dele permanecessem nela, apertando-lhe os quadris, apertando-lhe a cintura, em torno de suas costas, em torno de suas pernas, em qualquer lugar, em qualquer lugar, mas com força e permanentemente.

Alexander ergueu a cabeça para olhá-la. Abrindo a boca, ela estava prestes a inclinar-se...

De repente, Tatiana ouviu o ruído de Naira Mikhailovna na varanda. Alexander baixou as mãos e a cabeça. Contra sua vontade, ela se afastou dele, enquanto Naira descia os degraus murmurando:

– Esqueci-me de ir uma última vez.

– Tanechka, o que você está fazendo? – peguntou Naira encarando Tatiana por um instante. – Vá se preparar para dormir, querida. Já é tarde, e você sabe como levantamos cedo.

– Já vou, Naira Mikhailovna.

Quando Naira dobrou o canto da casa, Tatiana permitiu que seu olhar pousasse em Alexander, que a olhava com tristeza. Ela também encolheu os ombros, demonstrando tristeza. Os dois entraram. Tatiana ficou pensando onde iria se trocar. Alexander não tinha essas reservas. Ele tirou a camisa bem diante dela, conservando as calças de linho, com que tencionava se deitar. Tatiana nunca tinha visto Alexander sem o uniforme, a camisa e as ceroulas; ela nunca tinha visto Alexander nu. Ele era muito musculoso. Será que ela ia conseguir tornar a respirar normalmente? Ela achou que não.

Ela não conseguia tirar o vestido e pôr a camisola de dormir. Por fim, decidiu não tirar o vestido.

– Boa noite – disse ela, diminuindo o lampião de querosene. Alexander não respondeu.

– Boa noite – disse Naira, caminhando pela casa em direção a seu quarto.

Tatiana disse um boa-noite. Alexander não emitiu nenhum som.

Ainda com o vestido, Tatiana estava debaixo do cobertor no sofá da varada, quando ouviu a voz profunda de Alexander chamando-a lá de dentro.

– Tatia.

Ela se levantou e se pôs timidamente no batente da porta.

– Venha cá – disse Alexander, com a voz baixa oscilando.

Tudo o que ela queria era ir até ele. Mas tinha muito medo. E contornou a mesa.

– Suba no fogão – disse-lhe Alexander.

Tatiana subiu, ficando com o rosto próximo a ele e, antes que ele tivesse a chance de sussurrar ou abrir a boca, ela o beijou, agarrando-lhe a cabeça com as mãos.

– Venha aqui – disse ele ao parar para respirar. Ela sentiu que ele estava tentando erguê-la.

– Oh, Shura, não posso... Vai ser um escândalo... – disse ela, sem conseguir parar de beijá-lo.

– Tania, não estou nem aí se publicarem no jornal da manhã. Agora suba aqui comigo.

Ele a puxou pelo braço e quando ela subiu, agarrou-a com os braços e as pernas, com seu enorme corpo engolindo-a enquanto se beijavam desesperadamente.

– Meu Deus, Tatia – sussurrou Alexander. – Meu Deus, senti tanto a sua falta.

– Eu também – replicou ela, com os lábios abertos, as mãos nas costas dele. – Tanto – acrescentou, enquanto ele, por um instante, parou para beijá-la e se aproximou ainda mais dela, envolvendo-a como se ele fosse um ninho. Tatiana não conseguia acreditar como era maravilhoso tocar as costas nuas de Alexander, bem como seus rijos ombros e braços.

Ele a esmagava contra ele, os lábios exigindo mais, as mãos insistentes por todo o corpo dela. Ele só tinha duas mãos. Então, por que elas estavam por toda parte ao mesmo tempo? Ela estava encerrada nele, incapaz de manter os olhos abertos, mas tudo o que queria era vê-lo, não perder um segundo dele. Erguendo seu vestido até a cintura, Alexander tocou-lhe a perna. Involuntariamente, suas pernas se separaram ligeiramente, e Tatiana soltou um gemido contra os lábios dele.

– Oh, Tania – sussurrou Alexander sorrindo –, pode gemer, mas não muito alto. Espere, não tão alto.

As pernas dela se afastaram mais um pouco. A mão dele acariciava a parte interna de sua coxa.

– Não – gemeu ela. – *Pare, por favor.*

– Tania, suas coxas... – murmurou Alexander, passando-lhe a língua nos lábios e com as mãos subindo pelo corpo dela.

Tatiana tentou se desvencilhar dele, mas não havia lugar para fugir.

– Shura – sussurrou ela. – Por favor. *Pare.*

– Não consigo – disse ele. – O sono delas é pesado?

– Não, de jeito nenhum – sussurrou ela. – Elas acordam com o som de um grilo na casa. Elas saem umas cinco vezes para ir lá fora. Por favor. Não consigo ficar quieta. Você teria que me sufocar para me fazer ficar quieta.

Os dois continuaram a sussurrar, boca contra boca.

– Pare – sussurrava ela. – Pare – insistia, mas eles não conseguiam parar.

Com relutância, as mãos de Alexander afastaram-se da perna dela, pousando em sua barriga nua, debaixo do vestido.

– Gosto desse vestido – sussurrou ele.

– Você não está com a mão no vestido.

– Não mesmo? Está tão gostoso. Macio. Tire o vestido.

– Não – disse ela, empurrando-o de leve.

Os dois ficaram relativamente quietos por alguns minutos, enquanto recuperavam o fôlego.

Os dedos de Alexander voltaram a acariciar sua perna.

– Pare de acariciar minha perna – sussurrou Tatiana, palpitando das coxas ao umbigo. – Pare de me tocar.

– Não consigo. Esperei demais por você – disse ele, curvando-se sobre ela e pressionando-lhe os lábios contra o pescoço. – Você não me quer, Tania? – sussurrou ele. – Diga que você não me quer – acrescentou, com as mãos tirando-lhe o vestido pelos ombros. – Tire-o.

– Por favor – gemeu ela. – Shura, vamos, eu não consigo ficar quieta. Você *tem* que parar.

Mas ele não queria parar. O vestido saiu por um dos braços e, depois, pelo outro. Alexander tomou-lhe a mão e a colocou sobre seu peito.

– Tania, está sentindo o meu coração? Você não quer se deitar em cima do meu peito? – implorou ele. – Seus seios nus contra o meu peito, seu coração junto ao meu. Veja, só por um segundo. Depois pode pôr o vestido de volta.

Tatiana ficou olhando para ele silenciosamente no escuro, para seus flamejantes olhos de bronze, para sua boca úmida. Como dizer não a Alexander. Ela ergueu os braços. Alexander puxou-lhe o vestido por sobre a cabeça. Ela ia cobrir os seios com as mãos, mas as dele a impediram.

– Mantenha as mãos para baixo.

– Venha, deite-se em cima de mim – disse ele, deitando-se com as costas para baixo.

– Você não quer ficar em cima de *mim*? – perguntou Tatiana com suavidade.

– Não, se você quiser que eu pare – disse Alexander, puxando-a para ele.

Gemendo, Tatiana deitou-se cuidadosamente sobre o peito dele.

– Oh, Tania – disse Alexander com intensidade, os braços em torno dela. – Você está sentindo?

– Estou – murmurou ela, com o coração prestes a explodir.

As mãos dele desceram-lhe até os quadris, acariciando-a através de sua calcinha, descendo-a um pouco e acariciando seu traseiro nu. Puxando-a para cima, Alexander afagou seus seios.

– Sonhei com seus lindos seios por um ano – disse ele, sorrindo e respirando pela boca entreaberta. Tatiana quis lhe contar que tinha sonhado com suas mãos belas e inquietas em seus mamilos durante um ano, mas não conseguiu falar. O que ela queria era se inclinar sobre ele e colocar-lhe o mamilo na boca. Mas era tímida demais para fazer isso. Tudo o que conseguiu fazer foi ficar observando-lhe o rosto e palpitando. Alexander fechou os olhos.

– Tatia, *por favor*, fique quieta. Não consigo esperar mais – disse ele, acariciando seus mamilos. Ela gemeu tão alto que ele parou, mas não por muito tempo. Afastando-a, Alexander deitou-a de costas. – Como você é bonita – sussurrou ele, depois sugando seus mamilos por um instante. As mãos de Tatiana estavam agarradas ao lençol. Uma das mãos de Alexander pousou na sua boca, e a outra, na coxa. – Tania – disse ele –, você acha que eu estou com fome?

– Hmm – disse ela contra a palma da mão de Alxander.

– Não estou com fome – sussurrou ele. – Eu estou *faminto*. Fique me observando. Agora, não faça nenhum ruído – disse ele, subindo sobre ela. – Tania, meu Deus... vou cobrir sua boca assim e você vai apertar meus braços assim, e vou... assim...

Tatiana deu um grito tão alto que Alexander se deteve, tornou a deitar-se na cama, pôs o braço sobre o rosto e resmungou.

Ficaram um ao lado do outro, tocando-se apenas com as pernas, as dela nuas, as dele ainda nas calças. Seu braço continuou sobre o rosto. Com relutância, Tatiana tornou a pôr o vestido.

– Eu vou morrer – sussurrou ele para ela. – *Morrer*, Tatiana.

Você *vai morrer?*, pensou ela, começando a se achegar à borda para descer. Alexander a deteve.

– Aonde você vai? Durma comigo.

– Não, Shura.

– O quê? – disse ele sorrindo e ainda ofegante. – Você não confia em mim?

– Nem por um segundo – E devolveu-lhe o sorriso.

– Prometo que vou me comportar.

– Não, elas vão sair. E vão ver.

– Ver o quê? O que elas vão fazer? – perguntou ele, sem soltá-la dos braços. – Tatia, bem aqui – sussurrou ele, batendo no peito. – Como você fez em Luga. Lembra? Você me chamou para ficar perto de você. Bem, agora eu estou pedindo para você ficar perto de mim.

Tatiana aconchegou-se contra ele e pôs a cabeça na dobra de seu braço. Alexander puxou as cobertas sobre eles e a abraçou. Ela colocou-lhe a mão no seu peito nu e liso, sentindo o rápido pulsar de seu coração.

– Shura, querido...

– Eu vou ficar bem – disse ele, mas num tom de voz que dava a entender o contrário.

– Como em Luga – disse ela, esfregando seu peito de leve.

– Talvez um pouco mais embaixo? – Tatiana se deteve. – Estou só brincando, só brincando – disse ele rapidamente. – Adoro o toque do seu cabelo em mim – sussurrou Alexander, acariciando cabeça dela e beijando-lhe a fronte. Adoro todas as partes de você em mim.

– Não, Shura, por favor – murmurou Tatiana, beijando-lhe o peito e fechando os olhos. Ela sentiu o reconforto infinito de estar nos braços dele. Os dedos dele acariciavam sua cabeça, forçando-a a fechar os olhos.

– Isso é bom – murmurou ela.

Minutos se passaram. Minutos ou...

Talvez segundos.

Momentos.

Um piscar de olhos.

– Tania – disse Alexander –, você está com sono?

– Não – respondeu ela, e eles olharam um para o outro e sorriram. Ela abriu a boca para beijá-lo, mas ele balançou a cabeça e disse:

– Não. Mantenha seus lábios longe, se quer que eu fique longe.

Tatiana beijou-o no ombro e o tocou, enquanto ele a tocava.

– Shura – sussurrou ela. – Estou tão feliz que você tenha vindo me ver.

– Eu sei. Eu também.

Ela esfregou os lábios contra a pele dele.

– Tania – sussurrou Alexander –, você quer conversar?

– Quero – respondeu ela.

– Conte-me. Comece do começo. Não pare até terminar.

Tatiana começou do começo, mas não conseguiu ir além do trenó no buraco do gelo do lago.

Alexander tampouco conseguiu ouvir.

Então, ela adormeceu e acordou com o cantar do galo.

7

– Meu Deus – disse ela, tentando se libertar dele. – Deixe-me ir. Preciso ir. Depressa.

Alexander dormia profundamente e não se moveu. Ela havia observado isso nele. Ele dormia bem. Ela conseguiu se desvencilhar de seus braços e saltou para o lado do fogão.

Tatiana colocou um vestido limpo e correu para pegar água do poço, ordenhar a cabra e trocar o leite da cabra por leite de vaca. Quando voltou, Alexander já estava acordado e se barbeando.

– Bom dia – disse-lhe ele, sorrindo.

– Bom dia – respondeu ela, tímida demais para olhar para ele. – Deixe-me ajudá-lo. – Ela se sentou numa cadeira diante dele e segurou um pequeno espelho quebrado contra o peito enquanto ele se barbeava. Ele se cortava a todo instante, como se a navalha que estava usando não estivesse afiada. – Desse jeito você vai se cortar com essa coisa – comentou Tatiana. – O que eles lhe fornecem no exército? Talvez fosse melhor você tornar a deixar a barba crescer.

– Não é a navalha – disse ele. – Ela está bem afiada.

– Então, o que é?

– Nada, nada.

Ela notou que ele estava olhando-lhe os seios.

– Alexander... – disse ela, baixando o espelho.

– Ah, agora que é dia, de repente eu voltei a ser Alexander? – disse ele.

Tatiana não conseguiu olhar para ele, mas tampouco conseguiu deixar de sorrir. Ela se sentia tão feliz naquela manhã que praticamente fugiu de volta pra casa trazendo os dois baldes de leite.

Alexander fez café. Ele serviu-lhe uma xícara, e os dois se sentaram em silêncio fora da casa naquela manhã fresca, sorvendo o líquido quente, com seus corpos se tocando de leve.

– É uma linda manhã – disse ela tranquilamente.

– É uma manhã gloriosa – disse ele radiante e virando-se para ela.

Naira chamou-a, e Tatiana foi cuidar de suas tarefas domésticas, enquanto Alexander recolhia suas coisas.

– O que você está fazendo? – perguntou ela, com um toque de ansiedade quando ele saiu da casa.

– Nós vamos embora daqui – disse ele. – Agora mesmo.

– Nós vamos? – disse ela com um sorriso iluminando seu rosto.

– Sim.

– Eu não posso. Tenho que lavar a roupa. E preparar o café da manhã.

– Tania, é exatamente esse o problema. Eu tenho que ir antes de você lavar a roupa. Tenho que ir antes do café da manhã – disse Alexander olhando para ela.

– Olhe – disse ela, afastando-se –, ajude-me. Eu termino tudo bem depressa se você me ajudar.

– Depois você vai embora comigo?

– Sim – disse ela, de maneira quase inaudível. Mas Alexander sorriu para ela. E ela soube que ele tinha ouvido.

Ela preparou ovos com batatas para todos. Alexander engoliu a comida e disse:

– Vamos cuidar da roupa.

Rapidamente, ele carregou a cesta de roupas para o rio. Tatiana levava a tábua de lavar e o sabão. Ela mal conseguia acompanhá-lo.

– Então, desde quando você conta piadas picantes diante de todo um grupo de gente jovem? – perguntou Alexander.

– Shura, foi só uma piada boba – respondeu Tatiana, balançando a cabeça. – Eu não me dei conta de que você ia ficar aborrecido com ela.

– Eu fiquei, sim. É por isso que você não queria contá-la na minha frente.

– Eu não queria aborrecê-lo – disse ela, correndo para se colocar ao lado dele.

– Por que eu ficaria aborrecido? Eu já fiquei aborrecido com as suas outras piadas?

Tatiana ficou em silêncio antes de responder, pois queria descobrir o que obviamente ainda o estava aborrecendo. A piada era imprópria? Era pesada? Foi por ela ter contado a piada a Vova? A estranhos que Alexander não conhecia? Por não ser do feitio dela? Por não combinar com o que ele conhecia dela? Sim, decidiu-se Tatiana. Foi a última vez. Ele voltara ao assunto agora porque estava preocupado com alguma coisa. Ela nada disse até chegarem ao rio.

– Eu mal sabia o que a piada queria dizer – disse ela.

– Mas agora você sabe o que ela quer dizer? – disse ele, olhando para ela.

A-rá, pensou Tatiana. *Ele está preocupado comigo.* Ela não respondeu, descendo até a água e olhando a tábua de lavar e o sabão.

Alexander ficou observando-a enquanto fumava.

– Como é que você evita que o seu vestido branco fique molhado.

– A barra fica um pouco molhada. O que foi? – perguntou ela, corando. – O que você está olhando?

– O vestido inteiro não fica molhado? – perguntou ele, rindo.

– Bem, não. Eu não entro na água até o pescoço para lavar a roupa.

Jogando fora o cigarro e tirando a camisa e as botas, Alexander disse:

– Deixe-me fazer isso. Passe-me as roupas, certo?

Havia algo de muito carinhoso e incompreensível nele, um capitão do Exército Vermelho, entrando no fundo do Kama, sem camisa, os grandes braços cheios de sabão e imersos num trabalho feminino, enquanto Tatiana se mantinha seca e lhe passava as roupas sujas. Na verdade, ela achou tudo tão divertido que quando o viu mergulhar uma fronha no rio e se inclinar para pegá-la, ficou na ponta dos pés e lhe deu um empurrão. Alexander caiu na água.

Quando ele subiu, Tatiana ria tão forte que ela demorou alguns segundos para correr para a margem fugindo dele. Alexander a alcançou com três passadas.

– Está lhe faltando equilíbrio, grandão – disse Tatiana rindo. – E se eu fosse um nazista?

Sem nada responder, ele a carregou até o rio.

– Ponha-me no chão agora mesmo – disse ela. – Estou usando um vestido bom.

– Está mesmo – disse ele, atirando-a na água.

Ela emergiu, ensopada.

– Olhe só o que você fez – disse ela, jogando água nele. – Agora não tenho nada seco para voltar.

Alexander tomou-a nos braços e a beijou, erguendo-a no ar. Tatiana sentiu que os dois pendiam para trás, cada vez mais para trás, e os dois caíram na água. Quando subiram para tomar ar, com todo o decoro descartado, Tatiana saltou sobre ele para forçá-lo a cair na água de novo, mas seu peso não foi suficiente para fazer isso. Ele a pegou e segurou-lhe a cabeça durante alguns segundos embaixo da água, enquanto ela agarrava-lhe a perna.

– Você desiste? – perguntou ele, puxando-lhe a cabeça para fora.

– Nunca! – ganiu ela, e ele tornou a afundá-la.

– Você desiste?

– Nunca!

Alexander tornou a afundá-la.

Depois da quarta vez, completamente sem fôlego, ela disse:

– Espere, as roupas, as roupas!

As roupas – roupas de baixo, fronhas – estavam todas deslizando alegremente pela água.

Alexander foi atrás delas. Pingando água e rindo, Tatiana voltou para a margem.

Ele saiu da água, jogou as roupas no chão e foi até ela.

— O que foi? — disse ela, intrigada por sua expressão. — O que foi?

— *Olhe* só você — disse ele, excitado. — Olhe os seus mamilos, olhe o seu corpo nesse vestido. Ponha.

— Ponha as pernas em torno de mim — disse ele, erguendo-a.

— O que você quer dizer com isso? — perguntou ela, passando-lhe os braços em torno do pescoço e o beijando.

— Quero dizer que você vai abrir as pernas e me envolver com elas — explicou ele, segurando-a com uma das mãos sob seu traseiro e colocando sua perna em torno da cintura dele com a outra mão. — Assim.

— Shura, eu... ponha-me no chão.

— Não.

Seus lábios úmidos não se separavam.

Quando abriram os olhos, Alexander *teve* de colocá-la no chão, pois seis mulheres da vila estavam na clareira, com seus cestos de roupa, olhando para eles com uma expressão de perplexidade e francamente desaprovando o que viam.

— Nós já íamos sair — murmurou Tatiana, enquanto Alexander colocava alguma coisa molhada sobre seus ombros para cobrir-lhe o vestido transparente. Ela nunca usava sutiã, nem tinha um, e pela primeira vez na vida se deu conta de seus mamilos saltados e que podiam ser vistos através da roupa. Era como se, de repente, ela se visse pelos olhos de Alexander.

— Bem, isto amanhã vai estar na boca de todo mundo de Lazarevo — disse ela. — Não podia ter sido mais humilhante.

— Eu diria que sim — disse Alexander, inclinando-se sobre ela. — Elas podiam ter chegado três minutos depois.

Corando completamente, Tatiana não respondeu. Rindo, ele pôs o braço em torno dela.

Quando chegaram a casa, Tatiana de vestido molhado e Alexander de calças molhadas e mais nada, as velhas ficaram horrorizadas.

— A água levou a roupas — explicou Tatiana, embora de maneira, como ela pressentiu, *insatisfatória*. — Tivemos que mergulhar para recuperá-las.

— Bem, nunca ouvi dizer que tal coisa pudesse acontecer — murmurou Dusia, persignando-se. — Nunca em toda minha vida.

Alexander desapareceu dentro da casa, voltando cinco minutos depois usando as calças cáqui de seu uniforme do exército, as botas negras e a camiseta sem mangas que Tatiana tinha feito para ele. Ela olhou para ele através dos lençóis que estava pendurando a esmo. Alexander estava de cócoras no chão, mexendo em sua mochila. Ela ficou observando-o de perfil, os braços musculosos nus, o corpo de soldado, seu cabelo negro espetado e molhado, um cigarro no canto da boca. Tatiana sentiu faltar-lhe o fôlego: ele estava tão bonito. Alexander voltou a cabeça para ela e sorriu.

– Eu tenho um vestido seco para você – disse ele, tirando da mochila seu vestido branco com rosas vermelhas. E contou-lhe como o tinha salvado da Quinta Soviet.

– Acho que não me serve mais – disse ela, muito comovida. – Mas vou experimentá-lo um dia desses.

– Ótimo – disse Alexander, tornando a guardá-lo na mochila. – Você pode usá-lo para mim outro dia – acrescentou ele, pegando o rifle e todas as suas coisas. – Você não precisa de nada. Você já acabou aqui. Vamos embora.

– Vamos para onde?

– Para longe daqui – respondeu ele, baixando a voz. – Onde não seremos interrompidos e estaremos sozinhos.

Um olhou para o outro.

– Pegue dinheiro – disse ele.

– Achei que você disse que não precisávamos de nada.

– E traga seu passaporte. Podemos ir para Molotov.

A imensa excitação de Tatiana pareceu vencer todo sentimento de culpa quando disse às quatro senhoras que ia sair.

– Você volta para o jantar? – perguntou Naira.

Jogando o rifle nas costas e pegando Tatiana pela mão, Alexander disse:

– Provavelmente, não.

– Mas, Tania, nosso círculo de costura é hoje às três.

– Sim... – disse Alexander. – Tania hoje não vai estar presente. Mas que as senhoras tenham um grande encontro.

Os dois correram até o rio. Tatiana sequer olhou para trás.

– Aonde vamos?

– À casa de seus avós.

– Por que lá? Está uma bagunça.

– Nós vamos dar um jeito.

– E nós tivemos uma tremenda discussão lá ainda ontem.

– Não – disse ele, olhando para ela. – Você sabe o que tivemos lá ontem?

Tatiana sabia. Ela não lhe deu resposta, mas apertou-lhe a mão com mais força.

Quando chegaram à clareira, Tatiana entrou na *izba*, que estava vazia, porém impecável. Era uma cabana de um único cômodo, com quatro longas janelas e uma grande fornalha no centro, que ocupava metade do lugar. Não havia nenhuma mobília, mas o chão de madeira havia sido lavado, as janelas estavam limpas e até as cortinas perfeitamente brancas haviam sido lavas e secadas, não mais exalando cheiro de mofo. Tatiana olhou para fora. Alexander estava de joelhos, enterrando uma estaca de barraca no chão. Ele estava de costas para ela. Ela pôs a mão no coração. Acalme-se, acalme-se, disse para si mesma.

Saindo da cabana, ela recolheu um feixe de galhos caso ele desejasse fazer fogo.

Tatiana estava paralisada de medo e amor, andando pelas margens arenosas do rio Kama, cheias de agulhas de pinheiro, à luz do sol de meio-dia de junho.

Tirou as sandálias e pôs os pés na água fria. Não conseguiu se aproximar de Alexander naquele momento, mas talvez mais tarde eles pudessem ir nadar. "Cuidado!", ouviu Tatiana atrás dela. Alexander correu para a água e mergulhou, usando apenas a roupa de baixo do exército.

– Tania, quer vir nadar? – gritou ele.

O coração dela disparou, mas a moça balançou a cabeça.

– Estou vendo que você nada muito bem – disse ela, observando-o nadar de costas.

– Eu sei nadar – disse ele, erguendo o rosto da água e olhando para ela. – Venha, vamos apostar uma corrida – acrescentou ele rindo. – Debaixo da água. Até a outra margem.

Se ela não estivesse tão nervosa, teria devolvido o sorriso e, então, aceitado o desafio.

Alexander saiu do rio, puxando o cabelo molhado para trás. Seu peito nu, seus braços nus e suas pernas nuas brilhavam. Ele estava rindo. Para Tatiana ele parecia estar brilhando de dentro para fora. Ela não conseguia desviar o olhar daquele corpo perfeito e magnífico. Sua cueca molhada estava grudada nele...

Não, ela não ia conseguir.

– A água está boa – disse Alexander, achegando-se a ela. – Vamos lá, vamos nadar.

Tatiana balançou a cabeça, afastando-se um pouco com suas pernas inseguras até a beira da clareira, ela começou a apanhar alguns mirtilos dos arbustos mais baixos. Por favor, acalme-se, repetia ela para si mesma. Por favor.

– Tatia – disse ele em voz baixa bem ao lado dela, e ela se voltou. Ele estava se enxugando. Ela estendeu-lhe alguns mirtilos; ele os pegou, mas não largou a mão dela, fazendo-a sentar-se na grama com gentileza. – Minha doçura, sente-se um instante.

Tatiana sentou-se na grama, e Alexander se ajoelhou diante dela. Inclinando para frente, beijou-lhe os lábios com suavidade. Tatiana tocou-lhe os braços. Ela mal conseguia respirar.

– Tatia... Tatiasha – disse ele, com voz rouca, tomando-lhe as mãos e beijando-as, beijando-lhe os pulsos e a parte interna dos braços.

– Sim? – disse ela, também rouca.

– Estamos juntos e sozinhos.

– Eu sei – respondeu ela, reprimindo um gemido.

– Agora temos *privacidade*.

– Hmm.

– *Privacidade*, Tania! – disse Alexander com intensidade. – Pela primeira vez na vida, você e eu temos uma verdadeira *privacidade*. Nós a tivemos ontem. E a temos hoje.

Ela não conseguiu suportar a emoção nos olhos dele, cor de *crème brûlée*. Ela baixou o olhar.

– Olhe para mim.

– Não posso – sussurrou ela.

–Você está com medo? – perguntou Alexander envolvendo o pequeno rosto de Tatiana com suas mãos enormes.

– Aterrorizada.

– Não. Por favor, não tenha medo de mim – disse ele, beijando-a intensamente nos lábios, de maneira tão profunda, tão completa, tão amorosa, que pareceu a Tatiana que a dolorosa pontada em seu estômago o fez se abrir e flamejar. Ela se inclinou, fisicamente incapaz de continuar sentada ereta.

– Tatiasha – disse ele –, por que você é tão bonita? Por quê?

– Eu estou um trapo – disse ela. – Olhe só para você.

Ele a abraçou.

– Meu Deus, que bênção – disse ele, afastando-a e tomando-lhe as mãos. – Tania, você é o meu milagre, você sabe disso, não é mesmo? Você me foi mandada por Deus para me dar fé. – E fez uma pausa. – Ele mandou você para me redimir, me confortar, me curar... e é isso que tem acontecido até agora – acrescentou com um sorriso. – Eu mal estou conseguindo me controlar neste momento, eu quero tanto fazer amor com você... – E neste ponto ele se deteve. – Sei que você está com medo. Eu nunca a machucaria. Você quer ir para a minha tenda comigo?

– Quero – respondeu Tatiana, em voz baixa, porém audível.

Alexander a carregou em seus braços até a tenda, pousando-a em seu cobertor e fechando a entrada da tenda atrás dele. O interior dela era pequeno e escuro, com apenas um mínimo de luz do sol infiltrando-se pelas frestas abertas.

– Eu gostaria de ter levado você para dentro da casa agradável e limpa – disse ele sorrindo –, mas não temos colchas, nem travesseiros, só o chão de madeira e um tampo duro de fogão.

– Mmm – murmurou Tatiana. – A tenda está bom – acrescentou ela, pois tanto fazia estar ali ou no chão de mármore do palácio Peterhof.

Alexander começou a puxá-la para ele, mas tudo o que ela queria era ficar deitada diante dele. Como ele fazia aquilo?

– Shura – sussurrou ela.

– Sim – disse ele, também sussurrando e a beijando no pescoço.

Mas ele não estava... não estava fazendo mais nada, como se estivesse esperando, pensando ou...

Alexander afastou-se dela, e ela percebeu, pela reserva em seus olhos, que algo o estava perturbando.

– O que foi?

– Você me disse tantas coisas desagradáveis ontem... – respondeu ele, sem olhar para ela. – Não que eu não merecesse todas elas...

– Você não merece *todas* elas – disse ela, sorrindo. – O que foi?

Ele respirou fundo.

– Peça – disse ela, sabendo o que ele queria dela.

Os olhos dele permaneciam abaixados.

– Levante a cabeça – disse Tatiana sacudindo-lhe a cabeça. – Olhe para mim – acrescentou ela, ajoelhando-se diante dele, segurando-lhe o rosto entre as mãos e beijando-lhe os lábios. – Alexander, a resposta é sim... sim... é claro que eu me guardei para você. Eu pertenço a você. O que você imaginou?

– Oh, Tania – disse ele, feliz, aliviado e com os olhos excitados olhando para ela. Por um momento, ele ficou em silêncio. – Você não tem ideia... do que isso significa para mim...

– Shh! – sussurrou ela. Ela sabia.

– Você tinha razão – disse ele, emocionado e fechando os olhos. – Eu não mereço o que você me oferece.

– Se não for você, quem poderá merecer? – disse Tatiana, abraçando-o. – Onde estão suas mãos? Eu as quero.

– Minhas *mãos*? – disse ele, beijando-a ardentemente. – Erga os braços – disse ele, tirando-lhe o vestido leve. Então, deitou-a no cobertor, ajoelhou-se ao seu lado, vagando por seu rosto e pescoço com os lábios famintos, percorrendo seu corpo com os dedos famintos.

– Agora eu quero você completamente nua diante de mim, tudo bem? – sussurrou ele.

– Tudo bem.

Ele tirou-lhe as calcinhas de algodão, e Tatiana olhou para o rapaz. Ambos estavam tomados por uma fraqueza. Olhando para ela, ele murmurou:

— Não, não consigo me segurar... — e colou o rosto contra os seios dela. — Seu coração está parecendo um canhão... — disse ele, lambendo os mamilos dela. — Não tenha medo.

— Tudo bem — sussurrou Tatiana, com as mãos no cabelo molhado do rapaz.

— Diga você o que quer que eu faça — sussurrou Alexander curvando-se sobre ela —, e eu farei. Irei tão devagar quanto você precisar. O que você quer?

Tatiana não conseguiu responder. Ela desejava pedir que lhe desse alívio imediato àquele fogo, mas não conseguia. Tinha que confiar em Alexander.

— Veja só você, minha doçura, seus mamilos molhados e eretos, implorando-me que os sugue — ele sussurrou enquanto pressionava a barriga de Tatiana na altura do estômago.

— Sugue-os — murmurou Tatiana num gemido.

Ele os sugou.

— Sim. Gema, gema o mais alto que quiser. Ninguém vai ouvir você além de mim. E eu viajei mil e seiscentos quilômetros para ouvi-la. Então, *gema*, Tania — disse ele, com a língua e os dentes devorando seus seios, enquanto ela arqueava as costas, o peito e as cadeiras para ele.

Deitando-se de lado, Alexander passava-lhe as mãos entre as coxas.

— Espere, espere — disse ela, tentando manter as pernas juntas.

— Não, abra-as — disse Alexander, separando-lhe as pernas. Com os dedos, ele percorria sua coxa. — Shh — murmurou ele, envolvendo o pescoço dela com o braço livre. — Tania, você está tremendo — disse ele tocando-a com os dedos. O corpo dela se contraiu. A respiração de Alexander ficou suspensa. A respiração de Tatiana ficou suspensa. — Você está sentindo como eu acaricio você com delicadeza — sussurrou ele, pousando os lábios em seu rosto. — Você... seu corpo é todo loiro.

As mãos dela estavam aninhadas na altura do estômago, sob os braços dele. Os olhos de Tatiana estavam cerrados.

— Está sentindo isso, Tatia?

Ela deu um gemido.

Alexander girava a mão em pequenos círculos por todo o corpo dela.

– Você é tão incrível... – sussurrou ele.

As mãos dela o apertaram com mais força.

– Quer que eu pare? – disse ele num gemido ligeiro e a acariciando com um pouco mais de firmeza.

– Não!

– Tania, você está me sentindo contra os seus quadris?

– Hum. Achei que fosse seu rifle.

– O que você quiser está bom para mim – disse ele, com seu hálito quente contra o pescoço dela. Arqueado sobre ela, ele sugava-lhe os mamilos, enquanto a acariciava...

Em círculos, em círculos...

E ela gemia e gemia...

E...

Ele afastou os dedos, a boca e todo seu corpo.

– Não, não, não. Não pare – murmurou Tatiana em pânico, abrindo os olhos. Ela começava a sentir que a tensão palpitante de sua carne estava começando a se transformar em combustão, e, quando ele parou, ela começou a tremer de maneira tão descontrolada que Alexander precisou ficar deitado em cima dela um pouco para acalmá-la, apertando a testa contra a dela.

– Shh, está tudo bem – disse ele, detendo-se por um segundo e se afastando dela. – Diga-me o que você quer que eu faça.

– Eu não sei – disse Tatiana insegura. – O que mais você quer fazer?

– Tudo bem, então – disse ele balançando a cabeça. Em seguida, Alexander baixou o calção e se ajoelhou diante dela.

Quando Tatiana o viu, ergueu-se imediatamente.

– Oh, meu *Deus*, Alexander – murmurou ela com incredulidade e se afastando.

– Está tudo bem – disse ele, com um sorriso largo. – Aonde você vai? – Suas mãos seguraram-lhe as pernas.

– Não – disse ela, balançando a cabeça e olhando para ele com surpresa. – Não, não. Por favor.

– De alguma forma, e em Sua infinita sabedoria – disse Alexander –, Deus garantiu que tudo funcione como deve.

– Shura, não pode ser. Eu nunca...

– Confie em mim – disse Alexander, olhando-a com desejo. – Vai dar tudo certo. Não consigo esperar um segundo sequer, nem mais um segundo – disse ele, deitando-a de frente para ele. – Eu preciso estar dentro de você *agora mesmo.*

– Ah, meu Deus. Não, Shura.

– Sim, Tania, sim. Diga para mim. Sim, Shura.

– Oh, meu Deus. *Sim*, Shura.

Alexander ficou sobre ela, apoiando-se nos braços.

– Tania – disse ele apaixonadamente, como se não conseguisse acreditar nele mesmo –, você está nua debaixo de mim!

– Alexander, você está nu e em cima de mim – disse ela, ainda tremendo e sentindo que ele se esfregava contra ela.

Os dois se beijaram.

– Não consigo acreditar – disse ele, com a respiração curta. – Nunca pensei que este dia chegaria – acrescentou ele. – Mas eu não conseguia imaginar minha vida sem isto. Você viva, debaixo de mim. Tania, toque-me. Ponha suas mãos em mim.

Instantaneamente, ela desceu a mão e o tocou.

– Está sentindo como estou enrijecido – sussurrou ele – ... por você?

– Meu Deus, é verdade – disse ela incrédula. Vê-lo tinha sido um choque profundo para ela. *Senti-lo* era demais. – É impossível – murmurou ela, tocando-o com delicadeza. – Você vai me *matar.*

– Vou – disse Alexander. – Deixe eu fazer isso. Abra as pernas.

Ela o obedeceu.

– Não, mais – disse Alexander beijando-a e sussurrando. – Abra-se para mim, Tania. Vamos... abra-se para *mim.*

Tania o obedeceu. Ela continuava a acariciá-lo.

– Agora, você está pronta?

– Não.

– Está sim, você *está* pronta. Me solte – disse ele, sorrindo. – Segure-se no meu pescoço. Segure com força.

Lentamente, Alexander se colocou dentro dela, pouco a pouco, pouco a pouco. Tania agarrava-se nos braços dele, no lençol, nas costas dele, em seus cabelos.

– Espere, espere, por favor...

Ele esperou o quanto pôde. Tania se sentia como havia imaginado... que estava sendo rasgada. Mas alguma outra coisa também.

Um apetite imoderado por Alexander.

– Tudo bem. Estou dentro de você – disse ele por fim, beijando-a e respirando profundamente. – Estou dentro de *você*, Tatiasha.

Ela gemeu com suavidade, as mãos em torno do pescoço dele. – Você está mesmo dentro de mim?

– Sim – disse ele, retirando-se ligeiramente. – Sinta.

– Não acredito – disse ela descendo a mão – que você tenha... entrado assim.

– Só um pouco, mas é verdade – sussurrou Alexander, sorrindo e beijando-a. Então, tomou fôlego. E pousou os lábios sobre ela. – É como se o próprio Deus unisse nossas carnes – prosseguiu ele, tomando fôlego – ... você e eu juntos, dizendo "eles serão um só".

Tatiana ficou deitada, imóvel. Alexander também estava muito quieto, os lábios contra a fronte dela. O que mais aconteceria? O corpo de Tatiana estava dolorido. Mas não havia alívio possível. As mãos dela trouxeram-no para mais perto. Ela olhou para o rosto vermelho de Alexander.

– Então é assim? É só isso?

– Não exatamente – disse Alexander, e fez uma breve pausa. Então, inalou o hálito da moça. – Foi só... Tania, nós esperávamos tão desesperadamente por isto... – sussurrou ele em sua boca – e esse momento nunca tornará a acontecer. E não quero deixar que ele vá embora – acrescentou ele, olhando para ela.

– Tudo bem – sussurrou ela palpitante, empurrando os quadris para mais perto dele.

Mais um instante.

– Você está pronta? – perguntou ele, afastando-se lentamente dela. Tatiana cerrou os dentes, mas um gemido escapou por entre seus dentes cerrados.

– Espere, espere – disse ela.

Lentamente ele se afastou um pouco e tornou a pressionar o corpo para a frente.

– Espere...

Alexander afastou-se completamente e tornou a se projetar totalmente para frente, e Tatiana, perplexa, quase gritou, mas estava com medo demais de que ele parasse se achasse que ela estava sentindo dor. Ela o ouviu gemer e, mais devagar, retirar-se completamente para tornar a se projetar completamente. Gemendo, ela agarrou-lhe os braços.

– Oh, Shura – murmurou ela, incapaz de respirar.

– Eu sei. Procure se segurar em mim.

Com menos lentidão. Com menos delicadeza.

Tatiana sentiu-se febril devido à dor, devido ao fogo.

– Estou machucando você?

– Não – disse Tatiana pausadamente, atordoada e perdida.

– Vou fazer o mais devagar que eu puder.

– Oh, Shura – disse ela. Respirar, respirar, estou sem ar...

Breve pausa ofegante.

– Tania... Meu Deus, eu fui feito para você, não é mesmo? – sussurrou Alexander com ardor. – Feito para você, *para sempre*.

Cada vez mais acelerado.

Sem fala, Tatiana agarrou-se a ele, a boca aberta num grito mudo.

– Você quer que eu pare?

– Não.

Alexander parou.

– Espere – disse ele, com a cabeça contra o rosto de Tatiana. – Aguente firme – sussurrou ele, ficando imóvel por mais um instante e respirando pela boca apenas entreaberta – Oh, Tania... – e, de repente, começou a ir para frente e para trás dentro dela tão rápido que Tatiana pensou que fosse morrer, gritando assustada, com dor e segurando a cabeça dele enterrada em seu pescoço.

Um momento sem respirar.

E outro.

E mais outro.

O coração estava disparado, a garganta seca, os lábios umedecidos e a respiração voltava lentamente, bem como o som, a sensação e o odor.

E os olhos dela estavam abertos.

Piscando.

Alexander pulsou, detendo-se gradativamente. Então, respirou aliviado e ficou sobre ela por alguns minutos ofegantes.

As mãos dela continuavam a agarrá-lo.

Um formigamento permaneceu no local onde ele estivera. Tatiana sentiu-se triste. Ela o queria dentro dela novamente. Tudo lhe parecera excessivo e absoluto.

Erguendo-se, Alexander soprou a testa e o peito molhados de Tatiana.

– Você está bem? Eu a machuquei? – sussurrou ele com ternura, beijando-lhe as sardas. – Tania, querida, diga-me se você está bem.

Ela não conseguia responder. Os lábios dele sobre seu rosto eram quentes demais.

– Eu estou bem – respondeu Tatiana, por fim, sorrindo timidamente e o apertando contra ela. – Você está bem?

– Estou fantasticamente bem – disse Alexander, deitando-se ao seu lado e com os dedos descendo por toda a extensão do corpo dela, do rosto às canelas, e tornando a subir lentamente. – Nunca estive melhor – acrescentou, com um sorriso radiante, tão cheio de felicidade que Tatiana teve vontade de chorar. Ela apertou o rosto contra o dele. Os dois ficaram sem falar.

A mão dele parou de se movimentar e pousou nos quadris de Tatiana.

– Você esteve surpreendentemente mais tranquila do que eu previra – disse ele.

– Hmm, eu estava tentando não desmaiar – disse Tatiana, o que o fez rir.

– Eu achei que você estivesse fazendo isso.

Ela virou-se para ficar de frente com ele.

– Shura, foi?...

Alexander beijou-lhe os olhos.

– Tania – sussurrou ele –, estar dentro de você, penetrar em você... foi mágico. Você sabe que foi.

– Como você achou que seria? – perguntou ela, cutucando-o com o cotovelo.

– Foi melhor que qualquer coisa que minha patética imaginação poderia evocar.

– Você imaginou isto?

– Digamos que sim – respondeu ele, abraçando-a. – Esqueça. Diga o que *você* esperava – pediu, ele sorrindo, beijando-a e rindo com gosto. – Não, eu vou estourar de rir – disse ele. – Conte-me tudo. Você imaginou isto? – acrescentou ele com voz rouca.

– Não – disse ela, aninhando-se contra ele outra vez. *Isto*, com certeza, não. Seus dedos flutuaram da garganta de Alexander até seu abdômen. Tudo o que ela queria era permissão para tornar a tocá-lo. – Por que você está me olhando assim? O que você quer saber?

– O que você estava esperando.

– Na verdade, eu não sei – respondeu Tatiana, depois de pensar um pouco.

– Ora, vamos. Você deve ter esperado alguma coisa.

– Mmm. Não isto.

– O que, então?

Tatiana se sentia muito constrangida e gostaria que Alexander não a olhasse com aquela adoração desejosa.

– Eu tinha um irmão, Shura – disse ela. – Eu sei como vocês todos se parecem. Aparentemente quietos... mas lá embaixo... hmm – Tatiana procurava uma palavra adequada – ... indecifráveis.

Alexander explodiu numa gargalhada.

– Mas eu nunca tinha visto um...

– E é decifrável?

– Hmm. Por que você está rindo desse jeito?

– O que mais?

– Acho que eu pensava – disse Tatiana, depois de uma pausa – que essa coisa imperturbável fosse... não sei... uma coisa – e começou a tossir. – Vamos dizer apenas que o movimento também foi uma surpresa para mim.

Alexander a agarrou, beijando-a com felicidade.

– Você é uma moça muito engraçada. O que é que eu vou fazer com você?

Tatiana ficou deitada em silêncio, olhando para ele, com a dor em seu interior ainda persistente. Ela estava fascinada pelo corpo dele. E deixou os dedos tocaram seu abdômen de leve. – E agora? – perguntou ela, fazendo uma pausa. – Nós... acabamos?

– Você quer que esteja acabado?

– Não – disse ela de imediato.

– Tatiana – disse Alexander, com a voz carregada de emoção. – Eu amo você.

Ela fechou os olhos.

– Obrigada – disse num sussurro.

– Não me diga isso – disse ele, erguendo o rosto dela. – Nunca ouvi você me dizer isso antes.

Não podia ser verdade, pensou Tatiana. *Eu senti isso a cada minuto desde que nós conhecemos. Transbordando em mim.*

– Eu amo você, Alexander.

– Obrigado – sussurrou ele, olhando para ela. – Diga outra vez.

– Eu amo você – repetiu ela, abraçando-o. – Amo tanto que perco a respiração, meu homem admirável – prosseguiu ela, sorrindo para ele com afeição. – Mas, sabe, eu também nunca ouvi você me dizer isso.

– Eu disse, sim, Tatiana – retrucou Alexander. – Você já me ouviu lhe dizer isso.

Um momento de silêncio aconteceu.

Ela não falava, respirava ou piscava.

– Sabe como eu sei? – perguntou ele num sussurro.

– Como? – disse ela com voz quase inaudível.

– Porque você se levantou daquele trenó...

Outro momento de silêncio aconteceu.

Na segunda vez que fizeram amor, a dor foi menor.

Na terceira vez, Tatiana sentiu uma sensação de estar flutuando, um momento incandescente de um prazer tão intenso, mesclado de uma dor difusa que foi tomada de surpresa. E deu um grito.

– Meu Deus, não pare. Por favor... – ela gritava e gemia.

— Não? — disse Alexander, detendo seus movimentos.

— O que você está fazendo — perguntou ela, abrindo a boca e os olhos, olhando para ele. — Eu disse para não parar.

— Eu quero ouvir você gemer outra vez — murmurou ele. — Quero ouvir você me pedindo para não parar num gemido.

— *Por favor...* — sussurrou ela, apertando os quadris contra ele, as mãos ao redor de seu pescoço.

— Não, Shura, não? Ou sim, Shura, sim?

— Sim, Shura, sim — disse Tatiana, fechando os olhos. — Eu lhe imploro... não pare.

Alexander movia-se para trás e para frente penetrando nela mais fundo e mais devagar. Ela gritava.

— Assim?

Ela não conseguia falar.

— Ou...

Cada vez mais rápido. Ela gritava.

— Assim?

Ela não conseguia falar.

— Tania... está gostoso?

— Muito gostoso.

— Como você quer que eu faça?

— De qualquer modo — respondeu ela, com as mãos tensas agarradas a ele.

— Gema para mim, Tania — sussurrou Alexander, alterando o ritmo e a velocidade. — Mais... gema para mim.

— Não pare, Shura... — disse ela, sem forças para resistir.

— Não vou parar, Tania.

Ele não parou e então... Tatiana sentiu todo seu corpo entesar-se e explodir num fogo convulsivo e, em seguida, numa lava líquida. Levou certo tempo até ela conseguir parar de gemer e tremer contra Alexander.

— O que foi *isso*? — disse ela, por fim, ainda arquejante.

— Isso foi a minha Tania descobrindo como é fantástico fazer amor. Isso foi... alívio — sussurrou ele, pressionando o rosto contra o dela.

Tatiana o apertou contra ela, virando o rosto e murmurando entre lágrimas de felicidade:

– Oh, meu Deus, Alexander...

– Há quanto tempo estamos aqui?
– Não sei. Há minutos?
– Onde está seu relógio "infalível"?
– Eu não o trouxe. Queria que o tempo parasse de passar – disse Alexander – piscando o fechando os olhos.

– Tania, você está dormindo?
– Não. Meus olhos estão fechados. Estou me sentindo muito relaxada.
– Tania, você diz a verdade se eu lhe perguntar uma coisa?
– É claro – respondeu ela, sorrindo. Seus olhos ainda estavam fechados.
– Você já tinha tocado num homem? *Tocado* num homem?
– Shura, do que você está falando? – perguntou ela, abrindo os olhos e rindo baixinho. – Além de meu irmão, quando éramos crianças, eu nunca tinha *visto* um homem antes.

Tatiana estava aninhada nos braços dele, com os dedos tocando-lhe o queixo, o pescoço e o pomo de adão. Ela apertou com o indicador a artéria que pulsava vivamente perto da garganta dele. Ela se ergueu um pouco e beijou a artéria, deixando que sua boca ficasse sobre ela, sentindo-a pulsar contra seus lábios. *Por que ele é tão querido?* pensou ela. *E por que o cheiro dele é tão bom?*

– E aqueles bandos de jovens bestas que perseguiam você em Luga? Nenhum deles?

– Nenhum deles o quê?

– Você tocou em algum deles? – perguntou Alexander.

– Shura, por que você é tão esquisito? – respondeu ela, balançando a cabeça. – Não!

– Talvez por baixo da roupa?

– O quê? – disse ela, sem tirar a boca do pescoço dele. – É claro que não. – E fez uma pausa. – O que é que você está querendo que eu diga?

– Que coisas você conheceu antes de mim.

– Mas eu *tive* vida antes de Alexander? – disse Tatiana, provocativa.

– *Você* é que tem que dizer.

– Tudo bem. O que mais você quer saber?

– Quem já tinha visto seu corpo nu? Além de sua família. E não quando você tinha sete anos e brincava de acrobacia.

Era isso que ele queria? A verdade completa? Ela tinha tido tanto medo de lhe contar. Será que ele gostaria de ouvir?

– Shura, o primeiro homem que me viu *parcialmente* nua foi você em Luga.

– É verdade mesmo? – exclamou ele, afastando-se um pouco para olhá-la nos olhos.

Ela confirmou com um movimento de cabeça, tornando a roçar a boca contra o pescoço dele.

– É verdade.

– Alguém já tocou em você?

– Tocou em mim?

– Apalpou seus peitos... – disse ele, com os dedos procurando por ela.

– Shura, por favor. É claro que não.

Com a boca contra a artéria de Alexander, ela sentiu o coração do rapaz se acelerar. Tatiana sorriu. Ela lhe contaria tudo naquele instante se esse fosse o desejo dele.

– Você se lembra do bosque em Luga?

– Como eu poderia esquecer? – disse ele com a voz rouca. – Foi o beijo mais doce de toda minha vida.

– Alexander... – sussurrou Tatiana com os lábios no pescoço dele –, foi o meu primeiro beijo.

Ele balançou a cabeça e virou-se para o lado, olhado para Tania com um olhar cético, como se o que ela estava dizendo não fosse a verdade total. Tatiana virou-se de lado para encará-lo.

– O que foi? – perguntou ela, sorrindo. – Você está me deixando sem jeito. O que foi?

– Não me diga que...

– Tudo bem, não digo nada.

– Diga, por favor.

– Eu já lhe disse.

– Quando eu beijei você em Luga... – disse Alexander em voz baixa, os olhos estupefatos sem piscar.

– Sim?

– Diga-me.

– Shura... – disse ela, pressionando o corpo contra o dele. – O que você quer? Você quer que eu diga a verdade ou outra coisa?

– Eu não acredito em você – disse ele, balançando a cabeça. – Eu simplesmente não acredito em você.

– Tudo bem – disse Tatiana, deitando-se de costas e pondo as mãos sob a cabeça.

– Acho que você só está me dizendo isso porque acha que é o que eu quero ouvir – disse ele, inclinando-se sobre ela e passando-lhe os dedos por seus seios e ventre. As mãos dele não paravam de correr sobre ela. Elas nunca paravam de se mexer.

– É *isso* que você quer ouvir?

Alexander não respondeu de imediato.

– Eu não sei. Não. Sim, que Deus me ajude – disse ele com dificuldade. – Mas eu quero mais um pouco da verdade.

– Você já tem a verdade – disse ela, dando-lhe alegres tapinhas nas costas. – Em toda minha vida só fui tocada por você – acrescentou, sorrindo.

Mas Alexander não estava sorrindo.

– Como pode ser isso? – perguntou ele, com os olhos de bronze encarando-a de frente.

– Eu não sei como pode ser – disse ela. – Apenas é.

– O que você fez? Saiu diretamente do ventre de sua mãe para os meus braços?

– Quase isso – disse Tatiana, rindo. E, olhando-o nos olhos, acrescentou: – Alexander, eu amo *você*. Está entendendo? Eu nunca quis beijar ninguém antes de você. Eu queria tanto que você me beijasse em Luga que eu não sabia o que fazer. Não sabia como lhe dizer. Fiquei acordada a metade da noite, tentando achar um jeito de fazer você me beijar. No final, já no bosque, eu não ia desistir. "Se eu não conseguir fazer com que o meu

Alexander me beije", pensei eu, "não tenho esperança de que qualquer outra pessoa me beije".

O rosto dele estava sobre o dela.

– O que você está fazendo comigo? – sussurrou ele com intensidade. – Você precisa parar com isso agora mesmo. O que você está fazendo comigo?

– O que você está fazendo *comigo*? – disse ela, apertando-lhe as costas com as pontas dos dedos.

Quando Alexander fez amor com ela, seus lábios não abandonaram os dela e, em seu clímax apaixonado, que ela mal conseguiu ouvir, Tatiana quase tinha a certeza de que ele gemera, como se estivesse se impedindo de chorar. Ele sussurrara em sua boca:

– Não sei como vou sobreviver sem você, Tatiana.

– Querida – murmurou Alexander, com o corpo sobre o dela –, abra os olhos. Você está bem?

Tatiana não respondeu. Ela estava ouvindo a adorável cadência da voz dele.

– Tania... – sussurrou ele, com os dedos trêmulos circundando seu rosto, a garganta e o topo do peito –, você tem a pele de um recém-nascido – disse ele. – Você sabia disso?

– Bem, eu não – murmurou ela.

– Você tem pele de recém-nascido, um hálito doce e seu cabelo é como seda caindo de sua cabeça – disse ele, ajoelhando-se sobre ela e lhe sugando o mamilo suavemente. – Você é completamente divina.

Ouvindo-o enlevada, ela segurou a cabeça dele entre as mãos. Ele parou de falar e ergueu o rosto para ela. Havia lágrimas em seus olhos.

– Por favor, me perdoe, Tatiana – disse Alexander –, por ter machucado seu coração perfeito com o meu rosto frio e indiferente. Meu coração sempre esteve transbordante de você e nunca foi indiferente. Você não merecia nada do que recebeu, do que teve que suportar. Nada de nada. Nem de sua irmã, nem de Leningrado e, com certeza, nem de mim. Você não imagina o que me custou não olhar para você pela última vez antes de fechar o encerado daquele caminhão. Eu sabia que, se olhasse, tudo estaria terminado. Eu não teria sido capaz de disfarçar meu rosto de você ou de Dasha. Eu não teria sido capaz de manter a promessa que fizera à sua irmã. Não foi que eu não tivesse olhado para você. Eu *não pude* olhar para você. Eu ofereci tanto a você quando estivemos sozinhos. Eu tinha a esperança de que isso a faria sobreviver.

– E fez, Shura – disse Tatiana, também com lágrimas nos olhos. – Eu estou aqui. E vai fazer no futuro – acrescentou ela, apertando a cabeça contra o peito dele. – Lamento ter duvidado de você. Mas agora meu coração está leve.

Alexander beijou-a entre os seios.

– Você me curou – disse Tatiana sorrindo.

Murmurando e suspirando, Tatiana se pôs alegremente debaixo de Alexander, tendo sido mais uma vez amada e aliviada, e aliviada...

– Oh, e eu achava que a amava antes disto.

Os lábios dele pressionaram-lhe a fronte.

– Isto acrescenta toda uma nova dimensão ao nosso amor, não é mesmo? – disse ele, sem tirar as mãos do corpo dela. Nenhuma das partes dele abandonava o corpo dela. Ele a abraçava e se movia, ainda dentro dela.

Voltando o rosto para ele, um sorriso veio aos lábios da moça, um sorriso de juventude e êxtase.

– Alexander – disse Tatiana –, você é o meu primeiro amor, sabia?

Ele apertou-lhe as nádegas, apertou o corpo contra o dela, lambeu as lágrimas do seu rosto e fez um sinal de concordância com a cabeça.

– Eu sabia disso.

– Oh?!

– Tatia, eu sabia disso antes mesmo que você soubesse – disse ele, rindo. – Antes de você finalmente descobrir a palavra para descrever o que você estava sentindo, eu sabia essa palavra desde o começo. De que outra forma você poderia ter sido tão recatada e sincera?

– Sincera?

– Sim.

– Eu era assim tão óbvia?

– Sim – respondeu Alexander com um sorriso. – Sua incapacidade de olhar para mim em público, apesar de sua total devoção ao meu rosto quando estávamos juntos... como agora – disse ele, beijando-a. – Seu embaraço diante das menores coisas... Eu sequer podia colocar minha mão em você no bonde sem que você corasse... seus dedos em mim quando eu lhe contava sobre a América... seu sorriso, seu *sorriso*, Tania, quando você saiu de Kirov para me encontrar – acrescentou Alexander, balançando a cabeça como para afastar essa lembrança. – Que prisão você montou para mim com esse seu primeiro amor!

Ela o abraçou com mais força e disse, fingindo impertinência:

– Ah, então você acreditou na parte do primeiro amor, mas está tendo problema com a do primeiro beijo? Que tipo de moça você pensa que eu sou?

– Uma moça maravilhosa – sussurrou ele.

– Você está pronto para continuar?

– Tania... – disse Alexander, balançando a cabeça e sorrindo com descrença. – O que você tem?

– Shura, estou desejando você demais? – perguntou ela, rindo e acariciando o abdômen dele com as mãos.

– Não. Mas você vai *me* matar.

Tatiana esteja querendo algo ardentemente, mas sua timidez não achava uma maneira de pedir-lhe. Tranquila e cuidadosamente, ela tocou-lhe o estômago e limpou a garganta.

– Querido? Posso ficar em cima de você?

– Claro – disse Alexander, sorrindo e abrindo os braços. – Venha se deitar em cima de mim.

Ela se deitou em cima dele e, suavemente, começou a beijá-lo com a boca úmida.

– Shura... – sussurrou ela –, você gosta disto?

– Mmm.

Os lábios delas pousavam sobre seu rosto, garganta e peito.

– Sabe o que a sua pele parece? – sussurrou ela. – O creme que eu adoro. Cremoso, liso. Todo seu corpo é da cor do caramelo, como meu *crème brûlée*, mas você não é frio como o sorvete, você é quente – prosseguiu ela, passando os lábios de um lado para outro contra o peito dele.

– Então... sou melhor que sorvete?

– Sim – disse ela, sorrindo e movendo os lábios. – Gosto mais de você que de sorvete.

Depois de beijá-lo com ardor, ela sugou-lhe a língua com toda a suavidade.

– Você gosta *disto*? – perguntou ela num sussurro.

Um gemido foi a confirmação dele.

– Shura, querido – perguntou ela timidamente – ... há algum outro lugar em que você gostaria que eu fizesse isso?

Afastando-a, ele a encarou. Quieta e provocante, Tatiana observava o rosto incrédulo de Alexander.

– Acho – disse Alexander lentamente – que existe um lugar em que gostaria que você fizesse isso, sim.

Ela lhe devolveu o sorriso, tentando esconder a excitação.

– Você só tem que me dizer o que fazer, certo?

– Certo.

Tatiana beijou o peito de Alexander, escutou seu coração, abaixou-se e colocou a cabeça sobre seu abdômen. Descendo ainda mais, ela roçou o cabelo loiro nele e, então, roçou os seios contra ele, já o sentindo excitado debaixo dela. Beijou a coluna de pelos negros que descia de seu umbigo e pôs os lábios contra ele.

Ajoelhando-se entre as pernas de Alexander, Tatiana segurou-o com as duas mãos. Ele era extraordinário.

– E agora...

– Agora me coloque em sua boca – disse ele, observando-a.

Sua respiração quase parou e ela sussurrou:

– *Tudo?* – E colocou na boca o que conseguiu.

– Agora movimente a boca para cima e para baixo.

– Assim?

Fez-se uma pausa intensa.

– Sim.

– Ou...

— Sim, isso também é bom.

Tatiana sentiu-o entumecido entre seus lábios ardentes e dedos que o acariciavam. Quando Alexander agarrou os cabelos dela, ela se deteve por um momento, olhando-o no rosto.

— Oh, sim — murmurou ela, sofregamente o colocando na boca e gemendo.

— Você está indo muito bem, Tatia — sussurrou ele. — Continue e não pare.

Ela parou. Ele abriu os olhos.

— Eu quero ouvir você gemer para eu não parar — disse Tatiana, sorrindo.

Alexander levantou parte do corpo para beijar-lhe a boca molhada.

— Por favor, não pare.

Então, com suavidade, empurrou e puxou-lhe a cabeça, caindo de costas no lençol.

Um pouco antes do final, ele afastou a cabeça dela e disse:

— Tania, eu não vou me segurar.

— Não se segure — sussurrou Tatiana. — Faça na minha boca.

Em seguida, ela se aninhou no peito dele. Olhando-a maravilhado, Alexander disse:

— Decidi que gostei muito.

— Eu também — disse ela, com suavidade.

Por um longo tempo, ela ficou deitada junto dele, sentindo seus ternos dedos acariciando-a.

— Por que passamos dois dias brigando, quando poderíamos ter feito isto? — perguntou ela.

— Aquilo não foi briga, Tatiasha — replicou Alexander, acariciando seu cabelo. — Aquilo foram estímulos preliminares.

Os dois se beijaram.

— Desculpe-me, mais uma vez — sussurrou Tatiana.

— Eu também peço desculpas — respondeu ele, também sussurrando.

Então, Tatiana ficou em silêncio.

— O que foi — perguntou ele. — Em que você está pensando?

Como ele me conhece tão bem?, pensou ela. *Tudo o que eu tenho que fazer é piscar, e ele sabe o que estou pensando, se estou preocupada ou ansiosa.* Ela respirou fundo e perguntou em voz baixa:

– Shura... você já teve muitas garotas?

– Não, meu rosto de anjo – respondeu Alexander com paixão e a acariciando. – Não tive muitas garotas.

Com as lágrimas se formando na base da garganta, ela perguntou:

– Você amou Dasha?

Ele ficou um silêncio um instante.

– Tania, não faça nisso.

Ela também se calou.

– Eu não sei que resposta você quer que eu lhe dê – disse Alexander. – Eu lhe darei a resposta que você quiser.

– Diga-me somente a verdade.

– Não, eu não amei Dasha – disse Alexander. – Eu me importava com ela. Nós tivemos algumas bons momentos.

– Bons de que forma?

– Bons – disse ele.

– A verdade.

– Apenas bons – repetiu ele, tocando-lhe um mamilo. – Você ainda não se deu conta de que Dasha não era o meu tipo?

– O que você vai dizer de mim para a sua próxima garota?

– Vou dizer que você tinha seios perfeitos – respondeu ele, rindo.

– Pare com isso.

– Que você tinha seios jovens, empertigados e incríveis, com mamilos enormes, sensíveis e cor de cereja... – acrescentou ele, subindo sobre ela e erguendo suas pernas com os braços. – E lábios dignos dos deuses, e olhos dignos de reis. Eu vou dizer – sussurrou Alexander com ardor, penetrando-a e gemendo – que *nada* se parece com você neste mundo.

– Que horas você acha que são?

– Não sei – respondeu ele, sonolento. – Quase noite.

– Eu não quero voltar para elas.

– E quem vai voltar? – disse Alexander. – Nós não vamos sair daqui. – E, fazendo uma pausa, acrescentou: – *Nunca mais.*

– Não vamos?

– Experimente sair daqui.

Antes que a noite caísse, saíram da tenda, e Tatiana sentou-se num lençol, com a túnica do uniforme de Alexander jogada nos ombros, enquanto ele acendia uma fogueira com gravetos e galhos secos que ela havia apanhado mais cedo. O fogo começou a arder em cinco minutos.

– Você fez uma boa fogueira, Shura – disse Tatiana com tranquilidade.

– Obrigado – disse ele, pegando duas latas de *tushonka*, um pouco de pão seco e água.

– Olhe só o que mais eu tenho – disse ele, mostrando um pedaço de papel alumínio com alguns quadrados de chocolate.

– Uau! – exclamou Tatiana, olhando para ele maravilhada, mas sem se ater ao chocolate.

Os dois comeram.

– Nós vamos dormir na tenda? – perguntou Tatiana.

– Se você quiser, posso fazer fogo dentro da casa. – Ele sorriu. – Você viu como eu a limpei para você?

– Vi. E quando você fez isso?

– Ontem, depois da nossa briga. O que você acha que eu fiquei fazendo a tarde inteira?

– Depois da nossa briga? Mas antes de voltar e me pedir que lhe devolvesse suas coisas para ir embora? – exclamou ela, ainda mais surpresa.

– Foi.

Tatiana apertou-lhe as costelas.

– Você só queria falar comigo outra vez...

– Não diga isso – sussurrou Alexander. – Ou aqui mesmo, e agora mesmo, vou tornar a fazer amor com você, e você não vai sobreviver.

E ela, efetivamente, quase não sobreviveu.

Diante do fogo, nos braços dele, Tatiana começou a chorar, a cabeça encostada no peito de Alexander.

– Tania, por que você está chorando?

– Oh, Shura.

– Por favor, não chore.

– Tudo bem. Eu sinto saudade de minha irmã.

– Eu sei.

– Você acha que nós a tratamos bem? Nós fomos bons para ela?

– Nós fizemos o que pudemos. Você fez o melhor que podia. Você acha que nós pedimos isso? Partir o coração dos outros, ferir os sentimentos dos outros, apaixonar-se assim? Eu lutei contra meus sentimentos. Eu queria amar sua irmã, que Deus a tenha. Mas percebi que isso era impossível.

Afastando-se dele e virando-se para o fogo, com o Kama por trás da fogueira e a lua cheia acima dela, Tatiana disse:

– Por ela, eu tentei não amar você.

– Mas era impossível.

– Sim. – confirmou ela, para então perguntar, em tom inseguro: – Shura... você está... apaixonado por mim?

– Olhe para mim – pediu Alexander. Ela obedeceu. – Tatia, eu adoro você. Estou loucamente apaixonado por você. Quero que você se case comigo.

– O quê?

– Sim, Tatiana, você quer se casar comigo? Quer ser minha esposa? – Pausa. – Não chore. – Pausa. – Você não me respondeu.

– Sim, Alexander. Vou me casar com você... Vou ser sua esposa.

– Por que você está chorando agora?

8

Na manhã seguinte, ao alvorecer, Tatiana cambaleou até a água, mal conseguindo andar. Ela se sentia exaurida.

Alexander a seguiu. O Kama estava frio. Os dois estavam nus.

– Eu trouxe sabonete – disse ele.

– Puxa vida!

Alexander lavou todo o corpo dela.

– Com este sabonete, eu te lavo – murmurou ele, sonolento. – Eu te lavo dos horrores que te acometeram; eu te lavo de teus pesadelos... Lavo teus braços, tuas pernas, teu coração amoroso e teu ventre que produz a vida...

– Me dê esse sabonete – disse Tatiana. – Vou lavar você.

– Espere, como é mesmo? O que Deus disse a Moisés?...

– Não faço a menor ideia.

– *Não terá medo do terror à noite, nem da flecha que voa durante o dia...* – Alexander interrompeu-se. – Não me lembro do resto. Pelo menos em Russo. Alguma coisa a respeito de dez mil caindo pela tua destra. Preciso procurar na minha Bíblia para mostrar a você. Acho que você vai gostar. Mas você entendeu o que eu quis dizer.

– Entendi, sim – disse Tatiana. – Não vou ter medo – acrescentou ela, olhando para ele. – Como é que eu vou ter medo agora? – sussurrou ela. – Olhe só o que eu ganhei. Me dê esse sabão – repetiu ela.

– Não posso me levantar – murmurou Alexander. – Estou acabado.

Empunhando o sabonete, as mãos dela desceram. – Não totalmente acabado.

Ele caiu de costas na água.

– Cansado, com certeza – disse Tatiana, caindo em cima dele. – Mas não acabado.

Tatiana estava agarrada a Alexander na fria água do Kama, os pés sem tocar o fundo, os braços em torno do pescoço dele.

– Veja o sol se erguendo sobre as montanhas. É lindo, não é mesmo? – murmurou ela. Ele permanecia em pé na água.

Ela percebeu que ele estava indiferente ao sol nascente, segurando-a contra ele com uma das mãos e tocando-lhe o rosto com a outra.

– Encontrei meu verdadeiro amor nas margens do rio Kama – sussurrou Alexander, olhando para ela.

– Encontrei meu verdadeiro amor em Ulitsa Saltykov-Schedrin, quando estava sentada num banco e tomando sorvete.

– Você não me encontrou. Você nem estava *olhando* para mim. Eu encontrei você.

Longa pausa.

– Alexander, você estava *me* procurando?

– Minha vida inteira.

* * *

– Shura, como podemos ser tão ligados? Como pudemos ter esta conexão? Desde o começo.

– Nós não somos tão ligados.

– Não?

– Não. Nós não temos uma conexão.

– Não?

– Não. Nós temos uma comunhão.

Alexander fez uma fogueira em meio à manhã nublada na margem do rio, que corria em silêncio. Tirou um pouco de pão e água da mochila para comerem. Depois ele fumou.

– Nós realmente não viemos preparados – disse Tatiana. – Eu gostaria de ter uma xícara. Uma colher. Alguns pratos. Café – acrescentou ela, sorrindo.

– Não sei quanto a você – disse Alexander –, mas eu trouxe tudo que *eu* precisava.

Ela corou.

– Não, não, não faça isso – disse ele, as mãos sobre ela. – Nós nunca vamos sair daqui.

– Não vamos mais sair daqui?

– Vá se vestir. Nós vamos a Molotov.

– Vamos? – A noite passada foi só um sonho? O que ele disse a ela sob o luar e as estrelas? – Para quê? – perguntou ela, prendendo a respiração.

– Precisamos comprar algumas coisas.

– Que coisas?

– Cobertores, travesseiros. Caldeirões, panelas, pratos. Xícaras. Um cesto de roupas. Comida. Alianças.

– Alianças?

– Alianças, sim. Para pormos nos dedos.

9

Foram caminhando lentamente em direção a Molotov. De braços dados. A luz do sol filtrava-se por sobre os pinheiros.

– Shura, eu andei praticando o meu inglês.

– É mesmo? Você me disse que não tinha tempo. Vendo a vida que você levava, acreditei em você.

Tatiana limpou a garganta e disse em inglês:

– *Alexander Barrington, I want forever love in you.*

Puxando-a para ele, Alexander riu e replicou em inglês:

– *Yes, me, too* – e fez uma pausa, fitando-a.

– O que foi? – perguntou ela, erguendo os olhos para ele.

– Você está andando devagar. Você está bem?

– Eu estou bem – respondeu ela, corando. Ela não estava bem. – Por quê?

Alexander sorriu e lhe perguntou com voz rouca:

– Quer que eu a carregue um pouco no colo?

– Quero – respondeu Tatiana, com o rosto em brasa. – Mas, desta vez, nos seus braços.

– Algum dia – disse Alexander, erguendo-a –, você vai ter que me explicar por que tomou o ônibus número 136 para cruzar Leningrado até o terminal de ônibus.

– Algum dia – disse ela, beliscando-o –, você vai ter que me explicar por que me seguiu.

– Uma *o quê*? – perguntou Tatiana incrédula, descendo do colo dele e caminhando a seu lado.

– Uma igreja. Temos que achar uma.

– Para quê?

Alexander pareceu surpreso com as perguntas dela.

– Onde *você* acha que vai se casar?

– Como todo mundo na União Soviética – respondeu Tatiana, depois de refletir um pouco –, no cartório de registros.

– Para que isso? – disse ele, rindo. – Por que não voltamos no tempo e continuamos como estávamos?

– É uma ideia – murmurou Tatiana. A referência a uma igreja a perturbou.

Alexander tomou-lhe a mão e não disse nada.

– Por que uma igreja, Shura?

– Tania – disse Alexander, olhando para a estrada diante deles –, com quem você quer que esse contrato de casamento seja feito? Com a União Soviética? Ou com Deus?

Ela não deu resposta.

– Em que você acredita, Tatiana? – perguntou ele.

– Em você – respondeu ela.

– Bem, eu acredito em Deus *e* em você. Nós vamos nos casar numa igreja.

Eles encontraram uma pequena igreja ortodoxa russa perto do centro da cidade, a de São Serafim. Lá dentro, o padre ficou estudando os dois.

– Mais um casamento de guerra. Hmm – disse ele, depois que Alexander lhe disse o que queriam. Então, ele olhou para Tatiana. – Você tem idade para se casar?

– Vou fazer dezoito amanhã – disse ela, com uma voz de menina.

– Vocês têm testemunhas? Têm alianças? Já registraram o casamento no cartório?

– Não temos nada disso – disse Tatiana, puxando Alexander pelo braço, mas ele se soltou dela e perguntou ao padre onde poderiam comprar alianças.

– Comprar? – perguntou o padre com surpresa. Seu nome era padre Mikhail. Ele alto e calvo, com penetrantes olhos azuis e uma longa barba cinzenta. – Comprar alianças? Bem... em lugar nenhum, é claro. Temos um joalheiro na cidade, mas ele não tem ouro nenhum.

– Onde fica esse joalheiro?

– Filho, posso lhe perguntar por que vocês querem se casar numa igreja? Vão ao cartório de registros. Como todo mundo. Eles vão lhes dar um certificado em trinta segundos. Acho que vocês podem usar o oficial de justiça como testemunha.

Tatiana continuava em pé ao lado de Alexander, que, depois de dar um suspiro profundo, disse:

– De onde eu venho, o casamento é uma cerimônia pública e *sagrada*. Só vamos fazer isso uma vez e, então, gostaríamos de fazer a coisa certa.

Nós?, pensou Tatiana. Ela não conseguia entender seus receios.

O padre Mikhail sorriu.

– Tudo bem, filho – disse ele com sinceridade. – Vou ficar feliz em casar dois jovens começando a vida. Volte amanhã com alianças e testemunhas. Venham às três. Eu vou casá-los.

Quando desciam os degraus da igreja, Tatiana disse, de maneira casual:

– Bem. Não temos as alianças. – E deu um pequeno suspiro de...

– Vamos ter – disse Alexander, tirando quatro dentes de ouro de sua mochila. – Isto deve dar para duas alianças.

Tatiana olhou para os dentes, estupefata.

– Dasha os deu para mim. Não faça essa cara de horrorizada.

Mas ela estava, ela estava horrorizada.

– Nós vamos fazer nossas alianças com os dentes que Dasha roubou de seus pacientes?

– Você tem uma ideia melhor?

– Talvez devamos esperar.

– Esperar o quê?

Tatiana não tinha resposta para essa pergunta. Realmente, esperar o quê? Com o coração pesado, ela desceu a rua com Alexander.

O joalheiro morava numa casa pequena e trabalhava fora. Ele olhou para os dentes, olhou para Alexander e Tatiana, dizendo-lhes que poderia fazer as alianças com aquilo... pelo preço de mais dois dentes de ouro.

Alexander disse que não tinha mais dois dentes de ouro, mas que tinha uma garrafa de vodca. O joalheiro, grunhindo uma recusa, devolveu os quatro dentes a Alexander, que deu um suspiro profundo e tirou mais dois dentes da mochila.

Alexander perguntou se havia algum lugar em Molotov em que pudessem comprar coisas para a casa.

– Eles, provavelmente, vão pedir dentes de ouro por um cobertor, Shura – sussurrou Tatiana. O joalheiro apresentou-os a Sofia, sua esposa enorme, que lhes vendeu colchas, travesseiros e lençóis por 200 rublos.

– Duzentos rublos! – exclamou Tatiana. – Eu fiz dez tanques e cinco mil lança-chamas, e não gastei tudo isso.

– Sim, mas eu – disse Alexander – explodi dez tanques e usei até cinco mil lança-chamas e ganhei *duzentos* rublos por isso. Nunca pense no dinheiro. Limite-se a gastá-lo no que for necessário.

Também compraram um caldeirão, uma panela, uma chaleira, alguns pratos, utensílios e xícaras, bem como uma bola de futebol. Alexander também conseguiu arrancar dois baldes de metal de Sofia.

– Para que isso? – perguntou Tatiana, olhando para os dois baldes de metal, um encaixado no outro.

– Você vai ver – disse ele sorrindo. – Uma surpresa para o seu aniversário.

– Como vamos carregar isso tudo até em casa?

Beijando-lhe o nariz, Alexander disse com alegria:

– Quando você está comigo, nada me faz frente... vou cuidar de tudo.

Sofia vendeu-lhes dois quilos de tabaco, mas não pôde ajudá-los quanto à comida. Então, indicou-lhes uma barraca onde puderam comprar maçãs, tomates e pepinos, além de pão e manteiga, e com uma das latas de *tushonka* tiveram um festim no almoço em cima de um lençol num local isolado nos arredores da cidade, perto do Kama.

– O que me surpreende – disse Tatiana, partindo o pão – é que você me deu o livro de Pushkin no meu aniversário do ano *passado*?

– É mesmo?

– Como você conseguiu os rublos que estavam nele? – perguntou ela, servindo a Alexander uma xícara cheia de *kvas*, uma bebida feita de pão.

– Os rublos já estavam no livro quando eu o dei a você.

Ela olhou para Alexander pensativamente.

– É mesmo? – disse ela.

– É claro.

– Mas você mal me conhecia. Por que você me daria um livro *cheio* de dinheiro?

Ela queria que ele lhe contasse sobre o dinheiro que encontrara no livro. Mas ele não disse nada. Tatia sabia de uma coisa com relação a

Alexander: a menos que *ele* quisesse, não diria uma palavra sobre nenhum assunto.

Tatiana ficou olhando para ele. Ela o queria.

– O que foi?

– Nada, nada – disse ela, desviando o olhar.

Aproximando-se dela sobre o lençol, Alexander tirou-lhe a bebida e o pão das mãos, sorrindo, e disse a ela.

– Também vou lhe ensinar isto: quando você quiser alguma coisa de mim e se sentir muito acanhada para pedir, pisque três vezes rapidamente.

10

Passaram a noite na tenda dele, junto ao rio. Depois de nadar, caíram num sono profundo durante horas, antes do sol se pôr às onze da noite, e dormiram durante quinze horas diretas.

Já tarde pela manhã, deixaram todas as compras no bosque, antes de voltarem à cidade para se casar.

Tatiana pôs seu vestido branco com rosas vermelhas.

– Eu lhe disse que agora eu estava muito grande para este vestido – lembrou ela, sorrindo para Alexander, que estava deitado no lençol a observando. Ela se ajoelhou, voltando-lhe as costas. – Dá para você me fazer um laço, por favor? Não muito apertado. Não como antes, no ônibus. – Ele não se mexeu atrás dela. Ela olhou para ele. – O que foi?

– Meu Deus, você usando esse vestido – disse Alexander, com os dedos nos cordões de renda pressionando-lhe as costas nuas. Ele fez o laço para ela, beijando-lhe as omoplatas e lhe dizendo que ela estava tão bonita que o padre ia querer se casar com ela. Ela soltou o cabelo e o deixou tombar, penteando-o para trás das orelhas. Alexander pôs seu uniforme de gala e o quepe. Batendo-lhe continência, ele perguntou: – O que você acha?

Timidamente, ela lhe devolveu a continência, dizendo:

– Acho que você é o homem mais bonito que eu já vi.

Beijando-o, sua voz ficou embargada de amor, e ele disse, com alegria estampada no rosto:

– E em duas horas, eu vou ser o *marido* mais bonito que você já viu. Feliz aniversário, minha noiva-menina de dezoito anos.

Tatiana o abraçou, dizendo:

– Não acredito que vamos nos casar no meu aniversário.

– Assim, você nunca vai me esquecer – disse ele, também a abraçando.

– Ah, sim, pois é muito provável que seja assim – disse Tatiana tocando-o delicadamente. – Quem conseguiria esquecer *você*, Alexander?

O juiz atrás da pequena bancada numa das salas do cartório de registros perguntou-lhes com indiferença se os dois gozavam de saúde mental e se estavam assumindo o compromisso de livre e espontânea vontade; então, carimbou seus passaportes.

– E você queria se casar diante *dele* – sussurrou Alexander, enquanto saíam.

Tatiana estava em silêncio. Ela não tinha muita certeza quanto à parte da "perfeita saúde mental".

– Alexander – disse ela –, mas agora nossos passaportes domésticos estão carimbados: "Casada, 23 de junho de 1942". O meu tem o seu nome. O seu tem o meu nome.

– Sim.

– Alexander, e quanto a Dimi...

– Shh – disse ele, pondo dois dedos sobre seus lábios. – É isso que nós vamos fazer? Deixar aquele safado nos deter?

– Não – concordou ela.

– Estou me lixando para ele. Nem mencione o nome dele, entendeu?

Tatiana entendeu.

– Mas não temos testemunhas – disse ela.

– Vamos arrumar algumas.

– Nós podíamos voltar e pedir a Naira Mikhailovna e as outras que fossem testemunhas.

– Sua intenção é estragar completamente este dia ou é se casar comigo?

Tatiana não respondeu.

Pondo o braço sobre ela, Alexander disse:

– Não se preocupe. Vou arrumar umas testemunhas perfeitamente boas para nós.

Alexander ofereceu uma garrafa de vodca ao joalheiro e sua esposa Sofia para irem com eles até a igreja durante meia hora. O casal aquiesceu prontamente, e Sofia até se lembrou de levar uma câmera fotográfica.

– Vocês dois são especiais – disse Sofia, enquanto desciam a rua até a igreja de São Serafim. – Vocês devem estar realmente querendo se casar para passarem por toda essa confusão – acrescentou ela franzindo o cenho para Tatiana com suspeita. – Você não está de barriga, está?

– Está sim – disse Alexander imperturbável, afastando Tatiana. – Já está aparecendo? – perguntou, dando-lhe um tapinha na barriga. – Na verdade, este vai ser o nosso terceiro filho – acrescentou com um sorriso largo. – Mas o primeiro que não vai ser bastardo.

Desceram a rua mais depressa, e Tatia, com o rosto vermelho, puxou os pelos do braço de Alexander.

– Por que você fez isso?

– O quê? – perguntou ele, rindo. – Deixá-la sem jeito o caminho todo?

– Isso mesmo – disse ela, tentando não sorrir.

– Tatia, foi porque eu não quero que eles saibam nada sobre nós. Não quero revelar o mais ínfimo detalhe de você ou de mim a ninguém. Não a estranhos, não àquelas velhas com quem você morava. Para ninguém. Isto não tem nada a ver com eles. Só com você e eu. E com Deus – acrescentou.

Tatiana ficou ao lado de Alexander. O padre não estava na igreja ainda.

– Ele não vai vir – sussurrou ela, olhando ao redor. O joalheiro e Sofia ficaram no fundo da pequena igreja, perto da porta, segurando a garrafa de vodca.

– Ele virá.

– Um de nós não tem que ser batizado? – quis saber Tatiana.

– *Eu* tenho – respondeu ele. – Sou católico, graças à minha previdente mãe italiana. E eu não batizei você ontem no Kama?

Ela enrubesceu.

– Essa é a minha garota – sussurrou ele. – Aguente firme. Estamos quase lá.

Alexander ficou olhando para o altar, sem desviar os olhos, a cabeça erguida e a boca fechada. Ele ficou quieto e esperou.

Tatiana pensou que era tudo um sonho.

Um pesadelo do qual ela não conseguia acordar. Mas não era o seu pesadelo. Era o de Dasha.

Como Tatiana podia se casar com o Alexander de Dasha? Na semana anterior ainda, ela não teria imaginado que isso fosse possível. Ela não conseguia evitar: sentia-se como se estivesse em uma vida que não tivesse sido feita para ela.

– Shura, uma certa integridade eu tenho – disse Tatiana em voz baixa. – Desejei o namorado de minha irmã tempo suficiente para esperar que ela morresse e eu pudesse reclamá-lo para mim.

– Tania, em que você está pensando? Onde você está? – perguntou ele surpreso, voltando-se um pouco para ela. – Eu nunca fui de Dasha. Eu sempre fui seu – disse ele, tomando-lhe a mão.

– Até quando furamos o bloqueio?

– Especialmente nessa época. O pouco que eu tinha foi todo para você. Você é que era de todo mundo. Mas eu era apenas seu.

Alexander e Tatiana tinham tido um amor impossível. De repente, o casamento. Uma proclamação para o mundo, uma bandeira. Eles se conheceram, se apaixonaram e agora estavam se casando. Como sempre se esperou que fosse. Como se a traição, a dissimulação, a guerra, a fome, a morte – e não apenas a morte, mas a morte de todos os que ela amava – tivessem sido o namoro entre eles.

A frágil determinação de Tatiana estava enfraquecendo a cada segundo.

Tinha havido outras vidas e os corações de outras pessoas, corações profundos e tolerantes. Tinha havido o seu Pasha, que perdera a vida antes mesmo de ela ter começado, e Mamãe, que tentara com força ir-se após a morte do filho favorito. Tinha havido Papai, debaixo de uma nuvem de culpa movida a álcool que nenhuma guerra poderia curar, e tinha havido Marina, lamentando a morte da própria mãe, com saudade de sua casa, incapaz de encontrar um pequeno espaço para ela em seus quartos apertados.

Tinha havido a Babushka Maya, pintando sua vida, meio na esperança de que seu primeiro amor voltasse. Tinha havido seu Deda, morrendo longe da família, e Babushka, morrendo porque não havia sentido em resistir à guerra sem o marido.

E havia Dasha.

Se as coisas eram como deviam ser, por que a morte de Dasha parecia tão anormal, por que ela parecia romper a ordem das coisas do universo?

Será que Alexander estava certo e Tatiana, errada? *Ela* deveria ser culpada, com sua integridade equivocada, seu compromisso inexplicável com a irmã? Tatiana deveria ter deixado Alexander dizer a Dasha *Eu prefiro a Tania*.

Desde o primeiro dia, Tatiana deveria ter dito a Dasha *Eu o quero para mim*.

Será que isso teria sido a coisa *certa*?

Revelar a verdade, em vez de se esconder atrás de seus medos?

Não, pensou Tatiana, enquanto esperavam o padre. *Não. Ele era demais para mim na época. Eu fiquei totalmente encantada por ele, pois tinha dezesseis anos de idade. Era mais certo, portanto, que Dasha ficasse com ele. Na aparência, ela parecia adequada para ele, e não eu.*

Meu lugar era o jardim da infância, era a Camarada Perlodskaa, que me beijava todos os dias e me carregava no colo. Eu era certa para o Deda, pois quando ele dizia, Tania, você tem que ser deste jeito, eu dizia, sim, eu vou ser desse jeito.

– Egoísta! – exclamou ela em meio à igreja. Alexander olhou para ela. – Egoísta, até onde pôde ser – repetiu ela, balançando a cabeça. – Dasha está morta, e eu continuo avançando. Eu avanço com cautela, cuidando para não contrariar os avanços de Vova, as ilusões de Naira com relação a mim ou o fato de Dusia acreditar que eu vou à igreja. Eu avanço, mas digo, espere, garanta apenas que meu amor por você não vai interferir no círculo de costura das três.

– Tatiana, eu garanto – disse Alexander, com a luz de seus olhos deixando de tremular por um instante – que seu amor por mim vai interferir em tudo.

Ela olhou para ele, tão alto ao lado dela. Tatiana ainda se sentia deprimida. Alexander ainda era demais para ela. Agora mais que nunca.

– Shura – sussurrou ela.

– Sim, Tatia?

–Você tem certeza disto tudo? Tem certeza? Você não precisa fazer isto por mim.

– Mas estou fazendo – disse ele sorrindo e se inclinando para ela. – Como marido, eu terei certos... direitos inalienáveis a que ninguém pode se opor.

– Estou falando sério.

– Nunca tive tanta certeza de uma coisa – disse ele, beijando-lhe a mão.

Tatiana sabia: se Alexander tivesse contado a verdade a Dasha desde o começo, ele *teria tido* que seguir seu próprio caminho. Então, ele nunca poderia ter feito parte da vida Tatiana naquele apartamento insípido com todas aquelas grandes traições e mágoas. Tatiana o teria perdido, e Dasha também. Ela poderia ter continuado a morar com a irmã, sabendo que Dasha – com seus seios, cabelos, e grandeza de coração – não era suficiente para o homem que amava. A divisão que o conhecimento desavisado poderia ter provocado na família de Tatiana não seria vencida, nem a ponte da afeição entre irmãs.

Não, Tatiana não poderia tê-lo reclamado para ela. Ela sabia disso. Mas havia uma coisa: ela não havia reclamado por Alexander. Agora ela o estava reclamando. Ela não estava indo a um armazém do amor e dizendo: acho que ele é meu, eu o levo. Ele fará isso. Tatiana não andou em seu trenó a fim de obter a posse do coração dele.

Foi Alexander que veio até ela, quando estava apenas absorta por sua vida pequena e solitária, mostrando a ela que o que excede a vida em tamanho era possível. Foi Alexander que atravessou a rua e disse: *Eu sou seu.*

Alexander foi o homem.

Ao olhar para ele, Tatiana viu que o rapaz esperava pacientemente, confiante, íntegro e perfeito. O sol infiltrava-se pelos vitrais da igreja. Ela aspirou o ar com um leve aroma de incenso há muito queimado. Dusia a fizera conhecer a igreja em Lazarevo, e toda noite, depois do jantar, Tatiana ia até lá voluntariamente, pronta para rezar como Dusia a havia ensinado, pronta para ser acompanhada por sua imensa tristeza e sua dúvida implacável.

Quando Tatiana era criança em Luga, seu amado Deda, ao vê-la deprimida certo verão, incapaz de se decidir para que lado ir, disse a ela: "Faça três perguntas a si mesma, Tatiana Metanova, e você vai saber quem você é. Pergunte: *Em que você acredita? O que você espera?* Mas, o que é mais importante, pergunte *O que você ama?*".

Ela olhou para Alexander.

— Do que você chamou aquilo, Shura? — perguntou ela calmamente. — Na nossa primeira noite, você disse que você e eu temos uma coisa que você chamou de...

— A força da vida — respondeu ele.

Eu sei quem eu sou, pensou ela, segurando a mão dele e se voltando para o altar. *Eu sou Tatiana. E eu acredito, tenho esperança e vou amar Alexander por toda a vida.*

— Vocês estão prontos, filhos? — perguntou o padre Mikhail, caminhando pela igreja. — Eu os fiz esperar muito?

Ele tomou seu lugar diante do altar. O joalheiro e Sofia ficaram por perto. Tatiana achou que eles já tinham dado conta da garrafa de vodca.

— Hoje é seu aniversário — disse o padre Mikhail, sorrindo para Tatiana. — Que belo presente para você, não é mesmo?

Ela apertou a mão de Alexander.

— Às vezes, sinto que meus poderes são limitados pela ausência de Deus nas vidas dos homens durante este tempo de provação — começou o padre Mikhail. — Mas Deus ainda está presente em minha igreja, e eu posso ver que Ele está presente em vocês. Estou feliz que vocês tenham vindo até a mim, meus filhos. Sua união é desígnio de Deus para sua alegria mútua, para o apoio e o conforto que vocês oferecem um ao outro na prosperidade e na adversidade, para a procriação. Quero orientá-los adequadamente no caminho da vida. Vocês estão prontos para assumir um compromisso mútuo?

— Estamos — disseram os dois.

— O elo e o contrato do casamento foram estabelecidos por Deus na criação. O próprio Cristo louvou este tipo de vida com seu primeiro milagre, nas bodas de Caná da Galileia. O casamento é símbolo do mistério da união entre Cristo e Sua igreja. Vocês entendem que o que Deus uniu nenhum homem pode separar?

– Entendemos – disseram eles.

– Vocês estão com as alianças?

– Estamos.

– Deus misericordioso – prosseguiu o padre Mikhail, segurando a cruz acima da cabeça do casal –, volvei vossos olhos para este homem e a esta mulher, que vivem num mundo pelo qual Vosso Filho ofereceu a vida. Fazei com que a vida deles seja um símbolo do amor de Cristo por este mundo pecador e dissoluto. Defendei este homem e esta mulher de todos os seus inimigos. Conduzi-os à paz. Deixai que seu amor mútuo seja um selo em seus corações, um manto sobre seus ombros e uma cruz sobre suas testas. Abençoai-os no trabalho e na amizade, no sono e na vigília, na alegria e na tristeza, na vida e na morte.

Lágrimas rolaram pelo rosto de Tatiana. Ela desejou que Alexander não as notasse. O padre Mikhail, sem dúvida, as tinha visto.

Voltando-se para Tatiana e tomando-lhe as mãos, Alexander sorriu, observando a felicidade irrestrita da moça.

Lá fora, nos degraus da igreja, ele a ergueu do chão e girou no ar, beijando-a enlevadamente. O joalheiro e Sofia aplaudiram com apatia, já descendo os degraus em direção à rua.

– Não a abrace com tanta força. Você vai esmagar a criança que está dentro dela – disse Sofia a Alexander, enquanto se virava e erguia sua câmera.
– Oh, esperem. Segurem. Deixem-me tirar uma foto dos recém-casados.

E bateu a foto.

Duas vezes.

– Venham me ver na semana que vem. Talvez eu tenha papel para revelá-las – disse ela, abanando a mão para eles.

– Então, você ainda acha que o juiz do cartório de registro deveria ter nos casado? – perguntou Alexander, rindo. – Ele, com sua filosofia matrimonial da "mente esclarecida"?

– Você tinha razão – respondeu Tatiana, balançando a cabeça. – Isto foi *perfeito*. Como você soube que seria assim?

— Porque você e eu fomos unidos por Deus — replicou Alexander. — Esta foi nossa forma de agradecer a Ele.

— Você sabia — disse Tatiana rindo — que demorou menos tempo nos casar que fazer amor pela primeira vez?

— Muito menos — disse Alexander, girando-a no ar. — Além disso, casar é a parte fácil. Como fazer amor. Difícil foi convencer você a fazer amor comigo. Difícil foi convencer você a se casar comigo...

— Sinto muito. Eu estava muito nervosa.

— Eu sei — disse ele, ainda sem colocá-la no chão. Achei que as chances fossem de vinte para oitenta de que você aceitasse.

— *Só* vinte?

— Vinte *para* oitenta.

— Você precisa ter mais confiança em mim, meu marido — disse Tatiana, beijando-lhe os lábios.

11

Voltaram para casa pela estrada do bosque, levando as compras nas costas. Alexander carregava praticamente tudo. Tatiana carregava os dois travesseiros.

— Nós devíamos ter ido à casa de Naira Mikhailovna — disse ela. — Eles devem estar loucos de preocupação.

— Lá vai você, pensando nas outras pessoas — disse ele, com um tom de ligeira irritação. — Em outras pessoas, e não em mim. Você quer voltar para aquela casa no dia de nosso casamento? Na nossa *noite de núpcias*?

Alexander tinha razão. Por que ela sempre fazia aquilo? Em que ela estava pensando? Ela não gostava de magoar as pessoas, era só isso. E contou isso a ele.

— Eu sei. Mas está tudo bem. Você não pode fazer com que todo mundo se sinta bem. Eu lhe garanto. Comece comigo. Me alimente. Cuide de mim. Me ame. Então, nós vamos nos ocupar de Naira Mikhailovna.

Ela caminhava lentamente ao lado dele.

– Tatiasha, se você quiser, nós podemos visitá-los amanhã. Tudo bem? – disse Alexander, suspirando.

Chegaram à cabana na clareira por volta das seis da tarde. Havia um bilhete na porta, deixado por Naira Mikhailovna. Ele dizia: *Tania, onde está você? Estamos tremendamente preocupados. N.M.*

Alexander arrancou o bilhete da porta.

– Nós não vamos entrar? – perguntou ela.

– Sim, mas... – disse ele, sorrindo. – Só um minuto, eu tenho que fazer uma coisa antes de entrarmos.

– O quê?

– Espere um pouco e você vai ver.

Alexander pegou as compras, os travesseiros, as pesadas colchas e desapareceu dentro da casa. Enquanto Tatiana o esperava, fez sanduíches com manteiga, *tushonka* e queijo. Ele continuava lá dentro.

Tatiana começou a andar pela clareira em pequenos círculos, dançando ao som de uma melodia em sua cabeça. "Algum dia, vamos nos encontrar em Lvov, meu amor e eu". Ela viu seu vestido rodopiando e, sorrindo, começou a girar cada vez mais rápido, com um prazer extravagante, observando as rosas flutuarem no ar sob suas mãos. Quando olhou para a casa, Alexander estava à porta da cabana, com os olhos encantados sobre ela.

– Olhe – disse ela, sorrindo e apontando. – Fiz um sanduíche para você. Você não está com fome?

Alexander confirmou com um movimento de cabeça e caminhou para ela. Ela correu em direção a ele, e, atirando-lhe os braços no pescoço, sussurrou:

– Nem consigo acreditar que estamos *casados*, Shura.

Erguendo-a nos braços, carregou-a até a porta.

– Tania, na América nós temos um costume. O novo marido carrega a esposa pelo umbral de sua nova casa.

Ela beijou-lhe o rosto. Ele era mais bonito que o sol da manhã.

Alexander a levou para dentro da casa e empurrou a porta com o pé para fechá-la atrás deles. Lá dentro estava escuro como um sonho. Eles precisavam de um lampião a querosene. Haviam se esquecido de comprar um. No dia seguinte, teriam que comprá-lo em Lazarevo.

– E agora? – disse ela, esfregando o rosto contra o dele. – Estou vendo que você arrumou a cama. Muito bom – acrescentou ela, percebendo que a barba dele crescera desde a manhã.

– Eu faço o que posso – disse ele. Carregando-a para a cama que arrumara para eles acima do fogão, subiu nela e a deitou, abrindo-lhe as pernas, colocando-se entre elas e aninhando a cabeça em seu peito. E ergueu seu vestido.

Tudo o que Tatiana queria fazer era observá-lo, mas o desejo mantinha-lhe os olhos fechados.

– Você não vem para a cama? – perguntou ela.

– Ainda não – disse ele. – Fique deitada. Assim – acrescentou, tirando-lhe a calcinha e trazendo os quadris de Tania para perto de seu rosto.

Por um instante, tudo que Tatiana ouviu foi a rápida respiração de Alexander. Tateando pra baixo, ela tocou-lhe a cabeça.

– Shura? – disse ela.

Os olhos, as mãos e a respiração dele sobre ela a estavam enfraquecendo. Seus dedos a tocaram.

– Tudo isso que está embaixo de seu vestido branco com rosas... – sussurrou Alexander. – Olhe só... – acrescentou, beijando-a com suavidade. – Tania, você é uma garota adorável.

Ela sentiu seus lábios quentes e molhados sobre ela. O cabelo e a barba dele roçaram o interior de suas coxas. Era demais. O fogo e o desfalecimento foram quase instantâneos.

Ela ainda estava tremendo na cama, quando Alexander subiu para o lado dela, pousando a mão suava sobre seu baixo ventre que tremia.

– Meu Deus, Alexander – disse ela sem fôlego. – O que você está fazendo comigo?

– Você é incrível.

– *Eu* sou? – murmurou Tatiana, empurrando-o para baixo. – Por favor?... Outra vez? – disse ela, olhando pra ele e fechando os olhos quando o viu sorrir. – O que foi? – perguntou ela, também rindo. – Ao contrário de você, eu não preciso de um intervalo de descanso.

– Tatia... você é tão loira... eu já lhe disse o quanto amo isso?

Ela gemeu com um suspiro; a boca e a língua do marido eram tão ternas, extremamente excitantes.

– Oh, Shura...

– Sim?

Tatiana não conseguiu pedir que ele parasse um pouco, incapaz de controlar sua exaltação.

– O que você pensou da primeira vez que me viu usando este vestido?

– O que eu pensei?

Ela confirmou com um gemido.

– Eu pensei... você está me ouvindo?

– Oh, sim...

– Eu pensei...

– Oh, Shura...

– Se existe um Deus... que Ele, por favor, um dia me deixe fazer amor com essa garota, quando ele estiver usando aquele vestido.

– Oh...

– Tatiasha... não é bom saber que Deus existe?

– Oh, sim, Shura, sim...

– Alexander – suspirou ela, deitando-se de lado, os olhos semicerrados, a boca seca, incapaz de mandar uma quantidade decente de ar para os pulmões. – Eu preciso que você me diga, neste minuto, que já me mostrou tudo o que existe. Pois estou quase acabada.

– Posso surpreendê-la? – perguntou Alexander, sorrindo.

– Não! Diga-me que não sobrou nada – disse ela, observando o olhar dele.

Fazendo-a deitar-se de costas, Alexander colocou-se sobre ela. – Mais nada? – perguntou ele, beijando-a ardorosamente e afastando-lhe as pernas. – Eu ainda nem comecei, entende? – sussurrou ele. – Até agora eu fui devagar com você.

– Você foi *devagar* comigo? – repetiu ela incrédula, gritando quando ele a penetrou, agarrando-se a ele, gemendo sob seu peso, com seu interior tornando a arder.

– Não está sendo demais? Você está me amassando como se...

– Sim, é demais... Tania... – a boca de Alexander estava nos ombros dela, em seu pescoço, em seus lábios. – É nossa noite de núpcias. Cuidado comigo... não vai sobrar nada de você. Só vai ficar o vestido.

– Promete isso, Shura? – sussurrou ela.

– Na América – disse ele, pegando-lhe a mão e tocando na aliança –, quando duas pessoas jovens se casam, elas trocam juras. Você sabe quais são?

Tatiana mal estava ouvindo. Ela estivera pensando na América. Queria perguntar a Alexander se havia aldeias na América, aldeias com cabanas nas margens dos rios. Se, na América, não havia guerra, nem fome e nem Dimitri.

– Você está ouvindo? O padre diz:"Você, Alexander, aceita esta mulher como sua esposa legítima e constante?"

– Legítima e *amante*?

– Também isso – disse ele, rindo. – Não, legítima e *constante*. E, então, nós pronunciamos nossos votos. Você quer que eu lhe diga quais são?

– Quais são eles? – perguntou, levando os dedos dele à boca.

– Você tem que repetir depois de mim.

– Repetir depois de mim.

– Eu, Tatiana Metanova, aceito este homem como meu esposo...

– Eu, Tatiana Metanova, aceito este *grande* homem como meu esposo – repetiu ela, beijando-lhe o polegar, o indicador e o médio. Ele tinha dedos admiráveis.

– Para juntos vivermos nos laços do matrimônio...

– Para juntos vivermos nos laços do matrimônio – repetiu ela, beijando-lhe o dedo em que ele usava a aliança.

– Prometo amá-lo, confortá-lo, honrá-lo e preservá-lo...

– Prometo *amá*-lo, confortá-lo, honrá-lo e preservá-lo – disse ela, beijando a aliança no dedo dele. Beijando seu dedo mínimo.

– E obedecê-lo.

– E obedecê-lo – repetiu Tatiana, sorrindo e revirando os olhos.

– E, abrindo mão de todas as outras coisas, ser fiel a ele até que a morte nos separe...

– E, ignorando todos os outros – repetiu ela, beijando a palma da mão dele e com ela limpado as lágrimas que corriam pelo seu rosto –, ser fiel a ele até que a morte nos separe.

– Eu, Alexander Barrington, aceito esta mulher como minha esposa.

– Não, Shura – disse ela, sentando-se sobre ele e roçando os seios contra seu peito.

– Para juntos vivermos nos laços do matrimônio...

Ela beijou-lhe o meio de seu peito.

– Prometo *amá*-la ... – sua voz ficou embargada – ... *amá*-la, confortá-la, honrá-la e preservá-la...

Pressionando o rosto dela contra seu peito e ouvindo o ritmo iâmbico de seu coração, Alexander prosseguiu:

– E, ignorando todas as outras, ser fiel a ela até...

– Não, Shura – disse ela, cobrindo-lhe o peito de lágrimas. – Por favor.

– Há coisas piores que a morte – retrucou ele, com as mãos acima da cabeça.

O coração de Tatiana ficou pesado e apertado. Lembrando-a do cadáver da mãe estendido sobre sua costura. Lembrando as últimas palavras de Marina, dizendo até o fim: *Eu não quero morrer... sem sentir, pelo menos uma vez, o que você sente.* Lembrando a risada Dasha enquanto trançava o jovem cabelo, coisa que já parecia ter acontecido há uma geração.

– Há? O que, por exemplo?

Ele não respondeu.

Mas, de qualquer modo, ela entendeu e disse:

– Eu preferia uma vida ruim na União Soviética a uma boa morte. E você?

– Se fosse uma vida com você, então eu também ia preferi-la.

– Além disso, eu nunca vi uma boa morte – disse Tatiana balançando a cabeça encostada no peito dele.

– Você já viu, sim. O que Dasha lhe disse antes de morrer?

Ela pressionou o corpo contra ele. Queria estar dentro dele, queria tocar seu coração magnânimo.

– Ela disse que eu era uma boa irmã.

As mãos de Alexander puxaram-lhe a cabeça com suavidade.

– Você foi uma boa irmã. Ela partiu tranquila. Ela teve uma boa morte – acrescentou ele, depois de uma pausa.

– O que você vai me dizer, Alexander Barrington, quando me deixar sozinha no mundo? – perguntou Tatiana num sussurro, beijando-lhe a pele sobre o coração. – Deixe que eu saiba, deixe que eu ouça o que você vai dizer.

Alexander a fez deitar-se na cama, inclinando-se sobre ela.

– Tania – sussurrou ele –, aqui em Lazarevo não existe morte. Nem guerra, nem comunismo. Só existe você e só existo eu, a única vida que existe – acrescentou ele, sorrindo. A vida de casados. Vamos tratar de vivê-la – concluiu, pulando da cama. – Venha comigo até lá fora.

– Tudo bem – disse ela.

– Ponha o vestido – disse ele, vestindo as calças do exército. – *Só* o vestido.

– Aonde vamos? – perguntou ela sorrindo e descendo da cama.

– Nós vamos dançar.

– Dançar?

– Isso mesmo. Todo dia de casamento tem que ter dança.

Ele a levou até a clareira fria. Tatina ouviu o murmúrio do rio, os pinheiros estalando e sentiu o cheiro das pinhas.

– Olhe só aquela lua, Tatia... – disse Alexander, apontando para o vale distante, entre os Montes Urais.

– Estou olhando – disse ela, com os olhos nele. – Mas não temos música – acrescentou, em pé diante dele e com as mãos nas dele.

– Debaixo de um luar de núpcias, uma dança com minha esposa com seu vestido de noiva... – disse Alexander, puxando-a para ele.

Os dois dançaram na clareira, debaixo de uma lua avermelhada que se erguia em meio a um halo.

Ele cantou:

Ah, como dançamos
na noite em que nos casamos...
Achamos que nosso amor era verdadeiro,
embora nem uma palavra fosse
dita...

Ele cantou em inglês.

Tatiana entendeu quase tudo.

– Shura, querido – disse ela –, você tem uma boa voz. Eu conhecia essa música. Em russo, nós a chamamos de "Danúbio Azul".

– Eu a prefiro em inglês – disse Alexander.

– Eu também – disse ela, encostando-se no peito nu do marido e olhando para ele. – Você precisa me ensinar a cantá-la, para que eu possa cantar com você.

– Venha, Tatiasha – sussurrou ele, tomando-lhe a mão.

Naquela noite não dormiram. Seus sanduíches ficaram intactos no chão perto das árvores onde ela havia se sentado e os preparado.

Alexander.

Alexander.

Alexander.

Seus anos de *dacha*, seu barco, seu lago Ilmen, onde ela um dia fora rainha, mergulharam para sempre na fenda da infância perdida, enquanto Tatiana, com reverência trêmula, entregava-se a Alexander, que, ora voraz ora tenro, brindava-lhe a carne faminta com milagres com os quais ela nunca sonhara... *como que invadida pela levedura imorredoura de Alexander... Tudo o que é terreno... as emoções, a angústia.... a paixão... tinham se transmutado em coisas celeste.*

12

Na manhã sonolenta, Tatiana sentou-se no travesseiro diante de um rio de cristal azul, ninando a cabeça de Alexander em suas mãos.

– Querido – sussurrou ela –, vamos nadar?

– Eu iria – replicou Alexander, com a cabeça no colo dela –, se eu conseguisse mexer o corpo.

Depois de dormirem algumas horas e nadarem outras tantas, vestiram-se e foram à casa de Naira.

As mulheres estavam lá dentro, na varanda, tomando chá e tagarelando.

– Elas estão falando de nós – disse Tatiana a ele, dando um passo para trás.

– Espere só até lhes darmos algo para realmente fazerem mexericos – disse Alexander, fazendo-a avançar e agarrando-lhe o traseiro.

As mulheres estavam zangadas com Tatiana. Dusia chorava e rezava. Raisa tremia mais que o normal. Naira olhou para Alexander com reprovação. Axinya teve um estremecimento de excitação, como se não conseguisse esperar para contar tudo a suas amigas no fim da tarde.

– Onde você esteve? Não tínhamos ideia do que podia ter lhe acontecido. Achamos que você tinha sido morta – disse Naira.

– Tania, conte para eles. Você *foi* morta? – disse Alexander, tentando não rir.

As mulheres, inclusive Tatiana, olharam todas para ele, que as cumprimentou e saiu para se barbear. Tatiana achou que ele estava parecendo um pirata, com sua barba negra começando a crescer. O que fazer? Fingir? Confessar? Era preciso dar explicações. Será que ela conseguiria aguentar? Será que conseguiria explicar a essas mulheres bem intencionadas o que lhe acontecera na vida? Elas acreditavam que o mundo delas com ela era uma coisa, e agora ela estava para lhes dizer que não era. Apenas alguns dias antes, elas ficaram agitadas ao saber que Alexander havia viajado 1600 quilômetros para se casar com sua noiva, supostamente desolado, e, de repente, *isto*. Não parecia uma coisa muito boa para ela, nem para ele.

– Tatiana, você quer nos dizer, por favor, onde esteve?

– Em lugar nenhum, Naira Mikhailovna. Nós fomos a Molotov. Compramos alguma coisa, comida, um pouco de... Nós...

O que ela iria dizer?

– Onde você dormiu? Você está fora há três dias. Honestamente, não tínhamos ideia do que aconteceu com você.

Alexander estava subindo a escada, em direção à varanda, e foi dizendo sem cerimônia:

– Você contou a ela que nos casamos?

A maior parte do oxigênio da varanda foi sugado pelos pulmões das quatro velhas que, coletivamente, disseram "Ahhhhhh!".

Tatiana esfregou os olhos e balançou a cabeça. Era melhor deixar a coisa com ele. Sentou-se numa cadeira perto do sofá e deu um suspiro.

— Estou morrendo de fome – disse ele, entrando na varanda. – Tatia, há alguma coisa para comer? – perguntou ele, voltando com um pedaço de pão, que se pôs a mastigar. Então, sentou-se perto de Dusia no sofá, pôs o braço em torno dela e disse: – Senhoras, vocês adoram recém-casados nas pequenas vilas, não é mesmo? Talvez possamos dar uma pequena festa – e sorriu.

— Alexander – disse Naira, perdendo a compostura e de maneira sucinta –, eu não sei se você notou, mas ficamos chateadas. Tristes e chateadas.

— Casados! – exclamou Axinya.

— O que você quer dizer com *casados*? – exclamou Dusia, fazendo o sinal da cruz. – Não a minha Tanechka. A minha Tanechka é pura...

— Tania? Por favor, vamos comer – disse Alexander, tossindo ruidosamente e se levantando.

— Shura, espere.

— Tatiana Georgievna – disse Dusia –, diga-me que não é verdade. Diga-me que ele está só brincando. Que é só uma piada, que ele está só tentando dar cabo de quatro velhotas antes da hora.

— Não acho que ele esteja brincando, Dusia – disse Naira Mikhailovna.

— Dusia, por favor, não fique aborrecida – disse Tatiana, balançando a cabeça para Alexander.

— Espere um pouco – interrompeu Alexander, virando-se para Dusia, que estava sentada ao lado dele. – Por que você ficaria aborrecida? Nós estamos casados, Dusia. É uma coisa boa.

— Boa? – gritou ela. – Tania, e quanto a Deus?

— E quanto a sua *irmã*? – perguntou Naira de modo contundente.

— E quanto ao decoro, à propriedade? – perguntou Axinya com voz esganiçada, como se o decoro e a propriedade fossem as duas *últimas* coisas que ela desejasse ali em Lazarevo.

— Tania, a memória de sua irmã ainda está fresca – disse Raisa, balançando a cabeça.

— Alexander – disse Naira secamente –, nós pensamos que você tivesse vindo para se casar com Dasha, que Deus a tenha.

Bastou olhar para Alexander para Tatiana perceber que ele estava perdendo a paciência.

– Olhem, olhem, deixem-me explicar... – disse ela rapidamente. Mas era tarde demais.

– Não, deixe que *eu* explique – disse Alexander, levantando-se. – Eu vim a Lazarevo por causa de Tatiana. Vim para me casar com *ela*. Não temos mais nada a fazer aqui. Tania, vamos embora. Eu levo seu baú. Depois voltaremos para pegar a máquina de costura.

– Pegar o baú dela? Não, ela não vai sair daqui – gritou Naira.

– Ela não precisa ir embora!

– Senhoras – disse Alexander, com o braço ao redor do pescoço de Tatiana –, nós somos *recém-casados*. Vocês vão realmente nos querer em sua casa? – acrescentou ele, franzindo o cenho.

Naira engasgou. Dusia persignou-se. Raisa tremeu e Axynia bateu as mãos como se estivesse contente.

– Shh – sussurrou Tatiana, apertando o braço de Alexander. – Por favor. Vá lá para fora. Deixe-me conversar com elas um minuto. Tudo bem?

– Eu quero ir embora.

– Já vamos. Agora, saia.

– Não sei por que você precisa ir embora – disse Naira. – Vocês podem ficar com o meu quarto. Eu durmo no fogão.

Antes que Tatiana pudesse detê-lo, Alexander inclinou-se para frente e disse:

– Naira Mikhailovna, acredite em mim, você não quer que fiquemos em sua casa... Ai!

– Alexander! Vá lá para fora. Por favor – disse Tatiana, afagando-lhe o braço onde o havia beliscado. – Olhe, a cabana vai ser melhor para nós – disse ela, voltando-se para Naira. Ela quis dizer "mais privativa", mas sabia que elas não compreenderiam. – Se vocês precisarem de alguma coisa avisem-nos. Alexander quer consertar sua cerca. Avisem também se quiserem que a gente venha jantar.

– Tanechka, nós estamos tão preocupadas com você – disse Naira. – Logo você, casada com um *soldado*!

Dusia murmurou o nome de Cristo.

– Eu não sei nada a respeito dele – prosseguiu Naira. – Nós achávamos que você queria alguma coisa melhor para você. Mais do seu nível.

– Estou começando a suspeitar – disse Axinya, sorrindo – que é exatamente isso que ela arrumou.

– Não se preocupe comigo – disse Tatiana. – Com ele, estou a salvo.

– É claro que queremos que você venha jantar – disse Naira. – Nós amamos *você*.

– Que Deus a poupe dos horrores do leito nupcial – disse Dusia.

– Obrigada – disse Tatiana, com o rosto impassível e olhando para Alexander lá fora.

Alexander estava com as costas inclinadas.

Ele estava carregando seu pesado baú, de modo que estava bastante indefeso, o que a deixava satisfeita, pois podia gritar com ele.

– Por que você não me deixa resolver as coisas à minha moda, por quê? – disse ela.

– Porque a sua maneira de resolver as coisas implicariam ordenhar a vaca durante horas, lavar as roupas delas, costurar outras roupas novas e Deus sabe lá mais o quê!

– Eu não consigo entender – disse ela. – Eu achei que, depois de nos casarmos, você ia se acalmar um pouco, ser menos protetor, menos... você sabe. Esse jeito americano que o faz se destacar como uma cravelha preta numa caixa de pregos brancos.

– Você não entende nada – disse Alexander, rindo e arfando um pouco. – Por que você acha *isso*?

– Porque estamos casados.

– Para acabar com suas ilusões, vou avisando desde já que tudo o que você já viu vai se multiplicar por cem, agora que você é minha mulher. Tudo.

– Tudo?

– Sim. Proteção. Posse. Ciúme. Tudo. Multiplicado por cem. Essa é a natureza da besta. Não quis lhe contar antes, pois achei que isso pudesse assustá-la.

– *Pudesse?*

– Isso mesmo. Você não pode anular o casamento – disse Alexander, olhando para ela com os olhos em chamas. – Não depois de ele ter sido tão... *completamente* consumado.

Sequer conseguiram chegar em casa. Ele levou o baú para baixo dos pinheiros e se sentou nele. Tatiana ficou em cima dele.

– Não faça muito barulho aqui no bosque – disse ele, trazendo-a contra ele e a beijando.

Depois, Alexander comentou:

– Isso é como pedir que você esconda suas sardas por um dia, não é mesmo?

As quatro mulheres foram visitá-los em casa no final da tarde. Alexander e Tatiana estavam jogando futebol. Na verdade, Tatiana tinha acabado de jogar a bola para longe dele e, gritando, tentava alcançá-la, enquanto ele, por trás, tentava chutar a bola por baixo dela. Ele a ergueu do chão e a estava apertando contra ele, enquanto ela gritava. Tudo o que ele estava usando eram suas ceroulas e ela, sua roupa de baixo e a camiseta dele.

Desconcertada, Tatiana ficou na frente de Alexander, tentando esconder o corpo quase nu do marido dos quatro pares de olhos esbugalhados. Ele ficou atrás dela, os braços em seus ombros e Tatiana o ouviu dizer:

– Diga a elas... Não, esqueça, *eu* digo – e antes que ela pudesse emitir um único som, ele se adiantou, caminhou até elas, duas vezes a altura delas, quase nu e inflexível, dizendo: – Senhoras, no futuro, acho que vocês vão preferir que *a gente* vá visitá-las.

– Shura – murmurou Tatiana –, vá se vestir.

– O futebol provavelmente seja a coisa mais simples que vocês vão ver – disse Alexander às mulheres estupefatas, antes de entrar na casa. Ao voltar, devidamente coberto, ele disse a Tatiana que ia à vila comprar algumas coisas de que eles precisavam, como gelo e um machado.

– Que combinação estranha – observou ela. – Onde você vai achar gelo?

– Onde enlatam peixe. Eles têm uma geladeira para o peixe, não é mesmo?

– O machado?

– Do Igor, aquele homem bom – gritou Alexander, avançando pela clareira e jogando-lhe um beijo.

– Volte logo – gritou ela, olhando pra ele.

Naira Mikhailovna desculpou-se apressadamente. Dusia murmurava uma oração. Raisa tremia. Axinya sorriu para Tatiana, que as convidou para um pedaço de *kvas*.

– Entrem. Vejam como Alexander deixou a casa toda limpa. E, vejam, ele consertou a porta. Lembram que a dobradiça de cima estava quebrada?

As quatro mulheres ficaram olhando, em busca de um lugar para se sentar.

– Tanechka – disse Naira, toda nervosa –, não há nenhuma mobília aqui.

Axinya deu um gritinho.

Dusia benzeu-se.

– Eu sei, Naira Mikhailovna. Não precisamos de muito – disse Tatiana, olhando para o chão. – Temos algumas coisas, temos meu baú. Alexander disse que vai fazer um banco. Vou buscar minha bancada com a máquina de costura... nós vamos ficar bem.

– Mas como...

– Oh, Naira – disse Axinya –, deixe a moça em paz, por favor.

Dusia olhou para os lençóis enrugados no topo do fogão. Uma Tatiana um tanto nervosa deu um sorriso. Alexander estava certo. *Era* melhor ir visitá-*las*. E perguntou quando poderiam ir jantar lá.

– Venham hoje de noite, é claro. Vamos comemorar. Olhe, vocês não vão conseguir comer aqui de jeito nenhum. Não há lugar para sentar ou cozinhar. Vocês vão morrer de fome. Venham toda noite. Isso não é pedir demais, é?

– Sim, é pedir demais – disse Alexander quando voltou sem o gelo ("amanhã", prometeu ele), mas com um machado, um martelo, pregos, uma serra, uma plaina de madeira e um fogão Primus a querosene. – Não me casei com você para ir lá toda noite – continuou ele. – Você as convidou para entrar? Muito corajosa a minha esposa. Você, pelo menos, arrumou a cama antes de elas entrarem? – perguntou ele, rindo mais forte.

Tatiana estava sentada na parte baixa do gelado fogão a carvão, balançando a cabeça.

– Você é impossível!

– *Eu* sou impossível? Eu não vou jantar lá, pode esquecer. Por que você não as convida para virem aqui para um *vaudeville* pós-jantar?

– *Vaudeville?*

– Esquece – disse ele, deixando cair as compras no chão, num dos cantos da cabana. – Convide-as para a hora do entretenimento. Vá em frente. Enquanto fazemos amor, elas podem ficar rodeando o fogão, cacarejando de satisfação. Naira vai dizer: "Tss, tss, tss. Eu falei para ela ficar com o meu Vova. Eu sei que ele é capaz de fazer melhor que isso". Raisa vai querer dizer: "Puxa, puxa, mas ela está sendo sacudida demais". Dusia vai dizer: "Jesus amado, eu Lhe pedi que a poupasse dos horrores do leito nupcial!". E Axinya vai dizer:...

– "Esperem até eu contar a toda a vila os horrores que ele comete" – disse Tatiana.

Alexander riu e os dois foram nadar no rio.

Tatiana se aninhou dentro da cabana, arrumando suas coisas, limpando e arrumando a cama. Ela se aprontou para ir à casa de Naira e ficou sentada junto ao fogão de ferro, esperando que a água fervesse no pequeno Primus para que pudesse fazer chá quando Alexander entrasse. Ele tirou o calção molhado e se aproximou dela. Ela ergueu os olhos, com o coração suspirando diante da visão dele.

– O que foi? – perguntou ele, tocando-a com a perna.

– Nada – respondeu ela, dirigindo rapidamente o olhar de volta para a chaleira. Mas ele tornou a tocá-la, ela desejou muito olhar para ele. Ela queria tanto *sentir o sabor* dele.

Superando sua timidez, Tatiana ajoelhou-se nas largas tábuas do assoalho diante de Alexander e o tomou entre as mãos ternas.

– Todos os homens são assim bonitos – suspirou ela com satisfação – ou é só você?

– Oh, só eu – respondeu Alexander rindo. – Todos os outros homens são repulsivos – acrescentou, erguendo-a do chão. – Fica difícil com você ajoelhada na madeira.

– Na América as pessoas têm carpete?
– De parede a parede.
– Dê-me um travesseiro, Shura – sussurrou Tatiana.

Acabaram indo à casa de Naira para o jantar. Tatiana cozinhou enquanto Alexander consertava a cerca quebrada. Vova e Zoe também foram, ostensivamente perturbados pela mão torta do destino que havia permitido que sua pequena, discreta e inocente Tatiana se casasse com um soldado do Exército Vermelho.

Tatiana percebeu que todos a estavam observando, bem como cada um dos movimentos e interações de Alexander. Assim, quando ela serviu Alexander e ficou em pé junto dele enquanto ele olhava para ela, ela *não* conseguiu baixar o olhar para ele, o corpo trêmulo devido às lembranças. Ela temia que todos à mesa percebessem instantaneamente o que lhe ocorria como lembrança.

Depois do jantar, Alexander não pediu que ninguém a ajudasse. Ele mesmo a ajudou e quando os outros saíram, debruçado sobre a pia, ele puxou-a em sua direção pelo queixo e disse:

– Tatiana, não afaste o rosto de mim outra vez. Porque agora você é minha, e toda vez que eu olhar para você, preciso constatar que você é minha em seus olhos.

Tatiana olhou para ele e sentiu que o adorava.

– Eu estou com você – sussurrou ele, beijando-a. Suas mãos se entrelaçaram na água quente e cheia de sabão.

13

Na tranquila tarde do dia seguinte, um Alexander sem camisa e descalço estava agachado e ocupado com duas tigelas de metal, enquanto Tatiana dançava com passos miúdos atrás dele, saltando e perguntando o que ele estava fazendo. Ocorreu a ela que não gostava de surpresas. Gostava das coisas diretas. Por fim, ele se levantou, tomou-a pelos ombros e a afastou, pedindo-lhe que fosse cozinhar alguma coisa, ler, praticar inglês – alguma coisa, *qualquer coisa*, para não perturbá-lo durante os vinte minutos seguintes.

Tatiana não conseguiu. Parou de saltar, mas caminhou na ponta dos pés perto dele, inclinando-se por cima de suas costas para ver o que ele estava fazendo.

Alexander colocou leite, creme espesso, açúcar e ovos na tigela de metal menor e misturou os ingredientes ligeiramente.

Ela levantou a blusa e roçou os seios nas costas nuas do marido.

– Hmmm – disse ele. – Mas o que eu preciso, neste momento, é de uma xícara de mirtilos.

Tatiana trouxe-lhe o que pedira, satisfeita por poder ajudar. Depois de encher a tigela grande com gelo e sal de rocha, Alexander pôs a tigela de metal menor dentro da grande e com uma longa colher de pau começou a mexer a mistura de leite e açúcar.

– O que você está fazendo? Quando vai me contar?

– Logo você vai saber.

– Quando? Quero saber agora.

– Você é impossível. Você vai saber em trinta minutos. Dá para esperar trinta minutos?

– Trinta minutos? O que vamos fazer durante trinta minutos? – perguntou ela, pulando sem parar.

– Você é demais – disse ele, rindo. – Olhe, eu preciso misturar isto aqui. Volte em trinta minutos.

Tatiana andou pela clareira em círculos, sempre o observando. Ela estava delirantemente feliz. Estava numa felicidade tão grande que nenhuma palavra poderia descrevê-la.

– Shura, você está me vendo? Olhe! – disse ela, fazendo um movimento acrobático e, então, equilibrando-se sobre uma das mãos.

– Sim, minha doçura – respondeu ele. – Estou olhando

Trinta minutos depois, Alexander a chamou.

Tatiana veio num salto e olhou para a mistura espessa e azulada que estava na tigela.

– O que é isto?

– Experimente – disse ele, entregando-lhe uma colher.

– Sorvete? – perguntou ela incrédula, depois de experimentar.

– Sorvete – confirmou ele, rindo.

– Você me fez *sorvete*?

– Sim. Feliz aniversário. Agora, *por que* você está chorando? Tome o sorvete antes que derreta.

Tatiana sentou-se no chão com a tigela entre as pernas, tomou o sorvete e chorou. Alexander abriu as mãos num movimento de incompreensão perplexa e foi se lavar.

– Eu guardei sorvete para você. Tome um pouquinho – disse Tatiana, lacrimosa, quando ele voltou.

– Não. Pode tomar tudo – disse ele.

– É muito para mim. Eu tomei metade. Tome o resto. Caso contrário, o que vamos fazer com ele?

– Eu estava pensando – disse Alexander, ajoelhando-se ao lado dela – em despir você, espalhar sorvete por *todo* o seu corpo e lambê-lo.

– Parece um desperdício de um bom sorvete – disse Tatiana com a voz embargada, deixando cair a colher.

Mas deixou de pensar assim quando ele terminou o que tinha pensando em fazer.

Em seguida, foram nadar; depois, ele se sentou para fumar.

– Tatia, faça acrobacias nua.

– O quê? Aqui? Não, não é um bom lugar.

– Se não for aqui, onde vai ser? Vá em frente, até cair no rio.

Tatiana levantou-se, sorrindo e brilhando em sua nudez, ergueu os braços e disse:

– Você está pronto?

Então, começou uma série de duas, três, quatro, cinco, seis, sete alegres cambalhotas até cair no Kama.

– Como é que eu me saí? – perguntou ela da água.

– Espetacular – respondeu ele, sentando-se no chão para fumar e observá-la.

14

Mesmo sem relógio, Alexander, ainda com cabeça de militar, era o primeiro a acordar no início da manhã azulada, saindo para se lavar e fumar, enquanto Tatiana esperava por ele sonolenta, tão enrolada em si mesma que parecia um pãozinho quente recém-saído do forno. Quando pulava na cama, ele imediatamente apertava seu corpo gelado contra o dela. Ela gritava e fingia se afastar.

– Por favor, não! Isso é impiedoso. Espero que, no exército, você seja punido por isso. Aposto que você nunca fez isso a Marazov.

– E eu aposto que você tem razão – replicou ele. – Mas eu não tenho direitos inalienáveis sobre Marazov. Você é minha mulher. Agora, vire-se para mim.

– Me solte que eu me viro.

– Tania... – sussurrou Alexander, continuando a se pressionar contra ela. – Não precisa se virar para mim. Mas não vou soltar você até eu enjoar. Até você ter me aquecido de dentro para fora e de fora para dentro.

Depois que fizeram amor, Tatiana preparou o café da manhã de Alexander. Doze panquecas de batata. E, então, sentou-se no cobertor ao lado dele no frescor do amanhecer, com cada dia luminoso mais quente que o anterior. E ficou observando-o.

– O que foi?

– Nada – respondeu ela, sorrindo. – Você está sempre com fome. Como conseguiu sobreviver ao último inverno?

– Como *eu* sobrevivi ao último inverno? – Ela deu a ele o resto das panquecas que estava comendo. Ele protestou, mas não por muito tempo, quando ela ficou bem perto dele e o alimentou, incapaz de desviar o olhar de seu rosto. Ela se sentia lânguida diante dele. – O que foi, Tatia? – perguntou Alexander baixinho, antes de pegar o último bocado do garfo na mão dela. Ele sorriu. – Será que eu fiz alguma coisa que você gostou? Corando e balançando a cabeça uma vez, ela emitiu um pequeno som de excitação e o beijou no queijo com a barba por fazer.

– Vamos, meu marido – murmurou ela –, vamos que eu vou barbeá--lo – murmurou ela.

– Eu lhe contei que Axinya se ofereceu para acender o *banya* amanhã cedo – disse ela – se quisermos tomar um banho quente, e ficar guardando a porta para não deixar que ninguém entre?

– Hmm. Você me contou – replicou Alexander. – Eu gosto da Axinya, mas você sabe que ela vai ficar à porta para nos escutar.

– Então, você vai ter que fazer menos barulho, não é? – disse Tatiana, enxugando seu queixo escanhoado.

– *Eu* vou ter que fazer menos barulho?

Ela corou, e ele sorriu.

– O que nós vamos fazer hoje? – perguntou Tatiana quando terminou a outra face e a secou. – Podíamos ir colher mirtilos mais tarde para eu poder fazer uma torta.

– Podemos. Mas primeiro vou arrastar aquela tora até a água para que tenhamos um lugar para sentar e escovar os dentes. Depois, vou construir uma mesa para limparmos o peixe – acrescentou Alexander. – Você vai para o seu bendito círculo de costura. Para as quatro mulheres. E eu não vou ficar contente.

– Eu volto em duas horas – disse ela.

– Aí eu fico contente.

– Sua obrigação é ficar contente.

– Eu só tenho uma obrigação aqui em Lazarevo – disse Alexander, tomando-a pela cintura. – Fazer amor com minha esposa.

Tatiana quase deu um gemido alto.

– Estou ouvindo um falatório e nada de...

– *How is my English?* – perguntou Tatiana a Alexander.

– *It's good* – respondeu Alexander. A manhã já estava no fim. Os dois caminhavam por um denso bosque decíduo às margens do rio, a alguns quilômetros de casa, com dois baldes para colher os mirtilos, e tinham combinado que só conversariam em inglês, mas Tatiana quebrou o acordo e perguntou em russo:

– Acho que estou lendo muito melhor que falo. John Stuart Mill agora é apenas ilegível, em vez de ininteligível.

Alexander sorriu.

– Essa é uma bela distinção – disse ele, colhendo dois cogumelos. – Tania, estes são comestíveis?

– São – respondeu Tatiana, tirando-os de suas mãos e atirando-os no chão –, mas só vamos comê-los uma vez.

Alexander riu.

– Tenho que ensiná-lo a apanhar cogumelos, Shura. Você não pode simplesmente arrancá-los do chão desse jeito.

– E eu tenho que ensinar você a falar inglês, Tania – disse Alexander em inglês.

Tatiana prosseguiu em inglês:

– *This is my new husband, Alexander Barrington.*

– *And this is my young wife, Tatiana Metanova* – replicou Alexander, com um sorriso de prazer, beijando-lhe o topo de seus cabelos em tranças e dizendo novamente em russo: – Tatiana, agora diga as outras palavras que eu lhe ensinei.

Ela ficou da cor de um tomate.

– *No* – afirmou ela com firmeza. – *I am not saying them.*

– *Please.*

– *No. Look for blueberries.*

Ela percebeu que Alexander não estava nem um pouco interessado nos mirtilos.

– *What about later? Will you say them later?* – perguntou ele.

– *Not now, not later* – replicou Tatiana bravamente, mas sem olhar para ele.

– *Later* – prosseguiu Alexander em inglês e puxando-a para ele –, *I will insist that you please me by using your English-speaking tongue in bed with me.*

– *It is good I am not understand what you say to me* – disse Tatiana lutando ligeiramente com ele.

– *I will show you what I mean* – disse Alexander, pondo o balde no chão.

– *Later, later* – concordou ela. – *Now, pick up your backet. Collect blueberries.*

– *All right* – disse ele, sem soltá-la. E o certo é *bucket*. Vamos lá, Tania. Diga as outras palavras – prosseguiu ele abraçando-a. – Sua timidez me é afrodisíaca. Diga-as.

– *All right* – disse Tatiana, sem fôlego nenhum. – *Pick up your bucket. Let us go house. I will practice love with you.*

– *Make love to you, Tania* – disse Alexander rindo. – *Make love to you.*

Era uma tarde de verão brilhante e calma. Alexander estava cortando uma árvore em toras pequenas. Tatiana estava ao seu lado.

– O que foi?

Ela o estava empurrando.

– O que foi? Você parece a minha sombra. Deixe-me acabar isto. Tenho que fazer um banco para podermos sentar e comer.

– Quer brincar de alguma coisa?

– Não. Tenho que terminar isto.

– Podemos brincar de *Alexander diz* – disse ela, sorrindo de maneira convidativa.

– Mais tarde.

– O quê?

– Que tal esconde-esconde de guerra?

– Mais tarde.

– O que foi? Está com medo de perder outra vez, capitão? – perguntou ela rindo?

– Oh, você...

– Você quer... dar cambalhotas.

Alexander olhou pra ela. Ela corou e disse:

– Quero dizer cambalhotas de verdade. Brincar na água. Quero ficar na palma de sua mão e que você me erga acima de sua cabeça...

– Só se, depois, eu puder jogar você na água.

– Nunca ouvi *isso* dito assim antes, mas tudo bem, estamos combinados.

– Nós vamos fazer tudo isso, e duas vezes – disse Alexander rindo e sem largar a serra –, mas primeiro tenho que terminar de serrar esta bendita madeira.

Tatiana ficou em silêncio por um segundo.

– Você quer me mostrar como vocês fazem flexões no exército – disse ela, fazendo uma pausa. – Cinquenta de uma vez?

– Só se você me oferecer um incentivo.

– Tudo bem. Agora?

– Você é demais. Mais tarde.

Ela tornou a ficar em silêncio.

– Você quer tirar um jogo de braço?

– Jogo de braço? – disse Alexander, com um sorriso incrédulo. Você deve estar brincando, não é mesmo?

– Vamos lá, grandão, do que você está com medo? – disse ela fazendo-lhe cócegas.

– Pare.

– Cocó, cocó, cocó – cacarejou Tatiana, continuando a lhe fazer cócegas.

– Desisto – disse ele, pousando a serra, mas ela já estava no meio da clareira, correndo e gritando. Ele correu atrás dela também gritando. – É melhor que eu não alcance você!

Ao chegar ao bosque, ela se deixou alcançar alegremente. Girando com ela e resfolegando, ele disse:

– Você está proibida de me fazer cócegas quando estou com uma serra na mão!

– Mas, Shura – disse Tatiana rindo –, você está sempre com alguma coisa na mão. Se não é uma serra, é um cigarro, ou um machado, ou...

Ele a agarrou pelo traseiro.

– Sim, ou...

Então, ele agarrou-lhe os seios.

– Está vendo o que eu quero dizer? – disse ela, também resfolegando. – Lute comigo no chão – acrescentou ela, e fez uma pausa. – Como você quiser – prosseguiu, sem conseguir respirar quando ele a abraçou. Ou ele desconhecia a própria forma ou tinha medo de não ser capaz de apertá-la suficientemente junto dele. Tatiana desejou que fosse a primeira causa.

– Estou aqui, Shura, estou aqui – disse ela ofegante e dando-lhe tapinhas. – Agora venha para cá.

Ele a soltou, e ela ficou em pé diante dele um instante.

– Muito bem – disse Alexander, rindo. – Você me tirou do meu trabalho. E agora? Flexões, cambalhotas ou o quê?

Eles ficaram em pé sem se mover. Os olhos de Tatiana piscavam. Os olhos de Alexander piscavam. Ela se moveu para a esquerda, para a direita...

Mas dessa vez ele foi mais rápido.

– Você precisa ser mais rápida que isso – disse ele, agarrando-a e a pondo, de costas, no chão. – Quer tentar de novo? – perguntou Alexander.

Ela se moveu para a direita, pra a esquerda... mas não rápido o suficiente.
– Quer tentar de novo?

Ela ficou em pé sem se mexer, virou para a esquerda e se pôs à direita dele antes mesmo que ele tivesse tempo de levantar.

Dando um gritinho, Tatiana jogou-se nos braços dele quando ele correu para ela e, então, abraçando-o e beijando-o no rosto, ela disse:

– Vamos fazer uma coisa. Deixe-me vendá-lo. Vou girar você e, então, você vai cambalear pela clareira para me encontrar. E pare de me fazer cócegas – acrescentou ela, rindo.

– Estou cansado de você ficar me vendando – replicou Alexander, continuando a lhe fazer cócegas. Que tal se eu vendar *você*, dar-lhe comida e você me dizer o que estou pondo em sua boca.

Tatiana já estava rindo antes que ele terminasse.

– O que foi? – perguntou Alexander olhando para ela inocentemente.

– Shura! – exclamou ela. – Que tal se *antes* de você me vendar, eu lhe disser o que você vai pôr na minha boca?

Alexander riu, carregando-a para casa.

– Tudo bem – disse ele, colocando as mãos debaixo do vestido dela e a acariciando. – Mas só se você disser o que eu estou pondo na sua boca... em inglês.

– Shura?

– Sim?

– Me solte. Eu vou me esconder. Você tem que me achar.

– Por que eu tenho que achá-la? Você já está aqui – disse ele, acariciando seu traseiro.

– Shura, você está me apertando demais. Não consigo me mover.

– Eu sei. Não quero que você vá a nenhum lugar.

– Que tipo de brincadeira é esta?

– A mesma brincadeira que tivemos o dia todo.

– Que é...

– Levantar-se, fazer amor. Lavar-se, fazer amor. Cozinhar, comer, fazer amor. Nadar, fazer amor. Jogar futebol, jogar dominó, brincar de cabra-cega, fazer amor.

– Sim, mas cá estamos nós, prontos para fazer amor outra vez. Onde está a graça disso?

15

Depois de terem acordado cedo, apanhado algumas trutas e nadado, Tatiana estava agachada junto ao fogão, mostrando a Alexander como fazer massa de panqueca. Ela não sabia o que estava acontecendo com ele, mas o marido não estava prestando atenção.

– Shura! Eu não vou continuar a lhe ensinar como fazer panqueca. Você se recusa a aprender!

– Eu sou homem. Sou fisicamente incapaz de aprender a cozinhar para mim – disse ele, sentado no chão de madeira muito próximo dela enquanto Tatiana misturava o leite gordo e morno, a farinha e o açúcar.

– Mas você me fez sorvete.

– Porque foi para você. Eu disse, cozinhar para *mim*.

– Shura!

– O quê?

– Por que você está olhando para mim, e não para a massa?

Ele estava esparramado no chão, olhando para ela com um olhar doce.

– Não consigo tirar meus olhos de você – disse ele calmamente –, pois acho profundamente excitante você cozinhar para mim com tamanho desembaraço. Tudo o que eu quiser. Não consigo tirar os olhos de você – prosseguiu ele, menos tranquilo – pois não estou mais com fome de panqueca.

– Pare de olhar para mim – disse Tatiana, tentando se acalmar. – O que você vai fazer quando estiver sozinho na floresta e precisar comer?

– Eu *tenho* que aprender a fazer massa? Vou comer casca de árvore, frutinhas, cogumelos.

– Faça um favor a você mesmo: não coma cogumelos – disse Tatiana. – Quer olhar, por favor.

– E daí? – disse ele, afastando o olhar dela e olhando dentro da tigela. – Leite, farinha, açúcar? É só isso? Está bom assim? Posso olhar para você outra vez?

– Ei! – exclamou ela, girando a colher de pau e respingando um pouco de massa no rosto dele. – Olhe, eu disse.

Balançando a cabeça com descrença, Alexander enfiou a mão da massa e jogou um pouco dela no rosto de Tatiana.

– Com quem você acha que está lidando aqui?

– Eu não sei – replicou ela lentamente, tirando a massa dos olhos e continuando a mexer. – Mas acho que você não sabe com quem *você* está lidando. – E antes que ele pudesse se mexer, Tatiana despejou a tigela toda em cima dele, deu um pulo e correu para fora.

Quando ele a alcançou na clareira, a massa pingava do corpo de Alexander. Levantando-a do chão, colocou o corpanzil sobre ela, dentro dela, fechando-lhe a boca para que ela não risse, mas ela não conseguia parar, sentindo um prazer e um desejo desesperados. Todo o corpo de Tatiana tremia com sua risada, o que fazia com que o marido se lembrasse de como ela tremia de prazer, pois ele já se preparava para a etapa seguinte, e ela continuava a rir. Trêmulos e ofegantes, os peitos grudentos de massa, um se lançava sobre o outro como creme espesso e açúcar derretido, lambendo-se, grudentos e escorregadios. Então, Alexander, saciado e alegre, perguntou:

– Se não fritarmos as panquecas, comendo-as cruas, isso ainda vale como café da manhã?

– Tenho quase certeza que sim – respondeu Tatiana, arfando.

O sol está a pino no céu. Alexander estava limpando as trutas na pequena mesa que havia construído. Estava usando sua faca do exército para tirar a pele dos peixes e cortar as cabeças. Tatiana estava ao seu lado, com um saco para colocar o que era descartado, e uma panela de água para o peixe limpo. Ela ia fazer sopa de peixe com batatas. Eles só tinham uma faca que cortava, e Alexander era muito hábil em seu manejo.

– Desde que você não tenha que cozinhar o alimento que apanha, nunca vai morrer de fome, não é mesmo, Shura? – disse Tatiana, observando-o com admiração.

– Tania, se eu tivesse que cozinhar, faria este peixe na fogueira que acendi – disse Alexander, olhando para ela. – O que foi?

– Alexander, você pesca, acende fogueiras, faz a mobília, briga, corta madeira. Existe alguma coisa que você não saiba fazer? – observou Tatiana, corando enquanto falava.

– *Você* é que sabe – retrucou Alexander, inclinando-se sobre ela e beijando-a intensamente, não parando até ela gemer sob seus lábios. – Não seja tão deliciosa – sussurrou ele.

– Preciso parar de ficar vermelha – murmurou ela, limpando a garganta.

– Por favor, não faça isso. Ah, existe uma coisa que eu não sei fazer. Não sei fazer panqueca – disse ele, sorrindo para ela.

– Quando é que vamos a Molotov para buscar as fotos do nosso casamento no joalheiro?

– Ele vai querer nossas alianças para entregar aquelas fotos, tenho certeza.

Tatiana olhou para ele, beijando-lhe o braço e pressionando o rosto contra ele.

– Nós temos querose suficiente para o Primus?

– Temos, sim. Por quê?

– Depois que eu puser a *ukha*, podemos sair um pouquinho? – perguntou ela, respirando profundamente. – Shura?... A Dusia me pediu para ajudá-la na igreja – prosseguiu ela, olhando para Alexander. – Posso ir? Não me sinto bem por não ter estado lá com frequência...

– Você já esteve lá demais – disse ele, parando de rir.

– Eu achei que fosse a sua sombra.

– Só quando você passa tempo demais por lá – suspirou Alexander. – O que ela quer desta vez?

– Uma das janelas quebrou – respondeu Tatiana, aliviada. – Ela achou que você poderia consertá-la. É seu único vitral.

– Oh, ela precisa de *mim* desta vez.

– Eu vou com você. Ela disse que vai lhe dar um pouco de vodca pelo trabalho.

– Diga a ela para deixar você em paz, e vai ficar tudo certo.

– Vamos – disse Tatiana, depois de ter saído por um instante e retornado com um cigarro e um isqueiro –, abra a boca.

– Como você fala – disse Alexander, abrindo a boca. Ela ficou observando-o dar algumas tragadas. Então, sem saber o que fazer com o cigarro, cheirou-o, levou-o à boca, deu uma tragada e começou a tossir imediatamente. Alexander correu para tirar-lhe o cigarro, deu três ou quatro tragadas profundas e disse: – Já acabei. E não torne a pô-lo na boca. Eu ouvi você respirando esta noite... seus pulmões estavam em luta.

– Não foi a tuberculose – disse ela, apagando o cigarro. – Foi você me apertando – e afastou o olhar.

Olhando para ela, Alexander nada disse.

Na igreja, Tatiana ajudou Alexander a segurar o pequeno vitral. Ela ficou numa escadinha enquanto ele calafetava as bordas do vitral com uma mistura grudenta de água, pó de cal e argila.

– Shura?

– Hmm.

– Posso fazer uma pergunta hipotética?

– Não.

– O que nós teríamos feito se Dasha ainda estivesse viva? Você já pensou nisso?

– Não.

– Bem, eu já – disse Tatiana depois de uma pausa. – Às vezes.

– Quando é que você pensa nisso?

– Agora, por exemplo.

Como ele não disse nada, Tatiana insistiu:

– Você consegue pensar nisso? O que nós teríamos feito?

– Eu não quero pensar nisso.

– Pense.

– Por que você gosta de se torturar? – perguntou Alexander depois de um suspiro. – Você acha que a vida foi boa demais com você?

– A vida foi – disse ela lentamente e olhando para ele – boa demais para mim.

– Segure o vitral firme – disse ele. – É o único vitral de Dusia. Acho que ela não vai perdoá-la se você o quebrar. Está pesado demais para você?

– Não, tudo bem. Deixe eu me aproximar mais da moldura.

– Só mais um minuto. Estou quase acabando.

Tatiana subiu um degrau da escada, desequilibrou-se e caiu, soltando o vitral que saiu da moldura, mas foi pego por Alexander, que o pousou no chão e foi ajudar Tatiana a se levantar. Ela tremia, mas não estava machucada. Só tinha um arranhão na parte interna do tornozelo. Mas franziu a testa para o marido.

– O que foi? – perguntou Alexander. – Gostou dos meus reflexos. Agora, Dusia vai rezar pela *minha* vida todos os dias – prosseguiu ele, tentando tirar-lhe o pó das roupas, mas só conseguindo deixá-la mais suja. – Olhe só as minhas mãos. Eu vou ficar cimentado em você se não tomar cuidado – disse ele, sorrindo e beijando-lhe a omoplata. Mas Tatiana continuava a olhar para ele com o cenho franzido.

– O que foi?

– Adorei seus reflexos – disse ela. – Você agiu depressa. Bom trabalho. Eu só queria observar que, dada a escolha entre o vitral e sua esposa, você preferiu o vitral, agindo admiravelmente rápido.

Rindo, Alexander ajudou Tatiana a voltar para a escada, ficando em pé no chão atrás dela. Ela não a tocou com as mãos sujas, mas mordeu de leve seu traseiro por sobre o vestido. – Eu não preferi o vitral – disse ele. – Você já estava no chão.

– Eu não vi seus lendários reflexos me segurarem quando eu estava caindo como um foguete.

– Oh? E o que teria lhe acontecido se aquele vitral caísse em cima de você? – perguntou ele. – Então, você não ia ficar muito contente comigo.

– Não estou contente com você agora – disse ela, mas já estava sorrindo, e ele tornou a lhe morder o traseiro, voltando-se para o vitral a fim de acabar a vedação.

Por fim, o vitral estava solidamente no lugar. Dusia, que estava dentro da igreja, agradeceu muito a Alexander, chegando a beijá-lo e lhe dizendo que ele não era um homem mau.

Alexander inclinou ligeiramente a cabeça, virando-se para Tatiana.

– O que foi que eu lhe disse?

Tatiana puxou-o pela camisa.

– Vamos embora, seu homem "não mau" – disse ela. – Vamos embora. Vou lavar você.

Voltaram para casa caminhando pelo bosque rescendendo a seiva. Em casa, Tatiana foi buscar sabonete e toalhas.

– Tania, dá para você me alimentar primeiro?

— Shura, você não pode comer coberto de sujeira do jeito que está.

— Fique observando — disse ele. — Eu sei como funciona essa coisa de se lavar. Só vou comer daqui a duas horas, e eu estou morrendo de fome agora. Ponha a sopa numa tigela, pegue uma colher e me alimente.

— Bem, se você não quer gastar duas horas... — murmurou Tatiana, com o fogo em sua boca do estômago se manifestando.

— Primeiro me alimente, Tatia. Depois ralhe comigo — disse Alexander, erguendo as sobrancelhas e com os olhos aquecendo-a como o fogo. Com o coração pleno de felicidade, Tatiana acedeu e, enquanto o alimentava, retomou sua pergunta.

— Você não respondeu minha pergunta hipotética.

— Felizmente, eu a esqueci.

— Sobre Dasha.

— Ah, isso — disse ele, mastigando e engolindo uma porção de batata e peixe. — Acho que você sabe qual é a resposta — acrescentou ele, num tom sério.

— Eu sei?

— É claro. Você sabe que, se ela estivesse viva, teria que me casar com ela, como havia prometido, e você teria que dormir com o bom e velho Vova.

— Shura!

— Que foi?

— Não vou mais falar sobre isso se você não me levar a sério — disse ela, empurrando-lhe a perna.

— Que bom. Posso tomar mais sopa?

Depois do almoço, quando estavam na água e ele esfregava as mãos enquanto Tatiana lhe esfregava as costas, Alexander disse:

— Eu nunca teria me casado com Dasha se você ainda estivesse viva. Você sabe disso. *Minha* verdade teria que ser revelada aqui em Lazarevo. E a sua?

Tatiana não respondeu.

Estavam sentados na margem do rio. Alexander pegou o vidro de xampu e virou Tatiana de costas para ele para lavar seu o cabelo. Correndo os dedos pelas madeixas cheias de xampu, ele disse:

– Você sente falta dela.

Ela confirmou com um movimento de cabeça.

– Fico imaginando o que teria sido ficar aqui em Lazarevo se ela tivesse sobrevivido. Sinto saudade de minha família – disse ela, encostando-se nele e fazendo uma pausa com a voz entrecortada. – Como você deve ter sentido saudade de seu pai e de sua mãe.

– Não tive tempo de sentir saudade deles – disse Alexander. – Eu estive ocupado demais, lidando com a droga de minha vida – acrescentou ele, virando a cabeça dela para lhe enxaguar o cabelo. Mas Tatiana sabia a verdade.

– Sabe, às vezes eu sinto uma coisa engraçada por Pasha.

– Que tipo de coisa?

– Não sei – disse ela, levantando-se e tirando o sabão da mão dele. – Um trem explodiu, nenhum corpo foi resgatado. Como se o desconhecimento do que acontece torne a morte dele menos real.

– Você está dizendo – replicou Alexander, levantando-se e a levando mais para o fundo do rio – que só acredita se *vir* as pessoas que você ama morrerem?

– Mais ou menos isso. Faz algum sentido?

– Nenhum – disse Alexander. – Não vi minha mãe morrer. Não vi meu pai morrer. Mas, ainda assim, eles estão mortos.

– Eu sei – disse ela, ensaboando-o de maneira confortadora. – Mas Pasha é meu *irmão gêmeo*. Ele é como a metade de mim. Se ele está morto, como estou eu? – indagou ela, ensaboando os seios e esfregando os mamilos cheios de espuma contra o peito dele.

– Eu posso responder a essa pergunta. Você está bem viva – disse Alexander. – Vou lhe dizer uma coisa: você quer jogar este jogo hipotético? Eu topo. E tenho uma pergunta para *você* – prosseguiu ele, tirando-lhe o sabonete das mãos e jogando-o na margem. Suponhamos que Dasha ainda estivesse viva, e que você e eu ainda não estivéssemos casados – Alexander se deteve para trazer Tatiana para junto dele – e eu tivesse feito amor com você em pé... – completou ele, detendo-se para respirar – *assim* – disse ele. Os dois gemeram. – Aqui, no nosso rio Kama... Diga-me, minha esposa que está tão viva, o que você teria feito? Você teria me deixado ir embora, depois de conhecer... – Ela soltou um grito – ... *isto*?

Como se Tatiana pudesse responder "Não quero mais brincar disso", ela deu um gemido, envolvendo frouxamente a cintura dele com as pernas, os braços firmemente agarrados em seu pescoço.

– Ótimo – disse Alexander.

Depois de tudo, Tatiana se deixou cair na água rasa, sentando sobre uma pedra arredondada que se erguia do rio, e Alexander ficou diante dela, com a parte posterior da cabeça contra seu peito. Ficaram murmurando e olhando para o Kama e as montanhas, quando Tatiana notou que Alexander havia ficado mais quieto. Ele adormecera, as pernas esticadas no gentil regaço do rio, a parte superior do corpo pressionada contra ela. Sorrindo e o segurando contra seu corpo, Tatiana beijou-lhe suavemente a testa adormecida, deixando que os lábios ficassem pousados em seu cabelo molhado.

Piscando os olhos repetidamente, ela ficou sentada um longo tempo sem se mover, até que, por fim, mergulhou no hálito da tarde, um hálito de seiva, água doce e flores de cerejeira das proximidades. De grama, folhas velhas, areia, terra, de Alexander. Então, ela murmurou:

– Era uma vez um homem, um príncipe brilhante, que reinava entre camponeses e era adorado por uma delicada donzela. Ela foi para a terra dos lilases e do leite, esperando *impacientemente* seu príncipe, que por fim chegou e lhe entregou o sol. Eles não tinham nenhum lugar para o qual correr, mas tudo do que correr; não tinham refúgio nem salvação; não tinham mais que seu minúsculo reino, em que viviam apenas duas pessoas: o amo e a ama, além de dois escravos. – Antes de prosseguir, Tatiana fez uma pausa para respirar e abraçou Alexander. – Cada dia glorioso era um milagre de Deus. E eles sabiam disso. Então, o príncipe teve que partir, mas estava tudo bem, pois a donzela... – e Tatiana se deteve. Ela achou que o ouviu segurar a respiração. – Shura?

– Não pare – murmurou ele. – Estou interessado em saber o que acontece em seguida. Por que estava tudo bem? O que a donzela vai fazer?

– Como eu estava indo até então?

– Nada mal. Minha parte favorita era alguma coisa sobre um amo?...

Tatiana beijou-lhe o rosto.

– Vou deixar minha opinião final para quando a história terminar – disse Alexander, esfregando a parte posterior da cabeça contra o peito dela. – Diga-me por que estava tudo bem.

– Estava tudo bem – prosseguiu Tatiana, tentando pensar rápido – porque a donzela ficou esperando *pacientemente* que ele voltasse.

– Bem, isso é um conto de fadas. E?

– E ele voltou.

– E?

– Tem que haver um *e* depois disso? E... eles viveram felizes para sempre.

– Onde? – perguntou Alexander, depois de um longo minuto de silêncio.

Tatiana ficou olhando para os Montes Urais e não deu resposta.

– Não foi uma má história, Tania – resmungou Alexander, levantando-se e virando-se para ela.

– Não foi ruim? Por que você não tenta contar uma?

– Eu não sou muito de inventar histórias.

– Sim, você prefere destruir as coisas. Vá em frente, tente.

– Muito bem – disse ele, sentando-se com as pernas cruzadas. Jogou água no rosto dele e no dela, e começou. – Vamos ver... Era uma vez uma linda donzela – e olhou para ela. – Uma donzela como não havia outra igual. E um cavaleiro mercenário e renegado teve a sorte de ser amado por ela – e se deteve sorrindo. – Cada vez mais.

Tatiana cutucou-o com o pé, mas seu sorriso de satisfação era, sem dúvida, maior que o dele.

– O cavaleiro partiu para defender o reino contra os saqueadores – e fez uma pausa. – E não voltou – e ficou quieto, olhando para ela, que desviou o olhar para a margem do rio. – A donzela esperou o cavaleiro por um período conveniente...

– Quanto tempo seria isso?

– Não sei. Quarenta anos?

– Seja razoável – disse Tatiana, beliscando-lhe a perna.

– Ai! – gemeu ele. – Mas, por fim, ela não pôde mais esperar e acedeu ao senhor da propriedade local.

– Depois de quarenta anos, quem haveria de querê-la?

Alexander tornou a olhar para Tatiana.

– Mas, vejam que surpresa! O cavaleiro retornou e encontrou sua donzela administrando a propriedade e dormindo com outra pessoa...

– Como o *Eugênio Oneguin*, de Pushkin – disse Tatiana.

– Ah, mas ao contrário de Oneguin, este cavaleiro sentiu-se como um idiota, desafiou o rival para um duelo, lutou pela honra da donzela, no estado em que estava, e perdeu. Então, ele foi arrastado e esquartejado bem diante dos olhos dela, que se cobriu levemente com seu lenço de seda, que lembrava vagamente a terra de lilases em que outrora eles viveram. Então, deu de ombros e saiu impassível para tomar chá – concluiu Alexander, rindo. – *Isso* é que é história!

– Isso mesmo – disse Tatiana, levantando-se e caminhando até a cabana. – Uma história estúpida.

Enquanto ela se preparava para sair, Alexander sentou-se e fumou um cigarro. – Por que você *sempre* tem que ir a esse estúpido círculo de costura?

– Não é sempre. E é apenas por uma hora – respondeu Tatiana, sorrindo e passando os braços em torno dele. – Você consegue esperar *uma* hora, não é verdade, capitão? – sussurrou ela com a voz rouca.

– Mmm – disse ele, segurando-o com um dos braços. O cigarro estava na outra mão. – Elas não podem passar sem você, pelo amor de Deus?

Ela beijou-lhe a testa úmida.

– Shura, você já notou como tem ficado mais quente nos últimos dias?

– Notei. Você não pode ficar costurando aqui? Eu trouxe sua máquina de costura, seu gabinete. Fiz um banquinho para você. Vejo você costurando; um dia desses, você estava costurando aquelas roupas escuras. O que era aquilo?

– Nada, só uma coisa boba.

– Muito bem, pois continue a costurar alguma coisa boba aqui mesmo.

– Eu as estou ensinando a pescar, Alexander.

– O quê?

– Dê um peixe a um homem, e ele vai comer um dia – disse Tatiana. – Ensine-o a pescar, e ele vai comer a vida inteira.

– Tudo bem. Eu vou com você – disse Alexander, balançando a cabeça e suspirando.

– Pode parar. A igreja é uma coisa, mas nenhum soldado, marido meu, vai para o círculo de costura. Isso vai efeminá-lo. Além disso, você já sabe pescar. Fique em casa. Brinque com seu rifle ou com qualquer outra coisa. Eu volto em uma hora. Quer alguma coisa deliciosa para comer antes de eu sair?

– Quero, e sei exatamente o que é – disse ele, deitando-a no cobertor sobre a grama. O sol ardia acima de suas cabeças.

– Shura, eu vou chegar atrasada.

– Diga a elas que seu marido estava morrendo de fome, e você teve que alimentá-lo.

16

– O que você guarda nestas coisas, grandão? – perguntou Tatiana numa tarde seca de verão, enquanto se sentava no cobertor na clareira, com a mochila dele e a pasta de mapas entre as pernas, tirando delas todas as coisas, uma a uma. Tatiana estava com sede. Estava fazendo muito calor em Lazarevo. Quente pela manhã, escaldante à tarde e muito quente à noite, sob a lua nova. Eles dormiam nus debaixo de lençóis finos, com as janelas abertas. Nadavam constantemente. Mesmo assim, estavam sempre com calor.

Alexander estava serrando duas toras longas no sentido do comprimento.

– Nada de interessante – disse ele, de costas para ela.

Tatiana foi tirando as coisas de Alexander: a semiautomática, caneta e papel, um baralho, papel para enrolar cigarro, dois livros, duas caixas de munição, sua faca do exército, todos os mapas e duas granadas de mão.

Ela ficou imediatamente interessada nos mapas, mas antes que tivesse chance de abri-los, Alexander atravessou a clareira na direção dela, a serra na mão, um cigarro na boca e tirou-lhe as granadas.

– Vou lhe perguntar uma coisa – disse ele. – Por que não se deve brincar com explosivos?

– Tudo bem – disse ela, ficando em pé. – Você me ensinou a atirar com a P-38; agora você pode me ensinar a atirar com o rifle? – pediu ela, olhando para os mapas sobre o cobertor. – Quantos tiros em seguida ele dá?

– Trinta e cinco – respondeu Alexander, tirando uma tragada do cigarro.

– Você podia me ensinar a atirar com seu morteiro, mas você não tem um na mochila – disse ela, sorrindo.

– Não – disse ele rindo –, eu não carrego meu morteiro na mochila.

– Mas carrega todos os seus mapas – disse Tatiana, tornando a olhar para eles.

– E daí?

– Shura, eu gostaria que você não lidasse com armamento pesado – disse Tatiana, abraçando-o. – O coronel Stepanov não pode colocar você como mensageiro ou algo assim? Você não pode dizer a ele que acabou de se casar com uma boa moça que não consegue viver sem seu soldado?

– Tudo bem, vou fazer isso – disse ele.

Tatiana o levou pela mão até o interior da casa, tirando-lhe a serra e a jogando no chão.

– Eu ainda não acabei – disse ele, apontando para as toras.

– E daí? Você não é meu marido?

– Sou? E daí?

– Eu também não tenho direitos inalienáveis?

Tatiana estava sentada nua em cima de Alexander, pressionando as palmas das mãos contra o peito dele.

– Como é que *aquela coisa* funciona?

– Aquilo o quê?

– O morteiro. Você não contou a Vova que operava um morteiro? Como é que ele funciona?

– O morteiro é uma das coisas com que eu opero. O que você deseja saber?

– Ele tem um cano curto como o de um canhão, ou o cano é longo?

– Tem um cano longo.

– Entendo. E o que é que se faz com esse cano longo?

– Aponta-se num ângulo de quarenta e cinco graus. A parte de trás desce, atinge o pino de disparo, a carga propelente explode e...

– Eu sei o que acontece depois. A bomba voa a setecentos metros por segundo.

– Algo assim.

– Vamos ver se entendi mesmo. Um cano longo. Faz-se pontaria. O morteiro baixa. Atira. Buum.

– Sabia que você ia entender.

– Mais uma vez. Cano longo. Para cima. Cai. Fogo. Buum. Eu aprendo depressa.

– Isso é verdade.

– Shura?

– Mmm?

– Por que o cano do morteiro tem que ser tão longo?

– Para melhorar a velocidade da boca. Você sabe o que é isso?

– Tenho uma ideia.

Tornando a sair de casa, Tatiana bebeu um pouco de água e foi direto aos mapas em relevo de Alexander. Ele voltou às suas toras. Agora ela estava com mais calor ainda. Ela precisava mergulhar o corpo no Kama. Fascinada, Tatiana estudou os mapas.

– Shura, por que todos os seus mapas se referem apenas à Escandinávia? Olhe, este é da Finlândia, um é da Suécia e o outro entre do mar do Norte, entre a Noruega e a Inglaterra. Por quê?

– São apenas mapas de campanha.

– Mas por que da Escandinávia? – insistiu ela, olhando para ele. – Nós não estamos em guerra com a Escandinávia, estamos?

– Estamos lutando na Finlândia.

– Oh, e este aqui é um mapa do Istmo de Carélia.

– E daí?

– Você não lutou no Istmo de Carélia, perto de Vyborg, no inverno de 1940?

Alexander se aproximou dela e se deitou de barriga para baixo, beijando-lhe os ombros. – Lutei, sim.

Tatiana ficou quieta um instante.

– No início da guerra, no ano passado, você não enviou Dimitri em várias missões de reconhecimento ao Istmo de Carélia, até Lisiy Nos?

– Você alguma vez esquece o que eu lhe digo? – perguntou ele, tirando os mapas dela.

– Nem uma palavra – replicou ela.

– Gostaria que você tivesse me dito isso antes.

– Por que todos esses mapas? – tornou ela a perguntar;

– É apenas a Finlândia, Tania – replicou Alexander, ficando em pé e a levantando do chão. – Você está com calor?

– E a Suécia, Shura. Estou com calor, sim.

– Um pouco da Suécia – disse ele, soprando-lhe a testa e o pescoço.

– E da Noruega e da Inglaterra, Shura – acrescentou ela, apoiando-se nele e fechando os olhos. – Seu hálito está quente.

– O que você quer saber?

– A Suécia é neutra na guerra que está acontecendo, não é mesmo? – perguntou ela.

Alexander a levou para dentro da casa.

– É. A Suécia está tentando se manter neutra na guerra. Mais alguma coisa?

– Não sei – disse Tatiana, sorrindo e com a garganta seca. – O que mais você tem?

– Você já viu tudo o que eu tenho – disse Alexander, colocando-a na cama. – O que você quer? – perguntou ele, sorrindo. O que eu posso fazer por você?

– Hmm – ronronou ela, com as mãos o acariciando e sentindo as gotas de suor por todo seu corpo. – Você pode fazer aquilo que nos fez atingir o prazer juntos?

– Tudo bem, Tatiasha – respondeu Alexander, curvando-se sobre ela. – Eu faço aquilo que nos fez chegar ao prazer juntos.

Ressecados e cobertos de suor, afastaram-se. Sem respirar, deitaram de costas, resfolegando, e, então, olharam um para o outro e sorriram de felicidade.

Alexander foi buscar uma bebida para eles e, depois de algum tempo, quando Tatiana pôde respirar normalmente outra vez, ela pediu-lhe delicadamente que lhe contasse como ele recebeu sua primeira medalha de bravura.

Durante alguns minutos, Alexander ficou em silêncio. Tatiana esperou. Uma brisa penetrou através da cortina, mas também era quente. O corpo de Alexander estava molhado. O corpo de Tatiana estava molhado. Eles precisavam do rio Kama para refrescá-los. Mas Tatiana não sairia da cama antes de ouvir o que acontecera em Carélia.

– Não foi grande coisa – disse ele, por fim, dando de ombros. Sua voz soou inalterada. – Nós tínhamos lutado nos pântanos perto do golfo, de Lisiy Nos até praticamente Vyborg. Empurramos os finlandeses de volta à cidade, mas, então, ficamos atolados nos pântanos em meio ao bosque. Os finlandeses estavam muito bem entrincheirados e tinham munição e suprimentos. Nós estávamos na lama e não tínhamos nada. Na terrível batalha perto de Vyborg, perdemos mais de dois terços dos nossos homens. Fomos forçados a nos deter e bater em retirada – prosseguiu ele, fazendo uma pausa. – Foi realmente estúpido. Isso foi em março, dias antes do armistício do dia 13, e ali estávamos nós, perdendo centenas de homens sem nenhum motivo. Eu estava na divisão dos rifles nessa época. Só tínhamos um rifle de culatra simples conosco – prosseguiu ele, sorrindo. – E um ou dois morteiros.

Tatiana devolveu-lhe o sorriso e colocou a mão no peito dele.

– Meu pelotão tinha trinta homens quando começamos. No final de dois dias, eu só tinha quatro deles. Quatro mais eu. Quando voltamos dos pântanos para o posto em Lisiy Nos, soubemos que um dos homens deixados nos pântanos perto da linha de defesa em Vyborg era Yuri, o filho mais novo do coronel Stepanov. Ele tinha dezoito anos e havia acabado de entrar no exército – disse Alexander, fazendo uma pausa.

Fez uma pausa ou parou?

Com a mão no peito dele, Tatiana ficou esperando. Ela sentiu que o coração dele se acelerou. Então, Alexander *afastou* a mão dela de seu coração. Tatiana não tornou a colocá-la ali.

– Então... – prosseguiu ele – eu voltei, passei algumas horas procurando por ele e acabei por encontrá-lo ainda vivo, embora ferido. Nós o trouxemos de volta ao acampamento – disse ele, apertando os lábios. – Ele não conseguiu sobreviver – continuou ele, sem olhar para Tatiana.

Mas ela estava olhando para ele.

– Oh, não.

– Por Yuri Stepanov eu recebi minha medalha de bravura.

Os ossos do rosto de Alexander estavam tensos, os olhos, sem expressão alguma. Tatiana sabia: ele os estava deixando sem expressão.

Ela tornou a pôr a mão suavemente no peito dele e ficou observando Alexander repassar sua vida.

– O coronel ficou agradecido por você levar seu filho de volta?

– Ficou – disse Alexander com voz inexpressiva. – O coronel Stepanov tem sido muito bom para mim. Ele me transferiu da divisão de infantaria para a motorizada. E quando se tornou comandante da guarnição de Leningrado, ele me levou com ele.

Tatiana estava muito, muito quieta. Ela mal respirava. Ela não queria saber mais. Ela não queria perguntar. Mas não pôde deixar de perguntar.

– Você não voltou aos pântanos sozinho – disse ela por fim, com um suspiro profundo. – Quem você levou com você.

– Dimitri – replicou Alexander com cuidado.

Demorou certo tempo até Tatiana tornar a falar.

– Eu não sabia que ele estava no seu pelotão.

– Ele não estava. Eu perguntei a ele se queria me acompanhar na missão, e ele disse que sim.

– Por quê?

– Por que o quê?

– Por que ele disse sim? – perguntou Tatiana. – Acho difícil acreditar que Dimitri partisse para uma missão perigosa, perto das linhas inimigas, para encontrar um soldado ferido.

Alexander não respondeu durante alguns segundos.

– Bem, ele foi comigo.

– Deixe-me entender. Você e Dimitri foram para os pântanos sozinhos para resgatar Yuri Stepanov? – disse Tatiana, procurando manter a voz calma. Ela não conseguia disfarçar tão bem quanto Alexander. Sua voz estava trêmula.

– Fomos.

– Você tinha esperança de encontrá-lo? – perguntou ela, com uma voz compadecida.

– Bem, não sei – disse Alexander. – Você está querendo uma resposta específica, Tatia? Alguma coisa que eu não esteja lhe contando?

Tatiana fez uma pausa, tentando não engolir saliva.

– *Existe* alguma coisa que você não esteja me contando?

Ele ficou olhando para o teto, e não para ela.

– Eu já lhe contei. Nós fomos até lá, procuramos por duas horas. E o encontramos. E o trouxemos de volta. É só isso.

– Foi assim que Dimitri foi promovido a soldado de primeira classe?

– Foi.

Em silêncio, com os dedos, Tatiana desenhou círculos grandes, pequenos e médios na cabeça e no peito de Alexander.

– Shura?

– Ah, não.

– Depois do armistício de 1940, Vyborg ficou na fronteira da União Soviética com a Finlândia, certo?

– Certo.

– A que distância de Helsinque fica Vyborg?

Alexander ficou em silêncio.

– Não sei.

– No mapa não parece longe – disse Tatiana, depois de morder o lábio.

– É só um mapa. Nos mapas nada parece longe – disse ele com impaciência. – Talvez uns trezentos quilômetros.

– Entendo. A que distância...

– Tania.

– O quê? A que distância de Estocolmo fica Helsinque?

– Ah, pelo amor de Deus! Estocolmo? – Mas Alexander ainda não estava olhando para Tatiana. – Talvez uns quinhentos quilômetros. Mas pelo mar. Entre as duas cidades ficam o Báltico e o golfo de Bótnia.

– Sim, o golfo e o mar – disse Tatiana. – Eu tenho mais uma pergunta.

– Qual? – disse ele, num tom nada satisfeito.

– Onde fica a fronteira hoje em dia?

Alexander não respondeu.

– Os finlandeses foram de Vyborg para Lisiy Nos, certo? Para onde você mandou Dimitri, no ano passado, em missão de reconhecimento?

– Tatiana, qual é o objetivo de suas perguntas? – perguntou ele abruptamente. – Já chega.

Ela se ergueu de repente começou a se afastar, começando a descer da clareira. Alexander pegou-a pelo braço.

– Aonde você vai?

– A lugar nenhum – disse ela. – Já acabamos, certo? Vou me refrescar e depois tenho que começar o jantar.

– Venha cá.

– Não, eu tenho que...

– Venha cá.

Tatiana fechou os olhos. Alexander tinha aquela voz. Tinha aquela voz, aqueles olhos, aquelas mãos, aquela boca. Tinha aquilo tudo.

Ela foi até ele.

– Em que você está pensando? – perguntou ela, deitando-a a seu lado e a acariciando. – O que você está me perguntando?

– Nada. Eu estou só pensando.

– Você me perguntou sobre a minha medalha, eu lhe contei. Me perguntou sobre as fronteiras, eu lhe contei. Me perguntou sobre Lisiy Nos, eu lhe contei. Agora, pare de pensar nisso tudo – disse ele, tomando com delicadeza o mamilo da esposa com o polegar e o indicador. Alexander beijou-a. Eles ainda estavam suados, ressecados, com sede e com calor. – Você ainda tem mais alguma pergunta? Ou já acabou?

– Não sei.

Ele tornou a beijá-la, por mais tempo, com mais calor, com mais profundidade, beijou-a com ternura, sem pressa.

– Eu devo estar acabada – sussurrou ela. Mas ele a beijou até que a chama líquida dissolvesse sua pele. E ele sabia disso. Tudo que fazia para ela era feito até dissolvê-la. Ela ficava indefesa diante dele. E ele sabia disso. Com a boca ainda sobre a dela, Alexander afastou-lhe as coxas e deslizou dois dedos para dentro dela... puxou-os... tornou a deslizá-los para dentro... – Acho que agora estou acabada – sussurrou Tatiana.

17

Passaram-se mais alguns escaldantes dias de verão. Tatiana estava novamente dando cambalhotas.

– O que você está fazendo agora? – perguntou ela. – Você já fez um banco. Pare de fazer coisas. Vamos nadar. Nadar! Vamos lá, até o Kama anda quente nestes dias. Vamos mergulhar, e eu vou tentar ficar embaixo da água mais tempo que você.

Alexander estava dentro da casa, para onde acabara de levar as duas toras em que estivera trabalhando, cada uma delas com cerca de um metro de altura. Elas alcançavam um pouco abaixo de suas cadeiras.

– Mais tarde. Eu preciso fazer isto.

– O que você está fazendo? – repetiu Tatiana.

– Espere e você vai ver.

– Por que você simplesmente não me conta?

– Um balcão.

– Para quê? Nós precisamos é de uma mesa – disse ela, voltando a dar cambalhotas. – Nós comemos com o prato no colo. Por que você não faz uma mesa. Melhor ainda, venha nadar comigo – acrescentou ela, puxando-o.

– Talvez mais tarde. Tem alguma coisa para beber? Meu Deus, que calor!

Tatiana saiu e voltou instantaneamente com água e um pepino cortado.

– Você quer um cigarro?

– Quero.

Ela lhe trouxe um cigarro.

– Shura, nós não precisamos de um balcão. Precisamos de uma mesa.

– Vou fazer uma mesa alta. Ou vamos usar isto como um banco alto.

– Por que você não o faz mais baixo?

– Espere para ver. Tatia, alguém já lhe disse que a paciência é uma virtude?

– Já! – disse ela com impaciência. – Me diga o que você está fazendo.

Alexander a levou para fora da casa.

– Você pode me trazer um pedaço de pão? Estou com fome. Por favor?

– Tudo bem – disse ela. – Vou ter que ir à casa da Naira. Nós estamos sem pão.

– Certo. Vá até a Naira. Mas volte logo.

Ela voltou logo com pão, manteiga, ovos e repolho.

– Shura! Vou fazer uma torta de repolho hoje à noite.

– Mal posso esperar. Mas eu estou morrendo de fome agora.

– Você está sempre morrendo de fome. Não consigo manter você alimentado – disse ela, sorrindo. – Você está com calor? Tire a camisa.

– Muito calor.

– Você já acabou? – perguntou Tatiana, com o rosto resplandecendo.

– Quase. Eu ainda o estou aplainando.

– Aplainando? – perguntou Tatiana, depois de se aproximar do banco, olhando para o objeto e para ele.

– Deixando-o mais liso. Não queremos ficar cheios de farpas.

– É mesmo? – disse ela surpresa. – Shura, sabe o que a Dusia me disse?

– Não, docinho. O que a Dusia lhe disse?

– Que este é o verão mais quente em Lazarevo em setenta e cinco anos, desde 1867! Desde que ela tinha quatro anos de idade.

– É mesmo? – disse Alexander. Tatiana passou-lhe um frasco de água. Ele bebeu tudo de um trago e pediu mais. Ela deixou o frasco novamente cheio no balcão, perto dele, enquanto ele continuava a aplainar o tampo.

– Não entendo – disse Tatiana, enquanto o observava. – Ele chega nas minhas costelas. Por que você o fez tão alto?

– Venha cá – disse Alexander, balançando a cabeça e pousando a plaina. Então, foi lavar as mãos e o rosto no balde de água. – Venha cá. Eu a ajudo a subir.

Ele a colocou em cima do balcão e ficou em pé diante dela.

– E então? O que você acha?

– Acho alto – disse Tatiana, olhando para ele. Os olhos dele estavam tranquilos, e os lábios, felizes. – Mas eu não tenho medo de altura. – E fez uma pausa. – E meu rosto fica quase na altura do seu rosto. Gosto *disso*. Chegue mais perto, soldado.

Alexander abriu as pernas dela e se pôs entre elas. Por um instante, com os olhos quase no mesmo nível, eles ficaram se olhando. Então, se beijaram. Ele correu as mãos por baixo do vestido dela até atingir as coxas e as cadeiras. Ela não estava usando roupa de baixo.

– Hmm – disse ele, brincando com ela e desatando o cordão de seu calção. – Diga-me, Tatiasha – murmurou Alexander, instalando-se dentro dela e puxando-a contra ele. – Cheguei perto o suficiente?

– Acho que sim – respondeu ela, com a voz falha e agarrando o balcão.

Puxando as cadeiras dela em sua direção, Alexander movimentou-se para frente e para trás. Então, baixou o vestido dela até a cintura, curvou-se e sugou seus mamilos.

– Quero seus mamilos molhados contra o meu peito – disse ele. – Agarre o meu pescoço.

Ela não conseguia.

– Agarre o meu pescoço, Tania – disse ele, aumentando seu ritmo. – Você ainda acha que o balcão é alto demais?

Ela não conseguiu responder.

– Foi o que eu pensei – murmurou Alexander, pressionando-a contra ele, acariciando seu corpo nu com as mãos ávidas. – De repente... parece ser a altura certa... não é, minha esposa impaciente, não é...

Logo depois, quando Alexander estava em pé diante dela, arfando e coberto de suor, Tatiana, também arfando e coberta de suor, beijou-lhe o pescoço molhado e perguntou:

– Me diga uma coisa: você o construiu apenas para isto?

– Bem, não – respondeu Alexander, bebendo um longo gole de uma garrafa e despejando o resto da água sobre o rosto e os seios dela. – Podemos pôr batatas em cima dele.

– Mas não temos batatas – disse Tatiana, rindo.

– É uma pena.

– Shura, você tinha razão, este balcão *tem* a altura perfeita. Eu finalmente tenho um lugar para preparar a massa para minhas tortas – disse Tatiana, sorrindo para ele, com as mãos cheias de farinha. A massa tinha finalmente crescido, e ela estava se preparando para lhes fazer uma torta de repolho.

Alexander estava sentado no topo do balcão, balançando as pernas para trás e para frente.

– Tatiana, não tente mudar de assunto! Você está me dizendo, com toda franqueza – disse ele –, que Pedro, O Grande, não deveria ter construído Leningrado e, assim, modernizado a Rússia?

– Eu *não estou* dizendo isso – replicou Tatiana. – Cuidado, você está ponto a perna na minha farinha. Pushkin é que diz isso. O nosso Pushkin estava indeciso quando escreveu "O Cavaleiro de Bronze".

– Quanto tempo essa torta vai demorar para ficar pronta? – perguntou Alexander sem se mexer do lugar um único centímetro. Ele jogou um pouco de farinha no rosto de Tatiana. – E Pushkin não estava indeciso quanto a essa questão. O que ele afirma em "O Cavaleiro de Bronze" é que a Rússia precisava entrar no Mundo Novo, mesmo que fosse aos pontapés e aos gritos.

– Pushkin achava – disse Tatiana – que o preço pago pela construção de Leningrado não foi justo. E não comece com essa brincadeira – acrescentou ela, jogando um *punhado* de farinha em Alexander. – Você sabe que vai perder – observou, sorrindo. – A torta vai estar pronta em quarenta e cinco minutos.

– Sim, depois disso você a coloca no forno – disse Alexander, tirando a farinha do rosto e balançando as pernas com mais forças, sem tirar os olhos de Tatiana.

– Veja o que Pushkin escreveu: *Não foi assim que tu, um ídolo altaneiro, endurecido pelas divergências, com determinação férrea, elevaste a Rússia até seu fado?* Fado, Tania. Destino. Não se pode lutar contra o destino.

– Shura, dá para você se afastar um pouco? – disse Tatiana, pegando um rolo para enrolar a massa. – Pushkin também escreveu: *Os generais do imperador acorreram para salvar o povo, que, desatento e com medo, estava se afogando onde habitava.* Medo, Alexander, afogamento! Foi isso o que eu quis dizer com ambivalência. As pessoas não queriam ser salvas ou modernizadas, segundo o que escreveu Pushkin.

– Mas, Tania – disse Alexander sem se mover, com a coxa deliberadamente batendo no rolo de madeira –, hoje existe uma cidade onde antes não havia nada. Existe uma *civilização* onde antes havia pântanos!

– Pare de bater nas coisas! Diga isso ao Eugênio de Pushkin. Ele ficou louco. Diga isso à Parasha de Pushkin. Ela se afogou.

– Eugênio era um fraco. Parasha era uma fraca. Não vejo nenhuma estátua construída em homenagem a eles – disse ele, continuando a bater as pernas.

– Talvez – disse Tatiana. – Mas, mas *não* se pode negar que Pushkin era ambivalente. Ele perguntava se o custo, em termos humanos, de se construir Leningrado não fora alto demais.

– Existe um *sim* na negação – disse Alexander com firmeza. – Não acho que ele seja ambivalente de jeito nenhum. Essa torta vai ter recheio ou você vai assar só a massa no forno?

Tatiana parou de enrolar a massa e ficou quieta, olhando para ele.

– Shura, como é que você pode dizer isso?

– Como posso dizer o quê? Não estou vendo o recheio.

–Vá me buscar a frigideira no fogão – disse ela, batendo de leve na perna dele com o rolo. – Como é que você pode dizer que ele não era ambivalente? – continuou ela, observando Alexander. – Veja o que Pushkin escreve. Puxa, é o tema de todo seu poema – e começou a recitar, depois de tomar fôlego:

E ao pálido encanto do luar
Cavalga bem no alto do animal nervoso,
A mão estendida em meio ao clamor que ecoa,
O Cavaleiro de Bronze em ação.

– Pushkin não termina seu poema como começou – prosseguiu Tatiana depois de respirar fundo –, com os belos parapeitos de granito e as cúpulas douradas de Lenigrado, as noites brancas e o Jardim de Verão – disse ela. Seu coração bateu com força ao mencionar o *Jardim de Verão*. Tatiana sorriu para Alexander, que lhe devolveu o sorriso. – Pushkin termina o poema – prosseguiu ela –, contando-nos que sim, Leningrado foi construída, mas a estátua de Pedro, O Grande, adquiriu vida, como num pesadelo, para perseguir Eugênio, nosso pobre diabo, por toda a eternidade pelas belas ruas de Leningrado:

E por toda aquela longa noite, qualquer que fosse
A rua em que o pobre diabo entrasse,

Lá estava, com seu poderoso tropel,
O Cavaleiro de Bronze desperto.

Tatiana teve um leve estremecimento. Por que ela tremeu? Estava tão quente. Alexander estava segurando a panela de ferro diante dela.

– Tania, será que você consegue discutir comigo *e* colocar o recheio na massa ao mesmo tempo? Ou eu vou ter que concordar com você para que você possa fazer o jantar?

– Shura, esse é o preço de Leningrado! Parasha morta e afogada. Eugênio perseguido pelo Cavaleiro de Bronze pela eternidade – disse Tatiana, enquanto colocava o recheio com uma colher na massa da torta e começava a fechar os lados da forma. – Acho que Parasha teria gostado de ter sua vida. E que Eugênio, com certeza, não queria ter pagado seu erro com sua sanidade. Ele teria preferido viver num pântano.

Alexander voltou a se encarapitar no balcão, com as pernas bem abertas. – *Ali jazia nu meu infeliz valete, e ali, por caridade, enterraram o frio cadáver numa vala comum* – recitou ele, dando de ombros casualmente. – Ou isso. Eu digo que Eugênio é um preço justo a pagar por um mundo livre.

– Eugênio também é um preço justo – perguntou Tatiana, tranquilamente, depois de ter pensado um segundo em silêncio e olhando para ele – para se criar *"o socialismo num país"*?

– Ora, vamos lá! – exclamou Alexander. – Com certeza, você não está equiparando Pedro, O Grande, a Stálin!

– Responda.

– Aos pontapés e aos gritos – disse Alexander, pulando do balcão –, mas entrando em um mundo *livre*! E não entrar, aos pontapés e gritos, na *escravidão*. Trata-se de uma diferença vital, essencial e crucial. É diferente entre morrer *por* Hitler e morrer para detê-lo.

– Mas morrendo de qualquer forma, não é, Shura? – disse Tatiana, aproximando-se dele. – Morrendo de qualquer forma.

– Eu também vou morrer logo se não for alimentado – murmurou Alexander.

– Ela agora vai para o forno – disse Tatiana, pondo a torta para assar e ajoelhando-se para lavar as mãos e o rosto no balde. A cabana ficava quente demais com o forno aceso. De nada ajudavam as portas e as janelas abertas. – Nós temos quarenta e cinco minutos – avisou ela, levantando-se e olhando para Alexander. – O que você quer fazer? Não, espere. Esqueça que eu disse isso. Meu Deus, tudo bem, mas podemos primeiro limpar o balcão. Olhe, eu estou ficando coberta de farinha. Você gosta disso, não é mesmo? Oh, Shura, você é insaciável. Não podemos fazer isso o tempo todo... Oh, Shura, não podemos... Oh, Shura... Oh...

– Sei que você vai discordar – disse Tatiana a Alexander enquanto os dois se sentavam fora da cabana à última luz do dia e sob uma lua crescente cor de cera, comendo a torta de repolho e cebola, com salada de tomate e pão preto com manteiga. – Sei que você acha que morrer por Hitler e morrer por Stálin são a mesma coisa.

– Acho, sim – disse Alexander, engolindo um bocado de torta –, mas morrer para *deter* Hitler, não é? Eu sou aliado dos Estados Unidos. Estou lutando do lado dos americanos. Eu assumo essa luta – acrescentou ele com determinação.

– Acho que não assou o tempo suficiente – disse Tatiana tranquilamente, olhando para o interior de sua torta de repolho.

– São nove da noite. Eu a teria comido crua quatro horas atrás.

Sem desejar que a discussão prosseguisse, pois ela achava que estava certa, Tatiana retomou a conversa anterior:

– Mas voltando a Pushkin. A Rússia, representada por Eugênio, não queria ser modernizada. Pedro, O Grande, poderia muito bem tê-la deixado como estava.

– Muito bem? – exclamou Alexander. – *Não* havia Rússia *nenhuma*! Enquanto o resto da Europa estava entrando na era do Iluminismo, a Rússia ainda estava na Idade das Trevas. Depois de Pedro construir Leningrado, repentinamente havia a língua, a cultura e a educação francesas, bem como as viagens. Havia uma economia de mercado, uma classe média emergente, uma aristocracia sofisticada. Eram as *famílias felizes* de que escreveu Tolstói[3].

---

3   No início de seu romance *Anna Kariênina*, Tolstói escreveu uma de suas famosas frases: "Todas as famílias felizes são iguais. As infelizes o são cada uma à sua maneira". Este se tornou um dos inícios de romance mais conhecidos da literatura mundial (N.T.).

Ele nunca poderia ter escrito seus livros se não fosse o que Pedro, O Grande, construíra com anos antes dele. O sacrifício de Eugênio e Parasha significa que uma melhor ordem do mundo prevalecia. – Ele fez uma pausa. – Que a luz triunfou sobre a treva.

– Bem, sim... – disse Tatiana – é fácil para você falar a respeito do sacrifício *deles*. Você não está sendo perseguido por um bloco de bronze.

– Veja a coisa por outro ângulo – sugeriu Alexander, comendo pão. – O que estamos comendo no jantar desta noite, jantar que se transformou em ceia tardia? Torta de repolho. Pão. Por quê? Você sabe por quê?

– Não entendo... – gaguejou ela.

– Seja *paciente* e você vai entender num minuto. Estamos comendo comida de coelho porque você não quis se levantar às cinco da manhã. Eu disse que tínhamos que sair àquela hora se quiséssemos pegar alguma truta. Caso contrário, o peixe iria embora. Você me ouviu?

– Às vezes, eu ouço... – grunhiu ela.

– Sim – disse ele, movendo a cabeça. – E nos dias em que você ouve, nós comemos peixe. Eu estava certo? Claro. Com certeza, é terrível levantar tão cedo. Mas depois comemos comida de verdade – continuou Alexander, comendo sua torta alegremente. – E é esse o meu ponto: todas as coisas dignas de mérito exigem grande sacrifício e valem a pena. É assim que me sinto sobre Leningrado. Valeu a pena.

– Stálin? – perguntou Tatiana depois de uma pausa.

– Não! Não, não e não! – disse ele, pousando o prato no cobertor. – Eu falei de coisas *grandes*, que valem a pena ter. O sacrifício pela ordem mundial de Stálin não é apenas execrável, é sem sentido. E se eu *tivesse feito* você se levantar, se eu lhe tivesse dito que você não tinha escolha, que você *tinha* que se levantar, os olhos sonolentos e exausta, e sair no frio, não para ir pegar peixes, mas cogumelos? E não apenas cogumelos, mas o tipo de cogumelos que *eu* escolho, os venenosos. Eu fico colhendo os que queimam o seu fígado ao simples contato, com a morte se seguindo em dois ou três minutos? Diga-me, você gostaria de se levantar para ir apanhá-los? – concluiu ele, rindo.

– Eu não quero me levantar agora – murmurou Tatiana, apontando para o prato dele. – Como a sua comida. Não é peixe...

Ele pegou o prato.

— É a maravilhosa torta da Tania — disse Alexander, com a boca cheia e piscando alegremente para Tatiana. — Existem batalhas que, por mais que você não deseje lutá-las, você tem que travar. Elas merecem que se dê a vida por elas.

— Eu fico imaginando... — disse ela, olhando para longe.

—Venha cá — disse Alexander, engolindo a comida e pousando o prato. Tatiana se aninhou junto dele no cobertor.

— Não vamos mais falar disso — disse ela, dando-lhe um abraço apertado.

— *Por favor*, não vamos — disse Alexander. —Vamos mergulhar no Kama noturno.

Na manhã seguinte, Tatiana começou a gritar dentro da cabana. Seus gritos chegaram a Alexander correndo através dos pinheiros, acima do som que fazia seu machado cortando a madeira. Ele deixou cair o machado e correu para a casa, encontrando-a encarapitada no balcão alto. Suas pernas estavam dobradas, alcançando-lhe o pescoço.

— O que foi? — exclamou ele, ofegante.

— Shura, um rato passou pelo meu pé quando eu estava cozinhando.

Alexander olhou para os ovos no fogão, para o pequeno bule de café borbulhante no fogareiro Primus, para os tomates já nos pratos deles e, então, para Tatiana, elevada a um metro do chão. Sua boca, de maneira relutante, acabou por abrir-se numa risada contagiante.

— O que você está... — foi dizendo ele, tentando parar de rir —... fazendo aí em cima?

— Eu lhe disse! — berrou ela. — Um rato correu e passou o... — prosseguiu ela, tremendo — ... o rabo na minha perna. Você pode dar um jeito nele?

— Sim, mas o que você fazendo *aí em cima*?

— Me escondendo do rato, é lógico! — berrou ela, franzindo o cenho e olhando para ele com tristeza. —Você vai ficar aí parado ou vai pegá-lo?

Alexander foi até o balcão e a ergueu. Tatiana agarrou-lhe o pescoço, mas não pôs os pés no chão. Ele a abraçou, a beijou, tornou a beijá-la com enorme afeição e disse:

– Tatiana, sua bobinha, os ratos sobem nas coisas, sabia?

– Não, não sobem.

– Eu vi ratos subindo na estaca da barraca do comandante na Finlândia, numa tentativa de pegar um pouco de comida que estava bem no topo.

– E o que essa comida estava fazendo lá?

– Nós a pusemos lá.

– Para quê?

– Para ver se os ratos conseguiam subir.

– Bem, você não vai tomar café da manhã, nem café simples, nem me ver nesta casa até esse rato ir embora.

Depois de levá-la para fora, Alexander voltou para buscar os pratos do café da manhã. Eles comeram no banco, lado a lado.

– Tania, você tem... medo de rato? – perguntou ele, olhando para ela com incredulidade.

– Tenho. Você o matou?

– E como você gostaria que eu fizesse isso? Você nunca me disse que tinha medo de rato.

– Você nunca perguntou. Como eu gostaria que você o matasse? Você é capitão do Exército Vermelho, pelo amor de Deus! O que é que eles ensinam lá?

– Como matar seres humanos. E não ratos.

– Bem, atire uma granada nele – disse ela, mal tocando na comida. – Use o seu rifle. Eu não sei. Mas faça alguma coisa.

Alexander balançou a cabeça.

– Você estava nas ruas de Leningrado quando os alemães lançaram bombas de *quinhentos quilos* que arrancavam braços e pernas das mulheres à sua frente na fila, você enfrentou sem medo os canibais, saltou de um trem em movimento para encontrar seu irmão, mas tem medo de *rato*.

– É isso mesmo – disse Tatiana, desafiadora.

– Não faz nenhum sentido – disse Alexander. – Se uma pessoa é corajosa diante de grandes coisas...

– Você está errado. Mais uma vez. Acabou com as perguntas? Quer perguntar mais alguma coisa? Ou acrescentar alguma coisa?

– Só uma coisa – disse Alexander, com o rosto sério. – Parece – prosseguiu ele lentamente e com voz calma – que achamos *três* usos para aquele balcão alto demais que eu fiz ontem. – E explodiu numa gargalhada.

– Vá em frente, ria – disse Tatiana. – Vá em frente. Eu estou aqui para divertir você. – Ela piscou.

Pondo seu prato no banco, Alexander tirou o prato das mãos dela e a puxou para ele, para que ficasse em pé entre suas pernas. Ela obedeceu com relutância.

– Tania, você tem ideia de como é engraçada? – perguntou ele, beijando-a no rosto e olhando para ela. – Eu adoro você.

– Se você me adorasse mesmo – disse ela, tentando, sem sucesso, se desvencilhar dos braços dele –, não ficaria aí sentado flertando calmamente comigo, quando podia estar bancando o militar naquela cabana.

– Só para lembrar – disse Alexander, levantando-se –, não se chama mais flerte quando já se fez amor com a garota em questão.

Depois que Alexander entrou, uma sorridente Tatiana sentou-se no banco e terminou de comer. Mais alguns minutos e ele saiu da casa segurando o rifle numa das mãos, a pistola na outra e o punhal de uma baioneta entre os dentes. O rato morto balançava na ponta da baioneta.

– Como eu me saí? – disse ele pelo canto da boca.

Tatiana não conseguiu fazer uma cara séria.

– Muito bem, muito bem – disse ela, rindo demais. – Você não precisava trazer o espólio de guerra.

– Ah, mas eu sei que você não acreditaria que a rato estava morto, a menos que o visse com os próprios olhos.

– Quer parar de falar mal de mim na minha frente? Shura, eu vou acreditar no que você disser – disse Tatiana. – Agora, saia daqui com essa coisa.

– Uma última pergunta.

– Oh, não – disse Tatiana, cobrindo o rosto e tentando não rir.

– Você acha que este rato morto vale o preço de um... rato assassinado?

– Quer fazer o favor de sair?

Tatiana ficou ouvindo sua risada barulhenta indo ao bosque e voltando.

18

Os dois estavam sentados na pedra e pescando. Ou melhor, estavam tentando pescar. Tatiana segurava a linha de pescar na água, mas Alexander havia pousado a sua e estava deitado na pedra, esfregando suas costas nuas. Desde que ela costurara um novo vestido azul de algodão, aberto do pescoço até a base das costas, Alexander parecia incapaz de se concentrar nas pequenas tarefas diante dele, como caçar e apanhar coisas. Ele não queria que ela usasse outra coisa, mas também não conseguia *fazer* mais nada.

– Shura, por favor. Ainda não pegamos nada. Não quero que Naira Mikhailovna fique brava por você não ter pescado nenhum peixe para ela.

– Humm. Pois é nisso mesmo que estou pensando neste momento: Naira Mikhailovna. Eu lhe disse que deveríamos ter levantado às cinco.

Ela começou:

– *Houve um tempo do qual nossas memórias conservam frescos e próximos de nós os horrores...* Eu preferia...

– Leia. *Eu* vou caçar e colher coisas – disse Alexander, beijando-lhe as costas. – Baixe a linha. Eu não consigo pegá-la.

– Já são quase seis da tarde, e não temos nada para o jantar!

– Vamos – disse ele, tirando-lhe a linha de pescar das mãos. Desde quando você me *recusa*? – perguntou, Alexander, deitando-se. – Tire o vestido e sente em cima de mim. – Depois de gemer de leve, ele fez uma pausa e prosseguiu: – Não, assim não. Vire-se e fique olhando para o rio, com o rosto longe de mim.

– *Longe* de você?

– Sim – disse Alexander, fechando os olhos. – Quero ver suas costas com você em cima de mim.

Depois, enquanto ela ainda estava olhando para o rio, uma Tatiana relaxada, recolhida e perplexa disse de maneira quase inaudível:

– Talvez eu pudesse continuar pescando. Afinal, estou olhando para a direção certa.

Tocando-lhe a base das costas com suavidade, Alexander não disse nada.

– Você quer me beijar? – perguntou ela, afastando-se dele.

– Quero – disse ele de olhos fechados, mas sem se mexer. – *Quantos dias ainda faltam, Tatiana?* – perguntou ele, com voz soturna.

– Não sei – sussurrou Tatiana, desviando rapidamente o olhar para o Kama, retomando sua linha de pescar e olhando para a água. – Não estou contando o tempo.

Então, Tatiana ouviu a voz de Alexander atrás dela.

– Por que eu não leio para você agora? Ah, aqui. Aqui está uma passagem de que você vai gostar:

Casar-se? E por que não?
É claro que não vai ser fácil velejar.
Mas e daí? Eu sou jovem e forte,
Contente com o trabalho duro e prolongado.
Logo, se não for amanhã, vou construir para nós
Um simples ninho para o nosso repouso...
E manter...

Ele fez uma pausa. Tatiana sabia que o nome da mulher do poema de Pushkin era Parasha. Ela esperou, os olhos ardendo devido à dor que sentia no coração. Alexander retomou a leitura, agora com voz mais baixa:

E manter Tatiana livre da tristeza,
E num ano ou dois, quem sabe,
Eu terei uma posição confortável,
E será missão de Tatiana
Criar e cuidar de nossos filhos... sim,
Assim nós viveremos e para sempre
Seremos como um, até que a morte nos separe
E os nossos netos nos ponham para descansar...

Ele se deteve. Tatiana ouviu-o fechar o livro.

– *Gostou* disso?

— Continue a ler, soldado – disse ela, com as mãos trêmulas segurando a linha de pescar. – Continue a ler com entusiasmo.

— Não – disse Alexander atrás dela. Tatiana não se voltou para olhá-lo. Em vez disso, olhando para o lânguido rio, ela prosseguiu de memória:

Assim era o devaneio dele. Mas ele,
Naquela noite, desejava tristemente que o vento
Cessasse seu gemido dolente, que a chuva
Batesse menos loucamente na janela...

Alexander e Tatiana só voltaram a falar depois que voltaram à cabana.

Depois de retornar da casa de Naira, já bem tarde naquela noite, Alexander acendeu o fogo. Tatiana fez chá, e eles se sentaram, ela numa posição de lótus, com ele a seu lado. Ela achou que ele estava muito quieto, mais quieto que de costume.

— Shura – disse ela baixinho –, venha aqui. Ponha sua cabeça em cima de mim. Como você sempre faz.

Ele se deitou com a cabeça no colo dela. Delicada e ternamente, cheia de uma aflição dolorosa, Tatiana tocou-lhe o rosto.

— O que está havendo, soldado? – sussurrou ela, inclinando-se para sentir o cheiro dele. Chá e cigarro. Ela aninhou a cabeça dele entre as coxas e a barriga, beijando-lhe os olhos. – O que o está preocupando?

— Nada – respondeu ele. E não disse mais nada.

Tatiana deu um suspiro.

— Quer ouvir uma piada?

— Desde que não seja aquela que você contou ao Vova.

— Alguns paraquedistas foram ao fabricante de paraquedas. "Ei", perguntaram eles, "seus paraquedas são bons?" "Bem", respondeu ele, "nunca tive nenhuma queixa".

Alexander quase riu.

— Muito engraçado, Tania – disse ele, afastando-se dela num salto e tomando-lhe a xícara. – Eu vou fumar.

— Fume aqui. Deixe as xícaras. Eu cuido delas mais tarde.

– Eu não quero que você cuide delas mais tarde – disse ele. – Por que você *sempre* faz isso?

Ela mordeu o lábio.

– E por que você *sempre* tem que servir o Vova? – disse ele, antes de se afastar. – O que foi? Ele tem as mãos quebradas? Não pode se servir sozinho?

– Shura, eu sirvo todo mundo. E você primeiro – completou ela suavemente, depois de uma pausa.

– O que pareceria se eu servisse todo mundo menos ele? – perguntou ela, olhando para Alexander.

– Não quero nem saber, Tania. Só preciso que você não faça mais isso.

Ela não respondeu. Será que ele estava aborrecido com ela?

Tatiana continuou sentada diante da chama bruxuleante, com as pernas cruzadas. Estava escuro, com exceção do círculo ao redor da fogueira e a lua crescente cor de cera. No ar, sentia-se o cheiro de água doce, de madeira queimada e da noite. Ela sabia que Alexander estava sentado no banco junto à casa, um pouco atrás dela, e que ele a estava observando. Ele estava começando a fazer isso cada vez com mais frequência. E fumava. E fumava.

Ela se voltou para ele. Alexander a estava observando e fumando. Erguendo-se, Tatiana foi até ele e deteve-se junto de suas pernas.

– Shura... – perguntou ela timidamente, pisando-lhe os pés –, você quer entrar?

Ele balançou cabeça.

– Vá você. Vou ficar sentado aqui um pouco, esperando a fogueira apagar.

Tatiana olhou para ele, examinou-o, procurou seus olhos, os lábios, as mãos ligeiramente trêmulas. Tornando a morder o lábio, ela não se mexeu.

– Vá você – repetiu Alexander.

Indo para mais perto dele, ela afastou-lhe as pernas e ajoelhou-se no chão diante dele. Sua respiração rasa tornou-se mais rápida. Olhando para o rosto dele e massageando suas pernas, Tatiana disse:

– O que eu amo?

Alexander não respondeu.

– O que *você* ama? – perguntou ela, tornando a tocá-lo.

– Sua boca suave em mim – disse ele com voz pastosa.

– Mmm – disse ela, abrindo-lhe os cordões da calça. – Está escuro demais? Ou você consegue enxergar?

– Eu consigo enxergar – disse ele, segurando-lhe a cabeça quando ela começou a se ocupar dele.

– Shura?

– Mmm?

– Eu amo você.

19

Alexander estava no bosque escuro recolhendo gravetos. Tatiana o chamou, mas ele não respondeu. Ela queria vê-lo antes de sair correndo para a casa de Naira. Em cima do banco, ela deixou-lhe um prato com batatas fritas, dois tomates e um pepino. Quando ele voltava do bosque, estava sempre com fome. Perto do prato, ela deixou uma xícara de chá preto adoçado e, a seu lado, um cigarro e um isqueiro.

O engraçado marido de Tatiana havia perdido o interesse por coisas engraçadas. Ele só se interessava por fumar e cortar madeira. Era tudo o que agora fazia. Fumava sozinho, cortava lenha para ele. Eles continuavam, ocasionalmente, a acordar antes da aurora e ir pescar quando o Kama estava plácido como vidro, o ar nevoento e azul. Iam silenciosos e sonolentos até sua pedra junto à margem do rio, bem ao lado de sua clareira. Alexander, é claro, tinha razão. Era a melhor hora para pescar. Eles pescavam meia dúzia de trutas em quatro ou cinco minutos. Ele as deixavam vivas numa cesta numa rede que pendia de um ramo de álamo e ficava mergulhada no rio. Então, ele fumava, enquanto Tatiana escovava os dentes e voltava para a cama.

Depois de fumar e nadar, Alexander voltava para a cama, e Tatiana, como sempre, o recebia, depois de ter esperado por ele, procurando ouvir seus ruídos, e rezado por ele. Ela ficava imoderadamente excitada por ele. Ele a possuía. Do modo que Alexander desejasse oferecer-lhe sua notável coroa, Tatiana a aceitava, ainda que fosse debaixo do gelo da aurora.

Contudo, se antes Alexander sentia enorme prazer em tocá-la com seus membros gelados, ultimamente ele começara a tocá-la como se ela fosse de um calor escaldante, como se ele queimasse nela. Ele era atraído por esse fogo, não conseguindo evitar tocá-la, mas agora ele a tocava como se soubesse que as queimaduras que ia infligir a si mesmo deixariam cicatrizes pelo resto da vida, se antes elas não o matassem.

O que havia acontecido com o Shura que costumava persegui-la, agarrá-la, derrubá-la no chão, lambendo-a e lhe fazendo cócegas? O que acontecera com o Shura que precisava fazer amor com ela em plena luz do dia para que pudesse vê-la? Onde estava ele, o homem que ria, o homem que fazia piadas, o homem impetuoso, o homem descuidado? Gradativamente, ele parecia ter se afogado e ressuscitado como o Alexander que pouco mais fazia além de fumar, cortar lenha e observá-la.

Às vezes, quando Tatiana dormia profundamente, toda aconchegada nele, confortável e em paz, era repentinamente despertada no meio da noite por Alexander. Ela não se movia nem o reconhecia. Ela sentia que ele estava acordado, incapaz de respirar, sufocando-a, sugando sua respiração. Ela ouvia sua respiração entrecortada, sentia seus lábios roçando-lhe o cabelo e desejava que nunca mais fosse capaz de respirar.

Tatiana estava descascando tomates, enquanto as lágrimas desciam-lhe pelo rosto.

– Vai a algum lugar? – ela o ouviu dizer atrás dela.

Alexander era um soldado bastante astuto. Ela enxugou os olhos rapidamente, limpou a garganta e disse:

– Aguente um pouco. Estou quase terminando.

A luz estava quase se extinguindo; talvez ele não visse seu rosto molhado.

Voltando o rosto para ele e sorrindo, viu que ele estava perspirando e coberto de farpas de madeira.

– Você andou apanhando mais gravetos? – perguntou ela, com o coração começando a disparar. – De quanta madeira eu vou precisar? – prosseguiu ela, colocando-se junto dele. – Mmm... você está com um cheiro delicioso – murmurou ela, perdendo a respiração devido ao cheiro e à visão dele.

– Por que o seu rosto está todo vermelho?

– Eu andei cortando cebola para as batatas. Você sabe como é cebola.

– Só estou vendo um prato. Eu perguntei se você vai a algum lugar – insistiu ele, sem sorrir.

– É claro que não – disse Tatiana, limpando a garganta.

– Eu vou me lavar.

– Não se preocupe com isso – disse ela, indo descalça até Alexander e se sentindo vulnerável e excitada. – Eu sempre me sinto tão pequena quando você está de botas – sussurrou ela, olhando para ele.

O corpo de Alexander a deixava imóvel. Sua mão esquerda segurou a cabeça dela, a direita, seu traseiro. O corpo dele estava sobre ela, dentro dela, em torno dela e acima dela. Ela não conseguia se movimentar sem que ele permitisse. Totalmente submissa a ele, Tatiana sentia Alexander em cada investida em seu amor por ela, lutando em meio à necessidade dela. Então, ela entendeu: Alexander conhecia muito bem sua própria força.

Debaixo dele, Tatiana pressionou os lábios contra a clavícula dele.

– Oh, Shura... eu preciso tanto de você – disse ela, lutando para não chorar.

– Eu estou aqui. Sinta-me – disse ele, num estalido de voz.

– Estou sentindo, soldado – sussurrou ela. – Estou sentindo.

Logo Tatiana sentiu a onda abrasadora começar a inundá-la e mordeu o lábio para conter os gemidos. Mas ela sabia que Alexander se deu conta disso, pois ele a abraçou de maneira tensa, depois parou de se mover e se afastou. *Está começando*, pensou Tatiana, abrindo as mãos e pedindo por ele. *Está começando e vai durar a noite toda, até ele, por fim, gentil e machucado, rítmico e enfraquecido, despejar sua raiva e sua ansiedade em mim, até ficar exausto, e eu também, até nós dois não conseguirmos fugir de seu doloroso pesar.*

Era noite. Tatiana estava olhando, sem piscar, para Alexander deitado de bruços, o rosto virado para ela, os olhos fechados. Ela estava ao lado dele em silêncio, ouvindo sua respiração, tentando perceber se ele estava dormindo. Ela achou que não. A cada quatro respiradas, Alexander tremia, como se estivesse pensando. Tatiana não queria que ele pensasse. Lentamente, ela desenhou pequenos círculos nas costas dele com os dedos. Alexander murmurou alguma coisa e virou o rosto para o outro lado.

Do que ele precisa?, pensou ela. *O que eu posso lhe oferecer?*

– Você quer uma massagem? – perguntou ela, beijando-lhe o alto do braço e correndo a palma da mão por seus ombros rijos. Ela o apertou. – Você me ouviu?

Ele se virou para ela, abrindo um olho.

– Você sabe fazer massagem?

– Sei – disse ela, sorrindo. Ele estava só de cueca. Ela se colocou em cima dele.

– Tania, o que é que você entende de massagem?

– O que você quer dizer com isso? – disse ela, de maneira provocativa e beliscando seu o traseiro. – Eu já fiz muita massagem.

– *Fez* mesmo?

Ela sabia que isso lhe chamaria a atenção.

– Fiz, sim. Pronto? Lá vai o trenzinho – começou Tatiana, com a ponta dos dedos traçando duas longas paralelas descendo-lhe a espinha, movendo-se do pescoço, até o elástico de sua cueca.

– Corre o trem, corre o trem – disse ela, traçando pequenas linhas perpendiculares nas costas dele. – E aí vai o trem atrasado... – e traçou uma linha descendente em zigue-zague. – E vai derramar *todo* o melado – brincou ela, fazendo-lhe cócegas nas costas.

Alexander riu, segurando a cabeça com as mãos.

Tatiana sentiu ganas de beijá-lo. Mas isso não fazia parte do jogo.

– As galinhas vêm para ciscar – disse ela, cotucando-o com os dedos.

– Os gansos vêm para beliscar – prosseguiu ela, beliscando-o por toda parte.

– O que isso quer dizer?

– As crianças vêm para pisar! – disse Tatiana, batendo-lhe nas costas com as palmas das mãos.

– Ei – disse ele. – Por que você está me batendo.

– Os ladrões vêm para salgar, apimentar e comer – guinchou ela, fazendo-lhe cócegas. Ele se contorceu todo. *Adoro quando ele sente cóce-*

gas, pensou Tatiana com prazer. Ela não conseguiu resistir e mordeu suas costas. Ele estava todo alegre debaixo dela, contorcendo-se com cócegas. Quando ela o mordeu, ele ronronou.

– Aí vem Dedushka, ele vem colher grãos – disse Tatiana, tocando em Alexander com os dedos. – Aí vem o zelador do zoológico.

– Oh, não. O *zelador do zoológico* não – disse Alexander.

– Ele se senta e começa a escrever – disse Tatiana, desenhando uma mesa e uma cadeira. Também desenhou linhas embaralhadas nas costas de Alexander.

– Por favor, deixe minha filha entrar no zoológico e, por favor, colha todo o grão. Ele escreve um ponto final... coloca um carimbo... – prosseguiu ela, dando um leve tapa em Alexander.

– Trrrr – fez ela, tocando-lhe as costelas. Ele deu um pulo, ela riu.

– Hora de pôr no correio! – Tatiana puxou o elástico da cueca dele. Ela abaixou um pouco a cueca e acariciou seu traseiro.

Alexander ficou sem se mover.

– Já acabou? – perguntou ele com voz abafada.

Rindo, Tatiana deitou-se em cima dele.

– Acabou – disse ela, beijando-o entre os ombros. – Você gostou? – Ela adorou sentir as costas nuas dele sob seu corpo, como se fosse uma cama firme. *Ele me carregou nas costas*, pensou ela. *Carregou-me por nove quilômetros, eu e o rifle dele*. Tatiana roçou o queixo contra a omoplata bastante queimado de sol de Alexander. Um mês exposto ao sol quente. Ela piscou.

– Hmm. Interessante. Esse foi algum tipo de massagem *russa*?

Tatiana contou-lhe que ela e as crianças de Luga faziam essa massagem umas nas outras vinte vezes por dia, cada vez mais forte e mais sensível. Ela não mencionou que ela e Dasha também a faziam incansavelmente uma na outra.

Alexander saiu de baixo de Tatiana.

– Minha vez – disse ele.

– Oh, não! – gritou ela. – É melhor você ficar bonzinho.

– Vire-se.

Tatiana virou-se, ainda vestida.

– Espere. Levante, levante. Tire esse vestido – disse ele, ajudando-a a tirá-lo.

Tatiana deitou-se de bruços diante de Alexander, o cabelo amarrado com fitas brancas nas laterais da cabeça, o pescoço exposto, as costas expostas, a pele lisa, cor de creme, de cetim. Ela tinha sardas nos ombros devido ao sol, mas o restante de seu corpo era de marfim. Inclinando-se sobre ela, Alexander traçou uma linha da omoplata até o pescoço com sua língua. Ele puxou as fitas do cabelo dela. Sua respiração era curta.

– Espere, vamos tirar isso também – disse ele, puxando sua calcinha de seda azul.

Tatiana ergueu o quadril.

– Shura – disse ela –, como você vai fazer a parte do elástico no final se você tirar minha calcinha?

Atordoado, como sempre, à vista das cadeiras delas movendo-se *para cima*, Alexander tomou na boca a pele perto do seu ombro.

– Como não temos um trem carregando grãos ou ursos pisando nas suas costas, talvez possamos imaginar o elástico da sua calcinha também? – disse ele, vendo que ela sorria de olhos fechados. Com uma das mãos, tirou a cueca.

Enquanto ele continuava a beijá-la entre as omoplatas, ela gemia baixinho, dizendo:

– Você não está observando as regras do jogo.

– Muito bem, tudo certo agora? – perguntou ele. Apoiando-se nos joelhos, ele montou sobre ela e começou.

– Corre o trem, corre o trem – disse Tatiana, tentando ajudá-lo.

Alexander traçou duas linhas, do pescoço dela até suas nádegas.

– Isso é bom – disse Tatiana –, mas você não precisa descer tanto.

– Não? – disse ele, sem tirar as mãos de suas nádegas.

– Não – repetiu ela, mas com mais rapidez.

– As galinhas... – disse Alexander. – O que é mesmo que elas fazem?

– Elas ciscam – disse ela.

Alexander cutucou-a suavemente com os dedos. Então, abanou-a da espinha às costelas. As mãos se colocaram em torno dos seios dela.

– E os gansos? – perguntou ele, acariciando-a.

– Eles beliscam – respondeu ela. Suavemente, ele começou a apertar-lhe os mamilos. – Shura, você vai ter que fazer melhor que isso – disse Tatiana, erguendo ligeiramente os seios da cama. Ele apertou-lhe os mamilos com menos gentileza. – Mmmm – murmurou ela.

– Os ladrões vêm para... – disse Alexander, afastando-se dela, abrindo-lhe as pernas e se ajoelhando entre elas. – Eles vêm para salgar – disse ele, puxando-lhe os quadris em sua direção. – Eles apimentam – prosseguiu ele, deslizando totalmente para dentro dela. Tatiana deu um grito, agarrando o lençol com as duas mãos. – E eles comem... uma vez... outra vez... e outra vez... – disse ele, sem se deter, dobrando-se sobre ela, pressionando a palma da mão contra as costas dela e a deslizando até seus brilhantes cabelos dourados. Então, fechou os olhos e se aprumou, com as mãos apertando-lhe os quadris como um torno.

– Isso foi algum tipo – murmurou Tatiana, depois – de massagem *americana*? Pois, definitivamente, não estava nas regras.

Ele riu, mas seus olhos continuavam fechados.

– Você sabe muito bem que eu nunca mais vou sentir a mesma sensação com relação àquele jogo – disse ela.

– Ótimo – disse Alexander. – Como você não sente a mesma sensação quando brinca de piques?

– Sim, e você estragou esse também – murmurou ela.

Alexander inclinou-se para ela e a abraçou por trás, ainda dentro dela, sentindo-se incapaz de trazê-la perto o suficiente dele.

20

Tarde da noite, Tania e Shura estavam jogando pôquer do tipo em que se tira uma peça de roupa ao perder. Tania, Tania, Tania. Que desafia a morte. Que confirma a vida. Que fabrica estrelas. Indomável. Ridiculamente bonita, Tania odiava perder. E estava perdendo deslavadamente no pôquer. Alexander precisava se concentrar nas cartas, e não nela.

Tendo acabado de perder a blusa, sua esposa queixosa estava meio erguida, apoiando-se no braço, enquanto Alexander estava ajoelhado e se inclinando para frente, sugando-lhe os mamilos demoradamente.

Eles estavam na clareira, diante da fogueira debaixo da lua crescente cor de cera.

– Leve-me para dentro – sussurrou ela.

– Só depois de você perder outra mão – disse ele, mas não conseguiu se afastar dela. – Olhe para mim, Tania. Fico sem chão quando estou com você...

–Você não está totalmente sem chão – disse ela, agarrando-o e caindo de costas no cobertor. – E eu não vou perder outra mão.

As coisas não corriam bem no pôquer para Tatiana, mas iam muito bem para Alexander. Ela só tinha a calcinha para tirar. Minha calcinha e minha aliança – observou ela. – Acho que posso vencer em duas tentativas.

– Se você tirar essa aliança, não precisa tornar a colocá-la nunca mais – disse Alexander enquanto dava as cartas.

Ele ficou observando-a examinar a mão. Alexander mal conseguia prestar atenção na dele. Junto ao fogo, o rosto poético de Tatiana estava concentrado nas cartas que ela mantinha diante do peito para cobrir-se dos olhos xeretas do marido. Alexander queria que ela descesse as cartas. Ele tomou fôlego. Logo ele estaria com ela.

– *How do you say... hit me.* – perguntou ela em inglês e sorrindo.
– *Twice.*

Ela se concentrou. De repente, seu rosto se iluminou. Seus olhos brilharam. Voltou-os para ele e disse em russo:

– Tudo bem, aumento a aposta em dois copeques.

– Eu dobro os seus dois – disse Alexander, tentando ficar sério. – Vamos, Tatia – acrescentou, sorrindo. – Mostre-me o que você tem.

– A-rá! – disse ela, baixando um *full house*[4] e olhando para ele com os olhos brilhando.

– A-rá, nada – disse Alexander, baixando suas cartas. Ele tinha quatro reis.

– O quê? – Ela franziu o cenho.

---

4   Um *full house* é uma mão de pôquer que consiste num par e um trio. Também é chamado de *boat*, *full boat*, *full* ou *full barn*. Se dois jogadores têm um *full house*, então o que tiver o trio maior vence. Se tiverem o mesmo trio, vence o que tiver o maior par (N.T.).

– Eu ganhei. Quatro reis – disse ele, apontando para a calcinha dela. – Vamos lá... tire-a.

– O que você quer dizer com isso?

– Quatro cartas do mesmo tipo suplantam um *full house*.

– Ah, como você é mentiroso – disse ela, enfurecida, jogando as cartas em cima dele e cobrindo os seios com as mãos.

Ele afastou as mãos dela.

– Isto aqui não é Luga. Eu os vi – disse ele, rindo. – Eu já...

– Até que enfim – disse ela, tornando a se cobrir – eu entendo por que você sempre ganha. Você rouba.

Alexander não conseguia parar de rir. Nem conseguia mais embaralhar as cartas.

– Quantas vezes tenho que explicar, Camarada Lembro-me-de-tudo--que-você-me-diz? – disse ele, avançando e puxando-lhe a calcinha. – Regra é regra. Fora com ela.

Tatiana afastou-se dele no cobertor.

– Sim, regra fraudulenta – afirmou ela desafiadora. – Vamos jogar de novo.

Vamos jogar de novo, mas você vai jogar nua. Pois você perdeu esta partida.

– Shura! No outro dia mesmo você disse a Naira Mikhalovna que o seu *full house* batia as quatro cartas do mesmo naipe dela. Você é o maior dos ladrões. Não vou jogar mais se você roubar.

– Tania, no outro dia, Naira Mikhailovna tinha três cartas iguais, e não quatro, e eu tinha um *straight*[5], e um *straight* bate três cartas do mesmo naipe – disse Alexander, olhando para ela e rindo com gosto. – Eu não preciso roubar para vencer você no pôquer. No dominó, sim. Mas não no pôquer.

– Se não precisa roubar, então por que rouba? – perguntou Tatiana.

– Aí é que está – disse Alexander, pousando as cartas. – A sua calcinha vai baixar, de um jeito ou de outro. Eu venci e ponto final.

---

5   Ou *straight flush*: são cinco cartas seguidas do mesmo naipe que sejam do 10 ao Ás (N.T.).

– Trapaceou e ponto final – ela contrapôs.

Alexander estava usando suas calças do exército. Estava nu da cintura para cima. As mãos de Tatiana ainda estavam sobre seus seios, mas seus lábios estavam úmidos e ligeiramente abertos, e seus olhos vagavam pelo torso nu do marido.

– Tania – disse ele, olhando diretamente para ela –, você quer que eu siga às regras à risca?

– Quero – disse ela, levantando-se num salto. – Quero ver você fazer isso.

Alexander gostou de espírito de luta da esposa. Ele só demorou alguns segundos para saltar do cobertor e ir atrás dela, mas Tania não se deteria por nada. Quando ele se levantou e correu, ela já estava no Kama.

Alexander parou na beira da água.

– Você está maluca! – gritou ele.

– Estou mesmo, e a sua trapaça no pôquer foi para me fazer tirar a roupa! – berrou ela do meio do rio.

Alexander cruzou os braços sobre o peito.

– Eu preciso mesmo trapacear no pôquer para tirar a sua roupa? Eu não consigo *mantê*-la em você.

– Ora, seu...

– Saia – disse ele, rindo, mas sem conseguir vê-la. Ela era uma forma escura no rio. – Vamos, saia daí.

– Entre e me pegue se você é tão esperto.

– Sou esperto, mas não sou louco. Não vou entrar no rio de noite. Venha.

Ele a ouviu cacarejar como uma galinha.

– Ótimo – disse Alexander, virando e se afastando da margem. Ele voltou para a fogueira, apanhou as cartas, os cigarros e as xícaras de chá. Levou tudo, inclusive o cobertor, para dentro da casa e, então, voltou. A clareira estava quieta. O rio também estava quieto. Agora, à noite, o ar estava mais frio.

– Tania! – chamou ele.

Nada.

– Tania – chamou ele mais alto.

Nada.

Alexander caminhou rapidamente até o rio. Ele não conseguia ver nada. A lua estava pálida; as estrelas não se refletiam na água.

– Tatiana! – gritou ele com força.

Silêncio.

De repente, Alexander se lembrou da suave corrente do meio do rio Kama, as pedras que às vezes eles atiravam nela, os pedaços de madeira que nela flutuavam. O pânico e a adrenalina o atingiram.

– Tania! – berrou ele. – Isso não é nada engraçado! – disse ele, procurando ouvir um barulho na água, uma respiração, um ruído.

Nada.

Ele correu para a água sem tirar as calças.

– Você não vai querer nem chegar perto de mim se isso for mais uma de suas brincadeiras.

Nada.

Alexander nadou contra a corrente, gritando por ela.

– Tania!

Ele olhou para a margem.

E lá estava ela...

Em pé, já seca, usando uma saia longa, enxugando o cabelo e o observando. Ele não conseguia ver a expressão dela porque a fogueira estava atrás dela, mas, quando ela falou, ele notou que havia um belo sorriso em seu rosto.

– Achei que você não queria entrar no Kama de calças, não é mesmo, seu grande trapaceiro.

Ele ficou sem fala. Aliviado, mas sem fala.

Saindo rápido da água, Alexander se aproximou dela tão depressa que ela se afastou, tropeçou e caiu no chão, olhando para ele, com o sorriso se evaporando.

Ele ficou em pé diante dela alguns segundos, resfolegando e balançando a cabeça.

– Tatiana, você é impossível – disse ele, oferecendo-lhe a mão para levantá-la. Mas não olhou para ela quando a soltou e, escorrendo água, foi para a cabana.

– Foi só uma brincadeira... – ele a ouviu dizer atrás dele!

– Nada engraçada, por sinal!

– Alguém não sabe encarar uma pequena brincadeira – murmurou ela.

– E eu acharia engraçado se você se afogasse? – gritou ele, virando-se para encará-la. – Que parte você pensa que eu acharia particularmente engraçada? – continuou ele, agarrando-a, soltando-a e entrando em casa.

Alexander a ouviu atrás dele e, então, já estava em frente a ele. Encarando-o com ansiedade, ela sussurrou:

– Shura... – Então, tomou-lhe a mão e a colocou sob sua saia. Ela havia tirado a calcinha. Alexander segurou a respiração. Ela era *impossível*. A mão dele ficou entre as coxas dela. – Eu esperava que você entrasse na água e me salvasse – disse Tatiana contritamente, sentindo-o, desabotoando suas calças. – Você esqueceu a parte em que o cavaleiro resgata a frágil donzela.

– Frágil? – disse Alexander, acariciando-a com os dedos e puxando-a para mais perto. – Você deve estar pensando em outra pessoa. E você esqueceu que sua única função como donzela é fazer amor com o cavaleiro, e não aterrorizá-lo.

– Eu não quis aterrorizar o cavaleiro – murmurou ela quando Alexander a ergueu e a colocou na cama. Ela abriu os braços para ele.

À luz bruxuleante do lampião de querosene, Alexander olhou para sua Tatiana nua na cama, deitada, ansiando por tê-lo, aberta para ele, gemendo por ele. Fizeram amor durante um longo tempo, e ele sabia que ela quase não aguentava, tendo se queimado demais naquela onda de entusiasmo. Tania era tudo em que ele conseguia pensar. *Tania*. Ele colocou as mãos nos dedos dos pés dela, subiu pelas pernas, entre suas coxas abertas, suavemente, para que ela não se agitasse, indo até o ventre, até o peito, virando-a de um lado para outro, pressionando a palma contra os seios e, então, lentamente movendo a mão em torno de seu pescoço.

– O que foi, Alexander? O quê, querido? – sussurrou ela.

Alexander não respondeu. Sua mão permaneceu na garganta dela.

– Eu estou aqui, soldado – disse Tatiana, colocando a mão sobre a dele. – Sinta-me.

– Estou sentindo, Tania – sussurrou Alexander, curvando-se sobre ela. – Estou sentindo.

– Por favor, me possua – gemeu ela. – Venha... por favor, me possua como você quiser... me possua como eu gosto... vá em frente... mas como eu *gosto*, Shura...

Ele a possuiu como ela gostava e, então, quando estavam quentes sob as cobertas, exaustos, murmurantes, grudados e saturados um do outro, prontos para dormir, Alexander abriu a boca para falar, e Tatiana disse:

– Shura, eu sei de tudo. Eu entendo tudo. Eu sinto tudo. Não diga nada.

Eles estavam envoltos num abraço apertado, seus corpos nus não apenas pressionados um contra o outro, mas num transe, tentando um processo de Bessemer de fundição, em que pudessem ser transformados em liga e unidos pelo calor, com sua felicidade refrescante e dolorosa talvez, por fim, temperada.

Alexander não se sentia temperado. Sentia-se como se estivesse sendo diariamente soprado da areia para se transformar em vidro ainda quente.

21

Assim eles viviam. Da manhã à noite, do primeiro ruído do rio até o último canto da cotovia, do cheiro da urtiga ao cheiro das pinhas, do pacífico sol da manhã à lua de um azul pálido na clareira, Alexander e Tatiana passavam seus dias lilases.

Alexander cortava lenha para ela e faziam pequenos feixes, amarrados por ramos finos. Ela lhe fazia torta, compota e panquecas de mirtilos. Os mirtilos estavam abundantes naquele verão.

Ele construía coisas para ela, e ela fazia pão para ele.

Eles jogavam dominó. Sentavam-se na varanda de Naira e jogavam dominó nos dias em que chovia, e Tatiana sempre vencia Alexander, e, por mais que ele tentasse, não conseguia ganhar. Sozinhos, jogavam *strip* pôquer. Tatiana sempre perdia. Brincavam de esconde-esconde, que era brincadeira favorita de Alexander.

Tatiana fez para ele mais cinco camisas e dois pares novos de ceroulas do exército.

– Para que você me sinta debaixo de seu uniforme – disse-lhe ela.

Iam juntos colher cogumelos.

Ele lhe ensinava inglês.

Ele ensinou a ela poemas em inglês de que ela ainda se lembrava, alguns de Robert Frost: *Os bosques são adoráveis, escuros e profundos, mas eu prometi manter...* E alguns de Emma Lazarus: *Aqui, diante de nossos portais de crepúsculo tocados pelo mar, se erguerá uma mulher poderosa...*

Depois de acender o fogo na cabana, Alexander lia Pushkin para ela, enquanto ela fazia o jantar, embora, algumas vezes, ele parasse de ler "O cavaleiro de bronze". Era demais para os dois.

No livro, eles encontraram um retrato dele que ele havia dado a Dasha no ano anterior. Era sua foto recebendo a medalha de valor por Yuri Stepanov.

– Minha esposa está orgulhosa de seu esposo? – perguntou ele, mostrando a foto a Tatiana.

– Irremediavelmente – respondeu ela com um sorriso. – Pense nisto, Shura. Quando eu ainda era criança, remando no lago Ilmen, você já tinha perdido seu pai e sua mãe, entrado para o exército e se tornado um herói.

– Não uma *criança* remando no lago Ilmen – disse ele, agarrando-a. – Uma *rainha* remando no lago Ilmen. Esperando por mim.

– Você sabe que ainda não fomos buscar as fotos do nosso casamento – disse Tatiana.

– Quem tem tempo de ir a Molotov? – observou Alexander.

Eles não falavam da partida dele, mas os dias corriam depressa. No final, não só corriam, mas pareciam se precipitar à frente dos dois num tempo triplo, como se a corda tivesse se partido e disparado os ponteiros do relógio implacável.

Alexander e Tatiana não falavam do futuro.

Não, *não* falavam.

Não *podiam* falar.

Nem depois da guerra, nem durante a guerra, nem depois de 20 de julho. Alexander mal conseguia falar com Tatiana sobre o dia seguinte.

Eles não tinham passado. Não tinham futuro. Eles apenas *eram*. Jovens em Lazarevo.

Enquanto comiam e jogavam, conversavam e contavam piadas, enquanto pescavam e lutavam, enquanto caminhavam nos bosques praticando o inglês de Tatiana, nadavam nus atravessando o rio e voltando, enquanto ele a ajudava a lavar a roupa deles e das quatro velhas, enquanto ele carregava água do poço para ela e seus baldes de leite, enquanto ele lhe escovava o cabelo toda manhã e fazia amor com ela várias vezes por dia, nunca se cansando, nunca se cansando de se excitar com ela, Alexander sabia que estava vivendo os dias mais felizes de sua vida.

Eles não se deixavam iludir. Lazarevo não tornaria a voltar, nem para ele nem para ela.

Tatiana tinha suas ilusões.

E ele achava que era melhor... tê-las.

Olhem para ele.

E olhem para ela.

Tatiana se ocupava dele tão incessante e alegremente, sorria, tocava-o e ria tão constantemente – mesmo quando seu ciclo lunar de vinte e nove dias rodopiava mais rápido em torno do laço da dor – que Alexander ficava imaginando se ela sequer *pensava* no futuro. Ele sabia que, às vezes, ela pensava no passado. Sabia que ela pensava em *Leningrado*. Ela tinha uma tristeza pétrea que nunca sentira antes. Mas, com relação ao futuro, Tatiana parecia acalentar uma esperança rósea ou, no mínimo, uma despreocupação intensa.

"O que você está fazendo?", perguntava ela quando ele se sentava no banco para fumar. "Nada", respondia Alexander. *Nada além de minha crescente dor.*

Ele fumava e sentia vontade dela.

Era como desejar a *América* quando era alguns anos mais jovem.

Desejar uma vida com ela, uma vida preenchida apenas por ela, uma vida de casados, simples, longa, uma vida capaz de ter o cheiro e o gosto dela, ouvindo a lira de sua voz e vendo o mel de seus cabelos. Sentir o incrível conforto que vinha dela. Tudo isso, todos os dias.

Ele conseguiria dar as costas a Tatiana e deixar que seu rosto fiel o liberasse? Ela o perdoaria? Por deixá-la, por morrer, por matá-la?

Ele sentia uma pontada nas entranhas quando a observava sair completamente nua da cabana pela manhã, dando gritinhos e se atirando no rio, para depois sair, cruzar a clareira até ele e se sentar junto a seu coração apertado. Observado seus mamilos endurecidos pelo frio, seu corpo impecável tremendo ao ser abraçado por ele, Alexander cerrava os dentes, sorria e agradecia a Deus por ela não conseguir ver seu rosto contorcido quando a apertava contra ele.

Alexander fumava e a observa do banco de toco de árvore que ele fizera.

"O que você está fazendo?", ela perguntava.

"Nada", respondia ele. *Nada além de transformar minha dor em loucura.*

Seu temperamento se desconcertava constantemente.

Ele ficava irritado ao extremo ao vê-la se ocupar de outras pessoas. Tatiana, vendo seu desagrado, apenas se sublimava ainda mais para ele, se ocupando dele até ele não conseguir mais respirar."O que eu posso lhe trazer? O que mais eu posso lhe trazer? Do que você precisa?"saía de sua boca com uma regularidade impecável.

Ele dizia "não, não preciso de nada". E ela voltava, trazendo um cigarro, pondo-o em sua boca, acendendo-o e lhe beijando o canto do lábio, com seus olhos adoráveis a apenas centímetros dos olhos atormentados dele. Alexander queria dizer"pare, pare com isso". *O que acontecerá com você quando eu for embora e você ficar sem mim? O que restará de você quando eu me for, de tudo o que você me deu?*

Alexander sabia que Tatiana não sabia como se entregar a ele de outro jeito. Ela só tinha um jeito – o que ele recebia. Sua devoção a ele era indelével; sua incapacidade de ocultar seu verdadeiro ser era o motivo pelo qual ele se apaixonara por ela antes de qualquer coisa. Logo ela teria que aprender, pensou Alexander, enquanto erguia e baixava seu machado centenas de vezes por dia. Aprender como escondê-lo até de seu verdadeiro ser.

Alexander começou a se irritar com ela pelas coisas mais simples. Sua alegria constante o incomodava o tempo todo. Ela estava sempre cantando e saltando como se tivesse uma mola nos pés. Ele não entendia como ela podia ser tão despreocupada quando sabia que ele partiria em quinze, dez, cinco, três dias.

Foi sentindo cada vez mais ciúmes dela; até ele se surpreendia consigo mesmo. Não suportava que alguém olhasse para ela. Não suportava vê-la sorrindo para ninguém. Não suportava que ela conversasse com Vova e muito menos que o servisse. Perdia o controle com total regularidade, mas não conseguia ficar zangado com ela por mais de cinco minutos. O arsenal que Tatiana carregava para acalmar Alexander de seu poço sem fundo de preocupações era composto por muitas armas.

Alexander nunca conseguia se aproximar dela o suficiente. Nem mesmo quando caminhavam, nem quando comiam, nem quando dormiam, nem quando faziam amor. Como seus sentimentos oscilavam entre a intensa ternura e o desejo incontido, ele precisava dela muitas vezes por dia. Seu corpo começava a doer fisicamente quando ficava sem ela enquanto ela ia ao círculo de costura ou ajudar as velhas. O zelo recatado de Tatiana, sua doçura avassaladora e sua vulnerabilidade exposta partiam o coração de Alexander. Tudo o que ele desejava era sentir sua carne aveludada em torno dele, enquanto ela dizia num sussurro *Oh, Shura*.

Ele não conseguia mais ficar em cima dela, olhando para o rosto dela e a vendo olhar para o dele. Para chegar ao fim, ele passou, cada vez mais, a virá-la de bruços, pois, assim, ficava atrás dela, sem que ela pudesse vê-lo.

Tudo isso tinha a ver com a tentativa de fazê-lo se sentir melhor com relação à ideia de abandoná-la.

Deixá-la era algo impensável.

Da pergunta que Alexander se fizera tantas vezes, ele começava a esquecer a resposta.

A que preço, Tatiana?

No começo, a resposta era clara.

Tatia era a resposta.

Mas agora não se tratava mais do começo. Era o fim.

Ela tinha ido à fábrica de peixe, pois ouvira que lá podia haver arenques, enquanto Alexander ficara na clareira, caminhando em círculos, entorpecido, esperando que ela retornasse. Ele foi até a casa e começou a procurar alguma coisa no baú, quando descobriu algo no fundo dele, como se tivesse sido escondido. O baú pertencera ao avô de Tatiana, de modo que Alexander não lhe deu muita atenção no começo, mas quando removeu a camada superior de lençóis e roupas, bem como de alguns papéis e três livros, ele encontrou uma mochila de lona negra. Imediatamente curioso, abriu-a. Dentro, encontrou uma pistola P-38, garrafas de vodca, botas de inverno, latas de *tushonka*, biscoitos secos, uma garrafa e rublos. Havia também roupas quentes, todas de cor escura.

Alexander fumou dez cigarros tristes, esperando pela volta dela.

Ele ouviu Tatiana se aproximando, mesmo antes de vê-la. Ela cantarolava a valsa que ele cantara para ela.

– Shura! – chamou ela alegremente. – Você não vai acreditar. Arenque! Arenque de verdade. Esta noite vamos ter uma festa.

Ela foi até ele e levou os braços ao redor de seu pescoço. Divido em dois, Alexander beijou-a, achando que o rosto dela estava um pouco úmido e, então, mostrou-lhe a mochila.

– O que é isto?

– O quê? – disse ela, olhando para a mochila.

– Isto. O que é isto?

– Você andou mexendo nas minhas coisas? Venha me ajudar com os arenques.

– Não vou mexer nesses arenques até você me dizer o que é isto.

– Se eu disser ou não, ainda assim vamos ter que comer. Vou levar trinta...

– Tatiana.

– É uma mochila para mim – disse ela, suspirando alto.

– Para quê? Você está planejando ir acampar.

– Não... – disse ela, pousando os arenques e se sentando no banco.

Alexander puxou a roupa escura e um chapéu marrom que estavam na mochila.

– Por que estas coisas tão atraentes? – perguntou ele, percebendo como ela ficara tensa.

– Só para eu não chamar a atenção.

– Não chamar a atenção? Então, é melhor esconder esses seus lábios convidativos. Aonde você vai?

– O que deu em você? – perguntou ela.

Alexander ergueu a voz.

– Aonde você vai, Tania?

– Eu só queria estar pronta para qualquer situação.

– Para o quê?

– Não sei – disse ela, baixando o olhar. – Ir com você.

– Ir comigo *aonde*? – gaguejou ele.

– A qualquer lugar – disse ela, erguendo o olhar. – Aonde você for. Eu irei com *você*.

Alexander tentou falar, mas não conseguiu; ele se descobriu sem palavras.

– Mas, Tania... eu vou voltar para o *front*.

Ela estava olhando para o chão.

– *Vai* mesmo, Alexander? – perguntou ela calmamente, sem olhar para cima.

– É claro que sim. Aonde *mais* eu poderia ir?

Os olhos dela o encararam com profunda emoção.

– *Você* me diz aonde.

Piscando e se afastando dela, como se ficar muito próximo da mulher o fizesse se sentir desprotegido, Alexander disse, ainda segurando a mochila:

– Tania, eu vou voltar para o *front*. O coronel Stepanov me concedeu um tempo extra para vir aqui. Eu lhe dei minha palavra de que voltaria.

– Isso é uma coisa típica de vocês, americanos – disse ela. – Vocês sempre mantêm a palavra.

– Sim, isso é típico nosso – disse Alexander com amargura. – Não vale a pena falar disso. Você sabe que eu preciso voltar.

Tremendo, Tatiana ergueu os olhos cor de alga marinha para ele e, com voz tímida, disse:

– Então, eu vou com você. Vou voltar para Leningrado. – Ela entendeu que o fato de ele não dizer nada significava que estava aliviado e prosseguiu: – Achei que se você ficasse nas barracas...

– Tatiana! – gritou ele, chocado. – Você está brincando? Que merda de brincadeira é essa?

Alexander estava tão aborrecido que teve de caminhar pelo bosque por alguns minutos até retomar o bom senso. Quando voltou, ela estava limpando os arenques. Típico dela. Ele ficou mortificado por ela estar limpando os peixes. Foi até ela e tirou-lhe o peixe das mãos.

– Ai! – gritou ela. – Pare! O que há com você?

Alexander voltou para o bosque para se acalmar, depois de vê-la pegar o peixe, lavá-lo para tirar a sujeira e continuar a limpá-lo.

Ao voltar, pegou o maldito arenque, colocou-o no chão em cima de um papel, fez Tatiana ficar em pé diante dele e pegou-a pelos ombros.

– Olhe para mim, Tatiana. Estou tentando ficar calmo, certo? Você está vendo o esforço que isso me custa? – disse ele, fazendo uma pausa. – Que diabos você está pensando? Você não vai voltar comigo.

Ela balançou a cabeça, mas as palavras suaves que pronunciou foram:

– Eu vou, sim.

– Não! – disse Alexander. – De jeito nenhum. Não enquanto houver vida em meu corpo. Você vai ter que me matar para ir comigo. Esqueça. Eu virei vê-la na minha próxima licença.

– Não – disse ela. – Você nunca mais vai voltar. Você vai morrer lá sem mim. Eu sinto isso. Eu não vou ficar aqui.

– Tania, quem vai deixar você voltar? *Eu* não vou. Você esqueceu que Leningrado está sitiada? Você não pode voltar para lá. Nós ainda estamos *tirando* as pessoas da cidade? Você se esqueceu disso? Você esqueceu como estava Leningrado? Não consigo imaginar que você tenha esquecido, pois foi só há seis meses, e você ainda acorda no meio da noite por causa da lembrança. Leningrado ainda está sendo bombardeada todo santo dia. Não há vida em Leningrado. É perigoso demais, e você não vai voltar para lá – disse ele, arfando.

– Bem, se você tiver alguma outra ideia, me avise. Tenho que limpar este arenque.

Alexander pegou o arenque e estava prestes jogar o maldito peixe no Kama, quando Tatiana agarrou-lhe o braço e disse:

– Não! É o nosso jantar, e as velhas estão loucas para comê-lo.

– Você *não* vai comigo. E eu não falo mais nisso. – disse Alexander e, sem mais uma palavra, virou a mochila de boca para baixo e jogou todo seu conteúdo no chão.

Tatiana ficou observando-o calmamente e, então, disse:

– E quem vai pegar tudo isso de volta?

Sem uma palavra, Alexander pegou as roupas e reduziu-as a trapos com sua faca do exército.

Com olhos assustados, Tatiana o observava do banco.

– Oh, então *isto* é calma? – comentou ela. – Shura, eu posso costurar novas roupas.

Xingando, Alexander cerrou o punho e o baixou em direção a ela.

– Meu Deus, você está tentado me provocar deliberadamente.

Pegando a mochila, ele estava prestes a reduzi-la a trapos quando Tatiana agarrou-lhe o braço e a faca, com a mão direita na lâmina.

– Não, não. Por favor – disse ela, agarrada a ele, lutando para lhe tirar a faca e puxando a mochila. Mas ela não era páreo para ele, e Alexander estava prestes a empurrá-la para longe, mas o que o deteve foi o fato de ela continuar lutando, mesmo sabendo que seria vencida. Para detê-la, Alexander teria que machucá-la. Ele deixou que ela pegasse a faca e a mochila.

Sem fôlego, ela foi acabar de limpar o arenque. Com a faca dele.

Durante o jantar na casa de Naira, Alexander não falou muito; ele estava aborrecido demais. Quando Tatiana lhe perguntou se ele queria outro pedaço de torta de mirtilos, ele respondeu com rispidez "Eu disse que *não!*" e viu a reprovação no olhar dela. Ele desejou se desculpar, mas não conseguiu.

Eles não trocaram palavra enquanto caminhavam pelo bosque, mas em casa, quando se despiam para deitar-se, Tatiana disse:

– Você não está mais zangado, não é?

– Não! – disse Alexander. Ele não tirou a cueca para entrar debaixo das cobertas e se virou para o outro lado.

– Shura? – disse ela, tocando-lhe as costas e beijando-lhe a cabeça. – Shura.

– Eu estou cansado. Quero dormir.

Ele não queria que ela parasse de tocá-lo, e ela, é claro, não fez isso.

O que havia de errado com ela?

– Vamos lá – sussurrou Tatiana. – Vamos lá, grandão. *Sinta*, eu estou nua. Está sentindo?

Ele sentiu. Deitando-se de costas, sem olhar para ela, Alexander disse:

– Tatiana, quero que você me prometa que vai ficar aqui, aqui onde é seguro para você.

– Você sabe que eu não posso ficar aqui – disse ela tranquilamente. – Não posso ficar sem você.

– É claro que pode, e vai ficar. Como antes.

– Não existe mais antes.

– Pare. Você não está entendendo nada.

– Então me explique tudo.

Alexander não respondeu.

– Me diga – pediu ela, com sua mão pequena e quente nos braços e abdômen dele, e descendo.

– Só temos três dias pela frente – disse ele, afastando-lhe a mão. – E não vou passá-los deste jeito.

– Não, mas você estará disposto a arruiná-los com sua teimosia e o seu mau comportamento – disse ela, com sua mão conciliadora tornando a acariciá-lo.

– Ah, então é por isso – disse Alexander, tornando a afastar-lhe a mão, subitamente compreensivo – que você nem parecia estar ligando que eu fosse embora? Porque você achava que viria *comigo*?

Ela pressionou o corpo macio contra o flanco dele, beijando-lhe o braço.

– Shura – sussurrou ela –, como você acha que eu consegui passar esses últimos dias com você? Eu não poderia se pensasse que você ia me deixar. Marido – disse ela, como se sua voz saísse de um poço escuro –, tudo o que eu tinha ofereci a você. Se você partir, vai levar tudo com você.

Alexander teve de sair da cama, antes que perdesse a cabeça. Ele ficou em pé no chão.

– Bem, é melhor você conseguir mais em *algum* lugar, Tania! – exclamou ele. – Porque eu *vou* partir e vou partir sem você.

Ela balançou a cabeça em silêncio.

– Não balance a cabeça para mim! – gritou Alexander. – Está acontecendo uma guerra, pelo amor de Deus! Uma guerra! Milhões de pessoas já morreram. O que você quer? Ser mais um cadáver sem etiqueta de identificação numa vala comum?

Ela começou a tremer.

– Tenho que ir com você – disse ela, num leve sussurro. – Por favor.

– Olhe – disse ele –, eu sou soldado. Este país está em guerra. Eu *tenho* que voltar. Mas aqui você está segura. Eu vim para me afastar da luta, e você e eu tivemos um período maravilhoso juntos... – Seria realmente possível sufocar com as palavras? – Mas agora acabou, entendeu? Acabou – disse ele em voz alta. – Eu tenho que voltar, e você não pode vir junto – acrescentou ele, respirando fundo e fazendo uma pausa. – Não quero que você vá. Eu nem vou ficar na guarnição. Eu vou ser deslocado para outro lugar.

– Para onde?

– Não posso lhe dizer. Mas Leningrado não aguenta outro inverno como o do ano passado.

– Vocês vão furar o cerco? Onde?

– Não posso lhe contar.

– Você me conta tudo – disse ela, fazendo uma pausa. – Não é mesmo, Alexander? – perguntou ela de modo contundente. – Você não me conta tudo?

O que *havia* na voz dela? Meu Deus. Ele não ia perguntar.

– Isso não.

– Ah – disse Tatiana, sentando-se na cama e olhando para ele. – No terceiro dia depois de nos conhecermos, você me disse que era da América. Você despejou toda sua vida em meus ouvidos no terceiro dia. Mas agora não pode me contar onde será *alocado*?

Tatiana saltou da cama. Alexander se afastou. Ele não conseguia evitar os olhos dela durante muito tempo, tampouco seu corpo ou suas mãos abertas.

– Me diga, Shura – implorou ela –, você não se casou comigo para guardar segredos.

– Tania, eu não posso contar isso a você. Dá para entender?

– Não – berrou ela. – Por que você se casou comigo se tudo o que quer fazer é continuar contando mentiras!

– Eu me casei com você – gritou Alexander com a voz entrecortada – para que eu pudesse *comer* você sempre que desejasse! Não é assim que tem acontecido? A qualquer hora, Tania! O que mais você acha que um soldado de licença poderia desejar? E se eu não tivesse me casado com você, toda Lazarevo agora estaria chamando você de puta!

Alexander pôde ver no rosto abatido de Tatiana que ela não conseguia acreditar nas palavras que tinham acabado de sair de sua boca. Ela cambaleou contra a parede, sem saber o que cobrir, o rosto ou o corpo.

– Você se casou comigo para *quê*?

– Tatia...

– Não me chame de Tatia! – gritou ela. – Primeiro você me insulta, depois me chama de Tatia? Puta, Alexander? – grunhiu ela desalentada, pondo o rosto entre as mãos.

– Tania, por favor...

– Você pensa que eu não sei o que você está fazendo? Que eu não sei que você está tentando me fazer odiá-lo? E você quer saber? – prosseguiu ela entre dentes. – Depois de tentar durante dias, acho que finalmente você conseguiu!

– Tania, por favor...

– Durante dias você tentou me provocar para que pudesse me deixar com mais facilidade!

– Eu vou voltar – disse Alexander, com voz rouca.

– E quem vai querer você? – gritou ela. – E será que volta mesmo? Tem certeza de que não veio aqui só por causa disto? – perguntou ela, correndo até seu baú, revirou-o e encontrou o livro do *Cavaleiro de bronze*, tirando dele um punhado notas de dólar de cem e mil. – O que é isto? – berrou ela, jogando o dinheiro nele. – Você veio aqui por isto, pelo seu dinheiro *americano*? Pelos seus dez mil dólares americanos que encontrei no seu livro? Você veio por causa disto, para que pudesse fugir para a América sem me levar? Ou você ia me deixar um pouco, numa espécie de *obrigado por ter aberto as pernas, Tatiana*?

– Tania...

Agarrando o rifle dele pelo cano, ela foi até Alexander e, furiosamente, bateu-lhe no estômago com a coronha, apontando a boca do cano para ela.

– Eu quero de volta o que você tirou de mim – disse ela, mal conseguindo prosseguir. – Lamento por ter me poupado para você, mas agora me dê um tiro, seu mentiroso e *ladrão*... De qualquer maneira, é isso que você quer. Tire sua maldita mão de minha garganta e puxe o gatilho – disse ela, tornando a bater nele com a coronha, bem no plexo solar, e colocando o cano do rifle entre seus seios. – Vá em frente, Alexander – disse ela. – Trinta e cinco vezes, bem aqui no meu coração.

Ele tirou a arma dela sem dizer uma palavra.

Tatiana ergueu a mão e lhe deu um forte bofetão no rosto.

– Eu quero que você saia daqui agora – disse ela, com uma lágrima rolando pelo rosto. – Nós tivemos bons momentos. Com certeza, não vamos tornar a tê-los. Você me *comeu* – disse ela – sempre que teve vontade. Agora eu entendo. Foi a única coisa que você quis desde o primeiro dia. Bem, você teve o que quis, mas agora acabou e você pode ir embora – completou ela, arrancando a aliança do dedo e a atirando contra ele. – Aí está... você pode dá-la à sua próxima puta!

Ela encolheu os ombros e, tremendo, voltou para a cama, enrolando-se num lençol branco, como um corpo abatido pela fome.

Alexander saiu e foi nadar nas frias águas do Kama, desejando lavar toda sua dor, seu amor, toda sua vida, com tudo escorrendo para a tundra. A lua azul estava a três noites da cheia. *Se eu ficar na água, talvez possa flutuar rio abaixo até o Volga e o mar Cáspio, sem que ninguém consiga me encontrar. Vou flutuar na minha dor e no meu coração; vou flutuar e não sentir mais nada. É tudo o que eu quero. Não sentir mais.*

Mas ele acabou voltando para a cabana.

Subindo na cama, Alexander ficou em silêncio ao lado de sua Tania, ouvindo sua respiração. Em intervalos regulares de poucos minutos, sua respiração era interrompida pelo tremor de alguém que estivera chorando há muito tempo. Ela estava deitada numa posição fetal, virada para a parede.

Ele, por fim, afastou o lençol dela e se encostou nela. Afastando-lhe um pouco as pernas, ele a penetrou, pressionando a boca contra sua nuca e, em seguida, o topo de sua cabeça. Sua mão esquerda deslizou sob ela para trazê-la contra ele; com a direita, abraçou-lhe os quadris. Ele a aninhou contra ele, como sempre, da mesma forma como ela o aninhava contra ela, como sempre.

Tatiana mal se mexia. Ela não se afastou dele, mas tampouco produziu um único som. *Ela está me punindo*, pensou Alexander, fechando os olhos. *Eu mereço muito mais que isso*. Ainda assim, era insuportável ouvir o silêncio dela. Alexander beijou-lhe a cabeça, o cabelo, os ombros. Ele não conseguiu penetrar fundo em seu calor dominador para encontrar paz. Por fim, ela não conseguiu evitar, gemendo, tremendo e agarrando a mão dele; dessa vez, ele não a retirou. Depois, ele continuou dentro dela e, então, ouviu-a chorar.

– Tatiasha, sinto muito – sussurrou ele. – Sinto muito por ter dito aquelas coisas impiedosas. Eu não quis dizer o que disse – prosseguiu ele, apertando o ventre dela contra ele.

– Você quis dizê-las – disse Tatiana de maneira vazia. – Você é um soldado. Vocês quis dizer todas elas.

– Não, Tania – disse Alexander, se detestando. – Eu não quis. Em primeiro lugar, eu sou seu marido – prosseguiu ele, apertando-a com mais força. – Sinta-me, Tania, sinta o meu corpo, sinta minhas mãos, meus lábios em você, sinta o meu coração. Eu não quis dizê-las.

– Shura, espero que você pare de dizer coisas que não tem a intenção de dizer.

Ele sentiu os odores dela, esfregando o rosto contra seu cabelo.

– Eu sei. Sinto muito.

Ela não respondeu, mas sua mão continuou nele.

– Você não quer se virar para mim? – perguntou ele, afastando-se.

– Não.

– Por favor. Vire-se para mim e me diga que você me perdoa.

Tatiana voltou-se, erguendo os olhos inchados para Alexander.

– Oh, querida... – ele se interrompeu, fechando olhos. Não conseguia suportar a expressão dela. – Respire em cima de mim – sussurrou ele. – Quero sentir seu hálito de mirtilos no meu rosto.

Ela fez o que ele pediu. Alexander inalou o quente ar que vinha dos pulmões dela, segurando-o na boca e, em seguida, mandando-o para seus pulmões. Ele a abraçou.

– Por favor, diga que você me perdoa, Tania.

– Eu perdoo você – disse ela, com voz neutra.

– Me beije. Quero sentir que seus lábios me perdoam.

Ela o beijou. Ele a observou fechando os olhos.

–Você não me perdoou. Mais uma vez.

Tatiana tornou a beijá-lo com suavidade. Ela o beijou e, então, sua boca se abriu e ela produziu um pequeno gemido. Suas mãos desceram para tocar nele. Em silêncio, ela o acariciou repetidamente.

– Obrigado – disse Alexander, olhando para ela.

– Diga-me, Shura, eu sei que você não teve a intenção. Você só estava zangado – disse ela, suspirando. – Eu sei que você não teve a intenção. Me diga. Eu sei que você me ama até a loucura. Eu sei que você me ama.

– Não, Tania – disse ele, com total emoção na voz. – Eu amo você até a loucura – acrescentou, correndo os lábios para frente e para trás contra suas sobrancelhas de seda, incapaz de respirar, com medo de que o hálito dela escapasse dele.

– Sinto muito por ter batido em você com o rifle – sussurrou Tatiana.

– Estou surpreso que você não tenha me matado.

– Alexander – perguntou ela, sem conseguir não vacilar –, foi por isso que você veio aqui? Por causa do seu... *dinheiro*?

– Tania, pare com isso – respondeu ele, apertando-a forte e olhando para a parede. – Não, eu não vim por causa do meu dinheiro.

– Onde você conseguiu os dólares americanos?

– Com a minha mãe. Eu lhe contei que minha família tinha dinheiro na América. Meu pai decidiu vir à União Soviética sem nada, e minha mãe concordou, mas ela trouxe o dinheiro com ela assim mesmo e o escondeu dele. Essa foi a última coisa que minha mãe me deixou, algumas semanas antes de ser presa. Nós abrimos a parte interna das capas do livro de Pushkin. Escondemos o dinheiro juntos. Dez mil dólares de um lado, quatro mil rublos do outro. Ela achou que esse dinheiro talvez pudesse me tirar do país.

– Onde você o colocou quando foi preso em 1936?

– Eu o escondi na Biblioteca Pública de Leningrado. E lá ele permaneceu até eu lhe dar o livro.

– Ah, meu Alexander previdente – disse Tatiana –, você me deu o dinheiro bem na hora, não foi mesmo? A biblioteca despachou por navio a maior parte de seus volumes inestimáveis, inclusive a coleção inteira de Pushkin, e guardou o resto dos livros no porão. Seu dinheiro podia estar perdido há muito tempo.

Alexander não disse nada.

– Por que você o deu para mim? Você queria que ele ficasse num lugar seguro?

Alexander voltou o olhar para ela.

– Porque eu queria confiar minha própria vida a você.

Tatiana ficou quieta.

– Mas o livro não ficou na biblioteca o tempo todo, não é mesmo?

Ele nada disse.

– Em 1940, quando você foi lutar na Finlândia, você levou o dinheiro com você, não é mesmo?

Alexander não deu resposta.

– Oh, Alexander – disse Tatiana, enterrando o rosto no peito dele.

Alexander queria falar. Mas não conseguia.

Foi Tatiana que falou.

– Mas uma coisa para Dimitri não perdoar você, como se já não houvesse coisas suficientes. Quando você voltou para resgatar o filho de Stepanov, você levou Dimitri porque vocês dois iam escapar pela Finlândia, não iam?

Alexander não moveu nenhum músculo.

– Vocês iam fugir pelos pântanos, direto a Vyborg e, então, para Helsinque; em seguida, para a *América*! Você tinha trazido o seu dinheiro, você estava pronto. Era o momento com que você sonhara durante anos – disse ela, beijando-lhe o peito. – Não foi, meu marido, meu coração, meu Alexander, minha vida inteira bem aqui nesta cabana, não foi, me diga! – acrescentou ela chorando.

Alexander perdera o poder da fala. E estava muito perto de perder seus poderes sobre tudo. Ele nunca quis ter *essa* conversa com Tatiana.

– Era um grande plano – disse ela com a voz trêmula. – Você teria desaparecido, e ninguém iria procurá-lo... eles simplesmente presumiriam que você havia morrido. Você não contava com Yuri Stepanov ainda estar vivo. Você achou que ele estava morto. Foi só uma desculpa para voltar ao bosque. De repente, ele estava vivo! – prosseguiu ela, com uma risada alta. – Oh, Dimitri deve ter ficado *extremamente* surpreso quando você disse que iriam buscar Yuri. "O que você está pensando", ele deve ter dito. "Você está louco? Você desejou voltar para a América durante anos. Ali estava sua chance, ali está a minha chance". – ela fez uma pausa. – Até que ponto estou perto da verdade?

Afagando seus cabelos louros, Alexander finalmente disse, num sussurro surpreso:

– Como se você estivesse lá. Como é que você soube de tudo isso?

– Porque eu, melhor que qualquer outra pessoa, sabe quem você é – disse ela, segurando-lhe o rosto com as duas mãos. Tatiana fez uma pausa, sem tirar as mãos do rosto dele. – Assim, quando você voltou para a União Soviética com o filho de Stepanov, achando que teria outra chance de fugir, o que você teve que fazer, Shura? – perguntou ela. – Prometer a Dimitri que, se você não morresse, de um jeito ou de outro você o levaria para a América?

Ele afastou as mãos dela, virou-se de costas e fechou os olhos.

– Tania, pare. Eu não posso continuar com isso. Simplesmente não posso.

Ela só parou o tempo suficiente para controlar sua fala titubeante.

– Então, o que acontece agora?

– Agora, nada – disse Alexander sombriamente, olhando para as vigas do teto. – Agora você fica aqui, e eu volto para o *front*. Agora eu luto por Leningrado. Agora eu *morro* por Leningrado.

– Meu Deus! Não diga isso! – disse Tatiana, agarrou-lhe os braços, virou-o para ela e, chorando, aninhou-se em seu peito. Ele a abraçou tão forte quanto pôde, mas não foi o suficiente nem para ele, nem para ela. – Não diga isso, Shura! – Ela soluçava incontrolavelmente. – Shura, por favor – sussurrou ela, de maneira quase inaudível. – Por favor, não me deixe sozinha na União Soviética.

Alexander nunca tinha visto Tatiana tão descontrolada. Ele não sabia o que fazer.

– Ora, vamos – disse ele com voz vacilante, o coração partido. *Vamos, Tatiana, me ame menos, me deixe ir, me liberte.*

As horas se passaram. No meio da noite, Alexander fez amor com ela novamente.

– Vamos, Tatiasha – sussurrou ele –, abra suas pernas para mim do jeito que eu amo.

O gosto das lágrimas dela em sua garganta era de néctar.

– Prometa-me – disse ele, beijando-lhe o cabelo loiro e macio, lambendo o interior suave de suas coxas – que você não vai sair de Lazarevo.

Não houve resposta por parte dela, apenas alguns gemidos abafados.

– Você é a minha doce garotinha? – sussurrou ele, com os dedos mais ternos, mais persistentes. – Você é a minha garotinha adorável? – sussurrou ele, com a boca mais suave, mais persistente, com seu hálito quente e implorante dentro dela. – *Jure* que você vai ficar aqui e me esperar. Prometa-me que vai ser uma boa esposa e esperar por seu marido.

– Prometo, Shura. Eu vou esperar por você.

Então, mais tarde, Tatiana disse com a voz entrecortada, aliviada e inquieta nos braços dele:

– Vou ficar esperando por você um longo tempo, aqui sozinha em Lazarevo.

Apertando-a contra ele com tanta força que ela mal conseguia respirar, um Alexander totalmente inquieto sussurrou:

– Sozinha, porém segura.

Alexander não soube como eles conseguiram passar os três dias seguintes.

Inundados por uma onda de hostilidade e desesperados, eles lutaram, se atacaram e despedaçaram seus corpos um contra o outro, incapazes de achar um porto seguro, de beber um trago sensato de conforto.

22

Na manhã da partida de Alexander, eles não conseguiram se tocar.

Tatiana sentou-se no banco fora da casa enquanto ele arrumava suas coisas. Alexander vestiu o uniforme que ela havia lavado e passado para ele com um ferro aquecido no fogão, penteou o cabelo e pôs sua boina. Então, certificou-se de que havia amarrado seu capacete no corpo, e sua barraca nas costas. Também estava levando sua munição, seu passaporte, suas granadas e seu rifle.

Deixou para ela todo o seu dinheiro, com exceção de alguns rublos de que necessitaria para voltar.

Quando saiu da casa, Tatiana, que estivera sentada, levantou-se e desapareceu dentro da casa, reaparecendo alguns minutos depois com uma xícara de café com leite e açúcar, bem como um prato de comida. Um pouco de pão preto, três ovos, um tomate fatiado.

Alexander pegou o prato que ela lhe oferecia. Ele estava sem fala.
– Obrigado – foi tudo o que disse.
Com as mãos no ventre, ela se sentou.
– É claro – disse ela. – Coma. Você tem uma longa viagem pela frente.

Ele comeu com indiferença, enquanto eles permaneciam sentados quase lado a lado, só que cada um virado para uma direção diferente.
– Você quer que eu vá até a estação de trem com você?
– Não – disse ele. – Não consigo.
– Eu também não consigo – concordou Tatiana com um aceno de cabeça.

Quando terminou a comida, Alexander pôs o prato no chão.
– Acho que deixei bastante lenha para você, não é mesmo? – disse ele, voltando-se para ela e apontando para o depósito de lenha ao lado da cabana.
– Bastante – disse ela. – Vai durar um bom tempo.

Delicadamente, Alexander puxou as fitas de cetim branco de suas tranças. Tirando seu pente do bolso, penteou seu macio cabelo loiro, sentindo as madeixas de seda entre os dedos.

– Como vou fazer para que meu dinheiro chegue aqui até você? – perguntou Alexander. – Eu ganho dois mil rublos por mês. Para você, é bastante dinheiro. Eu posso lhe mandar mil e quinhentos. Fico com os quinhentos para o cigarro.

– Não faça isso – disse ela, balançando a cabeça. – Você só vai conseguir mais problemas. Leningrado não é Lazarevo, Shura. Proteja-se. Não conte a ninguém que estamos casados. Tire a aliança do dedo. Você não quer que Dimitri descubra. Não precisamos de mais problemas para você. Você já tem muitos. Eu não preciso do seu dinheiro.

– Precisa, sim.

– Então me mande quando me escrever.

– Não posso. Os censores o roubariam imediatamente.

– Censores? Então, devo evitar lhe escrever em inglês?

– Deve, se quiser que eu continue vivo.

– É a única coisa que eu quero – disse ela, sem se virar.

– Vou lhe mandar o dinheiro para o **Soviete** local de Molotov – disse Alexander. Vá lá uma vez por mês para verificar, certo? Vou dizer que estou mandando o dinheiro para a família de Dasha – prosseguiu ele, fechando os olhos e pressionando os lábios contra os brilhantes cabelos da moça. – É melhor eu ir. Só há um trem por dia.

– Vou com você até a estrada – disse Tatiana, com voz pesarosa. – Você pegou tudo?

– Peguei.

Tudo isso sem olhar um para o outro.

Eles saíram juntos e caminharam pela trilha através do bosque. Antes que a clareira sumisse de vista, Alexander voltou-se pela última vez para olhar o rio azul e os pinheiros de um verde profundo, para sua cabana de madeira e seu banco, para a tora na água, para o local onde sua barraca se erguia até ontem. Para sua fogueira.

– Me escreva – disse Alexander a Tatiana – e me diga como você vai – prosseguiu ele, fazendo uma pausa. – Para que eu não fique preocupado.

– Tudo bem – disse ela, com os braços em torno do ventre. – Escreva também.

Chegaram à estrada. As agulhas dos pinheiros exalavam um cheiro forte, o bosque estava quieto, o sol brilhava forte acima de suas cabeças. Ficaram um diante do outro. Tatiana usava seu vestido amarelo e ficou olhando para seus pés descalços; Alexander usava seu uniforme do exército, rifle no ombro, e olhava para a estrada.

A mão dela subiu e tocou-lhe suavemente o peito, pressionando-se contra o coração dele.

– Mantenha-se vivo para mim, soldado, está ouvindo? – disse ela, com as lágrimas correndo-lhe pelo rosto.

Alexander tomou-lhe a mão e a levou aos lábios. Ela estava usando a aliança. Ele não conseguiu falar, não conseguiu dizer o nome dela em voz alta.

Tatiana colocou a mão trêmula no rosto de Alexander.

– Vai dar tudo certo, meu amor – sussurrou ela. – Vai dar tudo certo.

Ela tirou a mão do rosto dele. Ele soltou a mão dela.

– Vire-se e vá para casa – disse ele. – Não fique me olhando. Não vou conseguir ir embora enquanto você estiver aqui.

Tatiana se virou.

– Vá em frente. Não vou ficar olhando.

Alexander não conseguiu se aproximar dela.

– Por favor – disse ele. – Não posso deixar você assim. Por favor, vá para casa.

– Shura – disse ela. – Não quero que você vá embora.

– Eu sei. Eu também não quero ir, mas, por favor, me deixe ir. Saber que você está em segurança é a única chance que eu tenho de permanecer vivo. Eu vou voltar para você, mas você precisa estar segura – disse ele, detendo-se. – Agora eu preciso ir. Vamos, olhe para mim. Olhe para mim e sorria.

Virando-se, Tatiana ergueu para ele o rosto banhado em lágrimas e sorriu.

Os dois ficaram se olhando por um longo tempo. Tatiana piscava. Alexander piscava.

– O que é isso nos seus olhos?

– Estou vendo todos os meus engradados de madeira descendo a rampa do Palácio de Inverno – sussurrou ela.

– Você precisa ter mais fé, minha esposa – disse Alexander, levando a mão trêmula até a fronte, aos lábios, ao coração.

Ondas desoladas

1

Tatiana voltou para casa, deitou-se na cama e não se levantou. Durante seu sono semiconsciente, Tatiana ficou ouvindo as quatro velhas no quarto. Elas estavam conversando baixinho enquanto arrumavam seus cobertores, ajeitavam-lhe os travesseiros, tocavam-lhe o cabelo.

– Ela precisa confiar em Deus – disse Dusia. – Ele vai tirá-la dessa situação.

– Eu disse a ela que não era uma boa ideia apaixonar-se por um soldado – disse Naira. – Eles só partem os corações das moças.

– Eu acho que o problema não é ele ser soldado – disse Raisa, toda trêmula. – O problema é que ela o ama demais.

– Moça de sorte – sussurrou Axinya, dando tapinhas nas costas de Tatiana.

– De sorte? – disse Naira, indignada. – Se pelo menos ela tivesse nos dado ouvidos e permanecido em nossa casa, nada disso estaria acontecendo.

– Se, pelo menos, ela fosse à igreja com mais frequência – disse Dusia –, o cajado do Senhor lhe traria conforto.

– O que você acha, Tanechka? – perguntou Axinya, ficando perto de Tatiana. – Você acha que o cajado do Senhor poderia lhe trazer conforto agora?

Naira: – Não adianta nada. Nós não a estamos ajudando.

Dusia: – Eu nunca gostei dele.

Naira: – Nem eu. Nunca entendi o que Tania viu nele.

Raisa: – Ela é boa demais para ele.

Naira: – Ela é boa demais para qualquer um.

Dusia: – Ela pode ficar melhor se se aproximar do Senhor.

Naira: – O meu Vova é um rapaz tão atencioso, tão gentil. Ele gosta dela.

Raisa: – Aposto que o Alexander não vai voltar para ela. Ele a deixou para sempre.

Naira: – Não tenho dúvida quando a isso. Ele se casou com ela...

Dusia: – Desgraçou-a.

Raisa: – E se livrou dela.

Dusia: – Eu sempre suspeitei que ele fosse ateu.

– A única coisa que o manterá afastado é a morte – sussurrou Axinya para Tatiana.

Muito obrigada, Axinya, pensou Tatiana, abrindo os olhos pesados e erguendo o corpo da cama. *Mas é exatamente disso que eu tenho medo.*

As velhotas convenceram Tatiana, sem muito esforço, a voltar a morar com elas. Vova a ajudou a levar o baú e a máquina de costura de volta à casa de Naira.

A princípio, Tatiana não conseguia passar o dia fisicamente confortável. Não havia calma dentro dela, e ela sabia disso. Dentro dela, não havia nenhum lugar em que ela pudesse se refugiar para sair da escuridão. Não conseguia invocar, com alegria, nenhuma lembrança, nenhuma brincadeira agradável, nenhum trecho de música. Para todo lugar que olhasse, via Alexander.

Dessa vez, ela não tinha a fome para disfarçar a tristeza. Não tinha os pulmões infectados. Nada restara a seu corpo saudável além de cerrar os dentes, erguer os baldes que recaíam sobre seus ombros toda manhã, ordenhar a cabra, servir o leite quente a Raisa, que não conseguia se servir sozinha, pendurar a roupa na corda e ouvir as mulheres dizerem, de noite, como era maravilhoso o cheiro das roupas penduradas ao sol por Tania.

Tatiana costurava para as velhas e para ela, lia para elas e para ela, banhava-as e a ela mesma, tomava conta da horta e das galinhas delas, apanhava as maçãs das árvores e, pouco a pouco, balde a balde, livro a livro, blusa a blusa, a necessidade delas tornou a envolvê-la, e Tatiana se sentiu confortada. Exatamente como *antes*.

2

Duas semanas depois, chegou a primeira carta de Alexander.

Tatiasha,

Pode haver coisa pior que isto? Sentir sua falta é uma dor física que toma conta de mim logo de manhã não me deixa até eu conseguir cair no sono.

Meu consolo, nestes últimos e vazios dias de verão, é saber que você está em segurança, viva, com saúde, e que o pior que você tem que suportar é a servidão para quatro velhas mesquinhas.

Nas pilhas de madeira que eu deixei, os pedaços mais leves estão na frente. Os mais pesados são para o inverno. Use-os por último e se precisar de ajuda para carregá-los, que Deus me perdoe, peça para o Vova. Não se machuque. E não encha os baldes de água até a boca. Eles são muito pesados.

Voltar foi duro e, assim que cheguei, fui mandado diretamente para o Neva, onde, durante seis dias, planejamos nosso ataque e, então, saímos em barcos pelo rio, mas fomos completamente destroçados em duas horas. Não tivemos a mínima chance. Os alemães bombardearam nossos barcos com os Vanyushas, sua versão do meu lançador de mísseis, e todos afundaram. Ficamos com mil homens a menos e longe de poder cruzar o rio. Agora estamos procurando outros locais para fazer a travessia. Eu estou bem, exceto pelo fato de que aqui está chovendo sem parar há dez dias, e fiquei atolado na lama até a cintura todo esse tempo. Não há lugar para dormir além da lama. Colocamos nossas capas de chuva e ficamos na esperança de que a estação chuvosa passe logo. Tudo é escuro e úmido; quase chego a sentir pena de mim, mas, então, penso em você durante o cerco.

De agora em diante, decidi que farei isso. Toda vez que me sentir mal, vou pensar em você enterrando sua irmã no lago Ladoga.

Gostaria que você tivesse recebido uma cruz mais leve que Leningrado para carregar em sua vida.

As coisas vão estar relativamente tranquilas por aqui nas próximas semanas, até nos reagruparmos. Ontem uma bomba caiu no bunker do comandante. O comandante não estava nela no momento. Mas a ansiedade não passa. Quando vai acontecer outra vez?

Jogo cartas e futebol. E fumo. E penso em você.

Eu lhe mandei dinheiro. Vá até Molotov no final de agosto.

Não se esqueça de comer bem, meu pãozinho quente, meu sol da meia-noite. E beije sua mão por mim, bem na palma e, então, pressione-a contra seu coração.

Alexander

Tatiana leu a carta de Alexander uma centena de vezes, memorizando cada palavra. Dormia com o rosto na carta, que lhe renovava as forças.

Meu amor, meu querido, querido Shura,

Não fale de minha cruz – primeiro suporte a sua cruz nos ombros.

Como eu passei o último inverno? Não sei, mas agora penso nele quase com saudade. Porque eu mudei. Houve uma mudança dentro de mim. Tive forças para mentir, para fingir para Dasha, para mantê-la viva. Caminhei, estive com Mamãe, estive ocupada demais para morrer. Ocupada demais escondendo meu amor por você.

Mas agora eu acordo e penso como vou conseguir passar o resto do dia até dormir?

Para me reconciliar com a vida, estou sempre em contato com os aldeões. Você achava que antes era ruim. Agora, de manhã à noite, ajudo Irina Persikova, que teve que cortar a perna em Molotov, uma infecção ou coisa assim. Acho que gosto dela porque ela tem o nome de minha mãe.

Penso em Dasha. Sinto falta de minha irmã.

Mas o rosto dela não é o último que vejo antes de dormir. É o seu.

Você é minha granada de mão, meu rifle de artilharia. Você substituiu o meu coração por você mesmo.

Você pensa em mim quando está com o rifle na mão?

O que vamos fazer? Como vamos impedir que você morra? Estes pensamentos consomem meus minutos quando estou acordada. O que eu posso fazer daqui para mantê-lo vivo?

Morto ou ferido, esses sovietes vão abandonar você no campo.

Quem vai cuidar de você se você for ferido?

Quem vai enterrá-lo se você morrer? Enterrá-lo como você merece – com os reis e os heróis.

Sua,

Tatiana

Tatia,

Você me pergunta o que faço para me manter vivo. Pouca coisa, eu diria. Porém, melhor que Ivan Petrenko.

Meu comandante me diz "escolha os melhores homens que tiver", eu o saúdo e faço isso. Então, eles morrem. O que isso faz de mim?

Hoje estive sob o pior dos fogos. Nem acredito que estou vivo para lhe escrever estas palavras. Estávamos mandando suprimentos para os homens do outro lado do rio em Nevsky. Estávamos remando os barcos com alimento, armas, munição e novos homens para o outro lado. Mas os alemães se mostraram implacáveis das colinas de Sinyavino, e não conseguimos ir adiante. Eles pousam nas colinas como abutres e atiram sobre nós. Normalmente, eu não vou nessas missões: não existem muitos como eu para ir nessas missões suicidas, e o comandante sabe disso, mas hoje não tínhamos homens suficientes para todos os barcos.

Petrenko morreu. Nós estávamos no barco, voltando para o nosso lado, e um estilhaço de bomba o atingiu. Arrancou-lhe o barco. Eu o pus em minhas costas e, sabe, em minha insanidade, abaixei-me para pegar o braço dele. Eu o peguei e ele caiu das minhas costas; quando olhei para ele deitado no barco, eu pensei: o que estou fazendo? Quem vai costurar esse braço de volta? Eu não o queria com o braço novamente. Eu me dei conta disso. Eu só queria que os dois fossem enterrados juntos. Não há dignidade no homem que é estraçalhado. O corpo tem que estar íntegro para que a alma possa encontrá-lo. Eu o enterrei com o braço nos bosques, perto de uma pequena bétula. Uma vez ele disse que gostava de bétulas. Tive que ficar com o rifle dele – não temos armas suficientes –, mas deixei seu capacete.

Eu gostava dele. Que justiça é essa que deixa que um homem bom como Petrenko morra e, no entanto, Dimitri, irresoluto e coxo, continua vivo?

Você quer saber o que eu pensei naquele barco?

Eu pensei: tenho que continuar vivo. Tatiasha nunca vai me perdoar.

Mas esta guerra é injusta, como você já constatou. Um homem bom tem tantas boas chances de morrer quanto um homem mau. Talvez mais.

Quero que você saiba que se alguma coisa me acontecer, não se preocupe com o meu corpo. Minha alma não vai voltar para ele, nem para Deus. Ela vai voar direto para você, onde ela sabe que pode encontrá-la, em Lazarevo. Não quero estar nem entre reis nem entre heróis, mas com a rainha do lago Ilmen.

Alexander

3

Não chegaram mais cartas de Alexander.

Agosto evoluiu tranquilamente para setembro, e nada de cartas. Tatiana fazia o que podia, envolvendo-se com as quatro velhas, com a vila, com os livros, com seu inglês, com John Stuart Mill, que ela lia em voz alta para si mesma no bosque, entendendo quase tudo. Mas nenhuma notícia dele, e sua alma já não estava mais tranquila, nem conformada.

Numa sexta-feira, durante o círculo de costura, Tatiana, com a cabeça enterrada no suéter que estava fazendo para Alexander, ouviu Irina Persikova perguntar se ela havia recebido alguma carta dele.

– Nenhuma. Já faz um mês – disse Naira com tranquilidade. – Shh, nós não falamos disso. O **Soviete** de Molotov não tem notícias. Ela vai lá verificar toda semana. Shh.

– De qualquer modo, Deus está com ele – disse Dusia.

– Não se preocupe, Tanechka – disse Axinya alegremente. – O serviço de correio é terrível. Você sabe disso. As cartas demoram muito para chegar.

– Eu sei, Axinya – disse Tatiana, olhando para suas agulhas de tricô. – Não estou preocupada.

–Vou lhe contar uma história para você se sentir melhor. Uma mulher chamada Olga morou aqui na vila alguns meses antes de você chegar, e o marido dela também estava no *front*. Ela esperou e esperou pelas cartas dele. Nada. Como você, ela se atormentava e esperava. Então, recebeu dez cartas de uma só vez!

– Isso não seria ótimo? – disse Tatiana, sorrindo. – Receber dez cartas de Alexander de uma só vez.

– Sem dúvida, querida – disse Axinya, sorrindo. – Portanto, não se preocupe.

– É isso mesmo – disse Dusia. – Olga colocou as cartas em ordem cronológica e começou a lê-las. Ela leu nove delas, e a décima carta era do comandante, dizendo que seu marido tinha sido morto no *front*.

– Oh! – foi tudo o que Tatiana conseguiu dizer, empalidecendo.

– Dusia! – exclamou Axinya. – Pelo amor de Deus, você não tem juízo? Agora você vai contar a ela que Olga se afogou no Kama.

– Senhoras, terminem sem mim, certo? – disse Tatiana, pousando as agulhas de crochê. – Eu vou fazer o nosso jantar. Vou fazer torta de repolho.

Ela cambaleou até a casa e tirou imediatamente o livro de Pushkin do baú. Alexander lhe dissera que havia posto o dinheiro de volta. Tatiana olhou demoradamente para a capa, deu um suspiro profundo e, com cuidado, cortou o papel com uma lâmina de barbear. O dinheiro estava lá. Com um pequeno suspiro, tomou-o nas mãos.

Então, contou-o.

Cinco mil dólares.

Sem alarme, contou novamente as notas estalando de novas, separando-as uma a uma. Dez notas de cem dólares. Quatro notas de mil dólares.

Cinco mil dólares.

Tornou a contá-las.

Tatiana começou a duvidar de si mesma. Por um instante, achou que talvez sempre tivessem sido cinco mil dólares, que ela havia apenas errado a contagem.

Se, pelo menos, a voz de Alexander no lampião de querosene que clareava a noite não a transportasse do cérebro para o coração: *Esta foi a última coisa que minha mãe me deixou, algumas semanas antes de ser presa... Nós escondemos o dinheiro juntos. Dez mil dólares americanos... quatrocentos rublos.*

Tatiana subiu na cama e se deitou de costas, olhando as vigas do teto.

Ele lhe disse que ia lhe deixar todo o dinheiro.

Não, ele não disse isso. Ele disse: *Vou lhe deixar o dinheiro*. Ela o tinha visto colando a capa do livro.

Por que ele levaria apenas cinco mil dólares?

Para apaziguá-la? Para que ela não se preocupasse, para que não fizesse outra cena? Para que não voltasse a Leningrado com ele?

Ela segurou o dinheiro contra o peito e tentou penetrar no coração de Alexander.

Ele era o homem que, a alguns metros da liberdade, da *América*, preferira dar as costas ao sonho de uma vida toda. Sentir-se de uma maneira. E também comportar-se de uma maneira. Alexander pode ter sonhado com a *América*, mas acreditava em si mesmo. E amava Tatiana acima de tudo.

Alexander sabia quem ele era.

Era um homem que mantinha sua palavra.

E deu o dinheiro a Dimitri.

Parte 4

Em total rebeldia.

Vencida pelo terror e o pressentimento

1

Tatiana não ia ficar sozinha em Lazarevo uma segunda vez.

Ela escreveu dez cartas a Alexander, dez cartas descontraídas, otimistas, reconfortantes. Fez com que suas notícias parecessem cronológicas e sazonais. Pediu a ajuda de Naira Mikhailovna para enviá-las a Alexander uma a uma, em intervalos de uma semana.

Ela sabia que se saísse sem uma palavra, as quatro velhas escreveriam a Alexander ou, o que seria pior, encontrariam um jeito de telegrafar a ele uma mensagem frenética, contando-lhe sobre o desaparecimento dela, e se ele ainda estivesse vivo para ouvi-la, sua reação incontrolável poderia lhe custar a vida. Então, Tatiana disse às mulheres que, para evitar um emprego na fábrica de peixe em conserva de Lazarevo, onde a maioria dos aldeões trabalhava, ela ia trabalhar no hospital de Molotov. Tatiana não deu lugar a objeções e, depois de ouvir algumas perguntas murmuradas por Dusia, não ouviu mais nada.

Naira Mikhailovna queria saber por que Tatiana não podia enviar as cartas diretamente de Molotov. Tatiana respondeu que Alexander não queria que ela saísse de Lazarevo, e que ficaria aborrecida se descobrisse que ela estava trabalhando na cidade. Ela não queria aborrecê-lo enquanto ele estava na guerra.

— Você sabe como é a índole protetora dele, Naira Mikhailovna.

– Protetora e irracional – disse Naira, balançando a cabeça com força. Ela estava mais que disposta a participar como co-conspiradora no que via como um plano para burlar o caráter impossível de Alexander. E concordou em enviar as cartas.

Tendo feito roupas novas para ela e empacotado quantas garrafas de vodka e *tushonka* podia carregar, Tatiana partiu bem cedo certa manhã, depois de se despedir das quatro velhas. Dusia abençoou-a, pondo a mão na sua cabeça. Naira chorou. Raisa chorou e tremeu.

– Você está louca – disse Axinya, toda encolhida.

Louca por ele, pensou Tatiana. Ela partiu, usando calças marrom escuro, meias marrons, botas marrons e um casaco de inverno marrom. Seu cabelo loiro estava preso por um lenço marrom. Ela queria chamar o menos possível de atenção. Os dólares foram costurados numa bolsinha dentro de suas calças. Antes de partir, tirou a aliança e a inseriu num cordão que trançou. Enquanto a beijava, antes de colocá-la sob a blusa, ela sussurrou:

– Assim, você fica mais perto do meu coração, Shura.

Enquanto caminhava pelo bosque para sair de Lazarevo, Tatiana passou pela trilha que levava à clareira deles. Detendo-se brevemente, ela pensou em descer até o rio e olhar... uma última vez. Pensar nisso foi demais para ela. Balançando a cabeça, prosseguiu seu caminho.

Havia coisas que ela não conseguia fazer.

Certa vez, havia observado Alexander olhar o lugar de esguelha; ela não conseguia fazer isso. Desde que Vova havia levado seu baú embora dois meses antes, Tatiana não tinha voltado ao local onde vivera com Alexander. Vova pregara tábuas nas janelas, recolocou o cadeado e levou toda a madeira que Alexander cortara para a casa de Naira.

Em Molotov, Tatiana primeiro foi ao **Soviete** local para ver se havia chegado algum dinheiro de Alexander em setembro.

Para sua surpresa, o dinheiro estava lá!

Ela perguntou se chegara algum telegrama ou carta com o dinheiro.

Não chegara.

Se ele ainda estava recebendo o soldo de soldado, isso significava que não nem estava morto nem havia desertado. Pegando os 1500 rublos,

Tatiana ficou imaginando por que Alexander mandou-lhe *dinheiro vivo*, mas não escreveu. Então, lembrou-se dos meses que as cartas de sua avó levaram para chegar a Leningrado. Bem, ela não se importaria se recebesse trinta cartas de Alexander de uma só vez, uma para cada dia de setembro.

Na estação ferroviária de Molotov, Tatiana disse ao inspetor de passaportes domésticos que Leningrado estava precisando urgentemente de enfermeiras, devido à guerra e à fome, e que ela estava voltando para ajudar. Ela mostrou-lhe o carimbo de emprego do Hospital Grechesky em seu passaporte. Ele não precisava saber que ela tinha lavado chão, banheiros e pratos, além de costurar sacos para os mortos. Tatiana ofereceu-lhe uma garrafa de vodca por sua ajuda.

Ele perguntou sobre a carta do hospital convidando-a a retornar a Leningrado. Tatiana respondeu que a carta havia se queimado, mas lhe mostrou as credenciais da fábrica de Kirov, do Hospital Grechesky e uma citação de valor no Quarto Exército de Voluntários do Povo, dando-lhe mais uma garrafa de vodca por sua ajuda.

Ele carimbou seu passaporte, e ela comprou o bilhete.

Antes de embarcar no trem, foi até Sofia, que lhe pareceu incrivelmente lenta em atendê-la. Tatiana se sentiu envelhecendo enquanto a esperava, achando que, com certeza, perderia o trem, mas Sofia, por fim, conseguiu encontrar as duas fotografias que tirara de Alexander e dela nos degraus da igreja de São Serafim no dia de seu casamento. Tatiana as colocou em sua mochila e correu para pegar o trem.

O trem em que ela estava partindo era muito melhor que aquele em que chegara. Era o que parecia um trem de passageiros e estava indo para sudoeste, em direção a Kazan. Essa era a direção errada para Tatiana, que precisava ir para o norte, mas Kazan era uma cidade grande, e ela conseguiria pegar outro trem. Seu plano era, de algum modo, voltar a Kobona e pegar uma balsa para atravessar o lago Ladoga para Kokkorevo.

Enquanto o trem avançava, Tatiana olhou em direção ao Kama lá longe, obscurecido pelos pinheiros e bétulas, pensando se um dia tornaria a ver Lazarevo.

Ela achava que não.

Em Kazan, Tatiana tomou um trem para Nizhny Novgorod, não a Novgorod de sua infância e de Pasha, mas outra Novgorod. Agora ela estava a 300 quilômetros de Moscou. Pegou outro trem, um trem de carga que ia em direção a noroeste para Yaroslavl, e de lá tomou um ônibus em direção norte para Vologda.

Em Vologda, Tatiana descobriu que podia tomar o trem para Tikhvin, mas que Tikhvin estava sob o fogo constante e destruidor dos alemães. E ir de Tikhvin para Kobona era aparentemente impossível.

Os trens estavam sendo atacados de três a quatro vezes por dia, com pesadas perdas de vidas e suprimentos. Ainda bem para o inspetor de trens que lhe vendeu o bilhete para Tikhvin e que, assim, tinha assunto para pôr em prática sua vontade de conversar.

Ela perguntou ao inspetor como o alimento estava conseguindo furar o cerco de Leningrado se a rota de Kobona estava bloqueada pelo fogo alemão.

Depois de descobrir o porquê, Tatiana decidiu seguir o alimento. De Vologda, ela tomou um trem em direção a Petrozavodsk, bem ao norte, na margem ocidental do lago Onega, e simplesmente saltou bem antes, em Podporozhye, caminhando cinquenta quilômetros até Lodeinoye Pole, que fica a dez quilômetros das margens do lago Ladoga.

Em Lodeinoye Pole, Tatiana sentiu a terra tremer debaixo de seus pés e sentiu que estava perto.

Enquanto estava numa cantina para tomar sopa com pão, Tatiana ouviu quatro caminhoneiros conversando numa mesa próxima. Aparentemente, os alemães tinham quase parado de bombardear Leningrado, desviando todo seu poder aéreo e de artilharia para o *front* de Volkhov, onde Tatiana estava. O Segundo Exército do general soviético Meretskov estava a apenas quatro quilômetros de Neva, e Manstein, o marechal de campo alemão não estava disposto a deixar que Meretskov o rechaçasse de suas posições ao longo do rio. Tatiana ouviu um dos homens dizer:

—Vocês ouviram falar da nossa 861ª divisão? Ela não conseguiu afastar os alemães de jeito nenhum, passou o dia inteiro debaixo de fogo e perdeu 65 por cento de seus homens e cem por cento dos oficiais de comando!

– Isso não é nada! – exclamou outro. – Vocês ouviram quantos homens Meretskov perdeu em agosto e setembro em Volkhov? Quantos mortos, feridos ou desaparecidos em ação? Cento e trinta mil!

– Você chama isso de perda? – disse outro. – Em Moscou...

– Mais de cento e cinquenta mil homens!

Tatiana já tinha ouvido o suficiente da conversa. Mas precisava de só um pouquinho mais de informação. Continuando a ouvir os caminhoneiros, descobriu que as barcaças com alimento partiam do lago Ladoga, ao sul de uma pequena cidade chamada Syastroy, cerca de cem quilômetros ao norte do *front* de Volkhov. Syastroy fica cerca de cem quilômetros ao sul de onde Tatiana estava no momento.

Tatiana ia pedir uma carona aos homens, mas não gostou da maneira como eles falavam. Eles iam pernoitar em Lodeinoye Pole, e a maneira como um deles olhou para ela, apesar de seu lenço marrom dobrado...

Ela limpou a boca, agradeceu e saiu. Sentiu-se melhor lembrando que estava levando a P-38 de Alexander, carregada.

Tatiana levou três dias para andar os cem quilômetros até Syastroy. Era início de outubro e estava frio, mas as primeiras neves ainda não tinham caído, e a estrada não era pavimentada. Muitas outras pessoas seguiam o mesmo caminho: aldeões, evacuados, fazendeiros itinerantes, ocasionalmente soldados voltando do *front*. Ela caminhou durante metade de um dia ao lado de um soldado que voltava da licença. Ele parecia tão desconsolado quanto Alexander devia ter se sentido ao partir. Então, pegou uma carona num caminhão do exército, e Tatiana continuou caminhando.

O estrondo de pesadas bombas, explodindo por perto não parava de sacudir o chão sob seus pés enquanto ela caminhava, a mochila nas costas, os olhos no chão. Por pior que isso parecesse, era melhor que correr pelo campo de batatas em Luga. Era melhor que sentar na estação ferroviária de Luga, sabendo que os alemães não partiriam antes que Tatiana estivesse morta. Era melhor que tudo isso, mas não muito. Ela continuou a andar, os olhos no chão. Caminhava até à noite: era mais calmo à noite e, depois das onze, não havia bombardeios. Ela andava mais algumas horas e, então, encontrava um celeiro onde dormir. Uma noite, estava com uma família que lhe ofereceu jantar *e* seu filho mais velho. Ela aceitou o jantar, recusou o filho e ofereceu dinheiro pela recusa. Eles o aceitaram.

Dez quilômetros a oeste de Syastroy, na margem direita do rio Volkhov, Tatiana encontrou uma pequena balsa prestes a cruzar o lago, contornando o cabo de Novaya Ladoga. Os estivadores estavam soltando a corda. Ela esperou que a prancha estivesse prestes a subir e, então, correu até o homem e lhe disse que tinha alimentos para o esforço de guerra, para o cerco, tirando da mochila cinco latas de presunto e uma garrafa de vodca. O estivador ficou olhando para a vodca com olhos cobiçosos. Tatiana disse-lhe que ficasse com a vodca e a deixasse visitar a mãe moribunda em Leningrado. Tatiana sabia que aqueles eram tempos difíceis para os habitantes locais. A maioria de seus parentes que moravam em Leningrado haviam morrido ou estavam morrendo. O estivador agradeceu-lhe pela vodca e lhe abanou a mão, dizendo:

– Estou lhe avisando. É uma travessia difícil. Muito tempo na água, e os alemães bombardeiam as balsas o dia todo.

– Eu sei. Estou preparada – disse ela. E sua travessia ocorreu sem incidentes.

A balsa chegou a Osinovets, ao norte de Kokkorevo, onde Tatiana ofereceu o resto de sua *tushonka* – quatro latas – e outra garrafa de vodca ao chofer de caminhão que estava levando alimento para Leningrado. Ele a deixou sentar na frente com ele e até dividiu seu pão com ela enquanto viajavam.

Tatiana ficou olhando pela janela. Será que ela seria realmente capaz de voltar para seu apartamento na Quinta Soviet? Como se tivesse muita escolha. Mas voltar para *Leningrado*?

Ela estremeceu. Não queria pensar nisso. O motorista a deixou na Estação Finlândia, ao norte da cidade. Ela tomou um trem de volta para Nevsky Prospekt e andou até sua casa, na Praça da Insurreição. Leningrado estava triste e fazia. Era de noite, e as ruas estavam fracamente iluminadas, mas, pelo menos, havia eletricidade. Ela parecia ter chegado numa boa hora, pois a cidade estava quieta; não havia nenhum bombardeio. Mas enquanto caminhava, ela viu três incêndios e muitos buracos onde antes havia janelas e portas.

Ela esperava que seu prédio da Quinta Soviet ainda estivesse em pé.

E estava. Ainda verde, ainda pardo, ainda imundo.

Tatiana ficou parada alguns minutos diante das portas duplas da entrada. Ela estava em busca de uma coisa que Alexander chamava de coragem.

A coragem de tornar a subir as escadas que levavam aos dois cômodos vazios onde outros seis corações um dia palpitaram. Cômodos cheios de histórias engraçadas, vodca, jantares, pequenos sonhos, pequenos desejos e vida.

Ela olhou à direita e à esquerda da rua. Do outro lado da praça Grechesky, a igreja ainda estava em pé, intocada e sem ter sido bombardeada. Virando a cabeça para Suvorovksy, viu algumas pessoas entrando em seus prédios, voltando para casa do trabalho. Apenas algumas pessoas, talvez três. O calçamento estava limpo e seco. O ar frio feria suas narinas.

Era por causa dele.

O coração dele ainda batia e estava chamando por ela.

Ele ia ser sua coragem.

Ela balançou a cabeça para si mesma e girou a maçaneta. A entrada verde-escura cheirava a urina. Segurando o corrimão, Tatiana subiu lentamente os três lances de escada até seu apartamento comunal.

Sua chave girou na fechadura da porta marrom lustrosa.

O apartamento estava quieto. Não havia ninguém na cozinha da frente, e as portas dos outros quatros estavam fechadas. Todas fechadas, com exceção da de Slavin, que estava ligeiramente aberta. Tatiana bateu e olhou lá dentro.

Slavin estava no chão, ouvindo o rádio.

– Quem é *você*? – perguntou ele, numa voz esganiçada.

– Tania Matanova, lembra-se? Como *vai* você? – disse ela, sorrindo. Algumas coisas nunca mudam.

– Você estava aqui durante a guerra de 1908? Ah, nós mandamos aqueles japoneses para o inferno – disse ele, apontando o dedo para o rádio. – Ouça, ouça com cuidado.

Apenas o som do metrônomo, batida após batida.

Em silêncio, ela retrocedeu. Os russos tinham perdido aquela guerra.

– Você devia ter vindo o mês passado – disse Slavin, erguendo o olhar. – Só sete bombas caíram em Leningrado o mês passado, Tanechka. Você estaria mais segura.

– Não se preocupe – disse ela. – Se precisar de alguma coisa, estou lá embaixo na entrada.

Tampouco havia alguém na cozinha. Para sua surpresa, a porta do seu corredor e de seus dois cômodos não estava trancada. Na entrada, em seu sofá, havia dois estranhos, um homem e uma mulher bebendo chá.

Tatiana ficou um instante olhando para eles.

– Quem *são* vocês? – perguntou ela, por fim.

Eles disseram que eram Inga e Stanislav Krakov. Ambos tinham uns quarenta anos. Ele era barrigudo e totalmente careca. Ela era miúda e mirrada.

– Mas quem *são* vocês? – ela tornou a perguntar.

– Quem é *você*? – perguntou Stanislav, sem sequer olhar para ela.

– Estes cômodos são meus – disse Tatiana, pousando a mochila. – Vocês estão sentados no meu sofá.

Inga explicou rapidamente que eles tinham morado na Sétima Soviet e em Suvorovsky.

– Tínhamos um belo apartamento, nosso próprio apartamento – disse ela. – Nosso banheiro, nossa cozinha e um quarto – continuou ela. Aparentemente, o prédio deles tinha sido arrasado por bombas em agosto. Com a falta de moradias em Leningrado por causa de tantos prédios demolidos, o Conselho Soviético alocou Inga e Stanislav nos cômodos dos Metanov, que estavam desocupados. – Não se preocupe – disse Igan. – Logo vamos encontrar um apartamento nosso. Dizem que talvez seja um de dois quartos. Certo, Stan?

– Bem, agora eu estou de volta – disse Tatiana. – Os cômodos não estão mais desocupados. Ela correu os olhos pela entrada. *Alexander havia limpado tão bem o lugar*, pensou ela com tristeza.

– É mesmo? E para onde é que nós vamos? – perguntou Stan. – Estamos registrados no Conselho para ficar aqui.

– Que tal os outros quartos do apartamento comunal? – perguntou ela. Os outros quartos onde *outras* pessoas haviam morrido.

– Estão todos ocupados – disse Stan. – Ouça, por que ainda estamos discutindo isso? Aqui há espaço suficiente. Você pode ficar com todo um quarto só para você. Não dá para se queixar, não é mesmo?

– Mas os dois quartos são meus – disse ela.

– Na verdade, não – disse Stan, continuando a beber seu chá. – Os dois quartos pertencem ao estado. E o estado está em guerra – prosseguiu ele, rindo alegremente. – Você não está sendo uma boa proletária, camarada.

– Stan e eu somos membros do Partido, do Corpo de Engenheiros de Leningrado.

– Isso é ótimo – disse Tatiana, repentinamente se sentindo muito cansada. – Qual dos quartos fica sendo o meu?

Inga e Stan tinham ocupado seu antigo quarto, onde ela dormia com Dasha, Mamãe, Papai e Pasha. Também era o único quarto com aquecimento. Mesmo que o aquecedor não estivesse quebrado, Tatiana não tinha madeira para acendê-lo.

– Posso, pelo menos, ficar com o meu *bourzhuika*? – perguntou ela.

– E o que nós vamos usar? – perguntou Stan.

– Como é mesmo o seu nome? – perguntou Inga.

– Tania.

– Tania – disse Inga, constrangida –, por que não você não empurra a cama de lona para a parede perto de onde fica o fogão do nosso lado? A parede é quente. Você quer que Stan a ajude?

– Inga, pare, você sabe que tenho problema nas costas – disse Stan. – Ela pode empurrá-la sozinha.

– Posso, sim – disse Tatiana. Ela empurrou o sofá de Deda o suficiente para imprensar a cama de lona contra a parede.

A parede *estava* quente.

Tatiana dormiu durante dezessete horas, coberta com o casaco e três cobertores.

Depois de acordar, foi até o comitê do Conselho Soviético da Habitação para se registrar outra vez como residente de Leningrado.

– Por que você voltou? – perguntou a mulher atrás da escrivaninha, que preenchia os documentos para um novo cartão de racionamento. – Você não sabe que ainda estamos sitiados?

– Sei – disse Tatiana. – Mas há uma falta de enfermeiras. A guerra continua – e fez uma pausa. – Alguém precisa cuidar dos soldados, não é mesmo?

A mulher mais velha deu de ombros, sem erguer os olhos. *Será que alguém desta cidade vai erguer os olhos e olhar para mim?*, pensou Tatiana. Um única pessoa.

– O verão foi melhor – disse a mulher. – Mais comida. Agora nem se consegue arrumar batatas.

– Tudo bem – disse Tatiana, sentindo uma ponta de remorso, *ao se lembrar do balcão de batatas que Alexander havia feito em Lazarevo.*

Com o cartão de racionamento na mão, ela foi ao armazém Elisey na avenida Nevsky. Não podia nem pensar em voltar à loja na Fontanka e Nekrasova, onde costumava buscar as rações da família um ano atrás. Na Elisey, era tarde para conseguir pão, mas obteve um pouco de leite de verdade, feijões, uma cebola e quatro colheres de sopa de óleo. Por cem rublos, comprou uma lata de *tushonka*. Como ainda não estava trabalhando, sua ração de pão era de apenas 350 gramas, mas para os trabalhadores subia para 700 gramas. Tatiana planejava conseguir um emprego.

Tatiana procurou uma *bourzhuika*, mas não teve sorte. Chegou a ir ao centro de compras Gostiny Dvor, do outro lado da Elisey, na avenida Nevsky, mas também não achou nada. Ela ainda tinha 3000 rublos do dinheiro de Alexander, e teria prazer em gastar metade dele numa *bourzhuika* para se manter quente, mas não conseguiu encontrar nenhuma. Com a sacola de comida, Tatiana atravessou a avenida Nevsky, passando pelo Hotel Europeu, na Mikhailovskaya Ulitsa, atravessou a rua e entrou nos Jardins Italianos, sentando-se no banco em que Alexander lhe contara sobre a *América*.

Ela não se mexeu do lugar nem quando começou o bombardeio, nem quando viu as bombas sobre a Mikhailovskaya e do outro lado da avenida Nevsky. Ela viu uma bomba cair no pavimento e explodir em meio a chamas negras. *Alexander vai ficar tão zangado quando descobrir que estou aqui,* pensou Tatiana. Ela não se importava se ele a matasse. Ela conhecia o temperamento de Alexander: ele havia perdido o controle durante os últimos dias que passaram em Lazarevo. Como Alexander voltou a ser razoável depois que a deixou – se ele voltou a ser – era coisa que ela desconhecia.

Ela voltou a trabalhar no Hospital Grechesky. Ela tinha razão. O hospital *estava* precisando desesperadamente de ajuda. O funcionário da administração viu o carimbo de seu antigo emprego no Grechesky e perguntou-lhe se ela havia sido enfermeira. Tatiana respondeu-lhe que tinha sido auxiliar de enfermagem e que, em pouco tempo, seria capaz de pôr suas habilidades em dia. Ela pediu para ser colocada numa unidade de tratamento intensivo. Deram-lhe um uniforme branco, e ela acompanhou uma enfermeira chamada Elizaveta num turno de nove horas e, depois, uma enfermeira chamada Maria em outro turno de nove horas. As enfermeiras nem olhavam para Tatiana.

Mas os pacientes olhavam.

Depois de duas semanas de jornadas de trabalho de dezoito horas diárias, Tatiana finalmente teve seus próprios turnos e uma tarde de domingo livre. Ela reuniu toda sua coragem para ir às barracas Pavlov.

2

Tatiana apenas precisava saber que Alexander estava bem e onde ele estava alojado.

A sentinela do portão não era ninguém conhecido; seu nome era Viktor Burenich. O jovem soldado era amigável e se mostrou disposto a ajudar. Ela gostou disso. Ele conferiu a escalação de todos os soldados que então estavam nas barracas e lhe disse que Alexander Belov não se encontrava entre eles. Ela perguntou se ele sabia onde estava o capitão. O soldado respondeu com um sorriso que não sabia.

– Mas, pelo que você sabe, ele está bem? – perguntou ela.

O soldado deu de ombros.

– Acho que sim, mas eles não contam essas coisas.

Segurando a respiração, Tatiana perguntou se Dimitri Chernenko ainda estava vivo.

Estava. Tatiana respirou. Burenich disse que Chernenko não estava mais na guarnição, mas que constantemente ia e vinha com suprimentos.

Tatiana tentou se lembrar de mais alguém que conhecesse.

– Anatoly Marazov está aqui? – perguntou ela.

Por sorte, ele estava.

Em poucos minutos Tatiana viu Marazov pelo portão.

– Tatiana! – disse ele, parecendo alegre por vê-la. – Que surpresa vê-la por aqui. Alexander me contou que você tinha sido evacuada com sua irmã – e fez uma pausa. – Sinto muito sobre sua irmã.

– Obrigada, tenente – disse ela, com os olhos involuntariamente se enchendo de lágrimas.

Ela ficou extremamente aliviada. Se Marazov mencionou Alexander tão casualmente, significava que tudo estava bem.

– Eu não quis chateá-la, Tania – disse Marazov.

– Não, não, não está me chateando – disse ela. Os dois estavam em pé na entrada.

– Você não quer dar uma volta no quarteirão? – perguntou Marazov. – Eu tenho alguns minutos.

Eles caminharam com os casacos abotoados até a Praça do Palácio.

– Você veio ver o Dimitri? Ele não está mais na minha unidade.

– Ah, eu sei – disse ela, gaguejando. Será que ela conseguiria guardar todas as mentiras na cabeça? Como ela poderia saber sobre Dimitri? – Eu soube que ele foi ferido. Eu o vi em Kobona alguns meses atrás – disse ela. – E se não estava aqui para ver Dimitri, quem mais poderia ela querer ver?

– É verdade, agora ele está por estes lados. Correndo. E infeliz com isso também. Eu não sei o que ele deseja que a guerra lhe ofereça.

– Você ainda está... na companhia de torpedeiros de Alexander.

– Não, Alexander não tem mais uma companhia. Ele foi ferido... – Marazov interrompeu-se quando Tatiana vacilou. – Você está bem?

– Desculpe. Estou bem, sim. Eu tropecei – disse ela, cruzando os braços em torno do estômago. Ela sentia que a qualquer minuto ia desmaiar. Tentou se controlar a todo custo. Ela tinha que se controlar. – O que aconteceu com ele?

– Ele queimou a mãos num ataque em setembro.

– As mãos? – *As mãos dele?*

– Foi. Queimaduras de segundo grau. Não conseguia segurar um copo durante semanas. Mas agora está melhor.

– Onde ele está?

– De volta ao *front*.

Tatiana não conseguiu prosseguir.

– Tenente, talvez seja melhor voltarmos. Eu realmente preciso ir embora.

– Claro – disse Marazov, surpreso, enquanto davam meia-volta. – De qualquer modo, por que você voltou a Leningrado?

– Há falta de enfermeiras por aqui. Eu voltei para ser enfermeira – disse ela, apressando o passo. – Você está estacionado em Shlisselburg?

– Eventualmente, sim. Nós temos uma nova base de operações para o *front* de Leningrado, lá em Morozovo...

– Morozovo? Ouça... estou feliz que você esteja bem. O que você vai fazer em seguida?

– Nós perdemos tantos homens, tentando romper o cerco – disse ele, balançando a cabeça –, que estamos constantemente nos reagrupando. Mas, da próxima vez, acho que vou estar novamente com Alexander.

– É mesmo? – disse ela, sentindo uma fraqueza nas pernas. – Bem, espero que sim. Ouça, foi bom vê-lo.

– Tania, você está bem? – perguntou Marazov, olhando para ela com aquele olhar de familiaridade triste novamente tomando conta de dele. Tatiana se lembrou do seu rosto quando o viu pela primeira vez, no último setembro. Ele olhou para ela como se já a conhecesse.

Ela conseguiu sorrir um pouco.

– É claro. Estou bem – disse ela, aproximando-se dele de maneira firme e colocando-lhe a mão na manga. – Obrigada, tenente.

– Devo dizer a Dimitri que você esteve aqui?

– Não, por favor, não.

Ele inclinou a cabeça. Tatiana já estava quase no fim da rua quando ele gritou:

– Devo contar a Alexander?

– Não! Por favor, não conte – respondeu ela, virando-se e com voz fraca.

Na noite seguinte, quando Tatiana voltou para casa do hospital, encontrou Dimitri esperando por ela no corredor, com Stan e Inga.

– Dimitri? – disse Tatiana, com um choque. – O quê?... Como?... O que você está *fazendo* aqui? – perguntou ela, olhando para Stan e Inga.

– Nós o deixamos entrar, Tanechka – disse Inga. – Ele disse que vocês estavam se encontrando no ano passado.

Dimitri chegou-se a Tatiana e pôs os braços em torno dela. Ela não moveu os braços.

– Soube que você foi me procurar – disse ele. – Fiquei muito comovido. Você quer ir para o seu quarto?

– Quem lhe contou que eu estive nas barracas?

– Burenich, a sentinela. Ele me disse que uma pessoa apareceu perguntando por mim. Você não deixou o nome, mas ele a descreveu. Fiquei muito emocionado, Tania. Estes últimos meses têm sido difíceis para mim.

Ele tinha a postura torta e os olhos fundos.

– Dimitri, esta não é uma boa hora para *mim* – disse ela, lançando um olhar de raiva para Inga e Stan. Então, desviou os olhos dele. – Eu estou muito cansada.

– Você deve estar com fome. Quer jantar?

– Eu comi no hospital – mentiu Tatiana. – E aqui não tenho quase nada – acrescentou. Como fazê-lo ir embora? – Tenho que acordar cedo amanhã, às cinco horas. Tenho dois plantões de nove horas pela frente. Vou ficar em pé o dia todo. Talvez uma próxima vez?

– Não, Tania. Não sei se vai haver uma próxima vez – disse Dimitri. – Vamos. Talvez você possa me fazer chá. Alguma coisinha para comer? Em nome dos velhos tempos?

Tatiana nem conseguia imaginar a reação de Alexander quando ele descobrisse que Dimitri esteve no quarto com ela. Isso não estava nos planos dela... estar em contato com ele. Ela não sabia o que fazer com ele. *Mas, então,* pensou, *Alexander ainda tem contas a acertar com ele. Então, eu tenho que estar em contato com ele. O problema não é só de Alexander. É nosso.*

Tatiana fritou alguns grãos de soja num fogão Primus que pegara emprestado de Slavin em troca de ocasionalmente cozinhar para ele. Ela juntou algumas cenouras à soja e um pedaço de cebola velha. Deu-lhe um naco de pão preto com uma colherada de manteiga. Quando Dimitri pediu vodca, Tatiana disse-lhe que não tinha mais, pois não queria que ele ficasse bêbado enquanto estivesse sozinho com ela. O quarto era mal iluminado por um lampião de querosene. Havia eletricidade, mas Tatiana não conseguia encontrar lâmpadas nas lojas.

Ele comeu com o prato no colo. Ela se sentou na outra extremidade da cama e percebeu que ainda não havia tirado o casaco. Ela o tirou e, enquanto ele comia, fez uma xícara de chá para ela.

– Por que está tão frio neste quarto? – perguntou Dimitri.

– Não tenho aquecimento – respondeu Tatiana. Ela ainda estava usando o uniforme de enfermeira, e seu cabelo estava preso atrás da cabeça por um lenço branco de enfermeira.

– Então, Tania, conte-me... como você tem passado? Você parece bem – disse Dimitri. – Você não parece mais uma garota – acrescentou ele, sorrindo. – Você agora parece uma jovem mulher. Você parece mais velha.

– Muitas coisas acontecem com a gente – disse Tatiana –, e a gente não pode evitá-las.

– Você parece bem. Esta guerra vai bem com você – disse Dimitri, sorrindo. – Você engordou desde que a vi pela última vez...

– Dimitri – disse ela tranquilamente, com um olhar que o deteve –, a última vez que você me viu foi em Kobona, eu lhe pedindo ajuda para enterrar minha irmã. Talvez você tenha esquecido. Mas eu não.

– Oh, Tania, eu sei – disse ele, com o movimento casual da mão. – Nós perdemos contato completamente. Mas eu nunca parei de pensar em você. Estou feliz que você tenha saído de Kobona. Muita gente não conseguiu.

– Minha irmã, por exemplo – disse Tatiana, com vontade de perguntar como ele tinha conseguido encarar Alexander e mentir sobre Dasha, mas Tatiana não conseguiu dizer o nome do marido na frente de Dimitri.

– Sinto muito por sua irmã – disse Dimitri. – Meus pais também morreram. Então, eu sei como você se sente – continuou ele depois de fazer uma pausa. Tatiana esperou. Esperou que ele terminasse de comer e saísse.

– Como você voltou a Leningrado? – perguntou Dimitri.

Tatiana contou-lhe.

Mas não quis falar dela. Ela não queria falar a respeito de nada. Onde estava Dasha, onde estava Alexander, onde estavam Mamãe e Papai, para se sentarem em torno de Tatiana para que ela não tivesse de ficar sentada sozinha no quarto com Dimitri?

Respirando fundo, Tatiana perguntou-lhe o que ele iria fazer, agora que parecia estar permanentemente inválido.

– Sou um corredor. Você sabe o que é isso?

Tatiana sabia o que era um corredor. Mas balançou a cabeça. Se ele falasse de si mesmo, não ficaria lhe fazendo perguntas.

– Eu levo suprimentos para as linhas de frente e para as unidades da retaguarda, de caminhão, avião, navio. E os distribuo...

– Onde você os distribui? Aqui em Leningrado? – perguntou ela.

– Aqui, sim. E também em vários pontos deste lado do Neva. E para o lado Kareliano, perto da Finlândia – disse ele, olhando para ela de esguelha. – Você está vendo por que sou tão infeliz? – perguntou Dimitri.

– Claro que vejo – disse Tatiana. – A guerra é perigosa. Você não queria estar nela.

– Eu não queria estar neste país – murmurou Dimitri, quase sem ser ouvido.

Mas foi ouvido.

– Você diz que faz entregas na frente finlandesa? – perguntou ela, com a voz enfraquecida.

– Isso mesmo. Para as tropas da fronteira, no Istmo de Karelia. Também faço entregas em nossos quartéis das operações do Neva em Morozovo. O posto de comando foi construído lá, embora estejamos planejando nosso próximo movimento...

– Em que lugar do Istmo de Karelia?

– Não sei se você já ouviu falar de um lugar chamado Lisiy Noss...

– Ouvi falar, sim – disse Tatiana, apertando o braço do sofá.

– Lá – disse Dimitri, sorrindo. – Também levo suprimentos a pé de uma barraca para outra. Sabe, Tania, eu levo suprimentos até para os *generais*! – disse ele, erguendo as sobrancelhas.

– É mesmo? – disse ela, mal ouvindo o que ele dizia. – Alguém interessante?

– Estou ficando muito amigo – disse Dimitri, baixando a voz – do general *Mekhlis* – completou ele, rindo com satisfação. – Eu levo papel, canetas e, quando consigo, mais alguma coisa extra para ele... se você entende o que quero dizer. Nunca peço que ele me pague. Cigarros, vodca, tudo vai para ele. Ele aguarda minhas visitas com ansiedade.

– É mesmo? – disse Tatiana. Ela não tinha a menor ideia de quem fosse Mekhlis. – Mekhlis... que exército ele comanda?

– Tania, você está brincando?

– Não. Por que eu estaria? – disse Tatiana, sentindo-se exausta.

– Mekhlis comanda o exército NKVD! – disse Dimitri, num sussurro de satisfação. – Ele é o braço direito de Beria! – completou ele, baixando a voz. Lavrenti Beria era o Comissário do Povo de Stálin para o NKVD.

Tatiana já tinha sentido medo de bombas, da fome e da morte. Certa vez, sentiu medo de se perder no bosque. E também já sentira medo de que um ser humano desejasse lhe fazer mal sem nenhum motivo.

O mal era o meio *e* o fim.

Nessa noite, Tatiana não temia por ela. Mas, estudando o rosto depravado e insinuante de Dimitri, ela teve medo por Alexander.

Antes dessa noite, ela sentira pontadas de remorso por ter deixado Lazarevo e quebrado a promessa sincera que havia feito ao marido. Mas agora estava convencida de que Alexander não apenas precisa dela mais próxima dele, mas também de que ele precisava mais dela do que ela mesma poderia achar possível.

Alguém tinha de proteger Alexander, não apenas da morte ao acaso, mas também da destruição deliberada.

Sem se mover, sem piscar, sem hesitar, Tatiana estudou Dimitri.

Ela o observou pousar a xícara e se aproximar dela no sofá. Então, ela piscou e saiu de seus devaneios.

– O que você está fazendo?

– Eu posso lhe dizer, Tania – disse Dimitri. – Mas você não é mais criança.

Ela não moveu um músculo quando ele se aproximou ainda mais.

– Inga e Stan me disseram que você está trabalhando tanto que eles estão convencidos de que você está saindo com algum médico do hospital. Isso é verdade?

– Se *Inga e Stan* lhe disseram, deve ser – disse Tatiana. – Os comunistas nunca mentem, Dimitri.

Balançando a cabeça, Dimitri se aproximou ainda mais.

– O que você está fazendo? – disse Tatiana, levantando-se do sofá. Ouça, está ficando tarde.

– Ora, Tania. Você está sozinha. Eu estou sozinho. Detesto minha vida, detesto cada minuto dela de cada dia dela. Você também não se sente assim às vezes?

Só esta noite, pensou Tatiana.

– Não, Dima. Eu estou bem. Tenho uma boa vida, apesar de tudo. Estou trabalhando, o hospital precisa de mim, meus pacientes precisam de mim. Estou viva. Tenho comida.

– Tania, mas você deve se sentir muito sozinha.

– Como posso me sentir sozinha? – retrucou ela. – Estou constantemente cercada de gente. E você achou que eu estivesse saindo com um médico? Ouça, vamos parar com isso. Está tarde.

Ele se levantou e fez um movimento em direção a ela. Tatiana baixou as mãos.

– Dimitri, está tudo acabado. Eu não sou adequada para você – prosseguiu ela, olhando para ele fixamente. – E você sempre soube disso, embora tenha sempre se mostrado persistente. Por quê?

– Talvez – disse Dimitri, com um riso fácil – eu tenha esperado, cara Tania, que o amor de uma mulher jovem e boa como você pudesse redimir um velhaco como eu.

– Fico feliz em saber – disse Tatiana, olhando-o com frieza – que você não se considera um caso perdido.

– Ah, mas eu sou, Tania – disse ele, rindo outra vez. – Eu sou. Pois eu não tive o amor de uma moça boa como você – prosseguiu ele, parando de rir e erguendo os olhos para ela. – Mas quem teve? – perguntou ele com tranquilidade.

Tatiana não respondeu, em pé onde antes ficava a mesa da sala de jantar, antes de Alexander serrá-la para que ela e Dasha pudessem acender um fogo. Tantos fantasmas em um cômodo pequeno e escuro. Era quase como se o cômodo ainda estivesse repleto de sentimentos, desejos, fome.

Os olhos de Dimitri brilharam.

– Eu não entendo – disse ele em voz alta. – Por que você foi às barracas procurar por mim? Eu achei que fosse isto que você queria. Ou você está querendo brincar comigo? Querendo me atazanar? – disse ele, erguendo a voz a um nível muito mais alto do que aquelas paredes podiam conter. E se aproximou dela. – Pois no exército nós temos uma palavra para as mulheres que nos atazanam. Nós as chamamos de mãe – completou ele, rindo.

– Dima, é isso que você está pensando? Que eu estou brincando. Você acha que eu sou moça do tipo que deseja uma coisa e finge que quer outra. Você acha?

Ele grunhiu, sem responder.

– Foi o que eu pensei – disse Tatiana. – Eu fui bem clara com você desde o começo. Eu fui às barracas procurar por você, por Marazov. Eu só queria ver um rosto familiar – completou ela. Tatiana não ia desistir, embora, por dentro, estivesse fria e distante dele.

– Será que você também perguntou por Alexander? – perguntou Dimitri. – Pois se perguntou, saiba que não o encontraria na guarnição. Alexander estaria em Morozovo se estivesse de serviço, ou em qualquer canto de Leningrado se não estivesse.

– Eu perguntei por todos que conheço – disse Tatiana, sentindo-se empalidecer, interna e externamente, e esperando que Dimitri não percebesse a insegurança em sua voz.

– Todos menos Petrenko – disse Dimitri, como se soubesse de tudo. – Embora você tenha sido tão amiga dele, procurando-o tantas vezes como fazia no ano passado. Por que você não perguntou sobre seu amigo Ivan Petrenko? Antes de ele ter sido morto, ele me disse que, às vezes, ia com você ao armazém do racionamento. Por ordem do capitão Belov, é claro. Ele foi de grande ajuda para você e sua família. Por que você não perguntaria por ele?

Tatiana estava atordoada. Ela se sentia tão ridiculamente precisada de Alexander, tão ridiculamente precisada de proteção contra esse espectro de homem em seu quarto que não sabia o que dizer.

Tatiana não perguntara por Petrenko porque sabia que ele estava morto. Ela soube que Petrenko havia morrido pelas cartas de Alexander, e ele não podia estar escrevendo para ela.

O que fazer, o que fazer para dar um fim a essa mentira revoltante envolvendo sua vida? Tatiana estava tão aborrecida, tão frustrada, tão cansada, tão desesperada que quase abriu a boca para contar a Dimitri sobre Alexander. A verdade seria preferível a isso tudo. Contar a verdade e viver para enfrentar as consequências.

Eram as consequências que a impediam.

– Dimitri, que diabos você está tentando obter de mim? – perguntou Tatiana, empertigando-se e olhando com frieza para Dimitri. – Pare de tentar me manipular com suas perguntas. Ou me interrogue diretamente ou fique quieto. Estou cansada de seus joguinhos. O que você quer saber? Por que eu não perguntei por Petrenko? Por que eu perguntei primeiro por Marazov e, assim que soube que ele estava na guarnição, parei de perguntar. Agora, chega!

– Sinto muito, Tania – disse Dimitri, olhando-a com uma surpresa embaraçada.

Ouviu-se uma batida na porta. Era Inga.

– O que está acontecendo? – perguntou ela sonolenta, usando seu esfarrapado roupão de banho. – Ouvi um barulho alto. Está tudo bem?

– Esta sim, obrigada, Inga – disse Tatiana, batendo a porta. Tatiana se ocuparia de Inga mais tarde.

Dimitri achegou-se a ela e disse:

– Lamento, Tania. Não tive a intenção de aborrecê-la. Eu apenas entendi mal suas intenções.

– Tudo bem, Dimitri. Está tarde. Vamos nos despedir.

Dimitri tentou se aproximar mais, mas Tatiana recuou.

– Eu sempre desejei – disse Dimitri, afastando-se e dando de ombros – que desse certo entre nós, Tania.

– É mesmo, Dimitri? – disse Tatiana.

– É Claro.

– Dimitri! Como... – disse Tatiana, interrompendo-se.

Dimitri estava num local em que já passara muitas noites, comendo e bebendo. Ele se sentava com a família de Tatiana, que o convidava para jantar e faziam-no participar de sua vida. Agora, ele estava ali por apenas uma hora. Havia falado de si mesmo livremente, acusado Tatiana de algo que ela não sabia. Ele lhe contara muitas coisas que soavam como mentiras. Ela não sabia. O que ele não fez foi perguntar-lhe o que havia acontecido às seis pessoas que outrora estiveram com ele naquele local. Não perguntou sobre sua mãe, nem sobre seu pai, nem sobre Marina, nem sobre a mãe de sua mãe. Não perguntou dela em Kobona, em janeiro, nem agora. Ele se soubesse de seus destinos, não emitiria uma única palavra de comiseração, não faria um único gesto reconfortante com a mão. Como é que Dimitri podia pensar que fosse dar certo entre ele e outra pessoa, especialmente entre ele e Tatiana, quando ele não conseguia olhar por apenas um segundo para a vida ou o coração de outra pessoa? Tatiana não se incomodava que ele não perguntasse sobre família. O que ela queria é que ele não fingisse para ela, como se *ela* não soubesse a verdade.

Tatiana quis dizer isso a Dimitri. Mas não valia a pena.

Ela suspeitava que a verdade estivesse clara em seus olhos, pois ao inclinar a cabeça e parecer ainda mais corcunda, Dimitri gaguejou:

– Parece que eu não consigo dizer a coisa certa.

– Vamos dizer boa noite – disse Tatiana com frieza. – Essa vai ser a coisa certa

Ele foi até a porta, e ela o seguiu.

– Tania, acho que isto é um adeus. Acho que não vamos nos ver de novo.

– Se quisermos, vamos sim – disse Tatiana, engolindo em seco, entorpecida interiormente, as pernas fracas.

– Aonde estou indo – disse Dimitri, baixando a voz num sussurro –, você nunca mais vai me ver, Tatiana.

– É mesmo? – disse ela, sem forças.

Por fim ele partiu, deixando um obscuro tumulto para Tatiana, que ficou em sua cama de lona entre a parede e as costas do sofá, sem tirar a roupa e apertando a aliança contra o peito, sem se mover nem dormir até amanhecer.

3

Em Morozovo, Alexander estava sentado atrás de uma mesa na barraca de seu oficial quando Dimitri entrou com cigarros e vodca. Alexander estava usando seu casaco, e suas mãos feridas estavam adormecidas pelo frio. Ele estava pensando em ir ao refeitório para se aquecer um pouco e pegar comida, mas não conseguia deixar a barraca. Era sexta-feira e ele tinha uma reunião com o general Govorov em uma hora para discutir os preparativos para um assalto sobre os alemães do outro lado do rio.

Era novembro e, depois de quatro tentativas frustradas de atravessar o Neva, o 67º Exército agora esperava impacientemente que o rio congelasse. Finalmente, o comando de Leningrado concluíra que seria mais fácil atacar com as linhas de infantaria pelo gelo que usar pontões facilmente bombardeáveis.

Dimitri colocou as garrafas de vodca, o tabaco e o papel para enrolar cigarros sobre a mesa. Alexander o pagou. Ele queria que Dimitri saísse. Tinha acabado de ler uma carta de Tatiana que o deixara intrigado. Ele não tinha escrito a ela nas semanas em que estivera ferido, embora poderia ter pedido a uma enfermeira que escrevesse para ele. Alexander sabia que, se Tatiana visse uma carta escrita com a letra de outra pessoa, enlouqueceria tentando ler nas entrelinhas o quanto seu ferimento era *realmente* sério. Sem querer preocupá-la, ele lhe enviou o dinheiro de setembro e esperou até poder segurar uma caneta para lhe escrever pessoalmente por volta do fim do mês.

Ele escreveu que suas queimaduras foram a forma escolhida por Deus para protegê-lo. Incapaz de manejar suas armas, Alexander havia perdido dois ataques desastrosos no Neva em setembro, que dizimaram o primeiro e o segundo exércitos tão radicalmente que todos os reservistas tiveram de ser trazidos da guarnição de Leningrado. O *front* de Volkhov teria prazer em suprir o de Leningrado com homens... se contasse com eles. Mas depois das instruções de Hitler a Manstein para bloquear o Neva, havia pouquíssimos homens no 2º Exército de Volkhov.

Stalingrado estava sendo arrasada. A Ucrânia era de Hitler. Leningrado mal conseguia sobreviver. O Exército Vermelho estava totalmente debilitado. Govorov estava planejando outro ataque contra os alemães na outra margem do Neva. E Alexander estava sentado em sua mesa, tentado entender que diabos estava acontecendo com sua esposa.

Novembro havia chegado, e nenhuma de suas cartas, que vinham com total regularidade e descontração, embora com pouco de seu tradicional fervor cândido, mencionava seus ferimentos. Ele estava entretido, tentando ler nas entrelinhas das cartas *dela*, quando Dimitri entrou com sua encomenda. E agora Dimitri não parecia estar disposto a ir embora.

– Alexander, você me serve uma bebida? Em nome dos velhos tempos.

Com relutância, Alexander serviu uma bebida a Dimitri. E se serviu de uma pequena dose. Ele estava sentado atrás de sua mesa, com Dimitri numa cadeira diante dele. Os dois conversaram sobre a invasão iminente e as terríveis batalhas contra os alemães do outro lado do Neva, em Volkhov.

– Alexander – disse Dimitri em voz baixa –, como você consegue ficar sentado aqui tão calmamente, sabendo o que vem pela frente? Quatro tentativas de cruzar o Neva, a maioria de nossos homens mortos, e ouvi dizer que o quinto ataque, assim que o rio congelar, vai ser o último, que nem um único homem poderá voltar até o cerco ser rompido. Você também ouviu falar disso?

– Ouvi alguma coisa, sim.

– Eu não posso mais ficar aqui. Não posso. Ainda ontem eu estava entregando suprimentos ao Neva para as tropas de Nevsky, quando um foguete saiu voando de Sinyavino, cruzou o rio e explodiu em meio a outra droga de esquadrão pronto para a travessia. Acho que eu estava a cem metros da explosão. Mas olhe – disse ele, mostrando a Alexander os cortes em seu rosto –, a coisa não acabou.

– Não, Dimitri, não acabou.

– Alexander – disse Dimitri, baixando a voz –, você não vai acreditar como a área de Lisiy Nos está desprotegida agora! Eu faço entregas lá, para nossas tropas de fronteira, e consigo ver os finlandeses nos bosques. Talvez haja uma dúzia de homens no todo. É providencial. Você pode vir comigo no caminhão de entrega, e antes de chegarmos à fronteira, podemos esvaziar o caminhão e...

— Dima! – sussurrou Alexander. – Esvaziar o caminhão? Olhe só para você. Você mal consegue caminhar no chão plano. Nós já conversamos sobre isso em junho...

— Não apenas em junho. Falamos disso sem parar. Estou cansado de falar. Cansado de esperar. Não posso mais esperar. Vamos embora, vamos tentar e vamos conseguir. E se não conseguirmos, vão atirar em nós. Qual é a diferença. Pelo menos assim temos uma chance.

— Ouça-me... – disse Alexander, erguendo-se da cadeira.

— Não, você é que vai *me* ouvir. Esta guerra me transformou...

— É mesmo?

— Sim! – disse Dimitri. – Ela me mostrou que tenho que lutar por minha vida para sobreviver. Do jeito que for necessário. Tudo que eu fiz até agora não funcionou. Nem a mudança de pelotão para pelotão, nem meu pé ferido, nem os meses de hospital, nem o interlúdio de Kobona... nada! Tenho tentado salvar minha vida até podermos fazer uma nova investida. Mas os alemães estão determinados a me matar. E eu estou determinado a não deixá-los fazer isso – prosseguiu Dimitri, fazendo uma pausa e baixando a voz. – A sua pequena proeza com o falecido e esquecido Yuri Stepanov provoca ainda *mais* raiva quando lembrada – prosseguiu Dimitri, com voz quase inaudível. – Ele está morto, e nós estamos aqui. Tudo porque você teve de trazê-lo de volta. Nós agora poderíamos estar na *América*, não fosse por você.

Lutando para manter o autocontrole, Alexander aproximou-se do lado da mesa em que estava Dimitri, inclinou-se para ele e disse entre os dentes:

— E eu, na época, lhe disse o que vou dizer agora. O que eu fiquei repetindo desde então. E vou repetir agora. Vá embora! Parta. Vá em frente. Eu lhe darei a metade do dinheiro. Você conhece o caminho para Helsinque e Estocolmo como a palma de sua mão. Então, por que não vai embora?

— Você sabe muito bem que eu não posso ir sozinho. Eu não falo uma palavra de inglês – disse Dimitri, encolhendo-se em sua cadeira.

— Você não precisa falar inglês! Só tem que chegar a Estocolmo e requerer *status* de refugiado. Eles vão lhe dar, Dimitri, mesmo sem você falar inglês – disse Alexander com frieza, afastando-se um pouco.

– E agora com minha perna...

– Esqueça a sua perna. Arraste-a atrás de você se for preciso. Eu vou lhe dar metade do dinheiro...

– Vai me dar metade do dinheiro? De que droga você está falando. Nós combinamos de ir juntos, lembra? Esse era o nosso plano, certo? Juntos – disse ele, fazendo uma pausa. – Eu não vou sozinho!

– Se você não vai sozinho – disse Alexander entre os dentes –, então vai ter que esperar até *eu* dizer quando é a hora certa – prosseguiu ele, cerrando os punhos. – Ainda não é a hora certa. Vai ser na primavera...

– Eu não vou esperar até a droga da primavera!

– E que escolha você tem? Você quer conseguir escapar ou falhar devido à pressa? Você sabe que as tropas de fronteira do NKVD atiram sem piedade nos desertores.

– Na primavera, eu vou estar morto – disse Dimitri, levantando-se da cadeira e tentando encarar Alexander. – Você vai estar morto na primavera? O que é que está havendo com você? Que diabos há com você? Você não quer mais fugir? O que vai fazer em vez disso? *Morrer?*

Procurando tirar o tormento dos olhos, Alexander não respondeu.

– Cinco anos atrás – disse Dimitri, encarando-o com raiva –, quando você não era ninguém, não tinha ninguém e precisou de mim, eu lhe fiz um favor, capitão do Exército Vermelho.

Alexander deu um passo à frente e ficou tão próximo de Dimitri que este não apenas recuou, mas também caiu sentado na cadeira, olhando para Alexander com ansiedade.

– Sim, você fez, sim – disse Alexander. – E eu nunca me esqueci disso.

– Tudo bem, tudo bem – disse Dimitri. – Não fique...

– Eu fui bastante claro? Nós vamos esperar a hora certa.

– Mas a fronteira em Lisiy Nos está desprotegida *agora*! – exclamou Dimitri. Que diabos estamos esperando? Agora é a época ideal para irmos. Mais tarde, os soviéticos vão mandar mais tropas para lá, os finlandeses vão trazer mais tropas e a guerra vai continuar por lá. Agora os dois lados estão empatados, e digo que é hora de irmos... antes que a batalha de Leningrado o mate.

– Quem o está impedindo? – disse Alexander. – Vá!

– Alexander – disse Dimitri –, pela última vez, eu não vou sem você.

– Dimitri – disse Alexander –, pela última vez, agora eu não vou.

– Então, quando?

– Eu vou lhe dizer quando. Primeiro, temos que furar o bloqueio. Sim, ele vai nos custar tudo o que temos, mas vamos rompê-lo e, então, na primavera...

– Talvez devêssemos mandar Tania fazê-lo – disse Dimitri, rindo à socapa.

Por um instante, Alexander achou que tinha ouvido mal. Dimitri tinha acabado de mencionar Tatiana?

– O que foi que você disse? – perguntou ele, tranquila e lentamente.

– Eu disse que talvez devêssemos mandar Tania. Ela é especialista em vencer bloqueios.

– Do que você está falando?

– Aquela garota – disse Dimitri com admiração –, estou convencido de que ia conseguiria ir até a Austrália sozinha se quisesse! – bramiu ele. – Antes que a gente se dê conta, ela vai estar fazendo entregas regulares de comida entre Molotov e Leningrado.

– De que diabos você está falando?

– Estou lhe dizendo, Alexander – prosseguiu Dimitri –, que em vez de gastar duzentos mil de nossos homens, incluindo você e eu, devíamos mandar Tatiana Metanova furar o bloqueio.

– Não faço a mínima ideia do que você está falando – disse Alexander, sugando seu cigarro. Na esperança de que Dimitri não notasse, ele apertou o encosto da cadeira com as mãos.

– Eu disse a ela: "Tania, você devia se alistar. Logo, logo, você seria general". E ela disse que realmente estava pensando em se juntar...

– O que você quer dizer... – interrompeu Alexander, achando difícil prosseguir. – O que você quer dizer com você *disse* a ela?

– Uma semana atrás. Ela me serviu o jantar na Quinta Soviet. Eles finalmente consertaram os canos. O apartamento, bem, umas pessoas totalmente estranhas estão morando lá, mas... – interrompeu-se Dimitri, sorrindo. – Ela está se revelando uma boa cozinheira.

Alexander precisou de todo o restante de suas forças para continuar impassível.

– Você está bem? – perguntou Dimitri, olhando-o de maneira divertida.

– Eu estou bem. Mas do que é que você está falando, Dima? Essa é mais uma de suas mentirinhas? Tatiana não está em Leningrado.

– Alexander, acredite em mim. Eu reconheceria Tatia em qualquer lugar – disse ele, sorrindo. – Ela parece bem. Ela me contou que está saindo com um médico – prosseguiu ele, rindo. – Dá para acreditar? Nossa pequena Tanechka. Quem haveria de pensar que ela seria a única sobrevivente.

Alexander gostaria de dizer *pare com isso*, mas não confiava em sua voz. Ele nada disse, com as mãos ainda no encosto da cadeira. Ele tinha acabado de receber uma carta dela ontem. Uma carta!

– Tania foi me procurar nas barracas. E me ofereceu um jantar. Ela disse que estava em Leningrado desde meados de outubro. E também como ela chegou lá! – prosseguiu Dimitri, rindo. – Literalmente caminhando do *front* de Vokhov, como se Manstein e suas bombas de mil quilos não existissem – disse ele, balançando a cabeça. – Quando eu entrar na luta final, quero que ela esteja comigo.

– E quando você pensa, Dimitri, que *vai* ser essa luta final? – disse Alexander, esforçando-se por manter o autocontrole.

– Muito esperto...

– Dimitri, eu não dou a mínima para isso. Mas acabo de me dar conta de que estou atrasado. Tenho um encontro com o general Govorov em alguns minutos. Você vai ter que me desculpar.

Depois que Dimitri saiu, Alexander sentiu-se tão aborrecido em sua barraca que, em sua fúria, quebrou a cadeira de madeira em que estivera sentado. Agora ele sabia o que havia de errado com as cartas dela. Alexander sentiu-se enfraquecido pela raiva e não teve tempo de se acalmar antes da reunião com Govorov, ou mesmo depois. A raiva continuou a nublar seu discernimento. Depois da reunião, ele foi até o coronel Stepanov.

– Ah, não – disse Stepanov, levantando-se da cadeira –, eu estou vendo aquele olhar em seus olhos, capitão Belov – completou ele, sorrindo.

– O senhor – começou Alexander, com o chapéu nas mãos –, tem sido muito bom comigo. Eu não tirei um único dia de folga desde que voltei em julho.

– Mas, Belov, você teve mais de cinco semanas de folga em julho!

– Tudo o que estou pedindo são alguns dias, senhor. Se o senhor quiser, posso levar um caminhão de suprimentos a Leningrado. Assim, em parte estarei a serviço do exército.

– O que está acontecendo, Alexander? – perguntou Stepanov, aproximando-se e baixando a voz.

– Está tudo bem – respondeu Alexander, com um pequeno movimento de cabeça.

– Será que isso não tem a ver com o dinheiro que você está mandando daqui para Molotov todos os meses – disse Stepanov, estudando-o.

– O senhor tem razão. Talvez devamos parar de mandar dinheiro para Molotov.

– Será que tem a ver com o carimbo de um cartório de registros em Molotov que eu vi em seu passaporte, quando eu estava registrando a sua volta? – perguntou Stepanov, baixando a voz ainda mais.

Alexander ficou em silêncio.

– Senhor, eu preciso ir urgentemente a Leningrado – disse ele, fazendo uma pausa, na tentativa de se recompor. – É só por alguns dias.

– Se você não estiver de volta para a chamada das dez horas no domingo... – disse Stepanov, com um suspiro.

– Senhor, eu estarei aqui. Isso é mais que tempo suficiente. Obrigado. Eu nunca o desapontei. E não vou esquecer isto.

Quando Alexander estava saindo, Stepanov disse:

– Ocupe-se de seus assuntos pessoais, meu filho. Esqueça os suprimentos. Você não vai ter outra chance de cuidar de assuntos pessoais antes de furarmos o bloqueio.

4

Tatiana estava arrastando os pés. Ela ainda estava se ocupando de seus doentes, apesar de seu horário de saída há muito ter vencido. Estava com um pouco de fome, mas cozinhar para ela mesma era um desprazer. E gostaria de alimentar seu corpo de forma intravenosa, como alguns dos feridos. Ficar se ocupando de homens e mulheres feridos com gravidade era preferível a ficar em seu quarto sozinha.

Por fim, ela saiu e, sem levantar a cabeça, caminhou lentamente para casa, descendo a Grechesky no escuro.

Ela entrou no apartamento comunal. Inga estava sentada no sofá na entrada e tomava chá distraidamente. Por que ela estava na casa de Tatiana? Era tão incongruente que ela e Stan ficassem ali.

– Olá, Inga – disse Tatiana, com a voz cansada, enquanto tirava o casaco.

– Humm. Alguém veio procurar você – disse ela, endireitando os ombros.

– Você fez o que eu lhe pedi e não deixou ninguém entrar?

– Fiz, fiz como você pediu – respondeu Inga. – Mas ele não ficou contente. Outro soldado.

– Que soldado?

– Eu não sei.

– Quem era? – perguntou Tatiana num sussurro, aproximando-se e baixando a voz. – Não era o mesmo soldado, era? – prosseguiu ela, num sussurro.

– Não. Diferente. Alto.

O coração de Tatiana deu um pulo. Alto!

– Para onde... – gaguejou ela. – Para onde ele foi?

– Sei lá. Eu disse a ele que não podia entrar. Ele não quis ouvir mais nada depois disso. Você tem um interessante contingente de soldados atrás de você, não é mesmo?

Sem sequer pegar o casaco, Tatiana deu meia-volta no pequeno vestíbulo, escancarou a porta e, diante dela, estava Alexander.

– Oh – disse ela, ofegante, os joelhos trêmulos. – Oh, meu Deus! – Ao ver a expressão de seus olhos escuros, ela percebeu o que ele estava sentindo. Mas não se importou. Com os olhos cheios de lágrimas, ela colocou a mão dentro do casaco dele.

Ele sequer colocou os braços em torno dela.

– Vamos – disse ele com frieza, pegando-a pelo braço. – Vamos lá para dentro.

– Tania me disse para não deixar ninguém entrar, capitão – disse Inga. – Tania, você não vai nos apresentar? – perguntou ela, pousando a xícara.

– Não – disse Alexander, empurrando Tatiana para dentro do quarto e chutando a porta para fechá-la. Ela se dirigiu a ele instantaneamente, com os braços trêmulos abertos, o rosto coberto de lágrimas. Ela mal conseguia pronunciar o nome dele de tanta emoção.

– Shura...

– Não chegue perto de mim – avisou ele, afastando as mãos.

– Shura, estou tão feliz em ver você. Como estão suas mãos? – insistiu Tatiana, sem ouvir o que ele dizia e se aproximando dele.

– Não, Tatiana! Fique longe de mim – devolveu ele em voz alta, empurrando-a para longe.

Ele foi até a janela. Ali estava frio. Tatiana seguiu-o. Sua necessidade de colocar as mãos sobre ele, fazer com que ele a tocasse, era tão desesperada que ela esqueceu a dor deixada pela visita de Dimitri, pela falta dos cinco mil dólares, por seus sentimentos conturbados.

– Shura – disse Tatiana, com a voz trêmula. – Por que você está me evitando?

– O que você fez? – indagou Alexander, com os olhos amargos e furiosos. – Por que você está aqui?

– Você sabe por que eu estou aqui – disse-lhe Tatiana. – Você precisava de mim. E eu vim.

– Eu não precisava de você aqui – gritou ele. Tatiana vacilou, mas não se afastou. – Eu não precisava de você aqui – repetiu ele. – Eu preciso de você a salvo!

– Eu sei – disse ela. – Por favor, deixe-me tocá-lo.

– Fique longe de mim.

– Shura, eu lhe disse que não consigo ficar longe de você. Eu achei que você não haveria de me querer o tempo todo em Lazarevo. Que você precisasse de mim perto de você.

– Perto de mim? Não perto de *mim*, Tatiana – disse ele com impertinência, junto ao batente da janela. Estava escuro no quarto, com a única luz vinda da rua. O rosto de Alexander estava escuro, seus olhos estavam escuros.

– Do que você está falando? – disse ela numa súplica trêmula. – Claro, perto de você. Perto de quem mais poderia ser.

– Em que diabos você estava pensando – berrou ele – ao ir até as barracas e perguntar por Dimitri?

– Eu não perguntei por Dimitri! – exclamou ela com voz fraca. – Eu fui para encontrar *você*. Eu não sabia o que havia lhe acontecido. Você parou de me escrever.

– E você não me escreveu por seis meses! – disse ele em voz alta. – Você podia ter esperado duas semanas, não é mesmo?

– Fazia mais de um mês, e eu não podia, não – respondeu ela. – Shura, eu estou aqui por você. – Ela deu um passo em direção a ele. – Por *você*. Você me disse para eu nunca ignorá-lo. Aqui estou eu. Olhe nos meus olhos e veja o que eu estou sentindo – suplicou ela, estendendo-lhe as mãos. – O que eu estou sentindo, Shura? – sussurrou ela.

– Olhe nos *meus* olhos e diga o que *eu* estou sentindo, Tatiana – disse Alexander, piscando e cerrando os dentes.

Ela juntou as mãos como numa prece.

– Você me prometeu! – disse Alexander. – Você me *prometeu*. Você me deu sua *palavra*!

Tatiana lembrou. Ela olhou para o rosto dele. Estava tão fraca e o queria tanto. E pôde ver que ele precisava dela, talvez mais ela dele. Mas ele não conseguia enxergar além de sua raiva. Como sempre.

– Alexander, meu marido, sou *eu*. É a sua Tania – ela quase gritou, estendendo-lhe as mãos. – Shura, por favor...

Como ele não respondeu, Tatiana tirou os sapatos e foi se pôr diante dele junto à janela. Ela se sentia mais vulnerável que nunca, em pé com seu uniforme branco diante dele, de cabelo negro, botas negras e o casaco militar negro assomando à frente dela, tão emocional, tão zangado. – Por favor, não vamos brigar. Estou feliz por ver você. Eu só quero... – prosseguiu ela, sem querer desviar o olhar dele. – Shura – disse ela, o corpo tremendo –, não... me rechace.

Ele desviou o rosto. Tatiana desabotoou a frente de seu uniforme e segurou a mão de Alexander.

– *Beije a palma de sua mão e pressione-a contra o coração*, você me escreveu – sussurrou ela, beijando-lhe a mão e colocando-a em seu peito nu, aquela mão grande, quente, escura, a mão que a havia carregado e acariciado. Então, fechou os olhos e deu um gemido.

– Oh, meu Deus, Tatiana... – disse Alexander, puxando-a para ele, as mãos atacando-lhe o corpo. Ele a empurrou contra a cama, sem desgrudar os lábios incensados da boca da esposa, as mãos em seus cabelos. – O que você *quer* de mim? – perguntou ele, tirando-lhe o uniforme, a blusa e a calcinha, deixando-a nua, apenas com as ligas. Agarrando-lhe as coxas nuas acima das meias, ele sussurrou: – Tania, meu Deus, o que você quer de mim?...

Tatiana não conseguiu responder. O corpo dele sobre o dela deixava-a sem fala.

– Estou furioso com você – disse ele, beijando-a como se fosse a última coisa que pudesse fazer na vida. – Você não se importa que eu esteja furioso com você?

– Não me importo... descarregue sua raiva em mim – gemeu Tatiana. – Vá em frente, descarregue-a em mim, Shura... agora.

Em segundos, ele já estava dentro dela.

– Cubra minha boca – sussurrou Tatiana, agarrando-lhe a cabeça e já prestes a gritar.

Alexander não havia tirado nem o casaco nem as botas.

Ouviu-se uma batida na porta.

– Tania, está tudo bem? – perguntou a voz de Inga.

– Suma já dessa porta – berrou Alexander, com a mão sobre a boca de Tatiana.

– Cubra minha boca, Shura – sussurrou Tatiana, chorando de felicidade. – Meu Deus, cubra-a.

– Não, não me deixe sozinha, não me deixe sozinha, por favor – murmurou ela, segurando-o pelo casaco, pela cabeça, por qualquer parte dele que conseguisse. – Como estão suas mãos? – perguntou ela. No escuro, não conseguia vê-las. Elas pareciam cobertas de crostas.

– Elas estão bem.

Tatiana estava beijando-lhe os lábios, o queixo, a barba curta, os olhos; ela não conseguiu afastar os lábios dos olhos dele, segurando-lhe a mão perto dela.

– Shura, querido, não me deixe sozinha, por favor, eu senti tanto a sua falta, fique aqui comigo. Fique onde você está... – repetia ela, e, durante alguns momentos sombrios, Tatiana pressionou o corpo contra o de Alexander. – Não vá embora. Você está sentindo como eu sou quente? Não saia para o frio... – pedia ela, colocando-se debaixo dele e tentando não chorar. Mas não conseguiu. – Foi por isso que você não me escreveu? Por causa de suas mãos?

– Foi – respondeu Alexander. – Eu não queria que você ficasse preocupada.

– Você não pensou que a ausência de suas cartas me deixaria maluca?

– Sabe – disse ele, desvencilhando-se dela –, eu esperava que você se limitasse a esperar.

– Meu querido, meu esposo adorado, você está com fome? – murmurou Tatiana. – Nem acredito que eu esteja tocando você de novo. Não posso ter tanta sorte! O que posso fazer para você? Tenho um pouco de carne de porco e batatas. Você quer comer?

– Não – respondeu Alexander, ajudando-a a se levantar. – Por que está tão frio aqui?

– A fornalha está quebrada. A *bourzhuika* fica no outro quarto, lembra? Slavin me deixa usar seu fogão Primus na cozinha – disse ela, sorrindo e correndo as mãos para cima e para baixo do casaco dele. – Querido, Shura, você quer que eu faça chá?

– Tania, você vai congelar. Você tem mais alguma coisa para vestir? Alguma coisa quente?

– Eu estou queimando – disse ela, com as mãos no casaco dele. – Não estou com frio – acrescentou, apoiando-se nele.

– Por que o sofá está no meio do quarto?

– Minha cama está atrás do sofá.

Alexander olhou pelas costas do sofá e viu o catre de Tatiana. Puxando um dos cobertores, ele a cobriu. – Por que você está dormindo entre o sofá e a parede?

Como ela não respondeu, Alexander foi até a parede e tocou-a com a mão. Os dois se entreolharam no escuro. – Por que você lhes deu o quarto quente, Tania?

– Eu não dei nada. Eles o pegaram. Eles são dois, e eu, só uma. Eles são pessoas tristes. Ele tem problema de coluna. Shura, que tal um banho quente? Eu vou lhe preparar um.

– Não, vista-se. Agora mesmo. – Alexander afivelou o cinto e saiu do quarto, ainda usando o casaco.

Desgrenhada e sem abotoar todos os botões, Tatiana o seguiu. Ele passou por Inga no vestíbulo e entrou no quarto, onde Stan estava sentado lendo o jornal, e pediu ao homem que trocasse de quarto com Tatiana. Stan disse que não ia fazer aquilo. Alexander replicou que Stan ia fazer aquilo, sim, e ele e Tatiana começaram a levar todas as coisas do casal de moradores para o quarto frio e todas as coisas de Tatiana para o quarto quente.

Durante quinze minutos, Tatiana ouviu Stan resmungando ao lado de Inga no vestíbulo, e, num determinado momento, quando passou por ele, ela murmurou:

– Stanislav Stepanich, quieto. Não o provoque.

Stan não deu ouvidos à esposa.

– Quem você pensa que é? Você não sabe com quem está lidando. Você não tem o direito de me tratar dessa maneira.

Deixando cair o baú, Alexander pegou o rifle e imprensou Stan contra a parede, com o cano pressionando a garganta do homem.

– E quem *você* pensa que é, Stan? – retrucou Alexander em voz alta. – Você não sabe com quem *você* está lidando! Então, você acha que eu vou ter medo de você, seu safado? Você está se metendo com o homem errado. Agora, vá para o outro quarto e não me encha o saco, pois eu não estou a fim de ser perturbado – disse, cerrando os dentes. – E *nunca* mais torne a incomodá-la, está me ouvindo? Vamos, leve o seu maldito baú – concluiu. Depois de um último golpe embaixo do queixo, Alexander afastou-se dele e chutou seu baú para longe.

Tatiana, que ficou observando Alexander, não foi em socorro de Stan, embora achasse que Alexander estava tão nervoso que poderia machucar o homem doente.

– Que tipo de gente louca vem visitar você, Tania? Vamos, Stan, vamos embora – murmurou Inga.

Esfregando a garganta, Stan começou a dizer alguma coisa, mas Inga gritou:

– Vamos, Stan. Cale a boca e vamos!

No quarto quente, Tatiana logo tirou os lençóis de Inga e Stan, jogando-os no vestíbulo, e colocou lençóis limpos em sua velha cama.

– Assim está melhor, não é mesmo? – comentou Alexander, sentando-se no sofá e puxando Tatiana para ele.

Tatiana concordou com um aceno de cabeça.

– Ah, só você, Alexander. Você quer comer alguma coisa?

– Mais tarde. Venha aqui.

– Você vai tirar o casaco desta vez?

– Venha aqui e você vai ver.

Ela caiu nos braços dele.

– Não tire o casaco, não tire nada.

Tatiana preparou um banho quente para Alexander, tomou-o pela mão e o levou até o pequeno banheiro, despiu-o, ensaboou-o, esfregou-o, enxaguou-o, chorou sobre ele e o beijou.

– Suas pobres mãos – repetia ela. Seus dedos vermelhos pareciam estar mal, mas Alexander assegurou-lhe que eles iam se curar e ficar quase sem cicatrizes. A aliança não estava em seu dedo, mas num cordão em torno do pescoço, exatamente como a dela.

– A água está bem quente para você?

– Está ótima, Tania.

– Vou ferver mais uma panela – disse ela, sorrindo. – Então, eu volto e despejo mais água quente para você. Você lembra?

– Lembro, sim – disse ele, sem sorrir.

– Oh, Shura... – sussurrou ela, beijando-lhe a testa molhada e virando o rosto dele para ela enquanto se ajeitava ao lado da banheira. – Eu sei – disse ela, com os olhos brilhando. – Nós podemos fazer uma brincadeira.

– Sem brincadeiras agora – disse ele.

– Você vai gostar desta – murmurou ela. – Vamos fingir que estamos em Lazarevo e eu sou você, segurando meus dedos na bacia de lavar roupa. Lembra? – prosseguiu ela, mergulhando os braços até os cotovelos na água quente cheia de espuma.

– Eu lembro – disse Alexander, fechando os olhos e sorrindo com relutância.

Enquanto ele estava se secando e se vestindo, Tatiana foi até a cozinha para preparar-lhe o jantar, cozinhando para ele quase toda a comida que ela tinha: batatas, cenouras e um pouco de carne de porco. Depois, levou a comida até o quarto e, sem respirar, sentou-se ao lado dele no sofá, observando-o comer.

– Eu não estou com fome – disse ela. – Eu comi no hospital. Coma, querido, coma.

Durante a noite insone e sem lógica, Tatiana contou a Alexander tudo o que Dimitri lhe havia dito: o general da NKVD, Lisiy Nos, e as outras alusões.

– Você está esperando que eu responda antes de você me perguntar?

– Não – disse Tatiana. – Não vou lhe perguntar nada – prosseguiu ela, deixando-se ficar em seus braços e brincando com a aliança dele.

– Não vou lhe contar sobre a vida de Dimitri aqui.

– Está bem.

– Porque as paredes têm ouvidos – disse Alexander, batendo forte com o punho contra a parede.

– Então, eles já ouviram tudo.

Ele beijou-lhe a testa.

– Tudo o que ele contou para você, sobre mim, não é verdade.

– Eu sei – disse ele, o que a fez sorrir um pouco.

– Mas, Shura, diga-me, quantas casas de prostitutas há em Leningrado, e por que você iria a todas elas?

– Tania, olhe para mim.

Ela o encarou.

– Não é verdade. Eu...

– Shura, querido. Eu *sei* – disse ela, beijando-lhe o queixo e cobrindo a ambos com dois cobertores de lã. – Hoje em dia, Alexander, só uma coisa é verdadeira.

– Só uma – sussurrou ele, olhando para ela intensamente no escuro. – Oh, Tatia.

– Psiu!

– Você tem uma foto sua aqui? Uma foto que eu possa levar comigo?

— Amanhã eu acho uma para você. Eu estou com medo de perguntar. Quando você volta?

— Domingo.

Ela sentiu um aperto no coração.

— Tão rápido.

— Meu comandante sempre põe a cabeça a prêmio quando me dá uma licença especial.

— Ele é um bom homem. Agradeça a ele por mim.

— Tatiana, um dia vou explicar a você o conceito de manter uma promessa. Sabe, quando você me *dá* sua palavra, você tem que *cumprir* sua palavra – disse ele, mexendo no cabelo dela.

— Eu sei o que significa cumprir uma promessa.

— Não, você só sabe o que significa *fazer* uma promessa – disse Alexander. – Você é muito boa para fazer promessas. O seu problema é *cumprir* a promessa. Você me prometeu que ficaria em Lazarevo.

— Eu prometi – disse Tatiana pensativa – porque era o que você queria que eu fizesse – e se acomodou ainda mais no braço dele. – Você não me deixou muita escolha – ela não poderia mentir tão perto dele. – Quando você me pediu para fazer uma promessa, eu teria lhe prometido qualquer coisa. – Debaixo do braço dele não estava bom. Ela subiu em cima dele. – E eu prometi – disse ela, beijando-o com suavidade. – Você queria que eu prometesse. Eu prometi. Eu sempre faço o que você quer que eu faça.

As mãos dele moveram-se ternamente para a parte baixa das costas dela.

— Não, você sempre faz o lhe dá vontade. Com certeza, você faz os *ruídos* certos.

— Mmm – disse ela, esfregando-se contra ele.

— Sim, *isso* é o que você faz – disse Alexander, com as mãos mais insistentes. – Você, com certeza, diz as coisas certas. Sim, Shura; é claro, Shura; eu prometo, Shura; talvez até eu amo você, Shura, mas depois você faz o que bem entende.

— Eu amo você, Shura – disse Tatiana, com as lágrimas escorrendo-lhe pelo rosto.

Todas as palavras agoniantes que Tatiana tinha a intenção de dizer a Alexander foram guardadas para ela mesma, um pouco surpresa que ele também estivesse guardando suas próprias palavras agoniantes – a interminável noite de novembro em Leningrado era curta demais para as tristezas, curta demais para o que eles estavam sentindo, curta demais para eles. Alexander queria ouvi-la gemer, e ela gemeu para ele, ignorando que Inga e Stan estavam a apenas alguns centímetros, separados pelo estuque fino. Sob a luz bruxuleante da *bourzhuika*, Tatiana fez amor com seu Alexander, gritando para ele, apertando-o, agarrando-se a ele, incapaz de se impedir de gritar toda vez que atingia o orgasmo, que ele atingia o orgasmo, toda vez que eles atingiam o orgasmo juntos. Ela fez amor com ele com a liberdade do último voo para o sul da cotovia, quando a ave sabe que vai conseguir chegar lá ou morrer.

– Suas pobres mãos – sussurrava ela, enquanto lhe beijava as cicatrizes de seus dedos e pulsos. – Suas mãos, Shura. Elas vão ficar curadas, não é mesmo? Elas não vão ficar com cicatrizes?

– Suas mãos sararam – disse ele. – Você não ficou com cicatrizes.

– Hmm – disse ela, lembrando-se de como apagara o fogo no telhado no ano anterior. – Eu não sei como.

– Eu sei como – sussurrou Alexander. – Você as curou. Agora cure as minhas, Tania.

– Oh, soldado – disse Tatiana em cima dele, pressionando desesperadamente a cabeça de Alexander contra os seios nus. – Eu não consigo respirar.

Ela o estava abraçando como ele a abraçava em Lazarevo. E pelo mesmo motivo.

– Abra a boca – sussurrou ela, abaixando-se em direção ao rosto dele. – Eu vou respirar por você.

5

Na manhã seguinte, antes de saírem para o corredor, Tatiana abraçou Alexander.

– Seja *bonzinho* – disse ela, enquanto abria a porta do quarto deles.

– Eu sou sempre bonzinho – respondeu ele.

Stan e Inga estavam sentados no vestíbulo. Stan levantou-se, estendeu a mão para Alexander e se apresentou, pedindo desculpas pelo dia anterior. Então, pediu a Alexander que se sentasse para fumar um cigarro. Alexander não se sentou, mas aceitou o cigarro de Stan.

– Este tipo de vida é difícil para qualquer um. Eu sei. Mas não é para sempre. Você sabe o que o Partido diz, capitão – disse Stan, sorrindo agradavelmente.

– Não, o que diz o Partido, camarada? – perguntou Alexander, olhando para Tatiana, que estava ao lado dele, segurando-lhe a mão.

– O ser determina a consciência, não é mesmo? Já vivemos demais desta forma, e vamos todos nos acostumar com isso. Logo seremos todos seres humanos transformados.

– Mas, Stan – disse Inga com voz queixosa –, eu não quero viver assim! Nós tínhamos um belo apartamento. Eu o quero de volta.

– Nós vamos tê-lo de volta, Inga. O conselho nos prometeu um de dois quartos.

– Quanto tempo, Stan, você acha que vamos viver assim antes de nos transformarmos? – perguntou Alexander. – E nos transformarmos em quê? – completou ele, olhando para Tatiana desoladamente.

Olhando-o no rosto, ela perguntou:

– Shura, eu tenho um pouco de *kasha*. Quer que eu faça para você, querido?

Fumando como se aquilo fosse seu café da manhã, Alexander concordou com um aceno de cabeça. Ela não gostou do olhar dele.

Quando ela voltava com duas tigelas de *kasha* e uma xícara de café para ele, Tatiana ouviu Stan dizer a Alexander que ele e Inga, casados há vinte anos, eram ambos engenheiros e antigos membros do Partido Comunista da União Soviética. Alexander mal se desculpou quando foi comer sua *kasha* dentro do quarto, sem nem pedir que Tatiana o seguisse.

* * *

Tatiana comeu sua *kasha* com Inga e Stan, recusando-se a responder às perguntas curiosas da mulher sobre Alexander. Então, ela lavou os pratos da noite anterior, limpou a cozinha e, por fim e com relutância, juntou-se a ele no quarto. Tatiana sabia que ela estava procrastinando.

Ela não queria encarar Alexander sozinha.

Ele estava colocando as coisas dela em sua mochila preta. Olhando-a, ele disse:

– Foi para isto que você quis voltar? Você sentia falta disto? Estranhos, estranhos do *Partido Comunista*, ouvindo todas as suas palavras, até seus gemidos? Você sentia falta disto tudo, Tania?

– Não. Eu sentia falta de *você*.

– Aqui não há lugar para mim – disse ele. – Mal há lugar para você.

Depois de observá-lo por um instante, ela perguntou:

– O que você está fazendo?

– Arrumando as coisas.

– Arrumando? – repetiu ela, baixinho, fechando a porta atrás dela. *Então vai começar*, pensou Tatiana. *Eu não queria isso. Gostaria que não tivéssemos que passar por isto. Mas aqui estamos.* – Aonde vamos?

– Para o outro lado do lago. Posso atravessar você facilmente até Syastroy e, então, levo você num caminhão do exército até Vologda. De lá, você pega um trem. Agora temos que ir. Vou demorar um pouco para voltar, e preciso estar em Morozovo amanhã à noite.

Tatiana balançou a cabeça com vigor.

– O que foi? – perguntou Alexander. – Por que você está balançando a cabeça?

Ela continuou a balançar a cabeça.

– Tatiana, eu estou lhe avisando. Não me provoque.

– Tudo bem. Mas eu não vou a lugar nenhum.

– Ah, vai sim.

– Não, não vou – disse ela, quase sussurrando.

– Você vai! – disse Alexander, erguendo a voz.

– Não erga a voz para mim – disse Tatiana com o mesmo quase sussurro.

Jogando a mochila no chão de madeira com um ruído surdo, Alexander foi até ela e, inclinando-se, disse-lhe no rosto:

– Tatiana, em um *segundo* eu vou erguer a minha voz ainda mais para você.

Tatiana sentiu-se muito triste por dentro. Mas endireitou os ombros e não desviou o olhar.

– Vá em frente, Alexander – disse ela com tranquilidade. – Eu não tenho medo de você.

– Não? – disse ele, cerrando os dentes. – Bem, eu estou apavorado com você – prosseguiu ele, afastando-se e pegando a mochila. Tatiana lembrou-se do primeiro dia da guerra e se lembrou de Pasha dizendo a seu pai que não, eu não quero ir, não quero ser mandado para muito longe para morrer.

– Pare com isso, Alexander. Estou dizendo. Eu não vou a lugar nenhum.

– Ah, vai sim, Tania – retrucou ele, girando em torno dela, o rosto contorcido pela raiva. – Você vai, sim. Vou levar você a Vologda, nem que seja aos pontapés e aos gritos.

Tatiana afastou-se um pouco dele, mas só um pouco, meio passo, e disse:

– Ótimo. Mas eu não vou ser chutada. Eu não vou gritar. Assim que você sair, eu torno a voltar.

Alexander atirou a mochila contra a parede, perto da cabeça de Tatiana. Ele foi em sua direção com os punhos cerrados e esmurrou a parede perto dela com tanta força que o gesso rachou e sua mão entrou pelo buraco.

As pernas dela tremiam, seus olhos estavam fechados, e Tatiana afastou-se mais meio passo e parou de se mexer.

– Mas que porra! – berrou Alexander com raiva, socando a parede perto do rosto dela. – O que é preciso para que você me ouça, uma única vez, uma droga de uma única vez, o que é preciso para que você faça o que eu digo? – disse ele, agarrando-a pelo braço e a empurrando com raiva contra a parede.

– Shura, isto aqui não é o exército – Tatiana sussurrou trêmula, com medo de olhar para ele.

– Você não vai ficar aqui!

– Vou – disse ela, com voz débil.

Ouviu-se uma batida na porta. Alexander foi até lá, escancarou-a e gritou:

– O que foi?

Inga, com o rosto vermelho, murmurou:

– Eu só queria saber se a Tania estava bem. Tania? Eu ouvi você gritar... uma batida...

– Eu estou bem, Inga – disse Tatiana, afastando-se da parede com as pernas vacilantes.

– E você vai ouvir muito mais, antes de terminarmos – disse Alexander a Inga. – É só colocar a porra do copo contra a parede – e bateu a porta. Girando pelo quarto, ele foi até Tatiana, que se afastou dele, com as mãos erguidas e sussurrando: "Shura, por favor"... Mas, sem conseguir parar e enlouquecido, ele se aproximou dela e a jogou na cama. Ela caiu e cobriu o rosto. Inclinando-se sobre ela, Alexander afastou-lhe as mãos: – Não cubra o rosto! – gritou ele, agarrando-lhe o rosto entre os dedos e sacudindo-a. – Não me deixe mais louco!

Tatiana gritou e tentou empurrá-lo, mas foi inútil.

– Pare – gemeu ela. – Pare...

– Viva ou morta, Tania? – gritou ele. – Viva ou morta? Como vai ser?

Agarrando desesperadamente os braços dele, ela quis responder-lhe, mas não conseguiu falar. *Morta*, ela quis dizer. *Morta, Shura*.

– Você não percebe o que a sua presença aqui está me fazendo? – disse Alexander, apertando-lhe o rosto cada vez com mais força, enquanto ela lutava para se soltar. – Você *percebe*. Mas não está nem aí.

Ela parou de lutar com ele, colocando as mãos nas dele.

– Por favor – sussurrou Tatiana, tentando olhar para ele. – Por favor... pare. Você está me *machucando*.

Alexander parou de apertá-la, mas não a soltou, nem a afastou, embora ela mal pudesse respirar. Debaixo dele, ela ficou na cama, ofegando. Cobrindo-a com seu corpo, ele ficou em cima dela, arfando. Em meio ao barulho em sua cabeça, Tatiana ouviu ao longe o alarme de ataque aéreo e o som de explosivo fora das janelas. Ela afastou a boca das mãos dele um pouco. Ela estava sufocando. Suas mãos envolveram as costas dele para abraçá-lo.

– Oh, Shura – sussurrou ela.

Alexander soltou Tatiana e ficou em pé, desolado diante dela. Então, caiu de joelhos.

– Tatiana – disse ele, com voz entrecortada –, este infeliz *implora* a você que vá embora. Se você sente algum amor por mim, por favor, volte para Lazarevo. Fique em segurança. Você não sabe o perigo que está correndo.

Ainda com a respiração ofegante, o corpo tremendo, o rosto doendo, Tatiana sentou-se na beira da cama e puxou Alexander para ela. Ela não suportava vê-lo tão zangado.

– Sinto muito por ter deixado você zangado – disse ela, segurando-lhe o rosto. – Por favor, não fique zangado comigo.

Alexander afastou as mãos dela.

– Você está ouvindo as bombas? Está ouvindo ou está surda? Você não está vendo que não existe comida?

– Existe comida – disse ela tranquilamente, tornando a pôr as mãos nele. – Eu recebo setecentos gramas por dia. Mais o almoço e o jantar no hospital. Eu estou passado bem – acrescentou sorrindo. – É muito melhor que no ano passado. E eu não me importo com as bombas.

– Tatiana...

– Shura, pare de mentir para mim. Não são os alemães nem as bombas que o assustam. Do que você tem medo?

Lá fora, as bombas silvavam ao cair. Uma explodiu bem perto. Tatiana puxou Alexander contra ela.

– Ouça-me – sussurrou ela, apertando-lhe a cabeça contra os seios. – Você está ouvindo o meu coração?

Ele a abraçou. Ela se sentou um instante, apertando-o contra ela e fechando os olhos. *Meu Deus*, rezava ela. *Por favor, faça com que eu seja forte para ele. Ele precisa tanto da minha força, não me deixe fraquejar agora.* Afastando-o com gentileza, ela foi até a cômoda.

– Você deixou uma coisa em Lazarevo, Shura. Além de mim.

Alexander levantou-se e sentou pesadamente na cama.

Abrindo as costuras internas das barras da calça, Tatiana tirou os cinco mil dólares de Alexander.

– Olhe, eu quero lhe devolver isto – disse ela, olhando para ele. – Estou vendo que você pegou só metade. Por quê? – Houve uma pausa. Respiração.

Os olhos de bronze de Alexander eram dois poços de dor.

— Eu não vou falar sobre isso com Inga à nossa porta – disse ele, mal movendo os lábios.

— Por que não? Nós fazemos todo o resto com Inga à nossa porta.

Um afastou os olhos do outro. Tatiana se deu conta de que os dois estavam em frangalhos. Quem iria recolher os cacos? Ela. Ela ia recolher todos eles. Deixando o dinheiro na cômoda, Tatiana foi até ele, com andar indeciso, segurando-lhe a cabeça contra a dela.

— Isto aqui não é Lazarevo, não é mesmo, Shura? – sussurrou ela no cabelo dele.

— O que *é*, então, Tatia? – murmurou Alexander de volta, com a voz entrecortada e os braços em torno dela.

Ela fez amor com ele, ajoelhando-se por cima dele, pressionando seu ser frágil contra ele, forçando-o para baixo, querendo que ele a engolisse, que ele a empalasse, que a salvasse e a matasse, querendo tudo dele, mas nada para ela, só desejando *devolver* a ele tudo, *só desejando devolver-lhe a vida*. No final, ela estava chorando outra vez, exaurida de todas as suas forças, palpitando, derretendo-se, ardendo e chorando.

— Tatiasha – murmurou Alexander, sem se interromper –, pare de chorar. O que um homem deve pensar quando, toda vez que faz amor com a mulher, ela chora?

— Que ele é a única *família* de sua esposa – respondeu Tatiana, embalando-lhe a cabeça. – Que ele é *toda* a vida dela.

— Como ela é a dele – disse Alexander. – Mas você não o vê chorar – completou ele, com o rosto virado, que Tatiana não conseguia ver.

Depois que o ataque aéreo cessou e eles também, os dois se vestiram e saíram.

— Está frio demais aqui fora – disse Tatiana, apoiando-se nele.

— Por que você não está usando chapéu?

— Para você poder ver meu cabelo. Eu sei que você gosta dele – respondeu ela, sorrindo.

Tirando a luva, ele correu a mão pela cabeça dela.

— Ponha seu cachecol – disse ele, colocando-o em torno dela. – Você vai ficar gelada.

– Eu estou bem – disse ela, pegando-lhe o braço. – Gosto do seu casaco novo. Ele é grande como uma tenda – completou ela, com tristeza e baixando os olhos. Ela não devia ter usado a palavra *tenda*. Ela evocava muitas lembranças de Lazarevo. Algumas palavras são assim. Vidas inteiras associadas a elas. Fantasmas, vidas, êxtase e tristeza. As palavras mais simples, e ela, de repente, não conseguiu mais continuar falando. – Parece quente – acrescentou, em voz baixa.

Alexander sorriu.

– Na semana que vem, vou ter uma coisa melhor que uma tenda. Vou ter um quarto no quartel central, apenas cinco portas distante de Stepanov. O prédio tem aquecimento. Eu vou ficar realmente quente.

– Eu fico feliz – disse Tatiana. – Você tem um cobertor?

– Meu casaco é o meu cobertor, mas logo vou ter outro. Eu estou bem, Tania. É a guerra. Agora, aonde você quer ir?

– Para Lazarevo... com você – respondeu ela, incapaz de olhar para ele. – Já que não podemos fazer isso, vamos até o Jardim de Verão.

Ele deu um suspiro profundo.

– Então, para o Jardim de Verão.

Caminharam em silêncio durante muitos minutos. Com o braço no dele, Tatiana pressionava a cabeça contra a manga de Alexander. Por fim, ela respirou fundo.

– Diga-me, Alexander – começou Tatiana. – Diga-me o que está acontecendo. Agora temos um pouco de *privacidade*. Conte-me. Por que você pegou metade do dinheiro?

Alexander não disse nada. Tatiana continuou atenta. Nada. Ela pôs o rosto em seu casaco de lã. Nada ainda. Ela olhou para a neve suja a seus pés, para o trólebus que passou, para o policial a cavalo que passou trotando por eles, para o vidro quebrado em que pisaram, para o sinal vermelho de trânsito lá em cima. Nada. Nada. Nada.

Ela deu um suspiro. Por que era tão difícil para ele? Mais difícil que o de costume.

– Shura, por que você não pegou *todo* o dinheiro?

– Porque – disse ele lentamente – eu lhe deixei tudo o que era meu.

– O dinheiro é todo seu. O dinheiro todo. Do que você está falando?

– Nada.

– Alexander! Para que você pegou cinco mil dólares? Se você vai fugir, precisa dele todo. Se não vai, não precisa de nada. Por que você pegou a metade?

Nenhuma resposta. Era como em Lazarevo. Tatiana perguntava, ele respondia pensativo, com os lábios apertados, e ela passava uma hora tentando decifrar o que havia por trás das palavras dele. Lisiy Nos, Vyborg, Helsinque, Estocolmo, Yuri Stepanova, todas as milhares de sílabas com Alexander escondido no meio delas, sem nada dizer.

– Sabe de uma coisa? – disse Tatiana, exasperando-se e desprendendo-se dele. – Estou cansada desse jogo. Na verdade, estou cansada de você. Ou você me diz tudo sem vacilar, sem esses estúpidos jogos de adivinhação, em que eu tento entender as coisas e acabo entendendo errado, me diz tudo agora, ou faça meia-volta e volte para suas coisas, para longe de mim. Vá em frente. *A escolha é sua* – concluiu ela, parando de falar perto do Canal Fontanka, cruzando os braços e esperando.

Alexander também parou de andar, mas não respondeu nada.

– Você está pensando? – exclamou ela, puxando-lhe o braço, tentando enxergar mais a fundo, para além de seu rosto constrito. Largando-o, com a voz incapaz de esconder a angústia, ela disse: – Eu sei, Alexander, que quando você está usando essas roupas, suas roupas do exército, você as usa como uma armadura contra mim, para que não tenha que me contar nada. Porque eu também sei que, quando você está nu e fazendo amor comigo, eu posso perguntar qualquer coisa que você responde. O problema é que... – sua voz falhou. – Eu não sou mais forte. Eu me sinto sem defesa contra você. Assim, você, com medo de que eu saiba a verdade e a sua agonia, com medo de que eu perceba que está me dizendo adeus, você se fecha porque acha que eu não entendo, não sinto – e começou a chorar. *Não estou me saindo bem*, pensou ela. *Onde estão minhas forças?*

– Por favor, pare – sussurrou Alexander, sem olhar para ela.

– Bem, eu *consigo* sentir, Shura – disse Tatiana, enxugando o rosto e agarrando a mão dele. Ele a afastou. – Você veio aqui, zangado, sim, porque achava que tinha se despedido de mim para sempre em Lazarevo...

– Não é por isso que eu estava zangado e aborrecido.

– Pelo que estou vendo – prosseguiu Tatiana –, você vai ter que se despedir de mim em Leningrado. Mas vai ter que fazer isso olhando no meu *rosto*, certo?

Tatiana viu os olhos atormentados de Alexander.

Ela se aproximou. Ele se afastou. Que valsa eles dançaram naquela manhã gelada. Mas o coração de Tatiana era forte; ela conseguia aguentar.

– Alexander, eu sei... você acha que eu não sei? Não tenho nada com isso, mas pense nas coisas que você me conta. Você desejou fugir da União Soviética para a América sua vida toda. Era a única coisa que o manteve vivo, nesses anos do exército. A esperança de que, algum dia, você pudesse voltar para sua casa – disse ela, estendendo a mão em direção a ele. Ele a tomou entre as suas. – Eu tenho razão?

– Você tem razão – disse Alexander. – Mas, então, eu conheci você.

Então eu conheci você. Pare, pare. *Ah, o verão do ano passado, as noites brancas junto ao Neva, o Jardim de Verão, o sol do norte, o rosto dele sorridente.* Tatiana olhou para o rosto dele devastado. Ela quis falar. Onde estavam aquelas palavras que ela conhecia? Onde estavam agora que ela mais precisava delas?

Alexander balançou a cabeça.

– Tania, é tarde demais para mim. A partir do momento em que meu pai decidiu abandonar a vida que tínhamos na América, ele condenou a todos nós. Eu fui o primeiro a saber... já naquela época. Minha mãe foi a segunda. Meu pai foi o terceiro, o último, mas de maneira mais sentida. Minha mãe podia acalmar sua dor culpando meu pai. Eu achei que pudesse amenizar a minha entrando para o exército e por ser jovem, mas quem meu pai tinha para apontar o dedo?

Tatiana se aproximou dele e segurou-lhe o casaco. Alexander pôs os braços em torno dela.

– Tania, quando eu encontrei você, eu senti intensamente aquela uma ou duas horas que passamos juntos... antes de Dimitri, antes de Dasha... que eu estava encontrando a minha vida – disse Alexander, com um sorriso amargo. – Eu tive um pressentimento de esperança e de destino que não consigo nem explicar nem entender – agora ele já não estava mais sorrindo. – Então, nossa vida soviética interferiu. Você viu, eu tentei ficar longe. Eu pensei que devia ficar longe. Precisava ficar longe. Antes de Luga. Depois de Luga. Veja como eu tentei depois que fui ver você no hospital. Eu tentei estabelecer uma distância entre nós depois de Santo Isaac, depois que os alemães fecharam o cerco em torno de Leningrado – ele fez uma pausa. E balançou a cabeça. – Eu devia ter, de algum modo...

– Eu não queria que você fizesse nada... – disse Tatiana, com a voz fraca.

– Oh, Tania – disse Alexander. – Se eu não tivesse ido a Lazarevo!

– Do que você está falando? – gaguejou ela. – O que você está dizendo? Como é que você pode lamentar... – ela não completou a frase. Como é que ele podia estar lamentando o que aconteceu entre *eles*? Ela o encarou, perplexa e pálida.

Alexander não respondeu.

– Que destino! Não fiz mais nada desde o dia em que a conheci, além de magoar seu coração e, o que é pior, arrastando você comigo para a destruição – disse ele, balançando a cabeça com tanta força que seu quepe caiu.

Tatiana pegou o quepe, tirou a poeira com a mão e o devolveu a ele.

– Do que você está falando? Magoar meu coração? Esqueça tudo isso, já acabou. Alexander... eu vim porque quis – disse ela, fazendo uma pausa e franzindo o cenho. – Que destruição? Eu não estou condenada – prosseguiu ela lentamente, sem entender. – Eu tenho sorte.

– Você está cega.

– Então, abra os meus olhos. – *Como já fez antes*. Ela apertou o cachecol em torno do pescoço, querendo estar aquecida, perto de um fogo, desejando estar em Lazarevo.

Tatiana observou Alexander engolir o medo. Ele virou o rosto e começou a caminhar pela calçada do canal. Sem olhar para ela, Alexander disse:

– Eu peguei os cinco mil dólares porque ia dá-los ao Dimitri. Estou tentando convencê-lo a fugir sozinho...

Tatiana riu sem querer.

– Pare com isso – disse ela, abanando a cabeça. – Eu suspeitava de que era por isso que você pegara metade do dinheiro. O homem que não quis andar meio quilômetro comigo no gelo? É esse o homem que você acha que vai sozinho para a *América*? Francamente.

Os dois pararam no sinal vermelho pouco depois do Castelo do Engenheiro, usado no inverno passado como hospital e agora irreconhecível, depois de repetidos bombardeios.

– Dimitri nunca iria sozinho – prosseguiu Tatiana. – Eu já lhe disse. Ele é um covarde e um parasita. Você é a coragem e o hospedeiro dele. O que você está pensando? Assim que Dimitri perceber que você não vai fugir, ele também não irá, e se permanecer na União Soviética, vendo, de repente, que não tem mais esperança de fugir, ele irá direto a seu novo amigo Mekhlis, da NKVD, e você será instantaneamente...

Tatiana interrompeu-se, encarando Alexander. Alguma coisa se apagara nela. O rosto dele também estava devastado.

– Você sabe disso tudo. Você sabe que ele nunca irá sem você. Você já sabia.

Alexander não respondeu.

Os dois recomeçaram a caminhar, passando pela Ponte Fontanka, danificada pelas bombas, e pisando sobre as lajes de granito.

– Então, do que você está falando? – disse Tatiana cutucando-o ligeiramente e encarando-o, cheio de um medo incompreensível. Por quem ele temia? – Você não está pensando em mim... – Tatiana desejou prosseguir, mas as palavras entalaram em sua garganta.

Os olhos dela se abriram; seu coração se abriu.

A verdade veio à tona, mas não a verdade que ela havia conhecido com Alexander. Não. A verdade iluminando o terror. A verdade iluminando aqueles cantos abomináveis de um quarto feio, com a madeira podre, o reboco estourado e a mobília barata. Tendo-a visto, viu o que sobrara...

Ela deu a volta e se colocou diante de Alexander, detendo-o em seu caminhar. Coisas demasiadas estavam ficando claras naquele sábado desolado de Leningrado. Alexander *estava* pensando nela. Ele estava pensando *só* nela.

– Diga-me... – disse Tatiana debilmente – o que eles fazem com as esposas dos oficiais do Exército Vermelho detidos por suspeita de alta traição? Presos por serem estrangeiros infiltrados? O que eles estão fazendo para as mulheres dos americanos que saltaram dos trens a caminho da prisão?

Alexander nada disse, fechando os olhos.

E, de repente... o outro lado. Os olhos dele estavam fechados. Os dela estavam abertos.

– Oh, não, Shura... – disse ela. – O que eles fazem com as mulheres dos desertores?

Alexander não respondeu. Ele tentou sair da frente dela, mas Tatiana o deteve, colocando as duas mãos em seu peito.

– Não vire o rosto para mim – disse ela. – Diga-me, o que o Comissariado do Povo para Assuntos Internos faz com as mulheres dos soldados que desertam, soldados que fogem pelos bosques para os pântanos da Finlândia, o que eles fazem com as esposas soviéticas que ficam para trás?

Alexander não respondeu.

– Shura! – gritou ela. – O que a NKVD vai fazer comigo? A mesma coisa que fazem às mulheres dos MIAs? Ou dos POWs? Do que foi mesmo que Stálin chamou isso? *Custódia protetora*? Isso é um eufemismo para o quê?

Alexander permaneceu em silêncio.

– Shura! – Tatiana não o deixou avançar pela ponte bombardeada. – Isso é um eufemismo para *fuzilamento*? É? – Ela estava arfando.

Tatiana olhou para Alexander com descrença, inalando o ar frio e úmido, o nariz doendo devido à geada, e pensou no rio Kama, a água gelada toda manhã em *seu* corpo frio, junto ao *dele*, pensou em tudo o que Alexander tentara esconder dela nos cantos de sua alma aonde ele tinha esperança de que ela não olharia. Mas, em Lazarevo, só via o sol se erguer sobre o Kama. Foi só ali, naquela lúgubre Leningrado, que tudo viera à tona, a escuridão e a luz, o dia e a noite. – Você está querendo dizer que, quer você vá ou fique, *eu* estou condenada.

Afastando dela o rosto agoniado, Alexander nada disse. O cachecol de Tatiana caiu de seu pescoço. Entorpecida, ela o apanhou e o segurou nas mãos.

– Não é de estranhar que você não conseguisse me contar. Mas como é que eu não pude perceber? – murmurou ela.

– Como? Porque você nunca pensa em si mesma – disse Alexander, agarrando o rifle e caminhando sem olhar para ela. – E é por isso que eu quis que você ficasse em Lazarevo. Eu quis que você ficasse longe daqui, tão longe de *mim* quanto possível.

Tatiana tremia, com as mãos no bolso do casaco.

– O que é que você pensou? – disse ela. – Quando tempo você acha que o Soviete da vila, ao lado da casa de banhos, levaria para receber ordens pelo telégrafo para me buscar para um interrogatório?

– Foi por isso que eu gostei tanto de Lazarevo – disse ele, sem olhar para ela. – O Soviete da vila não tem linha telegráfica.

– Foi por *isso* que você gostou tanto de Lazarevo?

Alexander pendeu a cabeça contra o peito, com seus olhos quentes esfriando, seu hálito transformado em vapor. Com as costas no parapeito de pedra, ele disse:

– Agora você está entendendo? Está percebendo? Seus olhos estão abertos?

– Agora eu entendo. *Tudo*. Agora eu entendo. *Tudo*. Meus olhos estão abertos.

– Você está percebendo que só existe uma saída para nós?

Apertando os olhos para olhá-lo, Tatiana parou de falar, afastando-se de Alexander, pisando em seu cachecol e caindo sobre a ponte bombardeada e deserta sob o céu líquido. Alexander foi ajudá-la a levantar-se, mas logo a largou. Ele não podia continuar a tocá-la. Tatiana percebeu isso. E, por um momento, ela não conseguiu tocá-lo. Mas foi só por um instante. A princípio estava escuro, mas o clarão dentro de sua cabeça deixou-a sem fôlego. De repente, através da escuridão, fez-se luz! Ela enxergou o que estava por vir e voou para ele, sabendo o que era e, antes de abrir a boca para falar, sentiu um tamanho alívio, como se seu corpo – e o dele – tivessem sido erguidos.

Tatiana olhou para Alexander com seus olhos límpidos.

Perplexo, ele olhou para ela. Ela estendeu os braços para ele e disse com tranquilidade:

– Shura, olhe, olhe aqui.

Ele olhou para ela.

– Tudo é escuridão em torno de você – disse ela. – Mas diante de você estou *eu*.

Ele olhou para ela.

– Você está me vendo? – perguntou ela, com a voz fraca.

– Estou – respondeu ele, também com voz fraca.

Ela se aproximou dele, pisando no granito quebrado. Alexander sentou-se no chão.

Tatiana o observou por alguns momentos e, então, ficou de joelhos. Alexander pôs as mãos trêmulas sobre o rosto.

Tatiana disse:

– Querido, soldado, marido. Oh, meu Deus, Shura, não tenha medo. Você quer me ouvir, por favor? Olhe para mim.

Alexander não a obedeceu.

– Shura – disse Tatiana, cerrando os punhos para manter sua compostura. Parou. Respirou. Suplicou por forças. – Você acha que a sua morte é a nossa única saída? Lembra o que eu lhe disse em Lazarevo? Você não se lembra de mim em Lazarevo? Não suporto pensar em você morrendo. E eu vou fazer tudo na minha vida patética e impotente para impedir que isso aconteça. Você não tem nenhuma chance aqui na União Soviética. Nenhuma chance. Os alemães ou os comunistas *vão* matá-lo. Esse é o único objetivo deles. E se você morrer na guerra, sua morte vai significar que, pelo resto de minha vida, vou comer cogumelos venenosos na União Soviética, sozinha e sem você! E você sabe disso. Seu maior sacrifício será pela escuridão em minha vida – prosseguiu ela. Vamos, Tatiana, seja forte. – Você queria que eu deixasse você ir embora? Você queria que meu rosto fiel o libertasse? – perguntou ela, sem conseguir evitar que sua voz falhasse. – Bem, aqui estou eu! Aqui está o meu rosto – ela gostaria que ele olhasse para ela. – Vá, Alexander. Vá! – disse ela. – Corra para a América e *nunca* olhe para trás – concluiu ela. Pare. Respire. Respire outra vez. Ela nem conseguiu enxugar os olhos. *Tudo bem, eu chorei, mas acho que me saí bem*, pensou Tatiana. *E, além disso, ele não estava olhando para mim.*

Tirando as mãos do rosto, Alexander ficou *olhando* para ela durante vários minutos antes de falar.

– Tatiana, você perdeu o juízo. Eu quero – disse ele lentamente – que você pare agora mesmo de ser ridícula. Você pode fazer *isso* por mim?

– Shura – sussurrou Tatiana –, eu nunca imaginei que pudesse amar alguém como amo você. Faça isso por mim. Vá! Volte para casa e não pense mais em mim.

– Tania, pare com isso, você não quer dizer nada disso.

– O quê? – exclamou ela, ainda de joelhos. – Que parte você acha que eu não quis dizer? Ter você vivo na América ou morto na União Soviética? Você acha que eu não quis dizer isso? Shura, é a única saída, e você sabe disso – disse ela, fazendo uma pausa quando ele não respondeu. – Eu sei que eu faria isso se eu fosse você.

Alexander balançou a cabeça.

– O que você faria? Você me deixaria para morrer? Me deixaria no apartamento da Quinta Soviet, morando com Inga e Stan, órfã e sozinha?

Tatiana mordeu o lábio com sofreguidão. Era o amor ou a verdade.

O amor venceu.

Recompondo-se, ela disse:

– Sim – num fiapo de voz. – Eu trocaria você pela *América*.

Alexander perdeu o controle.

– Venha cá, esposa mentirosa – disse ele, trazendo-a para mais perto, abraçando-a.

O gelo do Canal Fontanka estava se formando no ponto em que eles se apoiaram nos parapeitos de granito.

– Shura, ouça-me – disse Tatiana no peito de Alexander –, se não importa a direção que tomemos neste mundo, sempre nos vemos diante de uma escolha impossível, se não importa o que façamos, *eu* não posso ser salva, então eu lhe imploro, eu lhe *imploro*...

– Tania! Meu Deus, eu não vou mais lhe dar ouvidos! – gritou ele, empurrando-a e se pondo de pé, com o rifle nas mãos.

Ela olhou para ele com os olhos suplicantes.

– Você pode ser salvo, Alexander Barrington. *Você*. Meu marido. O único filho de seu pai. O único filho de sua mãe – prosseguiu ela, com as mãos em súplica. – Eu sou Parasha – sussurrou ela. – E sou o preço do resto de sua vida. Por favor! Uma vez eu me salvei para você. Olhe para mim, estou de joelhos – disse ela chorando. – Por favor, Shura, por favor. Salve sua *única* vida por mim.

– Tatiana! – exclamou Alexander, puxando-a para ele com tanta força que a ergueu do chão. Ela se agarrou a ele, sem largá-lo. – Você não vai ser o preço do resto da minha vida! – Colocou-a no chão. – Agora eu quero que você pare com isso.

Ela balançou a cabeça contra o peito dele.

– Eu não vou parar.

– Ah, vai sim – disse ele, *apertando*-a mais.

– Você prefere que *nós dois* morramos? – exclamou ela. – É isso que você prefere. Você prefere *todo* o sofrimento, *todo* esse sacrifício e nenhuma Leningrado no final de tudo? – perguntou ela, chacoalhando-o. – Você perdeu o juízo? Você precisa ir! Você *vai*, e vai construir uma nova vida.

Alexander empurrou-a para longe e se afastou alguns passos dela.

– Se você não ficar quieta – disse ele –, juro por Deus que vou largar você aqui e vou embora – acrescentou, apontando para a rua – e nunca mais vou voltar!

Tatiana balançou a cabeça, apontando na mesma direção.

– É exatamente isso o que eu quero. Vá. Mas vá para longe, Shura – sussurrou ela. – Para *longe.*

– Oh, pelo amor de Deus! – gritou Alexander, batendo o rifle contra o gelo. – Em que tipo de mundo maluco você vive? Você acha que pode vir até aqui, voando com suas asinhas e dizer "Shura, você pode ir" e eu simplesmente vou? Como você consegue pensar que eu posso deixá-la? Como você acha que me é possível fazer isso? Eu não consigo deixar um estranho morrendo no bosque. Como você acha que eu posso deixar *você*?

– Eu não sei – disse Tatiana, cruzando os braços. – Mas é melhor você achar um jeito, grandão.

Os dois ficaram quietos. O que fazer? Ela ficou observando-o a distância.

– Você percebe como o que você está dizendo é impossível? – disse Alexander. – Você percebe ou perdeu completamente o bom senso?

Ela percebeu como era impossível o que ela estava dizendo.

– Eu perdi completamente o bom senso. Mas você precisa ir.

– Tania, eu não vou a lugar algum sem você – disse ele –, com exceção do paredão.

– Pare com isso. Você precisa ir.

– Se você não parar... – berrou ele.

– Alexander! – gritou Tatiana. – Se *você* não parar, eu vou voltar para a Quinta Soviet e me enforcar por cima da banheira, para que você possa fugir para a América livre de mim! Vou fazer isso no domingo, cinco minutos depois de você me deixar, entendeu?

Eles ficaram se olhando durante um momento de silêncio.

Tatiana olhou para Alexander.

Alexander olhou para Tatiana.

Então, ele abriu os braços, e ela correu para eles. Ele a ergueu do chão e os dois se abraçaram sem se soltar. Por muitos minutos de silêncio, ficaram na Ponte Fontanka, um envolto pelo outro.

– Vamos fazer um trato, Tatiasha, certo? – disse Alexander, por fim, junto ao pescoço dela. – Prometo a você que vou fazer o que posso para me manter vivo, se você me prometer que vai ficar longe das banheiras.

– Feito – disse Tatiana, olhando-o no rosto. – Soldado – prosseguiu ela, abraçando-o. – Odeio dizer o óbvio numa hora como esta, mas... preciso lembrar que eu estava completamente certa. É tudo.

– Não, você estava completamente errada. É tudo – disse Alexander. – Eu lhe disse que *algumas* coisas eram dignas de um grande sacrifício. E esta não é uma dessas coisas.

– Não, Alexander. O que você me disse, suas exatas palavras, foi que todas as grandes coisas que valem a pena ter exigem grandes sacrifícios que a valem a pena fazer.

– Tania, de que diabos você está falando? Quer dizer, apenas por um segundo saia desse mundo em que você vive e entre no meu, por um milésimo de segundo, tudo bem, e me diga que tipo de vida você acha que eu poderia ter na América sabendo que deixei você na União Soviética para morrer... ou apodrecer na cadeia? – disse ele, balançando a cabeça. – O Cavaleiro de Bronze iria me perseguir durante toda a noite da minha loucura.

– Sim. E esse seria o preço a pagar pela luz em vez das trevas.

– Eu não vou pagá-lo.

– De qualquer modo, Alexander, meu destino está selado – disse Tatiana sem acrimônia ou amargura –, mas você tem uma chance, agora que você é tão jovem, de beijar minha mão e ir com Deus, pois você foi feito para coisas grandes – ela se interrompeu para respirar. – Você é o melhor dos homens – prosseguiu ela, com os braços em torno do pescoço dele, os pés levantados do chão.

– Ah, sim – disse Alexander, apertando-a contra o peito. – Fugir para a América, abandonar minha esposa. Eu não valho nada.

– Você é impossível.

– *Eu* sou impossível? – sussurrou Alexander, pondo-a no chão. – Ora, vamos andar um pouco antes que congelemos.

Ela se agarrou a ele enquanto caminharam lentamente pela neve suja, descendo da Fontanka para o Campo de Marte. Em silêncio, cruzaram o Canal Moika e foram até o Jardim de Verão. Tatiana abriu a boca para falar, mas Alexander balançou a cabeça.

– Não diga uma palavra. Em que nós estávamos pensando quando decidimos vir para cá? Vamos lá. Rápido.

Com as cabeças unidas e os braços dele em torno dela, desceram rapidamente a alameda entre as árvores altas e desnudas, passaram pelos bancos vazios, pela estátua de Saturno devorando os próprios filhos. Tatiana lembrou que a última vez que tinham estado ali, quando fazia calor, ela desejou que ele a tocasse, e, agora que estava frio, ela o *estava* tocando e sentindo que não merecia o que tinha recebido... uma vida em que ela amava um homem como Alexander.

– O que foi que eu disse naquele dia? – perguntou ele. – Eu lhe disse que aqueles eram os melhores tempos. E eu estava certo.

– Você estava errado – retrucou Tatiana, incapaz de olhar para ele. O Jardim de Verão não foi o melhor momento.

Ela estava sentada nos ombros nus dele na água, esperando que ele a atirasse no Kama. E ele não se movia.

"Shura", disse ela, "o que você está esperando?" Ele não se mexeu. "Shura!"

"Você não vai a lugar nenhum", disse ele. *"Que tipo de homem jogaria uma moça que está sentada nua em torno de seu pescoço?"*

"Um homem sensível!", gritou ela.

Saindo pelos portões dourados do dique do Neva, começaram a subir a margem do rio. Como estava ficando para trás, Tatiana pegou o braço de Alexander e o fez diminuir o passo.

– Não posso mais andar pelas ruas com você – disse ela com voz rouca.

Do dique, entraram no Parque Tauride. Passaram por seu banco na Ulitsa Saltykov-Schedrin e caminharam um pouco ao longo da cerca de ferro batido, pararam, olharam-se e se viraram. Sentaram-se em cima dos casacos. Por um instante, Tatiana sentou-se ao lado de Alexander, mas logo subiu para o colo dele. – Assim é melhor – disse ela, pressionando a cabeça contra a dele.

– Sim – disse ele. – Assim é melhor.

Em silêncio, ficaram sentados no banco no meio do rio. Todo o corpo de Tatiana lutava contra a angústia.

– Por que – sussurrou ela contra a boca de Alexander – não podemos ter nem o que a Inga e o Stan possuem? Sim, na União Soviética, mas juntos há vinte anos. Ainda *juntos*.

– Porque Inga e Stan são espiões do Partido – replicou Alexander. – Porque Inga e Stan venderam a alma em troca de um apartamento de dois quartos e agora não têm nem uma coisa nem outra – ele fez uma pausa. – Você e eu queremos muito mais desta vida soviética.

– Eu não quero nada desta vida – disse Tatiana. – Só você.

– Eu e água corrente, eletricidade, uma casinha no deserto e um Estado que não exija sua vida em troco dessas pequenas coisas.

– Não – disse Tatiana, balançando a cabeça. – Só você.

Movendo o cabelo dela para debaixo do cachecol, Alexander observou-lhe o rosto. – E um Estado que não peça a *sua* vida em troca de mim.

– O Estado – disse ela com um suspiro – tem que pedir alguma coisa. Afinal, ele nos protege de Hitler.

– Sim – disse Alexander. – Mas, Tania, quem vai proteger você e a mim do Estado?

Tatiana abraçou-o com mais força. De uma forma ou de outra, ela tinha de ajudar Alexander. Mas como? Como ajudá-lo? Como salvá-lo?

– Você não percebe? Vivemos num estado de guerra. O Comunismo está em guerra contra você e eu – disse Alexander. – É por isso que eu quis que você ficasse em Lazarevo. Eu só estava tentando esconder minha obra de arte até que a guerra acabasse.

– Você a está escondendo no lugar errado – disse Tatiana. – Você mesmo me disse que não existe lugar seguro na União Soviética. – Ela fez uma pausa. – Além disso, esta guerra vai ser longa. E vai levar algum tempo para reconstruirmos nossas almas.

Apertando-a contra ele, Alexander murmurou:

– Tenho que parar de conversar com você. Você não esquece nada do que eu lhe digo?

– Nem uma palavra – confirmou ela. – Cada dia que passa, acho que essa é a única coisa que vai sobrar de você.

Os dois se sentaram.

O rosto de Tatiana se iluminou.

– Alexander – disse ela –, quer ouvir uma piada?

– Estou morto de curiosidade.

– Quando nos casarmos, vou compartilhar com você todos os seus problemas e tristezas.

– Que problemas? Eu não tenho problemas – disse Alexander.

– Eu disse *quando* nos casarmos – replicou Tatiana, piscando com os olhos marejados. – Você tem que admitir que você morrer no *front* para que eu possa viver na União Soviética e eu me enforcar numa banheira para que você possa viver na América é uma história irônica muito bem contada, você não acha?

– Hmm. Mas como não vamos deixar nenhuma família para trás – disse Alexander –, não haverá ninguém para contá-la.

– É, existe esse problema – disse Tatiana. – Mesmo assim... como nós somos *gregos*, você não acha? – Ela sorriu, apertando o rosto dele.

Alexander balançou a cabeça.

– Como é que você consegue isso? – perguntou ele. – Encontrar consolo? Em qualquer situação? Como?

— Porque eu fui consolada por meu mestre — respondeu ela, beijando-lhe a testa.

— Belo mestre que eu sou — disse ele, fazendo um gesto de desaprovação. — Não consegue nem fazer uma esposa pequenina ficar em Lazarevo.

Tatiana ficou olhando para ele.

— O quê, marido? — indangou ela — Em que você está pensando?

— Tania... você e eu tivemos só *um* momento... — disse Alexander. — Um único momento no tempo, no seu tempo e no meu... um *instante*, quando uma outra vida ainda podia ser possível — prosseguiu ele, beijando-lhe os lábios. — Você sabe do que eu estou falando?

Quando Tatiana tirou os olhos do sorvete, viu um soldado, que a observava do outro lado da rua.

— Eu sei qual foi esse momento — sussurrou Tatiana.

— Você lamenta que eu tenha atravessado a rua para falar com você?

— Não, Shura — replicou ela. — Antes de eu conhecer você, não podia imaginar uma vida diferente da dos meus pais, dos meus avós, Dasha, eu, Pasha, nossos filhos. Não conseguia imaginar. — Ela sorriu. — Eu nem sonhava em ter alguém como você, mesmo quando eu era criança em Luga. Você me mostrou, num relance, no nosso gozo, uma vida bonita... O que foi que *eu* mostrei a você? — terminou ela, olhando-o nos olhos.

— Que existe um Deus — sussurrou Alexander.

— Aí está! — exclamou Tatiana. — E eu senti claramente a sua *necessidade* em me possuir. Eu estou aqui para você. E, de uma forma ou de outra, vamos dar um jeito nesta situação. Você vai ver. Você e eu vamos resolvê-la juntos.

— Como? O que vai acontecer agora? — Alexander falava com a boca junto ao rosto dela.

Inalando o ar frio, Tatiana tentou parecer o mais alegre possível.

— Como, eu não sei. O que vai acontecer agora? Agora vamos entrar cegamente na floresta densa para o outro lado do que nos reserva o restante de nossas vidas breves, mas, oh, tão felizes, neste mundo. Você vai lutar bravamente na guerra, capitão, e vai ficar vivo, como prometeu, e tirar Dimitri de suas costas...

— Tania, eu podia matá-lo. Você acha que já não pensei nisso?

– A sangue frio? Eu sei que você não conseguiria. E, se conseguisse, por quanto tempo você acha que Deus o pouparia na guerra? E a mim na União Soviética – disse ela, fazendo uma pausa, tentando não perder o controle de suas emoções. Não que ela também não tivesse pensado nisso... mas Tatiana pressentia que não era o Altíssimo que estava mantendo Dimitri vivo.

– E quanto a você? – perguntou Alexander. – O que você vai fazer agora? Acho que você nem pensa em voltar para Lazarevo.

Sorrindo, Tatiana balançou a cabeça.

– Não se preocupe comigo. Você devia saber que, tendo sobrevivido ao último inverno em Leningrado, estou pronta para o pior – disse ela, passando as luvas pelo rosto de Alexander e pensando *e o melhor também*. – E embora eu às vezes fique imaginando – prosseguiu ela – o que me aguarda pela frente se eu precisar de Leningrado para chegar até lá... não importa. Aqui estou eu para o que der e vier, e não vou sair daqui – concluiu ela, com o coração palpitando e o abraçando forte. – Você se arrepende de ter atravessado a rua por minha causa, soldado?

Pegando a mão dela com ambas as mãos, Alexander respondeu:

– Tatiana, eu fiquei enfeitiçado por você desde o primeiro momento que a vi. Lá estava eu, vivendo uma vida dissoluta e a guerra mal começara. Toda minha base estava em confusão, com pessoas de um lado para outro, fechando contas, sacando dinheiro, pegando comida nas lojas, comprando a Gostiny Dvor inteira, se apresentando como voluntários para a luta, mandando os filhos para o campo... – ele fez uma pausa. ... E no meio desse meu caos, surgiu *você*! – sussurrou Alexander com paixão. – Você estava sentada sozinha no banco, impossivelmente jovem, loura e adorável de tirar o fôlego, e estava tomando um sorvete com tamanha despreocupação, com tamanho prazer, com uma alegria mística que eu não consegui acreditar nos meus olhos. Era como se não houvesse mais nada no mundo naquele domingo de verão. Estou lhe contando isto para o caso de, no futuro, você precisar de forças e eu não estiver por perto. Você, com suas sandálias vermelhas de salto alto, com seu vestido sublime, tomando sorvete antes da guerra, antes de saber onde encontrar sabe-se lá o quê, mas sem ter dúvidas de que ia encontrar. Foi por isso que eu atravessei a rua para conhecê-la, Tatiana. Porque eu achei que você ia encontrar. Eu acreditei em *você*.

Alexander enxugou as lágrimas do rosto de Tatiana e, tirando suas luvas, pressionou seus lábios quentes contra as mãos dela.

— Mas, se não fosse por você, aquele dia eu teria voltado de mãos vazias.

Alexander balançou a cabeça:

— Não, você não começou comigo. *Eu* fui até você porque você já se tinha. E sabe o que eu lhe trouxe?

— O quê?

— Sacrifícios — respondeu ele, tomado pela emoção.

Alexander e Tatiana ficaram um longo tempo com seus rostos molhados e frios pressionados um contra o outro, os braços dele em torno dela, as mãos dela aninhando a cabeça dele, enquanto o vento soprava as últimas folhas mortas das árvores, enquanto o céu era de um cinzento mal vedado de novembro

Um bonde passou. Três pessoas desceram a rua, no fim da qual se erguia o Mosteiro de Smolny, fechado por tapumes e camuflagem. Abaixo da carapaça de granito, o rio estava gelado e imóvel. E depois do Jardim de Verão vazio, o Campo de Marte jazia aplainado sob a neve escura.

Uma janela para o Ocidente

1

Depois que Alexander foi embora, Tatiana escreveu-lhe todos os dias até a tinta acabar. Quando isso aconteceu, ela atravessou a rua e foi até o apartamento de Vania Rechnikov. Ela tinha ouvido que ele, às vezes, emprestava tinta. Vania estava morto em sua escrivaninha. Ele caíra com a cabeça sobre a carta que estava escrevendo e morrera. Tatiana não conseguiu arrancar a caneta de seus dedos enrijecidos.

Tatiana ia ao correio todos os dias, na esperança de receber notícias de Alexander. Ela não conseguia suportar o silêncio entre as cartas. Ele escrevia-lhe um rio de cartas, mas esse rio devia transbordar, em vez de manter um curso regular. Maldito correio.

Ela ficava em seu quarto quando não estava trabalhando e estudava inglês. Durante os ataques aéreos, lia o livro de receitas da mãe. Tatiana começou a cozinhar para Inga, que estava doente e sozinha.

Uma tarde, o encarregado do correio deu-lhe as cartas e também um pacote de batatas, pedindo alguma coisa em troca. Ela escreveu a Alexander sobre o acidente, temendo que nenhuma de suas futuras cartas lhe fosse entregue.

Tania,

Por favor, vá às barracas e procure o tenente Oleg Kashnikov. Ele está de serviço, acredito, das oito às seis. Ele tem três balas enterradas na perna e não pode mais lutar.

Foi ele quem me ajudou a tirar você de Luga. Peça-lhe alimento. Prometo que ele não vai pedir nada em troca. Oh, Tatia.

Além disso, entregue a ele suas cartas, e ele as trará para mim em um dia. E, por favor, não volte ao correio.

Por que você disse que Inga está sozinha? Onde está Stan?

E por que você está trabalhando tantas horas? O inverno está cada vez pior.

Você não sabe que consolo é pensar que você não está tão longe de mim. Não vou dizer que você teve razão em voltar para Leningrado, mas... Eu lhe contei que nos prometeram dez dias de licença depois de rompermos o cerco?

Dez dias, Tania!

Então eu gostaria que houvesse um lugar em que você pudesse se consolar. Mas aguente firme até lá.

Não se preocupe comigo, não estamos fazendo nada além de trazer tropas e munições para o assalto ao Neva logo no início do novo ano.

Espere só até ouvir isto! Nem mesmo sei o que fiz para merecer isso, mas não só recebi outra medalha como também uma promoção junto com ela. Talvez Dimitri tenha razão quanto a mim: de alguma forma, eu consigo transformar a derrota em vitória, não sei como.

Estávamos testando o gelo no Neva. Ele ainda não parecia suficientemente forte. Parecia suportar um homem, um rifle, talvez uma Katyusha, mas será que suportaria um tanque?

Nós achamos que sim. Depois mudamos de ideia. Mas tornamos a achar que sim. Então, um engenheiro geral que projetou o metrô de Leningrado teve a ideia de colocar o tanque numa espécie de balsa, ou seja, tábuas lisas de madeira sobre o gelo, como uma ferrovia de madeira, para distribuir a pressão igualmente. Os tanques e todos os veículos armados usariam essa invenção para atravessar o rio. "Tudo bem", nós dissemos.

E colocamos a ideia em prática.

Quem poderia levar o tanque até o caminho de madeira para testá-lo?

Eu me adiantei e disse: "Senhor, terei satisfação em fazê-lo".

No dia seguinte, meu comandante não ficou nada satisfeito quando todos os cinco generais se apresentaram para a nossa pequena demonstração. Inclusive o novo amigo de Dimitri. O comandante me fez um sinal: não falhe.

Então, lá fui eu. Entrei no KV-1, nosso melhor e mais pesado tanque. Você se lembra dele, Tatia? E eu levei este monstro até o gelo, com meu comandante caminhando ao lado do tanque e os cinco generais atrás de nós, dizendo: "Muito bem, muito bem, muito bem".

Avancei uns 150 metros, e, então, o gelo começou a rachar. Ouvi o barulho e pensei: *ai, ai, ai!* Os generais atrás de mim gritaram para o meu comandante: "Corra, corra!".

E ele correu, eles correram, o tanque abriu um *canyon* no gelo e afundou nele como... bem, como um tanque.

E eu com ele. A torre estava aberta, e eu saí nadando.

O comandante me puxou e me deu um trago de vodca para me aquecer.

Um dos generais disse: "Deem a este homem a ordem da Estrela Vermelha. E também fui promovido a major".

Marazov diz que eu fiquei realmente insuportável. Ele diz que eu acho que todo mundo devia ouvir só a mim. Diga-me: será que eu sou assim?

Alexander

Prezado MAJOR Belov!

Sim, major, o senhor é assim.

Estou *muito* orgulhosa de você. Você ainda vai acabar general.

Obrigada por deixar que eu entregue minhas cartas a Oleg. Ele é muito atencioso, um homem educado e ontem me deu alguns ovos desidratados que eu achei divertidos, sem saber exatamente o que fazer com eles. Acrescentei-lhes água, eles são um tipo de... oh, não sei o quê. Eu os cozinhei sem óleo no Primus do Slavin. E os comi. Parecia borracha.

Mas Slavin gostou e disse que o czar Nicolau teria gostado deles em Sverdlovsk. Às vezes, eu desconheço o maluco do nosso Slavin.

Alexander, existe *um* lugar em que encontro conforto. Eu acordo lá e vou dormir lá; lá fico em paz e amo estar lá: seus braços aconchegantes.

Tatiana

2

Em dezembro, a Cruz Vermelha Internacional foi ao Hospital Grechesky.

Havia sobrado alguns médicos em Leningrado. Dos 3500 que havia antes da guerra, só sobraram 2000, e havia um quarto de milhão de pessoas nos vários hospitais da cidade.

Tatiana conheceu o Dr. Matthew Sayers quando estava lavando a garganta ferida de um jovem cabo. O médico se aproximou e, antes que ele abrisse a boca, Tatiana suspeitou de que era americano. Antes de tudo, vinha dele um cheiro de limpeza. Ele era magro, pequeno e de um tom loiro escuro. Sua cabeça era um pouco grande em proporção ao resto do corpo, mas ele irradiava uma confiança que Tatiana não tinha visto em nenhum outro homem além de Alexander. Ele pegou o registro médico, olhou para o paciente, para ela e novamente para o paciente, estalou a língua, balançou a cabeça, revirou os olhos e disse em inglês:

– *Doesn't look so good, does he?*

Embora Tatiana o tivesse entendido, permaneceu calada, lembrando-se das advertências de Alexander.

Com seu forte sotaque, o médico repetiu a frase em russo.

Com um aceno de cabeça, Tatiana disse:

– Acho que ele vai ficar bem. Já vi piores.

Com uma boa gargalhada, em russo e sem sotaque, ele disse:

– Aposto que já. Aposto que sim. – E se aproximou dela com a mão estendida: – Eu sou da Cruz Vermelha. Dr. Matthew Sayers. Você consegue dizer Sayers?

– Sayers – disse Tatiana, com perfeição.

– Muito bem! Como se diz Matthew em russo?

– Matvei.

Soltando-lhe a mão, ele disse:

– Matvei. Você gosta do meu nome?

– Eu prefiro Matthew – disse ela, voltando-se para o paciente gorgolejante.

Tatiana estava certa quanto ao médico: ele era competente, amigável e melhorou instantaneamente as condições de seu lúgubre hospital, trazendo verdadeiros milagres com ele: penicilina, morfina e plasma. E também estava certa quanto ao paciente: ele sobreviveu.

3

Querida Tania,

Não tenho tido notícias suas. O que você está fazendo? Está tudo bem? Oleg me disse que não vê você há dias. Não posso me preocupar com você também. Já tenho muitas loucuras em minhas mãos para administrar.

A propósito, elas estão melhorando.

Escreva-me imediatamente. Não quero saber se suas mãos caíram. Eu a perdoei uma vez por não me escrever. Não sei se vou ser tão caridoso novamente.

Como você sabe, está quase na hora. Preciso de seu conselho: vamos mandar uma força de reconhecimento de seiscentos homens. Na verdade, é mais que uma força de reconhecimento, é um ataque secreto, com o restante de nós aguardando para ver que tipo de defesa os alemães estabeleceram. Se as coisas correrem bem, nós os seguiremos.

Tenho que decidir que batalhão enviar.

Você tem alguma ideia?

Alexander

P.S.: Você não me contou o que aconteceu com o Stan.

Querido Shura,

Não envie o seu amigo Marazov.

Você não pode enviar uma unidade de suprimentos? Ah, piada de mau gosto.

A propósito, devemos ter em mente que o nosso correto Alexander Pushking desafiou o barão George d'Anthes para um duelo e não viveu para escrever um poema sobre ele. Assim, em vez de buscar vingança, vamos apenas ficar longe dos que nos magoaram, certo?

Eu estou bem. Estou muito ocupada no hospital. Mal paro em casa. Lá não tenho utilidade. Shura, querido, não enlouqueça de preocupação comigo. Eu estou aqui e esperando – impacientemente – por revê-lo. É só o que eu faço, Alexander: esperar até revê-lo.

Hoje esteve escuro da manhã à noite, com exceção de uma hora durante a tarde. Pensar em você é a minha luz do sol. Então, meus dias são perpetuamente ensolarados. E quentes.

Tatiana
P.S.: A União Soviética aconteceu com Stan.

Querida Tania,

Pushkin nunca precisou escrever depois de "O cavaleiro de bronze" – e nunca mais escreveu, tendo morrido tão jovem. Mas você tem razão: os justos nem sempre forjam um caminho para a glória. Mas, com frequência, fazem isso.

Não quero saber se você está ocupada, você precisa me escrever mais de duas linhas por semana.

Alexander
P.S. E você queria ter o que Inga e Stan têm.

Queridíssima Tatiasha,

Como foi seu Ano-novo? Espero que você tenha comido alguma coisa deliciosa. Você tem ido até o Oleg?

Eu não estou feliz. Meu Ano-novo foi passado na bagunça de uma tenda, com muitas pessoas, e nenhuma delas era você. Senti sua falta. Às vezes, sonho com uma vida em que você e eu possamos brindar com nossos copos no Ano-novo. Nós tomamos um pouco de vodca e fumamos muitos cigarros. Todos desejaram que 1943 seja melhor que 1942. Eu também, mas fiquei pensando no verão de 1942.

Alexander
P.S.: Perdemos todos os seiscentos homens. Não mandei Tolya. Ele disse que vai me agradecer depois que a guerra acabar.
P.S.2: Onde, diabos, você está? Faz dez dias que você não escreve. Você não voltou para Lazarevo, justo agora que eu finalmente me acostumei com seu fortalecimento de espírito a apenas setenta quilômetros de distância? Por favor, me mande

uma carta nos próximos dias. Sei que vamos avançar e não voltaremos até que o *front* de Leningrado e o de Volkhov estejam unidos. Preciso ter notícias suas. Eu preciso de uma palavra sua, Tatiana.

Querido Shura,

Eu estou aqui, estou aqui, você não consegue me sentir, soldado? Eu passei o Ano-novo no hospital, e só quero que você saiba que brindo com você todos os dias.

Nem sei lhe dizer quantas horas seguidas eu tenho trabalhado, quantas noites tenho dormido no hospital, sem nunca voltar para casa.

Shura! Assim que você voltar, venha me ver imediatamente. Além dos motivos óbvios, tenho a coisa mais maravilhosamente fantástica sobre a qual preciso desesperadamente conversar com você – e logo. Você precisa de uma palavra minha? Eu lhe deixo uma: a palavra é ESPERANÇA.

Sua Tania

Em batalhas lendárias

1

Alexander olhou para o relógio. Era o início da manhã de 12 de janeiro de 1943, e a Operação Tubarão – a Batalha de Leningrado – estava para começar. Não haveria nenhuma outra tentativa. Esta seria a única. Por ordem do Camarada Stálin, eles iam romper o cerco alemão e não voltariam antes disso.

Alexander havia passados os três últimos dias e noites escondido no *bunker* de madeira às margens do Neva com Marazov e seis cabos. O acampamento da artilharia ficava à direita, ocultando seus dois morteiros de 120 milímetros, dois morteiros portáteis de 81 milímetros e carregados pela boca, uma pesada metralhadora Zenith antiaérea, um lança-mísseis Katyusha e duas pistolas portáteis de 76 milímetros. Na manhã do ataque, Alexander estava pronto para lutar – ele teria lutado até contra Marazov se isso significasse sair do confinamento do *bunker*. Eles jogavam cartas, fumavam, conversavam sobre a guerra, contavam piadas, dormiam... Ele ficava farto disso tudo depois de seis horas, e eles estavam confinados ali há setenta e duas. Alexander pensava na última carta de Tatiana. Que diabos ela quis dizer com "ESPERANÇA"? Como é que isso ia ajudá-lo. Obviamente, ela não podia lhe contar na carta, mas ele desejou que ela não incendiasse sua imaginação quando ele nem sabia se seria capaz de voltar para ela.

Ele precisava voltar para ela.

Usando camuflagem branca, ele espiou fora do acampamento. O rio estava disfarçado como Alexander, com a margem sul pouco visível à luz cinzenta. Ele estava na margem norte do Neva, a oeste de Shlisselburg. A unidade de artilharia de Alexander estava cobrindo o flanco mais afastado do cruzamento do rio e o mais perigoso – os alemães estavam muito bem entrincheirados e defendidos em Shlisselburg. Alexander conseguia ver a fortaleza Oreshek a um quilômetro de distância, na entrada do lago Ladoga. Algumas centenas de metros antes, jaziam os corpos de seiscentos homens, que haviam feito um ataque surpresa seis dias atrás e fracassaram. Alexander queria saber se eles haviam tombado gloriosamente ou em vão. Bravamente e sem apoio, eles atravessaram o gelo e foram sento dizimados um a um. O major ficou imaginando se a história iria se lembrar deles enquanto voltava o olhar diretamente para frente.

Hoje ele estava com um pressentimento. Marazov ia lançar os mísseis de combustível sólido das Katyushas. Alexander sabia que era isso. Ele o *sentia*. Eles iam romper o cerco ou morrer na tentativa. O 67º Exército estava forçando o rio ao longo de uma faixa de oito quilômetros a qualquer custo. A estratégia para o ataque era fechar fileiras com o 2º Exército de Meretskov em Volkhov, que estava, simultaneamente, atacando o Grupo Norte do Exército de Manstein pela retaguarda. O plano era que as divisões de rifle e alguns tanques leves cruzassem o rio, quatro divisões no total. Duas horas depois, mais três divisões de rifles com tanques pesados e médios se seguiriam, incluindo seis dos homens sob o comando imediato de Alexander. Ele ficaria atrás do Zenith no Neva. E atravessaria na terceira onda, com outro pelotão pesadamente armado, comando um T-34, um tanque médio que tinha chance de atravessar o rio sem afundar.

Era um pouco antes das nove, quase ao nascer do sol, e o céu da manhã apresentava uma cor de alfazema.

– Major, seu telefone está funcionando? – perguntou Marazov, apagando o cigarro e se dirigindo a Alexander.

– O telefone está funcionando bem, tenente. Volte ao seu posto – respondeu ele, sorrindo. Marazov retribuiu-lhe o sorriso.

– Quantos quilômetros de fio de telefone de campanha Stálin pediu aos americanos? – perguntou Marazov.

– Cem mil – respondeu Alexander, puxando uma última e longa tragada de seu cigarro.

– E seu telefone ainda não está funcionando.

– Tenente!

Marazov saudou Alexander.

– Estou pronto, major – disse ele, pondo-se ao lado da Katyusha. – *Tenho estado* pronto. Cem mil quilômetros é um pouco demais, o senhor não acha?

Alexander atirou a ponta do cigarro na neve, imaginando se teria tempo de acender outro.

– Não é nem de perto suficiente. Os americanos vão nos suprir com cinco vezes mais que isso antes do fim desta guerra.

– Seria bom se eles lhe fornecessem um telefone que funcionasse – murmurou Marazov, afastando o olhar de Alexander.

– Paciência, soldado – disse Alexander. – O telefone está funcionando bem – acrescentou ele, tentando imaginar se o Neva era mais largo que o Kama. Ele decidiu que era, mas não muito. Ele havia nadado até a outra margem do Kama e voltado numa corrente pesada em cerca de vinte e cinco minutos. Quando tempo ele levaria para atravessar os seiscentos metros do gelo do Neva sob fogo alemão?

Alexander concluiu que levaria menos de vinte e cinco minutos.

O telefone tocou. Alexander sorriu. Marazov sorriu.

– Finalmente – disse ele.

– Todas as coisas boas chegam para os que esperam – acrescentou Alexander, com o coração palpitando por Tatiana. – Tudo bem, homens – disse ele. – É agora. Estejam prontos – prosseguiu, colocando-se um pouco atrás deles, os braços posicionando o cano do Zenith para cima. – E sejam corajosos.

Ele pegou o telefone e anunciou a ordem de avançar para os cabos com os morteiros. Os homens dispararam três bombas de fumaça de emissão lenta que voaram por sobre o rio e explodiram, temporariamente obscurecendo a visão da linha nazista. Instantaneamente, os soldados do

Exército Vermelho lançaram-se sobre o gelo em longas formações em fila, uma bem diante de Alexander, e correram pelo rio.

Por duas horas, o fogo pesado de 4500 rifles não cessou. Os morteiros eram ensurdecedores. Alexander achou que os soldados soviéticos estavam se saindo melhor que o esperado – notoriamente melhor. Com seus binóculos, ele viu alguns soldados tombados na outra margem, mas também viu muitos correndo para cima da margem e se escondendo nas árvores.

Três aviões alemães voaram baixo sobre suas cabeças, atirando contra os soldados soviéticos e abrindo buracos no gelo – mais zonas de perigo para os caminhões e os homens evitarem. *Um pouco mais baixo, um pouco mais baixo*, pensou Alexander, abrindo fogo com a metralhadora contra os aviões. Um avião explodiu; os outros dois rapidamente ganharam altitude para não serem atingidos. Alexander carregou uma bomba altamente explosiva no Zenith e atirou. Outro avião explodiu em chamas. O último ganhou mais altitude e agora não conseguia atirar no gelo; ele voou de volta para o lado alemão do Neva. Alexander balançou a cabeça e acendeu um cigarro.

– Vocês estão se saindo bem – gritou ele para seus homens, que estavam tão ocupados carregando as bombas e atirando que não o ouviram. Ele mal conseguiu ouvir a si mesmo, pois seus ouvidos estavam tapados para impedir a perda da audição.

Às 11h30, uma luz verde deu sinal para que a divisão motorizada começasse a atravessar o Neva na segunda onda de ataque. O ataque era prematuro, mas Alexander esperava que o elemento surpresa trabalhasse em favor deles, o que efetivamente ocorreria se avançassem rapidamente pelo gelo. Alexander fez sinal para que Marazov pegasse seus homens e corresse.

– Vá – gritou. – Cubram-se! Cabo Smirnoff! – um dos homens virou-se para ele. – Pegue suas armas – ordenou Alexander.

Marazov saudou Alexander, agarrou a arma de 76 milímetros, gritou para seus homens e eles começaram a descer a pequena encosta em direção ao gelo. Dois outros cabos correram segurando os morteiros de 81 milímetros. As armas de 120 milímetros foram deixadas para trás. Eram pesadas demais para serem transportadas sem caminhão. Três soldados, na frente, corriam com seus Shpagins.

Alexander viu Marazov ser abatido por um tiro quando mal tinha avançado trinta metros no gelo.

– Meus Deus, Tolya! – gritou ele e olhou para cima. O avião alemão estava avançando por sobre o Neva, atirando nos homens no gelo. Os soldados de Marazov caíram. Antes que o avião tivesse chance de virar e voltar, Alexander redirecionou o cano do Zenith e disparou uma bomba de alto impacto. E não errou o tiro, o avião estava suficientemente baixo. Explodiu em chamas e projetou-se em espiral em direção ao rio.

Marazov continuava imóvel no gelo. Observando-o, impotentes, seus homens agruparam-se em torno do canhão de campo. O rio estava ficando coberto de estilhaços de bombas.

– Ora, diabos! – Alexander ordenou a Ivanov, o cabo restante, que manipulasse o Zenith, agarrou sua metralhadora, saltou a encosta e correu para Marazov, gritando para que o resto dos soldados continuasse a cruzar o rio. – Vão! Vão!

Eles pegaram o canhão de campo e os morteiros e correram.

Marazov estava deitado de bruços. Alexander percebeu por que seus homens o haviam observado de maneira impotente. Ajoelhando-se ao lado dele, Alexander quis virá-lo, mas o soldado respirava com tanta dificuldade que Alexander teve medo de tocá-lo.

– Tolya, Tolya, aguente firme – disse ele, ofegante. Marazov também havia sido atingido no pescoço. Seu capacete havia caído. Desesperado, Alexander olhou ao redor para ver se conseguia um médico para lhe dar morfina.

Alexander viu um homem surgir no gelo, carregando não uma arma, mas uma maleta de médico. O homem usava um pesado casaco de lã e um chapéu também de lã – nem mesmo um capacete! Ele estava correndo na direita de Alexander em direção de um grupo de homens abatidos perto de um buraco no gelo. Alexander só teve tempo de pensar: *que maluco, um médico no gelo, ele é* louco, quando ouviu os soldados atrás dele gritando para o médico: "Abaixe-se! Abaixe!-se". Mas o barulho das armas era alto demais, a fumaça negra cercava a todos, e o médico, permanecendo ereto, virou-se e gritou em inglês:

– O quê? O que eles estão dizendo? O quê?

Alexander só levou um segundo. Ele viu o médico no gelo, no meio do fogo inimigo, mas, o que era mais grave, no final da trajetória das bombas alemãs. Alexander sabia que ele não tinha nem um quarto de segundo, um milésimo de tempo para pensar. Ele saltou e gritou, a todo pulmão, em inglês:

– ABAIXE-SE, PORRA!

O médico ouviu e se abaixou imediatamente. Bem na hora. A bomba cônica voou a um metro acima da cabeça do homem e explodiu bem atrás dele. O médico foi atirado como um projétil e aterrissou de cabeça no buraco do gelo.

Com os olhos atentos, Alexander olhou para Marazov, que, com as pupilas fixas, estava pondo sangue pela boca. Fazendo o sinal da cruz sobre ele, Alexander pegou sua metralhadora e correu vinte metros pelo gelo, caiu de barriga e se arrastou por outros dez metros até o buraco.

O médico estava inconsciente, flutuando na água. Alexander tentou alcançá-lo, mas o homem estava de cara para a água e muito distante. Alexander atirou suas armas e munição para longe, arrastou-se pelo gelo e pulou no buraco. A água era um dilúvio cortante e gelado, capaz de agir no corpo todo como anestésico instantâneo, adormecendo-o como morfina. Agarrando o médico, pelo pescoço, o major puxou-o para a borda do buraco e, com todas as suas forças, empurrou-o para fora com uma das mãos, agarrando-se ao gelo com a outra. Ao sair, ficou respirando pesadamente em cima do médico, que voltou a si e gemeu em inglês.

– Meu Deus, o que foi que aconteceu?

– Quieto – disse Alexander em inglês. – Fique deitado, temos que leva-lo até aquele caminhão blindado no limite do bosque, está vendo? São vinte metros. Se conseguirmos vencê-los, ficaremos mais seguros. Aqui estamos em campo aberto.

– Eu não consigo me mexer – disse o médico. – A água está me congelando de dentro para fora.

Também se sentindo congelar, Alexander sabia o que o médico queria dizer. Ele olhou para o gelo ao redor deles. A única cobertura era os três corpos perto do buraco. Arrastando-se de barriga, ele puxou um dos corpos para perto do médico e o colocou em cima dele.

– Agora, fique quieto, mantenha o corpo em cima de você e não se mexa.

Então, arrastou-se e puxou outro corpo, atirando-o sobre as costas e pegando suas armas.

– Você está pronto? – perguntou ele ao médico, em inglês.

– Sim, senhor.

– Agarre-se à barra do meu casaco *com todas as forças*. Não o solte. Você vai patinar no gelo.

Movendo-se o mais rápido que podia com um cadáver em cima dele, Alexander arrastou o médico e o outro corpo por vinte metros até o caminhão blindado.

Alexander achou que estivesse perdendo a audição, com o ruído em torno dele filtrando-se através de seu capacete e sua mente consciente. Ele tinha de conseguir. Tatiana havia conseguido furar o cerco, e sem um cadáver em cima dela. *Eu consigo fazer isto*, pensou ele, puxando o médico cada vez mais depressa em meio à confusão barulhenta. Pareceu-lhe ter ouvido o ronco de um avião voando baixo e ficou imaginando quando Ivanov iria abatê-lo.

A última coisa que Alexander se lembrava era de um barulho sibilante mais perto do que havia ouvido antes, uma explosão, seguida de um impacto indolor, mas severo, que o projetou com uma incrível força, a cabeça primeiro, contra o lado do caminhão blindado. *Sorte eu ter um cadáver em cima de mim*, pensou Alexander.

2

Abrir os olhos exigiu dele muita energia. Foi um esforço tal que logo que os abriu, tornou a fechá-los e adormeceu durante o que lhe pareceu ser uma semana ou um ano. Era impossível dizer. Ele ouvia vozes fracas, ruídos fracos. Odores fracos pairavam à volta: cânfora, álcool. Alexander sonhou com sua primeira montanha russa, o estupendo Ciclone, nas areias de Revere Beach, em Massachussetts. Sonhou com a areia de Nantucket

Sound. Havia uma pequena passarela de madeira e nela vendiam algodão doce. Ele comprou três porções de algodão *vermelho* e comeu todas em seu sonho, e, de vez em quando, alguma coisa não cheirava a algodão doce nem a água salgada. E, em vez de desejar uma montanha russa, um mergulho na água, ou de brincar de mocinho e bandido embaixo da passarela de madeira, tentou identificar o cheiro.

Outras lembranças também surgiram: dos bosques, de um lago, de um barco. E outras imagens: apanhando pinhas, instalando uma rede de dormir. Caindo num armadilha de ursos. E não eram lembranças só dele.

Através dos olhos fechados e também do cérebro fechado, ele ouvia suaves vozes femininas e também vozes masculinas. Certa feita, ouviu alguma coisa caindo pesadamente no chão. Em outra vez, a batida de um coração: deve ser o metrônomo. Então, ele pensou estar dirigindo pelo deserto quando criança, espremido entre a mãe e o pai. Era o Mojave. Não era bonito, mas estava quente, e o carro, abafado, embora ele sentisse frio. Por que estava com frio?

Mas o deserto. Por algum motivo, novamente aquele cheiro do deserto. Não de algodão doce, nem de sal, apenas o cheiro de...

Um rio correndo pela manhã.

Ele tornou a abrir os olhos. Antes de fechá-los, tentou focalizar. Com a visão borrada, não conseguiu distinguir nenhum rosto. Por que não conseguia ver nenhum rosto? Tudo o que viu foram rápidos relances de branco. Mas lá estava o cheiro de novo. Uma forma se inclinando sobre ele. Ele fechou os olhos e podia jurar que tinha ouvido alguém sussurrar *Alexander*. Então, um ruído de metal. Sentiu a cabeça sendo agarrada. Agarrada.

Agarrada.

De repente, seu cérebro despertou. Ele quis abrir os olhos. Estava deitado de bruços. Por isso é que não conseguia ver nenhum rosto. Tudo borrado outra vez. A forma de algo pequeno e branco. Uma voz sussurrando. O quê? O quê?, ele quis dizer. Não conseguia falar. Aquele cheiro. Era um hálito, um hálito doce, junto a seu rosto. Um cheiro bem definido de conforto, o tipo de conforto que ele só conhecera uma vez na vida.

Isso lhe deixou os olhos em alerta. Não conseguiu focalizar, só viu um borrão de gaze branca.

– Shura, por favor, acorde – sussurrou a voz. – Alexander, abra os olhos. Abra os olhos, meu amor.

Ele sentiu lábios suaves pousando em seu rosto. Alexander abriu os olhos. O rosto de sua Tatiana estava perto dele.

Seus olhos encheram-se de lágrimas. Ele os fechou, murmurando "não". Não.

Ele *tinha* de abrir os olhos. Ela o estava chamando.

– Shura, abra os olhos agora.

– Onde eu estou?

– No hospital de campanha de Morozovo – respondeu ela.

Tentou mover a cabeça. Não conseguia se mexer.

– Tatia? – murmurou ele. – Não pode ser você.

E adormeceu.

Alexander estava deitado de costas. Um médico estava diante dele, falando com ele em russo. Alexander concentrou-se em sua voz. Sim. Um médico. O que ele estava dizendo? Não era claro. Ele não conseguia entender russo.

Um pouco depois, mais clareza, maior compreensão. De repente, o russo não era mais estranho.

– Acho que ele está voltando. Como você está se sentindo?

Alexander tentou se concentrar.

– Como eu tenho passado? – perguntou lentamente.

– Não muito bem.

Alexander olhou ao redor. Estava numa estrutura retangular de madeira com algumas janelas pequenas. As camas, cheias de gente coberta de bandagem branca e vermelha, estavam dispostas em duas fileiras, com uma passagem entre elas.

Ele tentou olhar para as enfermeiras à distância. O médico chamava sua atenção de novo. Relutantemente, Alexander olhou para o médico, sem querer responder pergunta nenhuma.

– Há quanto tempo?

– Quatro semanas.

– Que diabos me aconteceu?

– Você não lembra?
– Não.

O médico sentou-se junto à cama e falou em voz baixa:

– Você salvou minha vida – disse ele, num inglês reconfortante e agradecido.

Alexander lembrava vagamente. O gelo. O buraco. O frio. Ele balançou a cabeça.

– Só em russo. Por favor – acrescentou. – Não queira trocar sua vida pela minha.

– Entendo – disse o médico, com um aceno de cabeça e apertando-lhe a mão. – Vou voltar em alguns dias, quando você melhorar um pouco. Então, você vai poder me contar mais. Não vou ficar muito tempo aqui. Mas pode ter certeza de que eu não ia abandonar você até que saísse do bosque.

– Que diabos... você estava fazendo no gelo? – perguntou Alexander. – Nós temos médicos para isso.

– Sim, eu sei – disse o médico. – Eu estava indo salvar o médico. Quem você acha que colocou nas minhas costas enquanto nos arrastava até o caminhão?

– Oh.

– Sim. Foi a minha primeira vez no *front*. Dá para acreditar? – disse o médico sorrindo. Um bom sorriso americano. Alexander quis sorrir de volta.

– O nosso paciente dorminhoco acordou? – disse uma alegre enfermeira de cabelos e olhos negros, vindo até sua cama, sorrindo, movendo-se depressa e tomando-lhe o pulso. – Como vai? Eu sou Ina e você tem muita sorte!

– Tenho mesmo? – disse Alexander. Ele não se sentia com sorte. – Por que minha boca está cheia de algodão?

– Não está. Você tomou morfina durante um mês. Começamos a diminuí-la na semana passada. Achamos que você estava ficando viciado.

– Como é o seu nome? – perguntou Alexander ao médico.

– Matthew Sayers. Sou da Cruz Vermelha – respondeu ele, fazendo uma pausa. – Eu fui um idiota, e você quase pagou isso com sua vida.

Alexander balançou a cabeça. Ele olhou pela enfermaria. Estava quieta. Talvez ele tivesse sonhado tudo. Talvez ele tivesse sonhado com *ela*.

Sonhado *completamente*.

Não teria sido bom? Ela nunca estivera em sua vida. Ele nunca a conhecera. Ele podia voltar a ser o que era. Como *ele* tinha sido.

Mas como ele *tinha* sido? Aquele homem estava morto. Alexander não conhecia aquele homem.

– Uma bomba explodiu bem atrás de nós, e um fragmento atingiu você – disse o Dr. Sayers. – Você foi atirado contra o caminhão. Eu não conseguia me mexer – prosseguiu ele, apesar de seu russo ruim. – Comecei a abanar as mãos pedindo ajuda. Eu não queria deixar você sozinho, mas... – interrompeu-se ele, olhando para Alexander. – Vamos dizer que eu precisava de uma maca para você imediatamente. Uma de minhas enfermeiras veio pelo gelo para ajudar. – Sayers balançou a cabeça. – Ela tem fibra. Na verdade, ela se arrastou até nós. Eu disse a ela: "Bem, você é três vezes mais esperta que eu". – Sayers se inclinou sobre Alexander. – E ela não só se arrastou, mas ficou empurrando a caixa de plasma diante dela!

– Plasma?

– Fluído sanguíneo sem sangue. Dura mais que o sangue, congela bem, especialmente no seu inverno de Leningrado. Um milagre para feridos como você, pois repõe o fluído que você perdeu até conseguir que lhe seja feita uma transfusão.

– Eu... precisei de reposição de fluído? – perguntou Alexander.

– Sim, major – disse a enfermeira, tocando-lhe alegremente o braço –, pode-se dizer que você precisou de reposição de fluído.

– Muito bem, enfermeira – disse o Dr. Sayers. – A regra que temos na América é não aborrecer o paciente. Você está familiarizada com essa regra?

Alexander deteve o médico.

– Qual foi a gravidade do meu estado?

– Você não estava na sua melhor forma – disse Sayers jovialmente. – Eu deixei a enfermeira com você, enquanto rastejei em busca da maca. Não sei como, mas ela me ajudou a carregar você, segurando o lado em que estava sua cabeça. Depois que o deixamos, parecia que quem precisava de plasma era ela.

– Rastejando ou não, se as bombas o atingem, você já era.

– Você é que *quase* já era – disse a enfermeira. – Uma bomba o atingiu.

– Você se arrastou pelo gelo? – perguntou Alexander, sentindo-se grato e desejando tocar a mão da enfermeira.

– Não – disse ela, balançando a cabeça –, eu fico longe da linha de frente. Eu não faço parte da Cruz Vermelha.

– Não – disse Sayers –, eu trouxe minha enfermeira comigo de Leningrado. Ela se ofereceu como voluntária – acrescentou ele, sorrindo.

– Oh – disse Alexander. – Em que hospital você estava trabalhando? – perguntou ele, sentindo que estava começando a perder os sentidos novamente.

– Grechesky.

Alexander não conseguiu reprimir um gemido de dor. E não conseguiu parar até que Ina lhe desse outra dose de morfina. O médico, observando-o cuidadosamente, perguntou se ele estava bem.

– Doutor, essa enfermeira que veio com você?

– Sim?

– Como é o nome dela?

– Tatiana Metanova.

Alexander deixou escapar um lamento.

– Onde está ela agora?

Dando de ombros, Sayers replicou:

– Onde ela não está? Construindo a estrada de ferro, eu acho. Nós acabamos com o cerco. Seis dias depois de você ter sido ferido. As duas frentes se juntaram. Imediatamente, 1100 mulheres começaram a construir aquela ferrovia. Tania está trabalhando deste lado...

– Bem, ela não começou de imediato – disse Ina. – Ela ficou com você, major, a maior parte do tempo.

– Sim, agora que ele está melhor, ela foi ajudar na construção – disse Sayers sorrindo. – Estão chamando a Ferrovia de Vitória. Cedo demais, se você me perguntar, a julgar pelo estado dos homens que são trazidos para cá.

— O senhor pode trazer a enfermeira aqui quando ela voltar da ferrovia? – perguntou Alexander. Ele quis se explicar, mas se sentiu arrasado. Ele *estava* arrasado. – Onde foi mesmo que o senhor disse que me atingiram?

— Nas costas. Seu lado direito foi explodido. Mas o fragmento da bomba abriu-lhe o corpo – disse Sayers, fazendo uma pausa. – Nós trabalhamos duro para salvar seu rim. Não queríamos que, no futuro, o senhor fosse atacar os alemães com apenas um rim, major – acrescentou ele, inclinando-se para frente.

— Obrigado, doutor. Como você fez isso? – Alexander tentou se lembrar de onde doía. – Minhas costas não me incomodam muito.

— Não, major, e com razão. O senhor teve uma queimadura de terceiro grau em torno da periferia do ferimento. Foi por isso que o mantivemos de bruços por tanto tempo. Só recentemente voltamos a colocá-lo de costas – disse Sayers, batendo-lhe de leve no ombro. – Está sentindo a cabeça? Você deu uma cabeçada forte contra aquele caminhão. Mas, ouça, você vai ficar como novo, eu acho, depois que o ferimento sarar e você conseguir se livrar da morfina. Talvez em um mês você possa sair daqui – prosseguiu o médico, hesitando e observando Alexander, que não queria ser observado. – Vamos conversar outra hora, certo?

— Certo – murmurou Alexander.

Mais animado, o médico disse:

— Mas, olhando pelo lado positivo, você vai receber outra medalha.

— Desde que não seja postumamente.

— Assim que você puder ficar de pé, eles vão promovê-lo, foi o que me disseram – completou Sayers. – Ah, e um dos rapazes dos suprimentos sempre vinha perguntar por você. Chernenko?

— Traga aquela enfermeira, por favor – disse Alexander, fechando os olhos.

3

Uma noite se passou antes que ele tornasse a vê-la. Alexander acordou e lá estava ela, sentada ao seu lado. Eles sentaram e se olharam. Tatiana disse:

– Shura, por favor, não fique zangado comigo.

– Oh, meu Deus – foi tudo o que Alexander conseguiu dizer. – Você é incansável.

Balançando a cabeça, Tatiana disse com tranquilidade:

– Incansavelmente casada.

– Não. Apenas incansável.

Inclinando-se para ele, ela sussurrou:

– Incansavelmente apaixonada – acrescentou ela. – Você precisava de mim, e eu vim.

– Eu não precisava de você aqui – disse Alexander. – Quantas vezes eu tenho que lhe dizer? Eu preciso de você a salvo.

– E quem vai manter *você* a salvo? – perguntou ela, tomando-lhe a mão e sorrindo. Olhando para os lados para se assegurar de que não havia nem enfermeiras nem médicos por ali, ela beijou-lhe a mão e, então, pressionou-a contra o rosto. – Você vai ficar bem, grandão. Aguente firme.

– Tania, depois que eu sair daqui, vou pedir o divórcio. – Ele não largou o rosto dela. Por tudo.

Balançando a cabeça, ela retrucou:

– Sinto muito. Não pode. Você não queria uma aliança com Deus? Você a teve.

– Tatiasha...

– Sim, querido, sim, Shura? Estou tão feliz de ouvir sua voz, de ouvir você conversar.

– Me diga a verdade. Qual foi a gravidade do meu ferimento?

– Não muito grande – respondeu ela, em voz baixa e sorrindo para ele, com o rosto pálido.

– Em que eu estava pensando quando corri para o Marazov daquele jeito? Eu devia ter deixado que seus homens cuidassem dele. Mas eles não tinham escolha. Não podiam avançar e não iam levá-lo de volta. Pobre Tolya – concluiu ele, depois de uma pausa.

Sem deixar de sorrir, Tatiana disse, ligeiramente abatida pela tristeza:

– Eu fiz uma oração pelo Tolya.

– Você fez uma por mim também?

– Não – respondeu ela. – Pois você não estava morrendo. Eu fiz uma oração por mim. Eu disse: "Meu Deus, por favor, ajude-me a fazê-lo sarar" – prosseguiu ela, segurando-lhe a mão. – Mas, Alexander, da mesma forma que você não pôde deixar de correr até o Marazov, também não pôde deixar de gritar em inglês para o médico, ou pular na água atrás dele, ou arrastá-lo atrás de você até estar seguro. Assim como não pôde deixar de voltar com Yuri Stepanov. Lembre, Shura, nós somos a soma de nossas partes. E o que as suas partes dizem de você?

– Que eu sou um lunático idiota. Minhas costas doem, como se estivessem em fogo – sorriu ele, lembrando-se de Luga. – São só cortes provocados pelo vidro, Tania?

Hesitando um instante, ela disse:

– Você se queimou. Mas vai ficar bom. – E pressionou o rosto com mais força contra a mão dele. – Diga-me a verdade, diga-me que você não está feliz de me ver.

– Eu poderia dizer isso, mas estaria mentindo – disse ele, passando a mão sobre as sardas dela e encarando-a, sem piscar.

Ela tirou um pequeno frasco de morfina do bolso e o despejou no soro que ele estava tomando.

– O que você está fazendo?

Ela murmurou:

– Dando-lhe um pouco de morfina intravenosa. Para que suas costas não doam.

Em segundos, ele se sentiu melhor, e ela tornou a encostar a cabeça na mão dele.

Alexander olhou-a de cima a baixo. Tatiana exalava um calor poroso, evanescente, mas duradouro. Sua presença, seu rosto de cetim na palma da mão dele faziam suas costas doerem menos. Seus olhos radiantes, suas faces coradas, seus lábios adoráveis entreabertos... Alexander olhou para ela, com os olhos bem abertos, sua alma bem aberta, seu coração em adoração doendo de maneira deliciosa.

– Você é um anjo que os céus me mandaram, não é mesmo?

Um sorriso elétrico iluminou o rosto dela.

– E você não conhece nem metade dele – murmurou ela. – Você não sabe o que a sua Tania andou preparando por aqui. – Em sua alegria, ela quase deixou escapar um grito.

– O que você tem aprontado? Não, não se levante. Eu quero sentir o seu rosto.

– Shura, eu não posso. Eu estou praticamente em cima de você. Precisamos ter cuidado – disse ela, com o sorriso diminuindo uma oitava. – Dimitri passa por aqui o tempo todo. Entra, sai, vem ver você, sai, volta. Com que será que ele está preocupado? Ele ficou bastante surpreso de me encontrar aqui.

– Ele não é o único. Como você chegou aqui?

– Tudo parte do meu plano, Alexander.

– Que plano é esse, Tatiana?

– Estar com você quando eu morrer de velhice – sussurrou ela.

– Ah, *esse* plano.

– Shura, eu preciso falar com você. Preciso falar com você quando você estiver lúcido. Preciso que você me ouça cuidadosamente.

– Pode falar.

– Agora não posso. Eu disse *lúcido*. Além disso, preciso ir. Fiquei aqui sentada uma hora, esperando que você acordasse. Eu volto amanhã – disse ela, olhando em torno da cama dele. – Você viu como eu coloquei você aqui no canto, para que pudesse ter uma parede por perto e um pouco de *privacidade* – ela apontou para a janela próxima à cama dele. – Eu sei que é alto, mas você pode ver um pouco de céu e duas árvores, pinheiros do norte, eu acho. *Pinheiros*, Shura.

– *Pinheiros*, Tania.

Ela se levantou.

– O homem ao seu lado não consegue nem ouvir nem ver. Se ele pode falar, é um mistério – disse ela, sorrindo. – Além disso, está vendo aquela tenda de isolamento ao redor dele para que ele possa respirar um ar mais puro? Eu pus a tenda em torno dele para ajudá-lo, mas isso isola você de metade da enfermaria. É quase mais privacidade que na Quinta Soviet.

– Como está *Inga*?

– Inga não está mais na Quinta Soviet – disse Tatiana, depois de uma pausa e de morder o lábio.

– Ah, por fim ela se mudou?

– Sim – disse Tatiana –, ela *foi mudada*.

Os dois ficaram se olhando e balançando a cabeça lentamente. Alexander fechou os olhos. Ele *não conseguia* deixá-la ir embora.

– Tania – sussurrou ele –, é verdade que você se arrastou no gelo? No meio de uma feroz batalha por Leningrado, você se arrastou no gelo?

Inclinando-se sobre ele, ela rapidamente o beijou e murmurou:

– Sim, soldado mais valente do meu coração. Por *Leningrado*.

– Tatia – disse Alexander, com todas as suas terminações nervosas doendo –, amanhã não espere uma hora para me acordar.

4

Alexander só pensava em quando a veria no dia seguinte. Ela chegou pela hora do almoço, trazendo-lhe sua comida.

– Eu o alimento, Ina – disse ela alegremente à enfermeira de plantão. Ina não pareceu muito contente, mas Tatiana não lhe deu atenção.

– A enfermeira Metanova acha que ela é dona do meu paciente – disse Ina, assinando o prontuário de Alexander.

– Ela é minha dona, sim, Ina – disse Alexander. – Não foi ela quem me trouxe o plasma?

– Você não sabe nem a metade da história – murmurou Ina, olhando para Tatiana e se afastando.

– O que ela quis dizer com isso? – perguntou Alexander.

– Sei lá – replicou Tatiana. – Abra a boca.

– Tania, eu posso comer sozinho.

– Você *quer* comer sozinho?

– Não.

– Deixe-me tomar conta de você – disse ela, com ternura. – Deixe-me fazer por você o que eu sonho em poder fazer. Deixe-me fazer *por você*.

– Tania, onde está a minha aliança? – perguntou ele. – Ela estava num cordão no meu pescoço. Eu a perdi?

Sorrindo, ela puxou o cordão de seu uniforme. Duas alianças pendiam, uma ao lado da outra.

– Vou ficar com ela, até podermos usá-las novamente.

– Me alimente – disse ele, com profunda emoção.

Antes que ela começasse, o coronel Stepanov veio ver Alexander.

– Soube que você acordou – disse ele, olhando para Tatiana. – Estou vindo num hora inconveniente?

Tatiana balançou a cabeça, recolocou a colher na bandeja e se levantou.

– O senhor é o coronel Stepanov? – perguntou ela, olhando de Alexander para o coronel.

– Sou – respondeu ele, intrigado. – E você é...

Tatiana pegou com as duas mãos a do coronel e apertou-a.

– Eu sou Tatiana Metanova – respondeu ela. – Eu queria lhe agradecer, coronel, por tudo que o senhor tem feito pelo major Belov – disse ela, sem soltar-lhe a mão, que ele não afastou. – Obrigada, senhor – repetiu ela.

Alexander desejou abraçar a esposa.

– Coronel – disse ele, rindo –, minha enfermeira sabe que meu comandante tem sido bom para mim.

– Nada que você não mereça, major – comentou Stepanov. Ele não tirou a mão das mãos de Tatiana até ela soltá-lo. – Você já viu sua medalha?

A medalha estava pendurada no encosto da cadeira que ficava junto à cama de Alexander.

– Por que eles não esperaram até eu estar consciente para entregá-la? – perguntou Alexander.

– Não sabíamos se...

– Não é apenas uma medalha, major – interrompeu Tatiana. – A mais alta medalha de ouro que existe. A medalha de *Herói da União Soviética*! – acrescentou ela, sem fôlego.

Stepanov olhou de Tatiana para Alexander e vice-versa.

– Sua enfermeira está muito... *orgulhosa* de você, major.

– Sim, senhor – disse Alexander, tentando não sorrir.

– Acho que vou voltar outra hora, quando você estiver menos ocupado – disse Stepanov.

– Espere, senhor – pediu Alexander, afastando o olhar de Tatiana por um instante.

– Como as nossas tropas estão se saindo?

– Muito bem. Os homens tiveram dez dias de licença e agora estão tentando empurrar os alemães para fora de Sinyavino. Há grandes problemas por lá. Mas você sabe... aos poucos – disse Stepanov, fazendo uma pausa. – A boa notícia é que von Paulus capitulou em Stalingrado no mês passado – disse Stepanov, rindo. – Hitler tinha feito Paulus marechal de campo dois dias antes da rendição.

Alexander sorriu.

– Von Paulus, obviamente, quis fazer história. Essa *é* uma boa notícia. Stalingrado resistiu. Leningrado acabou com o cerco. Ainda podemos ganhar essa guerra – disse ele e ficou quieto. – Vai ser uma vitória pírrica.

– Realmente – concordou Stepanov, apertando a mão de Alexander. – Pelas baixas que estamos sofrendo, não sei quem vai sobrar até mesmo para uma vitória pírrica – prosseguiu ele, com um suspiro. – Melhore logo, major. Outra promoção o aguarda. Se acontecer mais alguma coisa, vamos tirar *você* da linha de frente.

– Não quero me afastar da ação, senhor.

Tatiana tocou-lhe o ombro.

– Quero dizer, *sim*, obrigado, senhor.

Mais uma vez Stepanov olhou para Alexander e Tatiana.

– É bom ver você bem disposto, major. Não me lembro da última vez em que o vi assim tão... alegre. Os ferimentos quase fatais combinam com você.

Stepanov se foi.

– Bem, você confundiu completamente o coronel – disse Alexander, sorrindo para Tatiana. – O que ele quis dizer com ferimentos quase fatais?

– Uma hipérbole. Mas você tinha razão. Ele *é* um homem simpático – disse Tatiana, olhando para Alexander com certa ironia. – Mas você se esqueceu de agradecer a ele por mim.

– Tania, nós somos homens, e não ficamos batendo um no ombro do outro.

– Abra a boca.

– Que comida você me trouxe?

Ela havia trazido sopa de repolho com batatas e pão branco com manteiga.

– De onde você tirou toda essa manteiga? – perguntou ele, ao ver que ela havia trazido um quarto de quilo.

– Soldados feridos ganham manteiga extra – explicou ela. – E você ganha manteiga extra *extra*.

– Assim como morfina *extra*? – perguntou ele, sorrindo para ela.

– Mmm. Você precisa melhorar mais rápido.

A cada colherada que lhe colocava na boca, ela trazia os dedos mais para perto dele. Alexander respirou fundo, tentando sentir o cheiro das mãos dela por trás da sopa.

– Você já comeu?

Tatiana deu de ombros.

– Quem tem tempo para comer? – disse ela rapidamente. E puxou a cadeira mais para perto da cama.

– Você acha que os outros pacientes vão reclamar se minha enfermeira me beijar?

– Vão, sim – respondeu ela, afastando-se um pouco. – Eles vão achar que eu beijo todo mundo.

Alexander olhou ao redor. Havia um homem do outro lado do quarto, morrendo e sem pernas. Nada podia ser feito por ele. Na tenda de isolamento ao lado da cama de Alexander, ele ouviu um homem lutando para conseguir respirar. Como Marazov.

– O que há com ele?

– Oh, Nikolai Ouspensky? Ele perdeu um pulmão – disse Tatiana, limpando a garganta. – Ele vai ficar bem. É um bom homem. Sua esposa mora numa vila aqui perto, ela fica lhe mandando cebolas.

– Cebolas.

– São aldeões, o que você quer? – disse ela, dando de ombros.

– Tania – disse ele, com tranquilidade. – Ina me contou que eu precisei de fluído substitutivo. Qual a gravidade...

Tatiana apressou-se em dizer:

– Você vai ficar bem. Você perdeu um pouco de sangue, só isso. – Depois de uma pausa, ela disse, baixando a voz até sussurrar: – Ouça, ouça com atenção...

– Por que você não fica aqui comigo o tempo todo? Por que você não é a minha enfermeira?

– Espere. Dois dias atrás você me disse para ir embora, e agora quer que eu fique aqui o tempo todo?

– Quero.

– Querido – sussurrou ela com um sorriso –, *ele* está aqui o tempo todo. Você não me ouviu dizer? Estou tentando manter uma distância profissional. Ina é uma enfermeira boa e crítica. Logo você vai melhorar e talvez possamos removê-lo para um leito de convalescente, se você quiser.

– Você vai estar lá? Eu melhoro em uma semana.

– Não, Shura. Eu não vou estar lá.

– Onde você está?

– Ouça, eu preciso conversar com você, e você fica me interrompendo.

– Não vou interromper – disse Alexander –, se você segurar a minha mão debaixo do cobertor.

Tatiana enfiou a mão debaixo do cobertor e pegou a dele, entrelaçando seus dedos com os dele.

– Se eu fosse mais forte e maior, como você – disse ela, com suavidade –, eu o teria carregado para fora do gelo sozinha.

Apertando a mão dela com mais força, ele disse:

– Não me deixe chateado, certo. Estou feliz de ver seu rosto adorável. Por favor, me beije.

– Não, Shura, você quer escutar...

– Por que você é tão incrível? Por que você exala felicidade? Acho que você nunca esteve tão bonita.

Tatiana se inclinou para ele, separando os lábios e baixando a voz num sussurro rouco:

– Nem em Lazarevo?

– Pare com isso. Você está fazendo um homem adulto chorar. Seu brilho está vindo de dentro de você.

– Você está vivo. Eu estou em êxtase – disse ela, realmente parecendo estar em êxtase.

– Como você chegou ao *front*?

– Se quiser mesmo ouvir, eu conto – disse ela, sorrindo. – Quando deixei Lazarevo, eu sabia que queria me tornar uma enfermeira para feridos graves. Então, depois que você foi me ver em novembro, decidi me alistar. Eu ia para o *front* onde você estava. Se você fosse participar da batalha de Leningrado, eu também ia. Eu iria para o gelo com os paramédicos.

– Esse era o seu plano?

– Era.

Ele balançou a cabeça.

– Estou contente que você não tenha me falado dele naquela época, e agora, com certeza, estou sem forças para impedi-la.

–Você vai precisar de muito mais força quando souber o que eu tenho para lhe contar. – Ela mal conseguia conter sua excitação. Seu coração disparou. – Então, quando o Dr. Sayers chegou ao Grechesky – prosseguiu Tatiana –, eu imediatamente perguntei se ele não precisava de ajuda. Ele veio para Leningrado a pedido do Exército Vermelho para ajudar o fluxo antecipado de feridos neste ataque. – Ela baixou a voz. – Eu tenho que lhe contar: acho que os sovietes subestimaram o número de feridos. Simplesmente não há lugar para todos. De qualquer modo, depois que o Dr. Sayers me disse que ia para o *front* de Leningrado, eu lhe perguntei se havia alguma coisa em que eu pudesse ajudar... – disse ela, sorrindo. – Eu aprendi essa pergunta com *você*. Aconteceu que ele precisava de ajuda. A única enfermeira que ele trouxera caiu doente. Não é de surpreender, para quem conhece o inverno em Leningrado. A pobrezinha contraiu tuberculose. – Tatiana balançou a cabeça. – *Imagine*. Agora ela está melhor, mas permaneceu no Grechesky. Eles precisam dela lá. Como eu ainda não tinha me alistado, eu vim para cá com o Dr. Sayers como sua assistente temporária. Olhe. – Ela mostrou, com orgulho, a faixa em seu braço direito com o símbolo da Cruz Vermelha. – Em vez de enfermeira do Exército Vermelho, eu sou enfermeira da Cruz Vermelha! Não é maravilhoso? – E seu rosto se iluminou.

– Estou feliz por você achar bom estar no *front*, Tania – comentou Alexander.

– Shura! Não no *front*. Você sabe de onde vem o Dr. Sayers?

– Da América?

– Eu quero dizer de onde ele partiu com seu jipe da Cruz Vermelha para Leningrado?

– Não faço ideia.

– De *Helsinque* – disse ela, num sussurro de excitação.

– Helsinque.

– Sim.

– Tudo bem... – disse Alexander.

– E para onde você acha que ele logo vai voltar?

– Não sei. Para onde?

– Shura! *Helsinque!*

Alexander não disse nada. Lentamente, ele virou a cabeça e fechou os olhos. Ele a ouviu chamá-lo. Abriu os olhos e se voltou para ela. Os olhos dela dançavam, e seus dedos tamborilavam no braço dele, o rosto quente estava vermelho e sua respiração, acelerada.

Ele riu.

Uma enfermeira, no outro lado do quarto, virou-se para olhar.

– Não, não ria – disse Tatiana. – Fique quieto.

– Tatia, Tatia, pare. Eu lhe imploro.

– Você quer me ouvir? Assim que eu conheci o Dr. Sayers, eu comecei a pensar numa coisa.

– Ah, não.

– Ah, sim.

– Em que você começou a pensar?

– No Grechesky, eu fiquei matutando, tentado estabelecer um plano...

– Ah, não, outro plano, não.

– Sim, um plano. Eu me perguntava, será que *posso* confiar no Dr. Sayers? Eu achei que sim. Achei que podia confiar nele porque ele parecia um bom americano. Eu ia confiar nele e lhe contar sobre você e eu, e implorar-lhe que ajudasse você a voltar para casa, implorar-lhe que nos ajudasse a chegar a Helsinque de alguma forma. Só até Helsinque. Depois disso, você e eu poderíamos ir para Estocolmo sozinhos.

– Tania, não quero ouvir mais nada.

– Não, ouça-me! – sussurrou ela. – Se você soubesse como Deus está nos protegendo... Em dezembro, um piloto finlandês ferido foi para o Grechesky. Eles chegam o tempo todo... para morrer. Nós tentamos salvá-lo, mas ele tinha ferimentos graves na cabeça. Seu avião se espatifou no golfo da Finlândia. – Mal se conseguia ouvir a voz de Tatiana. – Eu guardei o uniforme e o cartão de identidade dele. Eu os escondi no jipe do Dr. Sayers, numa caixa de bandagens. E eles estão lá até agora... esperando por você.

Espantado, Alexander ficou olhando para Tatiana.

– A única coisa que eu temia era pedir ao Dr. Sayers que se arriscasse por um completo estranho. Eu não sabia como fazer isso – continuou ela, inclinando-se para ele e beijando-lhe o ombro. – Mas *você*, meu marido, você tinha que intervir. Você teve que salvar o médico. Agora, tenho certeza de que ele vai ajudar você a sair daqui mesmo que tenha que levá-lo nas costas.

Alexander estava sem fala.

– Vamos vestir um uniforme finlandês em você, você vai se transformar em Tove Hanssen por algumas horas, e vamos atravessar a fronteira finlandesa no caminhão da Cruz Vermelha do Dr. Sayers até Helsinque. Shura! Eu vou tirar você da União Soviética.

Alexander ainda estava sem fala.

Rindo sem produzir som, mas alegre, Tatiana disse:

– Nós demos uma sorte incrível, não é mesmo? – e apontou para a faixa da Cruz Vermelha no braço e apertou-lhe a mão sob as cobertas. – Dependendo de quando você estiver forte o suficiente. De Helsinque pegamos um cargueiro, se o gelo do Báltico estiver rompido, ou um caminhão num comboio protegido até Estocolmo. A Suécia é neutra, lembra? – acrescentou ela, sorrindo. – E não, eu não esqueço uma palavra de nada que você me conta. – Soltando-o, ela bateu as mãos. – Esse não é o melhor plano que você já teve? Muito melhor que sua ideia de se esconder nos pântanos do golfo durante meses.

Ele olhou para ela com excitação e total descrença.

– Quem é *você*, esta mulher sentada diante de mim?

Tatiana se levantou. Inclinando-se sobre ele, beijou-o profundamente nos lábios, e sussurrou:

– Sou sua esposa adorada.

A esperança foi um remédio incrível. De repente, os dias que se esticavam não eram *suficientemente* longos para Alexander tentar se levantar, caminhar, se mover. Ele não conseguia sair da cama, mas tentava se apoiar nos braços e, finalmente, sentou-se e se alimentou sozinho. E vivia para os minutos em que Tatiana vinha vê-lo.

A inatividade o estava deixando louco. Pediu a Tatiana que lhe trouxesse pedaços de madeira e sua faca do exército. Enquanto esperava por ela, passava horas entalhando a madeira bruta, transformando-a em palmeiras, pinheiros, estacas e formas humanas.

Ela vinha, diariamente, muitas vezes por dia, e se sentava junto dele, dizendo num sussurro:

– Shura, em Helsinque, vamos dar uma volta de trenó, uma volta de *drozhki*. Não vai ser ótimo? E vamos até uma igreja de verdade! O Dr. Sayers me contou que a igreja do imperador Nicolau de Helsinque parece muito a de Santo Isaac. Shura, você está me ouvindo?

Sorrindo, ele balançava a cabeça e continuava a esculpir.

E ela ficava sentada ao lado dele e dizia:

– Shura, você sabia que Estocolmo foi toda construída em granito, como Leningrado? Você sabia que o nosso Pedro, O Grande, tomou a altamente contestada Península de Carélia da Suécia em 1725? Irônico, você não acha? Nessa época, estávamos lutando pela terra que hoje vai nos libertar. Quando chegarmos a Estocolmo, será primavera, e parece que no porto eles têm um mercado matinal que vende frutas, vegetais e peixes... Oh, Shura, e eles têm presunto defumado e uma coisa chamada *bacon*, o Dr. Sayers me disse. Você já comeu *bacon*? Shura, você está me ouvindo?

Sorrindo, ele balançava a cabeça e continuava a esculpir.

– E em Estocolmo nós vamos a esse lugar chamado... não consigo lembrar agora... Ah, sim, chamado Templo da Fama da Suécia, o lugar onde estão enterrados os reis. – disse ela, com total alegria no rosto. – Os reis e os heróis. Você vai gostar. Vamos visitá-lo?

– Sim, garota querida – respondeu Alexander, pousando a faca e a madeira, voltando-se para ela e trazendo-a contra ele. – Vamos visitá-lo.

5

– Alexander? – disse o Dr. Sayers, sentando-se na cama perto dele. – Se eu falar baixo, posso falar em inglês? Falar russo o tempo todo é muito difícil para mim.

– Claro – respondeu Alexander, também em inglês. – É bom tornar a ouvir inglês.

– Lamento não poder vir antes – disse o médico, balançando a cabeça. – Estou vendo que estou me atolando no inferno que é o *front* soviético. Meus suprimentos estão todos acabando, os carregamentos do *lend-lease* não chegam com rapidez suficiente, eu estou comendo sua comida russa, dormindo sem colchão.

– O senhor devia ter um colchão.

– Os feridos têm colchão. Eu tenho um papelão grosso.

Alexander ficou imaginando se Tatiana também tinha um papelão grosso.

– Eu achava que já estaria longe, mas vejam só. Ainda estou aqui. Meus dias duram vinte horas. Ouça, por fim tenho um pouco de tempo. Você quer conversar?

Alexander encolheu os ombros, estudando o médico.

– De onde você é, Dr. Sayers? Onde nasceu?

Sayers sorriu.

– Boston. Conhece Boston?

Alexander balançou a cabeça.

– Minha família era de Barrington.

– Ah, bom – exclamou Sayers. – Somos praticamente vizinhos – e fez uma pausa. – Então, me conte. Sua história é longa?

– Longa.

– Você pode me contar? Estou morrendo de curiosidade para saber como um americano acabou como major do Exército Vermelho.

Em resposta, Alexander examinou o médico, que disse com suavidade:

– Quanto tempo você viveu sem ser capaz de confiar em alguém. Confie em *mim*.

Respirando fundo, Alexander contou-lhe tudo. Se Tatiana confiava nesse homem, isso lhe bastava.

O Dr. Sayers ouviu com atenção e disse:

– É uma bela confusão.

– Não é brincadeira... – disse Alexander.

Então, foi a vez de Sayers estudar Alexander.

– Há alguma coisa que eu possa fazer para ajudar?

A princípio, Alexander não respondeu.

– Você não me deve nada.

Sayers fez uma pausa.

– Você... quer voltar para casa?

– Quero – disse Alexander. – Quero voltar para casa.

– O que *eu* posso fazer?

Alexander olhou para ele. – Converse com a minha enfermeira. Ela lhe dirá o que fazer – respondeu ele. *Onde estava a* minha *enfermeira?* Ele precisava pôr os olhos nela.

– Ina?

– Tatiana.

– Ah, Tatiana – o rosto do médico suavizou-se com afeição. – *Ela* sabe sobre você?

Alexander olhou com atenção para a expressão do médico e, então, riu baixo, balançando a cabeça.

– Dr. Sayers, eu vou lhe confiar tudo. Você terá duas vidas em suas mãos. Tatiana...

– Sim?

– ... é minha esposa – completou ele, com estas palavras brotando quentes de suas entranhas.

– Ela é o quê?

– Minha esposa.

O médico olhou para ele com incredulidade.

– É *mesmo*?

Divertido, Alexander ficou observando a reação do médico, enquanto ele pensava, descobria, tornava a pensar até entender tudo com uma faísca mista de tristeza e compreensão.

– Oh, como eu fui estúpido – disse ele. – Tatiana *é* sua esposa. Eu devia ter percebido. Tantas coisas ficaram repentinamente claras – disse o Dr. Sayers, respirando fundo. – Bem, bem. Sorte a sua.

– Tenho sorte, sim...

– Não, major. Eu quis dizer que você é um homem *de sorte*. Mas deixe para lá.

– Só você sabe, doutor. Converse com ela. Ela não está tomando morfina. Não está ferida. Ela vai lhe contar tudo o que quer que você faça.

– Disso eu não tenho dúvida – disse o Dr. Sayers. – Entendo, eu não vou partir logo. Mais alguém que você queira que eu ajude?

– Não, obrigado.

– Ao se levantar, o Dr. Sayers apertou a mão de Alexander.

– Ina – Alexander chamou a enfermeira que tomava conta dele entre as visitas de Tatiana –, quando é que eu vou ser transferido para a ala dos convalescentes?

– Por que essa pressa? Você acabou de recuperar a consciência. Vamos tomar conta de você aqui.

– Eu só perdi um pouco de sangue. Deixe-me sair. Vou para lá andando sozinho.

– Você está com um buraco nas costas, major Belov, do tamanho do meu pulso – disse Ina. – Você não vai a lugar algum.

– Você tem um punho pequeno – disse Alexander. – Qual é o problema?

– Eu vou lhe dizer qual é o problema – disse ela. – Você não vai a lugar algum, *esse* é o problema. Agora, deixe-me virá-lo para eu poder limpar esse tremendo machucado nas suas costas.

Alexander virou-se.

– Está muito mal?

– Mal, major. A bomba arrancou um naco da sua carne.

Ele sorriu.

– Ela arrancou uma *libra* da minha carne, Ina?

– Uma o *quê*?

– Deixe para lá. Diga-me a verdade: qual foi a extensão do meu ferimento?

Enquanto mudava os curativos, Ina disse:

– Grande. A enfermeira Metanova não lhe disse? Ela é impossível. O Dr. Sayers deu uma olhada em você depois que o trouxeram e disse que achava que você não ia sobreviver.

Isso não surpreendeu Alexander. Ele havia flutuado por muito tempo na periferia de sua consciência. Aquilo não se parecia muito com vida. Contudo, morrer parecia inconcebível. Ele ficou deitado de bruços enquanto Ina limpava-lhe o ferimento e tratou de ouvi-la.

– O doutor é um homem bom e quis salvá-lo, sentindo-se pessoalmente responsável por você. Mas ele disse que você tinha perdido muito sangue.

– Ah. É por isso que meu estado foi considerado crítico?

– Agora você está em estado crítico – disse Ina, balançando a cabeça. – Não estava no começo – e bateu-lhe de leve no ombro. – Seu estado era terminal.

– Oh – disse ele, com o sorriso se evaporando.

– É a enfermeira Tatiana – disse Ina. – Ela é... bem, francamente, acho que ela se concentra demais nos casos terminais. Ela devia estar ajudando os críticos, mas ela está sempre na enfermaria terminal, tentando salvar os desenganados.

Então, era lá que ela ficava.

– Como ela está se saindo? – murmurou Alexander.

– Não muito bem. Lá estão morrendo a torto e a direito. Mas ela fica com os pacientes até o fim. Não sei o que há com ela. Eles morrem mesmo assim, mas...

– Eles morrem felizes?

– Não felizes, mas... não sei explicar.

– Sem *medo*?

– Isso! – exclamou ela, inclinando-se sobre ele e olhando para Alexander.

– É isso. Sem medo. Eu digo a ela: "Tania, eles vão morrer de qualquer forma, deixe-os em paz". E não sou só eu. O Dr. Sayers fica dizendo para ela vir trabalhar na ala crítica. Mas ela não dá ouvidos. – Ina baixou a voz. – Nem mesmo ao *médico*!

Isso trouxe um sorriso de volta ao rosto de Alexander.

– Quando trouxeram você para cá, como eu disse, o médico olhou para você e balançou a cabeça. "Ele perdeu sangue demais", disse ele, com tristeza. Eu pude ver que ele ficou preocupado.

Perdeu sangue demais?, pensou Alexander, empalidecendo.

Ina prosseguiu:

– "Esqueça-o", disse ele. "Não há que possamos fazer". – E parou de lavar Alexander por um segundo. – E você sabe o que Tatiana disse para ele?

– Nem imagino – respondeu Alexander. – O quê?

A voz de Ina soava como fofoca, mas num tom de frustração.

– Não sei quem ela pensa que é. Ela chegou bem perto dele, baixou a voz, olhou para ele direto nos olhos e disse: "Ainda bem, doutor, que ele não tenha dito a mesma coisa sobre o senhor quando você estava flutuando inconsciente no rio! Ainda bem que ele não virou as costas quando o senhor caiu, Dr. Sayers" – disse Ina alegremente. – Eu nem acreditei na audácia dela. Falar assim com um *médico*.

– O que ela *estava* pensando? – murmurou Alexander, fechando os olhos e imaginando sua Tania.

– Ela estava determinada. Para ela, era como uma espécie de cruzada pessoal – disse Ina. – Ela deu ao médico um *litro* de sangue para você...

– Onde ela o conseguiu?

– Dela mesma, é claro – respondeu Ina, sorrindo. – Para sua sorte, major, nossa enfermeira Metanova é doadora universal.

Claro que é, pensou Alexander, mantendo os olhos bem fechados.

Ina prosseguiu.

– O médico disse que ela não podia doar mais, e ela disse que um litro não era suficiente. E ele disse: "Sim, mas você não tem mais para doar". E ela disse: "Vou produzir mais". Então, ele disse: "*Não*", e ela respondeu: "*Sim*", e, em quatro horas, ela doou mais meio litro de sangue.

Alexander estava de costas, ouvindo atentamente enquanto Ina colocava gaze limpa em seu ferimento. Ele mal conseguia respirar.

– O médico disse a ela: "Tania, você está perdendo tempo. Olhe para a queimadura dele. Ela vai infeccionar". Não havia penicilina suficiente para lhe dar, especialmente porque a contagem de seus glóbulos vermelhos era muito baixa – disse ela, rindo à beça, por não acreditar. – Então eu estava cumprindo meu turno bem tarde aquela noite, quando quem encontro ao lado de sua cama? Tatiana. Ela estava sentada com uma seringa no braço, ligada a um cateter, e eu fiquei observando-a, e, juro por Deus que você não vai acreditar quando eu lhe contar, major, mas eu vi que o cateter estava conectado à sua veia – disse ela, com os olhos escancarados. – Eu a vi *drenar* sangue da própria artéria radial para passar para o senhor. Eu corri e disse: "Você está louca? Está fora de si? Você está colocando o seu sangue diretamente nele?". Ela me disse, com toda calma: "Ina, não vou ouvir nada. Se eu não fizer isto, ele vai morrer". Eu gritei com ela. Eu disse: "Há trinta soldados na ala de críticos que precisam de suturas e bandagens, bem como da limpeza de seus ferimentos. Por que você não cuida deles e deixa Deus cuidar dos mortos?". E ela respondeu: "Ele não está morto. Ele ainda está vivo, e enquanto estiver vivo, ele é meu". Dá para acreditar, major? Mas foi o que ela disse. "Pelo amor de Deus", eu disse ela. "Muito bem. Então, morra. *Eu* não me importo!" Mas, na manhã seguinte, quando fui me queixar com o Dr. Sayers que ela não estava seguindo os procedimentos, contei-lhe o que ela tinha feito e ele correu para repreendê-la – disse Ina, baixando a voz para um tom sibilante e incrédulo. – Nós a encontramos inconsciente no chão ao lado de sua cama. Ela parecia morta, mas... mas você tinha melhorado. Todos os seus sinais vitais estavam respondendo. E Tatiana se levantou do chão, pálida como a morte, e disse ao médico friamente: "Talvez *agora* o senhor possa lhe dar a penicilina de que ele precisa, mais plasma e morfina extra". Então ele o operou, para tirar de você os fragmentos da bomba, e salvou seu rim. E deu pontos em você. E o tempo todo ela permaneceu ao lado dele, ou do seu. Ele disse a ela que as bandagens precisavam ser trocadas a cada três horas, para ajudar, com a drenagem, a evitar uma infecção. Só tínhamos duas enfermeiras na ala terminal, ela e eu. Eu tive que cuidar de todos os outros pacientes, enquanto ela só se ocupava de você. Durante quinze dias e noites, ela removia suas bandagens, lavava-o e mudava sua roupa. A cada três horas. No final, ela parecia um fantasma. Mas você sobreviveu. Foi então que removemos você para o tratamento crítico. Eu disse a ela: "Tania, este homem devia casar com você por tudo o que você fez por ele". E ela disse: "Você acha?". – Ina tornou a fazer uma pausa. – Você está bem, major? Por que está chorando?

Naquela tarde, quando Tatiana foi alimentá-lo, Alexander tomou-lhe a mão e, durante um longo tempo, não conseguiu falar.

– O que está havendo, querido? – perguntou ela num sussurro. – O que está doendo?

– O meu coração – respondeu ele.

Ela se inclinou sobre ele da cadeira onde estava.

– Shura, querido, deixe-me alimentá-lo. Eu preciso alimentar outros doentes graves depois de você. Um deles perdeu a língua. Imagina a dificuldade. Eu volto à noite se puder. Ina me conhece. Ela acha que eu me apeguei você – disse ela sorrindo. – Por que você está me olhando desse jeito?

Alexander não conseguiu falar.

Mais tarde, à noite, Tatiana voltou. As luzes estavam apagadas, e todos dormiam. Ela se sentou ao lado de Alexander.

– Tatia...

– A Ina é uma linguaruda – disse ela baixinho. – Eu disse a ela para não aborrecer meu paciente. Eu não queria preocupar você. Ela não conseguiu ficar de boca fechada.

– Eu não mereço você – disse ele.

– Alexander, o que você acha? Você acha que eu ia deixá-lo morrer quando eu sabia que podíamos fugir daqui? Eu não podia ter chegado tão perto disso e, então, perder você.

– Eu não mereço você – repetiu ele.

– Marido – disse ela. – Você esqueceu Luga? Meu Deus, você esqueceu Leningrado? Ou Lazarevo? *Eu* não esqueci. Minha vida pertence a você.

6

Alexander acordou e encontrou Tatiana sentada na cadeira. Ela estava dormindo, inclinando-se sobre sua cama, a cabeça loura coberta por um lenço branco de enfermeira. Tudo estava quieto no cômodo escuro, grande e frio. Ele tirou-lhe o lenço da cabeça e tocou as leves madeixas que lhe caíam sobre os olhos, tocou-lhe as sobrancelhas, correu os dedos em torno de suas sardas, de seu pequeno nariz, de seus lábios macios. Ela despertou.

– Hmm – disse ela, erguendo a mão para acariciá-lo. – É melhor eu ir embora.

– Tania... – sussurrou ele –, quando é que eu vou estar inteiro novamente?

– Querido – disse ela, com suavidade –, você não se sente inteiro? Me abrace, Shura – disse ela se inclinando sobre ele e o envolvendo com os braços –, me abrace com força. – Fez uma pausa e sussurrou: – Como eu gosto...

Alexander pôs os braços em torno dela. Os braços de Tatiana envolveram seu pescoço enquanto ela lhe beijava o rosto ternamente, com o cabelo contra ele.

– Me conte uma lembrança – sussurrou ele.

– Mmm, que tipo de lembrança você quer?

– Você sabe o que eu quero.

Ela continuou a beijar-lhe o rosto de leve enquanto sussurrava:

– Eu me lembro de uma noite chuvosa, correndo para casa, vindo da casa de Naira, e colocando nossos cobertores em frente do fogo, com você fazendo amor comigo da maneira mais terna, me dizendo que só ia parar quando eu implorasse – disse Tatiana, sorrindo, os lábios no rosto dele. – Eu implorei?

– Não – respondeu ele, com a voz falha. – Você não para os fracos, Tatiasha.

– Nem você – sussurrou ela. – E, depois, você pegou no sono em cima de mim. Eu fiquei acordada um longo tempo, abraçando seu corpo dormente. Eu nem mexi seu corpo e também acabei pegando no sono. E, de manhã, você ainda estava em cima de mim. Você lembra?

– Lembro – disse ele, fechando os olhos. – Eu lembro. Eu me lembro de tudo. Cada palavra, cada respiração, cada sorriso seu, cada beijo que você deu no meu corpo, todas as brincadeiras que tivemos, toda torta de repolho Cavaleiro de Bronze que você fez para mim. Eu me lembro de tudo.

– Conte-me *você* uma lembrança – sussurrou ela. – Mas bem baixinho. Aquele cego do outro lado vai ter um ataque do coração.

Alexander afastou-lhe o cabelo do rosto e sorriu.

– Eu me lembro da Axinya junto à porta da *banya*, enquanto nós estávamos sozinhos lá dentro, na água quente e cheia de sabonete, e eu dizendo para você: "shh".

– Shh – sussurrou Tatiana sem fôlego, olhando para o homem que dormia do outro lado da enfermaria.

Alexander sentiu que ela estava tentando se afastar.

– Espere – disse ele, apertando-a e olhando ao redor da enfermaria escura. – Eu preciso de uma coisa.

Ela sorriu para ele.

– É mesmo? Do quê? – Alexander sabia que ela reconheceu o olhar dele. – Você *precisa* sarar, soldado.

– Mais rápido do que você possa imaginar.

Colocando o rosto mais perto do rosto dele, ela sussurrou:

– Ah, eu posso imaginar.

Alexander começou a desabotoar o topo de seu uniforme de enfermeira.

Tatiana recuou.

– Não, não faça isso – disse ela, baixinho.

– O que você quer dizer com *não faça*? Tatia, abra seu uniforme. Eu preciso tocar os seus seios.

– Não, Shura – negou ela. – Alguém pode acordar e nos ver. Então, vamos ficar encrencados. Alguém pode ver mesmo. Talvez como enfermeira eu possa justificar que estou segurando sua mão, mas pense no escândalo que isto poderia provocar. Acho que nem o Dr. Sayers iria entender.

Sem lhe soltar a mão, Alexander disse:

– Eu preciso de minha boca em você. Quero sentir seus seios contra o meu rosto, só por um segundo. Vamos, Tatiasha, abra o topo do seu uniforme, incline-se como se estivesse ajeitando o meu travesseiro, e me deixe sentir seus seios no meu rosto.

Suspirando e obviamente desconfortável, ela abriu o uniforme. Alexander queria tanto senti-la que não se importou quanto à propriedade da situação. *Todo mundo está dormindo*, pensou ele, observando-a avidamente enquanto ela abria o uniforme até a cintura, punha-se bem próximo dele e erguia a camisa de baixo.

Alexander gemeu tão alto quando viu seu corpo que ela se afastou e rapidamente abaixou a blusa. Seus seios haviam ficado duas vezes maiores do que eram antes, estavam túrgidos e de um branco leitoso.

— Tatiana — gemeu ele e, antes que ela pudesse se afastar novamente, agarrou-lhe o braço e a puxou para mais perto.

— Shura, pare com isso, solte-me — disse ela.

— Tatiana — repetiu Alexander. — Oh, não, Tania...

Ela não estava mais lutando contra a mão dele. Inclinando-se sobre ele, beijou-o.

— Vamos, solte-me — murmurou ela.

Alexander não a soltou.

— Oh, meu Deus, você está...

— Sim, Alexander. Eu estou grávida.

Sem fala, ele ficou olhando para o rosto brilhante dela.

— E que diabos você vai fazer? — perguntou ele, por fim.

— *Nós* — disse ela, beijando-o — vamos ter um bebê! Na América. Então, apresse-se e fique bom, para podermos sair daqui.

Sem encontrar palavras melhores para dizer, Alexander conseguiu perguntar:

— Há quanto tempo você sabe?

— Desde dezembro.

— Você sabia antes de vir para o *front*?

— Sabia.

— Você foi para cima do gelo sabendo que estava grávida?

— Fui.

— Você me deu seu sangue sabendo que estava grávida?

— Dei — respondeu ela, rindo. — *Dei*.

Alexander virou o rosto para a tenda de isolamento, para longe da parede, da cadeira em que ela estava sentada e do rosto dela.

— Por que você não me contou?

— Shura — disse ela. — Foi por *isso* que eu não lhe contei. Eu o conheço, você ficaria extremamente preocupado comigo, em especial porque você ainda não está bem. Você acha que não pode me proteger. Mas eu estou bem – disse ela, sorrindo. – Estou mais que bem. E ainda é cedo. O bebê não vai nascer antes de agosto.

Alexander pôs o braço sobre os olhos. Ele não conseguia olhar para ela, mas ouviu-a sussurrar:

– Você quer ver meus seios outra vez?

– Agora eu vou dormir – disse ele, balançando a cabeça. – Venha me ver amanhã – completou ele. Ele sentiu o beijo dela em sua testa. Depois que ela saiu, Alexander ficou sem dormir até a manhã seguinte.

Como Tania não conseguia entender os horrores que o assombravam, o medo que apertava seu coração quando se imaginava tentando passar pelas tropas de fronteira da NKVD e a Finlândia hostil com uma esposa grávida? Onde estava o bom senso dela, seu discernimento?

O que eu devo pensar? Esta é a moça que caminhou displicentemente 150 quilômetros através do Grupo Norte do Exército de Manstein para me levar dinheiro para que eu pudesse fugir e abandoná-la. Ela não tem juízo nenhum.

Eu não vou tirar minha mulher e meu filho da Rússia a pé, dizia Alexander para si mesmo. Seus pensamentos voltaram-se para o apartamento comunal da Quinta Soviet, para a sujeira, o fedor, as sirenes antiaéreas de manhã e de noite, o frio. Lembrou-se de ter visto, no ano anterior, uma mulher sentada na neve, congelada, segurando no colo o filho congelado, e ele tremeu. O que era pior para ele, como homem: ficar na União Soviética ou arriscar a vida de Tatiana para lhe oferecer um lar?

Soldado, oficial condecorado do maior exército do mundo, Alexander sentiu-se impotente diante de suas escolhas impossíveis.

Na manhã seguinte, quando Tatiana veio lhe dar o café da manhã, Alexander disse baixinho:

– Espero que você saiba, espero que você entenda que eu não vou a lugar nenhum com você grávida.

– Do que você está falando? É claro que vai.

– Esqueça.

– Meu Deus, Shura, é por isso que eu não queria lhe contar. Eu sei como você fica.

– Como é que eu fico, Tatiana? – disse ele exaltado. – Diga-me como eu fico? Eu não posso *sair* da cama. Como é que eu devo ficar? Deitado aqui, impotente, enquanto minha esposa...

–Você não está impotente! – exclamou ela. – Tudo o que você é você continua sendo, mesmo ferido. Então, não me venha com essa. Isto tudo é temporário. *Você* é permanente. Portanto, coragem, soldado. Olhe o que eu achei para você: ovos. O Dr. Sayers me garantiu que estes são ovos de verdade, e não desidratados. *Você* vai me dizer.

Alexander franziu o cenho, como se estivesse pensado em ir de Helsinque até Estocolmo em caminhões pelo gelo durante quinhentos quilômetros sob fogo alemão. Ele nem queria olhar para os ovos que ela estava segurando diante dele.

Ele a ouviu suspirar.

– Por que o seu animal interior tem essa natureza? – perguntou ela. – Por que você sempre fica assim?

– Como é que eu fico?

– *Assim* – disse ela, oferecendo-lhe o garfo para comer os ovos. – Coma, por favor...

Alexander atirou o garfo na bandeja de metal.

– Tania, faça um aborto – disse ele resoluto. – Deixe o Dr. Sayers se ocupar disso. Nós vamos ter outros bebês. Vamos ter muitos, muitos bebês, prometo. Tudo o que faremos é ter bebês, vamos ser como os católicos, tudo bem, mas não podemos fazer o que estamos planejando com você grávida, simplesmente não podemos. *Eu* não posso – acrescentou ele, tomando-lhe a mão, mas ela a retirou bruscamente e se levantou.

–Você está brincando?

– É claro que não. As garotas fazem sempre isso. – E fez uma pausa. – Dasha fez três – continuou ele, mas viu que o rosto de Tatiana estava horrorizado.

– Com *você*? – perguntou ela, com voz fraca.

– Não, Tatia – disse ele cansado, esfregando os olhos. – Não comigo.

Com suspiro de alívio, mas ainda pálida, Tatiana murmurou:

– Mas eu achava que o aborto era ilegal desde 1938.

– Oh, meu Deus! – exclamou Alexander. – Por que você é tão ingênua?

As mãos dela tremiam enquanto procurava se controlar, e ela disse entre dentes:

— Tudo bem. Sim. Bem, talvez eu pudesse ter tido três abortos ilegais antes de conhecer você. Talvez isso me fizesse mais atraente e menos ingênua aos seus olhos.

Alexander sentiu um aperto no coração.

— Desculpe... eu não quis dizer isso. — Ele esperou. Ela estava longe demais e muito aborrecida para que ele lhe tomasse a mão. — Eu achei que a Dasha tivesse lhe contado.

— Não, ela não me contou — disse Tatiana, com voz baixa e agoniada. — Ela nunca conversava comigo sobre essas coisas. E, sim, minha família me protegia o mais que podia. Contudo, nós vivíamos num apartamento comunal. Eu soube que minha mãe fez uma dezena de abortos em meados da década de trinta. E sabia que Nina Iglenko fez oito, mas não é disso que eu estou falando...

— E daí? Qual é o problema? Do que você está falando?

— Sabendo de como eu me sinto com relação a você... você acha que isso é uma coisa que eu poderia fazer?

— Não, claro que não — respondeu Alexander, apertando os lábios. — Por que *você* faria? — acrescentou, erguendo a voz. — Por que você faria alguma coisa que *me* trouxesse paz de espírito!

Inclinando-se sobre ele, Tatiana sussurrou com raiva:

— Você tem razão. A sua paz de espírito ou o seu filho. A escolha *é* difícil — acrescentou ela, jogando o prato de ovos em cima da bandeja de metal e saindo sem dizer palavra.

Como ela não voltou o resto do dia, Alexander concluiu que ter Tatiana zangada com ele era mais do que ele poderia aguentar... Por um minuto que fosse, quanto mais pelas dezesseis horas que ela levou para voltar. Ele pediu a Ina e ao Dr. Sayers que fossem buscá-la para ele, mas, aparentemente, ela estava muito ocupada e não podia vir. Bem tarde da noite, ela finalmente voltou, trazendo-lhe um pedaço de pão branco com manteiga.

— Você está zangada comigo, disse Alexander, pegando o pão das mãos dela.

– Zangada, não. Desapontada.

– O que é ainda pior – disse ele, balançando a cabeça, resignado. – Tania, olhe para mim. – Tatiana ergueu o olhar para ele, e lá, em seus olhos, em torno das bordas de seu oceano de íris, ela viu seu amor por ele transbordar. – Nós vamos fazer exatamente como você quer – disse Alexander, suspirando pesadamente. – Como sempre.

Sorrindo, Tatiana sentou-se na beira da cama e tirou um cigarro do bolso.

– Veja o que eu trouxe para você. Quer dar umas tragadas rápidas?

– Não, Tania – disse Alexander, estendendo a mão para ela e trazendo-a para perto dele. – Eu quero sentir seus seios em meu rosto. – E beijou-a, abrindo-lhe o uniforme.

– Você não vai recuar horrorizado, vai?

– Venha aqui. Incline-se em cima de mim.

Estava escuro na enfermaria, e todos dormiam. Tatiana levantou a blusa. Alexander ficou sem respirar. Ela se curvou sobre ele e pressionou-se contra ele. Mantendo os olhos abertos, ele recebeu seus seios quentes, aninhando o rosto entre eles. Ele inalou profundamente e beijou a pele branca sobre seu coração.

– Oh, Tatiasha...

– Sim.

– Eu amo você.

– Eu também amo você, soldado – disse ela, enquanto roçava de leve seus peitos por sua boca, seu nariz, suas faces. – Vou ter que barbear você – murmurou ela. – Sua barba está grande.

– E você está muito macia – murmurou ele, com a boca se fechando em torno de seu mamilo aumentado. Alexander percebeu que Tatiana fez força para não gemer. Quando ela gemeu, ela se afastou e puxou a blusa para baixo.

– Shura, não, não me excite. Todos esses homens vão acordar, eu garanto. Eles sentem o cheiro do desejo.

– E eu também – disse Alexander, com a voz pastosa.

Tornando a se abotoar e mais composta, Tatiana o abraçou.

– Shura – murmurou ela –, você não percebe? Nosso bebê é um sinal de Deus.

– É mesmo?

– Com toda certeza – disse ela, o rosto resplandecendo.

De repente, Alexander entendeu.

– É esse esplendor – exclamou ele. – É por isso que você é como uma chama movendo-se por este hospital. É o bebê!

– Sim – disse ela. – É o que nos estava reservado. Pense em Lazarevo... quantas vezes nós fizemos amor naqueles vinte e nove dias?

– Sei lá – disse ele sorrindo. – Quantas vezes? Quantos zeros seguindo o vinte e nove?

Ela sorriu baixinho.

– Dois ou três. Fizemos amor sem parar, e eu não engravidei. Você vem me ver um fim de semana, e cá estou eu... Como você diz, *up the stick*?

Alexander riu alto.

– Obrigado por isso. Mas, Tania, eu vou lembrá-la de que também fizemos amor um bocado durante aquele fim de semana.

– Fizemos.

Eles ficaram se olhando em silêncio e sem sorrir por um momento. Alexander sabia. Os dois haviam se sentido próximos demais da morte naquele fim de semana cinzento em Leningrado. E, contudo, ali estava o resultado...

Como se fosse para confirmar o que ele estava pensando, Tatiana disse:

– Isso é Deus nos dizendo para irmos em frente. Você também não sente isso? Ele está dizendo, esse é o destino de vocês! Não vou deixar que nada aconteça a Tatiana, enquanto ela carregar o filho de Alexander dentro dela.

– É? – disse Alexander, com a mão tocando no ventre dela. – Deus está dizendo isso, está? Por que você não diz isso à mulher que estava no caminhão de Ladoga com você e Dasha, segurando o bebê morto durante todo o caminho entre as barracas e Kobona?

– Agora eu me sinto mais forte que nunca – disse Tatiana, abraçando-o. – Onde está a sua famosa fé, grandão?

– Tania, você conversou com o Dr. Sayers? – perguntou Alexander, enquanto acariciava as mãos dela debaixo do cobertor, percorrendo seus dedos, sentindo suas articulações, o pulso, as palmas das mãos.

— Claro que conversei. Tudo o que eu faço é conversar com ele, passando todos os detalhes. Estamos esperando que você comece a andar. Tudo está arranjado. Ele já preencheu meus novos documentos da Cruz Vermelha para viajar — ronronou ela, inclinando-se para mais perto dele.

— Isso parece ótimo, Shura. Acho que eu vou dormir.

— Não durma. Sob que nome?

— Jane Barrington.

— Isso é bom. Jane Barrington e Tobe Hanssen.

— Tove.

— Minha mãe e um finlandês. Que belo par formamos.

— Não é mesmo? — disse ela, fechando os olhos. — Isso é muito bom, Shura — murmurou ela. Não pare.

— Não *vou* parar — sussurrou ele, olhando para ela. *Isso* a fez abrir os olhos.

Um instante. Eles se olharam. Lembrando. Os olhos piscando.

Tatiana sorriu.

— Na América, eu posso usar o seu nome? — sussurrou ela.

— Na América, vou insistir nisso — disse Alexander, pensativo.

— Qual é o problema?

— Nós não temos passaportes — disse ele.

— E daí? Você vai ao consulado Americano em Estocolmo. Vai dar tudo certo.

— Eu sei. Nós ainda temos que ir de Helsinque até Estocolmo. Não podemos ficar em Helsinque nem um segundo. É perigoso demais. Cruzar o Báltico. Não vai ser fácil.

Tatiana sorriu.

— O que é que você ia fazer com seu demônio manquitola? Faça a mesma coisa comigo. — Ela fez uma pausa. — *Eugene chama o barqueiro, e ele, com ousada despreocupação, mostra-se disposto a levá-lo por uma ninharia através do formidável mar.* Sua mãe, você, seus dez mil dólares vão nos levar de volta para a América — disse ela, sorrindo de felicidade com as duas mãos enlaçadas nas dele.

Alexander estava sufocando sob o peso de seu amor.

– Shura – disse Tatiana, com a voz trêmula –, lembra-se do dia em que você me deu o livro de Pushkin? Quando você me deu comida no Jardim de Verão?

– Parece que foi ontem – respondeu Alexander, sorrindo. – Foi na noite em que *você* se apaixonou por *mim*.

Tatiana enrubesceu e limpou garganta.

– Você teria... se eu não fosse uma garota tão recatada... você teria... – quis saber ela, afastando o olhar por um instante.

– O quê? O quê? – perguntou ele, apertando-lhe a mão. – Se eu teria beijado você?

– Hmm.

– Tania, você estava com tanto medo de mim – disse Alexander, balançando a cabeça ao se lembrar, o corpo doendo. – Eu fiquei completamente caído por você. Se eu beijei você? Eu teria violentado você no banco junto ao Saturno devorando os filhos, se você tivesse me dado um sinal verde.

7

Alexander ficava mais forte a cada dia. Ele já conseguia se levantar e ficar em pé próximo à cama. Essa posição ainda lhe trazia desconforto, mas já se livrara da morfina completamente, e agora suas costas latejavam da manhã à noite, lembrando-o de sua mortalidade. Ele entalhava madeira constantemente. De outro pedaço de madeira, havia entalhado um berço. *Logo, logo*, ele ficava dizendo para si mesmo. Ele queria ser removido para a área dos convalescentes, mas Tatiana o fez desistir da ideia. Ela dizia que o tratamento que ele recebia nos feridos críticos era bom demais para que ele o substituísse.

– Lembre-se – disse-lhe Tatiana uma tarde, quando estavam os dois em pé junto à cama, ele com o braço em torno dela –, você tem que ficar melhor de uma forma que ninguém ache que está ficando melhor. Ou, antes que você perceba, eles o mandarão de volta para o *front* com o seu estúpido morteiro. – Ela sorriu para ele.

Alexander tirou o braço. Ele viu Dimitri vindo em direção a eles.

– Coragem, Tania – sussurrou ele.

– O que foi?

– Tatiana! Alexander! – exclamou Dimitri. – Não, isto não é incrível? Nós três juntos outra vez. Se Dasha pudesse estar aqui.

Alexander e Tatiana nada disseram. Nem olharam um para o outro.

– Tania, como vão esses casos terminais? Eu estou lhe trazendo mais lençóis brancos.

– Obrigada, Dimitri.

– Ah, claro. Alexander, aqui estão alguns cigarros para você. Não se preocupe em me pagar. Sei que você provavelmente não tem dinheiro com você. Eu posso pegar seu dinheiro e trazê-lo para você...

– Não se preocupe, Dimitri.

– Não é problema – disse ele, nos pés da cama do major, os olhos dardejando de Alexander para Tatiana. – Então, Tania, o que você está fazendo aqui na ala de casos críticos? Achei que você trabalhasse com os casos terminais.

– E trabalho mesmo. Mas também me ocupo de outros pacientes. O Leo do leito trinta era um caso terminal. Agora está sempre perguntando por mim.

Dimitri sorriu.

– Tania, não só o Leo. *Todo mundo* está perguntando por você. – Tatiana não disse nada. Nem Alexander, que estava sentado na cama. Dimitri continuou a observá-los. – Ouçam, foi bom ver vocês dois. Alexander, voltou para visitá-lo amanhã, certo? Tania, você quer que eu a acompanhe?

– Não, eu tenho que trocar Alexander.

– Oh, é que o Dr. Sayers estava procurando você. "Onde está a *minha* Tania?", disse o Dr. Sayers – Dimitri sorriu com intensidade. – Essas foram exatamente as palavras dele. Você parece ter ficado muito amiga dele, não é mesmo? – comentou ele, erguendo as sobrancelhas para ela. – Você sabe o que dizem desses americanos.

Tatiana não fez nenhum gesto, nem piscou. Limitou-se a se voltar para Alexander, dizendo:

– Vamos, deite-se.

Alexander não se moveu.

– Tania, você me ouviu? – perguntou Dimitri.

– Eu ouvi! – disse Tania, sem olhar para Dimitri. – Se você vir o Dr. Sayers, diga-lhe que vou até ele assim que puder.

Depois que Dimitri saiu, Alexander e Tatiana se entreolharam.

– Em que você está pensando? – perguntou ele.

– Que eu preciso trocar a sua roupa. Deite-se.

– Você quer saber no que estou pensando?

– De jeito nenhum – replicou ela.

Deitado de bruços, Alexander disse:

– Tania, onde está a mochila com as minhas coisas?

– Não sei – disse ela. Por quê? Para que você precisa dela?

– Ela estava nas minhas costas quando eu fui ferido...

– Mas não estava nas suas costas quando nós o pegamos. É possível que tenha se perdido, querido.

– Sim... – disse ele, afastando-se. – Mas, normalmente, as unidades de retaguarda recolhem tudo depois que a batalha termina. E pegam coisas como essa. Você pode verificar?

– Claro – disse ela, desembrulhando as bandagens. – Vou perguntar ao coronel Stepanov. Sabe, Shura, a única coisa que eu desejo quando vejo suas costas é brincar de trenzinho de ferro – disse ela, beijando-lhe o ombro nu.

– E a única coisa que *eu* quero fazer quando vejo as suas costas – disse ele, fechando os olhos – é brincar de trenzinho de ferro.

Naquela noite, mais tarde, quando ela estava sentada ao lado dele, Alexander lhe disse, agarrando-se a ela:

– Tatiana, você tem que me prometer... ó Deus, me ajude... que se alguma coisa me acontecer, você vai embora assim mesmo.

– Não seja ridículo. O que pode acontecer com você? – disse ela, sem olhar para ele.

– Você está tentando ser corajosa?

– De jeito nenhum – disse ela. – Assim que você estiver bem, nós vamos embora. O Dr. Sayers está pronto para ir a qualquer hora. Na verdade, ele está doido por ir. Ele é um grande resmungão. Está sempre se queixando de tudo. Não gosta do frio, não gosta da ajuda que recebe, não gosta... – Tatiana se deteve. – Mas do que você estava falando? O que pode acontecer? Não vou deixar você voltar para o *front*. E não vou embora sem você.

– É disso que eu estou falando. É claro que você vai.

– É claro que eu *não vou*.

Alexander tomou-lhe a mão.

– Agora, ouça-me...

Tatiana quis se levantar, virando a cabeça.

– Eu não quero ouvir – disse ela, sem que ele soltasse sua mão. – Alexander, por favor, não me apavore. Eu estou tentando ser corajosa. Por favor – disse ela com calma e a respiração curta.

– Tania, muitas coisas podem dar errado – disse ele. Depois de uma pausa, continuou: – Você sabe que sempre há o perigo de eu ser preso.

Ela concordou com a cabeça.

– Eu sei. Mas se você for pego pelos carrascos do Mekhlis, eu vou esperar.

– Esperar o *quê*? – exclamou ele, frustrado. Alexander aprendeu da pior maneira que o máximo que ele podia esperar era que Tatiana concordasse com ele. Se ela tivesse sua opinião própria, ele não tinha a mínima esperança de convencê-la do contrário.

A emoção deve ter estampado seu rosto, porque ela lhe tomou as mãos escurecidas pela guerra em suas mãos brancas e impecáveis, levou-as aos lábios e disse:

– Esperar por você. – Então, tentou se desvencilhar dele. Ele não estava conseguindo nada. Tirando-a da cadeira, fez com que ela se sentasse ao lado dele na cama.

– Esperar por mim *onde*? – perguntou ele.

– Em Leningrado. No meu apartamento. Inga e Stan foram embora. Eu tenho dois quartos. Eu vou esperar. E quando você voltar, estarei lá com o nosso bebê.

– O conselho soviético ocupará o vestíbulo e o quarto com o aquecedor.

– Então, eu vou esperar no quarto que sobrar.

– Por quanto tempo?

Ela olhou para a janela escura e para os outros pacientes que dormiam. Menos para ele. O hospital estava quieto, sem nenhum som, exceto a respiração dele e a dela.

– Vou esperar o quanto for necessário – respondeu ela.

– Oh, pelo amor de Deus! Você prefere virar uma solitária num quarto frio sem encanamento a ter uma vida melhor?

– Prefiro – disse ela. – Não existe outra vida para mim. Portanto, pode esquecer.

Alexander sussurrou:

– Tania, por favor... – mas não conseguiu continuar. – O que vai acontecer quando Mekhlis vier atrás de *você*? O que você vai fazer?

– Eu vou para onde me mandarem. Vou para Kolyma – disse ela. – Vou para a Península de Taymir. O Comunismo vai acabar por cair...

– Você tem certeza disso?

– Tenho. Por fim, não vai haver mais pessoas para a reconstrução. Então, eles vão me libertar.

– Meu Jesus – sussurrou Alexander. – Não se trata mais de você. Você tem que pensar no nosso bebê!

– Do que você está falando? O Dr. Sayers não vai me levar sem você. Eu não tenho o direito de... nenhum direito... sobre a América – disse Tatiana. – Alexander, eu vou para qualquer lugar deste mundo com você. Você quer ir para América? Eu digo sim. Você quer ir para a Austrália? Sim, eu concordo. Para a Mongólia? O deserto de Góbi? O Daguestão? O lago Baikal? A Alemanha? O lado frio do inferno? Eu pergunto quando vamos partir. Aonde quer que seja, eu vou com *você*. Mas se você ficar, eu também fico. Não vou deixar o pai do meu bebê na União Soviética.

Inclinando-se sobre um Alexander estupefato, Tatiana comprimiu os seios contra o rosto dele, beijando-lhe a cabeça. Então, tornou a sentar-se e beijou seus dedos trêmulos.

– O que você me disse em Leningrado? "Que tipo de vida você acha que eu poderia ter na América", você disse, "sabendo que deixei você na União Soviética para morrer... ou apodrecer na cadeia". Agora estou citando o que *você* disse. Essas foram as *suas* palavras – disse ela, sorrindo. – E, nesse ponto, eu tenho que concordar com você – acrescentou, balançando a cabeça com suavidade –: se eu deixar você ir, não importa que estrada eu siga, o Cavaleiro de Bronze vai me perseguir, com seu forte tropel, durante toda aquela longa noite em *minha* poeira enlouquecedora.

— Tatiana... é a guerra — começou Alexander, emocionado. — Tudo à nossa volta é guerra — prosseguiu, sem poder olhar para ela. — Os homens morrem na guerra.

Uma lágrima escapou do olho de Tatiana, por mais que ela tentasse ser forte.

— Por favor, não morra — murmurou ela. — Eu não conseguiria enterrá-lo. Eu já enterrei todos os outros.

— Como é que eu posso morrer — disse Alexander, com voz embargada —, com você derramando seu sangue imortal em mim?

E, então, Dimitri surgiu numa fria manhã de inverno, com a mochila de Alexander nas mãos. Ele estava mancando forte da perna direita. O menino de recados dos generais, o lacaio inútil, constantemente distribuindo cigarros, vodca e livros entre acampamentos e barracas na retaguarda, o fugitivo que se recusou a empunhar armas, Dimitri inclinou-se para a frente e entregou a mochila a Alexander.

— Ah, então ela *foi* encontrada — disse Alexander, pegando a mochila. — O que aconteceu?

—Você não soube? Alguma imbecilidade lá na margem. Alguns caras... não sei se eles estavam bêbados. Olhe para o meu rosto.

Alexander viu os ferimentos.

— Eu estava cobrando demais pelo cigarro, disseram eles."Fiquem com eles", eu disse,"fiquem com todos eles". Eles ficaram. E me bateram de qualquer maneira — explicou Dimitri, com um sorriso afetado. — Bem, eles não vão rir por muito tempo — continuou ele, indo se sentar na cadeira sob a janela. —Tatiana me fez muito bem. Deixou-me inteiro — alguma coisa na voz de Dimitri embrulhou o estômago de Alexander. — Ela é maravilhosa, não é mesmo?

— É — disse Alexander. — Ela é uma boa enfermeira.

— Boa enfermeira, boa mulher, boa... — Dimitri interrompeu-se.

— Isso foi muito bom — disse Alexander. — Obrigado por minha mochila.

— Ah, claro — disse Dimitri, levantando-se e, como se tivesse parado para pensar, tornou a sentar-se e disse: — Eu quis ter certeza de que você tinha tudo do que precisava em sua mochila: seus livros, sua caneta e papel. Então, verifiquei que você não tinha nem caneta nem papel, então foi bom eu ter verificado, pois coloquei alguns na sua mochila, caso você queira escrever uma carta – acrescentou ele, sorrindo com satisfação. – Também coloquei alguns cigarros e um isqueiro novo.

Segurando a mochila, Alexander, com os olhos escuros, disse:

– Você andou olhando as minhas coisas? – O enjoo no estômago se intensificou.

– Ah, eu só tentei ser útil – disse Dimitri, tornando a fazer menção de partir. – Mas você sabe... – continuou ele, voltando-se. – Eu achei uma coisa muito interessante nela.

Alexander virou o rosto. As cartas de Tatiana que ele relutara em queimar. Mas havia uma coisa que ele não pôde queimar. Um raio de luz de esperança que ele continuava a carregar com ele.

– Dimitri – disse Alexander, atirando a mochila para o lado da cama e cruzando os braços num silêncio desafiador –, o que é que você quer?

Pegando a mochila, Dimitri, de um modo polido e amigável, desabotoou um dos bolsos e puxou o vestido branco com rosas vermelhas de Tatiana.

– Veja o que eu encontrei bem no fundo.

– E daí? – perguntou Alexander com voz calma.

– Daí? Bem, você está completamente certo. Por que você não carregaria um vestido pertencente à irmã de sua falecida noiva?

– O que o surpreendeu, Dimitri? Encontrar o vestido. Isso não pode ter lhe causado *tanta* surpresa, não é mesmo? – disse Alexander acidamente. – Você *mexeu* nas minhas coisas, à procura dele.

– Bem, sim e não – disse Dimitri jovialmente. – Eu fiquei um pouco surpreso. Um pouco perplexo.

– Perplexo? Por quê?

– Bem, eu achei que era muito interessante. Um vestido inteiro, e eis Tatiana aqui no *front*, trabalhando lado a lado com um médico da Cruz Vermelha, e eis Alexander no mesmo hospital. Suspeitei de que não se tratava de mera coincidência. Eu sempre achei que vocês sentiam alguma coisa um pelo outro – disse ele, olhando para Alexander. – Sempre, sabe. Desde o início. Assim fui até o coronel Stepanov, que se lembrou de mim dos velhos tempos e foi muito caloroso comigo. Eu sempre gostei desse homem. Eu lhe disse que ficaria feliz em lhe trazer seu pagamento, para que você pudesse comprar tabaco, papéis, manteiga extra e um pouco de vodca. Então, ele me mandou ao auxiliar do CO, que me deu quinhentos rublos, e quando expressei surpresa por você ganhar apenas quinhentos rublos como *major*, você sabe o que o auxiliar me contou?

Rangendo os dentes, para diminuir o latejar de suas têmporas, Alexander disse lentamente:

– O que ele lhe contou?

– Que você mandava o resto do seu dinheiro para uma Tatiana Metanova, na Quinta Soviet!

– Sim, é verdade.

– Claro, por que não? Então eu voltei ao coronel Stepanov e disse: "Coronel, não é fantástico que nosso luxurioso Alexander tenha finalmente encontrado uma *boa* moça, como a nossa enfermeira Metanova", e o coronel disse que ele mesmo estava surpreso por vocês terem se casado em Molotov na sua licença de verão, sem contar para ninguém.

Alexander não disse nada.

– Sim! – exclamou Dimitri, de maneira franca e alegre. – Eu disse que *era* uma surpresa porque eu era seu melhor amigo, e nem eu sabia de nada, e o coronel concordou que você era realmente um camarada muito discreto, e eu disse: "Oh, o senhor nem faz ideia".

Alexander desviou os olhos de Dimitri, sentando-se na cadeira e olhando para os outros soldados em suas camas. Ele ficou imaginando se poderia se levantar? Poderia? Caminhar? O que ele poderia fazer?

Dimitri levantou-se.

– Ouça, é maravilhoso! Eu só queria lhe dar meus parabéns. Agora vou procurar Tania para cumprimentá-la.

Tatiana foi até Alexander no fim daquela tarde. Depois de lhe dar comida, ela foi buscar um balde de água quente e um pouco de sabonete.

– Tania, não carregue isso. É pesado demais para você.

– Pare com isso – disse ela, sorrindo. – Estou carregando o nosso bebê. Você acha que um *balde* é pesado demais para mim?

Eles não conversaram muito. Tatiana lavou Alexander, barbeou-o com uma lâmina e secou seu rosto. Ele manteve os olhos fechados para que ela não pudesse perceber seus sentimentos. De vez em quando, sentia o hálito quente dela sobre ele, e de vez em quando seus lábios tocavam-lhe as sobrancelhas ou os dedos. Ele a sentiu tocando em seu rosto e ouviu-a suspirar.

– Shura – disse ela com um peso na voz –, hoje eu vi o Dimitri.

– Sim – e ele não disse isto em tom de pergunta.

– Sim – disse ela, fazendo uma pausa. – Ele estava... ele me disse que você lhe contou que nós estamos casados. Ele disse que estava feliz por nós... – prosseguiu ela, com um suspiro. – Acho que era inevitável que ele descobrisse mais cedo ou mais tarde.

– Sim, Tatiana – disse Alexander. – Nós fizemos o que pudemos para nos esconder de Dimitri.

– Ouça, eu posso estar errada, mas ele não pareceu ter ficado tenso e nervoso como normalmente acontece. Como se ele realmente não se importasse com você e comigo. O que você acha? – perguntou ela esperançosa.

Você acha que talvez esta guerra o tenha transformado num ser humano? Alexander desejou perguntar-lhe. *Você acha que esta guerra é uma escola para a humanidade, e que Dimitri agora está pronto para se graduar com honras?* Mas Alexander abriu os olhos e viu a expressão assustada de Tatiana.

– Acho que você tem razão – disse ele, em voz baixa. – Acho que ele não se importa mais com você e comigo.

Tatiana limpou a garganta e tocou o rosto limpo e barbeado de Alexander. Inclinando-se sobre ele, ela sussurrou:

–Você acha que vai poder se levantar logo? Eu não quero apressá-lo. Vi você ontem tentando andar um pouco. Dói quando você fica em pé? Suas costas doem? Elas estão sarando, Shura. Você vai indo muito bem. Assim que você estiver pronto, nós iremos. E nunca mais vamos tornar a vê-lo.

Alexander ficou olhando para ela durante intermináveis minutos. Antes que ele abrisse a boca, Tatiana disse:

– Shura, não se preocupe. Meus olhos estão abertos. Eu vejo Dimitri como ele é.

– Vê mesmo?

– Vejo. Porque, como todos nós, ele também é a soma de suas partes.
– Ele não pode ser redimido, Tania. Nem mesmo por você.
– Você acha? – perguntou ela, tentando sorrir.

Alexander apertou-lhe a mão.

– Ele é exatamente o que deseja ser. Como ele pode ser redimido quando está construindo a vida sobre o que ele acredita ser a única maneira de viver? Não a sua maneira, não a minha maneira, a maneira *dele*. Ele se construiu em cima de mentiras e enganos, em cima da manipulação e da malícia, no desprezo por mim e no desrespeito por você.

– Eu sei.

– Ele descobriu um canto escuro do universo e quer que todos nós fiquemos lá com ele.

– Eu sei.

– Tenha cuidado com ele, certo? E não lhe diga nada.

– Tudo bem.

– O que vai lhe custar, Tatiana, rejeitá-lo, dar-lhe as costas? Dizer não quero dar-lhe a mão porque ele não quer ser salvo. O quê?

Os pensamentos dela saltaram-lhe pelos olhos.

– Oh, ele há de *querer* ser salvo, Shura. Mas apenas não tem esperança disso.

Andando com a ajuda de uma bengala, Dimitri foi ver Alexander no dia seguinte. *Isto está se tornando a minha vida*, pensou Alexander. *Há luta do outro lado do rio, há cura no quarto ao lado, os generais estão fazendo planos, os trens estão levando comida para Leningrado, os alemães estão nos trucidando nos Montes Sinyavino, o Dr. Sayers está se preparando para deixar a União Soviética. Tatiana está cuidando dos feridos terminais, gerando uma vida dentro dela, e eu estou aqui, deitado, com minha cama sendo trocada e arrumada e olhando o mundo passar por mim. Observando meus minutos passarem por mim correndo.* Alexander estava tão aborrecido que tirou as cobertas e saiu da cama. Levantou-se e começou a mexer em sua mochila, quando Ina correu e o fez deitar-se, murmurando que seria melhor ele não tentar aquilo de novo.

– Ou eu conto para a Tatiana – sussurrou ela, deixando Alexander sozinho com Dimitri, que afundou na cadeira.

– Alexander, eu preciso conversar com você. Você está forte o suficiente para ouvir?

– Estou, Dimitri. Estou suficientemente forte para ouvir – respondeu Alexander, com um esforço supremo e virando a cabeça na direção de Dimitri. Ele não conseguiu encará-lo.

– Ouça. Eu estou sinceramente feliz por você e Tatiana terem se casado. Já não tenho maus sentimentos. Honestamente. Mas, Alexander, como você sabe, há uma coisa inconclusa entre nós.

– Sim – replicou Alexander.

– Tania é muito boa, com muita compostura. Acho que eu a subestimei. Ela é menos lenta do que eu pensei.

Dimitri não fazia a menor ideia.

– Eu sei que vocês estão planejando alguma coisa. Eu sei. Sinto no coração. Eu tentei fazer com ela falasse. Ela ficou dizendo que não sabia do que eu estava falando. Mas eu sei! – disse Dimitri, com voz excitada. – Eu conheço *você*, Alexander Barrington, e estou perguntando se há espaço para este velho amigo em seus planos.

– Eu não sei do que você está falando – retrucou Alexander, com decisão, pensando que houve uma época em que ele não tinha ninguém mais em quem confiar além deste homem. *Eu punha minha vida nas mãos dele.* – Dimitri, eu não tenho plano algum.

– Hmm. Sim. Mas, agora eu entendo muitas coisas – disse Dimitri com uma voz untuosa. – Tatiana é o motivo de você ter postergado fugir. Você queria pensar num jeito de fugir com ela? Ou não queria desertar e deixá-la para trás? De qualquer modo, eu não o culpo. – Ele limpou a garganta. – Mas eu digo que agora vamos todos juntos.

– Nós não temos planos – disse Alexander. – Mas se alguma coisa mudar, nós lhe contaremos.

Uma hora depois, Dimitri voltou a atacar, desta vez com Tatiana. Ele a fez sentar numa cadeira enquanto se acocorava ao lado deles.

– Tania, eu preciso conversar com você para que você faça seu marido ferido ter juízo – disse Dimitri. – Explique a ele que eu quero é que vocês dois me tirem da União Soviética. Foi o que eu sempre quis. Sair da União

Soviética. Estou ficando ansioso, muito nervoso, entende, pois não posso perder a chance de escapar com vocês e ficar aqui, no meio da guerra. Entende?

Alexander e Tatiana nada disseram.

Alexander ficou olhando para o lençol. Tatiana olhou diretamente para Dimitri. Foi então que, ao ver Tania olhando inflexivelmente para Dimitri, Alexander se sentiu mais forte e também encarou Dimitri.

– Tania, eu estou do lado de vocês – afirmou Dimitri. – Não desejo nenhum mal nem a você nem a Alexander. Muito pelo contrário. – Ele riu. – Eu lhes desejo toda a sorte do mundo. É tão difícil que duas pessoas encontrem a felicidade. Eu sei. Eu tentei. Vocês dois terem conseguido é um milagre. Agora, tudo o que eu quero é uma chance para mim. Só quero que vocês me ajudem.

– A autopreservação – disse Alexander – é um direito inalienável.

– O quê? – perguntou Dimitri.

– Nada – replicou Alexander.

Tatiana disse:

– Dimitri, eu realmente não sei o que isto tem a ver *comigo*.

– Ora, *tudo*, cara Tanechka, tem tudo deste mundo a ver com você. A menos que, é claro, seja com o médico americano saudável que você está planejando fugir, e não com seu marido ferido. Vocês fizeram planos para ir com o Sayers quando ele voltar para Helsinque, não é isso?

Ninguém deu resposta.

– Não tenho tempo para essas brincadeiras – disse Dimitri, com frieza, levantando-se e se inclinando sobre sua bengala. – Tania, eu estou lhe dizendo: ou vocês me levam com *vocês* ou acho que vou ter que manter Alexander aqui na União Soviética *comigo*.

Com a mão ainda segurando a de Alexander, Tatiana permaneceu estoicamente sentada em sua cadeira e, então, olhou para Alexander e ergueu os ombros num leve questionamento. Alexander apertou-lhe a mão com tanta força que ela deu um gritinho.

– Aí está – exclamou Dimitri. – Esse é o momento que eu esperava. Ela o convence, miraculosamente, a ver tudo. Tatiana, como é que você faz isso? Como é que você possui essa incrível capacidade de perceber tudo?

Seu marido, que domina menos essa capacidade, luta contra você, mas no final ele cede porque sabe que é a única saída.

Alexander e Tatiana não disseram uma palavra. Ele relaxou o aperto na mão dela, que continuou na dele.

Dimitri cruzou os braços e esperou.

– Não vou sair daqui até obter uma resposta. Tania, o que você diz? Alexander é meu amigo há seis anos. Eu gosto de vocês dois. Não quero lhes trazer problemas – disse Dimitri, revirando os olhos. – Acreditem em mim... eu *odeio* confusão. Tudo o que eu quero é uma pequena porção do que vocês estão planejando para vocês. Não é pedir muito, é? Só quero um pedacinho. Não acha que também vai ser egoísta, Tania, se não me der a chance de uma nova vida? Vamos lá... você que deu sua aveia para uma Nina Iglenko faminta no ano passado, com certeza não vai me negar tão pouco quando... – e aqui ele fez uma pausa, olhando para ela e para Alexander – vocês têm tanto.

A dor e a raiva se atropelaram na corrida até seu coração já cansado de lutar, e Alexander disse:

– Tania, não lhe dê ouvidos. Dimitri, deixe-a em paz. Isto é entre nós. Isto não tem nada a ver com ela – acrescentou ele. Dimitri ficou quieto. Tatiana ficou quieta, com os dedos roçando a palma da mão de Alexander ritmicamente, pensativa e atenta. Ela abriu a boca para falar. – Não diga uma *palavra*, Tatiana – interrompeu-a Alexander.

– Diga, sim, Tatiana – disse Dimitri. – Você é quem decide. Mas, por favor, deixe-me ouvir a sua resposta. Pois eu não tenho muito tempo.

Alexander observou Tatiana se levantar.

– Dimitri – disse ela, sem piscar –, ai daquele que estiver sozinho quando cair, pois não terá ninguém para levantá-lo.

Dimitri franziu o cenho.

– Com isso devo entender que você... – ele se interrompeu. – O quê? O que você está dizendo? Isso é um sim ou um não?

Com a mão segurando firme a de Alexander, Tatiana disse numa voz quase inaudível:

– Meu marido lhe fez uma promessa. E ele sempre cumpre sua palavra.

– Sim! – exclamou Dimitri, levantando-se num salto em direção a ela. Alexander ficou observando Tatiana se afastar bruscamente.

Tatiana falou com voz suave:

– Toda gentileza é recompensada por pessoas boas. Dimitri, eu vou lhe contar sobre os nossos planos mais tarde. Mas você vai ter que estar pronto a qualquer momento. Entendido?

– Já estou pronto – respondeu Dimitri com excitação. – E estou falando sério. Quero partir o mais rápido possível – completou ele, estendendo a mão para Alexander, que virou o rosto, ainda segurando a mão de Tatiana. Ele não tinha a menor intenção de apertar a mão de Dimitri.

Foi uma pálida Tatiana que juntou as mãos deles.

– Está tudo certo – disse ela, com a voz tremendo ligeiramente. – Vai ficar tudo bem.

Dimitri foi embora.

– Shura, o que é que nós podíamos fazer? – disse Tatiana, enquanto o alimentava. – Vai ter que funcionar. Isso muda um pouquinho as coisas. Mas não muito. Nós vamos dar um jeito.

Alexander voltou os olhos para ela.

Ela balançou a cabeça.

– Ele quer sobreviver mais que qualquer outra coisa. Você mesmo me disse isso.

Mas o que você me disse, Tatiana?, pensou Alexander. *O que você me contou no telhado de Santo Isaac, sob o céu negro de Leningrado?*

– Nós vamos dar um jeito nele. Ele vai nos deixar em paz. Você vai ver. Só melhore rápido, por favor.

– Vamos, Tania – disse Alexander. – Diga ao Dr. Sayers que quando ele estiver pronto para partir, eu também estarei.

Tatiana saiu.

Passou-se um dia

Dimitri voltou.

Ele se sentou na cadeira ao lado de Alexander, que não o olhou. Ele manteve o olhar a média distância, a longa distância, a curta distância em seu cobertor de lã marrom, tentando relembrar o último nome do hotel residência de Moscou em que ele morara com o pai e a mãe. O hotel mudava frequentemente de nome. Isso havia sido fonte de confusão e hilaridade para Alexander, que agora estava deliberadamente focando sua mente longe de Tatiana e longe da pessoa sentada na cadeira a menos de um metro dele. *Oh, não,* pensou Alexander, com uma pontada de dor.

Ele lembrou o último nome do hotel.

Era *Kirov*.

Dimitri limpou a garganta. Alexander aguardou.

– Alexander, podemos conversar? Isto é muito importante.

– Tudo é importante – disse Alexander. – Tudo o que eu faço é falar. O que foi?

– É sobre Tatiana.

– O que exatamente? – quis saber Alexander, olhando para o seu cateter. Quando é que eles o tirariam? Vai sangrar? Olhou em torno da enfermaria. Era pouco depois do almoço, e os outros feridos estavam dormindo ou lendo. A enfermeira de plantão estava sentada junto à porta, lendo. Alexander ficou imaginando onde Tatiana estaria. Ele não precisava do cateter. Tatiana o mantinha para fazer com que ele permanecesse na enfermaria dos feridos críticos, para garantir seu leito. Não. Não pense em Tatiana. Recompondo-se, Alexander sentou-se, apoiando as costas na parede.

– Alexander, eu sei como você se sente em relação a ela...

– Sabe?

– Claro.

– De alguma forma, eu duvido. O que há com ela?

– Ela está doente.

Alexander não disse nada.

– Sim, doente. Você não sabe o que eu sei. Você não vê o que eu vejo. Ela é um fantasma perambulando por este hospital. Desmaia constantemente. Outro dia, ela desmaiou na neve por não sei quanto tempo. Um tenente teve que erguê-la. Nós a trouxemos para o Dr. Sayers. Ela fez uma cara de corajosa...

– Como você sabe que ela ficou na neve?

– Eu ouvi a história. Eu ouço tudo. Também a vi na ala dos terminais. Ela se agarra à parede quando anda. Ela disse ao Dr. Sayers que não estava se alimentado direito.

– E como é que você sabe disso?

– O Sayers me contou.

– Você e o Dr. Sayers estão ficando ótimos amigos, pelo que estou vendo.

– Não. Eu só lhe trago as bandagens, iodo, suprimentos médicos da outra margem do lago. Parece que nada chega para ele. Nós conversamos um pouco.

– Aonde você quer chegar?

– Você sabia que ela não estava se sentindo bem?

Alexander ficou sério e pensativo. Ele sabia por que Tatiana não estava se alimentado direito e por que ela desmaiava. Mas a última coisa que ele ia fazer era confiar qualquer coisa sobre Tatiana a Dimitri. Alexander ficou quieto um instante e depois disse:

– Dimitri, *aonde* você quer chegar?

– Sim, eu quero chegar a algum lugar – respondeu Dimitri, baixando a voz e puxando a cadeira para mais perto da cama. – O que estamos planejando... é perigoso. Requer força física, coragem, força moral.

Alexander voltou a cabeça para Dimitri.

– Sim? – Ele estava surpreso que palavras como "força moral" pudessem vir da boca de Dimitri. – E daí?

– Como você acha que Tatiana vai conseguir?

– Do que você está falando...

– Alexander! Ouça-me por um segundo. Espere, antes de dizer outra coisa. Ouça. Ela está fraca, e nós temos uma jornada difícil pela frente. Mesmo com a ajuda de Sayers. Você sabia que há seis postos de controle entre aqui e Lisiy Nos? Seis. Uma sílaba que ela fale em qualquer um deles, e estamos todos mortos. Alexander... – Dimitri fez uma pausa. – Ela não pode ir conosco.

Mantendo a voz baixa – era a única maneira de falar –, Alexander disse:

– Eu não vou continuar com esta conversa ridícula.

— Você não está ouvindo.

— Tem razão, não estou.

— Pare de ser tão obstinado. Você sabe que eu tenho razão...

— Não sei de nada! — exclamou Alexander, com os punhos cerrados. — Só sei que, sem ela... — ele se interrompeu. O que estava fazendo? Ia tentar convencer Dimitri? Não gritar exigiu um esforço de Alexander para o qual ele não estava preparado. — Estou ficando cansado — completou ele, em voz alta. — Vamos acabar de conversar outra hora.

— Não vai *haver* outra hora! — sibilou Dimitri. — Abaixe a voz. Nós devemos partir em quarenta e oito horas. E eu estou lhe dizendo que não quero ser enforcado porque *você* não consegue ver com clareza nem à luz do dia.

— Eu enxergo com toda a clareza, Dimitri — retrucou Alexander. — Ela vai ficar bem. E ela *vai* conosco.

— Aqui ela desmaia depois de seis horas de trabalho.

— Seis horas? Onde é que você fica? Ela está aqui vinte e quatro horas por dia. Ela não fica sentada num caminhão, não fica sentada fumando e bebendo vodca no trabalho dela. Ela dorme no papelão e come o resto dos soldados, além de lavar o rosto na neve. Não me fale como é o dia dela.

— E se houver um incidente na fronteira? E se, apesar dos esforços de Sayers, formos detidos e interrogados? Você e eu vamos usar nossas armas. Vamos reagir e lutar.

— Vamos fazer o que tiver que ser feito — disse Alexander, olhando para a bengala de Dimitri, para seu rosto ferido, seu corpo encurvado.

— Sim, mas o que *ela* vai fazer?

— Ela vai fazer o que tiver que ser feito.

— Ela vai desmaiar! Ela vai desmaiar na neve, e você vai ficar sem saber se mata os soldados da fronteira ou a socorre.

— Vou fazer as duas coisas.

— Ela não consegue correr, não consegue atirar, não consegue lutar. Ela vai ter um chilique ao primeiro sinal de confusão e, acredite, sempre aparece confusão.

— *Você* consegue correr, Dimitri? — perguntou Alexander, incapaz de conter o ódio em sua voz.

– Consigo! Ainda sou um soldado.

– E o médico? Ele também não pode lutar.

– Ele é homem! E, francamente, estou menos preocupado com ele que com...

– Você está preocupado com Tatiana? É bom ouvir isso.

– Estou preocupado com o que ela vai fazer.

– Ah, *essa* é uma bela diferença.

– Estou preocupado que você fique tão ocupado se ocupando dela que estrague tudo, que cometa erros estúpidos. Ela vai nos atrasar, fazer você pensar duas vezes antes de aproveitar as chances que tivermos para agir. O posto da floresta de Lisiy Nos é mal defendido, mas não é *indefeso*.

– Você tem razão. Talvez tenhamos que lutar pela nossa liberdade.

– Então, você concorda?

– Não.

– Alexander, ouça-me. Esta é a nossa última chance. Eu sei que é. Este é um plano perfeito, pode funcionar muito bem. Mas ela vai nos levar à ruína. Ela não está preparada para isso. Não seja estúpido, agora que estamos tão perto – disse Dimitri sorrindo. – É o que estamos esperando há tanto tempo! Não vai mais haver tentativas de fuga, não vai haver mais amanhãs, nem mais próximas vezes. É isso.

– Sim – disse Alexander. – É isso. – E fechou os olhos brevemente, lutando para mantê-los fechados.

– Então, me ouça.

– Não vou ouvir.

– Você *vai* ouvir! – exclamou Dimitri. – Você e eu planejamos isto há muito tempo. Aqui está a nossa chance! E eu não estou dizendo para deixar Tania na União Soviética para sempre. De jeito nenhum. Estou dizendo que nós, dois homens, devemos fazer o que é necessário. Sair com segurança e, o que é mais importante, vivos! Morto, você não é de nenhuma utilidade para ela, e eu não vou aproveitar a América se estiver morto. Vivos, Alexander. Além disso, esconder-nos nos pântanos...

– Nós vamos até Helsinque de caminhão. Que pântanos?

– Se for preciso, eu disse. Três homens e uma garota frágil, nós formamos um multidão. Não vamos conseguir nos esconder. Vamos pedir para sermos apanhados. Se alguma coisa acontecer a Sayers, se Sayers for morto...

– Por que Sayers seria morto? Ele é médico da Cruz Vermelha – disse Alexander, observando Dimitri atentamente.

– Eu não sei. Mas se tivéssemos que fugir sozinhos pelo Báltico... no gelo, a pé, nos escondendo nos comboios de caminhão... bem, dois homens podem fazer isso, mas três pessoas? Vamos ser facilmente notados. Parados com facilidade. E ela não vai conseguir.

– Ela conseguiu passar pelo bloqueio. Conseguiu cruzar o gelo do Volga. Conseguiu com Dasha. Ela vai conseguir – disse Alexander, mas seu coração estava ardendo de incerteza. Os perigos que Dimitri estava mencionando eram tão próximos das ansiedades de Alexander com relação à Tatiana que ele sentiu um frio no estômago. – Tudo o que você está dizendo pode ser verdade – continuou, com grande esforço – , mas você está esquecendo duas coisas muito importantes. O que você acha que vai acontecer com ela aqui, depois que descobrirem que eu fugi?

– Com ela? Nada. O nome dela ainda é Tatiana Metanova – disse Dimitri com indiferença. – Vocês têm tomado cuidado para não revelar que estão casados. Isso vai ajudá-lo.

– Não vai ajudar a *ela* – interrompeu Alexander.

– Ninguém vai saber.

– Você está enganado – disse Alexander. – *Eu* vou saber. – Ele cerrou os dentes, para impedir que um gemido de dor lhe escapasse da garganta.

– Sim, mas você vai estar na *América*. Você vai estar de volta em sua casa.

– Ela não pode ficar para trás – afirmou Alexander, com voz neutra.

– Pode, sim. Ela vai ficar bem. Alexander, ela não conheceu nada além desta vida...

– Nem você!

Dimitri prosseguiu.

– Ela vai continuar aqui como se nunca tivesse conhecido você...

– Como?

Dimitri riu.

– Sei que você se tem em alta estima, mas ela vai superar você. Outras superaram. Sei que, provavelmente, ela se importa muito com você... mas com o tempo ela vai conhecer outra pessoa e ficar bem

– Pare de bancar o idiota! – disse Alexander. – Ela vai ser presa em três dias. A mulher de um desertor. Três dias. E você sabe disso. Pare de dizer merda.

– Ninguém vai descobrir quem ela é.

– *Você* descobriu!

Ignorando Alexander, Dimitri continuou calmamente:

– Tatiana Metanova voltará para o Hospital Grechesky e para sua vida em Leningrado. E se você ainda a quiser quando estiver instalado na América, depois que a guerra acabar, pode mandar um convite formal, pedindo-lhe que vá a Boston para visitar uma tia distante que está doente. Ela virá pelos meios próprios, se puder, de trem e de navio. Pense nisso como uma separação temporária, até que chegue uma época melhor para ela. Para todos nós.

Alexander coçou o nariz com a mão esquerda. *Alguém venha me tirar deste inferno*, pensou ele. Os pelos curtos de seu pescoço se eriçaram. Ele respirou de maneira mais errática.

– Dimitri! – disse Alexander, olhando diretamente para ele. – Pela segunda vez na vida, você está tendo a chance de fazer uma coisa decente... aproveite. A primeira vez foi quando você me ajudou a ver meu pai. Que lhe importa se ela for conosco?

– Eu tenho que pensar em mim, Alexander. Não posso passar o tempo todo pensando em como proteger a *sua* esposa.

– Quanto tempo você passou pensando nisso? – exclamou Alexander – Você sempre só pensou em você mesmo...

– Ao contrário, digamos, de você? – ironizou Dimitri, rindo.

– Ao contrário de todo mundo. Venha conosco. Ela lhe estendeu a mão.

– Para proteger *você*.

– Sim. Mas isso não torna o gesto menos humano. Aceite a mão dela. Ela vai nos libertar. Todos seremos livres. Você vai ter a única coisa com que se importa: uma vida livre, longe da guerra. É o que mais lhe importa, não é mesmo? – perguntou ele. As palavras de Tania em Santo Isaac soaram em Alexander. *Ele cobiça em você o que você mais deseja.* Mas Alexander não seria derrotado. *Ele nunca vai tirar tudo de você, Alexander,* lhe dissera sua Tatiana. *Ele jamais terá todo esse poder.* – Você vai ter sua vida livre... por causa dela. Nós não vamos morrer... por causa dela.

– Vamos todos ser mortos... por causa dela.

– Você não vai ser morto... eu garanto. Aproveite sua chance, tenha a sua vida. Não estou negando o que é seu por direito. Eu disse que tiraria você daqui e vou tirar. Tania é muito forte e não vai nos decepcionar. Você vai ver. Ela não vai titubear, não vai falhar. Você só tem que dizer sim. Ela e eu faremos o resto. Você mesmo disse que esta é a nossa última chance. Eu concordo. Sinto isso agora mais que nunca.

– Aposto que sim – disse Dimitri.

Tentando disfarçar sua raiva desesperada, Alexander disse:

– Deixe que uma outra coisa guie você! Esta guerra levou você para dentro de você mesmo, você esqueceu outras pessoas. Lembre-se *dela*. Uma vez. Você sabe que, se ela ficar aqui, ela vai morrer. Salve-a, Dimitri. – Alexander quase disse *por favor*.

– Se ela for conosco, todos morreremos – disse Dimitri friamente. – Estou convencido disso.

Alexander virou-se e tornou a fixar o olhar na meia distância. Seus olhos se nublaram, clarearam-se, nublaram-se..

A escuridão o cercou.

Dimitri disse:

– Alexander... pense nisso como morrer no *front*. Se você tivesse morrido no gelo, ela teria que achar uma maneira de continuar vivendo na União Soviética, não é mesmo? Bem, é a mesma coisa.

– É a coisa mais diferente do mundo – disse Alexander, olhando para as mãos enrijecidas. – Pois agora a luz está diante dela.

– Não há diferença nenhuma. De uma forma ou de outra ela já está sem você.

– Não.

– Ela é um pequeno preço a ser pago pela *América*! – exclamou Dimitri.

Tremendo, Alexander não deu resposta, seu coração parecia que ia saltar do peito. *A Ponte Fontanka, os parapeitos de granito, Tatiana de joelhos.*

– Ela vai pôr tudo a perder.

– Dimitri, eu já disse não – repetiu Alexander, com voz de aço.

Dimitri apertou os olhos.

–Você não quer me entender? Ela *não pode* ir.

Eu sou um meio para um fim, ela havia dito. *Sou apenas munição.*

Alexander riu.

– Finalmente! Eu estava imaginando quanto tempo você levaria para expressar suas ameaças inúteis. Você diz que ela não pode ir?

– Não, não pode.

– Muito bem – disse Alexander, com um pequeno aceno de cabeça. – Então, eu também não vou. Está resolvido. Acabou. O Dr. Sayers parte para Helsinque imediatamente. Em três dias, eu volto para o *front*. Tania volta para Leningrado – continuou ele, lançando um olhar de desprezo a Dimitri. – Ninguém vai. Você está dispensado, soldado. Nossa reunião acabou.

Dimitri olhou para Alexander com uma surpresa fria.

–Você está me dizendo que não vai sem ela?

–Você não me *ouviu*?

– Entendo – disse Dimitri, fazendo uma pausa e esfregando as mãos. Ele se inclinou para frente, sobre a cama de Alexander enquanto falava. – Você me subestima, Alexander. Você não consegue ouvir a razão. Isso é muito ruim. Então, talvez, eu deva conversar com Tania e explicar-lhe a situação. Ela é muito mais razoável. Depois que ela perceber que seu marido está em *grave* perigo, tenho certeza de que ela vai se *oferecer* para ficar para trás... – Dimitri não concluiu.

Alexander agarrou o braço de Dimitri. Este deu um pequeno grito e levantou a outra mão, mas já era tarde demais. Alexander havia agarrado os dois braços.

– Entenda isto – disse Alexander, com o polegar e o médio apertando o punho de Dimitri. – Não estou nem aí que você fale com Tania, com Stepanov, com Mekhlis ou com a União Soviética inteira. Conte-lhes tudo! Eu não vou sem ela. Se ela ficar, eu fico – e, com um apertão selvagem, Alexander quebrou o osso cubital do antebraço de Dimitri. Apesar da vermelhidão de sua fúria, Alexander ouviu o ruído da quebradura. Pareceu o do machado contra o pinheiro maleável em Lazarevo. Dimitri gritou. Alexander não o soltou. —Você está *me* subestimando, seu safado filho da puta! – disse ele, apertando o pulso com mais força, até que o osso quebrado furou a pele de Dimitri.

Dimitri continuou a gritar. Apertando mais, Alexander deu-lhe um soco no rosto, e o direto no queixo teria fraturado o osso do nariz de Dimitri, se o golpe não tivesse sido amortecido por um servente do hospital que agarrou o braço de Alexander, que literalmente se atirou sobre ele, e começou a gritar:

– Pare com isso! O que você está fazendo? Solte-o, solte-o!

Ofegante, Alexander empurrou Dimitri para longe, e este caiu no chão.

– Suma daqui – gritou Alexander para o servente que continuava a resmungar, surpreso. Assim que o homem o soltou, Alexander começou a esfregar as mãos. Ele havia soltado o cateter da veia, que agora estava jorrando sangue entre seus dedos. *Então eu sangro*, pensou ele.

– Que diabos está acontecendo aqui? – gritou a enfermeira, aproximando-se correndo. – Que situação maluca é esta? O soldado vem visitá-lo, e é isso o que você faz?

– Da próxima vez, não o deixe entrar – disse Alexander, atirando os cobertores para longe e se levantando.

—Volte já para a cama! Minhas ordens são para você não sair da cama em nenhuma circunstância. Espere até Ina voltar. Eu nunca trabalhei numa enfermaria de pacientes críticos. Por que essas coisas sempre acontecem no *meu* plantão?

Depois da comoção que durou uma boa meia hora, um Dimitri sangrando e inconsciente foi removido do chão, e o servente limpou a sujeira, queixando-se de que já tinha muito que fazer sem que os feridos começassem a transformar homens perfeitamente saudáveis em novos feridos.

—Você o chamou de perfeitamente saudável? – indagou Alexander. – Você não viu como ele coxeia? Não viu seu rosto pulverizado? Pergunte por aí. Não é a primeira vez que ele apanha. E garanto que não será a última.

Mas Alexander sabia: ele não teria se limitado a bater em Dimitri. Se não tivesse sido detido, Alexander teria matado Dimitri com as mãos limpas.

Alexander adormeceu, acordou e olhou ao redor da enfermaria. Era de manhã cedo. Ina estava em seu posto junto à porta, conversando com três civis. Alexander olhou para os civis. *Não demorou muito*, pensou ele.

Imóvel e sozinho, ele permaneceu com a mochila no peito, com as duas mãos dentro dela, no vestido branco com rosas vermelhas. Alexander finalmente havia respondido à sua pergunta.

Ele sabia qual era o preço por Tatiana.

Foi o coronel Stepanov que veio vê-lo mais tarde, com os olhos fundos num rosto cinzento. Alexander saudou seu comandante, que se sentou pesadamente na cadeira e disse tranquilamente:

– Alexander, eu quase não sei como lhe dizer isto. Eu não devia estar aqui. Não estou aqui como seu oficial comandante, entenda, mas como alguém que...

Alexander interrompeu-o com suavidade:

– Senhor – disse ele –, sua presença é um bálsamo para a minha alma. O senhor nem imagina o quanto. Eu sei por que o senhor está aqui.

– Sabe?

– Sei.

– Então, é verdade? O general Govorov veio me ver e disse que *Mekhlis* – Stepanov pareceu *cuspir* a palavra – foi até ele com a informação que você já escapou da prisão como provocador estrangeiro. Como *americano* – riu Stepanov. – Como pode ser? Eu disse que era ridículo...

Alexander disse:

– Senhor, eu servi orgulhosamente o Exército Vermelho por quase seis anos.

– Você tem sido um soldado exemplar, major – confirmou Stepanov.
– Eu lhes disse isso. Eu lhes disse que aquilo não podia ser verdade. Mas você sabe... – interrompeu-se Stepanov. – A acusação é o que conta. Você se lembra de Meretskov? Agora ele está comandando o *front* de Volkhov, mas nove meses atrás estava nos porões da NKVD, esperando um dos paredões desocupar.

– Eu soube do Meretskov. Quando tempo o senhor acha que eu tenho?

Stepanov ficou queito.

— Eles virão buscar você à noite — disse ele, por fim. — Não sei se você está familiarizado com as operações...

— Infelizmente, muito familiarizado, senhor — replicou Alexander, sem olhar para Stepanov. — É tudo feito em segredo e encoberto. Eu não sabia que eles estavam por aqui em Morozovo.

— De maneira precária, mas estão. Eles estão em toda parte. Mas sua patente é muito alta. É muito provável que eles o mandem para a outra margem do lago, para Volkhov — informou ele, num sussurro.

Para a outra margem do lago.

— Obrigado, senhor — disse ele, conseguindo sorrir para seu oficial comandante. — O senhor acha que eles primeiro vão me promover a tenente-coronel?

Stepanov engoliu em seco.

— De todos os meus homens, era em você que eu depositava minhas maiores esperanças, major.

Alexander balançou a cabeça.

— Eu não tive chance, senhor. Por favor. Se o senhor for interrogado a meu respeito, entenda... — ele se deteve, lutando com as palavras — ... que, a despeito de nossa coragem, algumas batalhas já estão perdidas desde o início.

— Sim, major.

— Entendendo isso, o senhor não deve perder um segundo defendendo minha honra ou minha ficha no exército. Fique distante e bata em retirada, senhor — disse Alexander, olhando para o chão. — E leve todas as suas armas com o senhor.

Stepanov se levantou.

O não dito permaneceu entre eles.

Alexander não conseguia pensar nele mesmo, não conseguia pensar em Stepanov. Ele teve de perguntar sobre o não dito.

— O senhor sabe se já houve alguma menção à minha... — ele não conseguiu continuar.

Mas Stepanov entendeu.

— Não — respondeu ele, em voz baixa. — Mas é só uma questão de tempo.

Graças a Deus. Então, Dimitri não quis os dois. O que ele queria é que eles não ficassem um com o outro, mas quis preservar a própria pele. *O Dimitri nunca vai tomar tudo de você.* Havia alguma esperança.

Alexander ouviu Stepanov dizer:

– Posso fazer alguma coisa por ela? Talvez conseguir uma transferência de volta para um hospital de Leningrado... ou talvez para um hospital de Molotov? Bem longe daqui?

Depois de um espasmo, Alexander falou, olhando para outra direção.

– Sim, senhor, o senhor poderia realmente fazer alguma coisa para ajudá-la...

Alexander não teve tempo para pensar, não teve tempo para sentir. Ele sabia quando aquilo engoliria o que restara dele. Mas agora ele tinha de agir. Assim que Stepanov saiu, Alexander chamou Ina e pediu-lhe para chamar o Dr. Sayers.

– Major – disse Ina –, não sei se vão deixar alguém se aproximar do senhor esta tarde.

Alexander olhou para os homens à paisana.

– Foi um pequeno acidente, Ina, nada com que se preocupar. Mas me faça um favor, não conte nada à enfermeira Metanova, certo? Você sabe como ela é.

– Eu sei como ela é. É bom você se comportar daqui para frente, ou vou contar a ela.

– Vou me comportar, Ina.

Sayers chegou alguns minutos depois, sentou-se alegremente e disse:

– O que está acontecendo, major? Que história é essa do braço do soldado? O que aconteceu?

Dando de ombros, Alexander respondeu:

– Ele perdeu a queda de braço.

– Vou dizer que ele perdeu. E o nariz quebrado? Ele também perdeu a queda de nariz?

– Dr. Sayers, ouça-me. Esqueça-o por um instante. – Alexander juntou o que lhe restava de forças para falar. A força que ele possuía havia abandonado seu corpo e passado para uma garota pequena e sardenta.

– Doutor – disse ele, em voz baixa –, quando conversamos a primeira vez sobre...

– Não precisa dizer. Eu sei.

– O senhor me perguntou o que podia fazer para ajudar, lembra? – continuou Alexander. – E eu lhe disse que o senhor não me devia nada. – Ele fez uma pausa, procurando se recompor. – Mas eu estava errado. Agora eu preciso desesperadamente de sua ajuda.

Sayers sorriu.

– Major Belov, eu já estou fazendo tudo o que eu posso por você. Sua enfermeira tem um grande poder de persuasão.

Minha enfermeira.

Encolhendo-se, Alexander disse:

– Não, ouça com cuidado. Eu quero que o senhor me faça uma coisa, só uma.

– O que é? Se puder, eu vou fazer.

Com voz hesitante, Alexander disse:

– Tire minha esposa da União Soviética.

– Eu vou fazer isso, major.

– Não, doutor. Eu quero dizer *agora*. Tire minha mulher, tire... – ele não conseguiu completar a frase. – Pegue o Chernenko, o crápula de braço quebrado – sussurrou ele –, e leve-os embora.

– Do que você está falando?

– Doutor, nós temos muito pouco tempo. A qualquer momento alguém vai afastá-lo de mim, e eu não vou conseguir terminar.

– Você vai conosco.

– Não vou.

Agitado, Sayers exclamou em inglês:

– Major, de que diabos você está falando?

– Quieto – disse Alexander. – Vocês precisam partir, no máximo, amanhã.

– Mas, e você?

– *Esqueça-me* – disse Alexander com firmeza. – Dr. Sayers, Tania precisa de sua ajuda. Ela está grávida... o senhor sabia disso?

Sayers balançou a cabeça, mudo pela surpresa.

– Bem, ela está grávida. E vai ficar muito assustada, ela vai precisar que o senhor a proteja. Por favor, tire-a da União Soviética. E a proteja – disse Alexander, afastando o olhar do médico. Seus olhos se encheram de... *o rio Kama, com o sabonete no corpo dela. Eles se encheram de ... suas mãos em torno do pescoço dele e seu hálito quente em seu ouvido, sussurrando, panqueca de batatas, Shura, ou ovos? Eles se encheram de... ela saindo do Hospital Grechesky, em novembro, pequena, sozinha, usando um casaco enorme, os olhos no chão. Ela sequer conseguiu erguer o olhar quando passou por ele em direção à sua vida na Quinta Soviet, sozinha para sua vida na Quinta Soviet.* – Salve minha mulher – sussurrou Alexander.

– Eu não estou entendendo *nada* – disse o Dr. Sayers, emocionado.

Alexander balançou a cabeça.

– O senhor viu alguns homens em trajes civis quando veio para cá? São homens da NKVD. Lembra o que eu lhe contei sobre a NKVD, doutor? O que aconteceu com minha mãe, meu pai e comigo?

Sayers empalideceu.

– A NKVD impõe a lei neste grande país. E eles estão aqui por minha causa... de novo. Amanhã eu vou ser levado embora. Tania não pode ficar aqui um só minuto depois disso. Ela está correndo um grave perigo. O senhor precisa tirá-la daqui.

O médico continuava sem entender. Ele protestou, negando com a cabeça. E foi ficando cada vez mais nervoso.

– Alexander, vou apelar para o consulado dos Estados Unidos pessoalmente. Vou falar com eles em seu nome.

Alexander ficou preocupado com o médico. Será que ele podia fazer o que era necessário? Será que ele conseguiria manter seu autocontrole quando mais precisasse dele? Nesse momento, pelo menos, parecia que não.

– Doutor – disse Alexander –, sei que o senhor não entende, mas não tenho tempo para explicações. Onde fica o consulados dos Estados Unidos? Na Suécia? Na Inglaterra? Quando o senhor conseguir contatá-los, e eles o Departamento de Estado Americano, os meninos azuis de Mekhlis terão prendido a mim e também a ela. O que Tatiana tem a ver com a *América*?

– Ela é sua esposa.

– Eu só tenho o meu nome russo, o nome com que a desposei. Quando os Estados Unidos chegarem à NKVD para esclarecer a confusão, vai ser tarde demais para ela. *Esqueça-me*, eu disse. Ocupe-se *dela*.

– Não – disse Sayers, agitando-se, sem conseguir se sentar. Ele ficou andando ao redor da cama de Alexander, arrumando os cobertores.

– Doutor! – exclamou Alexander. – O senhor não tem tempo para pensar nesta situação, eu sei. Mas o que o senhor acha que vai acontecer a uma moça russa, depois de descobrirem que ela está casada com um homem suspeito de ser um americano infiltrado no alto comando do Exército Vermelho? Como é que o senhor acha que o Comissariado do Povo para Assuntos Internos vai tratar minha esposa russa grávida.

Sayers ficou mudo.

– Eu vou lhe dizer como... Eles a usarão como arma de persuasão contra mim quando nos interrogarem. Conte-nos tudo ou sua esposa será "julgada severamente". O que o senhor acha que *isso* significa, doutor? Significa que eu serei *forçado* a lhes dizer tudo. Não vou ter uma chance. Ou eles me usarão como arma de persuasão contra ela. "Seu marido será salvo, mas só se você contar a verdade." E ela vai contar. E depois...

Sayers negava com a cabeça.

– Não, nós vamos colocá-lo em minha ambulância agora e levar você de volta para Lenigrando, para o Grechesky. Agora mesmo. Levante-se. E de lá vamos para a Finlândia.

– Muito bem – disse Alexander. – Mas esses homens – e apontou para a direção deles – irão conosco. Eles estarão conosco o trajeto inteiro. O senhor não vai conseguir tirar nenhum dos dois daqui.

Alexander pôde ver que o Dr. Sayers estava procurando se apegar ao que podia. Olhando para a porta, para Ina, para os homens que fumavam e faziam barulho conversando com ela, Alexander balançou a cabeça. Sayers não estava entendendo.

– E quanto a ele? Chernenko? Eu não o conheço nem lhe devo nada.

– O senhor precisa levá-lo – sussurrou Alexander. – Depois desta tarde, ele finalmente entendeu. Ele pensou que eu a sacrificaria para me salvar, pois não conseguia imaginar a situação de outra forma. Agora ele sabe a verdade. Ele também sabe que não vou sacrificá-la para destruí-lo.

Não vou impedir que ela fuja para impedir que *ele* fuja. E ele tem razão. Então, leve-o. Isso vai ajudá-la, e não ligue para mais nada.

Sayers estava sem palavras.

– Doutor – disse Alexander com suavidade –, pare de brigar por mim. Ela faz isso por mim. Não quero que o senhor se preocupe comigo. Meu destino está selado. Mas o dela está em aberto. Preocupe-se apenas com ela.

Coçando o rosto, o Dr. Sayers comentou, ainda balançando a cabeça:

– Alexander, eu vi essa moça... – e interrompeu-se – ... eu vi essa moça dando o sangue dela para você. Estou brigando por você por que sei o que isso representa para ela...

– Doutor! – Alexander estava quase no limite de suas forças. – O senhor não está me ajudando. O senhor pensa que eu não sei? – E fechou os olhos. *Ela me deu tudo o que tinha.*

– Major, você acha que ela irá sem você?

– Nunca – disse Alexander.

– Meu Deus! Então, o que eu posso fazer? – quis saber Sayers.

– Ela nunca deve saber que eu fui preso. Se ela descobrir, ela não irá. Ela vai ficar... para descobrir o que aconteceu comigo, para me ajudar de alguma forma, para me ver uma última vez, e então será tarde demais para ela.

Alexander disse ao médico o que eles tinham que fazer.

– Major, eu não posso fazer isso! – exclamou Sayers.

– Pode, sim. São só palavras, doutor. Palavras e um rosto impassível.

Sayers balançou a cabeça.

– Muitas coisas podem dar errado. E vão dar – disse Alexander. – Não é um plano perfeito. Não é um plano seguro. Não é um plano à prova de tudo. Mas nós não temos escolha. Se for para ter sucesso, precisamos usar todas as armas à nossa disposição. – Alexander fez uma pausa. – Até as que não têm munição.

– Major, o senhor está fora de si! Ela nunca vai acreditar em mim – disse Sayers.

Alexander agarrou o pulso do médico.

– Bem, isso vai depender do senhor, doutor! A única chance que ela tem de viver é se o senhor tirá-la daqui. Se o senhor titubear, se não for convincente, se diante da dor o senhor fraquejar e ela perceber, por uma fração de segundo, que o senhor não está lhe contando a verdade, ela não irá. Se ela achar que ainda estou vivo, ela *nunca* irá, lembre-se disso, e se ela não for, saiba que ela só terá alguns dias antes de virem atrás dela – avisou Alexander, abatido. – Quando ela vir meu leito vazio, ela vai se descontrolar diante do senhor, sua fachada vai desmoronar, e ela erguerá o rosto banhado em lágrimas para o senhor e dirá: "O senhor está mentindo, sei que o senhor está mentindo! Eu *sinto* que ele ainda está vivo", e então o senhor vai olhar para ela e confortá-la, pois o senhor a viu confortando tanta gente. A dor dela será demais para que o senhor a suporte. Ela vai lhe dizer: "Conte-me a verdade, e eu irei com o senhor a qualquer lugar". O senhor vai ficar quieto por um instante, depois vai piscar, apertar os lábios e, nesse instante, doutor, saiba que o senhor estará condenando a ela e ao nosso bebê à prisão ou à morte. Ela é muito persuasiva, é *muito* difícil lhe dizer não, e ela vai continuar a insistir até que o senhor ceda. Saiba... que quando o senhor a confortar com a verdade, o senhor a estará matando – disse Alexander, soltando o pulso de Sayers. – Agora, vá. Olhe nos olhos dela e minta. *Minta com todo o seu coração!* – pediu ele, quase sem voz. – E se o senhor ajudar a *ela*, estará ajudando a *mim*.

Havia lágrimas nos olhos de Sayers quando ele se levantou.

– Este maldito país – disse ele – é demais para mim.

– Para mim também – disse Alexander, estendendo-lhe a mão. – Agora, o senhor pode ir buscá-la? Eu preciso vê-la uma última vez. Mas venha com ela. Venha com ela e fique ao meu lado. Ela é tímida com outras pessoas por perto. Ela vai ter que se manter distante.

– Talvez sozinhos por só um minuto?

– Doutor, lembre-se do que eu lhe disse sobre olhar nos olhos dela? Eu não posso encará-la sozinho. Talvez o senhor possa disfarçar, mas eu não posso.

Alexander manteve os olhos fechados. Em dez minutos, ouviu passos e a voz de coral de Tatiana.

– Doutor, eu lhe disse que ele estava dormindo. O que o fez achar que ele não estava dormindo?

– Major? – chamou o Dr. Sayers.

– Sim – disse Tatiana. – Major? Você consegue acordar? – E Alexander sentiu suas mãos quentes e familiares em sua cabeça. – Ele não está quente. Ele está se sentindo bem.

Erguendo-se, Alexander colocou as mãos nas delas.

Aqui está, Tatiana.

Aqui está o meu rosto corajoso e indiferente.

Alexander tomou fôlego e abriu os olhos. Tatiana estava olhando para ele com um olhar de afeição tão intensa que ele tornou a fechar os olhos. Quando falou, as palavras saíram, entrecortadas e permaneceram a apenas alguns centímetros de sua boca:

– Eu só estou cansado, Tania. Como está *você*? Como está se sentindo?

– Abra os olhos, soldado – disse Tatiana com carinho, acariciando-lhe o rosto. – Você está com fome?

– Eu estava com fome – disse Alexander. – Mas você me deu de comer – prosseguiu ele, com o corpo tremendo sob o lençol.

– Por que o seu cateter está desconectado? – disse ela, segurando-lhe a mão. – E por que sua mão está escura como se você tivesse arrancado o cateter da veia? O que você andou aprontado esta tarde enquanto eu estive fora?

– Eu não preciso mais do cateter. Estou quase recuperado.

Ela tornou a sentir sua testa.

– Ele parece um pouco frio, doutor – constatou ela. – Acho que podemos colocar-lhe outro cobertor.

Tatiana desapareceu. Alexander abriu os olhos e viu o rosto angustiado do médico.

– Pare com isso – disse Alexander, com voz quase inaudível.

Ao voltar, ela cobriu Alexander e ficou observando-o um instante.

– Eu estou realmente bem – disse ele. – Tenho uma piada para você. O que se obtém do cruzamento de um urso branco e um urso preto?

Ela respondeu:

– Dois ursos felizes.

Os dois trocaram um sorriso. Alexander não afastou o olhar.

– Você vai ficar bem? – perguntou ela. – Eu volto amanhã de manhã para lhe dar o café.

Alexander balançou a cabeça.

– Não, de manhã não. Você nem imagina para onde vão me levar amanhã cedo – disse ele rindo.

– Para onde?

– Volkhov. Não fique orgulhosa de seu marido, mas eles vão finalmente me nomear tenente-coronel. – Alexander olhou para o Dr. Sayers, que se colocou ao pé da cama com uma expressão pálida.

– *Vão* mesmo? – disse Tatiana, com os olhos brilhando.

– Sim. Para combinar com minha medalha de *Herói da União Soviética* por ter ajudado nosso médico. O que você acha *disso*?

Sorrindo, Tatiana se inclinou sobre ele e disse, toda feliz:

– Acho que você vai ficar *realmente* insuportável. Eu vou *ter* que obedecer a todas as suas ordens, não é mesmo?

– Tania, para eu fazer você obedecer a todas as minhas ordens, vou ter que me tornar general – replicou Alexander.

Ela riu.

– Quando você volta?

– Na manhã seguinte.

– Por quê? Por que não amanhã à tarde?

– Eles só fazem a travessia do lado de manhã bem cedo – disse Alexander. – É um pouco mais seguro. Há menos bombas.

– Tania, precisamos ir – disse o Dr. Sayers, com voz fraca.

Alexander fechou os olhos. E ouviu Tatiana dizer:

– Dr. Sayers, posso ter um minuto a sós com o major Belov?

Não!, pensou Alexander, abrindo os olhos e olhando para o médico fixamente, que respondeu:

– Tatiana, nós precisamos mesmo ir. Tenho que percorrer ainda três enfermarias.

– Só vai levar um segundo – disse ela. – E olhe, o Leo no leito trinta está chamando o senhor.

O médico se afastou. *Ele não consegue dizer não para ela nem quando ela pede uma coisa simples*, pensou Alexander, balançando a cabeça.

Aproximando-se, Tatiana colocou o rosto sardento junto dele. Ela olhou ao redor, viu que o Dr. Sayers não estava olhando para eles e disse:

– Meu Deus, não vou ter uma chance de beijar você, não é mesmo? Mal posso esperar para poder beijá-lo abertamente – e colocou as mãos no peito dele. – Logo vamos estar no meio de uma floresta densa – sussurrou ela.

– Então, me beije – disse Alexander.

– Mesmo?

– Mesmo.

Tatiana inclinou-se, com a mão serena ainda no peito dele, e seus lábios de mel beijaram suavemente os lábios de Alexander. Ela pressionou o rosto contra o dele.

– Shura, abra os olhos.

– Não.

– Abra.

Alexander os abriu.

Tatiana olhou para ele, os olhos brilhando, e então piscou três vezes rapidamente.

Endireitando-se, ela tornou a fazer uma cara séria e, erguendo a mão numa saudação, disse:

– Durma bem, major, eu volto para vê-lo.

– Vou ficar esperando, Tania – disse Alexander.

Ela andou até os pés da cama. Não!, ele teve vontade de gritar. Não, Tania, por favor, volte. O que eu posso deixar para ela, o que posso dizer, que palavra posso deixar com ela, *para* ela? Que *palavra* para minha esposa?

– Tatiasha – chamou Alexander. Meu Deus, como *era* o nome do curador?...

Ela olhou para ele.

– Lembre-se de Orbeli...

– Tania! – chamou o Dr. Sayers do outro lado da enfermaria. – Por favor, venha cá!

Ela fez uma cara de frustração e disse rapidamente:

– Shura, querido, sinto muito, mas tenho que ir. Conte-me quando você voltar, certo?

Ele concordou com um movimento de cabeça.

Tatiana se afastou de Alexander, passou pelos leitos, tocou a perna de um convalescente e deu um pequeno sorriso para o rosto do homem envolto em bandagens. Disse boa-noite a Ina e parou por um segundo para arrumar o cobertor de alguém. À porta, disse algumas palavras para o Dr. Sayers, riu e, então, voltou-se pela última vez para Alexander, e nos olhos de Tatiana ele viu amor. Então saiu pela porta.

Alexander sussurrou para ela: *Tatiana! Não terás medo do terror da noite... nem da flecha que voa durante o dia... nem da peste que caminha na escuridão... nem da destruição que ataca ao meio-dia. Um dia, mil cairão ao teu lado, e dez mil à sua direita, mas nada se aproximará de ti.*

Alexander persignou-se, cruzou os braços e deu início à espera. Ele relembrou as últimas palavras do pai para ele.

Pai, eu *vi* acabadas as coisas pelas quais dei minha vida, mas será que eu vou saber, algum dia, se as construí com minhas ferramentas desgastadas?

Descalça, Tatiana ficou prestando atenção em Alexander, com seu vestido amarelo e as tranças douradas saindo de sua touca. Seu rosto estava iluminado por um sorriso exuberante. Ela o saudou.

– *À vontade, Tania* – disse ele, devolvendo a saudação.

– *Obrigada, capitão* – disse ela, aproximando-se e ficando na ponta dos pés sobre os pés dele, calçados com botas. Alexander ergueu seu rosto, e Tatiana beijou-lhe o queixo... que estava tão alto que ela não conseguia alcançá-lo sem que ele baixasse a cabeça para ela. Com uma das mãos, ele a trouxe em sua direção.

Ela se afastou um metro e deu as costas para Alexander.

– *Tudo bem, estou caindo. É melhor você me pegar. Pronto?*

– *Estou pronto há cinco minutos. Caia já.*

Seus gritinhos agudos soaram enquanto ela caía, e Alexander a apanhou, beijando-a de cima a baixo.

– *Tudo bem* – disse Tatiana, aprumando-se, abrindo os braços e rindo com alegria. – *Agora é a sua vez.*

Adeus, minha canção da lua, ar que eu respiro, minhas noites brancas e dias dourados, minha água doce e meu fogo. Adeus, que você tenha uma vida melhor, torne a encontrar consolo e o seu sorriso incansável. E, quando sua face adorada se iluminar mais uma vez ao nascer do sol do Ocidente, tenha a certeza de que o que senti por você não foi em vão. Adeus e tenha fé, minha Tatiana.

Ao pálido encanto do luar

1

No final da manhã seguinte, Tatiana entrou na enfermaria de pacientes críticos do hospital de campanha, no edifício de madeira que já fora uma escola, e encontrou outra pessoa no leito de Alexander. Ela achava que o leito dele estivesse vazio. Não esperava ver um paciente novo na cama de Alexander, um homem sem pernas e braços.

Olhando para o homem sem compreender, ela achou que tinha se enganado. Acordara tarde e correu a se aprontar e, então, passou várias horas na enfermaria de pacientes terminais. Sete soldados haviam morrido naquela manhã.

Mas não, era a ala de pacientes críticos. Leo, do leito trinta, estava lendo. As duas camas perto de Alexander também tinham sido esvaziadas e ocupadas por novos pacientes. Nikolai Ouspensky, o tenente com um pulmão só, ao lado de Alexander, tinha partido, bem como o cabo perto dele.

Por que teriam ocupado o leito de Alexander? Tatiana foi conferir com Ina, que não sabia de nada – ela ainda nem estava de plantão. Ina contou a Tatiana que, tarde da noite, pediram a Alexander que vestisse o uniforme, que ela lhe trouxe, e então foi embora. Além disso, ela não sabia de mais nada. Ina disse que talvez Alexander tivesse sido transferido para a ala dos convalescentes.

Tatiana foi verificar. Ele não tinha sido transferido para lá.

Ela voltou para a ala dos pacientes críticos e olhou embaixo da cama. A mochila dele não estava lá. A medalha de bravura de Alexander não estava mais pendurada na cadeira de madeira ao lado do novo paciente, cujo rosto estava coberto de gaze ensanguentada perto do ouvido direito. Distraidamente, Tatiana disse que chamaria um médico para dar uma olhada nele e se afastou meio tonta. Ela estava se sentindo tão bem quanto poderia se sentir uma mulher grávida de quatro meses. Ela sabia que sua barriga estava começando a crescer. Era bom que eles estivessem indo embora, pois ela não saberia se explicar para as outras enfermeiras e seus pacientes. Ela estava indo ao refeitório para comer, mas começou a sentir um pressentimento estranho. Teve medo de que Alexander tivesse sido enviado de volta ao *front*, que ele tivesse cruzado o lago e tivesse sido retido lá. Ela não conseguiu comer nada. E foi procurar o Dr. Sayers.

Não conseguiu encontrá-lo em nenhum lugar, mas então encontrou Ina, que estava se preparando para começar seu plantão. Ina lhe disse que o Dr. Sayers estava procurando por ela.

– Ele não deve ter procurado muito. Eu estive na ala dos terminais a manhã toda – disse Tatiana.

Ela encontrou o Dr. Sayers na ala dos terminais, com um paciente que tinha perdido a maior parte do estômago.

– Dr. Sayers – sussurrou ela –, o que está acontecendo? Onde está o major Belov? – quis saber ela, percebendo que o paciente não tinha mais que cinco minutos de vida.

Sayers não ergueu os olhos dos ferimentos do homem ao dizer:

– Tatiana, eu quase terminei aqui. Ajude-me a segurar-lhe os flancos, enquanto eu dou os pontos.

– O que está acontecendo, doutor? – repetiu Tatiana enquanto o ajudava.

– Vamos acabar isto primeiro, certo?

Tatiana olhou para o médico, depois para o paciente, e pôs a mão enluvada na testa do soldado. Por alguns momentos, ela manteve a mão nele e, então, disse:

– Ele está morto, doutor, pode parar com a sutura.

O médico parou de suturar.

Tatiana tirou as luvas e saiu. O médico a seguiu. Era meados de março e ventava implacavelmente.

– Ouça, Tania – começou Sayers, segurando as mãos dela e encarando-a com o rosto pálido. – Eu lamento muito. Uma coisa terrível aconteceu. – Sua voz quase falhou no *aconteceu*. Suas olheiras estavam tão escuras que parecia que ele havia apanhado. Tatiana o encarou por um momento, por outro momento...

Ela puxou as mãos.

– Doutor – disse Tatiana, empalidecendo e procurando alguma coisa em que se segurar –, o que aconteceu?

– Tania, espere. Não grite.

– Eu não estou gritando.

– Lamento lhe contar, lamento *muito*, mas Alexander... – e ele se interrompeu. – Hoje de manhã, quando ele estava sendo levado com outros dois soldados para Volkhov... – Sayers não conseguiu prosseguir.

Tatiana ouvia imóvel, sentindo suas entranhas anestesiadas. Ela tentou dizer:

– O quê?

– Ouça, eles estavam atravessando o lago, quando o fogo inimigo...

– *Que* fogo inimigo? – sussurrou Tatiana, com veemência.

– Eles saíram para a travessia antes que o bombardeio começasse, mas isto é uma guerra. Você ouviu o bombardeio, as bombas alemãs voando de Sinyavino. Um foguete de longo alcance atingiu o gelo diante do caminhão e explodiu.

– Onde ele está?

– Sinto muito. Cinco pessoas naquele caminhão... ninguém sobreviveu.

Tatiana deu as costas para o médico e tremeu com tanta violência que achou que ia rachar no meio. Sem olhar para trás, ela perguntou:

– Doutor, como o senhor soube disso?

– Eu fui chamado ao local. Nós tentamos salvar os homens, o caminhão. Mas o caminhão era pesado demais. Ele afundou – respondeu o médico, com a voz quase sumindo.

Tatiana segurou o estômago e vomitou na neve. Sua pulsação rasgava seu corpo com mais de 200 batidas por minuto. Ela se abaixou, encheu a mão de neve e molhou a boca. Então, pegou mais neve e pressionou-a contra o rosto. Seu coração não queria se aquietar. A ânsia de vômito continuava a atormentá-la. Ela sentiu a mão do médico em suas costas, ouviu sua voz fraca a chamando:

– Tania, Tania.

Ela não se virou.

– O senhor mesmo o viu? – perguntou ela, ofegante.

– Vi. Sinto muito – sussurrou ele. – Eu peguei o quepe dele...

– Ele estava vivo quando o senhor o viu?

– Sinto muito, Tatiana. Não estava.

Ela não conseguiu mais ficar em pé.

– Não, por favor – ela ouviu a voz do Dr. Sayers e sentiu seus braços erguendo-a. – Por favor.

Recompondo-se, desejando ficar de pé, Tatiana voltou-se e olhou para o Dr. Sayers.

– Você precisa se sentar imediatamente – disse ele, muito preocupado e tocando seu rosto. – Você está num estado de...

– Eu sei do estado em que estou – disse Tatiana. – Dê-me o quepe dele.

– Sinto muito. Meu coração está...

– Vou guardar o quepe dele – disse Tatiana, mas sua mão tremia tanto que ela não conseguiu segurá-lo nem por um instante e quando conseguiu, deixou-o cair na neve.

Ela tampouco conseguiu segurar o atestado de óbito. O Dr. Sayers teve de segurá-lo pra ela. Ela só viu o nome dele e o lugar do óbito. O lago Ladoga.

O gelo do Ladoga.

– Onde ele está? – perguntou ela, com a voz fraca. – Onde ele está agora... – Mas não conseguiu concluir a frase.

– Oh, Tania... o que podemos fazer? Nós...

Afastando-se dele, ela dobrou o corpo.

– Não fale mais comigo. Por que o senhor não me acordou? Por que não me contou instantaneamente?

— Olhe para mim — pediu ele. Ela se sentiu sendo levantada. Sayers tinha lágrimas nos olhos. — Eu procurei você assim que voltei. Mas eu mal estou conseguindo ficar em pé diante de você agora que você me encontrou, quando não tenho nenhuma escolha. Se eu pudesse, teria lhe mandado um telegrama — disse ele, tremendo. — Tania, vamos embora daqui! Você e eu. Vamos embora deste lugar! Eu tenho que sair daqui. Não aguento mais. Preciso voltar a Helsinque. Vamos, vamos pegar nossas coisas. Eu telefono para Leningrado para avisá-los. — Ele fez uma pausa. — Eu vou partir esta noite. *Nós* vamos partir esta noite.

Tania não respondeu nada. Sua mente estava em ebulição. Por algum motivo, ela não conseguia acreditar no atestado de óbito. Não era um atestado do Exército Vermelho. Era da Cruz Vermelha.

— Tatiana — disse Sayers —, você está me ouvindo?

— Estou — disse ela, fraca.

— Você vem comigo.

— Agora não estou conseguindo pensar — ela conseguiu dizer. — Preciso pensar por alguns minutos.

— Vamos... — insistiu Sayers. — Vamos, por favor, voltar ao meu consultório? Você não está... Venha, sente-se em minha cadeira. Você vai...

Afastando-se de Sayers, Tatiana o observou com uma intensidade que ela sabia que o incomodava. Virando-se, caminhou o mais rápido que pôde até o edifício principal. Ela tinha de falar com o coronel Stepanov.

O coronel estava ocupado e, a princípio, se recusou a recebê-la.

Ela esperou diante da porta até ele sair.

Eu vou até o refeitório. Você vem comigo? — disse-lhe Stepanov, sem olhá-la nos olhos e andando na frente.

— Senhor — disse Tatiana às suas costas, sem dar um passo —, o que aconteceu a seu oficial... — E não conseguiu dizer o nome dele em voz alta.

Stepanov diminuiu o passo e a encarou.

— Sinto muito sobre o seu esposo — lamentou ele, com gentileza.

Tatiana não respondeu. Aproximando-se dele, ela tomou a mão do coronel Stepanov.

– Senhor, o senhor é um bom homem e era o comandante dele – começou ela, com o vento forte batendo-lhe no rosto. – Por favor, diga-me o que aconteceu com ele.

– Eu não sei. Eu não estava lá.

A pequena Tatiana se pôs diante do coronel uniformizado.

O coronel suspirou.

– Tudo o que eu sei é que um de nossos caminhões blindados carregando o seu esposo, o tenente Ouspensky, um cabo e dois motoristas explodiu esta manhã, aparentemente sob fogo inimigo, e acabou por afundar. Não tenho outras informações.

– Blindado? Ele me disse que ia a Volkhov para ser promovido esta manhã – disse ela, num fio de voz.

– Enfermeira Metanova – o coronel Stepanov fez uma pausa e piscou –, o caminhão afundou. O resto é falatório.

Tatiana não afastou o olhar dele nem por um momento.

– Sinto muito. Seu marido era...

– Eu sei o que ele era, senhor – interrompeu Tatiana, apertando o quepe e o atestado contra o peito.

Com um leve tremor na voz e olhando-a com os olhos de um azul cortante, o coronel Stepanov disse:

– Sim, nós dois sabemos.

Em silêncio, ficaram um em frente do outro.

– Tatiana! – disse o coronel Stepanov emocionado. – Volte com o Dr. Sayers. Assim que você puder. Vai ser mais fácil e mais seguro para você em Leningrado. Talvez Molotov? Vá com ele.

Tatiana o viu abotoar o topo do uniforme. Ela não tirou os olhos dele.

– Ele trouxe o seu filho de volta – murmurou ela.

Stepanov baixou os olhos.

– É verdade.

– Mas quem vai trazer *a ele* de volta?

O vento frio assobiou entre suas palavras.

Como se mover, como se mover agora, eu posso usar as mãos e os joelhos e engatinhar, não, vou andar, vou olhar para o chão e vou andar para longe, e não vou tropeçar.

Eu vou tropeçar.

Ela caiu na neve, e o coronel Stepanov veio levantá-la, batendo-lhe de leve a mão nas costas. Ela fechou o casaco em torno dela e, sem olhar outra vez para Stepanov, desceu a alameda até o hospital, segurando-se nas paredes dos prédios.

Escondê-lo sua vida inteira, escondê-lo a cada passo do caminho, escondê-lo de Dasha, de Dimitri, escondê-lo da morte e, agora, escondê-lo dela mesma. Sua fraqueza pareceu-lhe insuportável.

Tatiana encontrou o Dr. Sayers em seu pequeno consultório.

– Doutor, olhe para mim, olhe nos meus olhos e jure que ele está morto.

Caindo de joelhos, ela olhou para ele, as mãos juntas num apelo.

O Dr. Sayers agachou-se ao lado dela e tomou-lhe as mãos.

– Juro – disse ele, sem olhar para ela. – Ele está morto

– Eu não consigo. – Sua voz era gutural. – Eu não consigo aceitar. Não consigo aceitar a ideia de ele morrer naquele lago sem mim. O senhor entende? Não consigo aceitar – sussurrou ela, desesperada. – Diga-me que ele foi levado pela NKVD. Diga-me que ele foi preso e vai atacar pontes na semana que vem, diga-me que ele foi mandado para a Ucrânia, para Syniavino, para a Sibéria... me diga qualquer coisa. Mas, por favor, diga-me que ele não morreu no gelo sem mim. Eu suporto qualquer coisa, menos isso. Diga-me e eu vou com o senhor para qualquer lugar, prometo, vou fazer exatamente o que o senhor disser, mas eu lhe imploro que me conte a verdade.

– Sinto muito – disse o Dr. Sayers. – Eu não pude salvá-lo. De todo o meu coração, eu lamento não tê-lo salvado para você.

Tatiana arrastou-se até a parede e pôs o rosto entre as mãos.

– Eu não vou a lugar algum. Não vejo motivo para isso.

– Tania – disse Sayers, chegando-se a ela e pondo a mão em sua cabeça –, por favor, não diga isso. Querida... por favor... deixe-me salvá-la *por ele*.

– Não adianta.

– Não adianta? E quanto ao filho dele? – exclamou o médico.

Ela tirou as mãos do rosto e olhou de forma inexpressiva para Sayers.

– Ele lhe contou que vamos ter um bebê?

– Contou.

– Por quê?

Perturbado, o médico disse:

– Não sei – suas mãos ainda seguravam a cabeça de Tatiana. – Você não parece bem. Você está toda fria. Você está...

Ela não respondeu. Ela estava trêmula.

– Você vai ficar bem?

Ela cobriu o rosto.

– Você quer ficar aqui? Fique no meu consultório e espere. Não se levante, certo? Talvez você queira dormir.

Tatiana produziu um som áspero que parecia um animal pressionando um ferimento contra o chão, na esperança de morrer antes de sangrar até a morte.

– Seus pacientes estão perguntando por você – disse Sayers, com suavidade. Você acha que...

– Não – disse ela, ainda com as mãos no rosto. – Por favor, me deixe sozinha. Eu preciso ficar sozinha.

Até o cair da noite, ela ficou sentada no chão do consultório do Dr. Sayers. Ela pôs a cabeça entre os joelhos e ficou sentada contra a parede. Quando não conseguiu mais ficar acordada, ela se deitou, toda encolhida.

Ela percebeu o médico retornar. Ouviu sua respiração ofegante e tentou se levantar, mas não conseguiu. Ajudando-a a se levantar, Sayers segurou a respiração quando viu o rosto dela. – Meu Deus, Tania. *Por favor*. Eu preciso que você...

– Doutor! – exclamou Tatiana. – Tudo o que senhor precisar que eu seja, não consigo ser neste momento. Eu vou ser o que posso. Está na hora?

– Está na hora, Tania. Vamos – disse ele, baixando a voz. – Olhe, eu fui até sua cama e peguei sua mochila. É a sua, não é mesmo?

– É – disse ela, pegando-a.

– Você tem mais alguma coisa que precise levar?

– Não – sussurrou Tatiana. – A mochila é tudo o que tenho. Só vamos nós dois?

O Dr. Sayers fez uma pausa antes de responder.

– O Chernenko veio até mim hoje e me perguntou se nossos planos haviam mudado agora que...

– E o senhor disse... – suas pernas fracas não mais a seguraram. Ela desabou numa cadeira e olhou para ele. – Com ele eu não posso ir – avisou ela. – Simplesmente não posso.

– Eu também não quero levá-lo, mas o que posso fazer? Ele me contou, não com muitas palavras, que sem ele não seríamos capazes de passar com você pelo primeiro posto de controle. Eu quero que você vá embora, Tania. O que mais eu posso fazer?

– Nada – disse Tatiana.

Ela ajudou Sayers a recolher suas poucas coisas e carregou sua bolsa de médico e sua bolsa de enfermeira para fora. O veículo da Cruz Vermelha era um grande jipe sem a sólida carroceria de aço comum nas ambulâncias. Tinha vidros cobrindo a cabine dos passageiros, mas apenas lona cobrindo a parte de trás, nada segura para os feridos ou o pessoal médico. Mas, na época, era o único veículo disponível em Helsinque, e Sayers não pode esperar uma ambulância de verdade. Os emblemas quadrados da Cruz Vermelha haviam sido costurados na lona.

Dimitri estava esperando fora do jipe. Tatiana não olhou para ele nem esboçou nenhum sinal de reconhecê-lo quando abriu a lona e subiu para guardar o kit de primeiros socorros e a caixa de plasma.

– Tania? – disse Dimitri.

O Dr. Sayers se aproximou e disse a Dimitri:

– Tudo bem, vamos nos apressar. Você vai atrás. Depois que sairmos daqui, você pode pôr as roupas do piloto finlandês. Não sei se você vai conseguir passar o braço pelo... Tania, onde estão essas roupas? – Então, virando-se para Dimitri, ele disse: – Você precisa de morfina? Como está o seu rosto?

– Terrível. Eu mal consigo ver. E será que o meu braço vai infeccionar?

Tatiana olhou para Dimitri de dentro do veículo. Seu braço direito estava engessado e na tipoia. Seu rosto estava inchado e negro. Ela quis perguntar o que havia acontecido com ele, mas não se importou.

– Tania – chamou-a Dimitri. – Eu ouvi as notícias desta manhã. Sinto muito.

Tatiana tirou as roupas do piloto finlandês do esconderijo e jogou-as no chão do jipe, diante de Dimitri.

– Tania? – repetiu Dimitri.

Ela ergueu os olhos para ele tão cheios de uma condenação implacável que Dimitri só pôde desviar o olhar.

– Limite-se a vestir as roupas – disse-lhe Tatiana, entre os dentes. – Depois, deite-se no chão e fique quieto.

– Olhe, eu lamento. Eu sei como você...

Cerrando os punhos, Tatiana virou-se furiosamente para Dimitri, e ela o teria atingido no nariz quebrado se o Dr. Sayers não a tivesse impedido, dizendo:

– Tania, pelo amor de Deus. Por favor. Não. Não.

Recuando, Dimitri abriu a boca e gaguejou:

– Eu disse que s...

– Eu não quero *ouvir* suas malditas mentiras! – gritou ela, com os braços ainda seguros pelo Dr. Sayers. – Não quero que você volte a me dirigir a palavra. Entendeu?

Dimitri, murmurando nervosamente que não entendia por que ela estava tão zangada com *ele*, voltou para a traseira do jipe.

O Dr. Sayers se pôs ao volante e olhou para Tatiana com os olhos esbugalhados.

– Pronto, doutor. Vamos – disse Tatiana, abotoando seu casaco branco de enfermeira com o símbolo da Cruz Vermelha na manga e prendendo seu chapeuzinho branco no cabelo. Ela estava com todo o dinheiro de Alexander, o livro de Pushkin, as cartas deles e suas fotografias. Estava também com o quepe e a aliança dele.

Eles avançaram em meio à noite.

Tatiana segurava o mapa de Sayers aberto, mas não conseguia ajudá-lo a chegar a Lisiy Nos. O Dr. Sayers dirigia seu pequeno veículo pelos bosques no norte da Rússia, e eles avançavam por estradas de terra, lamacentas, cheias de neve, verdadeiras estradas líquidas. Tatiana não via nada, olhando pela janela lateral para a escuridão, contendo-se mentalmente, tentado se manter ereta. Sayers conversava com ela o tempo todo em inglês.

– Tania, querida, vai dar tudo certo...

– Vai mesmo, doutor? – perguntou ela, também em inglês. – E o que nós vamos fazer com *ele*?

– Quem se importa? Ele pode fazer o que quiser depois que chegarmos a Helsinque. Não estou pensando nele de jeito nenhum. Só estou pensando em *você*. Vamos chegar em Helsinque, deixar alguns suprimentos e, então, você e eu tomamos um avião da Cruz Vermelha para Estocolmo. Em seguida, de Estocolmo, vamos de trem até Göteborg, no mar do Norte, e tomamos um navio protegido até a Inglaterra. Tania, você está me ouvindo? Está me entendendo?

– Estou ouvindo – disse ela, com a voz fraca. – E estou entendendo.

– Na Inglaterra, vamos fazer duas paradas, mas, dali, podemos voar para os Estados Unidos ou pegar um navio de passageiros partindo de Liverpool. Uma vez em Nova York...

– Matthew, por favor – sussurrou Tatiana.

– Só estou tentando fazer você se sentir melhor, Tania. Sei que a coisa vai ser um inferno.

Da traseira, Dimitri disse:

– Tania, eu não sabia que você falava inglês.

A princípio, Tatiana não respondeu. Então, pegou um cano de metal que ficava embaixo dos pés do Dr. Sayers que ela sabia que ele levava em caso de problemas. Estendendo o braço, ela bateu o cano com força contra a divisória de metal que a separava de Dimitri, assustando o Dr. Sayers de tal modo que ele quase saiu da estrada.

– Dimitri – disse ela em voz alta –, você tem que ficar quieto e parar de falar. Você é finlandês. Não pronuncie nem mais uma sílaba em russo.

Deixando o cano cair no chão, ela cruzou os braços sobre o estômago.

– Tania...

– Não, doutor.

– Você não comeu nada, não é mesmo? – perguntou o médico com gentileza.

Tania abanou a cabeça.

– Não estou pensando nem um pouco em comida – respondeu ela.

No meio da noite, pararam no acostamento. Dimitri já tinha vestido uniforme finlandês.

– É muito grande – Tatiana ouviu-o dizer ao Dr. Sayers. – Espero que eu não tenha que ficar em pé com ele. Qualquer um pode ver que ele não me serve. O senhor ainda tem morfina? Eu estou...

O Dr. Sayers voltou depois de alguns minutos.

– Se eu der mais morfina a ele, ele morre. Aquele braço vai lhe causar problemas.

– O que aconteceu com ele? – perguntou Tatiana, em inglês.

O Dr. Sayers ficou queto.

– Ele quase foi morto – respondeu ele, por fim. – Ele está com uma fratura exposta muito grave. – E fez uma pausa. – Ele pode perder esse braço. Não sei como ele consegue estar consciente e em pé. Eu achei que ele ia entrar em coma depois de ontem, mas hoje está andando. – Ele abanou a cabeça.

Tatiana não disse nada. *Como é que ele conseguia estar em pé?*, pensou ela. *Como é que o restante de nós – fortes, resolutos, animados, jovens – pôde cair de joelhos, ser destruído pela vida, enquanto ele permanece em pé.*

– Algum dia, Tania – disse Sayers em inglês –, você vai ter que me explicar o... – ele se interrompeu, apontando para a traseira do veículo. – Pois, juro por Deus, eu não entendo nada.

– Não sei se eu conseguiria explicar – sussurrou Tatiana.

A caminho de Lisiy Nos, eles foram parados uma dezena de vezes nos postos de controle para a vistoria de documentos. Sayers apresentou seus documentos e os de sua enfermeira, Jane Barrington. Dimitri, que era um finlandês chamado Tove Hanssen, não tinha documentos, apenas uma identificação de metal com o nome do morto. Ele era um piloto ferido sendo levado de volta a Helsinque para uma troca de prisioneiros. Todas as seis vezes, os guardas abriram a lona, iluminaram o rosto machucado de Dimitri e, então, fizeram sinal para Sayers prosseguir.

– É bom estar protegido pela bandeira da Cruz Vermelha – disse Sayers.

Tatiana concordou com um movimento de cabeça.

O médico parou no acostamento, desligando o motor.

– Você está com frio? – perguntou ele.

– Não estou com frio. – *Não com frio suficiente.* – O senhor quer que eu dirija?

Em Luga, quando ela tinha dezesseis anos, no verão antes de conhecer Alexander, Tatiana fizera amizade com um cabo do exército estacionado no Soviete da vila local. O cabo deixou Tatiana e Pasha dirigirem seu caminhão o verão inteiro. Pasha brigava porque sempre queria estar ao volante, mas o cabo era gentil e deixava que ela também dirigisse. Ela dirigia o caminhão melhor que Pasha, pensava ela, e o cabo lhe disse que ela aprendia rápida.

– Eu sei dirigir.

– Não, está muito escuro e cheio de gelo. – Sayers ficou de olhos fechados por uma hora.

Tatiana ficou sentada quieta, as mãos no casaco. Ela estava tentando se lembrar da última vez em que ela e Alexander tinham feito amor. Foi num domingo de novembro, mas *onde* foi? Ela não conseguia lembrar. O que eles fizeram? Onde eles estavam? Ela olhou para ele? Inga estava do outro lado da porta? Foi no banho, no sofá, no chão. Ela não conseguia lembrar.

O que Alexander lhe dissera na noite anterior? Ele fez uma piada, beijou-a, sorriu, tocou-lhe a mão, disse-lhe que ia até Volkhov para ser promovido. Eles estavam mentindo para *ele*? Ele estava mentindo para *ela*?

Ele tinha tremido. Ela achou que estivesse com frio. O que mais ele disse? *Vejo você logo.* Tão casual. O que mais? *Lembre-se de Orbeli.*

O que era aquilo?

Alexander muitas vezes lhe contava pequenas e fascinantes histórias que ele aprendia no exército: nomes de generais, histórias sobre Hitler ou Rommel, sobre a Inglaterra ou a Itália, sobre Stalingrado, sobre Richthoffen, von Paulus, El Alamein, Montgomery. Não era incomum ele citar uma palavra que ela não conhecia. Mas Orbeli era uma palavra que ela nunca tinha ouvido e, no entanto, lá estava Alexander... pedindo que ela se *lembrasse* dela.

Tatiana sacudiu o Dr. Sayers para acordá-lo.

– Dr. Sayers, o que é Orbeli? – perguntou ela. – Quem é Orbeli?

– Não sei – respondeu o Sayers, sonolento. – Nunca ouvi falar. Por quê?

Ela não disse nada.

Sayers retomou o volante.

Eles chegaram à fronteira silenciosa e sonolenta ente a União Soviética e a Finlândia às seis da manhã.

Alexander dissera a Tatiana que não se tratava exatamente de uma fronteira, mas de uma linha de defesa, o que significava que havia de trinta a sessenta metros entre as tropas soviéticas e finlandesas. Cada um dos lados marcava se território e, então, sentava-se e esperava a guerra.

Para Tatiana, os bosques finlandeses de coníferas e salgueiros se pareciam com os soviéticos pelos quais eles tinham dirigido durante as últimas longas horas da noite. Os faróis de seu jipe iluminaram uma fita estreita de estrada não pavimentada à frente. O nascer do sol demorava a acontecer nos idos de março.

O Dr. Sayers sugeriu que, se todos estivessem dormindo, talvez eles pudessem apenas atravessar e apresentar seus documentos aos finlandeses, em vez de aos soviéticos. Tatiana achou uma excelente ideia. De repente, alguém lhes gritou que parassem. Três sonolentos guardas de fronteira da NKVD aproximaram-se na janela do médico. Sayers mostrou-lhes os documentos. Depois de examinar cuidadosamente os documentos, o soldado da NKVD disse em inglês com forte sotaque a Tatiana:

– Vento gelado, não?

E ela lhe respondeu em inglês perfeito:

– Muito gelado. Dizem que vai nevar.

O soldado concordou com um gesto e, então, os três homens foram dar uma olhada em Dimitri, na parte de trás do veículo. Tatiana esperou.

Silêncio.

A lanterna brilhou.

Silêncio.

Então, Tatiana ouviu:

– Espere. Deixe-me ver o rosto dele outra vez.

A lanterna brilhou.

Tatiana ficou imóvel e ouviu atentamente.

Ela ouviu um dos soldados rir e dizer alguma coisa a Dimitri em finlandês. Tatiana não falava finlandês, e, assim, não podia garantir que *era* finlandês, mas o soldado soviético falou com Dimitri numa língua que ela não entendia e que, obviamente Dimitri tampouco entendera, pois não deu nenhuma resposta.

O guarda soviético repetiu a pergunta em voz mais alta.

Dimitri permaneceu em silêncio. Então, ele disse alguma coisa que soou como finlandês para Tatiana. Depois de um breve e intrigante silêncio dos guardas, um deles disse, em russo:

– Saiam do jipe.

– Oh, não – sussurrou o Dr. Sayers. – Fomos apanhados?

– Quieto – disse Tatiana.

Os soldados repetiram a ordem para Dimitri sair do jipe. Ele não se mexeu.

O Dr. Sayers virou-se e disse, em russo:

– Ele está ferido. Não consegue se levantar.

E o oficial soviético disse:

– Ele vai se levantar se quiser continuar vivo. Fale com o seu paciente na língua que ele falar e lhe diga para se levantar.

– Doutor – sussurrou Tatiana –, tenha muito cuidado. Se ele não conseguir se salvar, vai tentar nos matar.

Os três soldados da NKVD arrancaram Dimitri do jipe e, então, ordenaram a Sayers e Tatiana que saíssem. O médico se aproximou e ficou ao lado de Tatiana, perto da porta aberta. Seu corpo pequeno mal a encobria. Tatiana, sentindo-se fraquejar, tocou o casaco de Sayers, na esperança de adquirir um pouco de força. Ela se sentia prestes a desmaiar. Dimitri estava fora do veículo e em plena vista a alguns metros deles, diminuído pelo uniforme finlandês, um uniforme que devia ter sido de um oficial maior.

Rindo, com os rifles apontados para ele, um dos soldados da NKVD disse em russo:

– Ei, finlandês, nós perguntamos como foi que sua cara ficou desse jeito e por que você está indo para Helsinque. Você quer explicar?

Dimitri não disse nada, mas lançou um olhar suplicante para Tatiana.

O Dr. Sayers disse:

– Nós o pegamos em Leningrado, e ele estava seriamente ferido...

De maneira imperceptível, Tatiana sussurrou para o Dr. Sayers:

– Fique quieto. É problema.

– Ele pode estar seriamente ferido – disse o homem da NKVD –, mas não é seriamente *finlandês*. – O que fez os três soldados rirem.

Um dos homens da NKVD foi até Dimitri.

– Chernenko, você não está me reconhecendo? – perguntou ele, em russo. – Sou eu, Rasskovsky. – Dimitri baixou seu braço bom. – Ponha a mão na cabeça! E fique assim – gritou, rindo, o soldado da NKVD. Tatiana viu que eles não estavam levando Dimitri a sério, com o braço direito na tipoia. *Onde estava a arma de Dimitri?*, pensou ela. Será que ele tinha uma?

Os outros dois soldados mantiveram-se a uma curta distância de Dimitri.

– Você o conhece? – perguntou um deles, baixando o rifle.

Rasskovsky exclamou:

– Claro que eu o conheço! Chernenko, você esqueceu quanto você estava me cobrando pelos cigarros? E como eu tive que pagar porque não podia passar sem cigarro no meio da floresta? – E riu com gosto. – Eu vi você só há quatro semanas. Você já esqueceu?

Dimitri não disse uma palavra.

– Você achou que eu não o reconheceria devido à bela cor do seu rosto? – Rasskovsky parecia estar se divertindo mundo. – Então, querido Chernenko, você pode me explicar o que está fazendo num uniforme finlandês e deitado na traseira de um jipe da Cruz Vermelha? O braço e o rosto eu entendo. Alguém não gostou de seus preços exorbitantes?

Um dos outros dois soldados disse:

– Rasskovsky, você não acha que o nosso fornecedor está tentando fugir, acha? – Todos riram alto. Sob o brilho das lanternas, Dimitri olhou para Tatiana, que sustentou seu olhar só um instante. Então, ela se virou completamente e se aproximou mais do Dr. Sayers, envolvendo o próprio corpo com os braços.

– Estou com frio – ela disse.

– Tatiana! – gritou Dimitri, em russo. – Você quer contar a eles? Ou conto eu?

Rasskovsky virou-se para ela.

– Tatiana? Uma americana chamada Tatiana? – E foi até Sayers. – O que está acontecendo aqui? Por que ele está falando com ela em russo? Deixe-me ver esses documentos outra vez.

O Dr. Sayers mostrou os documentos de Tatiana. Estavam em ordem.

Olhando diretamente para Rasskovsky, Tatiana disse, em inglês:

– Tatiana? Do que ele está falando? Nós não sabemos de nada. Ele disse que era finlandês. Certo, doutor?

– Correto – replicou o Dr. Sayers, afastando-se de Tatiana e do veículo, e colocando a mão amigavelmente nas costas de Rasskovsky: – Ouça, espero que não esteja havendo problemas. Ele chegou ao nosso hospital...

Nesse momento, Dimitri sacou sua arma e atirou em Rasskovsky, que passava na frente de Tatiana. Ela não teve certeza de em quem ele mirou, pois ele estava atirando com o braço esquerdo, mas ela não ia ficar ali para descobrir. Ele podia ter mirado o soldado da NKVD. Podia. Mas errou e acertou o Dr. Sayers. Ou talvez Dimitri não tivesse errado. Ou talvez estivesse atirando nela, em pé entre os dois homens, e errou. Tatiana não quis pensar naquilo.

Rasskovsky correu em direção a Dimitri, que tornou a atirar, desta vez, atingindo o soldado. Mas Dimitri não foi suficientemente rápido ao se virar para atirar contra os dois outros soldados que, como imobilizados no lugar, demoraram a tirar os rifles dos ombros. *Finalmente*, eles abriram fogo contra Dimitri, que foi lançado a vários metros pela força do impacto.

De repente, ouviu-se um fogo de resposta vindo dos bosques. Esse fogo não era lento e metódico, o metrônomo da batalha: cinco cartuchos, abrir o tambor, colocar mais cinco, fechar o tambor. Não, este era o fogo de uma metralhadora barulhenta que rasgou em dois a frente do teto do jipe, destruindo todo o para-brisa. Os dois homens da NKVD desapareceram.

O vidro da porta da cabine acima de sua cabeça se estilhaçou, e Tatiana sentiu alguma coisa dura e aguda cair e se alojar em seu rosto. Ela sentiu gosto de metal líquido, sua língua se mexeu, sentindo algo pontudo dentro da boca. Quando a abriu, o sangue correu. Ela não teve tempo de pensar em nada, arrastando-se para a parte dianteira do jipe.

Tatiana viu Dimitri no chão. O Dr. Sayers no chão. Seguiu-se um interminável bombardeio, um ruído abafado, um constante pipocar contra a carroceria de aço do jipe da Cruz Vermelha. Tatiana se arrastou, agarrou o Dr. Sayers e arrastou o corpo imóvel. Puxando-o para mais perto e cobrindo-o com o próprio corpo, ela pensou ter visto Dimitri ainda se movimentando, ou eram a luzes estroboscópicas do tiroteio? Não, não era ele. Ele estava tentado se arrastar até o jipe. Do lado soviético, voou um morteiro pelos ares e explodiu no bosque. Fogo, fumaça negra, tiros. *Daqui? De lá?* Ela não conseguia dizer. Não aqui, nem aqui nem lá. Só havia Dimitri avançando em direção a Tatiana. Ela o viu à luz despropositada dos faróis, procurando-a, descobrindo, e nos poucos segundos sem tiros, ela o ouviu gritar por ela:

– Tatiana... Tatiana... por favor... – Ele tinha uma mão estendida.

Tatiana fechou os olhos. *Ele não vai chegar perto de mim.*

Ela ouviu um ruído sibilante, um clarão e, então, uma carga que explodiu tão perto que a onda empurrou sua cabeça para dentro do chassi do jipe, e ela perdeu a consciência.

Quando voltou a si, Tatiana decidiu não abrir os olhos. Ela não conseguia ouvir muito bem, tendo voltado de um desmaio de morte, mas se sentiu quente, como se estivesse numa banheira quente da casa de banhos de Lazarevo, onde ela jogava água quente nas pedras, e as pedras chiavam para liberar vapor. O Dr. Sayers estava quieto, parcialmente debaixo de seu corpo. Não havia nenhum lugar para ir. Sua língua tornou a sentir o objeto pontudo na boca. Ela sentiu gosto de sal metálico.

Sayers parecia pegajoso. *Perda de sangue.* Tatiana abriu os olhos, tateando-lhe o corpo. Uma pequena chama atrás do jipe iluminou o rosto pálido do médico. Onde ele fora atingido? Com os dedos, ela tateou debaixo do casaco dele e descobriu o buraco da bala em seu ombro. Não achou o buraco de saída do projétil, mas pressionou a mão enluvada em seu braço para tentar estancar o sangue. Então, tornou a fechar os olhos. Houve um clarão atrás dela, mas não era mais dos tiros.

Quanto durou aquilo? Dois minutos? Três?

Ela se sentiu começando a mergulhar num abismo escuro. Não só não conseguia abrir os olhos, como não queria abri-los.

Quanto tempo até sua vida se esgotar? Quanto tempo o Dr. Sayers vai dormir, quanto tempo Dimitri vai ficar sozinho em meio às luzes? Quanto tempo para Tatiana? Quanto tempo mais para ela?

Quanto tempo Alexander demorou para resgatar o Dr. Sayers e ser atingido? Tatiana tinha observado tudo do jipe da Cruz Vermelha, posicionado atrás das árvores na clareira que levava à encosta do rio, a encosta que Alexander percorreu em socorro de Anatoly Marazov. Tatiana tinha observado tudo.

Nos dois minutos em que ficou observando Alexander correr para Marazov, gritar para o Dr. Sayers, correr para o Dr. Sayers, puxá-lo para fora e, então, arrastar três homens até o caminhão tinham sido os dois minutos mais longos da vida de Tatiana.

Ele estivera tão próximo da salvação. Ela observou a bomba do avião alemão cair no gelo e explodir. Observou Alexander voar de cabeça para dentro do caminhão blindado. Quando Alexander desceu, Tatiana agarrou uma caixa cheia de recipientes cilíndricos de plasma e sua bolsa de enfermeira, saltou da traseira do jipe da Cruz Vermelha e correu em direção à margem do rio e foi agarrada perto do gelo por um cabo que a fez se abaixar e gritou:

– Quem é você, sua louca?

Sou enfermeira – disse ela. – *Tenho que socorrer o doutor.*

Sim, você é uma enfermeira morta. Fique abaixada.

Ela ficou abaixada por exatos dois segundos. Ela viu o Dr. Sayers se escondendo atrás do caminhão blindado que o protegia e a Alexander do fogo direto. Ela o viu pedindo socorro. Ela viu que Alexander não se levantava. Tatiana saltou e correu pelo gelo antes que o cabo pudesse emitir um único som. A princípio, ela correu e, então, ficou assustada devido ao barulho das bombas da artilharia e caiu de bruços, arrastando-se durante o restante do trajeto. Alexander estava imóvel. Sua camuflagem branca, em frangalhos, mostrava uma grande mancha vermelha do lado direito das costas, cercada por cinza negra. Tatiana se arrastou de joelhos até ele e empurrou o capacete para fora de sua cabeça ensanguentada.

Um único olhar para o rosto de Alexander revelou a Tatiana que ele estava prestes a morrer. Sua cor era cinzenta. O gelo debaixo dele estava escorregadio devido ao seu sangue. Ela estava ajoelhada nele. Tatiana disse:
— Choque hipovolêmico. Precisa de plasma.
O Dr. Sayers concordou instantaneamente. Enquanto ele procurava um instrumento cirúrgico para abrir a manga de Alexander, Tatiana tirou o chapéu e o pressionou fortemente contra o flanco de Alexander para deter a hemorragia. Procurado em sua bota direita, ela puxou sua faca do exército e a jogou para o Dr. Sayers, dizendo:
— Aqui, use isto.
Ele nem pensou em respirar uma única vez. Sayers cortou o casaco e o uniforme de Alexander para expor o braço esquerdo, encontrou uma veia e colocou uma seringa, um tubo e um gotejador de plasma nele. Quando saiu para conseguir uma maca e ajuda, Tatiana, desta vez sentando-se sobre o ferimento de Alexander, cortou a outra manga do uniforme, pegou outro frasco de plasma, outra seringa, outro cateter e o prendeu numa veia do braço direito. Ajustou a seringa de modo que ela gotejasse o fluído no corpo de Alexander a sessenta e nove gotas por minuto, o máximo possível. Ela se sentou nas costas dele, fazendo o máximo de pressão possível, seu chapéu e seu casaco saturados do sangue dele, à espera da maca. Ela murmurava:
— Vamos, soldado, vamos.
Quando o médico voltou, seu frasco de plasma estava vazio e Tatiana havia usado mais um. Tirando o casaco manchado, Tatiana o estendeu sobre a maca, e, quando nela puseram Alexander, ela o colocou bem apertado em torno de seu ferimento. Ele estava incrivelmente pesado para ser levantado, pois suas roupas estavam encharcadas. O Dr. Sayers perguntou como eles iam carregá-lo, e ela respondeu que eles simplesmente iam levantá-lo no três e carrega-lo. E ele perguntou, incrédulo, se ela ia carregá-lo. E ela respondeu, sem pestanejar:
— Sim, eu vou carregá-lo, AGORA.
E, em seguida, Tatiana brigou com os médicos soviéticos, com as enfermeiras soviéticas e até com o Dr. Sayers, que tinha dado uma olhada no sangue perdido por Alexander e no buraco e seu flanco, e dito:
— Esqueçam. Não podemos fazer nada por ele. Coloquem-no na enfermaria dos terminais. Deem-lhe um grama de morfina, mas não mais que isso.

Tatiana prendeu, ela mesma, um cateter na veia de Alexander e lhe aplicou morfina e plasma. E quando não havia mais, ela deu seu sangue a Alexander. E quando isso não foi suficiente, e parecia que nada seria suficiente, ela tirou sangue das artérias e aplicou-lhe nas veias.

Gota a gota.

E, quando se sentava ao lado dele, ela murmurava:

– Tudo o que eu quero é que meu espírito seja forte para suportar a sua dor. Estou sentada aqui com você, despejando meu amor em você, gota a gota, na esperança de que você me ouça, na esperança de que erga a cabeça para mim e torne a sorrir. Shura, você está me ouvindo? Pode me sentir sentada ao seu lado, dizendo-lhe que você ainda está vivo? Consegue sentir minha pão sobre seu coração palpitante, minha mão fazendo você saber que eu acredito em você, que acredito em sua vida eterna, acredito que você vai viver, passar por isto e criar asas para voar para longe da morte, e quando tornar a abrir os olhos, eu estarei aqui. Eu vou estar sempre aqui, acreditando em você, tendo esperança por você, amando você. Eu estou bem aqui. Sinta-me, Alexander. Sinta-me e viva.

E ele viveu.

Agora que Tatiana estava debaixo do jipe da Cruz Vermelha perto da aurora fria de março, ela pensou: *Eu o salvei para que ele morresse no gelo sem meus braços para abraçá-lo, para abraçar seu corpo jovem, bonito, agredido pela guerra, o corpo que me amou com todas as suas forças? Alexander tombou sozinho?*

Ela preferia tê-lo enterrado, como enterrara a irmã, a passar por tudo isto. Preferia ter sabido que lhe havia dado paz a viver para passar por outro momento como este.

Tatiana não conseguia suportar outro momento viva. Nem mais um momento. Em mais um instante, não sobraria nada dela.

Ela ouviu um gemido fraco do Dr. Sayers. Tatiana piscou, piscou para afastar Alexander da mente, abriu os olhos e se virou para Sayers.

– Doutor? – Mas ele estava semiconsciente.

A floresta estava quieta. A aurora era de um azul de aço. Tatiana se desvencilhou dele e se arrastou debaixo do jipe. Esfregando o rosto, ela viu que ele estava coberto de sangue. Seus dedos tocaram um pedaço de vidro preso em sua bochecha. Tentou puxá-lo, mas doía demais. Agarrando-o por uma das extremidades, Tatiana o arrancou, dando um grito.

Não doeu o suficiente.

Ela continuou a gritar, com seus gritos eviscerados ecoando de volta para ela através dos bosques vazios. Agarrou as pernas com as mãos, segurando também o estômago, o peito. Então, Tatiana ajoelhou-se na neve e gritou enquanto o sangue lhe escoria pelo rosto.

Ela ficou deitada no chão, pressionando a face que sangrava contra a neve. Não estava fria o suficiente. Não conseguiu amortecer sua dor.

Não havia mais uma coisa pontuda em sua boca, mas a língua estava dilacerada e inchada. Levantando-se, Tatiana sentou-se na neve, olhando ao redor. Estava tudo muito quieto. As bétulas desoladas e despojadas contrastavam sombriamente com o chão branco. Mais nenhum som, nenhum eco, nem mesmo dela, nenhum galho cinzento fora do lugar. Lá no pântano, perto do golfo da Finlândia.

Mas coisas *estavam* fora do lugar. O veículo da Cruz Vermelha estava destruído. Um dos homens da NKVD, em seu uniforme azul-marinho, estava à sua direita. Dimitri estava no chão, a um metro do jipe. Seus olhos ainda estavam abertos, a mão estendida na direção de Tatiana, como se, por um milagre providencial, ele esperasse ser liberado de sua própria eternidade. Tatiana olhou por um instante para o rosto congelado de Dimitri. Como Alexander gostaria da história de Dimitri sendo reconhecido pela NKVD. Ela desviou o olhar.

Alexander tinha razão: este *era* um bom local para atravessar a fronteira. Era pouco vigiado e mal defendido. As tropas da NKVD só tinham armas leves. Carregavam rifles, e, pelo que ela pôde ver, só tinham um morteiro, mas um não foi suficiente para mantê-los vivos: os finlandeses tinham bombas maiores. Do lado finlandês da fronteira, as coisas também estavam quietas. Apesar do tamanho de suas bombas, eles também estariam todos mortos? Olhando através das árvores, Tatiana não viu nenhum movimento. Ela ainda estava do lado russo. O que fazer? Os novos reforços da NKVD, sem dúvida, logo estariam aqui, e ela seria interrogada novamente. O que fazer?

Tatiana pôs a mão sobre o estômago por baixo do casaco. Suas mãos estavam congelando.

Ela se arrastou por baixo do jipe da Cruz Vermelha.

– Dr. Sayers – sussurrou ela, pondo as mãos no pescoço do médico. – Matthew, o senhor está me ouvindo? – Ele não deu resposta. Seu estado era crítico: o pulso estava por volta de quarenta, e a pressão sanguínea parecia fraca em sua carótida. Tatiana deitou-se ao lado do médico e do bolso de seu casaco tirou seu passaporte americano e os documentos da Cruz Vermelha. Eles afirmavam claramente, em inglês, que Matthew Sayers e Jane Barrington dirigiam-se a Helsinque.

O que ela devia fazer agora? Devia ir? Ir para *onde*? E ir *como*?

Entrando na cabine, ela deu partida no veículo. Nada. Era inútil. Tatiana pôde ver que o quanto o tiroteio havia danificado a frente do veículo. Ela olhou através do bosque para o lado finlandês. Alguém estava se movendo? Não. Ela viu formas humanas na neve e, atrás delas, um jipe do exército finlandês, um pouco maior que o da Cruz Vermelha. Esta era a única diferença entre eles: o jipe finlandês não parecia destruído.

Tatiana saltou da cabine e disse para o Dr. Sayers:

– Eu volto logo. – Ele não respondeu.

– Tudo bem, então – disse ela, enquanto atravessava a fronteira soviético-finlandesa. Era a mesma coisa, pensou ela, estar na Finlândia ou estar na União Soviética. Tatiana caminhou cuidadosamente entre meia dúzia de finlandeses mortos. No jipe estava sentado outro homem, morto atrás do volante, o corpo inclinado para frente. Para entrar, ela teve de empurrá-lo.

Para entrar, ela o *puxou* para fora, e ele caiu com um baque surdo na neve pisoteada. Subindo no jipe, Tatiana procurou a chave, ainda na ignição. O jipe havia enguiçado. Ela colocou o câmbio em ponto morto e tentou ligá-lo outra vez. Nada. Tentou mais uma vez. Nada. Ela verificou a entrada da gasolina. O tanque estava cheio. Saltando da cabine, ela foi para a traseira do veículo e entrou debaixo dele para ver se o tanque estava perfurado. Não, estava intacto. Tatiana foi até a frente do veículo e abriu o capô. Por um minuto ela olhou, sem conseguir distinguir, mas então alguma coisa lhe ocorreu. Era um motor a diesel. Como é que ela sabia disso? Kirov.

A palavra *Kirov* fez um arrepio percorrer seu corpo, ela lutou contra o impulso de tornar a se deitar na neve. Este era um motor a diesel, e ela fazia motores a diesel para tanques na fábrica de Kirov. *Hoje eu fiz um tanque inteiro, Alexander!* O que ela se lembrava deles?

Nada. Entre os motores a diesel e os bosques da Finlândia tanta coisa havia acontecido que ela mal se lembrava do número do bonde que a levava para casa.

Um.

Era o bonde de número 1. Eles o tomavam para percorrer parte do trajeto de volta, para que pudessem caminhar o restante pelo Canal Obvodnoy. Caminhar, conversar sobre a guerra e a América, os braços entrelaçados. Motor a diesel.

Ela estava com frio. Puxou o chapéu sobre as orelhas.

Frio. Motores a diesel tinham problema de partida no frio. Ela checou para ver quantos cilindros aquele tinha. Tinha seis. Seis pistons, seis câmaras de combustível. As câmaras de combustão estavam frias demais: o ar não conseguia ficar suficientemente quente para fazer o combustível entrar em ignição. Onde ficava aquela pequena vela que Tatiana parafusava no lado da câmara de combustão.

Tatiana encontrou todas as seis velas. Ela precisava aquecê-las um pouco para que o ar pudesse ficar suficientemente quente durante a compressão. Caso contrário, o motor continuaria a puxar ar abaixo de zero para os cilindros, e esperar que ele se aquecesse até 540° C no movimento dos pistons.

Tatiana olhou ao redor. Cinco soldados mortos estavam por ali. Ela enfiou a mão no pequeno bolso de suas mochilas e encontrou um isqueiro. Alexander também sempre carregava o isqueiro no bolsinho de sua mochila. Ela o usava para acender cigarros para ele. Acendendo o isqueiro, ela manteve a pequena chama junto à primeira vela por alguns segundos. Então, passou para a segunda. Para a terceira. Quando passou pelas seis, a primeira estava tão fria quanto quando ela começara. Tatiana já tentara demais. Cerrando os dentes e gemendo, ela quebrou um galho baixo de bétula e tentou acendê-lo. O galho estava muito úmido de neve. Não pegou fogo.

Ela olhou em volta em total desespero. Ela sabia exatamente o que estava procurando. Encontrou-o atrás do jipe, num pequeno estojo no corpo de um dos finlandeses. Ele estava usando um lança-chamas. Tatiana tirou o lança-chamas do finlandês morto, o queixo erguido e o rosto sujo, e o colocou nas costas como a mochila de Alexander. Segurando a mangueira propulsora firmemente na mão esquerda, ela puxou o *plug* da ignição do tanque, acendeu a chama e pressionou-a contra a ignição.

Meio segundo se passou e tudo continuou quieto. Então, uma chama branca de nitrato escapou da mangueira, com o impulso quase atirando Tatiana sobre a neve. Quase. Ela permaneceu de pé.

Ela foi até o capô aberto do jipe e apontou a chama para o motor por alguns momentos. Então, mais alguns momentos. Ela deve ter ficado ali uns trinta segundos, ela não saberia dizer. Por fim, com a mão direita ela puxou a alavanca da ignição para baixo e o fogo foi disparado. Tirando o lança-chamas das costas, Tatiana subiu no jipe, girou a chave, e o motor voltou à vida. Ela deu a partida no jipe em ponto morto, apertou o pedal, pôs o câmbio em primeira e pisou no acelerador. O jipe começou a avançar. Ela avançou lentamente através da linha de defesa para pegar o Dr. Sayers.

Colocar Sayers dentro do jipe finlandês exigiu mais do que ela podia. Mas não muito mais.

Depois que o instalou, os olhos de Tatiana pousaram sobre bandeira da Cruz Vermelha no jipe de Sayers.

Ela encontrou a faca do exército de Dimitri em sua bota. Passando por cima do jipe, Tatiana cortou cuidadosamente o emblema da Cruz Vermelha. Ela não tinha ideia de como o ia prendê-lo na lona do jipe finlandês. Ela ouviu o Dr. Sayers gemer na traseira e, então, lembrou-se do kit de primeiros socorros. Com total determinação, pegou o kit e um frasco de plasma. Cortando o casaco e a camisa do médico, ela colocou o frasco de plasma em sua veia e, enquanto o plasma escorria, ela examinou seu ferimento inflamado, que estava vermelho e sujo na entrada da bala. O médico estava quente e delirava. Ela limpou o ferimento com um pouco de iodo diluído e cobriu-o com gaze. Então, com satisfação, jogou iodo em seu rosto e se sentou, pressionando uma bandagem contra ele por alguns minutos. Parecia que o vidro ainda estava em sua pele. Ela gostaria de ter iodo *não diluído* e ficou imaginando se o corte precisava de pontos. Ela achou que sim.

Pontos.

Tatiana lembrou-se da agulha de sutura no kit de primeiros socorros. Seus olhos brilharam. Ela pegou agulha e fio, desceu e, ficando na ponta dos pé, costurou cuidadosamente o emblema da Cruz Vermelha na lona marrom do jipe finlandês. A linha fina quebrou várias vezes. Não importava. Só precisava aguentar até Helsinque.

Depois que terminou, Tatiana foi para o volante, virou-se para trás e virou-se pela pequena janela para o Dr. Sayers:

– Pronto?

E levou o jipe para fora da União Soviética, deixando Dimitri morto no chão.

Tatiana dirigiu pelo caminho pantanoso e ladeado de árvores com cuidado e incerteza, com as duas mãos segurando o grande volante e os pés mal alcançando os três pedais. Encontrar a estrada que serpenteava pelo golfo da Finlândia de Lisiy Nos para Vyborg foi fácil. Só havia uma estrada. Tudo o que ela tinha de fazer era seguir para o oeste. E o oeste pôde ser localizado pela lúgubre trajetória do sol de março.

Em Vyborg, ela mostrou suas credenciais da Cruz Vermelha para um sentinela, pedindo combustível e indicações para chegar a Helsinque. Ela achou que o soldado lhe perguntou sobre seu rosto, apontando para ele, mas como ela não falava finlandês, não respondeu e continuou, desta vez por uma ampla estrada *pavimentada*, parando em oito postos de controle para mostrar seus documentos e os do médico ferido. Ela dirigiu durante quatro horas até alcançar Helsinque, Finlândia, no fim da tarde.

A primeira coisa que ela viu foi a igreja de São Nicolau iluminada, sobre uma colina dominando o porto. Ela parou para pedir informações para chegar ao *Helsingin Yliopistollinen Keskussairaala*, o Hospital da Universidade de Helsinki. Ela sabia como dizer isso em finlandês, só não conseguiu entender as indicações naquela língua. Depois de parar cinco vezes para pedir informação, finalmente alguém respondeu em inglês suficiente para lhe dizer que o hospital ficava atrás da igreja iluminada. Ela conseguiu achá-lo.

O Dr. Sayers era muito conhecido e amado no hospital, onde trabalhava desde a guerra de 1940. As enfermeiras trouxeram-lhe uma maca e fizeram a Tatiana todos os tipos de pergunta que ela não entendeu. A maioria delas em inglês, algumas em finlandês, nenhuma em russo.

No hospital, ela conheceu outro médico americano da Cruz Vermelha, Sam Leavitt, que deu uma olhada no corte em seu rosto e disse que ela precisava de pontos. Ofereceu-lhe um anestésico local. Tatiana recusou.

– Pode suturar, doutor – disse ela.

– Você vai precisar de uns dez pontos – disse o médico.

– Só dez?

Ele suturou seu rosto e ela ficou sentada, muda e imóvel numa cama do hospital. Depois, ele lhe deu antibiótico, analgésico e comida. Ela aceitou o antibiótico. E não comeu a comida, mostrando a língua inchada e ensanguentada e Leavitt.

– Amanhã – ela sussurrou. – Amanhã vai estar melhor. Amanhã eu como.

As enfermeiras lhe trouxeram um uniforme novo, limpo e grande demais, que lhe escondia o ventre, bem como meias quentes e uma segunda pele de flanela, e até se ofereceram para lavar suas roupas velhas e sujas. Tatiana lhes entregou o uniforme e o casaco de lã, mas conservou a braçadeira da Cruz Vermelha.

Mais tarde, Tatiana deitou-se no chão ao lado da cama do Dr. Sayers. A enfermeira da noite chegou e lhe pediu que dormisse em outro quarto, levantando-a e ajudando-a a ir até lá. Tatiana se deixou levar, mas assim que a enfermeira desceu para o seu posto, Tatiana voltou para o Dr. Sayers.

De manhã, ele estava pior, e ela melhor. Ela recebeu de volta seu velho uniforme, remendado e branco, conseguindo comer um pouco. Ela ficou o dia inteiro com o Dr. Sayers, olhando pela janela para um trecho do golfo da Finlândia, coberto de gelo, que podia ser visto depois dos prédios de pedra e árvores desnudas. O Dr. Leavitt chegou no fim da tarde para olhar o rosto dela e perguntar-lhe se ela não gostaria de se deitar. Ela recusou.

– Por que você está sentada aqui? Por que não vai descansar um pouco?

Virando a cabeça para Matthew Sayers, Tatiana não respondeu, pensando: *Porque é isso que eu faço – antes e agora. Fico sentada junto aos moribundos.*

À noite, Sayers ficou pior. Tinha febre alta, de cerca de 42° C, e estava com a pele seca e suada. Os antibióticos não estavam funcionando. Tatiana não entendia o que estava acontecendo com ele. Tudo que ela queria é que ele recobrasse a consciência. Ela adormeceu na cadeira ao lado da cama dele, a cabeça perto dele.

Ela acordou no meio da noite, sentindo subitamente que o Dr. Sayers não ia conseguir sobreviver. Sua respiração – que agora era muito familiar para ela – eram os últimos ruídos roucos de um moribundo. Tatiana pegou-lhe a mão e a segurou. Ela colocou a mão na cabeça dele e, com sua língua ferida, sussurrou-lhe em russo e em inglês sobre a América e sobre todas as coisas que ele veria quando melhorasse. Ele abriu os olhos e disse, com voz fraca, que estava com frio. Ela lhe trouxe outro cobertor. Ele apertou a mão dela.

– Sinto muito, Tania – sussurrou ele, rapidamente e respirando pela boca.

– Não, *eu* é que sinto muito – disse ela, de modo quase inaudível. Então, em tom mais alto: – Dr. Sayers, Matthew... – Ela tentou evitar que a voz lhe falhasse. – Eu lhe imploro, por favor, diga-me o que aconteceu ao meu marido. Dimitri o traiu? Ele foi preso? Nós estamos em Helsique. Fora da União Soviética. Eu não vou voltar. Eu quero tão pouco para mim – disse ela, inclinando a cabeça sobre o braço dele. – Eu só quero um pouco de consolo – sussurrou ela.

– Vá para a... América, Tania – disse ele, num fio de voz. – *Esse* será o consolo dele.

– Console-me com a *verdade*. O senhor realmente o viu no lago?

O médico olhou para ela por um longo momento com uma expressão que pareceu a Tatiana compreensão e descrença, e então ele fechou os olhos. Tatiana sentiu a mão dele tremer na dela, ouviu sua respiração ofegante. Logo ela parou.

Tatiana não a soltou até amanhecer.

* * *

Uma enfermeira entrou e levou Tatiana delicadamente para fora e, no corredor, pôs os braços em torno dela e disse em inglês:

– Querida, você pode fazer o seu melhor pelas pessoas, mas mesmo assim elas morrem. Estamos em guerra. Você sabe que não pode salvar todo mundo.

Sam Leavitt se aproximou de Tatiana no corredor a caminho de suas visitas, perguntando-lhe o que ela pretendia fazer. Tatiana disse que precisava voltar para os Estados Unidos. Leavitt olhou para ela e disse:

– *Voltar* para os Estados Unidos? – E, inclinando-se para ela, continuou: – Ouça, não sei onde Matthew a descobriu, seu inglês é muito bom, mas não *tão* bom. Você é *realmente* americana?

Empalidecendo, Tatiana balançou a cabeça.

– Onde está o seu passaporte? Você não pode voltar sem passaporte.

Ela ficou olhando para ele, sem nada dizer.

– Além disso, agora é perigoso demais. Os alemães estão bombardeando o Báltico sem piedade.

– Sim.

– Os navios estão afundando a toda hora.

– Sim.

– Por que você não fica aqui trabalhando até abril, até o gelo começar a derreter? Seu rosto precisa sarar. Os pontos precisam cair. E nós podíamos usar outro par de braços. Fique em Helsinque.

Tatiana balançou a cabeça.

– Você vai ter que ficar aqui, de qualquer modo, até lhe conseguirmos um novo passaporte. Você quer que eu a leve à Praça do Senado mais tarde? Vou levá-la ao consulado americano. Vai demorar pelo menos um mês para lhe conseguir novos documentos. Por essa época, o gelo já terá derretido. Está difícil chegar aos Estados Unidos atualmente.

Tatiana sabia que o Departamento de Estado Americano, procurando uma Jane Barrington, acabaria por descobrir que *ela* não era Jane Barrington. Alexander lhe disse que eles não podiam ficar um segundo em Helsinque, pois a NKVD tinha um braço longo. Alexander disse que eles teriam de chegar a Estocolmo. Balançando a cabeça, Tatiana afastou-se do médico.

Ela saiu do hospital, carregando sua mochila, sua bolsa de enfermeira e seus documentos de *Jane Barrington*. Caminhou até o porto semicircular do sul de Helsinque e se sentou num banco, observando os vendedores da praça do Mercado carregarem suas carroças e suas mesas, varrendo o chão da praça.

A calma tornou a reinar.

As gaivotas guinchavam acima das cabeças das pessoas.

Tatiana, sentada no banco, esperou horas intermináveis até a noite cair e, então, levantou-se, caminhou por uma rua estreita que levava à iluminada igreja de São Nicolau. Ela mal olhou para a igreja.

No escuro, ficou caminhando para um lado e para outro do porto, até que viu caminhões com a bandeira azul e branca da Suécia, carregando pequenas quantidades de toras de madeira do chão. Havia muita atividade no porto. Tatiana pôde ver que a noite era a hora em que os suprimentos cruzavam o Báltico. Ela soube que os caminhões não viajavam de dia, quanto era mais fácil localizá-los. Embora os alemães normalmente não bombardeassem navios de carga neutros, às vezes o faziam. A Suécia tinha finalmente começado a enviar todos os seus carregamentos com comboios protetores. Alexander lhe contara isso.

Tatiana soube que os caminhões se destinavam a Estocolmo porque ouviu um dos homens dizer a palavra *Stokgolm*, que soou como "Estocolmo" em russo.

Ela ficou na beira do porto observando a madeira ser carregada na carroceria de um caminhão aberto. Ela estava com medo? Não. Não estava mais. Ela se aproximou do motorista do caminhão, mostrou-se sua braçadeira da Cruz Vermelha e disse, em inglês, que era enfermeira e estava tentando chegar a Estocolmo, e se ele poderia fazer-lhe a gentileza de levá-la ao outro lado do golfo de Bótnia com ele por cem dólares americanos. Ele não entendeu uma palavra do que ela disse. Ela lhe mostrou a nota de cem dólares e disse: "*Stokgolm?*". Ele pegou o dinheiro da mão dela todo satisfeito e deixou que ela entrasse em seu caminhão.

Ele não falava nem inglês nem russo, assim, eles mal conversaram, o que era conveniente para Tatiana. Durante o caminho, em meio à escuridão iluminada apenas pelos faróis dos comboios e pelo brilho das luzes do norte acima de sua cabeça, ela lembrou que *na primeira vez que beijou Alexander, quando eles estavam nos bosques de Luga, ela estava realmente com medo de que ele percebesse imediatamente que ela nunca tinha sido beijada, e ela pensou:* Se ele me perguntar, eu vou mentir, pois não quero que ele pense que sou tão inexperiente. *Ela pensou assim durante um ou dois segundos e, então, não pensou em mais nada, pois os lábios dele eram abundantemente apaixonados por ela, pois em sua fome de beijos, ela acabou por esquecer sua inexperiência.*

Pensar na primeira vez em que eles se beijaram ocupou boa parte da viagem. Então, Tatiana adormeceu.

Ela não soube quanto tempo demorou a travessia. Nas últimas horas eles dirigiram sobre o gelo através das pequenas ilhas que precediam Estocolmo.

– *Tack* – disse ela ao motorista quando eles pararam no porto.

– *Tack sa mycket* – Alexander lhe ensinara isso, como dizer obrigado em sueco.

Tatiana andou pelo gelo, tomando cuidado para não cair, galgou alguns degraus de granito e saiu na avenida beira-mar calçada com pedregulhos. Estou em Estocolmo, pensou ela. Estou quase livre. Lentamente, ela vagou por ruas meio vazias. Era de manhã, cedo demais para que as lojas abrissem. Que dia era? Ela não sabia. Perto das docas industriais, Tatiana encontrou uma pequena padaria aberta, mas em suas prateleiras só havia *pão branco*. Ela mostrou seu dinheiro americano à mulher. A dona do local balançou a cabeça e disse alguma coisa em sueco.

– *Bank* – disse ela. – *Pengar, dollars.*

Tatiana virou-se para sair. A mulher a chamou, mas com uma voz estridente, e Tatiana, com medo de que a mulher suspeitasse que ela fosse clandestina na Suécia, não se voltou. Ela já estava na rua quando a mulher a deteve, dando-lhe uma fatia de pão branco e crocante, cujo aroma Tatiana nunca tinha sentido, e um copo de papel com café preto.

– *Tack* – disse Tatina. – *Tack as mycket.*

– *Varsagod* – disse a mulher, balançando a cabeça diante do dinheiro que Tatiana estava lhe oferecendo.

Tatiana sentou-se no banco das docas com vista para a abertura do mar Báltico e o golfo de Bótnia e comeu todo a fatia de pão e tomou o café. Ela olhou sem piscar para a aurora azul diante dela. Em algum lugar a leste do gelo ficava a sitiada Leningrado. E em algum lugar do leste dela ficava Lazarevo. E entre elas estavam a Segunda Guerra Mundial e o Camarada Stálin.

Depois de comer, ela caminhou pelas ruas até encontrar um banco aberto, onde trocou parte de seu dinheiro americano. Armada com algumas coroas, Tatiana comprou mais pão branco e, então, achou um lugar que vendia queijo – na verdade todos os tipos de queijo –, mas, o que foi ainda melhor, encontrou um café perto do porto que *lhe* serviu café da manhã, não apenas mingau de aveia, não apenas ovos e não apenas café, mas *bacon*! Ela pediu três porções de *bacon* e decidiu que, a partir dali, era *só* isso que ela ia comer no café da manhã.

O dia ainda era longo. Tatiana não sabia aonde ir para dormir. Alexander lhe dissera que em Estocolmo haveria hotéis que alugam quarto sem pedir passaporte. Como na Polônia. Na época, ela achou que isso era impossível. Mas Alexander, é claro, tinha razão.

Tatiana não só conseguiu um quarto de hotel, um quarto quente, com cama com vista para o porto, mas também com banheiro próprio, com um chuveiro com água abundante. Ela deve ter ficado uma hora embaixo da água quente.

E, então, dormiu por vinte e quatro horas.

Tatiana levou dois meses para sair de Estocolmo. Setenta e dois dias sentadas no banco do porto olhando para o leste, para além do golfo, para além da Finlândia, para a União Soviética, enquanto as gaivotas guinchavam acima de sua cabeça.

Setenta e seis dias de...

Ela e Alexander tinham planejado ficar em Estocolmo durante a primavera, enquanto aguardassem que os documentos deles chegassem ao Departamento de Estado Americano. Eles celebrariam o vigésimo-quarto aniversário dele em Estocolmo no dia 29 de maio.

A austera Estocolmo era suavizada pela primavera. Tatiana comprou tulipas amarelas e comeu fruta fresca diretamente dos vendedores do mercado, e também comeu carne: presunto defumado, carne de porco e linguiças. E tomou sorvete. Seu rosto sarou. Sua barriga cresceu. E pensou em ficar em Estocolmo, em achar um hospital para trabalhar, em ter seu bebê na Suécia. Ela gostava de tulipas e de chuveiro quente.

Mas as gaivotas choravam acima de sua cabeça.

Tatiana nunca foi à igreja de Riddarholm, o Templo da Fama da Suécia.

Por fim, ela pegou um trem para Göteborg, onde conseguiu lugar facilmente em um cargueiro sueco com destino a Harwich, Inglaterra, carregando papel. Como durante sua passagem da Finlândia para a Suécia, ela e seu navio foram cercados por alguns incidentes envolvendo bombardeios e afundamentos no mar do Norte. A Suécia neutra não tinha esses problemas, e tampouco os teve Tatiana.

Esteve tudo quieto durante sua travessia do mar do Norte e na chegada a Harwich. Para chegar a Liverpool, Tatiana pegou um trem que possuía assentos *muito* confortáveis. Por curiosidade, comprou um bilhete de primeira classe. Os travesseiros eram brancos. *Este seria um bom trem para viajar para Lazarevo depois de enterrar Dasha*, pensou Tatiana.

Ela passou duas semanas na Liverpool industrial e úmida, até encontrar uma companhia de navegação chamada *White Star* que viajava uma vez por mês para Nova York, mas ela precisava de um visto para embarcar. Ela comprou uma passagem de segunda classe e se apresentou na prancha de embarque. Quando um jovem aspirante pediu-lhe os documentos, Tatiana mostrou-lhe seu documento de viagem da Cruz Vermelha, emitido na União Soviética. Ele disse que aquilo não valia, que ela precisava de um visto. Tatiana respondeu que não tinha. Ele disse que ela precisava de um passaporte. Ela disse que não tinha.

— Então, querida, você não entra neste navio — disse ele rindo.

— Não tenho visto, não tenho passaporte, mas o que *tenho* são quinhentos dólares que eu lhe darei se você me deixar embarcar — retrucou Tatiana, tossindo. Ela sabia que quinhentos dólares era um ano de salário para o marinheiro.

O aspirante instantaneamente pegou o dinheiro e a levou a uma pequena cabine abaixo no nível do mar, onde Tatiana subiu para o beliche de cima. Alexander lhe contara que ele dormiu no beliche de cima na guarnição de Leningrado. Ela não estava se sentindo bem. Estava usando o maior de seus dois uniformes brancos, o que ela havia recebido em Helsinque. O original há muito deixara de servir, e mesmo este já não abotoava bem na altura da barriga.

Em Estocolmo, Tatiana havia encontrado um lugar para lavar seus uniformes chamado *tvatteri*, onde havia coisas chamadas *tvatt maskins* e *tork tumlares* em que ela punha dinheiro e, trinta minutos depois, as roupas saíam limpas, e, trinta minutos depois, secas, sem precisar ficar na água fria, sem tábuas de lavar, sem sabão. Ela não teve de fazer nada, além de sentar e observar a máquina. Enquanto fazia isso, ela se lembrou da *última vez em que fizera amor com Alexander. Ele ia partir às seis da tarde, e eles acabaram de fazer amor às cinco e cinquenta e cinco. Ele só teve tempo de pôr as roupas, beijá-la e sair correndo. Quando eles fizeram amor, ele ficou em cima dela. Ela observou o rosto dele o tempo todo, segurando seu pescoço. Gritando e pedindo para não terminar, pois, quando isso acontecesse, ele teria de partir. Amor. Como eles diziam isso em sueco?*

Kärlek.

Jag älskar dig, Alexander.

Enquanto suas meias e o uniforme da Cruz Vermelha giravam na *tork tumlare*, Tatiana sentiu-se tão gratificada por aquela última vez em que ela e Alexander tinham feito amor que ela viu o rosto dele.

A viagem até New York levou dez dias de náusea e barulho. Quando ela chegou ao seu destino, era fins de junho. Tatiana havia feito dezenove anos a bordo do *White Star* no meio do Oceano Atlântico. No navio, Tatiana tossia e pensava em *Orbeli*.

Tatiasha... lembre-se de Orbeli...

Cuspindo sangue ao tossir, Tatiana invocava suas forças que declinavam e a energia de seu coração afundado em dor para se perguntar: se Alexander sabia que ia ser preso e não podia lhe contar, pois sabia que ela nunca partiria sem ele, será que ele cerrou os dentes e mentiu?

Sim. Tudo o que ela sabia sobre Alexander lhe dizia que seria exatamente isso que ele faria. Se ele soubesse a verdade, ele lhe entregaria uma palavra.

Orbeli.

Seu peito doía tanto que parecia que ele ia se partir em dois.

Quando o *White Star* atracou no porto de Nova York, Tatiana não conseguiu se levantar. Não que ela não quisesse. Ela simplesmente não conseguia. Delirando depois de um violento acesso de tosse, ela sentiu que se alguma coisa estava vazando dela.

Logo ela ouviu vozes, e dois homens entraram na cabine, ambos vestidos de branco.

– Oh, não, o que temos aqui? – disse o mais baixo. – Não outra refugiada.

– Espere, ela está usando um uniforme da Cruz Vermelha – disse o mais alto.

– Com certeza, ela o roubou em algum lugar. Olhe, ele mal abotoa na barriga dela. É óbvio que não é dela. Edward, vamos. Vamos denunciá-la à imigração mais tarde. Temos que esvaziar este navio.

Tatiana gemeu. Os homens voltaram. O mais alto a examinou.

– Chris, eu acho que ela está para ter um bebê.

– O quê? Agora?

– Acho que sim – disse o médico. Ele colocou a mão debaixo dela. – Acho que a bolsa estourou.

Chris chegou-se a Tatiana e pôs a mão em sua testa.

– Sinta. Ela está ardendo em febre. Ouça sua respiração. Nem preciso de um estetoscópio. Ela está com tuberculose. Meus Deus, quantos casos destes a gente vê? Esqueça. Ainda precisamos passar por todas as cabines. Ela é a nossa primeira. Garanto que não será a última.

Edward manteve a mão no ventre de Tatiana.

– Ela está muito mal – disse ele. – Senhorita – chamou –, você fala inglês?

Como Tatiana não respondeu, Chris exclamou:

– Está vendo?

– Talvez ela tenha documento. Senhorita, onde estão seus documentos?

Tatiana continuou sem responder. Então, Chris disse:

– Já basta. Para mim, chega.

– Chris, ela está doente e para ter um bebê – disse Edward. – O que você quer a gente faça, que a abandonemos? Que tipo de médico é você? – perguntou ele, rindo.

– Sou um médico do tipo cansado e mal pago. Clínica geral não me paga o suficiente. Aonde vamos levá-la?

– Ao hospital de quarentena em Ellis Island Three. Tem lugar lá. Lá ela vai melhorar.

– Com tuberculose?

– É tuberculose, não é câncer. Vamos.

– Edward, ela é refugiada! De onde ela é? Olhe para ela. Se ela estivesse só doente, eu diria tudo bem, mas você sabe que ela vai ter o bebê em solo americano e *tchan*! Ela vai poder ficar aqui como todos nós. Esqueça. Faça o bebê nascer no navio, para que ela não possa reivindicar permanência nos Estados Unidos, e depois a mande para Ellis. Assim que ela melhorar, será deportada. Isso é justo. Toda essa gente pensa que pode vir para cá sem permissão... bem, já chega. Olhe quantos nós já temos. Depois que essa maldita guerra terminar, vai ficar ainda pior. O continente europeu inteiro vai querer...

– Vai querer o que, Chris *Pandolfi*?

– Ah, é fácil para você julgar, Edward *Ludlow*.

– Eu estou aqui desde as guerras entre os franceses e os índios. Não estou julgando.

Chris abanou a mão para Edward e saiu. Então, enfiando a cabeça na cabine, ele disse:

– Nós voltamos para atendê-la. Ela não está pronta para ter a criança agora. Olhe como ela está quieta. Vamos.

Edward estava para sair, quando Tatiana gemeu ligeiramente. Ele voltou e ficou junto ao rosto dela.

– Senhorita? Senhorita?

Erguendo o braço, Tatiana encontrou o rosto de Edward e colocou a mão nele.

– Ajude-me – disse ela, em inglês. – Eu vou ter um bebê. Ajude-me, por favor.

Edward Ludlow encontrou uma maca para Tatiana e foi buscar um Chris Pandolfi relutante e resmungão para a ajudá-lo a descê-la pela prancha até a balsa que a levaria para Ellis Island, no meio do porto de

Nova York. Anos após o auge de Ellis Island, o hospital da ilha vinha servindo como centro de detenção e quarentena para imigrantes e refugiados chegados aos Estados Unidos.

Os olhos de Tatiana estavam tão enuviados que ela se sentiu meio cega, mas, mesmo através da neblina de seus olhos e as janelas sujas da balsa, ela conseguiu ver a valente mão oferecendo uma chama ao céu ensolarado, *erguendo sua lâmpada ao lado da porta de ouro.*

Tatiana fechou os olhos.

Em Ellis Island, ela foi levada para um quarto pequeno e espartano, onde Edward a deitou numa cama com lençóis brancos engomados e chamou uma enfermeira para despi-la. Depois de examiná-la, ele olhou para Tatiana com surpresa e disse

– O seu bebê já coroou. Você não sentiu?

Tatiana mal se movia, mal respirava. Depois que a cabeça do bebê saiu, ela se contorceu, cerrando os dentes em meio a palpitações que eram como uma dor distante.

Edward apresentou-lhe o bebê.

– Senhorita, está me ouvindo? Olhe, por favor. Olhe o que você teve. Um lindo menino! – disse o médico, sorrindo, aproximando o bebê dela.

– Olhe. Ele também é grande... estou surpreso que você tenha gerado um bebê tão grande. Brenda, veja isto. Você não concorda?

Brenda embrulhou o bebê num pequeno cobertor branco e o colocou perto de Tatiana.

– Ele é prematuro – murmurou Tatiana, olhando para o bebê e colocando a mão nele.

– Prematuro? – riu Edward. – Não, eu diria que ele está no tempo certo. Se demorasse mais, você teria tido problemas... de onde você é?

– Da União Soviética – disse Tatiana, distraída.

– Puxa! Da União Soviética. Como é que você *conseguiu* chegar aqui?

– Você não acreditaria se eu contasse – respondeu ela, deitando de lado e fechando os olhos.

– Bem, esqueça tudo agora – disse Edward, animado. – Seu menino é cidadão dos Estados Unidos – acrescentou ele, sentando-se na cadeira perto da cama. – É uma coisa boa, certo? É o que você queria.

Tatiana reprimiu um gemido.

– Sim – disse ela, pressionando o filho enfaixado contra seu rosto febril. – É o que eu queria – concluiu, sentindo dor a cada respiração.

– Você está com tuberculose. Agora está doendo, mas você vai ficar bem – disse ele, com gentileza. – Tudo o que você passou já ficou para trás.

– É disso que eu tenho medo – sussurrou Tatiana.

– Não, é bom! – exclamou o médico. – Você vai ficar aqui em Ellis Island até melhorar... Onde você conseguiu esse uniforme da Cruz Vermelha? Você era enfermeira?

– Era.

– Bem, isso é bom – disse ele alegremente. – Está vendo? Você é dona de uma habilidade valiosa. Você vai conseguir um emprego. Você fala um pouco de inglês, o que é raro entre a maioria das pessoas que chegam aqui. Isso vai fazer diferença. Confie em mim – acrescentou ele, sorrindo. – Você vai se dar bem. Agora, posso lhe trazer alguma coisa para comer? Temos sanduíche de peru...

– De quê?

– Ah, acho que você vai gostar de peru. E queijo. Vou trazer para você.

– Você é um bom médico – comentou Tatiana. – Edward Ludlow, certo?

– Certo.

– Edward...

– Para você, é Dr. Ludlow! – repreendeu Brenda, a enfermeira, em voz alta.

– Enfermeira! Deixe que ela me chame de Edward se ela quiser. O que você tem com isso?

Brenda saiu do quarto, bufando, e Edward pegou uma pequena toalha e enxugou as lágrimas de Tatiana.

– Eu sei que você deve estar triste. É *assustador*. Mas eu tenho um bom pressentimento com relação a você. Tudo vai dar certo. – Ele sorriu. – Eu prometo.

Através de seus tristes olhos verdes, Tatiana olhou para o médico e disse:

– Vocês, americanos, gostam de fazer promessas.

Balançando a cabeça, Edward respondeu:

– Sim, e *sempre* cumprimos nossa palavra. Agora, deixe-me chamar nossa enfermeira administrativa do Departamento de Saúde Pública para você. Se Vikki for um pouco rabugenta, não ligue. Ela está num mau dia, mas tem bom coração. Ela vai lhe trazer os papéis do atestado de nascimento. – Edward olhou para o bebê com carinho. – Ele é bonito. Olhe, já tem bastante cabelo. Um milagre, não é mesmo? Já pensou num nome para ele?

– Já – disse Tatiana, chorando sobre o cabelo negro do bebê. – Ele vai ter o nome do pai. Anthony Alexander Barrington.

Soldado! Deixe-me aninhar sua cabeça e acariciar seu rosto, deixe-me beijar seus caros e doces lábios, e chorar do outro lado dos mares, sussurrando através da gelada relva russa o que eu sinto por você... Luga, Ladoga, Leningrado, Lazarevo... Alexander, uma vez você me carregou, agora eu o carrego. Para a eternidade, agora eu o carrego.

Através da Finlândia, através da Suécia, até a América, as mãos estendidas, eu fiquei em pé, tropecei e avancei, com o galopante corcel negro me seguindo. Seu coração e seu rifle vão me consolar, eles serão meu berço e meu túmulo.

Lazarevo goteja você em minha alma, as gotas do rio Kama ao luar. Quando procurar por mim, procure lá, pois é onde eu estarei todos os dias de minha vida.

– Shura, não suporto pensar em você morrendo – disse-lhe Tatiana quando estavam deitados no cobertor, fazendo amor junto à fogueira na manhã cheia de orvalho. – Não consigo pensar em você ausente deste mundo.

– *Esse pensamento tampouco me agrada* – *disse Alexander, rindo.* – *Eu não vou morrer. Você mesma disse isso. Você disse que eu estava destinado a grandes coisas.*

– *Você está destinado a grandes coisas* – *repetiu ela.* – *Mas é melhor que você se mantenha vivo para mim, soldado, pois não posso viver sem você.*

É o que ela dizia, olhando para o rosto dele, as mãos sobre seu coração palpitante.

Ele se inclinou e beijou-lhe as sardas.

– Você não consegue viver? Minha rainha do lago Ilmen? – Ele sorria e balançava a cabeça. – Você vai encontrar um jeito de viver sem mim. Vai encontrar um jeito de viver por nós dois – dizia Alexander a Tatiana enquanto o rio Kama fluía dos Urais através de uma vila de pinheiros chamada Lazarevo, quando eles estavam apaixonados e eram jovens.

Saiba mais, dê sua opinião:

Conheça - www.novoseculo.com.br
Leia - www.novoseculo.com.br/blog

Curta - [f] /NovoSeculoEditora

Siga - [twitter] @NovoSeculo

Assista - YouTube /EditoraNovoSeculo

novo século®